secession

C. Bernd Sucher

RAHELS REISE

C. Bernd Sucher

roman

RAHELS REISE

Erste Auflage

Lektorat: Christian Ruzicska
Korrektorat: Peter Natter
www.secession-verlag.com

Gestaltung: Eva Mutter, Barcelona
Satz: Marco Stölk, Berlin
Herstellung: Daniel Klotz, Berlin
Druck und buchbinderische Verarbeitung: Friedrich Pustet, Regensburg
Papier Innenteil: 100 g/m² Werkdruck holzfrei
Papier Vor- und Nachsatz: 115 g/m² Surbalin glatt
Papier Überzug: 115 g/m² Surbalin Seda
Gesetzt aus Cormorant Garamond

Printed in Germany
ISBN 978-3-96639-088-0

Die Personen

Abramowisz, Elay – Ehemann von Lisa Cohen

Blumenthal, Anne-Rose, geborene Lammfromm – Tochter von Leon und Golde Lammfromm, Ehefrau von Richard Blumenthal, Mutter von Rahel und Schlomo Blumenthal

Richard Blumenthal – Ehemann von Anne-Rose Blumenthal, Vater von Rahel und Schlomo Blumenthal

Blumenthal, Schlomo – Sohn von Richard und Anne-Rose Blumenthal

Cohen, Aaron – Sohn von Rahel und Jacob Cohen

Cohen, Asael – Sohn von Aaron und Alisah Cohen, Ehemann von Elizabeth Cohen, geborene Snider

Cohen, Alisah, geborene Sonnenschein – Ehefrau von Aaron Cohen, Mutter von Lisa Cohen

Cohen, Benjamin – Sohn von Chaim und Gili Cohen, geborene Goldmann

Cohen, Chaim – Sohn von Jacob und Rahel Cohen

Cohen, Christa, geborenen Anderson – Heinrich Cohens Ehefrau

Cohen, Deborah – Tochter von Chaim und Gili Cohen

Cohen, Elizabeth, geborene Snider – Ehefrau von Asael Cohen

Cohen, Elise – Tochter von Henri und Ruth Cohen, geborene Frankenthaler

Cohen, Esther – Tochter von Chaim und Gili Cohen, Ehefrau von Noah Weinberg

Cohen, Gili, geborene Goldman – Ehefrau von Chaim Cohen, Mutter von Deborah, Benjamin und Esther Cohen

Cohen, Heinrich – Großvater von Jacob Cohen

Cohen, Henri – Sohn von Heinrich Cohen, Vater von Jacob Cohen

Cohen, Jacob – Sohn von Henri Cohen und Ruth Cohen, geborene Frankenthaler

Cohen, Lisa – Tochter von Aaron und Alisah Cohen, Ehefrau von Elay Abramowicz

Cohen, Rahel, geborene Blumenthal – Ehefrau von Jacob Cohen, Mutter von Chaim und Aaron Cohen

Cohen, Ruth, geborene Freudenthaler – Ehefrau von Henri Cohen, Mutter von Elise und Jacob Cohen

Fränkel, Din – Rabbiner in Fürth

Fränkel, Sarah – Din Fränkels Ehefrau

Fränkel, Gabriel – Sohn von Din und Sarah Fränkel

Fränkel, Menachem – Sohn von Din und Sarah Fränkel

Fränkel, Riccardo – Sohn von Din und Sarah Fränkel

Goldman, Abraham – Ehemann von Golde Goldman, geborene Rosenthal

Goldman, Gili – Tochter von Abraham und Golde Goldman

Goldman, Golde, geborene Rosenthal – Ehefrau von Abraham Goldman, Mutter von Gili Goldman

Lämmle, Levin – Ehemann von Deborah Lämmle, geborene Cohen

Lämmle, Caspar – Sohn von Deborah und Levin Lämmle

Lämmle, Crista, geborene Schalla – 2. Ehefrau von Levin Lämmle nach dem Tod von Deborah Lämmle, geborene Cohen

Lammfromm, Anne-Rose – Ehefrau von Richard Blumenthal

Schalla, Christa – Zweite Ehefrau von Levin Lämmle

Snider, Arthur – Ehemann von Resi Snider, Vater von Elizabeth Snider

Snider, Elizabeth – Ehefrau von Asael Cohen

Snider, Resi, geborene Lechner – Mutter von Elizabeth Snider

Sonnenschein, Alisah – Tochter von Moses (Moishe) Sonnenschein und Elise Sonnenschein, geborene Rosenfeld, Ehefrau von Aaron Cohen

Sonnenschein, Cäcilie – Tochter von Moishe und Elise Sonnenschein

Sonnenschein, Clara, geborene Friedenberg – Ehefrau von Curt Sonnenschein, Mutter von Moishe Sonnenschein, Großmutter von Alisah, Cäcilie und Samuel Sonnenschein

Sonnenschein, Curt – Vater von Moishe Sonnenschein

Sonnenschein, Moses (Moishe) – Ehemann von Elise Sonnenschein, Vater von Alisah Sonnenschein

Sonnenschein, Samuel – Sohn von Moishe und Elise Sonnenschein

Soylu, Damir – Geliebter von Lisa Cohen

Weber, Adolf – Vater von Egon Weber

Weber, Dirk – Sohn von Egon und Lotte Weber, Geliebter und später Mann von Benjamin Cohen

Weber, Egbert – Vater von Horant Weber, Ururgroßvater von Dirk Weber

Weber, Egon – Vater von Dirk Weber

Weber, Eva – Tochter von Egon und Lotte Weber

Weber, Horant – Vater von Adolf Weber

Weber, Lotte, geborene Müller – Ehefrau von Egon Weber

Weber, Mathilde – Tochter von Egon und Lotte Weber

Weinberg, Elias – Sohn von Noah und Esther Weinberg, geborene Cohen

Weinberg, Esther, geborene Cohen – Ehefrau von Noah Weinberg

Weinberg, Evelyn – Tochter von Noah und Esther Weinberg

Weinberg, Noah – Ehemann von Esther Weinberg

Aimer un être, c'est accepter de vieillir avec lui.
Albert Camus: Le Mythe de Sisyphe

Für A. – und nur für ihn!

Frühling 2018

Rahels Entscheidung

I

Rahel Cohen hatte sich entschieden. Wie oft hatte sie gezögert. Wie oft hatte ihr Mann sie gebeten, diese Reise nicht anzutreten. Heute Abend würde sie sich durchsetzen. Heute Abend würde sie ihrem Mann, ihren beiden Söhnen, ihren Schwiegertöchtern und den fünf Enkeln ihren unverbrüchlichen Entschluss mitteilen. Heute Abend.

Während sie sich für dieses besondere Abendessen ankleidete, während sie sich wieder, wie jedes Jahr an diesem Tag, in ihrem dunkelblauen Abendkleid vor den Spiegel setzte und die Kette mit dem goldenen Davidstern umlegte, erinnerte sie sich ihres ersten Versuchs, ihren Mann und die beiden Söhne für einige Wochen zu verlassen. Sie dachte an die vielen Selbstgespräche, die sie damals mit sich geführt hatte.

Rahel Cohen lächelte in den Spiegel und überlegte: Stern oder doch lieber die Smaragdkette, die Jacob ihr zum achtzigsten Geburtstag geschenkt hatte? Sie erhob sich, ging zu ihrem Schmuckkästchen, das sie sich vor Jahren bei einem kleinen Trödler gekauft hatte und das sie immer an Goethes *Faust* erinnerte. Hatte der seinem Gretchen die Perlen – waren es Perlen? – nicht auch in einem Schächtelchen versteckt? Sie entschied sich für den Stern, blickte noch einmal in den Spiegel. Kein Mensch würde glauben, dass ich dreiundachtzig bin!, dachte sie.

Wenige Sekunden später betrat Rahel Cohen das Esszimmer. Alle waren sie da. Ihr Jacob – wie schön, er hatte seinen Smoking angelegt. Ihre beiden Söhne Aaron und Chaim – die Zwillinge waren mit ihren jeweiligen Familien gekommen. Rahel hatte, auch wenn sie es sich nicht eingestehen mochte, Aaron lieber als seinen Bruder. Chaim war schon als Kind eher unberechenbar und opportunistisch, während Aaron zu jeder Lüge unfähig war, seine Stimme veränderte sich, sie wurde heller, wenn er als Kind geschwindelt hatte, und das war bis heute so geblieben.

Auch bei den Frauen hatte Rahel ihre Vorliebe. Gili, Chaims Frau, war sie verfallen. Das Lachen ihrer Schwiegertochter hatte es ihr angetan. Es war so hell, so heiter, sie liebte es einfach. Alisah hingegen fand sie eher spröde. Sie sei so verkopft, hatte sie sich ihrem Mann gegenüber mehr als einmal beklagt, wenn Aarons Frau, was sie gern tat, literaturwissenschaftlich zu dozieren begann. Von ihren Enkeln liebte sie einen besonders: Benjamin, Chaims und Gilis einzigen Sohn. Er hatte gerade seinen fünfundzwanzigsten Geburtstag gefeiert und lebte allein. Rahel Cohen irritierte die offensichtliche Bindungsunfähigkeit ihres Enkels. »Das wird schon!«, beschwichtigte Jacob seine Frau, wenn die sich besorgt äußerte, dass Benjamin womöglich nie eine Frau finden würde. »Er sieht gut aus, er ist klug, das wird schon!«

Benjamin hatte sich seine Jungenhaftigkeit bewahrt, kokettierte mit ihr und spielte nicht ungern den jungen Liebling aller, was ihm leichtfiel, da er mit seinen schwarzen Locken, seinen blauen Augen und den Grübchen, die sichtbar wurden, sobald er lächelte, einem hoffnungsvollen Studienanfänger glich. Dabei arbeitete er seit knapp zwei Monaten in der Kanzlei Miller & Bronfen. Zwar wäre er gern Schauspieler geworden, hatte auch während seines Jura-Studiums mehrere Workshops an der New York Film Academy absolviert und diese »genial« gefunden, wie er sich ausdrückte, während seine Lehrer ihm Talent bescheinigt und ihn unbedingt ermutigt hatten, die so lustvoll eingeschlagene Nebenstraße weiter zu verfolgen – allein Jacob Cohen, und nicht etwa Benjamins Eltern, Gili und Chaim, die gleichwohl an das künstlerische Talent ihres Sohnes glaubten, aber zu allem schwiegen und sich dem starken Vater und Schwiegervater beugten, hatte ihm diesen Spleen, wie er des Enkels schauspielerische Ambitionen abtat, ausgeredet. Zum einen gebe es nicht einen berühmten jüdischen Schauspieler, zum anderen seien die meisten, die in den off-Theatern und Low-budget-Filmen auftreten, bettelarm. Das allerdings sahen auch seine Eltern so. Benjamins Erwähnung der vielen Gegenbeispiele, die ihm spontan einfielen, Woody Allen etwa, oder Dustin Hoffman, Mel Brooks, Harrison Ford, Paul Newman, Walter Matthau, Kirk Douglas und sogar Marilyn Monroe konnten den Großvater nicht überzeugen – »im Übrigen konvertierte die Monroe zum Judentum!«, wies er seinen Enkel scharf zurecht.

Benjamin gab das Vorhaben auf. Wie es Jacob Cohen wünschte, schloss er sein Jura-Studium nicht bloß mit dem *Doctor of Law* ab, was äußerst bemerkenswert war, da er keinerlei Ambitionen hegte, eine Karriere an der Universität einzuschlagen, sondern erwarb zusätzlich den sogenannten ›Heckspoiler‹, die an den Namen gehängten Buchstaben LL.M., den *Master of Laws*, und beabsichtigte, sich zu spezialisieren. Worauf, das wusste er nicht. Rahel war stolz auf ihren ehrgeizigen Enkel. Sie hatte Jacob zwar nicht widersprochen, doch insgeheim hätte es ihr sehr gefallen, wenn Benjamin sich gegen seinen Großvater durchgesetzt hätte und Künstler geworden wäre.

»Bitte hört mir jetzt mal zu!«, begann sie.

Jacob kommentierte es nicht.

Vor vierundvierzig Jahren hatte sie einen Plan gehabt, den Jacob Cohen ihr – wahrscheinlich zu recht, vielleicht aber auch nicht – ausgeredet hatte. Sie wollte nach Deutschland reisen.

Durfte sie, so hatte sie sich damals gefragt – was war nicht alles passiert seitdem! –, durfte sie ihre Familie für vier Wochen allein lassen? Würde Jacob sie vermissen? Vielleicht? Gewiss! Denn sie liebten einander. Er würde sich, so beruhigte sie sich damals selbst in ihren Gedanken, wunderbar versorgen können, er kocht leidenschaftlich gern, für sich, für die Kinder und noch lieber für Freunde, er ist ein geselliger Mensch. Aber ganz einfach würde es für ihn nicht werden – wochenlang Urlaub, daran ist nicht zu denken – das hatte sie damals schon in ihre Überlegungen einbezogen. Die beiden Söhne, Aaron und Chaim, waren zwar keine Kinder mehr mit ihren fünfzehn Jahren, doch Jacob hätte sich um sie kümmern müssen. Andererseits, so die Gegenüberlegung in ihrem Kopf, als sie sich damals fragte, mit welchen Worten sie das Gespräch eröffnen sollte, würden die Söhne wahrscheinlich auch ein wenig froh sein, vier Wochen lang nicht bevormundet zu werden. Rahel Cohen war eine strenge Mutter. Beschwerten sich Aaron und Chaim über die in sie gesetzten Erwartungen, über die Ermahnungen, dass sie nicht fleißig genug wären und zu selten in die Synagoge gingen, konterte sie stets mit demselben Satz: »Ihr hättet bei der Wahl eurer Mutter eben etwas vorsichtiger sein sollen, jetzt habt ihr sie, die jiddische Mamme!«

Ihre zwei Jungs würden ihre Reise in die Vergangenheit akzeptieren, hatte sie gedacht, sie vielleicht sogar gutheißen. Schon oft hatten die beiden ihr nahegelegt, nach Fürth, in ihre Geburtsstadt zu reisen. Weil sie immer wieder erwähnte, ihrer Mutter versprochen zu haben, die Gräber der Familie zu besuchen. Nur Jacob Cohen, der erfolgreiche und inzwischen wohlhabende Anwalt, war stets gegen eine solche »Rückkehr«, wie er es nannte. Die deutsche Sprache schätzte er, doch nicht das Land und nicht die Menschen. Rahel hatte der Gedanke jedoch nie losgelassen, und der Wunsch, ihn wahr werden zu lassen, war sogar mächtiger geworden, je stärker sie ihn zu verdrängen suchte. Sie wollte ein Mal, ein einziges Mal nur den Ort sehen, den sie nicht kannte und von dem sie nur das Wenige wusste, was ihre Eltern ihr mitgeteilt hatten. Richard und Anne-Rose Blumenthal, die 1936 mit ihren Eltern und ihrer damals einjährigen Tochter Rahel in die USA emigrierten, hatten nie gern über Deutschland gesprochen. Weder über das Land, das sie verlassen mussten, noch über die Bundesrepublik und deren Menschen.

Rahel erinnerte sich genau: Sie hatten beim Abendessen zusammengesessen. Sie hatten mit ihren Weißweingläsern angestoßen, einander Gut Schabbes gewünscht, als sie darum bat, ihr jetzt aufmerksam zuzuhören. Jacob kannte diese Einleitung schon, seine Frau hatte ihn oft genug überrascht mit diesem *Bitte, hört mir jetzt einmal zu!*

An Rosh Ha-Schana, dem jüdischen Neujahrstag, hatte sich Rahel damals in der Synagoge der Reformgemeinde auf der Bennett Avenue mit ihrem Gott unterhalten und ihn gefragt, ob sie ihren Plan wahrmachen dürfte. Nach dem Fastentag Yom Kippur, den sie zusammen mit ihrem Mann und ihren Söhnen, die an diesem höchsten jüdischen Festtag vom Unterricht befreit waren, in der Synagoge zugebracht hatte, hoffend, dass der Ewige sie in das »Buch des Lebens« eingeschrieben haben würde, hatte sie sich entschieden, dass sie nach Pessach, spätestens aber im Mai aufbrechen würde. Sie hatte bereits den Flug gebucht, Business Class, zu einem Sondertarif. Denn sie war eine sparsame Frau, die den Luxus liebte.

»Ich werde im nächsten Jahr nach Deutschland fliegen!« Aaron und Chaim hatten gejubelt. Sie hatte sich nicht geirrt. So war es damals gewesen.

»Wie mutig, Mum, uns drei hier allein zu lassen! Wir werden all das machen, was wir sonst nicht dürfen!«, hatte Chaim gekräht.

»Und all das bleiben lassen, was wir sonst machen müssen!«, hatte Aaron gelacht.

Bitte, hört mir jetzt mal zu! – ja, so hatte sie auch damals begonnen, aber hatte sie da zuerst ihren Mann angesehen und dann erst ihre Söhne? Oder erst ihre Söhne? Sie hatte sich geräuspert. Und dann, nach ihrer berüchtigten Einleitung geflüstert: »Es ist gar nicht so leicht, euch zu sagen, was ich mir vorgenommen habe.«

Nur Jacob Cohen hatte damals geschwiegen. Doch später hatte er sein Schweigen gebrochen: »Hast du dir das gut überlegt, Rahel? Wohin willst du denn?«

Rahel hatte damals nur ein Reiseziel genannt: Fürth, ihre Geburtsstadt. An den folgenden Tagen wurde über die Reise nicht mehr gesprochen.

Damals hatte sie es nicht geschafft. Sie hatte kapituliert und ihrem Mann zugeraunt, dass sie die Reise doch nicht antreten würde. Sie hatte ihm sogar recht gegeben, dass die Deutschen wieder zu dem würden, was sie zuvor schon gewesen waren – Antisemiten. Sie war mit ihrem damaligen Entschluss zufrieden. Denn nach 1968 war keineswegs alles besser geworden, im Gegenteil, der Antisemitismus hatte sich ausgebreitet, in der Bundesrepublik wie auch in den Vereinigten Staaten.

2

Rahel und Jacob hatten sich in Ann Arbor kennengelernt. Er studierte zu jener Zeit schon im sechsten Semester Rechtswissenschaften; sie begann ein Studium der Kunstgeschichte. Warum sie sich in den kleinen Juden verguckt hatte? Er besaß Charme, Witz, schöne große Ohren und eine jüdische Chuzpe – und er war intelligent. Zudem, und das bedeutete ihr viel, waren sie beide ähnlich aufgewachsen oder, wie Jacob es nannte, ähnlich sozialisiert.

Jacob war der Sohn Hamburger Juden, geboren am 28. Juni 1929 im Allgemeinen Krankenhaus Eppendorf. Sein Vater Henri war Bankier, seine Mutter Ruth eine passionierte Musikliebhaberin, die mindestens einmal wöchentlich Aufführungen im Opernhaus an der Dammtorstraße besuchte, oft auch mit ihren Kindern Jacob und Elise. Sie führte einen kleinen Salon, in den sie bis zur ihrer Emigration 1935 vor allem jüdische Künstler und Literaten einlud. Manchmal traute sie sich sogar, auf dem Flügel Chopin-Polonaisen zu spielen, am liebsten das Opus 53, das sie erstaunlich gut meisterte. Fanden zumindest ihre Kinder.

Die großbürgerliche Familie wohnte zusammen mit einer Köchin und einer Haushälterin in einer Villa an der Rothenbaumchaussee. In diesem Stadtteil fühlten sie sich wohl, nicht zuletzt, weil sich hier viele Juden niedergelassen hatten. Die Cohens besuchten zwar selten die Synagoge, aber an Yom Kippur, dem Versöhnungstag, waren sie meist alle vier zugegen. Nie gingen sie in die große Synagoge am

Bornplatz, wo die Orthodoxen beteten, sondern stets in den Tempel der Reformbewegung. Der Weg in die Poolstraße war zwar weiter, aber sie liebten die Predigten in deutscher Sprache, sie liebten die Choräle, die dort gesungen wurden, und Ruth Cohen war es immer eine Freude, ihren Gästen zu erzählen, dass Salomon Heine, der berühmte Kaufmann und Bankier, der als der Hamburger Rothschild galt, Mitglied des Tempelvorstands war und ein großzügiger Förderer der Gemeinde. Es machte ihr Spaß, den nicht-jüdischen Freunden den Unterschied zwischen Orthodoxen und liberalen Juden mit einem Gedicht von dessen Neffen Heinrich zu erklären; sie konnte es auswendig hersagen:

Die Juden teilen sich wieder ein
In zwei verschiedne Parteien;
Die Alten gehn in die Synagog',
Und in den Tempel die Neuen.
Die Neuen essen Schweinefleisch,
Zeigen sich widersetzig,
Sind Demokraten; die Alten sind
Vielmehr aristokrätzig.
Ich liebe die Alten, ich liebe die Neu'n –
Doch schwör ich, beim ewigen Gotte,
Ich liebe gewisse Fischchen noch mehr,
Man heißt sie geräucherte Sprotte.

Rahel Blumenthal kam am 9. Juli 1935 im mittelfränkischen Fürth zur Welt – in jenem Jahr, als die Familie Cohen bereits emigrierte. Ihr Vater, Richard Blumenthal, war Sohn eines Fabrikanten, der Blei- und Buntstifte herstellte. Als angesehener Bürger der Stadt beteiligte er sich gern an vielen kulturellen Initiativen, die er finanziell unterstützte. Die Familie Blumenthal lebte traditionelles Judentum. Rahels Mutter, Anne-Rose Blumenthal, geborene

Lammfromm, Tochter eines Lehrers, der in Nürnberg unterrichtete, war indes eine lebensfrohe junge Frau, die es mit den Geboten oft nicht sehr ernst nahm und mit den Verboten schon gar nicht. Sie pflegte sich als eine Feiertagsjüdin zu bezeichnen. Ihr einziges Kind, getauft auf den Namen von Anne-Roses Mutter, Rahel, wollten beide Eltern liberal erziehen. So hatten sie schon vor deren Geburt und gut ein Jahr vor ihrer Emigration am 11. September 1936 entschieden.

3

Sie hatte es ihrer Mutter versprochen, kurz vor deren Tod. Anne-Rose Blumenthal, geborene Lammfromm, hatte ihrer Rahel ein Kuvert in die Hand gedrückt und sie mit Tränen in den Augen gebeten: »Reise nach Fürth. Dort öffne diesen Brief. Ich liebe dich!«

Eine Woche darauf war Anne-Rose Blumenthal gestorben und kurze Zeit später neben ihrem Mann Richard beerdigt worden.

Seitdem hatte Rahel das Kuvert in ihrer Schmuckkassette aufbewahrt. Sie hatte jedes Mal, wenn sie es sah, ihre Neugier gezügelt. Nein, sie hatte sich nicht hinreißen lassen, den Brief schon in New York zu lesen. Gewiss, sie hätte das Geheimnis gern gelüftet, ohne eine Reise nach Deutschland zu unternehmen, von der sie wusste, dass ihr Mann Jacob sie missbilligte.

Anne-Rose Lammfromm, spätere Blumenthal, hatte die allergrößten Schwierigkeiten, sich in Amerika einzuleben. Die Abreise – ohne Abschied von den Freundinnen und Freunden – war überstürzt vonstatten gegangen. Die Gefahr, womöglich zuvor von den Häschern gefunden und verschleppt zu werden, ängstigte sie, selbst wenn sie niemanden mit ihrer Furcht belastete. Die Geburt ihrer Tochter hatte sie geschwächt. Doch das Kind war ihr die größte Freude in jenen Tagen. Als sie endlich zu dritt in Hamburg angekommen waren, wo sie noch zwei Nächte in einem kleinen Hotel auf die Abfahrt ihres Dampfers warten mussten, stellte sich heraus, dass ein wichtiges Papier fehlte. Sie wusste damals nicht, welches, bekam nur mit, dass ihr Mann viele Stunden im amerikanischen Konsulat verbrachte, an beiden Tagen. Erst während der Überfahrt erklärte ihr Mann Richard, dass sie Rahel nicht den Amerikanern gemeldet hatten. Es habe ihn viel Überzeugungsarbeit gekostet, die Amerikaner zu einem Zugeständnis zu bewegen. Einer der Diplomaten habe gar davon gesprochen, sie nicht einreisen zu lassen: »Drei Juden statt zwei – das ist einer zu viel!«

Als Anne-Rose endlich an der Hand ihres Mannes die Gangway hinaufging, betete sie halblaut: »Gelobt seist du Ewiger, der du uns rettest.«

Die Schiffskabine war klein und roch ein wenig muffig. Sie stellten darin ihr Gepäck ab und begaben sich sofort an Deck. Sie blickten auf die Kirchtürme der Stadt.

Genau dieser Blick hatte ein Jahr zuvor, 1935, die Familie Cohen zu Tränen gerührt. Henri Cohen und Ruth Freudenthaler wussten, dass sie ihre Heimatstadt wohl nie wiedersehen würden. Auch sie hatten nur rasch ihr Gepäck in der Kabine verstaut – sie hatten sich eine mit Bullauge leisten können – und schauten voller Wehmut auf den Kirchturm von Sankt Nicolai. Ihr Sohn Jacob war damals sechs Jahre alt, die Tochter Elise zwei Jahre jünger. Die beiden Kinder verstanden nicht, warum die Eltern weinten, sie freuten sich auf die abenteuerliche Reise auf einem Schiff.

Beide Familien hatten stürmische Überfahrten erlebt. Und beide Familien hatten furchtbare Angst, da nicht nur Menschen an Bord waren, die, Juden wie sie, vor den Nationalsozialisten flüchteten, sondern auch SS-Soldaten, die einander mit »Heil Hitler« begrüßten, den rechten Arm hoben und laut über das »Judenpack« an Bord lästerten.

Bei der Ankunft auf Ellis Island hatten sie stundenlang in der Schlange gestanden, waren anschließend befragt worden, als wären sie Verbrecher gewesen. Doch hatten sie sich nicht beklagt: Sie waren gerettet.

4

Anne-Rose Lammfromm hatte nur die jüdische Mädchenschule besuchen dürfen, hatte nie studiert und keinen Beruf erlernt, mit neunzehn Jahren hatte sie Richard Blumenthal geheiratet. Sie wurde ihm nicht von einer Heiratsvermittlerin angedient, sondern er selbst bat um ihre Hand. Die Eltern kannten einander. Anne-Rose und Richard waren einander zum ersten Mal in der Synagoge begegnet. Er verliebte sich Hals über Kopf. Ihr gefiel der Junge, aber kokett, wie sie war, zündelte sie auch bei anderen Jungs. Heimlich. Der Vater durfte keinesfalls etwas mitbekommen. Ihre Mutter war weniger streng.

Diese wiederum, Golde Wiesengrund, hatte erlebt, was es heißt, einen Mann heiraten zu müssen, den sie nicht kannte; mit dem sie vor der Hochzeit kaum ein Wort gewechselt hatte. Sie hatten einander weder gesucht noch gefunden. Ihre Väter waren darin übereingekommen, die beiden zu verheiraten. Die Hochzeitsnacht war ein Martyrium – für beide. Sie wussten zwar, was sie machen sollten, aber sie konnten es nicht. Leon Meir Lammfromm hatte einmal nur in seinem Leben masturbiert – eine Todsünde. Golde Wiesengrund war zu Tode erschrocken, als sie zum ersten Mal menstruierte. Sie hasste danach die rituellen Bäder, die Besuche in der Mikwa und die obligatorischen Kontrollen, ob noch oder wieder Blut an ihr klebte. Leon verzweifelte. Das schöne Mädchen mit dem langen, glatten schwarzen Haar, welches sie tagsüber zu einem Knoten band und viel zu oft unter einem Tuch versteckte, lag auf dem Laken, rücklings, mit geöffneten Beinen, und wartete ängstlich darauf, dass ihr Mann irgendetwas tat. Sie sah traurig aus – er war es. Minuten vergingen. Endlich nahm er sein Glied in die Hand und tat, was er jetzt ja durfte. Doch vergeblich. Golde schloss die Augen – vielleicht, so dachte sie, macht es ihn nervös, wenn ich zuschaue. Sie wartete. Endlich fiel er neben ihr auf das Laken. Nicht erschöpft, tieftraurig: »Verzeih, es geht nicht.«

Für einen Augenblick dachte sie daran, ihn zu küssen, doch sie unterließ es. Sie wandten einander den Rücken zu und weinten beide – und schliefen lange nicht ein.

Am vierten Abend gelang es. Aber Golde schrie vor Schmerzen, als er in sie eindrang. Sie versuchten es nun jede Nacht, denn ihre Mutter wartete auf die erlösende Nachricht, dass die Tochter schwanger würde. Auch Leons Mutter wartete. Nach vier Monaten konnte Leon beiden Müttern verkünden, dass Golde ein Kind erwartete. Die Freude währte nur kurz. Im vierten Monat verlor sie das Kind. Leon und Golde versuchten es wieder, beobachtet von ihren beiden Müttern, die nicht müde wurden, allmonatlich zu fragen, was denn los sei.

Ein Jahr später wurde die erste Tochter von Golde und Leon geboren. Sie nannten das Mädchen, das schon bei der Geburt einen Flaum schwarzer Haare hatte, Anne-Rose. Golde wollte ihrer Tochter ein Martyrium, wie sie es hatte durchleben müssen, ersparen. Sie und ihr Mann schickten das Kind in einen städtischen Kindergarten, nicht in einen jüdischen. Danach in die städtische Mädchenschule von Fürth. Die Mutter klärte ihre Tochter auf, als diese ihren zwölften Geburtstag feierte. Anne-Rose wusste vor der Zeit, was auf sie zukommen würde, fürchtete sich also nicht, sondern war neugierig. Die Mutter erlaubte dem Kind, was ihr selbst verboten war und was ihr Vater mitnichten guthieß. Anne-Rose durfte an Schulfesten teilnehmen und mit nicht-jüdischen Freunden Ausflüge unternehmen. Golde erlaubte ihrer Tochter, Tanzstunden zu nehmen, die Leon

Lammfromm, mit dem sie monatelang darüber gestritten hatte, was ihrer Tochter nun erlaubt werden dürfte und was nicht, eher widerwillig bezahlte.

Golde hatte sich in Bezug auf die Erziehung durchgesetzt. Anne-Rose sollte nicht nur mit Juden verkehren, sie durfte nicht-jüdische Freunde haben, und diese mussten nicht einmal wissen, dass sie Jüdin war. Auch der Entschluss, sich vom orthodoxen Judentum zu lösen, war Goldes ureigene Entscheidung – ihrem Mann abgetrotzt.

Zwar gab es in Fürth zu jener Zeit keine liberale jüdische Gemeinde, aber der damalige Rabbiner, Din Fränkel, hatte früh erkannt, dass es schwer werden würde, junge Menschen für den jüdischen Glauben zu begeistern, wenn man ihnen alle weltlichen Freuden verbot, und so drückte er mehr als nur einmal ein Auge zu. Manchmal auch beide. Nicht zuletzt, weil seine drei Söhne schon während ihrer Pubertät offenbarten, dass sie nicht daran dachten, in Fürth ein Leben zu leben wie in einem polnischen Ghetto. Alle drei waren sehr gescheit, erfolgreich in der Schule und entschlossen, die Rabbiner-Tradition der Familie nicht fortzusetzen.

Von den dreien – Gabriel, Riccardo und Menachem – war der Zweitgeborene der Keckste und Hübscheste, geboren im April 1913. Also knapp ein Jahr älter als Anne-Rose. Die beiden kannten einander schon als Kinder. Als Anne-Rose die Schule verließ, besuchte Riccardo die letzte Klasse des Gymnasiums. Sie half ihrer Mutter im Haushalt, lernte alles, was eine gute jüdische Mamme wissen musste. Einziger Luxus in jener Zeit war für sie die Tanzschule in Nürnberg, wohin sie immer mittwochs fuhr. Riccardo Fränkel erzählte sie, dass ihre Eltern ihr diesen Unterricht erlaubten, und dass sie es genoss, allein nach Nürnberg fahren zu dürfen und dort fremde Jungs zu treffen.

»Wissen deine Eltern, dass du so was machst?«

»Was meinst du mit ›so was‹?«

»Ich meine, du machst sie auf dich aufmerksam.«

»Das muss ich gar nicht, die meisten im Kurs sind eh schon verliebt in mich.«

Sie log nicht. Anne-Rose war der Schwarm der jungen Männer. Sie war zart, hatte eine makellose Haut, glänzende, wache Augen, kohlrabenschwarzes Haar und bewegte sich federleicht. Das Wichtigste aber: Sie konnte lächeln, sie konnte lachen. Verschmitzt, verschämt, lauthals. Ihr Lachen war ansteckend. Und ihr Witz frech.

Riccardo Fränkel sagte nicht, was er dachte – eingebildetes Huhn! –, sondern machte Anne-Rose den Hof. Ja, sie sei eines der hübschesten Mädchen von Fürth. Obwohl er gewiss nicht alle kannte. Sie überlegte, ob sie ihm schmeicheln sollte, denn er gefiel ihr durchaus, dieser große Schlacks mit den langen Wimpern und dem schwarzen, ganz glatten Haar, das auf seine Schultern fiel. Seinem Vater missfiel diese »Mädchenfrisur«, wie er es nannte, Anne-Rose mochte sie sehr. Sie mochte auch Riccardos Gang, der – nicht gemächlich, nicht schnell – andere dazu provozierte, ihn hochmütig zu nennen. Riccardo kannte seine Wirkung als schöner Flaneur. Doch im Gegensatz zu Anne-Rose brüstete er sich nicht damit.

Immerhin traute er sich, nach einem Konzert des Synagogenchors, Anne-Rose anzusprechen und sich mit ihr zu verabreden. Sie nahm die Einladung an. In einer Konditorei am Marktplatz, die bekannt war für ihre Schokoladentorte, trafen sich die beiden. Zu jener Zeit, im September 1931, konnten Juden in Fürth noch unbehelligt überall hin. Doch die Lammfromms fürchteten bereits vor der Machtübernahme, dass Hitler nicht zu stoppen sein würde. Sie dachten an Emigration. Golde und Leon waren sich einig, dass sie mit ihren beiden Kindern nicht nach Palästina auswandern wollten, sondern nach Amerika. Ihr Vermögen würde reichen für so eine Reise, die nur Leon eine »Flucht« nannte, Golde sprach lieber von einem »Umzug«, glaubte an eine mögliche Rückkehr.

Die Fränkels diskutierten ebenfalls, was zu tun wäre. Rabbiner Din Fränkel wollte weder nach Palästina noch sonst wohin. Er wollte durchhalten. »Ich lasse meine Gemeinde nicht im Stich. Solange wir hier unsere Gottesdienste abhalten können, bleibe ich – und ihr bleibt auch!«, erklärte er seiner Familie. Riccardos Hinweis, dass andere Familien, etwa die Lammfromms, auswandern wollten, kommentierte er schlecht gelaunt mit dem Hinweis, dass diese Familie sich ohnehin vom jüdischen Glauben entfernte. Ihre Tochter, Anne-Rose, so flüsterte er scharf, komme kaum noch zu den Gottesdiensten und treibe sich, so habe er gehört, in Nürnberg herum. Er wusste von ihrem Vater, dass eine Heirat mit einem Nürnberger Juden geplant war.

Es stimmte, Leon Lammfromm hatte schon einen Mann für seine Tochter im Blick: den Sohn des Nürnberger Fabrikanten Martin Blumenthal, der seine Firma bereits an seinen Sohn Richard überschrieben hatte. Richard war sechs Jahre älter als Anne-Rose.

Der Nachmittag in der Konditorei gefiel der jungen Anne-Rose. Riccardo war glücklich. Er glaubte, das Mädchen erobert zu haben. Sie war zufrieden. Sie hatte ihn im Netz. Als sie sich verabschiedeten, fragte Riccardo, ob er sie küssen dürfte. Sie erlaubte es. Er drückte seine Lippen auf ihre rechte Wange.

»Ich habe noch eine Frage: Wirst du den Nürnberger heiraten, den dein Vater für dich an der Angel hat?«

Anne-Rose war erstaunt, dass Riccardo davon wusste.

»Ja, mein Vater hat es vor. Richard ist ein netter junger Mann, aber nicht so hübsch wie du. Ich mag ihn – irgendwie. Dich mag ich mehr. Richard durfte mich auch noch nicht küssen. Bis jetzt ist nichts ausgemacht. Außerdem, du weißt es: Wir müssen entscheiden, ob wir in Fürth bleiben oder Deutschland verlassen.«

»Also, du hast einer Heirat noch nicht zugestimmt?«

»Nein!«

5

Sie saßen beim Abendessen. Rabbiner Fränkel hatte laut gebetet und danach die Challa an seine Frau und seine Söhne weitergereicht, als Riccardo vorsichtig fragte, ob er am Sonntag mit Anne-Rose wandern gehen dürfte. Sie wollten gern, so sagte er, den Jacobsweg Richtung Rothenburg laufen.

»Riccardo, ihr werdet nicht gemeinsam wandern, und ihr werdet schon gar nicht den christlichen Pilgerweg gehen. Du hast die Lammfromm-Tochter geküsst, Riccardo! Widersprich nicht. Tante Naomi hat dich gesehen. Also leugne nicht – denn so würdest du obendrein noch zum Lügner!«

»Tu ich nicht. Ja, ich hab ihr ein Küsschen gegeben, auf die Wange!«

Rabbiner Fränkel verbot seinem Sohn – und gleich den beiden anderen dazu – jeden weiteren Kontakt zu dieser Familie.

Es war ein tristes Abendessen, weil niemand sprach – außer dem Rabbiner, der sich gern dozieren hörte. Bevor sich Riccardo schlafen legte, schrieb er einen Brief, in welchem er Anne-Rose alles erklärte und ihr versprach, sich nicht an dieses Verbot halten zu wollen: ... *wenn du mich magst, das ist die Voraussetzung. Ich bin fast zwanzig – da kann mein Vater mich nicht behandeln wie ein Kind. Falls du mich magst, müssen wir uns heimlich treffen.*

Anne-Rose hatte sich in Riccardo verguckt – und das Verbot, so ist es immer mit Unerlaubtem, schürte das Flämmchen Verliebtheit zu einer Flamme. Und diese loderte heftig.

Doch sie war bereits dem Sohn der Familie Blumenthal versprochen. Und wiewohl ihr Herz an Riccardo hing, gab es keinen Grund, sich dem Wunsch ihres Vaters zu widersetzen. Zumal sich die Blumenthals wie die Lammfromms entschieden hatten, nicht in Deutschland zu bleiben. Ob sie nach Palästina gehen würden oder nach Amerika – diese Frage war noch nicht beantwortet. Sicher war nur, dass die Fränkels auf keinen Fall emigrieren wollten. Weder der alte Fränkel wollte sich »aus dem Staub machen«, wie er es nannte, noch seine Frau. Die Söhne hatten sich bisher nie dem Wunsch des Vaters widersetzt und würden es auch in diesem Fall nicht tun. Aber Anne-Rose wollte Riccardo sehen, und bat einen ihrer Freunde, auf den sie sich verlassen konnte, Riccardo nach dem Gottesdienst einen Brief zuzuspielen. »Niemand darf etwas davon bemerken«, flüsterte sie scharf.

Riccardo war selig.

Wann sehen wir uns? Willst Du? Schreib mir! Rasch!? Auf Gabriel können wir uns verlassen – er wird unser Bote sein. Ich warte auf Antwort. Ich mag Dich – Anne-Rose.

Nach drei langen Tagen kam die Antwort. Gabriel brachte einen Brief.

Liebste Anne-Rose!

Ich muss Dich wiedersehen! Ich werde meinen Geigenunterricht schwänzen – jede zweite Woche, immer mittwochs. Der Lehrer wird mich nicht verpfeifen. Er ist Christ und findet unsere strenge Erziehung ohnehin unmenschlich. Und er erlaubt, dass wir uns in seinem Haus treffen. Magst Du? Ich hoffe so sehr, Dich bald zu sehen.
Dein Riccardo!

Anne-Rose Lammfromm und Riccardo Fränkel trafen sich von nun an jeden zweiten Mittwoch bei Wilhelm Anderson. Immer im Probenraum – Riccardo konnte seinem geliebten Ännchen, wie er sie nannte, hier sogar Ständchen spielen. Sie wurde süchtig nach den Bach-Präludien, die er ihr vorspielte. Sorgsam vermieden beide zwei Themen: Emigration und Richard Blumenthal.

»Ihr wisst, Jacob kann dieses Land nicht leiden. Trotzdem möchte ich nach Deutschland. Ich bin jetzt eine alte Frau.«

»Ach, Grandma, lass das *fishing for compliments*. Heute ist der 8. Juni,« – Benjamin schaute auf seine Uhr, auf die er stolz war, da sie ein Geschenk seines Großvaters war – »du wirst in einem Monat und einem Tag dreiundachtzig, siehst aus wie gerade mal siebzig und machst dich bei Hotelreservierungen immer zehn Jahre jünger. Alt wirst du, wenn überhaupt, erst 2026.«

»Schreckliche Vorstellung: fünfundachtzig!« Rahel musste lachen. Und Benjamin grinste.

Rahel beschloss, das Thema aufzuschieben bis zum Dessert. Sie wollte sich vergnügen mit ihren Enkeln, die nie recht zu Wort kamen, wenn Benjamin mit von der Partie war. Besonders beglückt war sie, dass an diesem Abend auch ihre Enkelin Deborah mit deren Mann Levin Lämmle gekommen war, einem orthodoxen Juden, der seine Kippa nie absetzte und mit seinen roten Schläfenlocken jeder Frau den Kopf hätte verdrehen können, wenn er es denn gewagt hätte, zu flirten. Ihm zuliebe hatte Deborah die liberale Gemeinde verlassen. Ihre Eltern, Chaim und Gili, hatten diesen Schritt befürwortet, sie nur gebeten, sich den Kopf nicht kahlrasieren zu lassen.

»Levin, verzeih, dass auch Schinken auf dem Tisch seht, aber Melone ohne geht irgendwie nicht«, begann Rahel.

»Nicht so schlimm, Rahel, ich muss ihn ja nicht essen – und die Pastrami liegt ja auf einem Extrateller.«

»Stellst du dich immer noch so an – bei dieser Frau, ein wahres Wunder! Deborah liebt Austern!«

»Die darf sie ja auch essen, solange ich nicht zusehen muss, Benjamin!«

»Na, Deborah, wie wär's am Donnerstag mit Fruits de Mer in der Food Hall?!,« mischte sich Lisa, die Tochter von Alisah und

Asael, ein. »Damir mag es nämlich auch nicht, wenn ich esse, was verboten ist.«

»Ich dachte, Moslems müssen nur auf Alkohol und Schweinefleisch verzichten, Meeresgetier aber sei erlaubt?«

»Wenn ihr's genau wissen wollt ...«

»Wollen wir, sonst hätte meine Schwester nicht gefragt, Damir!«

»Also, Benjamin, Garnelen sind den Malikiten, Schafiiten und Hanbaliten erlaubt, und verboten für Hanafiten.

Krabben, Langusten und Hummer sind für Malikiten und Hanbaliten erlaubt, für Hanafiten verboten. Schafiiten stehen dazu unentschieden. Tintenfische, Muscheln, Austern werden von Malikiten, Schafiiten und Hanbaliten erlaubt, aber von Hanafiten verboten.«

»Und was erlaubst du dir?«

»Ich mache es wie eure Großmutter: Erlaubt ist, was mir schmeckt. Muscheln mag ich nicht. Eigentlich bin ich am liebsten Vegetarier.«

Damir Soylus witzige Antwort gefiel Rahel, die, wie eigentlich alle Cohens, Lisas Wahl für einen muslimischen Mann nicht sonderlich schätzte. Sie lebte schon seit knapp drei Jahren mit Damir zusammen, der als Lektor – »immerhin«, hatte Jacob Cohen kommentiert – beim Verlag Columbia University Press arbeitete. Alle anderen in der Familie hatten ihn inzwischen akzeptiert, aber Rahel und Jacob Cohen mochten ihn nicht gern dabei haben bei ihren großen Festen. Das muss und wird sich ändern, dachte Lisa, während man in dieser großen Runde mit Champagner anstieß.

Das Klingklang der Gläser war begleitet von vielen strahlenden Lächeln, da im Grunde kein Misston die fröhliche Runde störte, und Benjamin übertrieb wieder einmal, er stieß mit seiner Großmutter gleich zweimal an. Allein Elias, der noch sehr kleine Sohn von Benjamins Schwester Esther und deren Mann, Noah Weinberg, gefiel dieses Klirren nicht. Er fing zu weinen an. Es war Benjamin, der aufstand, den Zweijährigen hochhob und mit ihm durch die Wohnung galoppierte.

Noah Weinberg war ein Jahr jünger als seine Frau. Dass die beiden so früh geheiratet hatten – bereits zu Beginn ihres Studiums – hatte sowohl die alten Cohens als auch die Weinbergs verdrießlich gestimmt. Aber die beiden »jungen Leute«, so sagten die Eltern, waren nun einmal nicht umzustimmen.

»Es ist Liebe!« Damit hatte Rahel ihren Jacob gütig gestimmt und ihn umarmt. »Und sie sind so begabt! Sie sind Künstler!« Beide studierten Musik an der Julliard School, sie Oboe, er Cello. Oft hüteten die Großeltern Cohen oder Weinberg den sehr munteren Elias, den alle Elija nannten.

Jacob und Rahel hatten sich sehr über ihren ersten Urenkel gefreut. Und sie verwöhnten ihn, was Noah nicht immer guthieß, im Gegenteil, er fand es völlig meschugge, dass Rahel dem Kleinen unbedingt einen Pullover von Burberry hatte schenken müssen.

Rahel und Jacob Cohen stimmte es froh, dass ihre beiden Söhne Jüdinnen geheiratet hatten, dass ihre Enkel jüdisch erzogen wurden, mehr oder minder streng. Eher minder. Sie waren heiter, als die Jungs ihre Bar Mitzwa gefeiert hatten und die Mädchen ihre Bat Mitzwa. Dass fast alle Enkel einen Partner gefunden hatten, mit dem sie glücklich waren – zumindest schien es so –, ließ sie zufrieden auf ihre Familie blicken. Nur Aarons Sohn, Asael, und Benjamin waren noch unverheiratet. Asael hatte eine Freundin. Sie hieß Elizabeth Snider und war katholisch erzogen. Vor allem Benjamin mochte sie, denn sie glich ihm irgendwie, sie war so schön unkonventionell und frech und sah mit ihren streichholzkurzen Haaren aus wie ein Junge.

Als Benjamin wieder zurück am Tisch war, Elias in seinem Kinderwagen schlief und Gili aus der Küche die Espressi geholt hatte, setzte Rahel von Neuem an: »Noch einmal, meine Lieben. Ich bin eine alte Frau, dabei bleib ich, und will mir diesen Wunsch, Deutschland zu bereisen, im nächsten Jahr erfüllen. Noch bin ich rüstig. Ich möchte nach Fürth. Vielleicht noch nach München, vielleicht sogar nach Berlin. Ich weiß es nicht. Ich bitte dich, Jacob, mich diesmal reisen zu lassen.«

Jacob nahm seine Frau in die Arme und sagte – nichts. Gili, deren Name *die Fröhliche* bedeutet, fing an zu weinen, sie war von allen Cohens die Sentimentalste. Jacobs Umarmung war die Antwort. Er war mit seinen Neunundachtzig nicht minder jung geblieben. Er ging einmal monatlich in einen Fitnessclub und trainierte eine Stunde lang, was alle, auch sein Trainer, mit großem Respekt wahrnahmen. Aber, viel wichtiger: Es verging keine Woche ohne einen Konzertbesuch oder einen Abend in der Metropolitan Opera. Nur zu den Matineen begleitete Rahel ihn – sie las lieber, allerdings selten die Bücher, die ihr Alisah empfahl. Sie fand die Auswahl ihrer Schwiegertochter extrem einseitig. Sie getraute sich allerdings nicht zu sagen, was sie dachte: zu radikal feministisch!

Rahel und Jacob hatten ihre Rituale und pflegten sie. Hatten sie sich am Morgen gestritten, dann drehte einer von beiden das Hochzeitsfoto, gerahmt in ein silbernes Herz, schlichtweg um. Am Abend aber hing es immer wieder mit seiner Schauseite da – sie konnten nicht unversöhnt zu Bett gehen. Nie. Eine Umarmung war bei ihnen immer ein Ja auf jede wichtige Frage. Als Jacob mit ihr nach Israel wollte, um dort einen ihrer Hochzeitstage zu feiern, hatte sie sich an ihn geschmiegt; als sie mit ihm St. Petersburg erkunden wollte und die Eremitage, hatte er sie fest in seine Arme gedrückt. Schickten sie einander Briefe oder später E-Mails, weil er für Mandanten reisen musste oder sie sich aufmachte zu einer Ausstellung in San Francisco oder Chicago, unterzeichneten sie ihre meist kurzen Liebesgrüße immer mit Umarmungen: *Hugs and kisses – Je t'embrasse très très fort – Ti darò un sacco di abbracci e baci.*

Nie aber schrieben sie diesen Gruß auf Deutsch.

Die Enkel küssten ihre Oma.

»Really cool, Grandma!«, sagte Benjamin.

»Nein, nicht cool, wonderful!«, rief Gili und wischte sich die Tränen von der Wange.

Chaim und Aaron waren stolz auf ihre Mutter und lobten ihren Vater, dass er nun endlich das Alter erreicht habe, so weise zu sein, seine Rahel ziehen zu lassen.

Weit nach Mitternacht verabschiedeten Rahel und Jacob ihre Liebsten; Elias schlief in seinem Wagen.

»You are wonderful!« – rief Benjamin seiner Großmutter noch einmal zu, die mit ihrem Mann im Türrahmen stand und allen herzlich zuwinkte.

Vor dem Einschlafen kuschelte sich Jacob an seine Rahel: »Ich hoffe nur, dass du nicht enttäuscht zurückkehren wirst.«

Sie antwortete nicht, sondern schlang die Arme um ihren Mann – er war kein Greis – und küsste ihn. Nicht wie man das von alten Leuten meinen möchte, nein. Ihre Lippen öffneten sich.

Einige Tage nach Gilis Geburtstag, den die ganze Familie in einem einfachen Restaurant in der Houston Street gefeiert hatte – dort gab es die beste Pastrami der Stadt, behauptete Benjamin –, fuhr Jacob seine Frau zum Flughafen John F. Kennedy. Vor dem Check-in-Schalter warteten bereits alle anderen Cohens. Lisa hatte ihren Damir mitgebracht, was Rahel und Jacob durchaus auffiel. Wir sollten ihn nach meiner Rückkehr immer zu uns einladen – an allen Tagen, selbst an den Hohen Feiertagen, dachte Rahel Cohen plötzlich und nahm den großen Mann in die Arme, was diesen nicht wenig verblüffte, denn es geschah zum ersten Mal.

Noch neunzig Minuten bis zum Abflug.

Umarmungen, Küsse, Tränen.

»Ich werde – so Gott will – bald wieder zurück sein. Ich erwarte euch in der Ankunftshalle, aber ich weiß noch nicht, wann. Mein Rückflug ist umbuchbar«, lächelte Rahel und gab jedem ein kleines Präsent. So hatte sie es stets gehalten, seit die Enkel auf der Welt waren. Jedes Mädchen – auch die Schwiegertöchter – bekam ein

Schokoladenherz aus Rahels Lieblingslädchen, einem kleinen Feinkosthändler, gleich bei ihr um die Ecke. Sie kaufte gern dort ein, um in die Fenster der Luxusläden nebenan zu gucken. Manchmal wagte sie sich auch in den einen oder anderen Shop. Und seit ihrer Eröffnung besuchte sie gern eine Lederboutique, die handgenähte Luxusartikel feilbot. Und kaufte ein. Sie stand weniger auf Schuhe als auf Taschen. Zu oft, fand Jacob, der der Ansicht war, dass eine Flechttasche genug sein müsste. Rahel besaß drei: in Schwarz, Dunkelblau und Rot. Zwei hatte sie eingepackt, die schwarze wollte sie mit in die Kabine nehmen. Die Jungen bekamen keine süßen Herzen, sondern jeder ein paar bunte Socken. Eine Rahel-Cohen-Marotte.

Vor der Kontrolle winkte sie noch einmal, und alle winkten ihr zurück. Sie blickte in strahlende Gesicht, die ihr Mut machten. Tränen sah sie nur auf den Wangen von Esther, Gili – und Jacob.

Wie schön, dass er weint! Er liebt mich! Rahel beglückten die Tränen ihres Mannes. Von all den Männern, in die sie sich verliebt hatte – vor ihrer Hochzeit und während ihrer Ehe –, war Jacob wohl derjenige, dem die seltsamsten Dinge zu Herzen gingen. Er weinte in der Oper, aber das verstand sie noch, wenngleich ihr Mimis Lungenkrankheit eigentlich egal war. Aber dass Jacob bei den schnulzigsten Liebesfilmen heulte, nein, das konnte sie nicht nachvollziehen. Manchmal lachte sie ihn aus.

Jacob Cohen liebte seine Frau; seit zweiundsechzig Jahren waren die beiden verheiratet. Es waren nicht immer leichte Jahre gewesen. Nach der Geburt der beiden Söhne hatte Rahel ihre Ambitionen aufgegeben. Dass sie je promovieren und ein Buch über den jüdisch-russischen Maler Chaim Soutine schreiben würde, glaubte sie damals längst nicht mehr. Obwohl Jacob sie ermutigte. Sobald die Söhne studieren, könnte sie sich doch wieder an einer Universität einschreiben. Sie murrte nicht, doch Jacob hatte bemerkt, dass seine Frau nicht mehr so heiter war wie zu Beginn ihrer Ehe. Es betrübte ihn, dass seine Rahel oft aggressiv reagierte, wenn er zu spät aus der Kanzlei kam, wenn er zu viel reiste und sie mit all den Aufgaben im Haus allein ließ. Es stimmte: Er kümmerte sich viel zu wenig um die Erziehung seiner Söhne. Nie fand er Zeit, mit ihnen Schulaufgaben zu machen. Er forderte gute Noten, bessere Noten, aber er half seinen Kindern nicht, dieses Ziel zu erreichen. Dabei hatte er ihre Zukunft schon bestimmt. Einer sollte Arzt werden, der andere Anwalt, wie er. Rahel Cohen führte den Haushalt und sorgte für die Erziehung der Knaben. Wenn sie sich überfordert fühlte, beklagte sie sich nicht bei ihrem Mann, der aus allen Diskussionen als Sieger hervorging, weil er auch zuhause wie in den Gerichten recht behalten wollte – und behielt, nein, sie suchte anderswo Rat. Bald schon vermied sie alle Diskussionen mit ihrem Mann. Stattdessen besuchte sie ihre Mutter Anne-Rose, bei der sie Trost fand. So wie Jacob seien alle Männer, auch ihr Richard habe sich nicht anders verhalten, erklärte Anne-Rose ihrer Tochter. Auch ihm sei seine Fabrik wichtiger gewesen als die Familie. »Der Unterschied ist, dass dein Mann offensichtlich die Lebenswege eurer Kinder bestimmen will, Richard war da zurückhaltender. Du durftest studieren, wozu du Lust hattest.« Es stimmte, auch ihr Bruder Schlomo, zwei Jahre jünger als Rahel, hatte nicht Betriebswirtschaft studieren müssen, was dem Vater angenehm gewesen wäre, sondern sich eingeschrieben für Sport und Geografie – mit dem Ziel, Lehrer zu werden.

7

An Trennung hatte Rahel Cohen nie gedacht, selbst nicht, als sie sich vier Jahre nach der Geburt von Chaim und Aaron in einen Kollegen ihres Mannes verliebte. Das war die erste und heftigste Krise in ihrem Eheleben. Rahel war Daniel Schlesinger und dessen Frau bei einer gemeinsamen Freundin begegnet, anlässlich eines

Geburtstagsfestes. In den Monaten, in denen Rahel sich mit diesem Mann traf, versicherten sie einander immer wieder, dass es Liebe auf den ersten Blick war. Daniel war ein schlanker Mann, groß gewachsen, und also größer als ihr Jacob. Er war blond, was Rahel Cohen vor allem deshalb gefiel, weil dieses helle Haar so gar nicht zu seinen braunen Augen passte. Er imponierte an jenem Abend mit seinem Charme und seinem Aussehen. Rahel und Daniel plauderten – Smalltalk über die Guggenheim-Ausstellung, über einen Artikel im New Yorker, in dem eine bisher unbekannte Lyrikerin gefeiert wurde, als wäre sie die Nachfahrin von Walt Whitman, und über eine Musical-Aufführung, die sie beide gesehen hatten und absolut dumm fanden. Während Jacob Cohen den groß gewachsenen schlanken Mann gar nicht bemerkt und also auch nicht registriert hatte, dass seine Frau sehr lange mit ihm sprach und lachte, ärgerte sich Daniel Schlesingers Frau über Rahel Cohen, die, so ihr unausgesprochenes, aber hellsichtiges Urteil, ihren Mann gar nicht mehr »aus ihren Klauen« ließ, weshalb sie sich kurzerhand entschloss, zu handeln: »Wollen wir denn nicht mal nach Hause, Daniel?« Sie stellte sich vor und entschuldigte sich dafür, das Gespräch unterbrochen zu haben.

»Wir reden schon viel zu lange, wahrscheinlich langweile ich Ihren Mann bereits.«

Daniel Schlesinger lächelte.

»Wir müssen heim zu unseren Kindern«, insistierte sie.

»Es war schön, Sie getroffen zu haben«, sagte er.

Rahel Cohen lächelte: »Finde ich auch!«

Sie erinnerte sich nicht, jemals einen Mann so attraktiv gefunden zu haben. Sie stellte sich ihn nackt vor – und erschrak über sich selbst. Warum schlich sich Freude ein bei diesem Bild? Sie war nicht unzufrieden mit ihrem Jacob – in keinerlei Hinsicht. Und dennoch ...

Am nächsten Tag erkundigte sich Rahel Cohen bei einer Freundin nach dem großen blonden Mann. Sie erfuhr, dass auch er als

Anwalt arbeitete, dass er verheiratet war und zwei entzückende Kinder hatte.

»Mehr kann ich dir auch nicht sagen – ich kannte vor der Party nur seine Frau. Aber er sieht gut aus: ein blonder Hüne mit bernsteinfarbenen Augen und noch dazu Jude. Das gibt's selten.«

Rahel Cohen fragte nicht weiter.

Daniel Schlesinger kannte Jacob Cohen, sie waren schon einmal juristische Gegner gewesen, wobei Schlesinger zugeben musste, dass Cohen ihm juristisch in nichts nachstand. Aber – das ärgerte ihn ein wenig – er hatte eine extrem hübsche Frau, schlanker als seine eigene und zudem außergewöhnlich amüsant. Tagelang dachte er an dieses schöne Geschöpf, unternahm aber nichts. So wenig wie Rahel, gleichwohl auch sie an diesen Mann immer wieder dachte, denken musste. Sie hoffte, er würde sich melden, kannte er doch ihren Namen. Es vergingen Tage, schließlich Wochen. Sie hörten nichts voneinander. Wir sind beide verheiratet, wir haben beide Kinder, dachte Rahel Cohen. Basta.

Keine anderen Gedanken schwirrten im Kopf von Daniel Schlesinger. Und doch hoffte er, sie wiederzusehen. Er wollte ein zweites Treffen aber nicht herbeiführen, er wollte nicht anrufen, nicht den Kollegen mit seiner Frau zu sich einladen. Er hoffte auf den Zufall.

Vier Monate nach besagter Party erhielt die Kanzlei von Daniel Schlesinger eine Einladung. Jacob Cohen und seine Partner luden ein zur alljährlichen Ausstellung in den Räumen der Sozietät. An einem Donnerstag. Eine Sekunde lang dachte Daniel Schlesinger daran, allein dort aufzukreuzen, in der zweiten entschied er anders. Er würde mit seiner Frau zusagen, trotz der Aussicht, dass Rahel Cohen sich diese Ausstellung nicht entgehen lassen würde – sie war doch, erinnerte er sich, Kunsthistorikerin, oder?

»Wen habt ihr eingeladen, Jacob?«, fragte Rahel, als sie die Einladungskarte betrachtete.

»Kollegen aus anderen Kanzleien und ein paar Kunstkritiker.«

Sie fragte nicht, welche Kollegen. Sie freute sich auf den Abend, auf die Cocktails, auf die Gespräche und hoffte, Daniel Schlesinger wiederzusehen. Als sie das Atrium der Sozietät betrat, standen schon zahlreiche Gäste an den Stehtischen oder vor den großformatigen Acrylbildern, die, so befand Rahel Cohen, viel zu bunt waren. Daniel Schlesinger entdeckte sie nicht. Ich müsste ihn sehen, so groß wie er ist.

Sie ging durch die angrenzenden Räume, gab ihrem Mann einen flüchtigen Kuss – ihm schien er nur hingeworfen, nicht geschenkt – und suchte den anderen.

Schließlich stellte sie sich mit ihrem Weinglas neben eine Kollegin ihres Mannes, die sie mochte.

»Wie finden Sie die Bilder, Rahel?«

»Einfach nur bunt.«

»Die Malerin wird grad gehypt – ich finde sie überbewertet. Aber Kollege Friedman schätzt sie, wahrscheinlich schätzt er die Frau mehr als ihre Bilder.«

Beide lächelten.

»Passiert hier noch was?«, fragte Rahel.

Der Seniorpartner würde noch begrüßen und ein Kurator – »eher eine kleine Funzel« – würde etwas zu den Exponaten sagen. Rahel Cohen entschloss sich zu warten. Vielleicht würde Daniel Schlesinger noch auftauchen.

Die Begrüßung war fad, die Rede des Kurators unsäglich. Er schmiss mit Fremdworten um sich, bemühte für die Buntheit dieser Bilder erst Warhol, dann für die Porträts Frida Kahlo und wollte auch noch Picasso in den abstrakten Formen entdecken.

»Jetzt reicht's, ich gehe«, sagte Rahel Cohen, setzte ihr Glas ab, verabschiedete sich von der Anwältin, winkte ihrem Mann und ging zur Garderobe.

»Sie gehen schon, Frau Cohen?« Neben ihr stand Frau Schlesinger.

Rahel erklärte sich umständlich und fragte nicht, was sie zu gern gefragt hätte.

»Wir sind spät dran, mein Mann parkt gerade. Schade, dass Sie schon gehen müssen!«

Rahel pflichtete dem bei, gerade weil sie einen spöttischen Unterton rauszuhören glaubte, packte ihre Handtasche, wünschte noch viel Vergnügen und eilte zum Lift. Als dieser in der Lobby hielt und sich seine Türen öffneten, stand Daniel Schlesinger vor ihr.

»Sie gehen?«

»Ja, die Bilder sind unerträglich, die Reden sind es auch, und Champagner allein ist für mich kein Grund, zu bleiben.«

»Schade! Ein Glas zu zweit wäre schön gewesen!«

»Das mag sein, Ihre Frau wartet ja oben auf Sie!«

Auf der Straße ärgerte sich Rahel Cohen über ihr Benehmen. Zurückgehen – wie sähe das aus? Den Zufall ignorieren? Das kam nicht infrage. Sie dachte nach, ihr fiel etwas ein: Sie rief beim Empfang der Kanzlei an und bat, ihrem Mann auszurichten, einer der Gäste, ein großer blonder Mann, dessen Name, so glaube sie, Schlesinger sei, werde vom Concierge gesucht, da man sein Auto gleich abschleppe. Daniel Schlesinger wunderte sich, hatte er seinen Wagen doch in der öffentlichen Parkgarage gleich um die Ecke abgestellt. Er eilte zum Lift, und er hoffte.

Rahel Cohen wartete keine drei Minuten im Foyer. Da hielt der Aufzug, aus dem heraus Daniel Schlesinger trat.

»Das war eine Lüge!«

»Ich weiß!«

Rahel Cohen stutzte. Sie wurde rot. Immer wenn sie aufgeregt war, bekam sie Flecken am Hals, immer auf der linken Seite. Sie gab ihm ihre Karte und rannte weg. Ihr war heiß, ihre Wangen glühten.

Daniel Schlesinger trat vor die Tür, wartete ein wenig und fuhr schließlich zurück, hoch in den 21. Stock. »Gerade noch mal gutgegangen«, flüsterte er seiner Frau zu und nahm sie in den Arm, »habe umgeparkt in eine Garage. Es ist eben Quatsch, so Geld sparen zu wollen. Und jetzt schauen wir uns diese Fürchterlichkeiten mal genauer an.«

Rahel Cohen wunderte sich über sich selbst. So etwas hatte sie nie zuvor getan. Es hatte Affären gegeben, das schon, glückliche, überflüssige, kurze. Nur eine, mit einem viel jüngeren Mann, einem Studenten, den sie in einem Supermarkt, wo er jobbte, angesprochen hatte, war ähnlich verlaufen in ihrem Anfang. Sie hatte ihn an der Kasse gesehen, hatte ihm ein Kompliment zu seinen Augen gemacht. Bei ihrem nächsten Einkauf dann fragte er, ob sie seinetwegen in den Laden gekommen sei. Sie hatte genickt. In seiner Mittagspause nahmen sie in einem billigen Pub einen Drink zu sich, bevor er sie dann abschleppte – in den Lagerraum des Supermarkts. Das zweite Mal hatte sie mit ihm Sex in seinem eher schmuddeligen Appartement. Es endete schrecklich. Nach dem dritten Mal – wieder zwischen leeren Mineralwasserkisten und gestapelten Kartons voller Dosen mit geschälten Tomaten – servierte er sie ab. So war sie nie zuvor verletzt worden: »Du machst das schon ganz gut, aber wir müssen das nicht wiederholen. Vielleicht bist du nur an die falschen Liebhaber geraten, die nichts mit dir ausprobiert haben. Jedenfalls bist du erbärmlich schlecht beim Blowjob!« Sie war zu perplex, um ihn zu ohrfeigen. Sie fühlte sich erniedrigt, elend und schmutzig. Heulend war sie nach Hause gefahren, hatte sich geschworen, nie wieder eine Affäre zu beginnen.

Und nun? Daniel! Ein Mann mit Weizenhaaren und Bernsteinaugen. Und sein Gang! Er schritt, als wäre er Tänzer und nicht Anwalt.

Schon am nächsten Tag hatte Daniel Schlesinger sie angerufen. Er machte keinerlei Bemerkung zu ihrer Forschheit – was sie befürchtet hatte. Stattdessen fragte er, ob sie Lust hätte, ihn zu begleiten zu einem Konzert am nächsten Abend.

»Und deine Frau?«

»Sie hat ihren Yogaabend. Und dein Mann?«

»Ich weiß nicht, was er vorhat. Aber er ist nicht eifersüchtig.«

»Das sollte er aber!«

Rahel Cohen log, sie gehe mit ihrer Freundin Clara in ein Konzert; »irgendetwas Barockiges«, hatte sie gesagt. Es war wirklich ein Konzert mit Händel-Arien, gesungen von einer fulminanten Italienerin, von der sie zuvor noch nie gehört hatte. Später dann lud Daniel Schlesinger sie in eine Bar ein. Zum Abschied küssten sie einander. Nicht auf die Wange. Sie fuhren jeder zu sich nach Hause. Eine Woche später trafen sie sich in der Galerie eines Freundes, den Daniel aus Studienzeiten kannte, in Greenwich. Ein kleines Backsteinhaus. Claus Bridgeday hatte seinem Freund den Schlüssel überlassen und im Kühlschrank eine Flasche Wein bereitgestellt. Erst sahen sie sich die Bilder an, Fotografien aus dem Paris der fünfziger Jahre. Dann öffnete Daniel die Flasche. Sie sprachen nicht. Sie liebkosten einander. Vorsichtig. Langsam näherten sich ihre Gesichter, ihre Körper. Bevor er ihre Bluse aufknöpfte, fragte er leise, ob ihr das recht wäre. Sie antwortete, indem sie an seinem Hemd zu nesteln begann.

Als sie auseinandergingen, wussten sie, dass sie sich wiedersehen wollten. Wieder beim Galeristen. Sie waren sich einig, dass sie ihre Familie nicht aufs Spiel setzen würden, dass sie eigentlich nicht viel voneinander wussten. Dass sie sich begehrten – körperlich, nicht seelisch. Sie tauschten nie Liebesworte. Sie fielen übereinander her – und genossen sinnliche Freuden, wie sie Rahel bislang nicht erlebt hatte.

Wir lieben einander nicht, dachte sie erschöpft in Daniels Armen liegend. Wir erregen einander. Mehr nicht. Ich fühle ihn. Aber auf dem Weg nach Hause denke ich an Jacob, nicht an ihn. Doch ich will ihn – mit Haut und Haar. Wieder erschrak sie über sich. Und doch überkam sie ein wohliges Gefühl.

Rahel war im Gegensatz zu ihrer Mutter konsequent, sie hatte sich auf den Betrug eingelassen und ihn auch nie in ihrem Leben bereut. Daniel offenbarte ihr, wie verspielt und lustvoll Sex sein kann, sie verstand, was körperliche Begierde, tabuloses Begehren ist, und hat Orgasmen erlebt, wie sie es nicht für möglich gehalten hätte. Für

Daniel war ihr Körper das Wunder einer Landschaft, in die er eintauchte und die er erbeben ließ. Jacob, so flüsterte Rahel sich ein, um den eigenen Betrug schönzureden, habe sich an sie gewöhnt – was in einem gewissen Maß auch stimmte, seine Küsse hatten an Intensität verloren, sein Begehren entsprach einer Pflichtübung, erotische Fantasien schien er keine zu haben.

Das änderte sich erst nach Daniel Schlesingers Abreise. Jacob Cohen, der bekümmert hatte feststellen müssen, dass seine Frau plötzlich immer häufiger Freundinnen besuchen wollte – und zwar stets ohne die Kinder, was als Lüge leicht durchschaubar war; den es sorgte, dass sie sich abwandte, wenn er des nachts unter ihre Bettdecke schlüpfen wollte –, Jacob wurde von einem Tag auf den anderen wieder eingelassen. Rahel Cohen küsste ihn, als habe sie sich neu in ihn verliebt. Und er? Er ließ sich anfeuern. Er entdeckte ihren Körper. Sie half ihm dabei nicht, regierte nur sehr deutlich auf seine Wagnisse. Immer mit einem Wort nur: Ja! Ihm bereitete diese Reise in bisher Unerkundetes Lust und er genoss es, seine Rahel nicht verloren, sondern wieder- und neugewonnen zu haben.

Daniel Schlesinger war Rahel Cohens letzte Affäre. Und Jacob Cohen? Vieles konnte er sich vorstellen, ein Leben ohne Rahel indes nicht. Je älter die beiden wurden, desto intensiver wurde ihre Beziehung, sie erfuhren sich gegenseitig im gemeinsamen Erkunden und Erleben ihrer Sexualität, sie lernten, jede Nacht, und sie blieben neugierig.

8

Am Ende aller Mutter-Tochter-Gespräche stand der Satz von Anne-Rose Blumemthal: »Sorge dich nicht, Rahel. Manchmal ist jede Ehe ein Schlamassel.« Rahels Mutter hatte sich in ihr Los gefügt, erst in Deutschland vor der Emigration, dann in den Staaten, so sollte es auch ihre Tochter handhaben: »Richard kümmerte sich um unser finanzielles Wohlergehen und um die religiöse Erziehung der Kinder. Und ich war für alles andere zuständig.« Ohne Murren hatte Anne-Rose neben ihrem Mann gelebt und war nicht unzufrieden dabei. Aber dies war nicht alles. Ein einziges Mal nur, in einem vielleicht von Wehmut geprägten Augenblick, hob sie an, ihrer Tochter davon zu erzählen: »Es gab nur eine kurze Zeit nach unserer Flucht hierher, es gab einige Tage, an denen ich an eine Trennung dachte. Nicht, weil ich glaubte, dein Vater würde mir zu viele Pflichten aufbürden und egoistisch nur an seiner Karriere arbeiten, nein: Weil sich Richard von mir abwandte und eine Freundin hatte.« Dann besann sich Anne-Rose Blumenthal, hielt inne und das Thema war beendet – ein für allemal.

9

Rahels Sitznachbar im Flugzeug war ein jüngerer Mann. Sie schätzte ihn auf Ende vierzig. Gut erzogen, wie es schien, denn er stellte sich ihr gleich vor. Er hieß Alexander und war Anwalt, er flog zurück nach München, wo er lebte. Ich entkomme den Anwälten nicht, schoss es Rahel durch den Kopf, und sie hakte ein: »Da möchte ich auch hin und nach Fürth. Zuerst nach Fürth, ich habe es meiner Mutter auf ihrem Sterbebett versprochen.« Nach einer Pause fuhr sie fort: »Übrigens, mein Mann ist auch Anwalt, und einer meiner Enkel hat vor zwei Jahren in einer New Yorker Kanzlei begonnen.«

Fürth als Reiseziel verwunderte ihren Sitznachbarn. Rahel erklärte ihm, dass sie als Baby mit ihren Eltern aus Deutschland geflohen sei, gerade noch rechtzeitig; dass viele andere Fürther Juden in den Konzentrationslagern umgekommen seien: »Fürth war vor der Shoa eine sehr jüdische Stadt. Ich möchte sie mir ansehen und durch das Land meiner Väter reisen«, fügte sie ein wenig pathetisch hinzu, »und Deutschen begegnen; Juden und Nichtjuden. Vielleicht«.

Der Steward nahm ihnen die Gläser ab: Start. Pünktlicher Abflug. Alexanders Nachnamen erfuhr Rahel erst Stunden später beim Aussteigen, als er ihr seine Visitenkarte überreichte. Auf japanische Art; er hielt sie in beiden Händen.

Nach dem Abheben der Maschine hatte er sich gleich in seine Akten vertieft, während Rahel mit der Lektüre eines Romans von Lion Feuchtwanger begann. Sie hatte diesen Roman vor einigen Jahren schon einmal zu lesen versucht, dann aber aufgegeben. Sie fing also wieder von vorn an – und schlief ein. Wurde erst wieder wach, als der Steward ihr ein heißes Tuch anbot: Dinner. Sie wählte den Fisch, nahm nach dem Essen wieder das Buch zur Hand – und wurde vier Stunden später wieder geweckt: »Wir werden in Kürze in Frankfurt landen, Frau Cohen. Möchten Sie ein Glas Wasser?«, fragte der nette Steward. Er sah, fand sie, jüdisch aus. Immer falle ich auf große Ohren rein.

10

Landung mit Verspätung. Ihr Gepäck kam erstaunlich rasch. Wie immer hatte sie Angst, es würde irgendwohin transportiert worden sein. Draußen regnete es. Sie nahm ein Taxi und ließ sich zum Hotel fahren. Jacob hatte das Zimmer gebucht. Er liebt mich und kennt mich, sagte sie zu sich, laut, und staunte über den Luxus, nachdem sie es bezogen hatte. Sie nahm ein Bad, weil sie keine Lust hatte, im Regen durch die Stadt zu gehen – und legte sich schlafen.

Am Nachmittag wollte sie durch die Stadt schlendern, doch sie wurde erst um kurz vor sechs am Abend wach und ärgerte sich darüber. Verschwendete Zeit, dachte sie, dem lieben Gott gestohlen. Sie liebte es, mittags ein wenig auszuruhen und erregte sich doch immer wieder, wenn sie aufwachte, dass sie mit den zwei Stunden – denn so lange schlief sie immer – Besseres hätte anstellen können.

Vor dem Abendessen im Hotel schickte sie Jacob eine längere WhatsApp-Nachricht:

Geliebter Jacob,

bin gut angekommen. Hab Dank für das wunderschöne Zimmer, nicht zur Straße. Habe schon meinen Mittagsschlaf hinter mir, zu lang, wie immer. Ich werde also, so Gott will, auch in der Nacht nicht von Autolärm geweckt werden. Du fehlst jetzt schon. Pass auf Dich auf und mach keinen Unsinn. Und kümmere Dich um die Enkel. Aaron und Chaim brauchen Dich weniger, also halte Dich raus mit Bemerkungen zu ihrer Arbeit. Du bist als Anwalt vielleicht besser als Aaron, als Pilot gewiss schlechter als Chaim. Verabrede Dich mal mit Benjamin. Ich glaube, er ist unglücklich.
Je t'embrasse fort! Rahel.

Kein Absacker in der Bar. Ein Gebet im Bett – wie an jedem Abend. Am nächsten Morgen die nächste Nachricht an Jacob: *Guten Morgen und einen schönen Tag. Bleib gesund. Hugs and kisses, Rahel.*

Nach dem Frühstück – ein grüner Tee, ein Croissant und Orangenmarmelade reichten ihr, auch wenn sie sich selbst einfallslos fand – fuhr sie zum Bahnhof. Abfahrt von Gleis 5 um 11.54 Uhr, ein Zug nach Nürnberg, wo das nächste Hotelzimmer auf sie wartete. Auf der Anzeigetafel stand: »Wenige Minuten Verspätung«. Aus wenigen Minuten wurden vierundzwanzig. Rahel gruselte vor dieser Stadt. »Dass du dir das auch noch antun willst, ich versteh dich nicht«, hatte Jacob, nicht vorwurfsvoll, sondern eher besorgt, kommentiert. Das Reichsparteitaggelände wollte sie sich auf keinen Fall ansehen und auch nicht die Burg. Sie wollte ins Germanische Nationalmuseum, ins Dürer Haus.

Im Museum erfreute sie sich besonders an Albrecht Dürers Gemälde von Karl dem Großen und Kaiser Sigismund, an Albrecht Altdorfers *Sieg Kaiser Karls des Großen vor Regensburg* und an Hans Baldung Griens Darstellung der Marter des heiligen Sebastian. Ihr gefiel dieser junge Mann, der seinen Angreifern, die anscheinend einen Pfeil in sein rechtes Bein geschossen haben, ohne recht zielen zu können, obwohl sie direkt vor ihrem Opfer stehen, sehr keck widersteht und den bösen Buben keinen Blick gönnt, sondern den Betrachter ansieht. Vom Dürer-Haus und dem großen Saal darinnen war sie enttäuscht: historische Gemäldekopien. Schon jetzt nahm sie sich vor, noch nach München zu reisen. Wegen der Alten Pinakothek und deren Schätzen, von denen ihre Freunde, die Glückmans, geschwärmt hatten, als sie nach einer Europa-Reise zurückgekehrt waren: »Die Uffizien sind toll, aber die Pinakothek ...«

Als sie vor das Museum trat, begann es zu regnen. Zurück ins Hotel. Ausgeschlafen bat sie den Concierge, ihr ein Restaurant zu empfehlen. Er lobte eines besonders. Es sei an einem historischen Ort und der Koch sei »genialisch«. Rahel Cohen erschien das Wort übertrieben. Es gab noch einen freien Tisch, da hatte sie Glück. »Normalerweise ist das Restaurant so kurzfristig ausgebucht.«

Rahel Cohen fühlte sich wohl in diesem Ambiente und schmunzelte in sich hinein, »ein wenig, wie im Bühnenbild einer Meistersinger-Aufführung«. Sie kehrte spät zurück ins Hotel, weil sie sich ein Dessert nicht verkneifen wollte: Schokoladenkuchen mit Vanilleschlag, so stand es auf der Karte. Am Morgen las sie ihre Nachrichten. Chaim hatte ihr geschrieben, was sie sehr verwunderte, kümmerte sich ihr Sohn doch seit seinem Ausstieg aus dem Berufsleben vor allem um seine Karriere in der Republikanischen Partei, was wiederum seiner Frau, die immer die Demokraten wählte, sehr missfiel. Selten nur hatte er seiner Mutter in den letzten Jahren geschrieben, und wenn sie einander trafen, auch mit Aaron und dessen Frau, war Politik kein Thema. Chaim und seine Mutter waren einander zugetan, aber, anders als bei Aaron, schien Rahel Chaims Zuneigung eher eine pflichtbewusste als eine gelebte, ehrliche. Aber sie redeten darüber nicht und sie stritten nicht. Selbst Jacob Cohen, der überzeugte Demokrat, machte seinem Sohn keine Vorhaltungen, obwohl auch er Chaims Engagement eher irritiert verfolgte. Sie las die Nachricht mit Besorgnis: *Liebste Mutter, ich hoffe, es geht Dir gut und die Reise überanstrengt Dich nicht. Hier ist alles okay. Vater vermisst Dich, aber er langweilt sich nicht! Wir passen alle auf ihn auf. Ich weiß, du magst die Republikaner nicht sehr; vielleicht freust Du Dich dennoch, dass ich in ein wichtiges republikanisches Komitee gewählt worden bin. Ich möchte mich vor allem um die Positionierung der Partei kümmern. Wir brauchen mehr Tempo! Wie auch immer – ich habe eine neue Aufgabe.*

Ich wünsche Dir glückliche Tage und umarme Dich aus der Ferne, Chaim. Und sie antwortete sofort: *Mein lieber Chaim! Ich bleib dabei, Du kämpfst auf der falschen Seite, aber darüber diskutieren wir schon lange nicht mehr mit Dir. Ich umarme Dich auch, Deine Mutter.*

Diese Nachricht stimmte sie missvergnügt. Sie wurde erst wieder heiter, als sie Jacobs, Aarons und Benjamins Zeilen las. *Du fehlst mir, meine geliebte Rahel! Pass auf Dich auf! Millions of hugs and kisses! Größeres Streitgespräch mit Chaim – er wird ein richtig Radikaler. Nicht schön!*

Aaron wünschte *viel Freude in Deiner Geburtsstadt – hoffentlich ist sie adrett!* Das Wort gefiel ihr.

Benjamin hatte gepostet: *Was für ein Geburtsdatum hast du in das Anmeldeformular geschrieben? Pass auf, die Deutschen sind pingelig. Wehe, die kriegen raus, dass die Jüdin schummelt.*

Sie hatte an der Rezeption – wie schon in Frankfurt – ihren Pass abgeben und zusätzlich das Formular ausfüllen müssen. Niemandem war aufgefallen, dass sie ein falsches Datum angegeben hatte. *Sechzehn Jahre Schmu*, hatte sie am Abend in ihr Tagebuch geschrieben – sie mochte dieses jiddische Wort, das ihre Eltern gern benutzten, wenn sie ihre Tochter beim Flunkern erwischt hatten.

Sonnenschein. Dennoch wurde Rahel Cohen allmählich mulmig. Heute ging es nach Fürth. Sie fürchtete die Stadt. Sie hatte Angst, das Kuvert zu öffnen. Sie fuhr mir der Regionalbahn. Sie wollte nicht die U-Bahn nehmen mit ihrem großen Koffer. Wieder Verspätung. Am Mittag kam sie an. Ein unwirtlicher Ort, dieser Hauptbahnhof. Gänge, unterirdisch, beleuchtet von Neonröhren. Grau, duster, dreckig. Wieder ein Taxi. Der Fahrer, offensichtlich kein Deutscher, war verstimmt: Die Fahrt war ihm zu kurz. Auch dieses Hotel hatte Jacob ausgesucht. Es gab wohl kein besseres.

Sie bekam ein Zimmer zum Innenhof. Sie packte zum ersten Mal den großen Koffer aus. Sie mochte zwei Nächte bleiben – so war die Planung. An der Rezeption fragte sie nach einem Stadtplan und wanderte los. Nein, nicht gleich zu ihrem Geburtshaus. Sie wollte nicht gleich enttäuscht werden. Stand es noch? War es bei einem Bombenangriff zerstört worden? Sie nahm die Friedrichstraße in Richtung der Kirche *Unsere Liebe Frau*. Sie ging hinein und sofort wieder heraus: »Frühes 19. Jahrhundert, muss ich nicht haben«, murmelte sie. Sie schaute auf ihren Plan. Die nette junge Frau vom Hotel hatte ein Kreuz darauf gemalt, dort, wo das Jüdische Museum seit 1999 seinen Sitz hatte: Königstraße 89. Und dann, denn sie war bemüht, ihre Gäste zufriedenzustellen, hatte sie gleich noch einen Tipp gegeben: »Versäumen Sie nicht, sich die Laubhütte unterm Dach anzusehen. Darauf sind wir Fürther besonders stolz!«

Rahel Cohen hatte sich gut vorbereitet, kannte die Namen von Plätzen, Straßen und bedeutenden Fürther Juden. Schon vor fünfzig Jahren hatte sie die Autobiographie Jakob Wassermanns gelesen. Der Schriftsteller, Sohn eines Fürther Kaufmanns und zu seinen Lebzeiten ein sehr erfolgreicher Romancier, versuchte schon 1921 seinen Weg als Jude *und* Deutscher zu beschreiben – aus der Provinz in die Welt. Sten Nadolnys *Ullsteinroman* hatte ihr sehr gefallen; darum wollte sie mit dem Ullstein-Haus ihren ersten Rundgang beginnen und dann eilig zum Museum.

Sie stand vor dem Geburtshaus Leopold Ullsteins, in der Mohrenstraße 2, einem viergeschossigen, durchaus imposanten Gebäude. Lange hielt sich Rahel Cohen dort nicht auf; es gab nicht wirklich viel zu sehen. Also, rasch ins Museum!

Im zweiten Stock des Nebengebäudes befand sich hier im 18. Jahrhundert die Gabrielschul, gestiftet von einem gewissen Gabriel Fränkel, der Fürther Gemeindevorsteher war und Hoffaktor in Bamberg. So stand's auf einer Tafel. Rahel ging nicht hinein. Schließlich lief sie die Königstraße entlang, deren Erscheinungsbild sie erahnen ließ, wie reich diese Stadt einmal gewesen sein musste. Bald schon machte sie Halt vor dem jüdischen Museum – einem umgewidmeten alten Wohnhaus samt Neubau. Sie öffnete die schwere Glastür und bemerkte, wie sehr sich der Herr am Empfang freute, dass endlich jemand eintrat. Trotz seines graumelierten Haars sah er jung aus. Er war freundlich. Bevor Rahel sich umsah, kaufte sie Bücher. Jedes, das den Namen Fürth im Titel trug.

Sie eilte rasch durch die wenigen kleinen Ausstellungsräume. Dann öffnete sie die Tür zum Lesesaal. Die freundliche Bibliothekarin, die ihr sofort anvertraute, dass sie eigentlich in Rente sei und sich hier nur ehrenamtlich um die Bücher und Besucher kümmerte – sie sagte es in dieser Reihenfolge –, half Rahel Cohen bei ihrer Suche. Zur Familie Lammfromm fanden sie nichts. Ebenso wenig über die Blumenthals. Margit Pfahlmann, so hieß die ältere Damen, erwähnte, dass man vielleicht etwas in den Publikationen über die Rabbinerfamilie Fränkel finden könnte, über diese hätten viele geschrieben und vielleicht habe es ja Querverbindungen gegeben. Aber auch hier müsse sie direkt vorwegsagen, dass über jene Fränkels, die kurz vor der Shoa in Fürth noch gelebt hatten, kaum etwas bekannt sei.

Nach einer knappen Stunde bat Margit Pfahlmann, die Rahel Cohen immer wieder neue Broschüren an ihren Platz brachte, die fremde Amerikanerin zu gehen: »Die Bibliothek schließt meist eine

Stunde vor dem Museum, aber ich würde mich freuen, wenn Sie wiederkämen.«

Rahel Cohen wollte noch bleiben; sie wollte die Stunde nutzen, vielleicht, so hoffte sie, würde sie etwas entdecken, was sie beim ersten, raschen Rundgang übersehen hatte. Denn sie war an den Schaukästen mit den Leuchtern achtlos vorbeigelaufen und hatte auch nicht jedes Porträt betrachtet. Hatte die Stufen nicht gezählt, die hinunter führten in die Mikwa. Es waren siebzehn; neun Meter unter dem Erdgeschossniveau. Besitzer des Hauses – erst jetzt las sie die Hinweistafel – war seit 1702 eine Familie namens Fromm. Rahel Cohen stieg die Stufen noch einmal hinunter und erinnerte sich, dass ihre Mutter wenige Riten so sehr gehasst hatte wie das Baden in der Mikwa. Auch Rahel mochte es nicht. Wann war sie das letzte Mal in einer gewesen? Als Teenager.

Zurück im Hotel überlegte sie schließlich, ob es nicht besser wäre, wieder abzureisen. Sofort. Den Brief nicht zu lesen und nur noch auf dem Friedhof die Gräber der Lammfromms zu suchen. Sie legte sich aufs Bett. Das Kuvert, auf das ihre Mutter nur ihren Namen geschrieben hatte, lehnte sie auf den Beistelltisch an die Karte mit dem Roomservice-Angebot. Nach einigen Minuten zog sie sich aus, nahm ein Bad, bestellte für den frühen Abend ein kleines Essen aufs Zimmer und schlüpfte unter die Bettdecke.

II

Anne-Rose Blumenthal hatte tief und fest geschlafen, als Rahel ihr Zimmer betrat. Vorsichtig hatte die besorgte Tochter zuvor angeklopft, aber die Mutter hatte nicht geantwortet. Rahel zog ihre Schuhe aus und ging auf Zehenspitzen zum Bett. Sie betrachtete ihre Mutter, die in den letzten Monaten sehr abgenommen hatte. Ihre Wangen waren eingefallen, das graue, schulterlange Haar lag zerzaust auf dem Kopfkissen. Anne-Rose hatte mit Nachdruckt verweigert, sich frisieren zu lassen. In den letzten Monaten ihrer Krankheit war alle Eitelkeit von ihr abgefallen. Sie ließ sich noch waschen, das ja – Jacob hatte eine Pflegerin eingestellt, Ximena, Tochter mexikanischer Einwanderer. Sie kam am frühen Morgen und ging erst in der Nacht, wenn ihre Patientin eingeschlafen war. Diese alte Dame machte es ihr nicht einfach. Nichts war ihr recht. Saß sie unter der Dusche, dann schrie sie, das Wasser sei so heiß – Ximena wolle sie verbrühen. Das Essen schmeckte ihr nie. Nur, wenn erklärt wurde, Rahel habe es gekocht und vorbeigebracht, nahm sie ein, zwei Löffel. Jacob und die Söhne hatten beschlossen, die Chemotherapie abzubrechen und Anne-Rose zuhause in den Tod zu begleiten.

Knapp zwei Wochen nach ihrer Rückkehr in die Wohnung, schrie sie zum ersten Mal nach ihrem Richard, dessen Tod sie nie verwunden hatte. Jacob Cohen eilte ins Zimmer seiner Schwiegermutter, schweißgebadet lag Anne-Rose in ihrem Bett, hatte die Decke fortgerissen. Jacob und Rahel, die gleichfalls hinzugeeilt war, versuchten sie zu beruhigen und wieder zuzudecken. Vergebens. Sie riss das Federbett immer wieder zu Boden und schlug auf Rahels Hände. Endlich wurde sie müde und schlief ein.

Am Morgen delirierte sie. Der Arzt gab ihr Morphium. Sie hörte auf, nach Richard zu rufen. Stattdessen schaute sie mit leeren Augen an allen, die an ihrem Bett standen, vorbei und stammelte: »Ihr seid schuld!«

Sie hatte ihren Eltern nie vergeben, ihrem älteren und einzigen Bruder Nathan so rasch nachgegeben zu haben, als dieser sich entschieden hatte, trotz der sich täglich verschlechternden Lage für die Juden nicht mitzukommen nach Amerika.

Nathan war nach der Emigration der Lammfromms und Blumenthals zur Familie seiner Freundin gezogen, die ungefährdet war. Margot, mit der er schon einige Monate zusammen war, musste nichts befürchten. Sie war die Tochter von Leonard Fischer, einem protestantischen Professor, der im städtischen Krankenhaus die Chirurgie leitete. Ihre Mutter war Pastorentochter – und sie selbst wie auch ihr Bruder waren getauft. Sie alle unterschätzten die Gefahr. Schon Ende 1935 war klar, dass Nathan und seine Freundin Verbotenes taten. Ihre Liaison war zur Rassenschande erklärt worden. Dennoch hatte niemand von ihnen wirklich Angst. Sie wähnten sich sicher in dem Mietshaus, in dem sie gemeinsam lebten. Sie wurden respektiert von den Nachbarn. Unter ihnen, so glaubten sie, gäbe es keine fanatischen Hitleranhänger. Im Erdgeschoss wohnten ein Lehrerehepaar und ein alleinstehender Internist. Im zweiten Stock lebten sie und der Direktor des Museums mit seiner Familie. Im dritten hatte der Hausbesitzer seine Wohnung. Er hatte es zu Vermögen gebracht durch die Einnahmen des Hotels, das seine Großeltern gegründet hatten und das nun von ihm in der dritten Generation betrieben wurde. Über ihn wussten die Fischers am wenigsten. Sie ahnten zwar, dass er sich sehr früh mit dem neuen Regime abgefunden hatte, weil er seine Existenz, so munkelte man, nicht hatte gefährden wollen. Ein wenig naiv, hielten sie ihn für einen aufrichtigen Demokraten, da er die Vossische Zeitung abonniert hatte – bis sie nicht mehr erscheinen durfte.

Sie irrten sich. Der Hotelier hatte die Fischers angezeigt, weil deren Tochter in seinem Haus – ohne sein Einverständnis – mit einem Juden zusammenlebte.

Nathan Lammfromm wurde verhaftet.

Anne-Rose hatte schon 1945 die ersten Anfragen nach dem Verbleib ihres Bruders gestellt. Zuerst hatte sie die ehemaligen Nachbarn in Fürth angeschrieben. Bis auf die Witwe des Bäckers antwortete ihr niemand. Sie konnte Anne-Rose auch nicht mehr mitteilen als dies: *Ihr Bruder ist aus der Wohnung der Fischers abgeführt und in ein Gefängnis nach Nürnberg gebracht worden. Dort hat man alle Juden der näheren Umgebung eingepfercht und dann abtransportiert.* Sie glaube nicht, dass er überlebt habe.

Anne-Rose ließ sich nicht entmutigen. Sie kontaktierte die Forschungsstelle in Israel – noch bevor Yad Vashem gegründet worden war. Auch dort konnte man ihr nicht weiterhelfen. 1956, sie hatte gerade ihren vierzigsten Geburtstag gefeiert, bekam sie Post aus Israel. Man habe, so schrieb eine Mitarbeiterin des Archivs, Nathan Lammfromm gefunden.

Seitdem wusste Anne-Rose, dass ihr Bruder nach Majdanek verschleppt worden war, dass er dort als einer der vielen Zwangsarbeiter überlebt hatte, bis zum November 1943. Damals, so wurde ihr mitgeteilt, hätten SS- und Polizeieinheiten innerhalb von zwei Tagen über vierzigtausend jüdische Männer erschossen. Die meisten von ihren waren Polen, aber es seien einige wenige Deutsche unter ihnen gewesen – auch Nathan Lammfromm. Anne-Rose fragte nach, ob ihr Bruder direkt von Nürnberg nach Majdanek verschleppt worden sei. Sie erhielt die Nachricht, dass er zunächst einige Monate in Buchenwald inhaftiert gewesen sei.

Wenige Tage nach der ersten Behandlung mit Morphium hörte Anne-Rose Blumenthal auf zu sprechen. Sie ließ sich füttern. Sie ließ sich waschen und verlor jede Scham. Nur zwei Namen schrie sie, wenn sie träumte, bei Tag und bei Nacht. Den ihres Bruders und einen anderen, oder waren es gar zwei Namen, mit denen niemand etwas anfangen konnte? Es hatte weder bei den Lammfromms noch bei den Blumenthals je einen Ricco oder Rocco gegeben. Je länger ihr Leiden währte, desto seltener rief Anne-Rose nach ihrem Bruder. Der Geist floh aus diesem ausgemergelten Körper, doch die meisten Organe versahen weiterhin ihren Dienst. Man glaubte, dass Anne-Rose sich nach dem Ende sehnte, aber ihr Herz schlug und schlug. Regelmäßig. Unbeeindruckt davon, dass einzelne Körperfunktionen allmählich aufgaben. Stuhlgang und Wasserlassen musste künstlich eingeleitet werden – sie nahm es hin. Verzog keine Miene. Nur manchmal, wenn sie im Bett umgedreht wurde, damit sie sich nicht wundscheuerte, heulte sie auf.

Rahel fragte sich, was sie tun konnte. Die Ärzte sagten im Winter, dass ihre Mutter das Frühjahr nicht mehr erleben würde; und erklärten im Frühjahr, dass sie sich geirrt hätten, ohne eine Prognose zu wagen. Niemanden mehr ließ Anne-Rose an ihr Bett. Nur der Arzt durfte kommen, die Pflegerin und Rahel.

Irgendwann entschied sich Rahel, ihrer Mutter vor dem Einschlafen etwas vorzulesen, so wie die Mutter es bei ihr getan hatte. Sie ist ein Kind, dachte Rahel und las ihrer Mutter Märchen vor. Einige mochte sie. Andere – wie Hänsel und Gretel – wollte sie nicht hören. Sie riss an dem Buch. Rahel verstand. Aber sie wusste nicht, wie sie umgehen sollte mit dem Ruf nach jenem Rocco oder Ricco.

»In dieser Nacht oder in einer der nächsten wird ihre Mutter sterben«, sagte der Arzt zu Rahel. »Vielleicht versammeln Sie lieber Ihre Familie, um Abschied zu nehmen.«

Rahel rief ihre Söhne an und bat diese zu kommen – mit ihren Frauen. Alle anderen informierte sie nicht. Zu viele Menschen würden ihre Mutter, so dachte sie, beunruhigen. Sie hatte recht. Als der Kern der Familie um ihr Bett stand, schrie Anne-Rose: »Raus!«

Rahel blieb, nahm die rechte Hand ihrer Mutter, die mit ihrer Linken auf den Nachtisch zeigte: »Aufmachen!«

Rahel zog an der Schublade und fand unter der Kassette mit dem Schmuck ein verschlossenes Kuvert. Dann sprach Anne-Rose Blumenthal ihr Vermächtnis. Stockend, aber – zum Erstaunen von Rahel – völlig klar. Lange Pausen zerrissen die Sätze.

Rahel Cohen trug das Kuvert bei sich, als man Anne-Rose zu Grabe trug. Rahel hatte den Rabbiner gebeten, über die deutschen Wurzeln der Familien Lammfromm, Blumenthal und Cohen zu sprechen. Über Hamburg, Fürth und New York. Sie selbst las ihr Lieblingsmärchen, das ihr als Kind die Mutter oft hatte vorlesen müssen und das sie nun, in den Tagen des Abschieds, dieser vorenthalten hatte, aus Sorge, sie damit zu ängstigen, dabei hätte Rahel es gemacht wie diese – sie hätte verzichtet auf den bitteren Schluss und geendet mit dem fröhlich stimmenden Ende: der Rosenübergabe. Genauso trug sie nun die Geschichte vor, während den Sarg der Mutter drei weiße Rosen schmückten – von Jacob, Aaron und Chaim – und eine rote Blüte von Rahel: »Ich lese nun Mutters Lieblingsmärchen mit ihrem Lieblingsschluss, der von der Liebe erzählt: *Die Nachtigall und die Rose.*«

Als sie wieder zuhause waren, fragte die noch kleine Lisa ihre Großmutter, wie die Geschichte denn sonst ende. Es sei doch schön, dass der Student die rote Rose seiner Liebsten brächte.

»Ja, das stimmt. Nur in der richtigen Version nimmt sie die Rose nicht, weil sie teuren Schmuck von einem anderen Liebhaber bekommen hat, und der Student wirft die Rose fort …«

12

Rahel Cohen wurde durch das Klopfen an der Tür wach.

»Bitte kommen Sie in fünf Minuten wieder. Ich muss erst aufstehen.«

Der Kellner klopfte wie erbeten ein zweites Mal und stellte das Tablett mit dem Roastbeef, den Toastscheiben und einer Karaffe Weißwein auf den kleinen Tisch. Rahel sah in den Spiegel. Sie sah alt aus und traurig. Sie schenkte sich ein Glas ein und ging damit im Zimmer umher. Hunger hatte sie keinen. Sie nahm das Tablett mit den unangetasteten Speisen, trug es in den Korridor und stellte es auf den Boden vor ihrer Zimmertür.

Sie trank ein Glas und noch ein zweites. Sie überlegte, das Kuvert zu öffnen.

»Ich bin ja in Fürth – ich dürfte es.«

Doch sie fürchtete sich vor dem Inhalt. Ich werde morgen abreisen, nach München, beschloss sie, nahm den Telefonhörer in die Hand, wählte die Nummer der Rezeption und sagte, sie habe sich entschlossen, Fürth schon morgen zu verlassen. In der Nacht träumte sie von Jacob, von ihrer ersten Begegnung in Ann Arbor.

Am nächsten Morgen bat sie, ihre Koffer aus ihrem Zimmer zu holen, und ging auf die Straße. Sie schaute auf den Stadtplan, den das nette junge Mädchen vom Hotel ihr gegeben und dort, wo sich der jüdische Friedhof befand, ein Kreuz aufgemalt hatte.

Es würde ein kurzer Weg sein. Die Pforte war geöffnet. Sie ging durch das Gräberfeld und wusste nicht, was sie eigentlich suchte. Die Gräber ihrer Familie? Sie sah sie nicht. Sie sah sie nicht, weil sie nicht nach ihnen suchte. Sie kehrte um. Ging ins Hotel, schrieb ihrem Jacob und ihrem Lieblingsenkel Benjamin eine Nachricht und bat für etwas später um ein Taxi.

Lieber Jacob – ich weiß nicht, was ich hier suche. Ich reise noch heute ab. Erst einmal nach München. Für nicht lange.
Je t'embrasse, fort,
Rahel

Mein lieber Benjamin,
wie geht es Dir? Damit Du eine kleine Freude hast und lästern kannst: Ich habe sechzehn Lebensjahre versteckt auf der Anmeldung im Hotel – und keiner hat's gemerkt!
Deine Grandma!

13

Jacob Cohen war stolz auf seine Frau, die in einem Alter, in dem andere nur über Krankheiten reden und sich nichts mehr zutrauen, eine solche Reise angetreten hatte. Genau so hatte er einst die junge Rahel kennengelernt: umtriebig, neugierig, nimmermüd – und von Entschlüssen, einmal getroffen, nicht abzubringen.

Auf dem Campus in Ann Arbor waren sie sich zum ersten Mal begegnet, am 3. Oktober 1955. Einer seiner Freunde, Pete Smith, Jurastudent wie er selbst, unreligiös, obwohl katholisch erzogen, und ein Womanizer, hatte ihn mit in seinen Coffeeshop genommen: »Ich will dir meine Freundin vorstellen, sie heißt Grete, hat deutsche Eltern und ist Jüdin. Sie wird dir gefallen. Aber im Moment gehört sie mir.« Grete Jacobi hatte ihre Freundin Rahel mitgebracht. Die sollte ihr sagen, was sie von Pete hielt. Natürlich hoffte sie darauf, dass Rahel ihn nicht bloß charming finden, sondern ihr zudem die Sorge nehmen würde, er mochte ihr womöglich nicht treu sein.

Als die vier sich trennten, war klar: Rahel und Jacob hatten sich knallfall ineinander verliebt. »*Coup de foudre*!«, erklärte Rahel der Freundin und fügte, auch um keine lästigen Fragen beantworten zu müssen, hinzu: »Pete sieht verdammt gut aus, aber ich denke, du wirst sehr auf ihn aufpassen müssen.« Das Ablenkungsmanöver funktionierte. Grete redete ausschließlich über Pete.

Zurück in der Universitätsbibliothek, las Rahel Blumenthal eher unaufmerksam in einem Buch über den russisch-jüdischen Maler Issachar Ber Ryback. Ihre Gedanken aber waren nicht beim Impressionismus oder der expressionistischen Volkskunst, sondern bei diesem Cohen. Rahel, die sich für Kunstgeschichte eingeschrieben hatte, wollte über jüdische Malerei promovieren. Das wusste sie schon im ersten Semester – und auch das gefiel Jacob Cohen, der sie bereits neun Tage später wiedersah. Pete hatte ihn mitgebracht zur Party von Grete, die an diesem Tag ihren dreiundzwanzigsten Geburtstag feierte.

An jenem Abend erfuhr er, dass Rahel, dieses schwarzhaarige, kecke Mädchen mit der übergroßen spitzen Nase, den grün-blauen Augen und den »ellenlangen« Wimpern, von denen er auch noch am dreißigsten Hochzeitstag schwärmte, deutscher Herkunft war – wie er; dass sie jüdisch erzogen worden war – wie er; dass sie Juristen nicht a priori fürchterlich fand und sich vor allem für Kunst interessierte. Sie, die viel investigativer fragte, wusste nach diesen wenigen Stunden mehr: Dass er kein Dummkopf war, sogar mit dem Namen Chaim Soutine etwas anfangen konnte; dass er Händels Kompositionen denjenigen von Bach vorzog, weil diese, wie er erklärte, weniger protestantisch seien, so hatte es ihm seine Mutter eingeschärft; und dass er Romane meide. »Ich weiß, das spricht gegen mich.«

Jacob, dieser eher kleine Mann – er mochte gerade mal einen Meter siebzig groß sein –, hatte blaue, wache Augen, die heller aufstrahlten, wenn er sich freute; und er achtete darauf, dass seine schwarzen Locken nie zu lang wurden, damit er nicht mädchenhaft wirkte. Dieser Mann beherrschte von jenem Abend an Rahels Herz, was sie gern zuließ, und ihren Kopf, ihr Denken, was sie ärgerte.

Nichts anderes hatte sich bei Jacob ereignet. Er war verliebt – und wie. Nie zuvor hatte er, der blitzgescheite und hübsche Mädchen den superschönen Dummerchen vorzog, eine so gebildete und zugleich witzige Frau getroffen, die sich, was ihm sofort aufgefallen war, anzuziehen wusste. Sollten wir zusammen sein, müsste sie auf ihre High Heels verzichten, dachte Jacob, sie ist fast so groß wie ich. Aber was ist so schlimm daran, wenn sie mich ein wenig überragt?

Schon zwei Tage nach der Party lud er sie zum Essen ein. Da es in Ann Arbor kein koscheres Restaurant gab, musste Jacob auch gar nicht erst fragen, ob koscher oder nicht. Er bat sie zu einem Italiener in der Dexter Avenue. Die Wahl gefiel. »Soutine kennen und nicht in ein Steak House einladen, nicht schlecht, Jacob«, freute sich Rahel Blumenthal und bestellte ein Risotto mit Pilzen. Er hatte Lust auf eine Bistecca fiorentina – und orderte Spaghetti mit Artischocken. Sie bat um Wasser, er um eine Karaffe Chardonnay. So hatte es begonnen.

Drei Monate später zogen Rahel Blumenthal und Jacob Cohen in ein Zwei-Zimmer-Apartment in die Geddes Road, nahe eines kleinen Parks. Alles entwickelte sich sehr rasch. Rahel Blumenthal handelte sehr entschlossen, sie plante, organisierte, drängelte. Schon ein Jahr später wurde geheiratet. Den Eltern der beiden ging das alles entschieden zu schnell. Doch Rahel beschied sie und ihre Einwände kurz und bündig: »Es ist Liebe – und Liebe duldet keinen Aufschub!«

Rahel arrangierte die Treffen. Jacob, seine Eltern und sie selbst: Das war der erste Streich. Jacob, ihre Eltern und sie selbst: Das war der zweite Streich. Jacob, seine Eltern, ihre Eltern und sie selbst: Das war der dritte Streich. Drei Treffen innerhalb zweier Wochen. Die jüdische Hochzeit fand in New York statt – im Waldorf Astoria. Rahel hatte die Wahl getroffen. Ihre Eltern waren einverstanden. Die Blumentals luden also 86 Gäste ein; darunter auch Grete und deren Freund Steven – Pete hatte sich sehr schnell aus dem Staub gemacht.

Rahel unterbrach, trotz ihres Vorhabens einer Dissertation, ihr Studium nach zwei Semestern. Ihr Entschluss stand fest: Kinder – so rasch wie möglich. Soutine danach. Jacob fühlte sich liebevoll überrumpelt – wie später noch so oft. Aber er war froh, dass seine Frau ihn in Ruhe zuende studieren ließ. Noch im selben Jahr trat er in die Anwaltskanzlei Kline & Partner ein. Sie mieteten sich eine Wohnung in Manhattan West, 30th Street. Die alten Blumenthals und die alten Cohens, die Teile ihrer Vermögen vor den Nationalsozialisten hatten retten und in den USA kontinuierlich haben vermehren können, unterstützten die Kinder. Entschlossen meisterte Jacob Cohen seinen Karriereweg – entschlossen, ehrgeizig, aber niemals rücksichtslos. Aus dem angestellten Anwalt war sehr schnell ein Partner geworden und am Ende sogar der *managing partner* der Kanzlei. Erlebten Freunde und Fremde das junge Ehepaar, so ließ Rahel keinen Zweifel aufkommen, dass ihr Jacob das Sagen hatte. Aber alle ahnten: Am Ende entscheidet sie. Die beiden, aufgewachsen mit der deutschen Sprache, redeten untereinander deutsch und beschlossen, dass auch die Kinder und Kindeskinder diese Sprache lernen und beherrschen sollten. Damit sie ihrer nicht verlustig gingen, befreundeten sie sich in der jüdischen Gemeinde mit Menschen, die es hielten wie sie. Gemeinsam besuchte man Konzerte. Gemeinsam ging man zu Lesungen. Rahel Cohen pflegte einen literarischen Salon – mitten in Manhattan. Zweisprachig. Einmal im Monat, immer am ersten Donnerstag, traf man sich bei den Cohens. Diskutiert wurden die Werke deutschsprachiger Autoren. Man las sie im Original und in der Übersetzung. Stolz verkündete Rahel, sie sei in Manhattan die Nachfolgerin von Rahel Varnhagen.

Am 3. Juli 1957 kamen Chaim und Aaron zur Welt. Chaim war der Erstgeborene. Überglücklich planten Rahel und Jacob die Zeremonie der Beschneidung. Kein Aufschub, kein Abweichen vom Gesetz, hatte Rahel entschieden, obwohl sie diese Geburt sehr geschwächt hatte. Jacobs Bitte um Verschiebung wurde nicht erhört.

»Du weißt es, Jacob: am achten Tag! Ich werde – und so gesund werde ich sein – Chaim und Aaron in die Synagoge bringen und hinterher auch wieder in Empfang nehmen. Und dann wird gefeiert. Wie zur Hochzeit: im Waldorf!«

So geschah es. Jacob sprach den Segen. Die alten Blumenthals und Cohens waren froh, dass auch ihre Kinder den jüdischen Glauben lebten; dass die Familie wuchs. Und dass sie damit den Deutschen zeigten, dass Hitlers Morden die Juden nicht vollständig vernichtet hatte. Damals war Rahels Bruder Schlomo – er war zwei Jahre jünger als sie, geboren schon in New York – noch unter ihnen. Eine Woche später verunglückte er bei einem Autounfall tödlich. Der Verlust bedrückte Rahel lange, denn sie liebte ihren Schlomo und hatte, so glaubte sie, zu wenig auf ihn aufgepasst und ihn nicht genügend ermahnt, wenn er viel zu schnell über die Highways raste.

Allein einen Trost hatte sie: Sie glaubte, ihrem geliebten Bruder seien viele Sorgen erspart geblieben und ein womöglich sehr schweres Leben. Schlomo war unverheiratet und kinderlos, als er starb. Seine Ferien hatte er stets mit einem »Kumpel« verbracht, so hatte er Marcel genannt, der mit ihm studiert hatte. Die beiden waren unzertrennlich. Sie hatten dieselben Seminare und Vorlesungen belegt. Nur eines unterschied sie: Marcel hatte sich spezialisiert auf Leichtathletik, Schlomo war Turner und ein wahrer Crack am Barren. Kurz nach Schlomos Beerdigung war Marcel fortgezogen nach Los Angeles. Er hatte eigens eine Traueranzeige in die Zeitung setzen lassen: *Dem einzigen Freund sage ich Adieu – in Liebe, Marcel.* Rahel dachte häufig an den Tod ihres Bruders, und nie gelang es ihr ganz, den Gedanken zu unterdrücken, dem Übermut, so gerast zu sein, mochte womöglich ein ganz anderer Beweggrund innegewohnt haben, ein Beweggrund, bei dem sie sich verbat, ihn auch nur still in Worte zu fassen.

Jacob erinnerte sich, als er nach dem Abschied von seiner Rahel am Flughafen zurück nach Hause fuhr, an jenen Tag der Beschneidung. Rahel war es, die für ihre Söhne gebetet hatte. Er hatte eine lustige Rede gehalten und sich vor allem gefreut – über die Zwillinge, über Rahel, über sich und über das Leben. Alle hatten ein Massel-Tow-Lied gesungen. Er war damals ebenso stolz auf seine Frau wie heute noch. Sie war in seinen Augen noch immer wunderschön. Wie gut, dass wir einander nie verlassen und einander die beiden Ausrutscher verziehen haben, dachte er. Schämte er sich seiner Affäre? Nein. Bedauerte er sie? Nein! War sie nötig? Ja – er wollte damals noch einmal heftig begehrt werden. Nicht ahnend, dass Rahel sich Leidenschaft von ihm wünschte und nicht alltägliches Liebhaben. Diese Erfahrung hatte ihn geprägt. Rahel und er bemühten sich seitdem, nie mit schnellen, alltäglichen Gesten einander Zuneigung zu signalisieren. Der Zungenkuss gehört dazu, lachte er, als er sich Manhattan näherte, und unsere polyglotten Abschiedsworte auch. Er riet noch heute, wenn man ihn mal um Rat bat, ob Seitensprünge gebeichtet werden sollten oder nicht, stets ab von solchen »Herzensergießungen« – das war sein Wort. Sie belasteten, so erklärte er, eine Beziehung unnütz, weil die Opfer damit gezwungen würden, den Tätern zu verzeihen, wollten sie nicht die ganze Chose aufs Spiel setzen. Ehrlichkeit sei da fehl am Platz. Später, viel später, könne man sich das alles dann auch erzählen, wenn die Zeit erwiesen haben würde, dass man zusammengehörte. Und gern fügte er einen Spruch seiner lebensklugen Großmutter hinzu: »Fürs Gewesene gibt der Jude nichts«, obwohl er wusste, dass diesen Satz gern die Antisemiten benutzten, um Juden zu verunglimpfen als geschichtslose Gesellen ohne schlechtes Gewissen.

Die ersten Tage nach Rahels Abreise litt Jacob sehr. Er kränkelte auch ein wenig, was vor allem Benjamin bedrückte. Jacob ermahnte seine Kinder und Enkel, keinesfalls Rahel zu informieren, die sich sorgen und womöglich die Reise abbrechen würde. Nach drei Tagen war er wieder wohlauf, ging zu seinem Training und in die Nationalbibliothek. Das Training bei Jimmy strengte ihn mehr an als gewöhnlich. Nach einer dreiviertel Stunde schon hörte er auf und überlegte, ob er das Turnen nicht überhaupt lassen sollte – »ich bin einfach zu alt, ich sollte mir nichts vormachen!« –, und schlenderte in die New York Public Library zur Fifth Avenue. Er mochte dieses Gebäude mit dem imposanten Eingang; er liebte die Flure mit den Deckengemälden und die beiden riesigen Lesesäle. Er wusste nicht wirklich, welche Bücher er suchte.

14

Rahels Abreise aus Fürth glich einer Flucht. Sie, die den Luxus liebte, aber nicht gern Geld verschwendete, wollte nicht noch einmal durch diese Stadt fahren, nicht noch einmal den dunklen unterirdischen Gang im Fürther Bahnhof nehmen und die Treppe hinaufsteigen zum Bahngleis. Zurück im Hotel, ließ sie sich einen Fahrer kommen, der sie sofort nach Nürnberg fahren sollte. Sie beabsichtigte, einige

Tage in München zu bleiben und dann wieder zurückzufliegen. Den Brief ihrer Mutter, den sie in ihrer Handtasche aufbewahrte, wollte sie noch lesen. In Fürth. Sie wusste nur nicht wo. Vielleicht würde sie ihn auch verbrennen – ungelesen, aber in Fürth.

Als sie am Stadtpark vorbeikamen, bat sie den Fahrer plötzlich, er möge anhalten: »Ich steige hier aus. Bitte fahren sie mein Gepäck zurück ins Hotel und verlängern Sie dort mein Zimmer, würden Sie das für mich tun?« Sie reichte dem jungen Mann, der sie sehr verblüfft ansah, zwei Geldscheine: »Wäre das die Summe für die Fahrt nach Nürnberg?«

»Es ist zu viel, viel zu viel.«

»Behalten Sie bitte den Rest, und lieben Dank für Ihre Hilfe!«

Rahel Cohen stieg aus. Sie glaubte, erst seit ihrer Abreise aus New York darüber nachgedacht zu haben, wo sie den Brief ihrer Mutter lesen würde. In Wahrheit grübelte sie darüber, seit sie im Besitz dieses Kuverts war. Da sie ihre Geburtsstadt nicht kannte, da sie nur die Adresse ihres Geburtshauses wusste und da es den Straßennamen, den ihre Mutter ihr genannt hatte, nicht mehr gab, hatte sie gleich nach ihrer Ankunft weiter geforscht und erfahren, dass die Lowitz-Straße seit 1946 einen anderen Namen trug und die meisten Häuser dieser einstigen Hauptstraße im Frühling 1943 einem Bombardement der Briten zum Opfer gefallen waren. Alle Wohnhäuser, ohne Ausnahme, waren damals zerstört worden. Das Haus ihrer Großeltern und Eltern würde sie also nicht mehr finden. Und jetzt, im Taxi, hatte sie beschlossen, den Brief im Freien zu öffnen. Zunächst hatte sie den Friedhof für einen geeigneten Ort gehalten. Dann war ihr, plötzlich, der große Stadtpark in den Sinn gekommen, als das Taxi an dessen Saum vorbeifuhr.

Sie fand eine Bank unter einer Ulme. Die Wolken hatten sich verzogen, die ersten Sonnenstrahlen wärmten sie. Nirgendwo ein Spaziergänger, der sich womöglich hätte neben sie setzen können.

Sie wischte die grüngestrichenen Holzbalken mit einem Taschentusch sauber und setzte sich. Aus ihrer roten ledernen Flechttasche zog sie das beigefarbene, verblichene Kuvert, das sie schon so oft in den Händen gehalten hatte, und starrte auf ihren Namen, geschrieben von Anne-Rose, mit blauer Tinte und gewiss mit dem alten schwarzen Füllfederhalter, auf dem das Datum ihrer Einschulung eingraviert war. Sie zögerte lange. Endlich entnahm sie ihrer Handtasche eine kleine Nagelschere und öffnete das Kuvert, indem sie es an der linken Seite aufschnitt. Vorsichtig zog sie das Papier heraus. Sie erwartete einen Briefbogen. Es war eine zweiseitige Karte. Auf der ersten Seite stand ganz oben: *Für meine Rahel.* Darunter in großen Lettern: *Angekommen in Fürth.* Sie klappte die Karte auf.

Manche Spaziergänger, die an der Bank vorbeigingen, werden wohl überlegt haben, ob sie der älteren Dame ansprechen und ihr Hilfe anbieten sollten. Andere joggten achtlos an ihr vorüber. Über eine Stunde blieb Rahel Cohen bewegungslos sitzen, den Blick starr ins Nichts gerichtet, mit überkreuzten Beinen, die Füße über dem Boden schwebend, die Hände schlaff in ihrem Schoß liegend, in ihnen, lose die Karte, auf der einige Buchstaben, unter den Tränen, die Rahel gar nicht bemerkte, langsam verschwammen. Plötzlich besann sie sich und führte das Vermächtnis ihrer Mutter wieder zurück ins Kuvert. Behutsam. Ängstlich.

Sie stand auf.

Sie wendete sich nach rechts.

Sie nahm den Sandweg, von dem sie nicht wusste, wo er enden würde.

Sie hatte kein Ziel.

Ihre Gedanken waren nicht bei ihrer Mutter. Nicht bei ihrem Vater. Nicht bei ihrem Bruder Schlomo. Nicht bei Jacob. Nicht bei ihren Söhnen. Ihre Gedanken waren nirgendwo.

Sie lief erst durch den Park.

Dann durch die Stadt. Ziellos – hier wie dort.

Sie hatte aufgehört zu weinen. Am Hotel ging sie vorbei.

Auf dem Weg zum jüdischen Friedhof machte sie kehrt.

Die Sonne war untergegangen. Die Straßenlaternen funzelten.

Sie lief zurück zur Parkbank.

Sie las noch einmal die Karte. Und rief den Namen ihrer Mutter in die Nacht.

Kurz nach Elf fanden zwei Polizistinnen auf ihrer allabendlichen Streife, auf der sie Jugendliche, die im Park gern kifften, nach Hause schickten, Rahel Cohen auf der Bank unter der großen Ulme. Sie schlief, ihr Kopf war ihr auf die Brust gesunken. Die beiden sprachen die, wie sie bemerkten, gut gekleidete Dame an. Die Fremde reagierte nicht. Besorgt traten die Polizistinnen näher an die alte Dame heran, berührten sie sanft an der Schulter. Rahel erschrak und öffnete die Augen. Die Polizistinnen fragten, ob sie ihr helfen könnten. Rahel schüttelte den Kopf. Sie könne hier nicht übernachten, sagte eine der beiden und bot ihr an, sie nach Hause zu begleiten. Rahel antwortete, sie habe hier kein Zuhause.

»Aber Sie müssen doch irgendwo wohnen?«

»Ich wohne in New York!«

»Sie müssen doch hier irgendwo schlafen?«

Die Polizistinnen sahen einander an. Sie fragten Rahel nach ihrem Namen. Keine Antwort.

Eine der beiden Beamtinnen entfernte sich von der Bank und fragte telefonisch bei den Kollegen nach, ob in irgendeinem Hotel im Umkreis von Fürth eine Frau aus den USA gemeldet sei – wahrscheinlich aus New York. Die Antwort kam sehr rasch. Die Dame heiße Rahel Cohen und wohne im Alten Wirt.

Rahel wehrte sich nicht, als die beiden Frauen ihr vorschlugen, sie zum Hotel zu bringen. Sie trotteten langsam aus dem Park heraus und kamen schließlich beim Hotel an.

»Hier nächtigen Sie doch, nicht wahr?«, fragte die ältere der beiden Frauen.

Rahel Cohen nickte.

Die beiden ließen sich den Zimmerschlüssel der Amerikanerin geben und begleiteten sie in den zweiten Stock, schlossen ihr die Tür auf.

»Schlafen Sie gut!«

Rahel antwortete nur mit einem Nicken.

»Passen Sie bitte auf die Dame auf – sie ist verstört. Und vor allem geben Sie acht, dass sie in der Nacht das Haus nicht verlässt.« – Der Nachtportier versprach es.

Rahel fiel auf ihr Bett. Vergrub sich in den zwei Kissen und dem Plumeau. Nur die Schuhe hatte sie ausgezogen. Als sie am Morgen nicht zum Frühstück erschien und auch nicht um einen Tee aufs Zimmer gebeten hatte, klopfte um kurz vor elf ein Hotelangestellter an ihre Tür. Sie antwortete nicht. Zehn Minuten später öffnete der Hoteldirektor die Tür des Zimmers 213. Er fand Rahel Cohen schlafend vor. Sie reagierte nicht auf seine Rufe. Er fühlte ihren Puls.

Wenig später wurde Rahel Cohen ins Krankenhaus gefahren und am nächsten Tag bereits wieder entlassen: Ein Schwächeanfall, nichts Ernstes, hatte der Oberarzt gesagt und ihr empfohlen, sich zu schonen.

Seit dem Augenblick, da sie das Kuvert im Park aus ihrer Tasche gezogen hatte, war ihr Telefon auf stumm geschaltet. Die Nachrichten von Jacob und Benjamin hatten sie nicht erreicht.

15

Jetzt endlich wusste Rahel Cohen etwas über die Familie Fränkel, aber dieses Wissen vermochte ihr Geist nicht einzuordnen, und so suchte sie, wie immer in schwierigen Situationen oder vor wichtigen Entscheidungen, Trost im Gebet. Sie hatte sich bei der jüdischen liberalen Gemeinde der Stadt München zum Gottesdienst am Freitagabend angemeldet, noch in Fürth hatte sie im Büro von Beth Yael angerufen.

Rahel Cohen verließ ihre Geburtsstadt mit demselben Fahrer, der sie am Stadtpark hatte aussteigen lassen. Er war diskret, stellte keine Fragen, war nur besorgt, dass diese Frau, die er sehr munter in Erinnerung hatte, so aschfahl aussah und nicht ein einziges Mal lächelte. Statt nach Nürnberg ließ sie sich nach München fahren.

Kaum war sie in ihrem Hotelzimmer eingrichtet, meldete sich eine Dame bei ihr, der Concierge hatte das Gespräch durchgestellt. Die Fremde stellte sich vor als Mitglied der jüdischen Gemeinde, der Rabbiner habe sie gebeten, sich um den Gast aus Amerika zu kümmern.

»Ist es Ihnen recht, wenn ich Sie um achtzehn Uhr abhole?«

Rahel freute sich über diese Aufmerksamkeit und gab Inge Pinkat, der Anruferin, ihre mobile Telefonnummer – »... für alle Fälle«.

Das Zimmer war geräumig, das Bad hatte ein Fenster, und vom Krach der Straße würde sie nichts mitbekommen. Sie suchte auf ihrem Laptop die Homepage der Gemeinde. Dort fand sie ein Foto vom Rabbiner; ein noch junger Mann mit rötlichem Haar und einer Brille, lächelnd. Dazu ein sympathischer Vorstellungstext. Ein Naturwissenschaftler, der erst nach Ende seines Studiums sich entschieden hatte, Rabbiner zu werden.

Kein Deutscher, ein Tscheche. Sie freute sich auf das Treffen, auf die Gebete – sie hoffte auf Trost.

Eine Mail von Benjamin änderte nicht allein die Planung für diesen Tag, sondern die ganze Reise.

16

Jacob Cohen wollte nur das erste Kapitel überfliegen, aber er blieb bis zum frühen Abend in der Bibliothek. Er hatte sich einen Roman von Ludwig Tieck kommen lassen – sein Vater hatte für diesen Sonderling geschwärmt. Noch nie hatte Jacob eine Zeile von Tieck gelesen; überhaupt hatte er wenige Bücher in seinem Leben geschafft, sondern fast immer nach wenigen Seiten aufgegeben. Er hatte wirklich dieses Wort benutzt: ›geschafft‹. Belletristik, das war für ihn Arbeit, keine angenehme. Nur juristische Bücher hatten ihn bisher interessiert und manchmal historische Biografien, aber Romane? Dass Rahel ihn trotz dieser Ignoranz liebte, war für ihn kein kleines Wunder. Und jetzt dieser Anfang: Mitten hinein in ein Gespräch. Keine lange Erklärung. Sondern eine Frage nur, schon nach wenigen Zeilen: »Endlich?«

Einen kurzen Moment dachte er daran, das Buch nicht im Saal zu lesen, sondern auszuleihen und nach Hause mitzunehmen. Doch der Gedanke, von nun an täglich an diesen Arbeitsplatz zu kommen, bereitete ihm eine gewisse mit Neugier auf das Unbekannte gewürzte Genugtuung. Womöglich würde er zuhause die Lektüre aufgeben. Hier, in der Bibliothek, war das Lesen eine Herausforderung, der er sich stellen wollte. Das entsprach ihm. Nach dem »Endlich?« wurde Tiecks Roman komplizierter.

17

Rahel Cohen weinte. Die Nachricht war ein Schlag und traf sie tiefer, als erwartet. Benjamin hatte einen richtigen Brief geschrieben – keine kurze Nachricht:

Liebe Grandma!

Ich hoffe, es geht Dir gut und Deine Reise macht Dir mehr Freude und ist weniger anstrengend, als wir es uns hier vorstellen.

Ich möchte Dir eine wichtige Entscheidung anvertrauen, bevor Du sie von Vater oder den anderen erfährst. Ich habe in der Kanzlei gekündigt und werde sie schon Ende des Monats verlassen. Ich bin nicht zum Anwalt geboren. Ja, ich habe das Studium glänzend geschafft; ja, ich verdiene viel Geld, aber ich bin unglücklich. Todunglücklich! Ich werde mein Glück anderswo finden und versuchen, mich als Schauspieler durchzuschlagen. Erst einmal habe ich genug gespart, um mit einem geringen Verdienst auszukommen. Ich glaube, ich werde eine Off-Bühne finden für Anfang September. Und mit Filmproduzenten habe ich auch schon gesprochen. Aber erst einmal möchte ich ausruhen, über mich nachdenken – vielleicht verreisen. Obwohl – Du weißt es – ich keine große Lust habe, allein zu reisen. Ich kann nicht – Du weißt es – allein sein.

Nur, ich bin es. Ich muss mir nichts vormachen.

Bitte sorge Dich nicht. Hab noch eine schöne Reise! Wie war es in Fürth? Hast Du Dein Geburtshaus gesehen? Warst Du auf dem Friedhof?

Ich umarme Dich – ich kann das fast so gut wie Großvater, und sogar auf Deutsch.

Dein Benjamin

Rahel Cohen trocknete ihre Tränen. Sie lief durchs Zimmer. Was habe ich falsch gemacht? Wir hätten ihn nicht zur Juristerei zwingen dürfen. Was werden Chaim und Gili sagen? Wir werden ihn unterstützen. Wir müssen eine Frau für ihn finden. Und wenn er gar keine Frau will? Soll ich zurückfliegen? Hierbleiben? Ihm vorschlagen, mich zu besuchen? Mit mir zu reisen? Behalt einen klaren Kopf, Rahel. Geh beten. Vielleicht triffst du den Rabbiner, lenk dich ab. Ich hab ihn so lieb. Und morgen schreib ich ihm, meinem Ben. Er benutzt zu viele Gedankenstriche!

18

Lieber Großpapa, können wir uns heute zum Lunch treffen? Benjamin.

Auf diese kurze WhatsApp-Nachricht, abgeschickt um 2.34 Uhr in der Nacht, antwortete Jacob nach dem Frühstück:

Lieber Benjamin!

Gern gehe ich mit Dir zu Mittag essen. Was hältst Du vom Deli, ums Eck bei Dir, da waren wir schon mal zu fünft – mit Deinen Eltern und Rahel. Wir fanden das Essen richtig lecker. Ich werde einen Tisch reservieren. Um dreizehn Uhr dort. Wenn ich nichts von Dir lese oder höre, bist Du einverstanden.
Dein Großvater.

19

Inge Pinkat war überpünktlich und hatte den Concierge gebeten, Frau Cohen ihre Ankunft zu melden. Wenige Minuten später trat diese aus dem Lift. Die beiden Frauen begrüßten einander höflich. Gemeinsam fuhren sie einmal quer durch die Stadt.

Die Synagoge ist keine, huschte die Enttäuschung durch Rahel Cohens Hirn. – Die Gemeinde war zu jener Zeit noch in einem Mietshaus untergebracht, in dem auch das Büro eines Architekten lag und die Praxis eines Hautarztes. Vor dem Haus stand ein weißblaues Polizeiauto; darin zwei Polizisten.

»Sie passen auf uns auf«, kommentierte Inge Pinkat den neugierigen Blick von Rahel Cohen. »Ohne Polizei geht gar nichts. Sie bewachen alle jüdischen Einrichtungen. Das mussten sie schon in den fünfziger Jahren tun. Nur der einzige koschere Lebensmittelladen wird nicht beschützt – welcher Nazi will schon gefillte Fisch?!« Beide Frauen lachten.

Rahel Cohen wartete mit ihrer Begleiterin vor der Panzerglastür. Sie klingelten. Ein Gemeindediener kam und öffnete. Nun standen sie zu dritt, eingesperrt in einem schmalen, engen Flur. War die Glastür wieder geschlossen, ließ sich die Metalltür öffnen. Dahinter: zwei kleine Büros, eine Küche, ein großer rechteckiger, lichter Raum, Bibliothek und Speisessaal zugleich. Dahinter wieder eine Tür. Wer sie passierte, war im Gebetsraum. Wie ärmlich, verglichen mit dem Bau in New York, dachte Rahel und schob diesen Gedanken gleich wieder beiseite, sie wollte nicht enttäuscht sein. Während des Gottesdienstes saß oder stand Rahel Cohen immer neben Inge Pinkat und bemerkte erfreut, dass das Hebräisch der Deutschen ebenso rudimentär war wie ihr eigenes. Beim Essen dann, nach dem Gottesdienst, im großen Gemeindesaal, saß Rahel Cohen neben dem Rabbiner.

20

Benjamin wollte die größtmögliche Klarheit und wagte alles. Vor dem Lunch mit dem Großvater hatte er sich mit seinen Eltern zum Frühstück verabredet. ›Verabredet‹ ist das falsche Wort. Er hatte sich bei Gili und Chaim zum Frühstück eingeladen. Er versprach, drei Croissants mitzubringen.

»Nicht drei, sondern sechs«, hatte seine Mutter gebeten. »Ich spendiere dazu meine Aprikosenmarmelade, selbstgemacht.«

Pünktlich um halb zehn saß Benjamin mit seinen Eltern am Esstisch, im Brotkorb lagen sieben Croissants.

Mama sieht sehr jugendlich aus für ihr Alter, dachte Benjamin. Gut möglich, dass sie wie ihre Schwiegermutter lange Zeit jung bleibt. Er ließ sich viel Zeit, bis er zum Punkt kam: »Dies ist keine Beichte. Es wird auch keine Schuldzuweisung. Nur eine Erklärung. Bitte unterbrecht mich nicht. Ich habe in der Kanzlei gekündigt, schon zum Ende des Monats. Ich will Schauspieler werden. Ich habe die Filmproduzenten, die ich kenne und mit denen ich schon mal gearbeitet habe, angeschrieben und Termine ausgemacht in den Off-Theatern aus der Studentenzeit. Ich kann so nicht weiterleben.«

Anwalt. Das war kein Beruf für Benjamin. Zum einen, weil er es zutiefst verabscheute, Schriftsatz um Schriftsatz zu formulieren und einen Vertrag nach dem anderen aufzusetzen. Er mochte diesen Trott einfach nicht. Schlimmer aber noch war für ihn das Milieu der Anwaltskreise, die Ordnung, nach deren Schema sich alles fügte. Seine Kolleginnen und Kollegen waren, natürlich, verheiratet, hatten alle, natürlich, genau zwei Kinder. Von den drei noch relativ jungen unverheirateten Frauen, hatten zwei zu den Weihnachtsfeiern ihre Verlobten mitgebracht. Auch diese waren, natürlich, Anwälte. Nur seine Kollegin Jane war zur letzten Feier mit einer Freundin aufgetaucht. Benjamin hatte ihren Mut bewundert. Alle anderen fanden diese Demonstration einer bekennenden Lesbe unnötig – und dass beide in karierten Hemden unterwegs waren wie kanadische Holzfäller, um ja keinen Zweifel an ihrer sexuellen Orientierung zu lassen, erregte, natürlich, allgemeinen Missmut. Die Männer hatten demonstrativ geschwiegen. Die Frauen gelästert. Natürlich. Benjamin hatte sich zu den beiden gesellt und den Abend mit ihnen verbracht. Sie hatten ihn daraufhin eingeladen, wenn er denn mal Lust hätte, mit ihnen doch auszugehen, in einen Club.

»Manchmal mögen wir Männer in unserer Nähe«, hatte Jane mit ihm geflirtet, »es macht einfach mehr Spaß, mit euch zu tanzen. Und, glaub mir, viele Lesben auf einem Haufen, das kann entsetzlich anstrengend werden.«

Benjamin hatte sofort zugesagt. Schon zwei Wochen später hatten sie sich in einer Diskothek getroffen, die schon von außen demonstrierte, was drinnen los war. Die Regenbogenflagge strahlte an der Tür.

»Ein LBGTI-Schuppen«, erklärte Jane.

Ihre Freundin Kate fügte an: »Kein Schuppen. Das *Besos* ist eine richtig coole location. Aber wundere dich nicht! Manche Typen sind wirklich schräg.«

»Wir haben nicht unterbrochen«, sagte Chaim, »und wir werden deinen Entschluss auch nicht kommentieren. Du hast Talent! Du wirst es bringen!«

»Schließlich haben es weitaus weniger begabte Männer auf die Bühnen dieser Welt geschafft«, nickte Gili, und schob gleich hinterher: »Nur bring es deinem Großvater vorsichtig bei. Er könnte enttäuscht sein!«

»Mach ich – wir treffen einander nachher zum Lunch!«

Die Eltern wollten noch wissen, was er bis zum ersten Engagement vorhabe.

»Ich werde vielleicht verreisen.«

»Allein?«

»Ja.«

»Die nächsten Reisen machst du dann mit einer scharfen Schauspielerin, wetten?«, versuchte Chaim zu witzeln, aber niemand lachte.

Benjamin war erleichtert, dass das Gespräch so reibungslos verlaufen war. Keine Vorwürfe. Keine lästigen Fragen. Er ging kurz zurück in die Kanzlei; es blieb bis zu dem Treffen mit seinem Großvater noch genügend Zeit für einen Lizenzvertrag zu den Verfilmungsrechten einer Erzählung eines bisher noch unbekannten Iren.

21

Jacob Cohen saß schon an dem von ihm reservierten Tisch, als sein Enkel nach ihm fragte. Der Platz gefiel Benjamin. Im Eck und still. Sie umarmten einander, wie sie es immer taten. Benjamin setzte sich seinem Großvater gegenüber, er wollte nicht über Eck sitzen, er wollte Jacob in die Augen sehen.

»Jetzt bin ich gespannt, was es Wichtiges gibt. Wechselst du die Kanzlei? Wirst du ins Ausland gehen?«

»Nichts von beidem. Ich werde dir gleich sagen, warum wir uns hier treffen. Aber zunächst sollten wir aussuchen, was wir essen wollen.«

»Und was möchten Sie trinken?«, fragte der Kellner.

»Auf jeden Fall ein stilles Mineralwasser!«, antwortete Jacob.

»Vielleicht einen Wein?«

»Für mich ja, für meinen Enkel nicht. Er muss noch in die Kanzlei, arbeiten.«

»Nein, bringen Sie mir auch ein Glas Chardonnay. Ich arbeite heute Nachmittag nicht mehr.«

Jacob schaute verdutzt, hielt sich aber mit einer Bemerkung zurück.

Der Wein wurde gebacht, das Essen bestellt, das Essen serviert, und Großvater und Enkel plauderten, über dies und das. Bis Jacob endlich fragte, warum Bejamin ihn eigentlich um ein Treffen gebeten habe, wenn man nur Small-Talk betrieb.

»Also, machen wir's kurz, Grandpa. Ich habe in der Kanzlei gekündigt – schon zum Monatsende.«

»Um zu wechseln?«

»Nein. Ich wechsle nicht die Kanzlei. Ich wechsle den Beruf.«

»Du denkst doch wohl nicht daran, Schauspieler zu werden. Dafür bist du nun wirklich zu alt!«

»Bin ich nicht! Ich möchte nicht mit dir diskutieren – ich möchte Dich für meinen Lebensweg gewinnen. Erinnere dich, du warst sehr begeistert, als ich dir den Hamlet-Monolog vorgetragen hatte, nur dir – noch vor der Premiere. Meine Eltern sind schon informiert und haben erstaunlich zurückhaltend reagiert. Aber, immerhin, nicht ablehnend.«

Jacob schwieg.

Benjamin sah ihn an, prüfend, ängstlich, hoffnungsvoll.

Die leeren Teller wurden abserviert.

»Nimmst du auch einen Espresso, Grandpa?«

»Nein!«

»Also nur einen Ristretto, bitte!«

Noch immer schwieg Jacob.

Der Ristretto kam.

»Es tut mir leid, wenn ich dich enttäusche. Aber ich möchte nicht in ein Leben stolpern, das mir eher eine Qual werden würde. Ich bin für die Juristerei nicht geschaffen. Meine Eltern sind ja auch keine Anwälte oder Notare. Schon mein Vater schlug aus der Art.«

»Pilot ist seriös, verglichen mit dem Beruf des Schauspielers.«

»Grandpa, wir wollen doch nicht streiten. Mein Entschluss steht fest.«

Jacob stand auf, bedankte sich bei seinem Enkel für die Einladung und umarmte ihn: »Dein Hamlet war wirklich grandios!«

Er ist mir nicht gram, schoss es Benjamin durch den Kopf. Umarmung bedeutet immer Einverständnis bei ihm.

»Sehen wir uns zu Asaels Geburtstag?«, fragte Jacob.

»Ja, er hat ja den Clown Benjamin eingeladen und nicht den Anwalt.«

Wenig später schlenderte Benjamin durch das frühlingshaft sonnige Manhattan. Was konnte er mit dem angefangenen Nachmittag anstellen? Er wollte seinen Mut feiern. Aber keinesfalls allein. Er rief seine Schwestern Deborah und Esther an und lud sie ein auf einen Drink um achtzehn Uhr. Beide hatten Zeit.

22

Rahel Cohen hatte sich eine halbe Flasche Meursault aufs Zimmer kommen lassen. Sie setzte sich an ihren Laptop:

Mein lieber Benjamin!

Du weißt: Benjamin bedeutet »Sohn des Südens«. Und deshalb denke ich: Du wirst ein grandioser Schauspieler für italienische Herzensbrecher-Rollen. Ein Schelm im Leben bist Du ja schon. Du wirst ein solcher nun auch auf den Bühnen sein und gewiss auch im Film!

Ich freue mich über Deine Entscheidung und hoffe, dass Gili, Chaim und Jacob sie respektieren und gutheißen werden. Wir – vor allem Jacob – waren zu streng zu Dir. Wir haben Dich bevormundet. Wie gut, dass Du Dich nun durchgesetzt hast. Glückwunsch! Man soll nicht für andere Menschen planen, auch nicht für die nächsten. Und doch tue ich es schon wieder: Was hältst Du davon, wenn Du Deine alte Großmutter einige Tage begleitetest auf ihrer Reise durch Deutschland. Es wäre so schön, wenn Du kämst. Allein reisen ist fad. Allein essen macht hart, wusste schon Walter Benjamin – ich hab wirklich etwas von ihm gelesen. Ich möchte Dich einladen. Reise doch gleich am ersten Tag Deiner neuen Freiheit. Ich habe das Hotel erst einmal für eine Woche reserviert und wollte dann zurück zu Jacob, aber wir haben ja Zeit und können alles genau besprechen!

Sie schrieb nicht, dass sie vielleicht noch einmal nach Fürth reisen wollte. Reisen müsste.

Ich werde hier gewiss verlängern können, und bis Du kommst, kenne ich vielleicht die besten Orte in dieser Stadt, die sehr schön zu sein scheint. Ich habe noch nicht viel gesehen. Immerhin war ich schon in einer liberalen Gemeinde Schabbat feiern. Der Rabbiner ist sehr sympathisch – vielleicht magst Du ihn kennenlernen: intelligent, charmant, weltoffen, seltsamerweise nicht verheiratet, was bei Rabbinern, selbst bei liberalen eher eine Rarität ist.

Bitte komm! Hör auf niemanden, der Dir ausreden will, mit einer alten Frau zu reisen. Sie ist – wie Du weißt – immerhin sechszehn Jahre jünger als bei ihrer Abreise. Ich brauche keinen Pfleger, sondern einen charmanten jungen Mann an meiner Seite. Ich umarme Dich, mein Ben! Und wenn Du mit einer Umarmung antwortest, dann weiß ich – weil es bei den Cohens so Sitte ist –, dass Du einverstanden bist und kommen wirst.

Deine junge Großmutter Rahel.

Sie drückte auf ›Senden‹.

22

Benjamin war auf dem Weg in seine Lieblingsbar, um seine Schwestern zu treffen, als es *pling* machte. Eine E-Mail. Hoffentlich keine Absage von Deborah oder Esther. Absender: Rahel Cohen. Lese ich später, dachte er.

Er steckte das Telefon in die rechte Sakkotasche und winkte mit dem linken Arm seinen Schwestern, die schon vor dem monströsen Eingang des Hotels warteten, unter dem steinernen Baldachin. Haben sich mächtig schick gemacht. Aber irgendwie wirken sie enttäuscht.

»Habe ich was falsch gemacht? Underdressed?«

»Allein?«, platzte Deborah raus.

»Wen habt ihr noch erwartet?«

»Deine Freundin!«

»Pech gehabt. Ich komme mit einer viel spannenderen Neuigkeit.«

Benjamin Cohen hatte drei Plätze reserviert. Er mochte es nie, am Tresen zu sitzen. Er nahm Platz auf der weißen Couch, die Schwestern auf den violettfarbenen Sesseln, rechts und links von ihm.

»Der Teppich macht einen ja besoffen«, mäkelte Deborah. Sie hatte recht. Der Innenarchitekt hatte offensichtlich viel Geld zur Verfügung, verfügte aber über weit weniger Geschmack.

»Also kein Champagner?«

»Nein, richtigen Alkohol, für mich einen Manhattan.« Deborah preschte vor, sie war ihrem Bruder doch sehr ähnlich.

»Für mich einen Whisky sour.« Als der Kellner kam, bestellte Benjamin die Drinks für seine Schwestern und ein Glas Champagner für sich.

»Also raus mit der Sprache! Was willst du uns sagen, an diesem noblen Ort?«

»Dass ich ihn mir bald nicht mehr werde leisten können. Ich habe in der Kanzlei gekündigt. Schon am 1. Mai, am Tag der Arbeit, werde ich frei sein!«

Esther schwieg. Deborah machte eine kurze Spannungspause: »Ich wette, du willst doch Schauspieler werden. Stimmt's?«

Benjamin nickte.

»Klasse! Darauf trinken wir!« Deborah erhob ihr Glas.

»Hast du dir das gut überlegt, Benjamin?«, fragte Esther, während sie ihr Glas vom Tisch nahm, bereit, mit den beiden anzustoßen.

»Nein, ich habe nicht lange überlegt. Ich habe lange gelitten. Und jetzt habe ich schnell gehandelt.«

»Wie willst du das Großvater und den Eltern beibringen?«

»Schon geschehen.«

Er erzählte von dem Frühstück und dem Lunch. Fragte, was sie davon hielten, wenn er jetzt ein wenig verreiste, bevor es im Spätsommer losginge, hoffentlich losginge, mit den Proben. »Mag eine von euch mich begleiten?«

»Mein Lieber, ich muss arbeiten.«

»Und ich studieren. Ich kann nicht einfach schwänzen; und außerdem, was würde Noah sagen? Und Elias allein lassen? – Nimmer!«

Deborah machte einen Vorschlag: »Such Dir endlich eine Freundin. Geh ins Netz. Es wimmelt nur so von Partner-Foren. Ich hab schon für dich recherchiert.«

»Ach, Deborah, du wieder ...«

»Es gibt Love Scout 69, International Cupida and Friends und dann noch einiges Spezielles – vielleicht kommt das ja in Frage: Asian Dating Extra. Solltest du aber wie Grandma ein Faible für die Deutschen entwickeln wollen, guck ins Netzt, was es zu bieten hat: Germanys Best Girls, vielleicht gibt es so was. Oder blond und blauäugig. Meine Assistentin in der Praxis, Eve – du weißt, die blonde, die das EKG macht und ziemlich schlecht ist beim Blutabnehmen, keiner kommt ohne Bluterguss von ihr nach Hause – sie hat bei Afros Seduction einen richtig geilen Kerl gefunden. Baseballer und kohlrabenschwarz!«

»Deborah, wie redest du«, nicht zum ersten Mal schämte sich Esther ihrer Schwester.

»Ich probier's bei International Cupida. Gleich jetzt, und ihr seid dabei.« Benjamin holte sein Telefon aus der rechten Sakkotasche und fand sofort die Website. Er zeigte sie den Schwestern. »Ich wähle mich dann nachher ein und nehme den Premium Service. Falls ihr da – neben der Ehe – auch gefischt werden wollt, haut so schnell wie möglich ab, damit ich euch nicht erwische.«

Das Thema war beendet. Es gab eine zweite Runde. Deborah bestellte einen American Rose: »Da ist alles drin, was du brauchst, wenn du diesen Teppich vergessen willst: Brandy, Pernod, Grenadine Sirup und ganz viel Champagner.«

23

Am nächsten Morgen, nachdem sie sich angekleidet hatte, prüfte Rahel Cohen ihre Nachrichten, und las voller Vorfreude die Zeilen ihres Enkels:

Liebste Grandma!

Ich werde Dich besuchen kommen in Deutschland. Ich werde Dich rumkutschieren – wolltest Du nicht auch nach Berlin? Seit meiner Kindheit waren wir beide nicht mehr allein unterwegs. Ich freue mich sehr. Ich werde am dritten Maitag in München sein. Bleiben wir in dem Hotel oder soll ich mal gucken, ob ich was Billigeres für uns finde? Oder willst Du teuer und ich mache billig? Meinst Du, wir könnten ein bisschen bleiben? Wären Dir vierzehn Tage zu viel? Bin ich unverschämt? Zu viele Fragezeichen, ich weiß. Dabei kenne ich Gertrude Steins Witz: Eine Frage ist eine Frage, wozu braucht es dann ein Fragezeichen?

Ich bin so gespannt auf Deutschland. A jiddische Mamme ist was Tolles, aber eine jiddische Omamamme, das ist der Hammer! Ich habe nach der jiddischen Bezeichnung für Großmutter gesucht und nichts gefunden. Kennst Du sie?
Bis sehr sehr bald!
Dein Ben

Rahel Cohen war überglücklich. Die Sonne schien. Sie trank einen grünen Tee auf ihrem Zimmer und antwortete erst Benjamin, wie sehr sie sich freue, dass er komme. Und Fragen seien erlaubt, alle. *Aber vielleicht lässt Du mal die Fragezeichen weg???*

Dann antwortete sie Jacob, der sich gleichfalls in der Nacht zuvor gemeldet hatte und von seinem Treffen mit unserem zukünftigen Schauspieler berichtete und ihr eingestand, dass er wohl etwas zu starrsinnig gewesen sei und seinen Dickschädel unbedingt hatte durchsetzen wollen, gegen den Wunsch des Kindes, das er ja liebte. Sie beruhigte ihn, dass er sich nicht sorgen müsse, einen Fehler begangen zu haben, schließlich habe Benjamin letztendlich ja doch getan, was er schon immer tun wollte. Aber wahrscheinlich wäre es klug gewesen, Chaim und Gili bei der Erziehung nicht reinzureden. *Egal: Ende gut, alles gut. Benjamin wird auch als Schauspieler so wenig mittelmäßig sein wie als Anwalt. Außerdem sind die Cohens alle Dickköpfe – sogar die angeheirateten. Ti amo, Rahel*

24

Jacob Cohen freute sich über die Zeilen seiner Frau. Schon kurz nach Öffnung der Bibliothek nahm er wieder im Lesesaal Platz, auf seinem Stammstuhl, ganz nah an einem der Fenster. Er las weiter seinen Tieck.

Benjamin saß zur selben Zeit an seinem Rechner und suchte nach Flügen. Zwischendurch probierte er immer wieder Phil Roberts telefonisch zu erreichen. Mit ihm hatte er einen Workshop bei der New York Film Academy besucht und die beiden hatten sich angefreudet, später aber wieder aus den Augen verloren. Als er ihn endlich erreichte, verabredeten sie sich auf einen Kaffee im MoMa. Es gab nur noch zwei freie Tische. Benjamin nahm den größeren. Er mochte es nicht, wenn kein Platz war neben den Tassen und Gläsern für Bücher, Hefte, Zeitungen. Noch bevor er bestellen konnte, kam Phil.

»Ben, lange nicht gesehen! Zuletzt beim Hamlet; stimmt's?«

»Stimmt.«

»Und du bist danach nicht zur Premierenfeier gekommen, schade.«

»Mir ging's nicht gut.«

»Das sagen alle, denen eine Aufführung nicht gefallen hat und die zu ehrlich sind, um Lob zu lügen.«

»Ja, ich hab mich gedrückt. Ich fand das alles extrem langweilig, so nah am Text.«

»Du hast mich nicht angerufen, um von alten Zeiten zu reden, nehme ich mal an. Bist du unglücklich als Anwalt und willst doch Schauspieler werden? Falls du das vorhast: Ich rate ab!«

Phil hatte nicht die Karriere gemacht, die er sich erträumt hatte. Er spielte in kleinen Off-Broadway-Produktionen, nahm an, was der Markt für ihn übrigließ. Sein bisheriger Tiefpunkt war die Rolle eines Cowboys in dem Musical *Annie get your gun*. Von Zeit zu

Zeit bot man ihm auch Jobs beim Film an – Regieassistenzen und Auftritte als Komparse. »Wenn mein Freund nicht gut verdienen würde, wäre ich schon längst verhungert!«, schloss er sarkastisch die Abwärtskurve seines Lebenstraums ab.

Jetzt erst rückte Benjamin mit der Sprache raus, erzählte von seinen Anwaltserfolgen und seinem Frust in der Kanzlei, berichtete von seiner Kündigung und den Treffen mit den Eltern und dem Großvater. Phil war überrascht, dass die erfolgreichen Cohens den Ausstieg akzeptierten.

»Was kann ich für dich tun, Benjamin?«

»Empfehle mich, wenn du gefragt wirst, ob du einen begabten Schauspieler kennst. Ich werde dir keine Rollen wegnehmen. Du bist groß und stark und blond, ich bin eher schmächtig, habe schwarzes Haar und sehe sehr jüdisch aus. Ich würde sogar einen Juden in *Fiddler on the Roof* übernehmen – Hauptsache, ich kann spielen.« »Hast du eine reiche Freundin, die dich durchfüttern kann?«

»Nein, ich habe Geld zurückgelegt, und meine Eltern werden mir helfen. Außerdem: Ich werd's schaffen!«

Phil kommentierte dieses eitle Selbstbewusstsein nicht. Aber es ärgerte ihn. Allein, es stimmte: Benjamin war in den Workshops immer der Beste gewesen. Alle Kommilitonen hatten sich gewundert, dass er Anwalt werden wollte.

»Ich werd sehen, was ich für dich tun kann.«

Sie wechselten das Thema. Phil schlug vor, im sechsten Stock noch eine Skulpturen-Ausstellung eines Newcomers aus Brasilien anzusehen. Benjamin willigte ein, obwohl er wenig Lust hatte auf Skulpturen, aber erstens hatte er nichts anderes vor und zweitens wäre es ungeschickt gewesen, Phil jetzt allein zu lassen.

25

Benjamin machte am Abend Online-Shopping, bestellte einen deutschsprachigen Reiseführer für Deutschland, Klaus Manns Roman *Mephisto*, die deutsche Ausgabe, und James Baldwins Buch *Go Tell It on the Mountain*, schon 1953 erschienen, das er aber noch nicht gelesen hatte. Er kannte nur *Giovanni's Room*. Sonntage in New York hasste er. Da glich die Stadt einem Provinznest. Selbst die Bars, die er sonst besuchte, waren am Sonntagabend verwaist. Er entschloss sich, Damir anzurufen. Vielleicht hatte der Lust, sich mit ihm zu treffen. Sie verstanden sich gut, nicht zuletzt, weil Benjamin sich für Damirs Verlagsarbeit interessierte. Sie trafen sich zu dritt. Lisa hatte gekocht: vegetarisch. Auf die Erzählung seiner Entscheidung, nicht mehr als Anwalt zu arbeiten, reagierten beide mit Enthusiasmus, Lisa holte gleich eine Flasche Champagner, um zu feiern.

»Bei den Cohens gibt es ohnehin viel zu viele Anwälte!«

»Und viel zu wenige Außenseiter! Ein Moslem und eine Christin, das ist es schon. Da könnten wir noch zulegen!«

Sie blieben an diesem Abend sehr lange zusammen, bis Lisa rigoros den Tisch aufhob. Nicht zuletzt, weil sich das Tischgespräch auf ein einziges Thema versteift hatte, und Lisa die Diskussionen leid war, wer sich politisch schlimmer verhielt – die Juden oder die Palästinenser. Einigkeit herrschte jedoch bei den dreien darüber, dass alle Fundamentalisten, und zwar in allen Religionen, ein Graus sind. Sie umschifften ein heikles Thema sehr bewusst: Chaim Cohen, den Palästinenserhasser.

Als Benjamin nach Hause lief, Lisa und Damir wohnten in seiner Nähe, klingelte sein Telefon. Phil war dran.

»Stör ich? Schläfst du schon?«

»Zweimal nein!«

Die beiden verabredeten sich, im selben Café, für Dienstag Abend. Phil brachte einen Freund mit, der Oscar Wildes *Bunbury* inszinieren wollte. Die Finanzierung war gesichert durch einen sehr spendablen Gönner des Little Theater im East Village. Harry Thomas, ein rothaariger Mann – er war gewiss noch keine vierzig Jahre alt und hatte, worauf er sehr stolz war, bei Jacques Lecoq studiert –, suchte Schauspieler. Phil hatte er besetzt als John Worthing. Gwendolyn Fairfax gab es auch schon – Julia Hopkins sollte sie spielen. Benjamin kannte sie vom Workshop, hatte mit ihr schon einmal im Unterricht Szenen probiert. Lady Bragnell war gleichfalls gefunden, eine Lehrerin der New York Film Academy hatte Lust auf diese alte Schabracke. Phil hatte Benjamin für den Part des Algernon vorgeschlagen.

»Ich habe Sie noch nie auf einer Bühne gesehen, aber Phil hat sehr von Ihnen geschwärmt und mir einen Mitschnitt einer Studentenaufführung geschickt, Sie spielten den Jimmy Porter in Osborns *Blick zurück im Zorn* – zumindest zwei Szenen. Die haben mir gut gefallen, und so will ich gar nicht lange um den heißen Brei reden: Hätten Sie Zeit und Lust mitzumachen? Die Gage ist nicht hoch, aber immerhin gibt es eine Probenpauschale, was durchaus nicht üblich ist. Wenn wir Erfolg haben und das Time out Magazine jubilieren sollte, können wir die Gagen für alle erhöhen.«

Benjamin erklärte, dass die Höhe des Honorars seine Entscheidung wenig beeinflusse, denn noch habe er Geld, Rücklagen. »Ich mache gern mit, denn erstens will ich spielen, unbedingt, wie Ihnen Phil gewiss gesagt hat; und zweitens liebe ich Oscar Wilde. Algernon – das ist ein Traum!«

Um zu beweisen, dass er nicht übertrieb, deklamierte er seine zwei Wilde-Lieblingssätze: *Ich kann allem widerstehen, nur der Versuchung nicht. – Es gibt Theaterstücke, die so schlecht sind, daß man nicht pfeifen kann, weil man gähnen muß.*

Als sie auseinandergingen, wussten die drei, dass sie Mitte Juni mit den Proben beginnen würden. »Deinen Vertrag schicke ich dir per Mail«, verabschiedete sich Harry.

Benjamin lud Phil noch auf ein Glas ein, er wollte sich bedanken: »Um die Ecke ist eine kleine Kneipe. Gin werden wir kriegen, aber keine Gurkenschnittchen.« Sie setzten sich an einen Tisch – Benjamin hatte den Platz an der Bar ausgeschlagen.

»Warst du eigentlich jemals im Little Theatre?«

Benjamin schüttelte den Kopf.

»Es ist hübsch. Volles neunzehntes Jahrhundert. Blaue Wände. Neunundneunzig Sitze. Kriegt man leicht voll.«

»Wir beide allemal, Mister Worthing!«

Kaum zuhause angekommen, schrieb Benjamin seiner Großmutter eine Mail und setzte die ganze Familie in Kopie.

Liebe, junge Großmutter!

Ich habe ein Engagement!!! Die Proben beginnen schon Mitte Juni. Ich werde den Algernon spielen in Wildes

Bunbury. Ist das nicht toll? Und zwar im Little Theatre. Kennst Du es? Phil, ein Freund aus Workshop-Zeiten, hat mich dem Regisseur empfohlen. Er selbst hat die Rolle des Worthing. Ich bekomme ein Honorar und, das ist nicht selbstverständlich, eine Probenpauschale.

Wie geht es Dir? Wie war es in Fürth – Du hast noch gar nicht davon berichtet? Warst Du schon in der Oper – oder hebst Du Dir die Kultur auf, damit wir zusammen losziehen können? Zu gern würde ich in Deutschland nicht nur in die Oper gehen, sondern auch ins Theater. Die Deutschen spielen meist keine Stücke, sondern machen Projekte, was auch immer das bedeuten mag. So stand's zumindest im Time Magazine.

Ich zähle nicht die Tage, sondern die Stunden bis zum Abflug! Wenn die Wetterberichte stimmen, die ich angeklickt habe, dann erlebst Du bereits den Frühling. Was blüht denn schon? Meine Lieblingsblume, der Mohn?

Je t'embrasse, *Benjamin*

PS: Sieben Fragezeichen und fünf Ausrufezeichen – beinahe ausgewogen.

PPS für Chaim: Warum engagierst du dich nicht in der Kultur statt in der Politik?

26

Deutschland galt als Tabuthema in der Familie Cohen – Jacob hatte es zu einem gemacht. Er mochte es nicht, wenn über dieses Land diskutiert wurde, er hatte alle Versuche der Kinder und später auch die der Enkel, einmal eine Reise dorthin zu unternehmen, abgeblockt. Und doch war Rahel Cohen nicht die erste in der Familie, die nach dem Krieg Deutschland bereiste. Aaron, ihr Sohn, war Ende der achtziger Jahre in Frankfurt gewesen. Seine New Yorker Kanzlei suchte damals nach Partnern in Deutschland und der Senior hatte Aaron gefragt, ob er nicht Lust hätte, diese Aufgabe zu übernehmen. Schließlich, so hatte Chris Walker hinzugefügt, spreche er ausgezeichnet Deutsch und habe in allen Verhandlungen bewiesen, wie geschickt er argumentieren könne. Aaron reizte die Aufgabe, aber er wusste, dass sein Vater, der nie ein gutes Wort über Deutschland verlauten hat lassen, alles unternehmen würde, ihm diese Reise auszureden. Ja, er würde wahrscheinlich nicht einmal davor zurückschrecken, sie ihm zu verbieten.

Bevor er in der Kanzlei seine Entscheidung bekannt geben wollten und zuvor noch mit seinem Vater geredet hätte, wollte er mit seiner Frau Alisah sprechen. Er wusste, dass er bei ihr ein offenes Ohr finden würde. Sie hatte schon oft davon geredet, dass sie gern einmal nach Hamburg reisen wollte, in die Stadt, von der ihr Vater immer geschwärmt und sie dennoch nie wieder gesehen hatte. Alisah war begeistert von der Idee, ihren Mann für einige Tage zu begleiten und sich vielleicht gemeinsam mit ihm neben Frankfurt, wo die Gespräche stattfinden sollten, auch Hamburg anzusehen. Sie hatte immer gehadert mit Jacobs Hass auf Deutschland und die Deutschen. Ihre eigenen Eltern hatten sich längst versöhnt mit diesem Volk, das ja das ihre war. Während diese sogar ernsthaft darüber nachdachten, ihren Lebensabend im Land ihrer Väter verbringen zu wollen, blieb Jacob Cohen stur bei seiner Meinung: »Juden haben da nichts zu suchen!« Immer wieder konfrontierten die Sonnenscheins den starrköpfigen Cohen mit dem anderen Deutschland, dem besseren. Vergebens.

»Dein Vater wird eine solche Reise missbilligen, da bin ich sicher. Aber mach sie! Machen wir sie! Wir müssen uns dort ja nicht niederlassen. Oder denkt Walker daran, dass du bei einer möglichen Kanzlei-Fusion eine Rolle spielen sollst – und dort dann leben wirst?«

Walker hatte nichts dergleichen angedeutet. Aber, so dachte Aaron, ausgeschlossen sei es wohl nicht. Doch diesen Gedanken schob er beiseite. Jetzt ging es erst einmal nur um diese eine Reise, einen auf wenige Wochen beschränkten Aufenthalt und beileibe nicht um eine Rückkehr der Cohens nach Deutschland. Aaron und Alisah waren erst kurze Zeit verheiratet, freuten sich auf Kinder, wollten sich dafür aber Zeit lassen. Beide wollten Karriere machen – er als Anwalt, sie als Buchhändlerin. Die beiden entschieden sich, das Angebot der Kanzlei anzunehmen.

Aaron fürchtete die Unterredung mit seinem Vater. Er war nie feige, hatte sich aber den väterlichen Wünschen stets gefügt. Andererseits klang der Auftrag reizvoll. Er konnte sein Verhandlungsgeschick beweisen, er konnte sich in der Kanzlei positionieren – seine Wahl zum Partner stand unmittelbar bevor. Außerdem: Welche Argumente gab es, diesen Auftrag abzulehnen? Alle Deutschen sind Nazis? Ich bin Jude und will nicht dahin, wo unser Volk gemordet wurde? Meine Eltern sind dagegen?

Seines Vaters Argumente fanden bei ihm keine Gültigkeit. Er sah Deutschland positiv. Die Deutschen, denen er bisher begegnet war, hatten ihn beeindruckt. Mit manchen hatte er sich befreundet. Und mit der Erklärung, seines Vaters Wunsch zu achten, hätte er sich lächerlich gemacht.

Aaron überlegte, nach Cohen-Art vorzugehen. Er wollte ein Treffen mit dem Vater in der Kanzlei arrangieren. Er hatte es sich ausgemalt: Er würde seinen Vater am Empfang abholen, ihn in sein Zimmer geleiten, wo er ihm einen Kaffee anbieten würde. Selbst das Gespräch hatte er entworfen: »Vater, ich stehe vor einer wichtigen Entscheidung. Beruflich. Meine Kollegen – vor allem der Senior Chris Walker – möchten dir erklären, welches Angebot sie mir machen. Ich kenne es, befürchte aber, dass dir die neue Aufgabe – eine terminlich befristete – womöglich so sehr missfallen könnte, dass du mir nicht bloß entschieden abrätst, sondern daraus eine grundsätzliche Frage machst. Es wird aber keine zwischen euch und mir sein.« Jacob würde nun fragen – bestimmt würde er so reagieren –, ob er die Kollegen als Beistand brauche, weil er sich allein nicht traue, ihn mit der neuen Herausforderung zu konfrontieren.

Der Plan war Unsinn: Er würde sich bei seinen Kollegen lächerlich machen als Vatersöhnchen. Er musste das Gespräch mit seinem Vater durchstehen. Es ging um mehr als nur diese Reise. Ja, sein Vater war ihm wichtig, er schätzte seinen Rat. Aber nicht seine Bevormundung. Für sein Leben und das von Alisah wollte Aaron allein Verantwortung tragen. Das musste klargestellt werden.

Sie trafen sich nicht in der Kanzlei, sondern in der Cafeteria genau jener Bibliothek, die Jacob Cohen inzwischen täglich aufsuchte.

»Vater, ich soll im Auftrag von Chris Walker nach Deutschland reisen, weil wir mit einer deutschen Großkanzlei fusionieren möchten. Ich soll verhandeln.«

Sein Vater hob die Augenbrauen, nicht spöttisch. Belustigt. Aaron fuhr unbeeindruckt fort:

»Ich soll verhandeln, weil ich perfekt Deutsch spreche und auch auf Französisch verhandeln kann und weil ich, so sagt Walker, mit Skepsis und womöglich gar mit Argwohn mich den deutschen Anwälten nähern würde. Welche Entscheidungen ich in Frankfurt auch treffen sollte, ich habe den Rückhalt von Walker und den der anderen. Sollten mir die deutschen Anwälte missfallen, so nehmen wir Abstand von diesem Vorhaben. Ich weiß nicht sehr viel Privates von dieser Kanzlei, aber immerhin so viel: Zwei von den knapp neunzig Anwältinnen und Anwälten sind jüdischen Glaubens, eine Patentanwältin ist Muslima.«

Aaron hatte während des Gesprächs seinen Vater angesehen. Dieser hatte beinahe regungslos zugehört und geschwiegen. Dann nach einer Pause fragte er sehr ruhig: »Wie lange willst du dort bleiben?«

»Erst einmal soll ich nur die Fusionsverhandlungen führen. Mehr nicht.«

»Wird Alisah mitreisen?«

Jacob war es recht, dass sie zu zweit unterwegs sein würden. Er trank seinen Kaffee aus und erhob sich. Als er seinen Sohn zum Ausgang brachte, umarmte er ihn.

»Mit gefällt deine Entscheidung nicht, aber ich bin stolz auf dich, dass Walker dir diese schwierige Mission anvertraut hat. Wehe, du kommst nicht wieder!«

Damit war das Thema beendet. Jacob begleitete diese Bemerkung mit einem Klaps auf Aarons Hinterkopf. Auch das war ein Zeichen von Zuneigung und Vertrauen.

27

Sie sah ihn schon kommen. Er hat einen entschlossenen Schritt und sieht schick aus. Alexander Bachmann war gekleidet wie alle erfolgreichen Anwälte, wobei Rahel Cohen seine Krawatte auffiel. Gewagt, urteilte sie, zu rasch, wie sie sich später eingestand, rote Hündchen auf schwarzem Grund. Sie begrüßen einander herzlich, nicht bloß freundlich. Alexander Bachmann erkundigte sich, was Rahel Cohen schon alles gesehen hätte und war überrascht, wie viel sie schon erkundet hatte. Sehr bald lenkte der Münchner das Gespräch auf Fürth.

»Haben Sie gefunden, was Sie suchten?«

»Lieber Alexander, seien Sie mir nicht böse, aber über Fürth möchte ich nicht sprechen. Sie würden es nicht verstehen. Erzählen Sie mir lieber, wenn Sie mögen, etwas über sich.«

Nachdem sie sich voneinander verabschiedeten hatten, wusste Rahel Cohen, dass Alexanders Eltern in Buenos Aires aufgewachsen waren – die Großeltern, überzeugte Sozialisten, waren nach Hitlers Machtergreifung dorthin emigriert. Nach Kriegsende waren sie zurück nach Krefeld gezogen, wo der Sohn zur Welt kam. Im Jahr seiner Geburt war sein Vater in die Kommunistische Partei Deutschlands eingetreten. Zwei Jahre später hatten sich die Bachmanns scheiden lassen. Der Vater ging in die DDR, die Mutter blieb in Krefeld – und arbeitete wieder als Lehrerin. Als Rahel Cohen fragte, wie seine Mutter das geschafft habe, hatte er gelacht. Seine Mutter sei immer die Stärkere gewesen in dieser Ehe. Deshalb habe sie seinen Vater auch ziehen lassen. Die Frage, ob es seine Eltern nie bereut hätten, nach Deutschland zurückgekehrt zu sein, verneinte er.

Während Rahel Cohen ausruhte – so nannte sie ihren mittäglichen Schlaf, den sie sich immer im Nachthemd im Bett gönnte; Jacob nannte es Nachtruhe zur Mittagszeit –, telefonierte Alexander mit seinem Mann, schwärmte ihm vor von der Begegnung mit dieser wunderbaren Frau. »Wir sollten sie und ihren Enkel, der gewiss sympathisch sein wird, zu uns einladen.«

Carl Schwarz war einverstanden.

Rahel ging vor dem Abendessen noch ein wenig spazieren, bevor sie in einem kleinen Restaurant einen Snack zu sich nahm und dann in der Bar des Hotels dem Pianisten zuhörte. Sie genoss es, dass er *As Time Goes By* spielte, und nahm schließlich die Treppe hoch in den zweiten Stock. Das hielt jung. Sie schlief nicht sofort ein. Sie dachte darüber nach, wie es gewesen wäre, wenn Chaim und Aaron in Deutschland aufgewachsen wären.

Am nächsten Morgen dann, noch vor ihrem Frühstück, las sie, was Jacob ihr die Nacht zuvor geschrieben hatte.

Liebste Rahel, meine geliebte Frau!

Meine Lektüre macht große Freude. Viel zu lange habe ich mich gedrückt vor Belletristik. Erfundene Geschichten sind spannender als reale – zumindest wenn ich an meine Prozessakten denke.

Ich sorge mich! Noch immer hast Du nichts von Fürth geschrieben!

Und darf ich Dich bitten, ausführlicher zu berichten, also eher proustisch. Du weißt schon: nicht so schnell. Minute für Minute. Ich mache es Dir mal vor: Nachdem ich aufgewacht bin, es war zwölf Minuten vor acht, ging ich duschen – nicht baden. (Du kannst mir ja nicht den Rücken einschmieren, wenn's mich nach dem Schaumbad juckt.) Dann machte ich mir ein kleines Frühstück – ausnahmsweise mit einem Croissant, dann Zeitung gelesen. Nix Spannendes, nur die alltäglichen Dummheiten. Mit dem Bus zur Nationalbibliothek. Wieder zu meinem Stammplatz. Begrüßung einer Stammnachbarin, sie heißt Nathalie, ist vierundzwanzig Jahre jung, studiert Kunstgeschichte und spezialisiert sich auf Francis Bacon. Wäre ich jünger und gäbe es Dich nicht, ich würde mich verlieben. Kleiner Lunch mit Nathalie. Die junge Studentin erzählt mir, dass Bacon sie nicht nur als Maler fasziniere, sondern für sie ein schräger Mensch sei. Wusstest Du, Rahel, dass er von seinem Vater als Sechszehnjähriger aus dem Haus geworfen wurde, nachdem dieser den Jungen erwischt hatte, als er die Dessous seiner Mutter anprobierte? Meschugge.

Am Nachmittag Spaziergang allein durch den Central Park und dann nach Hause. Eben grünen Tee aufgebrüht, und nun schreibe ich Dir. Am Abend habe ich nichts vor. Kein Abendessen, nur ein Butterbrot und zweidrei Gläser Chardonnay. Und Oper gucken. Ich habe mir auf dem Rückweg

vom Park im Shop der Met eine DVD von Richard Wagners Lohengrin gekauft. Eine Aufnahme aus Bayreuth. Ich habe sie gekauft, weil auf dem Cover Menschen sind als weiße Ratten. Jetzt wünsche ich Dir eine gute Nacht – Du schläfst gewiss schon längst.
Je t'embrasse,
Tuo Giacomo

28

Die Tage bis zu Benjamins Eintreffen verbrachte Rahel Cohen in den Museen der Stadt. Sehr bald, das musste sie sich eingestehen, hatte sie genug von Rubens und den Franzosen. Nur ein Bild war ihr in Erinnerung geblieben. Vielleicht hatte sie es auch deshalb nicht vergessen, weil sie es in ihrem Tagebuch beschrieben hatte: eines von El Greco. Ein Jesus – *also nichts Besonderes*, hatte sie notiert, *aber welcher Tumult um ihn herum. Wie viele Köpfe! 21 Gesichter. Großes Theater!*

Einen Abend verbrachte sie in der Oper: *La Traviata – schön gesungen, aber sehr langweilig inszeniert*, schrieb sie an Benjamin noch in der Nacht.

Am Freitag begleitete sie Inge Pinkat zum Gottesdienst.

Am Samstag unternahm sie gar nichts.

Je näher Benjamins Ankunft rückte, desto länger schienen ihr die Stunden und Minuten zu dauern. Die Zeit floss nicht, nein, schwerfällig schob sie sich durch den Tag. Die Stunden schienen nicht enden zu wollen. Viel zu oft dachte sie an Fürth.

Rahel Cohen sehnte sich nach dem Sonntagmorgen, als brächte der Erlösung. Sie würde Benjamin abholen. Gewiss eine Überraschung. Bisher hatte sie sich nie wecken lassen. Doch am Abend vor dem Wiedersehen bat sie darum, um 8 Uhr früh geweckt zu werden.

»Und um 9.45 Uhr brauche ich ein Taxi zum Flughafen – bitte nicht so einen riesigen Bus, sondern ein Auto.«

Der Concierge sagte: »Gern«, und schmunzelte wegen des Sonderwunsches – kein Bus!

29

Die letzten Tage des April waren für Jacob in New York von größeren Veränderungen geprägt – oder waren es Verwerfungen? Als hätte ihn Benjamins Lebensplanung nicht schon genug überrascht und verstört, traten nun auch Lisa und Damir mit den in seinen Augen absonderlichsten Absichten auf den Plan.

Sie hatten diese zunächst nur ihren jeweiligen Eltern mitgeteilt, und während Damirs mit Freude reagierten – oder vielleicht war diese auch nur vorgetäuscht – und ihren Sohn unter lauten »Allah-sei-Dank«-Rufen umarmten, ein wenig lauter als nötig, wie Lisa empfand, reagierten ihre Eltern, Aaron und Alisah, eher mit Zurückhaltung. »Wir werden heiraten!«, hatten die beiden verkündet, als sie sich mit ihnen zu einem Drink vor der Aufführung von *Turandot* in der Met getroffen hatten. Es blieb gar keine Zeit, weder zu diskutieren noch zu kommentieren.

»Das ist schön«, flüsterte Alisah.

»Wurde auch Zeit«, brummte Aaron.

»Wir wollten euch nur unseren Entschluss mitteilen, es ist noch nichts geplant.«

Nach der Aufführung ging man rasch auseinander.

»Wir werden bei einem Essen reden«, sagte Lisa noch, küsste Vater und Mutter – und weg waren die beiden.

Alisah und Aaron waren ahnungslos, als Lisa und Damir sie am nächsten Tag eingeladen hatten zu einem Abendessen, das schon vier Tage später stattfinden sollte, in einem Restaurant, das berühmt war für seine libanesische Küche. Sie wussten auch nicht, dass Damir seine Eltern dazugebeten hatte, denen die Cohens nie zuvor begegnet waren.

Abdulaziz Soylu, Damirs Vater, und seine Mutter Öznur Soylu, saßen schon am Tisch mit Lisa und Damir, als Alisah und Aaron eintrafen.

Alisah erschrak, als sie Damirs Eltern erblickte; Aaron ließ sich seine Überraschung nicht anmerken. Damir und seine Eltern verzichteten auf Alkohol, alle drei Cohens bestellten Weißwein. Zu sechs plauderte man, sprach über die Jobs. Abdulaziz Soylu, ein erstaunlich hoch gewachsener Mann mit braunen Augen und auffallend kurzer Nase, arbeitete als Chemiker bei einem Pharmazieunternehmen. Seine Frau war Bibliothekarin in einem arabischen Kulturinstitut. Die Abendgesellschaft näherte sich nur sehr langsam, sehr vorsichtig dem eigentlichen Thema, bis, endlich, Aaron sich hervorwagte und fragte: »Also: Ihr werdet heiraten – das ist schön! Nur standesamtlich oder auch in der Synagoge?«

»Nicht in der Synagoge«, entgegnete Damir rasch und fügte ebenso rasch hinzu: »Und unsere Kinder werden keine Juden.«

»Sondern?« – Aaron stellte dieses eine Wort sehr leise zwischen sich und seinen zukünftigen Schwiegersohn.

Damir antwortete nicht, er schaute auf Lisa. Nach einigen Sekunden des Schweigens, die Alisah vorkamen wie Stunden, ergriff Damir erneut das Wort: »Lisa wird konvertieren – und unsere Kinder werden Moslems.«

Aaron stand auf, nahm die Hand seiner Frau, zog sie zu sich und sagte – nichts. Beide eilten zur Garderobe, zogen ihre Mäntel aber nicht an, sondern stolperten wie Gehetzte in die Nacht.

»Das hatte ich erwartet«, flüsterte Lisa.

»Ich verstehe die Enttäuschung Deiner Eltern, Lisa, aber wir sind ja keine Dschihadisten, sondern friedliebend und schon in der dritten Generation in diesem ...«

»Wir müssen uns nicht rechtfertigen, Vater«, unterbrach Damir brüsk.

»Wir sollten uns jetzt nicht streiten«, beschwichtigte Lista und begann vorsichtig ihren zukünftigen Schwiegereltern zu erklären, dass für Juden eine Konversion das Fürchterlichste überhaupt sei, Grund, die eigenen Kinder zu verstoßen. »Konvertierte Kinder sind für sie tote Kinder. Meine Eltern sind nicht orthodox. Aber meine Urgroßmutter wurde streng orthodox erzogen. Sie hatte übrigens einen wunderbaren Namen: Anne-Rose Lammfromm. Ich weiß nicht, wie meine Eltern sich verhalten werden. Sie lieben mich – sie mögen dich, Damir.«

»Jetzt sage bitte nicht, alles wird gut.« Und Damir polterte weiter: »Wir hatten uns so entschieden. Manchmal müssen auch Juden über ihren Schatten springen.«

»Das hättest du jetzt besser nicht gesagt. Ich gehe – und werde heute Nacht bei meinen Eltern übernachten. Ich denke, das ist besser.« Sie umarmte Damir und küsste ihn. »Wahrscheinlich komme ich nachher doch nach Hause. Die Cohens können nicht schlafen, wenn sie sich nach einem Streit nicht versöhnen.«

»Bitte komm, Lisa!«

Sie ging.

Kaum war er mit seiner Frau zuhause, rief Aaron seinen Vater an und bat ihn, am nächsten Tag zum Frühstück zu kommen.

»Gibt es Wichtiges?«

»Ja. Alisah und ich denken, dass nur du entscheiden kannst, was zu tun ist.«

»Geht es um Finanzen, der Dow Jones wird sich erholen.«

»Nein, Vater, es geht nicht um Geld. Es geht um unsere Familie.«

Lisa verabschiedete sich von ihren Eltern noch vor Mitternacht. Sie wollte zurück zu ihrem Damir.

Schon an der Tür umarmten die beiden einander.

»Ich wusste, du würdest zurückkommen. Geht doch gar nicht anders.«

Sie küsste ihn.

»Wir schaffen das, Damir. Ich habe mir etwas überlegt.«

Am nächsten Morgen stand Jacob mit Croissants vor Aarons Wohnungstür.

Alisah brachte grünen Tee für ihren Schwiegervater und eine große Kanne Kaffee. Sie setzten sich zu dritt an den Esstisch.

»Also«, begann Aaron, »wir haben ein größeres Problem. Ich denke, uns alle wundert es nicht, dass Lisa und Damir heiraten wollen. Die beiden haben uns gestern Damirs Eltern vorgestellt. Angenehme Menschen – und die Mutter trägt kein Kopftuch. Die Heirat ist beschlossen. Nicht geklärt ist, wie sie heiraten und welche Religion die Kinder haben werden.«

»Du schwindelst, Aaron. Mach kein Schmu. Sie wollen eine islamische Ehe führen nach Maßgabe der Scharia« – Alisah wollte Klarheit. »Muslimischen Männern ist es erlaubt, jüdische oder christliche Frauen zu heiraten – ich habe in der Nacht recherchiert. Muslimische Frauen dürfen nichtmuslimische Männer nicht heiraten.«

»Aaron«, begann Jacob eher verhalten, »wollen wir – ich meine, als Familie – so eine Verbindung? Und wenn wir sie wollen, wollen wir sie so?«

»Fändest du es besser, Damir konvertierte zum Judentum?«

Das war keine sonderlich gute Frage von Alisah. Man war sich darin einig, dass niemand die beiden trennen wollte. Aber – da blieb Jacob streng – eine Konversion käme für ihn nicht in Frage. Wie er Lisa daran hindern wolle, fragte Aaron ernsthaft besorgt.

»Ich weiß es nicht. Sie wird vernünftig sein, und Damir ebenfalls.«

Sie beschlossen, die Familie zu versammeln, bevor Benjamin abreisen würde. Alles musste sehr rasch gehen, Rahel sollte mit diesem Familienproblem nicht belastet werden.

Jacob lud noch am Mittag seine Familie zum Frühstück für den nächsten Tag ein. Damir und Lisa waren von dieser Einladung wenig überrascht. Alle anderen schon. Asael und Elizabeth Snider rätselten, ob es um Rahels Reise gehen würde.

Am Vorabend des von Jacob geplanten Familienfrühstücks luden Chaim und Gili ihre Töchter und Schwingersöhne, sowie Noah, Benjamin, Asael und Elizabeth zu sich nach Hause ein.

»Ihr werdet euch fragen, warum wir uns treffen. Ich möchte euch alle fragen, ob ihr wisst, was Jacob von uns will«, begann Chaim, »Gili und ich, wir wissen es nämlich nicht.«

»Meine Schauspielerei kann nicht das Thema sein, meine Reise nach Deutschland auch nicht.«

»Vielleicht geht es einmal nicht um dich, Benjamin!«

»Es geht um uns!« – Damir erhob sich. Ein großes Zeichen dafür, dass extrem Wichtiges debattiert werden würde. »Lisa und ich wollen heiraten.«

»Und wo ist das Problem?«

»Benjamin, das Problem sind unsere beiden Religionen.«

»Quatsch. Damir wird Jude, beschnitten ist er ja schon.«

Stille

»Nein, ich werde meinen Glauben nicht verleugnen.«

»Und Lisa soll genau das tun, oder?«

»Ja, Benjamin!«

»Ich bin dagegen.«

Wie Benjamin dachten die Cohens und die Lämmles; allein Elizabeth widersprach.

»Und was soll ich tun, falls Asael und ich einmal heiraten?«

Chaim hatte die ganze Zeit über geschwiegen, ihm hatte die Verbindung seiner Nichte mit einem Moslem von Anfang an nicht gepasst. Aber er wollte sich nicht streiten – nicht mit seiner Frau, nicht mit seinen Kindern, schon gar nicht mit seinem Vater. Nachdem Damir sich wieder gesetzt hatte, war er es nun, der aufstand: »Wir müssen eine Lösung finden, die eine Heirat von Damir und Lisa möglich macht, beiden ihren Glauben lässt; und für die zukünftigen Kinder müssen wir uns etwas einfallen lassen. Ich werde mit unserem Rabbiner sprechen.«

Mit seinem Vorschlag überraschte Chaim die übrigen Anwesenden, da der Rabbiner zu den konservativen Geistlichen zählte.

»Und ich werde mit dem Imam sprechen«, erwiderte Damir, »er wählt übrigens auch die Republikaner. Verrückt, wer sich da alles zusammentut.«

Erst jetzt meldete sich Lisa zu Wort. Aber sie blieb sitzen, nippte noch einmal an ihrem Cappuccino.

»Was sollten unbedingt vermeiden, israelisch-palästinensische Verhältnisse in unsere Familien zu tragen. Also: kein Streit. Ich verspreche euch, dass ich mit Damir eine für alle akzeptable Lösung finden werde. Und ich werde sie Jacob und euch morgen beim Frühstück präsentieren.«

»Lass uns jetzt sprechen«, widersprach Gili.

»Nein. Jetzt kein Wort mehr darüber. Ich hätte vielmehr Lust, von Benjamin zu erfahren, was er vorhat in Deutschland und mit unserer Rahel. Wohin werdet ihr reisen? Wen werdet ihr treffen? In welche Theater werdet ihr gehen?«

30

Benjamin packte seine Koffer. Er war nicht der Mann, dem eine Reisetasche genügte. Ich brauche was für den Frühling, was für abends, gewiss will Rahel mit mir in die Theater und Opernhäuser, ich brauche Schuhe für die Stadt, für den Abend – Lack? – und bequeme Schuhe, Badehose nicht vergessen. Besser zwei. Hemden eher weniger, die kann ich waschen lassen, Socken auch. Kosmetik nur für die erste Woche – ich kann ja alles kaufen. Gel für die Haare? Smoking? Krawatten kaufe ich dort. Soll ich Bücher mitnehmen?

Er entschied sich, den Baldwin-Band mit in den Flieger zu nehmen – den Mann-Roman verstaute er im Koffer. Und zwei Geschenke für seine Großmutter: ein Seidentuch und ein Buch.

Über den Fund dieses Buches, ein Bildband, freute er sich besonders. Er hatte es in der Prince Street entdeckt: *Soutine's Portraits – Cooks, Waiters and Bellboys*. Beim Durchblättern war er auf ein Ölgemälde gestoßen, das er bislang nicht gekannt hatte. Zwei Knaben – ein Messdiener und ein sehr junger Koch – probieren Wein, geklaut aus der Sakristei, also Messwein. Benjamin gefiel dieses charmante, ironische Bild – und die vier großen Ohren der beiden fand er auch hübsch. Wegen der oft übergroßen Ohren der jungen und alten Männer hatte sich schon seine Großmutter für Soutine interessiert. Schaute er nicht auch immer auf die Ohren?

Dass vor dem Abflug noch so ein Trubel aufkommen musste wegen Damir und Lisa, störte Benjamin nicht. Die Sache musste geregelt werden – glimpflich für alle. Er wollte seine Großmutter mit einer guten Nachricht überraschen.

Man traf pünktlich bei Jacob zuhause ein. Er hatte eingekauft und zusammen mit Jacqueline Toasts hergerichtet. Die Haushälterin arbeitete seit Rahels Abreise ganztags, räumte nicht nur auf, wusch und bügelte, sondern kochte auch. »Nicht einmal schlecht«, hatte Jacob seinen Schwiegertöchtern berichtet, »aber ich kann's besser, allerdings nicht tagein tagaus.«

»Fangen wir an«, sagte er nun, als man am großen Tisch in der Küche Platz genommen hatte; nur Chaim ließ sich entschuldigen – er habe eine wichtige Sitzung in irgendeinem Komitee.

Gili hatte das Fernbleiben ihres Mannes kurz erklärt und hinzugefügt: »Ich möchte dazu nicht Stellung nehmen; ich bin nur die Botin!«

»Aber ich nehme Stellung«, meldete sich Aaron. »Mein Bruder wird im Alter närrisch. Wenn wir unser heutiges Problem gelöst haben, sollten wir uns dieses Schlamassels annehmen.« Und er wurde noch deutlicher: »Chaims politische Aktivität gefällt mir nicht, sie passt nicht zu uns aufgeklärten Cohens. Da wird gewiss auch Levin zustimmen.«

Levin Lämmle nickte.

»Also: Wir müssen eine Lösung finden, und zwar noch vor Benjamins Abreise. Lisa und Damir, habt ihr Vorschläge, wie eine Hochzeit aussehen und die Erziehung der Kinder ohne eine Konversion möglich sein könnte?«

Lange ruhten die fragenden Blicke dieser Tischrunde auf den beiden Liebenden.

»Lisa und ich, wir haben, so denken wir, eine mögliche Lösung gefunden. Die könnte vielleicht auch euch taugen, Elizabeth und Asael, wenn ihr einmal heiraten solltet. Lisa wird erklären, wie wir es uns denken.«

Lisa stand auf: »Bitte hört mir jetzt aufmerksam zu!«

»So fängt Großmutter auch immer an, wenn es ums Ganze geht.«

»Benjamin, wir könnten doch jetzt mal alle still sein und Lisa sprechen lassen, oder?«

Benjamin nickte und schaute seinen Großvater an. Der legte seinen rechten Zeigefinger auf seine Lippen und zwinkerte dem Enkel Zuneigung zu.

»Also, wir – Damir und ich – stellen es uns so vor: Es wird weder eine jüdische noch eine muslimische Hochzeit geben, sondern eine jüdisch-muslimische. Aber ohne Imam und ohne Rabbiner. Wir wünschen uns, dass Großvater Jacob jüdische Segensworte spricht; Damirs Vater – denn seine Großeltern sind beide schon tot – muslimische. Und zwar an einem neutralen Ort. Ein Hotel vielleicht. Vielleicht ein Restaurant? Oder im Festsaal des Harvard Clubs – in Harvard hat ja mein Vater studiert.«

Alle schwiegen.

Lisa setzte sich. Jacob stand auf.

»Wissen deine Eltern von diesem Plan, Damir?«

»Ja – und sie sind einverstanden!«

Damir hatte sie am frühen Morgen angerufen und seinen Vater mit diesem Vorschlag konfrontiert. Der hatte diese Lösung gebilligt, was

Damir durchaus überraschte. »Wir müssen Zeichen setzen, Damir! Religionen können doch nicht Menschen entzweien, die einander lieben, respektieren und ein Leben miteinander teilen wollen. Mir wäre nur sehr wichtig, dass Jacob Cohen und ich uns genau absprechen, wer wann was sagen wird. Soll es Musik geben? – Schon, oder?«

Damir hatte seinem Vater versprochen, dass er den alten Cohen bitten würde, sich mit ihm in Verbindung zu setzten.

»Das ist zu wenig, Damir, ich möchte, dass die Cohens und die Soylus alles gemeinsam planen – und gemeinsam diese Hochzeit ausrichten.«

»Und was sagen die Cohens dazu?«, fragte Jacob. Das vorgeschlagene Szenario fand ungeteilte Zustimmung.

»Und Chaim fragen wir gar nicht?« – ein Einwurf von Gili.

Allein Benjamin gab schließlich zu bedenken, dass man bei der Musikauswahl auf alle synagogalen oder islamischen Gesänge verzichten sollte.

»Wir hören sie nie – warum bei so einem Anlass? Nehmen wir Felix Mendelssohn-Bartholdys Hochzeitsmarsch aus seinem Sommernachtstraum, dagegen kann niemand was haben – Shakespeare und ein konvertierter Jude.«

»Benjamin, das müssen wir nun wirklich nicht heute klären«, warf Elizabeth sofort ein. »Aber für unsere Hochzeit«, sie legte ihre Hand auf Asaels Schulter, »nehme ich den Vorschlag gern an!«

»Ihr seid meschugge, die Musikauswahl jetzt zu diskutieren. Es gibt da nur ein Verbot: Lohengrin! Hochzeitsmarsch!«

Alle lachten.

»Die Hochzeit hätten wir. Aber lasst uns heute alles klären. Nicht zuletzt, damit Benjamin mit guten Nachrichten seine Großmutter erfreuen kann. Was habt ihr mit den Kindern vor?«

»Jacob, wollen wir nicht warten, bis sie da sind?«, gab Levin zu bedenken. »Gewiss werden sie nicht orthodox jüdisch oder fundamental islamisch erzogen!«

Auch die anderen waren dafür, abzuwarten. Allein Lisa wollte an diesem Vormittag Klärung erzielen.

»Ich verstehe, dass Großvater sehr daran gelegen ist, zu wissen, was aus seinen Urenkeln wird. Und Großmutter will es gewiss gleichfalls jetzt schon erfahren. Ich bin dafür, euch zu sagen, was Damir und ich uns ausgedacht haben! – Ausgedacht ist bestimmt das falsche Wort. Wir haben entschieden, verworfen, überlegt und es uns anders überlegt. Wir haben eine Lösung gefunden. Sie ist allerdings keine Option für Elizabeth und Asael.«

»Jetzt bin ich aber gespannt!«

»Kannst du auch sein, Benjamin, denn ich habe mit jüdischer Schlauheit, unterstützt von Damirs muslimischem Intellekt, eine Lösung gefunden.« Sie machte eine lange Pause: »Sag du's, Damir!«

»Unsere Söhne werden arabische Vornamen haben und Muslime sein; unsere Töchter …«

»Schon verstanden«, unterbrach Aaron freudig.

Jacob stand auf und umarmte erst Damir und dann seine Enkelin.

»Eigentlich sollten wir jetzt nicht Tee und Kaffee trinken – ich geh mal an den Kühlschrank.« Alisah hatte recht vermutet, sie fand eine Flasche Champagner. Damir und Lisa gingen ins Wohnzimmer, Gläser zu holen. Schon im Flur küssten sie sich.

»Ich liebe dich, Dado!«, so nannte sie ihn, wenn sie allein waren.

»Und ich dich erst, Lizzi – die jiddische Mamme meiner Töchter!«

Aus dem Frühstück wurde ein Lunch und erst am Nachmittag ging die Großfamilie auseinander. Zwischendurch klingelte mehrfach Gilis Telefon. Immer stand Chaims Name auf dem Display – sie drückte die Anrufe weg.

Lisa wischte sich die Tränen von den Wangen, als sie ihren Großvater an der Tür umarmte.

Jacob weinte nicht. Er freute sich. Was habe ich für wunderbare Kinder und Enkel. Jetzt werde ich Rahel schreiben. Aber ich darf nicht alles verraten, für Benjamin müssen noch Überraschungen übrigbleiben. Also nur die Hochzeit – an sich. Nicht wie sie vonstatten gehen wird.

Meine liebe Rahel,

stell Dir vor, Lisa und Damir werden heiraten! Noch in diesem Sommer! Endlich! Und wir werden, so Gott will, wieder Urgroßmutter und Urgroßvater, zum zweiten, dritten, vierten Mal. Der kleine Elias braucht ja Spielkameraden. Ich denke, dass sich nun auch Elizabeth und Asael bald trauen werden.

Dann haben wir alle gut verheiratet, auch unsere Enkel – und Benjamin, den wirst Du womöglich mit einer guten Deutschen verkuppeln – falls Du eine findest.

Benjamin ist ziemlich aufgeregt. Er startet ja wirklich in ein ihm unbekanntes Land. Ich habe den Eindruck, er ist entschlossen, es liebzugewinnen. Dir zuliebe und um mich zu ärgern! Na, ja, nun gut, wie auch immer.

Du hast noch immer nichts geschrieben über Fürth. Warst Du überhaupt dort?

Ich wünsch Dir eine gute Nacht oder besser einen guten Morgen.
Je t'embrasse, fort, Jacob.

PS: Chaims Radikalisierung sorgt uns alle. Wir vermuten, er möchte in Ryans Team für den nächsten Wahlkampf. Gili, so scheint mir, fängt an, ihren Mann zu verachten.

Benjamin, Lisa und Damir beschlossen, auch noch den Abend gemeinsam zu verbringen. Sie überlegten, wie und in welcher Reihenfolge Benjamin die Großmutter informieren sollte.

»Lass die Diskussionen, die der Entscheidung vorausgingen, einfach weg«, empfahl Damir. »Sie wird sich über unsere Lösung freuen. Die Cohens, die mit ihren Eltern aus Deutschland flüchteten – eigentlich vertrieben wurden – werden in der vierten Generation eine kosmopolitische Großfamilie: Juden, Muslime, Christen; Deutsche, Amerikaner, Libanesen!

»Was uns fehlt, sind Schwarze, Chinesen, Japaner, Lesben und Gays«, witzelte Benjamin.

»Das kriegen wir erst bei unseren Kindern hin, wenn sie es denn mögen«, entgegnete Lisa und legte Benjamin ihre beiden Hände auf die Schultern: »Es sei denn, du heiratest eine Chinesin oder Afrikanerin!«

»Jetzt fliege ich erst einmal nach Deutschland ...«

»Komm nur ja nicht mit einem deutschen Fräulein zurück, dann flippt Jacob aus!«, strahlte Damir.

»Glaub ich nicht! Seit letzter Woche liest er in der Bibliothek Tieck. Nicht mal ich habe es geschafft, diesen Langeweiler gut zu finden.«

31

Benjamin nahm ein Taxi zum Flughafen. Zweieinhalb Stunden vor Abflug saß er in der Lounge. Er goss sich am Buffet einen Weißwein ein, häufte einige Erdnüsse auf einen kleinen Teller und las noch einmal in der New York Times. Ab morgen, so dachte er, werde ich nur noch deutsche Zeitungen lesen, deutschen Rundfunk hören und deutsches Fernsehen schauen. Warum mache ich diese Reise? Großmutter zuliebe? Vielleicht. Möchte ich Deutschland kennenlernen? Gut, ich möchte Theater dort erleben und Oper ... Und dann möchte ich mehr erfahren über unsere deutschen Familien, wir haben viel zu selten darüber gesprochen. Warum ist Fürth für Grandma plötzlich so wichtig? Hoffentlich spricht sie darüber. Ich hol mir noch ein Glas, dann schlafe ich besser. In der Business Class wird's wahrscheinlich nichts Ordentliches geben.

Er nahm ein neues Glas und füllte es, bis zum Rand. Gehört sich nicht. Er führte Selbstgespräche. Auch von den Nüssen nahm er ein zweites Mal. Das macht nur dick. Also: Warum fliege ich? Ich fliehe. – Nach Deutschland, vor Chaim und seinen Leuten? Eine Emigration – diesmal von Westen nach Osten. Seltsam. Die Schauspielerei kann schlimm schief gehen. Mein Geld kann knapp werden. Ich habe ja Grandma. Könnte ich dort jobben?

Sein Flug wurde aufgerufen. Er ging zum Gate. Eine lange Schlange – selbst für die Businessmenschen. Ich hätte First nehmen sollen. Jetzt hätte ich's mir noch leisten können. Und Champagner servieren die dort auch. Quatsch. Wunschnachbar? Junger Mann, Künstler oder Intellektueller, schlank. Bescheuerter Gedanke. Völlig egal, wer neben mir sitzt – nur nicht korpulent.

Er hatte einen Gangplatz gewählt. Am Fenster: ein junges Mädchen. Sieht gepflegt aus. Vielleicht kann ich mich mit ihr unterhalten. Er grüßte. Sie grüßte zurück. Schon mal gut, macht nicht jeder im Flugzeug. Die Ansagen. Erst der Captain, dann der Purser. Besonders ausführlich. Jetzt kommt auch noch die Nummer mit den Schwimmwesten.

Kaum in der Luft, setzte seine Nachbarin die schwarze Augenmaske auf, zog ihre Schuhe aus, fuhr ihren Sitz in Schlafposition, deckte sich mit der Wolldecke zu – und schlief ein. Das war's dann mit dem Gespräch. Keine schlechte Idee. Er legte sich ebenfalls schlafen. Das Abendessen ließ er ausfallen, bat nur noch um einen Rotwein – einen deutschen. Der Steward wunderte sich.

Rahel Cohen rief um 6.42 Uhr den Concierge an, um ihm zu sagen, dass er sie nicht wecken müsse, sie sei wach. Ob sie schlecht geschlafen habe?, was er bedauern würde.

»Schlecht ist das falsche Wort. Nicht tief, weil – nun, ich bin so aufgeregt, heute kommt einer meiner Enkel mich besuchen.«

Sie war viel zu früh am Flughafen. Als sie auf die Tafel mit den Ankunftszeiten schaute, war sie dankbar für ihre Nervosität, denn ihr Enkel sollte, so stand es da, 25 Minuten früher eintreffen als geplant.

Benjamin wurde vom Steward geweckt. Er nahm nur einen Kaffee und einen Obstsalat. Der Weg vom Terminal zum Gepäckband war lang und mühsam: Rolltreppen, Shuttlezug, Rolltreppe. Da kann ich ja gleich in die Stadt laufen. Passkontrolle. Fast so langsam wie in Tel Aviv. Vielleicht sollte ich sagen, dass ich Jude bin. Dann geht es möglichweise schneller – oder, kann auch sein, sie lassen mich erst gar nicht rein. Endlich am Gepäckband. Er schaute auf sein Mobiltelefon, suchte den Schalter des Autovermieters. Seine Koffer ließen sich Zeit. Erst rollten an ihm die der First-Class-Passagiere vorbei, die mit dem Schild ›Priority‹.

Großmutter wird sich wundern, dass ich so früh schon im Hotel stehen werde. Ich rufe sie nicht an, ich überrasche sie. Da sind sie ja, sogar hintereinander. Jetzt nur noch am Zoll vorbei und dann rasch ein Auto besorgen. Hoffentlich wird's ein kleiner BMW. Zur Not nehme ich auch einen Mini. Nur keinen Ford! – Die Zollbeamten ließen ihn passieren.

Rahel Cohen hatte sich auf eine der Holzbänke gesetzt, ihren Hut, den smaragdblauen, den ihr Enkel so sehr mochte, hatte sie neben sich gelegt. Ganz schön hässlich, diese Bänke, was soll der Schwung? Als sie auf der Anzeigetafel den Hinweis sah: Gepäck, platzierte sie sich genau gegenüber dem Ausgang. Sie entdeckte ihren Benjamin augenblicklich. Hübsch sieht er aus und überhaupt nicht müde. Er weiß, dass ihm keine Farbe so gut steht wie Blau, ein kräftiges Blau. Ich werde nicht winken – er soll mich entdecken.

Er sah sie sofort. Er lief ihr in die Arme wie ein kleiner Junge, der froh war, wieder bei Oma zu sein! Dann, endlich, das erste Wort: »Ich bin so glücklich, dass du gekommen bist!«

»Ich bin noch glücklicher als du!«

»Wenn du der Glückssieger sein willst, dann lasse ich dir den Vortritt!«

Während sie den kurzen Weg zur Autovermietung nahmen, wunderte sich Rahel Cohen über Benjamins Outfit. Jetzt übertreibt er aber mit dem Schauspielersein, mäkelte sie stumm, und fragte laut, was das für ein Anzug sei.

»Ist er dir zu auffallend, Grandma?«

»Nicht zu, aber auffallend.«

»Italienisch!«

Auch über das Gepäck ihres Enkels staunte sie:

»Wie lange möchtest du eigentlich bleiben?«

»Warum fragst du?«

»Wegen der zwei Koffer.«

»Ich reise doch mit einer Dame!«

Benjamin war ein wenig enttäuscht über den schwarzen Mini; seine Großmutter war begeistert, als sie neben ihm Platz nahm.

»Klein, komfortabel, bequem. Und es gibt genug Platz für deine Koffer.«

»Wie viele hast du eigentlich?«

»Auch zwei, aber die sind kleiner.«

Eine dreiviertel Stunde später klopfte er an die Tür seiner Großmutter. Er hatte sich umgezogen, trug eine blaue Jeans und einen orangefarbenen Anorak.

»Auch ein Hingucker!«, kommentierte Rahel Cohen und strich über Benjamins Arm. »Wir können zu Fuß gehen, dann siehst du schon mal schöne Plätze und einige Prunkbauten. Die Bayern wollten es den Franzosen wohl zeigen.«

Benjamin gefiel das kleinstädtisch Hübsche an der Stadt.

»Ja, sie ist schmuck«, pflichtete Rahel Cohen ihm bei, »aber du begegnest auf Schritt und Tritt Hitler.«

Während des Essens schmiedeten sie Pläne. Am nächsten Tag würden sie zusammen mit Inge Pinkat die Synagoge besichtigen und vielleicht dort auch beten. Damit wäre der Vormittag gefüllt. Am Nachmittag wollte Rahel Cohen ihrem Enkel Museen zeigen, Bilder, die ihr gefallen hatten. Benjamin bestand darauf, ins Theater zu gehen und zwar nicht allein. Noch bei Tisch sah sich Benjamin die Spielpläne auf seinem kleinen iPad an.

»Ist es dir zu anstrengend, jeden Abend unterwegs zu sein?«

»Warum sollte es, ich bin doch keine alte Frau!«

Sie überlegten gemeinsam, wie lange sie bleiben würden und einigten sich auf sechs Tage. »Dann haben wir das Wichtigste gesehen. Und einen Abend – oder einen Mittag – sollten wir uns aufheben für ein Treffen mit dem Anwalt, von dem ich Dir geschrieben habe.«

»Und wohin reisen wir dann, Grandma? Heute ist der 4., dann reisen wir am 10. ab. Und wohin?«

»Ich möchte nach Weimar und nach Buchenwald. Nur dieses eine Konzentrationslager will ich sehen, muss ich sehen. Kein anderes.«

Rahel Cohen kannte die Korrespondenz ihrer Mutter mit dem Dokumentationszentrum Yad Vashem. Sie hatte einen Ordner im Nachlass von Anne-Rose gefunden. Auf dessen Rücken stand: *Nathan.*

Beide gingen früh zu Bett. Benjamin konnte lange nicht einschlafen, er überlegte, wann er seiner Großmutter von Lisas komplizierter Hochzeit erzählen sollte. Nach dem Besuch von Buchenwald auf keinen Fall. Bei einem Mittagessen, das wäre gut. Wenn ich es ihr abends sage, schläft sie womöglich nicht.

Rahel Cohen schrieb noch eine Nachricht an ihren Mann. Ganz kurz nur schilderte sie, wie sehr sie sich über ihren Enkel freute und verriet auch schon die Pläne für die nächsten Tage. Als Postscriptum fügte sie an: *Bitte frag nicht nach Fürth!*

Sie schrieb auch ihren Söhnen. Aaron beschrieb sie die Entdeckungen ihrer ersten Tage. Chaim ermahnte sie, er möge sein politisches Engagement nicht übertreiben: *Du weißt, wir alle, wirklich, alle, auch Damir und Elizabeth, verstehen Dich nicht und missbilligen Deine politische Haltung. Sei nicht trotzköpfig. Gute Nacht, Deine besorgte Mutter.*

Inge Pinkat erwartete diesen Nachmittag, seit er geplant war, mit Neugier und Aufregung. Sie wollte Rahel und Benjamin Cohen so viel wie möglich zeigen und erklären: die Synagoge, das Museum, den Gang mit den vielen Namen der Ermordeten.

Rahel Cohen war nach diesem interessanten aber auch erschöpfend langen Tag müde, er hatte sie angestrengt. Sie verabschiedete sich von Inge Pinkat voller Dank für die vielen Einblicke, die sie erhalten hatte, und bat Benjamin, an diesem Abend auf sie zu verzichten: »Ich werde Jacob schreiben, mir etwas aufs Zimmer kommen lassen und dann gewiss tief und fest schlafen.«

Auch Benjamin ging auf sein Zimmer. Kurz vor acht allerdings verließ er das Hotel.

32

Jacob Cohen hatte sich ein Buch für zuhause gekauft – keine Belletristik, sondern einen *Ratgeber für Juden in allen Lebenslagen*, so stand es auf dem Cover. Ein Zufallskauf beim Vorübergehen. Er blieb hängen im fünfundzwanzigsten Kapitel, in dem die Autorin sich die seltsamsten Gedanken zur Ehe und zum Ehebruch machte. Sie fragte sich und ihre Leser, ob Seitensprünge Spaß machten. Sie verneinte die Frage. Mit einer seltsamen Begründung: Zerstörte Seelen könnten keine Familie mehr bauen.

»Was für ein Unsinn«, murmelte Jacob in sich hinein.

Aron und Chaim waren keine zwei Jahre alt gewesen, als Christine Schumann in die Kanzlei von Jacob Cohen eintrat. Eine geschiedene Frau, Anwältin für Patentrecht. Fast vierzig Jahre alt. Blond, knapp ein Meter achtzig groß und extrem schlank. Als sie sich den Mitarbeitern der Kanzlei vorstellte, waren die meisten von ihr verzaubert. Sie war gutaussehend, vielleicht sogar schön, besaß eine verblüffende Liebenswürdigkeit und hatte zugleich etwas Undurchdringliches, Geheimnisvolles. Ihre Examina waren ausgezeichnet, und die Sozietät, in der sie zuvor gearbeitet hatte, bevor sie wegen einer Schwangerschaft ausgeschieden war, rühmte sie als kompetent und betonte ihren Teamgeist und ihr soziales Engagement. Jacob fragte sich einen Moment lang, warum man ein solches Juwel hatte ziehen lassen. Etwas hielt ihn ab, Christine Schumann weiter zu befragen.

»Wir sind sehr froh, dass Sie sich für uns entschieden haben, Miss Schumann.«

Jacob Cohen bat sie, den Vertrag zu unterschreiben und zeigte ihr dann das Büro, das die Sozien für sie vorgesehen hatten. Sie war begeistert von dem Ausblick auf die Brooklyn Bridge. Ihr Schreibtisch gefiel ihr, aber sie fragte, ob sie einen anderen Besprechungstisch mit vier anderen Stühlen mitbringen dürfte.

»Ich hänge an diesen Möbeln.« Sie sah Jacob Cohens zweifelnden Blick. »Sie müssen nicht fürchten, dass ich mit Louis XV hier einziehe. Es ist eine Sitzgruppe, die hierher passt. Glauben Sie mir.«

Zwei Wochen später bezog sie bei Kline & Partner ihr Büro. Eine Spedition lieferte einen quadratischen Glastisch und vier schwarze Eames-Stühle. Jacob Cohen hatte dafür gesorgt, dass auf ihrem Schreibtisch ein Strauß bunter Tulpen stand. Die neue Kollegin war sofort bei allen beliebt, ihre Freundlichkeit und ihr Lachen überzeugten. Am meisten schätzen ihre Kolleginnen, dass sie Christine Schumann nie schlecht gelaunt erlebten. Als Jacob Cohens Sekretärin die Neue ein Sonnenscheinchen nannte, lächelte er zufrieden.

Zur ersten Party der Kanzlei erschien sie allein. Wie immer war sie sehr schlicht gekleidet. Sie bevorzugte dunkle Farben, meist trug sie schwarz. Schmuck sah man an ihr höchst selten. Wäre sie nicht blond, sondern schwarzhaarig gewesen, hätten sie die meisten Männer wohl verglichen mit französischen Chansonetten – so wie sich Amerikaner diese Wesen vorstellten.

Auch Jacob Cohen dachte: Juliette Gréco in blond. An diesem Abend unterhielt er sich zum ersten Mal länger mit Christine Schumann. War es Diskretion oder Furcht? Jacob Cohen bemerkte, dass seine Fragen ihr missfielen. Er lenkte das Gespräch auf die Musik. Er hatte Glück – Christine Schumann war eine leidenschaftliche Konzertbesucherin. Oper, sagte sie, sei ihr eher fremd. »Zu viel Geträllere!«, und auf diesen Satz folgte ihr Lächeln. Was sie denn bevorzuge, wollte Jacob Cohen wissen.

»Kammermusik. Streichquartette, Klavier- und Cello-Sonaten. Orchestermusik mag ich eher weniger, mit einer Ausnahme, die Sie verblüffen wird, ich mag Strawinsky.«

»Wunderbar! Den mag ich auch, aber – jetzt werde Sie wieder enttäuschen – ich bevorzuge vor allem die Opern: *The Rake's Progress, Oedipus Rex* und die *Geschichte vom Soldaten*.«

»Haben Sie je die Pulcinella-Suite gehört?«

Jacob Cohen verneinte.

»Die sollten Sie sich anhören!«

Christine Schumann verließ die Party sehr bald. Bevor sie ging, verabschiedete sie sich von Jacob Cohen, dem sie, mit ihrem Lächeln, gestand, dass sie eigentlich unbemerkt verschwinden wollte.

Wie die Party gewesen sei, wollte Rahel wissen, als ihr Mann sich nach Mitternacht zu ihr legte und sie küsste.

»Amüsant. Und die Neue ist ein Gewinn. Nicht nur juristisch. Sie versteht auch was von Musik.«

»Habt ihr über Opern geredet?«

»Auch.«

Vielleicht lade ich sie mal ein zu einem Konzert, wenn Rahel keine Zeit oder keine Lust hat – mit diesem Gedanken schlief er ein. Er träumte von Tom Rakewell, dem Strawinsky-Toren, der sein Glück verspielt, und von Christine Schumanns Lächeln. Wochenlang sahen sich Jacob Cohen und Christine Schumann nur im Korridor der Kanzlei. Nie gingen sie gemeinsam zum Lunch. Es gab keine Fälle, an denen sie gemeinsam arbeiteten.

Sie wünschten einander zuweilen mittags einen guten Appetit und zum Ende des Arbeitstages einen angenehmen Abend. Manchmal ging Jacob Cohen mit einigen Kollegen und Kolleginnen noch auf ein Glas in eine Bar, Christine Schumann kam nie mit, obwohl sie oft gefragt wurde, ob sie nicht Lust hätte, mitzuziehen. Sie hatte schon immer versucht, Arbeit und Privatleben strikt zu trennen. So hielt sie es auch jetzt.

Jacob las die Zeitung und fand, zufällig, denn eigentlich wollte er rauskriegen, was in der Met gegeben wurde, die Ankündigung eines Konzerts in der Carnegie Hall: Strawinskys Pulcinella-Suite. Er fragte Rahel, ob sie Lust hätte, ihn zu begleiten.

»Was spielen sie denn außer dieser Suite – die wird zu kurz sein für ein ganzes Programm.«

»Einen Hindemith für Klavier.«

»Damit kannst du mich jagen!«

»Bist du traurig, wenn ich allein gehe?«

»Nein. Ich werde lesen und auf dich warten.«

Am nächsten Tag betrat er das Büro von Christine Schumann.

»Störe ich?«

»Nein, Jacob. Was gibt's? Sie kommen zum ersten Mal in meinem Büro seit meiner Anstellung. Nehmen Sie doch Platz!«

»Ich stehe lieber. Haben Sie am kommenden Montag schon etwas vor?«

»Nein, warum?«

»Ich möchte Sie fragen, ob Sie Lust haben, mich in die Carnegie Hall zu begleiten. Es gibt Strawinskys Pulcinella-Suite. Danach allerdings, wenn ich meiner Frau glauben darf, eine Fürchterlichkeit: eine Klavier-Suite von Hindemith.«

Hindemith sei so schlimm nicht, erklärte Christine Schumann. »Ich begleite Sie gern.«

Sie trafen sich am Eingang. Sie trug wieder schwarz, er hatte einen dunkelblauen Anzug gewählt. Parkett, achte Reihe – »... besser geht es nicht, Jacob. Danke.«

Pulcinella gefiel beiden – Hindemith nur ihr.

»Schön, dass Sie der Strawinsky begeistert hat, Jacob.«

Seine Frage, ob Sie noch Lust habe auf ein kleines Dinner, verneinte sie.

Zwei Wochen nach diesem Abend stand Christine in Jacobs Büro.

»Heute habe ich einen Vorschlag: Hätten Sie Lust auf einen Klavierabend mit Kompositionen ausschließlich von Frauen?«

»Warum fragen Sie das? Komm ich so machohaft rüber?«

»Nein. Ich dachte nur: keine Oper, nur ein Flügel und dann auch noch unbekannte Komponistinnen, das könnte Sie womöglich abschrecken. Ich fände es übrigens schön, wenn Sie Ihre Frau mitbrächten. Zeitgenössische Komponistinnen sind nicht dabei.«

Rahel freute sich, die neue Kollegin kennenzulernen. Christine kam mit ihrer Freundin Carla, einer Schauspielerin. Sie verbrachten einen angenehmen Abend zu viert – er endete in einer Pizzeria. Der Vorschlag kam von Christine. Jacob, der eigentlich Pizzen nicht ausstehen konnte, hatte zugestimmt.

»Du musst sie schon sehr schätzen, dass du die Pizzeria akzeptiert hast«, amüsierte sich Rahel auf dem Nachhauseweg. »Christine ist wirklich zauberhaft. Und ihre Freundin ist es auch. Ich glaube, sie mag Frauen.«

Ihm sei nichts an ihr aufgefallen, was diese Vermutung bestätigen könnte, antwortete er kurz. Aber es war schon richtig: Carla, deren Nachnamen sie nicht erfahren hatten, wirkte androgyn, was auch an ihrem Pagenhaarschnitt lag und an der Art, wie sie sich gekleidet hatte: schwarze Jeans und rotschwarz kariertes Hemd.

»Wahrscheinlich waren im Konzert einige Lesben. Bei dem Programm kein Wunder, Rahel.«

»Du hast ja so gar keine Vorurteile, Jacob!«

Am nächsten Morgen bedankte sich Jacob Cohen bei seiner Kollegin für den angenehmen Abend mit ihr und ihrer Freundin.

»Carla fand sie sehr amüsant – und sexy. Das soll ich Ihnen ausrichten.«

Er reagierte nicht. Doch die Bemerkung freute ihn. Er war ein attraktiver Mann, erfolgreich und charmant. Dass nicht allein Rahel noch immer für ihn schwärmte – sie benutzte dieses Wort –, sondern auch andere Frauen, schmeichelte ihm.

Es hatte seit der Hochzeit durchaus Versuchungen gegeben, aber er war ihnen nicht erlegen. Treue war ihm wichtig. Er erwartete sie von Rahel und von sich. Er dachte manchmal an Christine, an ihr helles Lachen. Doch lockte ihn nichts davon. Carla aber, diese jungenhafte Frau, jünger als er, etwa genauso groß wie er, könnte ihn verführen, wenn sie es denn wollte. Das war ein alberner Gedanke, den er allerdings nicht aus seinem Kopf bekam. Wenige Tage später, als er Christine beim Lunch zufällig traf, fragte er bewusst beiläufig: »Wie geht es Ihrer Freundin? Sie ist fast so zauberhaft wie Sie, Christine!« Und doch war dieser Satz ein Wagnis.

Christine sah Jacob an und – lächelte.

»Sie findet Sie auch attraktiv, habe ich Ihnen ja schon gesagt. Sie ist eine große Verführerin, aber ich glaube, sie hat Respekt vor verheirateten Männern oder besser: vor deren Frauen.«

»Ich hatte nicht den Eindruck, dass sie eifersüchtige Ehefrauen fürchtet. Und was mich betrifft, Respekt ist schön, aber zuweilen hinderlich.«

Eine Woche später schlug Christine einen Ausflug ans Meer vor, vielleicht ein Wochenende – »mit Carla.«

Jacob Cohen sagte zu. Sofort. Ohne nachzudenken. Er musste lügen. Rahel erklärte er, einen Mandanten besuchen zu müssen, der ihn in sein Haus eingeladen habe, um dort sein Testament zu besprechen. Jacob Cohen bereute die Lüge schon, während er sie aussprach. Doch die Neugierde war größer als das schlechte Gewissen.

Carla hatte in einem Hotel ein Doppel- und ein Einzelzimmer gebucht. Jacob Cohen erfuhr davon erst während der Fahrt. »Wir Mädchen teilen uns das große Zimmer, Sie bekommen das kleine. Vielleicht haben Sie Lust, uns zu besuchen. Übrigens: Meinen Sie nicht, wir sollten uns an diesen beiden Tagen duzen? In der Kanzlei können Christine und Sie ja leicht wieder zur Form zurückkehren.«

Jacob Cohen hatte ein mulmiges Gefühl, als er seinen Namen in das Anmeldeformular des Hotels schrieb. Da die Frauen neben ihm standen, machte er sich fünf Jahre jünger, was Christine bemerkte. Sie kannte sein Geburtsjahr von der Homepage der Kanzlei. Sie gingen auf ihre Zimmer und verabredeten sich im Restaurant zum Abendessen. Gemeinsam fuhren sie mit dem Lift in den dritten Stock.

Jacob ging in sein Zimmer und schrieb seiner Rahel eine Nachricht: *Geliebte Rahel, bin gut angekommen. Das Leihauto war keine Freude. Das Hotel ist passabel. Hatte gerade das Abendessen mit dem Mandanten. Ein alter, griesgrämiger Mann, der am liebsten seinen ganzen Besitz mit ins Grab nähme. So will ich nie werden. Aber er hat eine Exfrau, eine Frau und zwei Kinder. Er muss etwas abgeben.* Je mehr er log, desto mieser fühlte er sich. Würde Rahel so etwas auch machen? Hatte sie ihn womöglich schon betrogen? *Ich wünsche Dir eine gute Nacht! Schlaf gut! Ich hoffe, dass ich von Dir träume. Je t'embrasse, Jacob*

Er ging unter die Dusche. Er sprühte einen Duft auf seinen Körper, etwas Zitroniges; er mochte keine schweren Düfte. Er zog die Boxershorts an, die Rahel ihm geschenkt hatte, die mit dem Paisley-Muster. Er warf den weißen Bademantel des Hotels über. Erst einmal öffnete er seine Zimmertür nur einen Spalt breit. Die Luft war rein. Er trat vor die Tür des Nachbarzimmers und klopfte. Carla öffnete – sie trug ein dunkelblaues sehr kurzes Nachtkleid. Christine lag auf dem Bett. Carla nahm Jacob den Bademantel ab.

Als Jacob am nächsten Morgen in seinem Zimmer aufwachte, schämte er sich. Er schämte sich, dass er sich hatte hinreißen lassen zu Dingen, die in seinen Phantasien bisher nie Raum eingenommen hatten. Er schämte sich, dass Carla die Spielemacherin in diesem Trio war. Er schämte sich, dass es ihm die größte Lust bereitet hatte, den beiden Frauen beim Sex zuzusehen. Er schämte sich, dass er nicht zurückgeschreckt war, als Carla ihn aufgefordert hatte, er solle nicht zusehen, was Christine mit ihr machte, sondern sich gefällig etwas einfallen lassen, was ihr noch mehr Vergnügen bereiten könnte.

Jacob Cohen packte seine kleine Reisetasche, schrieb einen kurzen Brief, adressiert an Christine, ging zur Rezeption, zahlte und nahm ein Taxi. Im Zug meldete er sich bei Rahel. Er telefonierte nicht, weil er fürchtete, seine Stimme könnte ihn verraten. Er bereute schon jetzt die Lügen und die Ausschweifung. *Mon amour! Dem Mann ist nicht zu helfen. Ich komme heute schon zurück. Und freue mich sehr auf dich! Lass uns am Abend etwas unternehmen. Wollen wir in unser Lieblingsrestaurant? Hugs and as many xxxx as you desire.*
Jacob

Carla und Christine waren überrascht, dass sie Jacob nicht im Frühstücksraum begegneten. Erst bei ihrer Abreise gab man ihnen Jacob Cohens Nachricht: *Vergessen wir diese Nacht. Bis Montag. J.C.*

33

Liebe Rahel, Dearest!

Wir haben es richtig gemacht. Unsere wenigen Umwege haben uns nicht entzweit! Findest Du nicht auch? Und wie gut, dass wir uns beide unsere Fehltritte dann doch, wenn auch spät, erzählt haben! Ich erinnere mich noch so gut an jenen Abend und an die Liebe, die uns trug und bis heute trägt! Du bist mir ein unfassbares Glück! Genug der Sehnsuchtsworte und vorwärts in die Gegenwart: Was wird Dir die Woche mit Benjamin noch bringen? Werdet ihr ins Theater gehen?

Du fehlst mir sehr, obwohl ich die Kinder habe und die Enkel und einen Urenkel. – Schon wieder Sehnsucht!
Je t'embrasse, vergiss mich nicht!
Ton Jacob.

34

Benjamin gefiel das kleine Theater auf dem kreisrunden Platz, das aussah, als sei es erst jüngst renoviert worden. Er sah Sexshops, Bars, Bekleidungsläden, die vor allem Fetischistisches für Männer anboten: Lederjeans, Stiefel, Muscle-Shirts. Er hatte wenig Lust, in einen der Clubs zu gehen, und machte sich auf den Weg zum Hotel. Plötzlich bemerkte er, wie ein junger Mann sehr langsam an ihm vorbeiging und ihn neugierig fixierte. Benjamin erwiderte den Blick. Nach einigen Schritten drehte er sich nach ihm um. Der Fremde mit den stechenden, wasserklaren blauen Augen und dem kurzen Pferdeschwanz, den er auf seinem Schädel zu einem kleinen Pinsel zusammengebunden hatte, gefiel ihm. Sein herausforderndes Grinsen reizte Benjamin, Abenteuerlust erfasste ihn. Der Junge, er mochte etwas über zwanzig sein, war stehengeblieben. Benjamin schaute in eine Auslage mit Sexspielzeug. Der Fremde stellte sich neben ihn:

»Hey, magst du mitkommen ins Cock, wird dir gefallen.«

Sie gingen nebeneinander.

»Ich heiße Carlo – und du?

»Ben!«

»Stehst du auf was Besonderes?«

»Nein.«

»Also machst du alles mit?«

»Ich weiß nicht, was alles bedeutet.«

Benjamin hatte so einen Club noch nicht erlebt. Muskulöse Kerle, deren schwarze Lederhosen nur aus den Hosenbeinen bestanden und aus einer Gürtelschlaufe, machten Männer in eben solcher Kleidung an.

»Sei mir nicht böse, Carlo, aber ich mags hier irgendwie nicht.«

Keine zehn Minuten später öffnete Carlo die Tür zu seinem Appartement in einem Fünfziger-Jahre-Bau. Auf dem Namenschild stand Josef Huber. Benjamin schaute sich um. Billig, dachte er. Der Mann zog ihn zu sich. Seine Zunge bohrte sich in Benjamins Mundhöhle, während seine Hände den Gürtel seiner Hose lösten. Es ging ihm nicht schnell genug. Benjamin wollte fliehen, doch die Neugier war größer als die Furcht, ihm werde gleich etwas geschehen, das er bereuen könnte.

Alles, was nun folgte, erlebte Benjamin wie in einem Alptraum. Er spürte immer mehr, wie er zum Objekt des anderen wurde und wie seine Person vor dessen sexueller Gier schwand, bis zur Unkenntlichkeit. Als er in der Hand seines Peinigers, der vor Lust laut stöhnte, ein Gerät wie eine übergroße Nadel sah, packte ihn die pure Angst. Er schrie auf, Carlo ließ von ihm ab.

»Du miese jüdische Schwuchtel – zieh dich an und verschwinde!«

Hastig stieg Benjamin in seine Jeans, das Hemd knöpfte er nicht zu, den Pullover nahm er in die Hand ebenso wie seine Jacke und rannte die Stufen des Treppenhauses hinunter. Er lief auch auf der Straße noch als würde er verfolgt. In einer Toreinfahrt brachte er seine Kleider in Ordnung. Er weinte. Er schämte sich. Nie zuvor hatte er sich ähnlich schmutzig gefühlt, derart gedemütigt. Weil er nicht wusste, wie zerstört er eigentlich aussah, nahm er kein Taxi, sondern ging zu Fuß ins Hotel. Er war froh, dass in der Halle niemand mehr saß und nur der Nachtportier ihn sah.

Er duschte sich eine halbe Stunde lang. Aber der Schmutz dieses Abends schien an ihm zu kleben wie Pech. Er öffnete die Minibar, schloss sie wieder. Nein, er wollte sich nicht betrinken.

35

»Du hast schlecht geschlafen, Ben, oder?«

»Ja – und ich habe fürchterlich geträumt. Ich möchte heute, wenn es geht, in kein Museum, überhaupt in keinen geschlossenen Raum. Ein langer Spaziergang – das wäre schön.«

Sie ließen sich vom Concierge einen Ratschlag geben – und fuhren in den Westen der Stadt. Die Sonne schien. Sie ist guter Dinge, dachte Benjamin, ein perfekter Zeitpunkt, um über die Hochzeit zu reden. Sie ist im Grunde genommen immer guter Dinge. Wann habe ich meine Granma je schlecht gelaunt erlebt? Nie. Entweder versteckt sie ihre Launen oder sie hat tatsächlich keine. Eigentlich haben sich unsere Großeltern nie wirklich gestritten. Ein hübsches, einander treues Paar. Beneidenswert. Nur ich humple allein durchs Leben, dachte er, während der kurzen Fahrt. Sie hatten das Radio eingeschaltet, hörten eine Händel-Arie.

»Weißt du, wer singt?«

»Irgendein Counter.«

»Nicht irgendeiner. Der beste, finde ich. Und hübsch ist er auch noch.«

Wenig später gingen sie auf das Schloss zu. Sie freuten sich an dem Treiben auf den Wiesen und in den Laubengängen. Auf einem

Brückengeländer hockten junge Leute und turtelten wie die Tauben in den Bäumen. Die Menschen in dieser Stadt machten einen zufriedenen Eindruck, Rahel Cohen mochte das Kleinstädtisch-Bayerische. Als zwei Mädchen Hand in Hand an ihnen vorbeigingen, lächelte Benjamin den beiden zu.

»Verrückt, sie tragen Dirndl wie die Spießer und scheuen sich nicht, zu zeigen, dass sie nicht nur Freundinnen sind, sondern ein Liebespaar!«

Kurze Zeit später fuhr ein teures Cabrio an ihnen vorbei.

»Die Frau ist zu jung für den Mann«, lachte Rahel Cohen.

Benjamin war bester Laune und hatte den gestrigen Abend vergessen. Er nahm sich vor, in Zukunft vorsichtiger zu sein. Keine Straßenbekanntschaften mehr, ich bin ja kein Lumpensammler! Seine Heiterkeit wuchs noch, als ein junger Cocker, der gerade aus dem Kanal gesprungen war, sich vor ihm schüttelte. Die Besitzerin entschuldigte sich.

»Das müssen Sie nicht. Ihr Hund – wie heißt er denn? – ist zauberhaft.«

»Balzac – wie der Dichter.«

»Wenn ich mal einen Hund habe, bestimmt nicht in New York, nenne ich ihn Wilde.«

»Das wird dem Hund gewiss imponieren«, lächelte die Unbekannte.

»Und wo willst du ihn halten?«, fragte Bens Großmutter.

»Was meinst du mit ›wo‹?«

»Wenn nicht New York, wo dann?«

»Ich muss mal weiter, einen schönen Tag noch!«, lächelte die Unbekannte und rief ihren Cocker.

»Vielleicht hier, warum nicht?«

Rahel Cohen schwieg. Sehr lange.

»Woran denkst du, Grandma?«

»Ich denke an deine Bemerkung: ›Warum nicht hier‹?«

»Wollen wir uns ein paar Minuten in die Sonne setzen? Vielleicht magst du mir dann etwas über Fürth erzählen – in aller Ruhe.«

Rahel Cohen antwortete nicht.

Sie passierten einen Torbogen und standen im Park. Erst einmal nahmen sie die breite Mittelallee, bestaunten die sie säumenden Skulpturen. Keine Gottheit ließen sie aus; vor jeder der zwölf Figuren verweilten sie, diskutierten die Putten, wunderten sich über die zur Schaus gestellte weibliche Nacktheit. Auf einer Bank an einem klitzekleinen künstlich angelegten See machten sie Halt.

»Wie schön, dass wir noch hergefahren sind. Herrlich ist es hier.« Benjamins Großmutter strich ihm über seine schwarzen Locken.

»Grandma, es gibt Neuigkeiten aus der Familie, die ich dir mitteilen möchte. Ich habe lange gezögert, wann ich sie dir sagen sollte. Ich denke, jetzt ist der richtige Moment.«

»Ist Jacob krank?« Rahel Cohen schaute ihren Enkel an, furchtsam.

»Nein, er ist gesund. Er verbringt Stunden in der Bibliothek und liest Romane, sogar richtig alte. Er meint, er habe während seines ganzen Lebens eine Belletristik-Unterversorgung gehabt. Er geht auch weiterhin zu seinem Trainer und kapriziert sich auf Bauchübungen, nicht lange, aber immerhin ...«

»Ja, er ist und bleibt eitel!«

»Also, nein, er ist gesund. Alle sind gesund. Es geht um Lisa und Damir.«

»Sie wollen heiraten!«

»Gut geraten.«

»Das war nicht schwer! Und wie werden sie heiraten? Das ist nicht sehr einfach mit diesen zwei eher schwierigen Religionen.«

Benjamin berichtete sehr proustisch von allen Treffen und endete mit dem Vorschlag, den Lisa und Damir der Familie gemacht hatten. Rahel Cohen hatte aufmerksam zugehört. Sie legte ihren rechten Arm um ihren Enkel – und schwieg. Sie schauten beide in die Sonne.

Beide lauschten den Vögeln, die laut zwitscherten. Es war die Zeit der Paarungen. Benjamin wagte nicht, die Stille zu zerstören. Endlich:

»Mir gefällt der Vorschlag!«

Benjamin küsste seine Großmutter auf die Wange.

»Wenn zwei Menschen sich lieben: das ist das Schönste! Und falls ich es erlebe, werde ich die Urgroßmutter einer Jüdin und eines Moslems, ist das nicht toll?«

Mehr sagte sie nicht. Benjamin sah, dass seiner Großmutter Tränen in den Augen standen. Er fragte nicht warum.

Sie erhoben sich und machten sich auf den Weg zum Auto. Rahel Cohen schlug vor, den Nachmittag zu nutzen, um Jacob und all die anderen darüber zu informieren, dass sie jetzt von der Hochzeit und den Verabredungen wüsste.

»Und um halb acht gehen wir essen, wenn du magst.«

Benjamin schrieb Lisa und Damir. Er schilderte das Gespräch auf der Bank im Park. *Großmutter freut sich auf eine jüdische Urenkelin und einen muslimischen Urenkel. Im Übrigen: Grandma wird sentimental. Wenn sie über Liebe spricht, bedingungslose, dann kramt sie ganz rasch ein Schnupftuch aus ihrer Handtasche.*

Als Postscriptum fügte er an: *Trauen sich Asael und Elizabeth jetzt auch endlich?* Und: *In München könnte ich leben! Schon wegen der vielen netten Hunde.* Dahinter setze er einen Smiley und einen Pudel-Sticker.

36

Jacob Cohen traf sich um diese Zeit – es war Mittag in New York – mit Damir und Lisa, nur kurz, denn Damir musste nach einer Stunde schon zurück in den Verlag. Sie freuten sich über die positive Nachricht aus Deutschland und planten die Hochzeit. Sie sollte noch im frühen Sommer sein, also nach Rahels und Benjamins Rückkehr.

»Langweilst du dich sehr ohne Rahel?«, wollte Damir wissen.

»Nein überhaupt nicht. Ich verbringe, ihr wisst es, viel Zeit in der Bibliothek. Und lese.«

Bevor er zu Bett ging, schrieb Jacob seiner Rahel eine Nachricht.

Mon Amour!

Heute Mittag war ich mit Lisa und Damir zusammen, ein kurzer Lunch – Damir musste nach fünfzig Minuten schon wieder in den Verlag. Wir haben über die Hochzeit gesprochen. Ich denke, sie bekommen die Zeremonie sehr schön hin. Geplant ist sie wenige Wochen nach Eurer Rückkehr aus Deutschland. Die beiden sorgten sich, dass ich mich vielleicht langweilen könnte. Ich beruhigte sie, erzählte von meinen täglichen Aufenthalten in der Bibliothek. So, und jetzt lege ich mich schlafen.
Hugs and kisses!
Jacob, Vater von zwei Söhnen und der Mann einer wunderbaren Frau.

PS. Aaron ist uns gelungen – ohne Zweifel. Bei Chaim bin ich nicht so sicher. Haben wir was falsch gemacht? Er verteidigt inzwischen sogar die religiösen Rechten. Homosexualität findet er seit Kurzem, nachdem sich ein Senator geoutet hatte, auch schlimm.«

PPS. Ich weiß, ich darf nicht fragen, aber ich tue es noch einmal: Was ist Dir in Deiner Geburtsstadt widerfahren?

Rahel las diese Zeilen am nächsten Morgen, bevor sie sich mit ihrem Enkel in ein Museum aufmachte, das sie inzwischen ihr Lieblingsmuseum nannte. Wegen eines Gemälde-Zyklus.

»Die Sammler haben es im Entstehungsjahr schon gekauft, sie müssen vernarrt gewesen sein in den Mann und sein Werk«, erklärte Benjamin seiner Mutter.

»Wusstest du, dass Twombly schwul war?«, fragte sie.

»Klar! Welcher berühmte Künstler ist es denn nicht, Grandma? Michelangelo, Francis Bacon, Donatello, Gilbert & George, David Hockney, Leonardo da Vinci, Robert Mapplethorpe, Andy Warhol ...«

»Es reicht, Benjamin! Dürer war es nicht!«

»Eben – guck dir seine Bilder an! Meisterhaft langweilig!«

Nach einer kurzen Pause im Museumscafé fanden sie sich auf der Straße wieder.

»Und was machen wir jetzt? – Noch ein Museum, Grandma?«

Für den Abend hatten sie Karten für eine Aufführung im schönsten Theater der Stadt, einem barocken Juwel. Annonciert war eine Komödie, eine Dramatisierung des Musketiere-Romans. Benjamin freute sich auf dieses Abenteuer, denn es war klar, dass von Dumas kaum etwas übrig bleiben würde. Rahel wollte zurück ins Hotel, um sich zuvor noch ein wenig auszuruhen.

Benjamin schlug vor, sich kurz auf eine der Bänke zu setzen, denn die Sonne war noch nicht untergegangen.

»Wir werden langsam zu Parkbankhockern, Benjamin.«

»Und zu Museumslemuren!«

Sie blinzelten in die Sonne – und schwiegen.

»Grandma, du bist jetzt schon so viele Tage in Deutschland und hast uns nie geschrieben, ob es dir hier eigentlich gefällt. Und mir hast du's auch noch nicht gesagt. Was hat dir gefallen an Frankfurt, Nürnberg, München und an Fürth? Fühlst du dich wohl hier?«

Sie glaube ja, dass er eigentlich wissen wolle, ob sie nicht ständig an die deutsche Vergangenheit denken müsse und an die Judenmorde, entgegnete ihm Rahel Cohen, und ließ mit ihrer Antwort nicht lange warten: »Nein, daran habe ich nur in der Münchner Synagoge gedacht. Und in Nürnberg konnte ich nicht umhin, an die Parteitage zu denken und an die Rassengesetze. Ursprünglich wollte ich auch viel mehr Juden treffen. Aber je länger ich hier bin, desto mehr interessiere ich mich für die Kultur und nicht für die Politik.

Weder für die heutige noch für die vor Kriegsende. Was könnte ich erfahren, was ich nicht schon wüsste?«

»Warum wolltest du unbedingt nach Fürth? Du hast niemandem etwas erklärt. Wir wissen nur, dass du diesen Besuch deiner Mutter versprochen hast. Aber warum? Du warst gerade mal ein Jahr alt, als ihr Deutschland verlassen habt.«

»Alles, was ich über meine Geburtsstadt weiß, hat mir meine Mutter erzählt, mein Vater hatte mit Deutschland, mit Nürnberg und Fürth abgeschlossen, als wir damals das Schiff bestiegen. Er wollte sich nicht erinnern. Also sprach er nicht darüber. Er war ja noch ein junger Mann und schaute nur in die Zukunft, nie zurück.«

»Er hat nie über Nazi-Deutschland gesprochen?«

»Nein. Auch meine Großeltern mieden dieses Thema. Jacob und die Cohens – sie verdrängten nicht. Sie verfolgten die Entwicklung in Deutschland, auch während des Krieges. Und wie dein Großvater noch heute über Deutschland denkt und redet, weißt du.«

Sie wollte offensichtlich nicht über Fürth reden.

»Erzähl mir was von Deinen Eltern, Grandma. Ich habe keine Erinnerungen an sie; und wir haben viel zu selten über sie gesprochen. Wie waren sie?«

»Mein Vater war, bevor wir nach Amerika emigrierten, Fabrikbesitzer, danach ...«

»Das weiß ich doch. Ich meine nicht, was sie waren und wie sie in Fürth wahrgenommen wurden, wie waren sie zu dir?«

»Warum willst du das jetzt wissen? Hier?«

Er erklärte, dass ihre Reise in die Vergangenheit für ihn eine zu den Wurzeln seiner deutschen Familie sei, von der er viel zu wenig wusste. Vielleicht, so fügte er zögerlich hinzu, sei es auch eine Reise in die Zukunft. Er traute sich nicht zu sagen, dass es doch schön wäre, wenn zumindest ein Cohen die Geschichte der Familie in dem Land weiterführte, aus dem sie stammte. Andere Familien machten es doch vor, kehrten zurück aus Amerika und

Palästina. Alle beteten: Nächstes Jahr in Jerusalem – und keiner wollte ernsthaft dort hin.

Rahel Cohen lächelte sanft über Benjamins Neugier. Aber wo anfangen und wie weit gehen? Sie zögerte, tastete sich vor.

»Meine Eltern waren orthodoxe Juden. Sie hielten sich an alle Gebote und Verbote. Meine Mutter war eine sehr lebenslustige Frau und schlug zuweilen über die Stränge. Sie muss jung vielen Jungens den Kopf verdreht haben. Mein Vater lebte selbst in Amerika noch nach dem Gesetz. Wir aßen immer koscher. Fast immer. Meine Mutter, sie war der leichtsinnige Part in dieser Ehe, sie wusste, wie eine Auster schmeckt oder eine Scheibe Schinken. Ich glaube, mein Vater neidete ihr diesen Leichtsinn.«

»Wann hast du dich gelöst von all diesen Zwängen?«

»Ich habe sie nie als Zwänge wahrgenommen. Erst als ich deinen Großvater kennenlernte, begann ich Dinge zu essen, die verboten waren. Ich traute mich, an Schabbat Auto zu fahren und zu arbeiten.«

»Waren deine Eltern streng?«

»O ja, das waren sie.«

»Hätten sie dir in deine Berufswahl reingeredet wie mir mein Vater und Großvater!«

»Sie *hätten* nicht, sie haben! Und sie haben nichts falsch gemacht. Wahrscheinlich willst du darauf hinaus, dass Jacob und Chaim dich nie hätten überreden dürfen zum Anwaltsberuf?«

Benjamin schwieg. Sie schauten den spielenden Hunden auf der Wiese zu.

»Wollten deine Eltern nie ein zweites Kind?«

»Warum fragst du?«

»Weil ich es wunderbar finde, zwei Schwestern zu haben.«

Rahel schwieg. Sie stand auf. Benjamin ging neben ihr.

Plötzlich blieb sie stehen.

»Meine Mutter gebar ein zweites Kind, zwei Jahre nach unserer Ankunft in New York. Schlomo, mein Bruder, er starb viel zu früh als junger Mann. Das ist eine traurige Geschichte, Benjamin, aber… Und ein Jahr später, nach Schlomo, hatte sie dann eine Fehlgeburt. Eine Tragödie für sie und meinen Vater.«

Benjamin wollte weiter fragen, aber er zögerte und ließ es schließlich.

Sie entschlossen sich, zu Fuß ins Hotel zu gehen. Auf dem Weg kamen sie an einer barocken Kirche vorbei. Rahel Cohen zog ihren Enkel hinein.

»Wir beten, einverstanden? Wir müssen ja nicht aufs Kreuz schauen.«

Als sie wieder auf der Straße waren, hatte Rahel Cohen Mut gefasst. Sie wollte die ganze Geschichte erzählen, sich von ihr befreien.

»Meine Mutter war körperlich gesund, aber krank in der Seele. Sie verweigerte sich fortan ihrem Mann, aus Angst vor einer weiteren Schwangerschaft, bis er sich sterilisieren ließ. Niemandem habe ich bisher davon erzählt, nur dein Großvater kennt diese Geschichte.«

Benjamin wollte fragen, ob seine Großmutter nach der Geburt ihrer Zwillinge gleichfalls eine weitere Schwangerschaft gefürchtet habe. Wieder fehlte es ihm an Mut. Als hätte sie seine Gedanken gelesen, setzte Rahel das Gespräch fort: »Jacob wollte unbedingt noch eine Tochter. Ich habe ihm diesen Wunsch nicht erfüllen wollen. – Nicht erfüllen können.«

Benjamin horchte auf und legte dann, sehr diskret, seiner Großmutter den Arm um die Schulter. Schweigend gingen die beiden die restlichen Meter zum Hotel. Dort umarmte er Rahel, stumm, die ihn dankbar anschaute und dann leise sagte: »Und nun möchte ich mich vor dem Theaterbesuch noch ein wenig erholen!«

37

Benjamin notierte in sein Tagebuch:

Großmutter erzählt mir von dem größten Schmerz ihres Lebens. Verrückt! Wie gut, dass sie ihren Söhnen ihre Leiden verschwiegen hat. Wer weiß, ob sie sonst so unbeschwert Kinder gezeugt hätten. Über Fürth und ihren Besuch dort hat sie nicht geredet. Allerdings habe ich auch nicht insistiert. Ich liebe meine Grandma – sehr! Ich denke, diese Reise wird uns verändern. So wie heute habe ich noch nicht einmal mit meiner Mutter gesprochen. Was ihre Mutter, Anne-Rose, angeht, so glaube ich, hat sie mir nicht alles gesagt. Was soll ich von ihrer Bemerkung halten, ihre Mutter habe manchmal wohl über die Stränge geschlagen?

Danach erledigte er einige E-Mails. Phil hatte ihm geschrieben und mitgeteilt, dass die Proben Ende Mai beginnen sollten. Zuvor würde es eine Bauprobe geben, bei der sie beide aber nicht anwesend sein mussten. Über Kostüme würde man erst später sprechen. Benjamin log, dass er noch keine Zeit gefunden hätte für eine Nachttour. Auch er beschloss, ein wenig zu schlafen vor den Theaterbesuch. Er legte sich auf eine Liege im Spa. Das Dampfbad war leer, in der Sauna saß nur eine alte Dame, die, als Benjamin sie durch die Glastür ansah, sich sofort in ihr großes Frotteetuch wickelte.

Ihn hatte der anschließende Theater-Abend vergnüglich gestimmt. Eine so mutiges Verständnis von Theater war seins. Wir müssen den Wilde auch knacken. Bloß nicht realistisch. Keine Lampenschirme. Keine Gurkensandwiches. Ein Laboratorium. Neonröhren. Blutwurst.

Er träumte in dieser Nacht die Schlussszene seiner Wilde-Inszenierung: Algernon und der Pastor gehen Hand in Hand von der Bühne. Sie küssen sich, und dann sagt der Geistliche in seiner violetten Soutane, während er sich umwendet zu den verblüfften Männern und Frauen im Publikum: »Philistines«.

Rasender Applaus. Standing Ovations. Er wachte auf, und um ihn herum war es still.

38

Asael und Elizabeth hatten gemeinsam gekocht – das machten sie gern – und saßen beim Abendessen, als Damir anrief. Er berichtete von den Hochzeitsvorbereitungen und fragte, ob Elizabeth Trauzeugin sein mochte.

»Wir fänden das schön – dann hätten wir noch eine Religion dazu.«

Asael versprach, mit Elizabeth zu reden und sich am nächsten Tag zu melden. Als er sich wieder zu Tisch setzte, fragte Elizabeth, was Damir gewollt habe.

»Du sollst Trauzeugin werden.«

Elizabeth war sofort begeistert und reagierte wie Damir es sich gewünscht hatte.

»Sie wollen eine Jüdin, einen Moslem und eine Christin. Natürlich mache ich da mit!«

»Und was machen wir?«

»Was meinst du?«

»Wir sollten heiraten, so richtig jung sind wir ja nicht mehr. Wir haben sichere Jobs; wir lieben einander; wir gehen uns nicht auf die Nerven; wir haben Sex, guten sogar – worauf warten wir?«

Elizabeth war verblüfft. Nein, sie fühlte sich nicht überrumpelt. Sie fragte sich nur, ob sie es schön fände, gemeinsam mit Damir und Lisa zu heiraten oder gleich danach.

»War das ein Heiratsantrag, Liebster?«

»Nein, es wird einer.«

Asael verschwand in sein Arbeitszimmer, kam zurück und rief, bevor er die Tür öffnete: »Augen zu!«

Elizabeth schloss sie wirklich. Als sie sie wieder aufmachte, stand vor ihr ein kleines Kistchen. Die Schleife verriet, wo Asael eingekauft hatte: Tiffany Blue.

»Soll ich gleich aufmachen?«

»Nein, warte noch bis zur Hühnerbrust.«

Die Box stand neben Elizabeths Weinglas. Sie sprachen über einen Schüler, den sie beide für musisch besonders begabt hielten und überlegten, wie sie ihn fördern könnten, denn er kam aus bescheidenen Verhältnissen.

Die Heirat war kein Thema.

Asael deckte ab, Elizabeth blieb sitzen.

Es wird ein Verlobungsring sein. Ja, ich möchte ihn heiraten, aber nicht zusammen mit den anderen. Zuvor geht nicht, das wäre ein Affront. Gleich danach geht auch nicht. Zwei Hochzeiten hintereinander – das ist inflationäres Gefeiere.

Also doch gemeinsam? Ein richtig, richtig großes Fest? Die Cohens lieben größenwahnsinnige Feste, zumindest Jacob. Rahel mag's eher bescheiden. Nein, das stimmt auch nicht. Sie steigt ja in Deutschland auch nur in den ersten Hotels ab. Sie kauft fast immer teuer ein, ist knickrig nur bei den Flugbuchungen. Also groß? Und wie machen wir es mit den Kindern und dem Ritual zur Trauung. Wir schließen uns einfach an. Und unsere Kinder werden christlich erzogen, es sei denn, sie entscheiden sich vor der Konfirmation für den jüdischen Glauben. Aber das müssen wir ja nicht heute klären.

Asael kam zurück, in jeder Hand einen Teller: Hühnerbrust mit Karotten und Erbsen und eine Kartoffel für sie, zwei für ihn.

»Ich komme gleich noch mal wieder.«

Er brachte eine Flasche, die er in der Küche schon geöffnet hatte, und zwei Burgundergläser.

»Immer noch nicht auspacken?«

»Nein, nach dem Huhn.«

Wieder sprachen sie über Kevin Smith, den begabten Jungen und entschieden, dass sie ihm aus eigenen Mitteln ein Klavier zur Verfügung stellen und den Unterricht finanzieren würden.

»Jetzt pack aber bitte aus.«

Ganz langsam löste Elizabeth die Schleife, noch langsamer hob sie den Deckel von der kleinen blauen Kiste und fand darinnen ein schwarzes Etui.

»Das ist ja wie bei den russischen Matrjoschkas!« Sie klappte den Filz hoch. Ein Solitär und Platin. »Du bist meschugge, Asael!«

»Nein, das bin ich nicht, nur immer noch verliebt!«

Er erhob sich, kniete nieder vor seiner Freundin, die er seinen Lebensmenschen nannte – wie alle Cohens es machten mit ihren Frauen und Männern –: »Lissi, willst du meine Frau werden?«

Sie stand auf, hob ihren Asael zu sich hoch – er war nur wenige Zentimeter größer als sie: »Ja! Und zwar sofort!«

Sie küssten einander; er nahm sie bei der Hand: »Die Erdbeeren gibt's zum Nachbett.«

Asael war überglücklich über seine voreilige Entscheidung und auch darüber, dass Elizabeth sie nicht als eine solche wahrgenommen hatte. Zumindest hatte sie ihm dies nicht zu verstehen geben. Sie würden heiraten und dann hätte er, hoffentlich, keinen Grund mehr, auf jeden Mann, von dem Elizabeth behauptete, er sei charmant oder hübsch oder sexy oder alles zusammen, eifersüchtig zu sein. Denn so harmonisch ihre Beziehung auch war, Asaels Eifersucht hatte schon viele Streits heraufbeschworen. Sie warf ihm dann vor, ihr nicht zu vertrauen; er entgegnete, dass sie es mit ihrem Charme hin und wieder zu weit triebe. »Manchmal glaube ich, du bist mit mir nur zusammen, damit andere dich mir ausspannen.«

Richtig an dieser Bemerkung war: Elisabeth zündelte gern. Sie war Asael, seit sie mit ihm zusammenlebte, treu. Aber sie hatte sich ertappt, andere Männer mit Asael zu vergleichen. Nie hatte sie gezögert, Einladungen von Kollegen anzunehmen, auf einen Absacker in einer Bar, auf einen Lunch. Sie gierte nach Bestätigung. Anerkennung reichte ihr nicht. Sie wollte begehrt werden – und dann vor dem Begehren des Mannes, der schon glaubte, sie verführt zu haben und am Ziel zu sein, fortzurennen. Sie hatte diese Fluchten immer hinbekommen. Nur einmal nicht. Und als sie weit nach Mitternacht nach Hause kam und Asael gestanden hatte, dass sie einen sehr schönen Abend mit Adrian, dem schönen Engländer, verbracht hätte, hielt Asael nicht an sich. Er machte ihr eine Szene.

Ihr erschien das lächerlich.

Er hielt diesen Streit für eine existenzielle Auseinandersetzung.

Elizabeth gab nach. Sie hatte gelernt, mit Asaels Eifersuchtsschüben zu leben. Weil sie ihn liebte. Und war nicht Eifersucht auch ein zwar unangenehmes, aber doch deutliches Zeichen von Liebe? Nur, Asael übertrieb.

39

Noch stand das Treffen mit dem Anwalt aus. Rahel Cohen hatte ihn in der Kanzlei angerufen, einen Tag nach Benjamins Ankunft in München.

»Sehr gern würden mein Enkel Benjamin und ich Sie und Ihren Freund sehen – oder ist er ihr Mann?«

»Ich bin sein Mann.«

»Wir würden Sie beide gern auf ein Essen einladen. Was hielten Sie vom 8. Mai am Abend?«

»Am Tag der Befreiungen der Konzentrationslager?«

»Daran«, sagte Rahel Cohen, »haben wir nicht gedacht. Wenn Sie diesen Gedenktag unangemessen finden, dann suchen wir einen anderen Abend«, fügte sie rasch hinzu.

Es gebe gute Gründe diesen Tag zu feiern, erwiderte Alexander Bachmann.

»Wir werden am Vormittag Märchenschlösser besuchen, werden also ausgeruht sein.«

Alexander Bachmann wunderte sich, dass die Cohens in diesen Kitsch wollten, sagte aber nur: »Alles sieht aus wie Disneyland.«

»Glauben Sie mir, Alexander, ich habe nicht die geringste Lust dazu, aber Benjamin besteht darauf, geradezu kindisch.«

Die Burg des verrückten Königs war so schrecklich wie Rahel Cohen es sich vorgestellt hatte. Und sie waren nicht allein! Japanische Gruppen, chinesische Gruppen, amerikanische Gruppen. Rahel Cohen und Benjamin baten eine junge Frau, sie hieß Maresa, zu führen. »So schnell wie möglich«, hatte Rahel Cohen sich gewünscht, »und bitte erzählen Sie uns nicht, wie viele Handwerker wie viele Tage für was auch immer gebraucht haben. Es interessiert mich auch nicht, wie viel Gold, Kupfer, Seide in diesen Gemäuern steckt oder verarbeitet wurde.«

Rahel Cohen zeigte ihre Unlust an diesem Besuch auf provozierend unhöfliche Weise, unterbrach Maresa schon nach dem ersten Satz: »Sie müssen uns nicht sagen, dass sich dieser meschuggene Operettenmonarch eine idealisierte mittelalterliche Ritterburg wünschte.«

»Hören Sie nicht auf meine Großmutter. Nur mir zuliebe ist sie mitgekommen. Bitte, Grandma. Mache es Maresa nicht unmöglich, uns zu zeigen, was wir sehen möchten.«

»Was *du* sehen möchtest. Ich lasse euch allein. Wir treffen uns wieder am Eingang in einer Dreiviertelstunde, ist das recht?«

Im Sauseschritt machten sich die beiden auf. Benjamin Cohen konnte sich diesen Kitsch nicht schöndenken. Er hatte nicht wirklich geahnt, was seine Großmutter befürchtet hatte. Als Benjamin vor dem mächtigen Bett mit allerlei Schnitzwerk stand, legte Maresa los:

»Vierzehn Schnitzer, sie arbeiteten vier Jahre lang daran …«

»Na, wie war's?«, empfing ihn seine Großmutter.

»Bunt, gülden und sehr, sehr schwülstig«, antwortete Benjamin, »aber durchaus imposant!«

Auf dem Weg zurück einten sich die beiden wieder in ihrer Freude über den Frühling, über die noch schneebedeckten Gipfel der Berge und dieses, wie Rahel staunte, unfassbare Blau des Himmels.

Am frühen Abend trafen Alexander Bachmann und Carl Schwarz in der Halle des Hotels ein. Sie begrüßten einander voller Erwartung auf die kommenden Stunden.

»Haben wir noch Zeit für einen Aperitif?«, fragte Benjamin in die Runde.

»Das dürfen Sie meinen Mann nie fragen. Dafür hat er immer Zeit.«

Sympathisch, die beiden, dachte Benjamin und bestellte vier Gläser Weißwein. Und schön, dass sie nicht so schwul rüberkommen.

Nachdem sie sich zugeprostet hatten, begann Carl das Gespräch und erkundigte sich, wieso jemand, der als erfolgreicher Anwalt viel Geld verdiente, diesen Beruf an den Nagel hängte, um Schauspieler zu werden. Benjamin erzählte seine Geschichte, erzählte von den Workshops, den ersten Rollen und dem Verdruss als Jurist.

»Schön, dass Ihre Familie diesen Wunsch unterstützt«, meinte der Anwalt.

Während der Fahrt zum Restaurant unterhielt sich Alexander Bachmann mit Rahel Cohen und Benjamin mit Carl. Benjamin hatte ihm schon an der Hotelbar das Du angeboten. Obwohl Carl kein großer Freund der Duzerei war, hatte er den Vorschlag akzeptiert – sogar freudig. Die beiden sprachen über Wildes Komödien; und dass es womöglich langweilig sein könnte, sie realistisch zu inszenieren.

»Wie würdest du es denn machen?«

»Verrückt! Wie Ihr Deutschen!«

Carl amüsierte diese Bemerkung – normalerweise mochten Amerikaner nicht, was sie hier an den Theatern sahen. »Ich finde viele Aufführungen, also das Regietheater, wirklich grandios. Aber wahrscheinlich ist so etwas undenkbar in Amerika. Ich war nur sehr selten in New Yorker Theatern oder in der Met, aber ich war fast immer enttäuscht. Amerikanische Theatermacher sind nicht sehr wagemutig. Oder? Und wenn sie es sind, dann arbeiten sie bei uns.«

»Aber das könnte sich ändern.«

»Du solltest nur darauf achten, dass die Kritiker mitspielen. Am besten: Ihr holt sie mit ins Boot.«

»Wahrscheinlich wäre es das Beste, ich käme hierher und du entdecktest mich!«, lachte Benjamin.

Ein hübscher Kerl, dachte Carl, aber ein wenig zu forsch und sehr eitel-selbstbewusst.

Das Restaurant war gerappelt voll. Doch ihr Tisch stand abseits vom größten Trubel. Sie konnten entspannt plaudern. Benjamin bestimmte das Thema. Er wollte wissen, ob es einen künstlerischen Austausch gebe zwischen den deutschen und den Theatern der Welt.

»Gibt es Förderprogramme? Können junge Amerikaner oder Engländer sich hier für Stipendien bewerben?

Hätte ich Chancen, irgendwo als Regieassistent Geld zu verdienen?«

Rahel Cohen stoppte ihren Enkel: »Erzählen Sie, Alexander, was haben Sie in Amerika gemacht?«

Alexander fand die Frage aufmerksam und war froh, dass Benjamin und Carl nun erst einmal zuhören mussten und ihn und Rahel Cohen nicht zu stummen Zuhörern eines Themas machten, das ihn so gar nicht interessierte. Darin sind sie sich sehr ähnlich, dachte er, exzentrische Egomanen.

40

Elizabeth, Asael, Lisa und Damir hatten sich verabredet. Sie wollten ein Wochenende gemeinsam in den Hamptons verbringen. Lisa, die mit ihren Eltern schon mehrfach dort war und Montauk mochte, auch wegen des Leuchtturms, hatte den Ort ausgesucht. Eigentlich war es ihr egal, in welchem der pittoresken Dörfchen sie diesen Kurzurlaub machten. Auch bei den Stränden hatte sie keine Vorlieben. Warum sie dieses Hotel gewählt hatte? Es war Benjamins Lieblingsbleibe. Er mochte den Meerwasserpool. Von den Restaurants im Haus hielt er nichts. Er hatte Lisa für den Ausflug, von dem sie ihm per E-Mail berichtet hatte, Tipps gegeben: *Geht unbedingt ins Fisherman's Paradise. Unbedingt einen Tisch auf der Terrasse nehmen. Die Meeresfrüchteplatte ist phänomenal!* Von Lisa wusste er, warum sie diesen Ausflug unternehmen wollten. Er freute sich über ihren Plan. Lisa hatte ihn gebeten, der Großmutter nichts zu sagen.

Die vier fuhren in Asaels Auto – es war das bequemste und größte. Er hatte sich, das war nun wirklich Luxus, ein deutsches Modell gekauft, in schwarz. Der Verkehr an diesem Nachmittag war erstaunlich gering, trotz des schönen Wetters.

Sie ließen Queens hinter sich, fuhren – es gab keine Alternative – durch hässliche Industrieviertel.

»Long Island wird erst schön, wenn man Bridgehampton passiert hat, findet ihr nicht auch?«, fragte Damir in die Runde. Elizabeth mochte, selbst wenn dies Benjamin nicht gern hörte, vor allem Amagansett. Sie fand den Ort mit den weißen viktorianischen Villen gemütlich, außerdem gefiel ihr, dass Arthur Miller mit Marilyn Monroe hier Urlaub gemacht hatte. Montauk war ihr eigentlich zu bodenständig; und vor allem störten sie die vielen Surfer. Doch sie hatte Lisa für deren Wahl nicht kritisiert.

Sie bezogen ihre Zimmer – Meerblick frontal. Die Einrichtung war Elizabeth zu funktional. *Schick, aber nicht schön*, schrieb sie Tage später an Benjamin. Sie gingen schwimmen. Die Männer ins Meer, das noch sehr kalt war; die Frauen in den Pool, 27 Grad warm. Sie verabredeten sich für sieben Uhr und ließen sich ins Paradise fahren. Dessen Terrasse gefiel allen. Abgesehen von Damir, der einen Auberginenauflauf bestellte, wählten alle Meeresfrüchte.

»Das Schwierigste an unserer Ehe wird nicht die Einhaltung der jüdischen und islamischen Feiertage sein, sondern die tägliche Entscheidung: vegetarisch oder nicht«, spottete Lisa.

»Freu dich, ich könnte ja auch Veganer sein.«

Erst einmal berichteten sie einander das Neueste von Rahel und Benjamin. Der versorgte vor allen anderen Lisa mit Berichten aus Deutschland und seltsamerweise nicht seine Geschwister. Er hatte Gründe:

Deborah und ihr Mann waren ihm einfach zu orthodox, und außerdem wollte er mit Levin nicht zum wiederholten Mal über die finanziellen Vorzüge des Anwaltsberufs diskutieren; Esther und Noah waren ihm einfach zu jung, und seit sie Eltern waren, drehte sich jedes Gespräch, jede E-Mail, um den Sohn und es gab tägliche WhatsApp mit Fotos des Kleinen. Lisa wusste alles aus Deutschland. Damir wusste alles von Jacob, der ihm vertraute. Ihm hatte er gestanden, dass er seine Söhne und deren Frauen für wenig unterhaltsam hielt. Weil sie sich für erstaunlich wenige Dinge interessierten und wenig unternahmen. Auf Kultur, so sagte er, ließen sie sich nur ein, wenn er sie einlud zu einer Aufführung oder einem Konzert. Museen besuchten sie selten. Und seine neue Lust an Romanen verstanden sie auch nicht. Jacob bemitleidete seine Zwillinge für deren selbstgewähltes Rentnerdasein, wie er ihre Abgeschiedenheit nannte, und fühlte sich hingezogen zu den ganz jungen Leuten. Die erwiderten seine Sympathie, so wie sie Rahels Mut bewunderten, eine solche Reise zu unternehmen. Kurz: Die vier waren sich einig: Ihre Eltern waren Langweiler, ihre Großeltern richtig »cool«. Um Chaims politische Richtungsänderung machten sie einen großen Bogen.

»Reden wir nicht um den heißen Brei herum«, eröffnete Asael das Gespräch beim Espresso. »Wir haben uns hier getroffen auf Damirs und Lisas Vorschlag, um zu diskutieren, ob wir eine Doppelhochzeit feiern. Oder nicht? Was spricht dafür?«

»Wir hätten ein wirklich großes Fest, ein Fest, wie es eure Großeltern lieben und meine Eltern auch«, begann Damir.

»Und wir würden in der jüdischen, in der katholischen und der muslimischen Gemeinde ein Zeichen ...«

»Drei Zeichen«, korrigierte Elizabeth.

»Also: drei Zeichen setzen!«, fuhr Lisa fort.

Es gab allerdings einige Risiken. Elizabeths Eltern wussten von all den Plänen noch gar nichts.

»Bevor wir irgendetwas hier beschließen, müssen wir wissen, was Arthur und Resi von dieser Heirat und vor allem von den Formalitäten halten.«

»Dein Vater, Elizabeth, schien mir immer eher uninteressiert an religiösen Dingen und Debatten. Sag mir, wenn ich mich täusche.«

»Du täuschst dich nicht, Damir. Ich nehme einmal an, ihm sind die Rituale egal; und ob unsere Kinder christlich erzogen werden oder nicht, wird ihm auch gleichgültig sein. Nur eines mag er nicht: Atheisten!«

»Und deine Mutter, Elizabeth?«, fragte Lisa.

»Sie ist sehr katholisch!«

»Sehr, das klingt nicht gut.«

»Doch, Damir. Sie meint es einfach ernst. Sie ist jeden Sonntag in der St. John Church.«

Elizabeths Mutter kenne sogar den jetzigen Erzbischof Richardson persönlich und schätze ihn, erklärte Asael, der durchaus stolz war auf seine zukünftige Schwiegermutter.

»Ein Mann der Mittelschicht, Anfang siebzig und irischer Abstammung. Ein gebildeter, promovierter Mann, findet meine Mutter und meint, dass selbst Richardsons Einschätzung der Homosexualität ihn auszeichne.«

Was er denn gesagt habe?

»Er beteiligte sich vor etwa zehn Jahren an der Diskussion, ob im Bundesstaat New York Lesben und Schwule heiraten dürften, und war, so finde ich, eher feige zweideutig. Aber meine Mutter hielt den Gedanken, dass man zwar schwul sein dürfe in der katholischen Kirche, aber seine Gefühle nicht ausleben sollte, bereits für revolutionär liberal.«

Damir schüttelte den Kopf und fragte, wie Elizabeth nun vorgehen wolle.

»Erst einmal – deshalb sind wir ja hier am Meer in Klausur – müssen wir vier klären, was wir wollen.«

41

Alisah, Aaron, Gili und Chaim trafen sich regelmäßig. Sie sprachen nur nicht darüber. Sie schämten sich ein wenig ihres so gar nicht intellektuellen Hobbys. Sie waren Mitglieder in einem renommierten Bridge Club. Jeden Mittwochvormittag spielten sie dort und donnerstags immer zuhause, wöchentlich abwechselnd bei Alisah oder Gili. Die Donnerstage bei Gili und Chaim fielen in letzter Zeit oft aus, weil Chaim, wie er sagte, »die Pflicht« rief. Die Politik nahm in seinem Leben immer mehr Raum ein, zeitlich wie intellektuell. Die Freitage blieben unangetastet. Sie gingen gemeinsam in die Synagoge. Sie waren für diesen allwöchentlichen Anlass sehr seriös gekleidet, ihre Kinder hatten schon oft gesagt, sie sähen langweiliger aus als nötig. Die Frauen trugen entweder Perlenketten oder eine Brosche auf ihren Pullovern oder Jacken. Aber keines dieser Schmuckstücke war annähernd so schön wie die Gemme, die Rahel Cohen besaß. Danach kochten die vier für sich. Diejenige, die am Donnerstag Gastgeberin beim Bridge war, war freitags mit ihrem Mann eingeladen zum Essen.

An einem dieser Freitagabende im Apartment von Gili und Chaim, bat die Gastgeberin um Ruhe. Sie habe etwas vorzulesen.

42

Wie geplant hatte vor Jahren Aaron Alisah mit auf seine Dienstreise nach Deutschland genommen. Sie waren damals noch kinderlos gewesen. Sie bürdeten also niemandem in der Familie Arbeiten auf. Rahel befand, es sei längst an der Zeit, dass die Cohens sich wieder diesem Land annäherten.

»Von dort kommen wir ja alle letztendlich: die Blumenthals, die Sonnenscheins, die Sniders – wir zählen jetzt Mal Österreich dazu und denken uns den Anschluss weg –, die Goldmans, die Lämmles, die Weinbergs und die Cohens. Deutschland ist nicht mehr unsere Heimat, aber es ist das Land unserer Väter und Mütter, unserer Großväter.«

Jacob hatte gegen diesen pathetischen Ton protestiert, doch seine Zustimmung nicht verweigert.

In Frankfurt musste Aaron verhandeln und entscheiden, ob es zu einer Fusion der beiden Sozietäten kommen sollte oder nicht. Gewiss hatten seine Partner in New York mitzuentscheiden. Aber nur er war vor Ort. Die Frankfurter Kollegen hatten dem Amerikaner und seiner Frau für zwei Wochen eine kleine Wohnung in der Innenstadt gemietet. Möbliert. Alisah war erstaunt, wie geschmackvoll sie eingerichtet war. Nicht luxuriös, aber gemütlich und in der Küche fehlte es an nichts. Es gab sogar eine Parmesanmühle. Sie liebte Pasta.

Während Aaron Gespräche führte, schaute sich Alisah Buchläden an, Kirchen und Museen. Sie langweilte sich nicht. Nachmittags ging sie einkaufen, um für Aaron und sich zu kochen. Denn wenn sie einen Abend für sich hatten – viel zu oft führten Aarons Verhandlungspartner sie zum Essen aus – hatte sie keine Lust auf

Restaurants. Sie fühlten sich wohl in dieser Stadt, die dank ihrer Hochhaussilhouette ein wenig amerikanisch anmutete und in der das Leben pulsierte. In der Fußgängerzone und in den vielen kleinen Kneipen. Aaron, der nie ein Biertrinker war, entdeckte mit seinen Kollegen den Äppelwoi.

Seine Verhandlungen liefen gut an, gerieten aber ins Stocken, als es um die Gewinnverteilung ging. Doch auch in diesem Punkt wurden die wenigen Differenzen rasch beseitigt, nicht zuletzt, weil in New York alle einlenkten und schließlich sehr zufrieden waren mit dem Ergebnis, das sie Aarons Geschick verdankten.

Es lag nun an Aaron, ob er sich vorstellen konnte, für ein Jahr in Deutschland zu arbeiten. Es musste nicht einmal in Frankfurt sein, die Sozietät unterhielt Büros auch in Berlin und Hamburg.

»Ich würde gern einige Tage in Hamburg verbringen, Aaron«, preschte Alisah vor, was Aaron kaum überraschte. Alle Sonnenscheins waren Hanseaten gewesen, so wie Aarons Vater und Großvater auch. Er stimmte zu.

Sie kamen abends an. Sie waren begeistert von der Alster – ein kleiner See mitten in der Stadt. Sie flanierten ziellos durchs Zentrum, fanden ein kleines italienisches Restaurant – und tranken zu viel Chianti.

Am nächsten Morgen besuchten sie gemeinsam das Hamburger Büro.

Es lag am Fluss. Während Aaron die Hamburger Anwälte traf, ging Alisah an der Elbe entlang. Doch, hier könnte ich leben, dachte sie. Wirklich eine Großstadt. Sie kam an einer Backsteinkirche vorbei – und ging hinein. Sie wollte nur schauen, stellte sich dann aber doch in eine der Sitzreihen. Am Mittag holte sie Aaron ab. Er war begeistert von seinen Kollegen. Beim Lunch entschieden sie nichts. »Lass uns drei Tage bleiben und danach werden wir wissen, was zu tun ist«, hatte Aaron beschlossen. Ihr erstes Ziel am nächsten Tag war das Haus von Jacobs Vater. Die Straße hatte ihren Namen beibehalten und die Stadtvilla stand noch immer da – weiß gestrichen und dreigeschossig.

»Nicht schlecht – hier könnten wir leben, oder?«

Dieses Haus würden sie vielleicht nicht bekommen, aber eines in der Gegend gewiss.

»Dann würden unsere Kinder in Deutschland geboren – wollen wir das?«

Aaron sagte nicht Ja, sondern: »Es gibt schlimmere Länder.«

Aaron fühlte sich seiner Alisah so nah wie lange nicht. Der Gedanke an eine gemeinsame Zukunft beflügelte ihn: »Ich liebe dich, Alisah und möchte dir nie wehtun!«

»Warum sagst du das jetzt? Hier?«

»Ich bin glücklich!«

Sie spazierten nebeneinander durch einen Park, dann eine Allee mit Kastanienbäumen entlang und tranken schließlich an einer Bootsanlegestelle Kaffee. Alisah empfand wie selten zuvor ein tiefes Glück, als sie darüber nachdachte, genau diesen ihren Mann zu lieben. Und eben dieser ihr Mann blickte sie nun an und schenkte ihr ein sehr vorsichtiges Lächeln: »Ich denke, wir könnten es wagen – erst einmal für ein Jahr, was meinst du, Alisah?«

»Ich glaube auch!« Sie biss ihm sanft ins Ohr und flüsterte mit heißem Atem: »Ich liebe dich, wie am ersten Tag, als du in der Buchhandlung standest.«

Noch einmal gingen sie durch das Viertel, in dem sie nach einem Haus suchen würden – nur zur Miete. Sie kamen an einer Synagoge vorbei, die von zwei Polizisten bewacht wurde. Alisah und Aaron schauten hin – und schwiegen. Sie schauten sich an.

»So ist das!«, sagte Aaron.

»Gut, dass sie aufpassen«, sagte Alisah.

Als sie, wenige Schritte weiter, an einer Häuserwand einen Judenstern entdeckten, hingeschmiert mit gelber Farbe und daneben den Schriftzug *Juden raus!*, wussten sie: So darf das nicht sein!

Die Entscheidung war ihnen abgenommen worden. Sie entschieden sich gegen Hamburg. Gegen Deutschland. Aaron erklärte seinen Kollegen nicht den wahren Grund, sagte bloß, dass seine Frau und er glaubten, ihren Kindern, auf die sie hoffen, in Amerika eine bessere Zukunft bieten zu können – »ohne die Belastungen der deutschen Geschichte.«

Niemand fragte, warum sie so dächten. Man respektierte den Entschluss. Allein Sarah Moss, eine Frankfurter Sozia, fragte nach und kommentierte: »Ich verstehe euch beide – aber so schlimm ist es hier nicht!«

43

Jacob wunderte sich nicht, dass seine Rahel ihm nun nicht mehr täglich Nachrichten zukommen ließ. Sie wird viel erleben mit Benjamin, dachte er. Hoffentlich strengt er sie nicht zu sehr an. Sie wird alles machen, was er vorschlägt. Sie wird sich wahrscheinlich sogar Wagner anhören. Ich werde ihr schreiben, dass sie mir fehlt. Das stimmt zwar so nicht, ich bin ja beschäftigt, aber so eine Bemerkung wird sie mögen. Manche Schmeicheleien hat sie durchaus gern. Er setzte sich an seinen Rechner. Den Laptop benutzte er nur in der Bibliothek.

Meine geliebte Rahel!

Schon der zweite Abend ohne Nachricht von Dir. Entweder hast Du mich vergessen oder Du findest Benjamin spannender als mich. Ich weiß, Du mochtest schon immer die jüngeren Männer lieber als die älteren, mich zum Beispiel. Trotzdem wüsste ich gern, was Ihr so macht, wen Ihr trefft; ob Ihr überhaupt jemanden trefft, und wer von Euch beiden sich mit dem anderen mehr langweilt. Unternehmt Ihr alles gemeinsam oder pirscht Benjamin auch mal allein durch die Stadt und die Bars?

Je t'embrasse fort, Jacobus

Unterdessen hatten Alexander Bachmann und Carl Schwarz beschlossen, Benjamin und dessen Großmutter in die Oper zu begleiten, am Abend sollten die Meistersinger aufgeführt werden. Carl Schwarz rief Benjamin im Hotel an, am frühen Morgen: »Wecke ich dich? Hier ist Carl – wir bleiben doch beim Du, oder?«

»Klar. Was möchtest du so früh von mir?«

»Alexander und ich wollten fragen, ob wir dich und deine Großmutter heute Abend begleiten dürfen. Danach würden wir mit dir gern noch ein Glas trinken. Natürlich kann deine Großmutter mitkommen. Aber wahrscheinlich wird sie müde sein. Bars wird sie vielleicht auch nicht mögen.«

Benjamin gefiel der Plan; er fragte nur noch, ob sie denn Karten bekämen, die Vorstellung sei ja gewiss ausverkauft.

»Natürlich, ganz sicher!«, lautete die knappe Antwort.

44

Alisah, Aaron, Gili und Chaim trafen sich um kurz vor sieben in der Synagoge. Sie waren überrascht, dass auch Vater Jacob gekommen war.

»Wieso bist du denn heute da? Kein Feiertag, nur ein normaler Schabbat.«

»Ich bin gekommen, weil heute ein Rabbiner aus Deutschland sprechen wird, als Gast unserer Gemeinde. Er soll in seiner Heimat berühmt sein – zumindest unter den Juden.«

Das wussten die vier nicht. Der Gelehrte war enttäuschend. Jacob verabschiedete sich von seinen Söhnen und Schwiegertöchtern – er wollte nicht noch mit den anderen plaudern und trinken, weil er die Auslegung des Deutschen eher geistesschlicht fand und er nicht schmeicheln wollte – schon gar nicht einem Mann, der aus Palästina zurückgekehrt war ins »Land der Mörder«.

Die vier anderen fuhren zu Alisah und Aaron, heute Abend waren sie die Gastgeber. Nach dem kleinen Essen holte Alisah aus ihrem Sekretär eine mit Intarsien geschmückte Holzkiste, etwa so groß wie ein Schuhkarton. Darin bewahrte sie die Briefe ihrer Großmutter Clara Friedenberg ebenso auf wie deren Tagebuch. Es war jener Abend zu viert, an dem Alisah entschieden hatte, ein Geheimnis ihrer Familie zu lüften, das sie nicht mehr länger allein mit sich herumtragen wollte: »Eigentlich wisst ihr nichts über meine Großmutter Clara Friedenberg. Sie wurde in Berlin geboren, fünf Jahre vor Ausbruch des Ersten Weltkriegs. Als sie einundzwanzig war, heiratete sie Curt Sonnenschein, der sieben Jahre älter war als sie. Clara hatte eine strenge jüdische Erziehung hinter sich, als sie ihren zukünftigen Mann traf, der aus einer assimilierten Ärztefamilie stammte. Clara mochte die neuen Freiheiten und genoss es, in die Kultur eingeführt zu werden.

Die Sonnenscheins musizierten alle. Meine Großmutter ging wie Vaters Mutter Ruth gern in die Oper. Und sie las. Sie führte Tagebuch. Im Jahr vor der Emigration, also 1938 – da war sie neunundzwanzig Jahre alt und mein Vater Moishe gerade mal sechs und seine jüngere Schwester vier –, schrieb sie etwas, das ich euch gern vorlesen würde. Darf ich?«

45

Hamburg, 31. Mai 1938, Schabbes

Sonnig. Gestern in der Synagoge gewesen. Sehr gedrückte Stimmung. Wir alle begrüßten die Braut Schabbat feierlich. Vielleicht irre ich mich, aber mir scheint, wir sind jetzt alle mehr bei der Sache. Schabbat schalom – das bedeutet heute Anderes als vor zehn Jahren.

Gestern wurden die Bilder abgehängt. Auch mein Lieblingsblatt: ein kleines Aquarell von Berthe Morisot – ein Strandbild.

Auch die großen Historienbilder, die Curt mag, sind weg. Die Wände sehen traurig aus. Was Curt mit den Möbeln vorhat, verrät er nicht. Traut er mir nicht? Fürchtet er, ich würde plaudern? Viel Zeit bleibt nicht.

Hamburg, 18. Juni 1938

Die Sonne schien heute den ganzen Tag, aber es ist windig. Während des Abendessens plante Moishe unsere Flucht – so nenne ich das. Er spricht nur von Übersiedlung. Er hat schon sehr viel veranlasst, aber er weiht mich nicht in seine Planungen ein. Er hat sehr seinen eigenen Kopf. Ich weiß nur, dass es ein Abreisedatum gibt für die Schiffsreise.

Anfang Mai besuchte Herr H. seinen Kollegen Benito Mussolini in Venedig – kein gutes Zeichen. Seit dem 12. Mai diskutieren wir mit Freunden immer wieder über Goebbels' Aktion gegen Miesmacher und Kritikaster. Goebbels wollte damit einen möglichen Stimmungsumbruch zu Ungunsten der Nationalsozialisten entgegenwirken. Herr H. und Goebbels fürchten Saboteure und Hetzer. Setzten sie sich durch, müssten wir vielleicht nicht im Oktober fliehen. Curt lässt aber nicht mit sich reden. Er will weg. Jeder Widerspruch von mir und unseren Freunden Maria und Christian Weber, die ja nichts zu befürchten haben, verbittet er sich. Das heißt, wir dürfen in seiner Gegenwart darüber nicht reden.

Ich würde so gern hierbleiben! Ich liebe das Land, die Stadt; und ich liebe diese Sprache. Deshalb schreibe ich ja so ausführlich, was mich an jedem Tag freut, bewegt und ärgert. Es ist kurz vor Mitternacht. Ich gehe schlafen. Curt sitzt noch am Schreibtisch.

»Warum hast du uns nie von diesem Tagebuch erzählt?«, wollte Gili wissen.

»Das werdet ihr verstehen, aber lasst uns dafür noch ein wenig Zeit, bitte.«

»Ich wusste von der Existenz dieses Tagebuchs«, sprang Aaron seiner Frau zur Seite, »aber Alisah hat bisher nie etwas daraus vorgelesen. – Merkwürdig, dass Clara den Namen nicht ausgeschrieben hat, sondern das Scheusal nur Herrn H. nannte.«

Als sich Gili und Chaim verabschiedeten, war klar, dass die Lesungen aus diesem Tagebuch ihre nächsten Abende bestimmen würden.

Auf der Heimfahrt merkte Chaim an, dass er Alisahs Geheimniskrämerei seltsam finde, »sie hätte uns doch längst daran teilhaben lassen können.«

»Ich verstehe sie.«

46

Rahel Cohen hatte schlecht geschlafen. Eigentlich wäre sie noch gern in der Stadt geblieben. Aber morgen würden sie abreisen. Sie hatten noch nicht entschieden, wie weit sie fahren würden, ob sie gleich bis Weimar kämen.

»Also, was machen wir an diesem Vormittag? Die Oper beginnt ja schon um vier, richtig?«

»Es regnet. Wollen wir lesen? Magst du ins Spa? Schwimmen?«

»Gute Idee. Ich gehe ins Spa. Schwimmen, Saunen, Schlafen – ich werde pünktlich in der Halle sein.«

Man traf sich um halb vier in der Halle. Benjamin trug wie Alexander Bachmann einen Smoking; Rahel Cohen ein tief violettfarbenes Samtkleid, nicht bodenlang, sondern so geschnitten, dass die Knie bedeckt waren. Keine Kette. Sie hatte ein anderes Schmuckstück gewählt, das gewiss alle Blicke auf sich zog und damit auch auf sie: eine sehr große Gemme. Carl Schwarz hatte eine rote Samthose an und ein schwarzes Samtsakko, dazu eine rote Fliege, auf der kleine Schmetterlinge turtelten. Als er Rahel Cohen in den Mantel half, fragte er, was denn auf dieser wundervollen Gemme zu sehen sei?

»Das sind Zeus und Hera – in trauter Zweisamkeit, also ein eher seltener Moment in dieser Ehe.«

Benjamin staunte: »Was für ein Foyer! Draußen die korinthischen Säulen! Der beleuchtete Giebel! Und jetzt diese Treppenaufgänge!«

»Du wirst perplex sein, Benjamin, wenn du erst den Lüster siehst!«

Carl und Alexander saßen drei Reihen vor den Cohens, was Benjamin ärgerte und Carl heimlich freute. Das Licht erlosch langsam. Rahel Cohen zupfte Benjamin am Arm und zeigte in die Höhe. Der Leuchter wurde wie von Geisterhand in den Himmel gezogen. Die erste Pause verbrachten sie mit Rundgängen. Für die zweite Pause hatte Carl einen der Stehtische reserviert und geklotzt. Ein Gernegroß, dachte Rahel Cohen. Lachscanapés, Tartarbrote und Champagner. Die Cohens fühlten sich verwöhnt und bedankten sich artig. Die vier waren sich einig, dass der Regisseur, ein noch ziemlich junger Mann, diesem Werk alles Teutonische ausgetrieben hatte.

»Es ist wirklich eine Komödie!«, lächelte Rahel Cohen.

Die Diskussion führten sie nach der Aufführung weiter, als sie auf Vorschlag von Rahel Cohen in der Bar des Hotels Platz genommen hatten.

»Mir ist das alles ein wenig zu poppig, meine jungen Herren. Aber Sie mögen das gewiss. Ich bin einfach zu alt für sowas.«

Die drei jungen Herren widersprachen. Statt über die Aufführung, diskutierten sie nun die Frage, was ein Regisseur machen dürfe und was nicht. Carl und Benjamin erlaubten ihm alles. Rahel Cohen pochte auf Libretto und Partitur. »Wenn etwas in Nürnberg spielt – will ich es nicht in einem Hochhaus in Paris sehen – so einfach ist das!«

Eine Stunde vor Mitternacht bat Rahel Cohen, sie zu entschuldigen. Sie sei müde. »Und morgen reisen wir ab. Und ich habe noch nicht gepackt.«

»Ich habe schon Bescheid gegeben, dass wir nicht vor Mittag unsere Zimmer verlassen werden, Grandma.«

»Das ist schön. Aber trotzdem: Geh nicht zu spät zu Bett!«

»Ich hoffe, wir sehen einander wieder – vielleicht vor Ihrem Abflug«, sagte Carl.

Sie würde ein Wiedersehen auch begrüßen, entgegnete Rahel Cohen. Alexander Bachmann reichte ihr die Hand, Carl Schwarz gab ihr einen Handkuss.

»Und was machen wir jetzt?«, fragte Carl, und Benjamin sagte sofort:

»Wir nehmen noch ein Glas, oder?«

47

Alle Cohens führten Tagebuch. Alle waren in diesen meist ledergebundenen Heften sehr ehrlich. Auch Benjamin. Er hatte noch weit nach Mitternacht notiert:

Spannende Meistersinger in der Oper – sowas haben wir in New York nicht. Aus einer deutschtümelnden, nicht sehr intelligenten Komödie wurde eine ganz moderne Liebegeschichte. Mit tausend Knalleffekten. Und die Schusterstube ist ein alter Lieferwagen. Großmutter war nicht so begeistert. Das Fürther Kind sehnte sich wohl nach Nürnberger Butzenscheiben. Hinterher noch mit den beiden Münchnern in einer Bar. Die beiden sind witzig, klug. Der eine ist besonnen und eher uneitel, der andere, der Jude, ist egozentrisch und selbstverliebt. Aber durchaus angenehm und sehr amüsant. Haben über alles Mögliche gesprochen, auch über schwule Beziehungen: Die beiden kriegen das schon seit Dezennien hin. Offensichtlich gut. Ich wünschte mir auch eine. Ich habe die One-Night-Stands satt! Was habe ich Schlimmes erlebt! Jede Woche ein anderer Kerl! Und so selten verliebt! All das ist entschieden zu anstrengend. Blöd. Und mit wie vielen! Irgendwann erinnert man sich nicht mehr an die Gesichter, an die Körper. Morgen geht es nach Bamberg – eine Überraschung für Grandma.

Rahel Cohen hatte gleichfalls noch am Abend ihrem Mann von der seltsamen Aufführung berichtet und Jacob angekündigt, dass sie am nächsten Tag weiterreisen würden. Sie wisse nicht, was Benjamin vorhabe. Sicher sei nur, dass sie es nicht bis Berlin schaffen würden.

»Wir fahren nach Bamberg«; sagte Benjamin, nachdem das Gepäck im Mini verstaut war. »Ich hoffe, du freust dich!«

Ja, Rahel Cohen gefiel die Wahl. »Ich fürchtete schon, du hättest Lust auf Nürnberg.«

Kaum angekommen in Bamberg, bezogen die beiden ihre Zimmer. Benjamin ließ einen Tisch in der Weinstube reservieren. Vor dem Essen wollte Rahel schon einmal in die Stadt.

»Lass uns den Dom von außen besichtigen – und morgen früh gehen wir rein! Was hältst du davon?«

Benjamin war einverstanden. Sie machten sich also auf zum Domberg. Benjamin war beeindruckt, seine Großmutter entzückt. So schön hatte sie sich dieses romanische Bauwerk nicht vorgestellt. Schon der Weg dorthin durch die Altstadt bereitete ihr das größte Vergnügen, weil sie die vier Türme nie aus den Augen verlor.

Das Essen war mittelprächtig. Bevor sie zu Bett ging, schrieb Rahel Cohen ihrem Mann einen Brief, berichtete von ihrer Reise nach Bamberg und beschrieb die blinde Synagoge am Bamberger Dom. Benjamin schrieb gleichfalls E-Mails. Einen langen Brief an seine Eltern. Da er sich lange nicht bei ihnen gemeldet hatte, versuchte er ein Tagebuch in Stichworten. Er erwähnte auch die neuen Bekannten, Alexander und Carl.

... Ein Christ und ein Jude, Carl würde euch gefallen und Alexander würdet ihr bewundern. Er ist ein äußerst erfolgreicher Anwalt, ernst und gebildet; Carl ist Journalist und auf eindrucksvolle Weise meschugge. Ein Charmeur. Sie leben seit Jahren zusammen, sind verheiratet und in der

Gesellschaft offensichtlich sehr angesehen. Antisemitisch mögen Deutsche sein, vielleicht – obwohl wir bisher keinem Judenhasser begegnet sind und nicht ein Graffiti gesehen haben –, aber homophob nicht. Mit Carl und Alexander waren wir in einer Wagner-Aufführung. Grandma fand alles zu modern. Kein Nürnberg – das hat sie jetzt hier, alles ist hübsch butzig.
Schreibt mir bitte Neuigkeiten von Euch.
Je vous embrasse,
Benjamino

PS. Was machen eigentlich die Studien von Esther und Noah? Und wie geht es dem kleinen Elias?
PPS. Und Du, Vater? Bist Du immer noch glühender Ryaner?

Kaum hatte Gili – die eigentlich die diskreteste Frau im Cohen-Clan war und Geheimnisse, die ihr anvertraut wurden, wirklich für sich behalten konnte – diese Nachricht, die sie froh stimmte, gelesen, rief sie ihre Töchter an. Sie las ihnen jeweils Benjamins Brief vor und bat die beiden, sich bei ihrem Bruder zu melden. Schließlich, sagte sie zu Esther, wisse Benjamin noch gar nichts von Noahs fulminantem Abschluss an der Julliard School und von seinen Probespielen beim New York Philharmonic und dem Chicago Symphony Orchestra. »Und schickt ihm ein Bild von Elias.«

Deborah bat sie, Benjamin vom Umzug ihrer Praxis zu berichten. »Madison Avenue, das wird Benjamin imponieren! Und erwähne ruhig, dass Levin auch keine rechte Freude mehr am Anwaltsberuf hat. Nur kann der Arme nicht Schauspieler werden. Irgendwann wird es ihm wieder Spaß machen, Schriftsätze zu verfassen. Jacob hatte auch solche Durchhänger.«

Wie nebenbei wollte sie wissen, ob Levin und sie nicht allmählich an Kinder dächten.

»Wir denken darüber nach, Mutter.«

»Vom Denken wird man nicht schwanger, Deborah.«

Gili Cohen wollte noch fragen, ob Levin gesund sei, aber sie unterließ es.

Benjamin schrieb auch Asael und Lisa. Damir und Elizabeth setzte er in cc: *Was machen die Hochzeitsvorbereitungen? Soll ich was aus Deutschland mitbringen – wünscht ihr euch Porzellan? Münchner, Berliner, Meissner? Falls ihr auf Kuckucksuhren steht, die werden von mir verboten. Ich umarme euch, Benjamin.*

Als erster antwortete, Minuten später schon, Benjamins Vater. *Lieber Ben!! Wo holst Du Dir denn Deine Fake News? Und was hast Du gegen Ryan – Du weißt doch gar nichts über ihn.*

Einmal zu Bett, surfte Benjamin noch ein wenig im Internet: Thema Bamberg, ganz kurz. Danach rief er Gay Romeo auf, eine Plattform, bei der er sich bereits kurz nach seiner Ankunft in Deutschland angemeldet hatte, und die er für sich ›die blauen Seiten‹ nannte. Unter dem Namen *Soutine* und ohne Foto. Er wollte spätestens in Berlin Männer treffen. In München hatte er sich nicht getraut, den einen Jungen, den er im Netz gefunden und spannend gefunden hatte, zu kontaktieren. Einen gewissen Albert. Er hätte es, so überlegte Benjamin nun, doch tun sollen – dann wäre mir, vielleicht, diese grässliche Begegnung mit Carlo erspart geblieben.

Jenen Carlo hatte er in seinem Tagebuch nicht namentlich erwähnt, sich auch davor gedrückt, zu schreiben, was ihm widerfahren war. Wenn ihn je etwas schmerzte, so kam eine derartige Erfahrung nur sehr verrätselt vor. Sexuelle Abenteuer, die er sofort bereute, hießen nur: *homi.* Wer später diese Aufzeichnungen lesen würde, bräuchte Fantasie: *horrible mistake.* Erlebte Benjamin Glück, standen nur zwei kleine Buchstaben da – *i.h.*

Es war ein Fehler gewesen, Albert sah sympathisch aus, war Anfang vierzig und meldete sich mit *Malst du auch?* Er wusste also, wer

Soutine war. Erst nach seiner Abreise schrieb Benjamin ihm: *Du gefällst mir, aber ich bin schon abgereist. Schade. Viel Erfolg! Soutine.*

Am nächsten Morgen klingelte sein Mobiltelefon. Benjamin sah nach der Uhrzeit: 06:15. In New York war es kurz nach Mitternacht. Phil Roberts meldete sich.

»Ich weiß, Benjamin, eigentlich wolltest du noch ein wenig schlafen.«

»Was gibt's so Wichtiges um kurz nach Mitternacht in Manhattan, Phil?«

»Ich sitze gerade mit Harry Thomas und einem Filmproduzenten zusammen, der Interesse hat, sich finanziell an unserer Wilde-Produktion zu beteiligen. Vorausgesetzt, wir bedienen nicht die alten Klischees und spielen nicht neunzehntes Jahrhundert. Ich erzählte ihm, dass du in Deutschland unterwegs bist und dir gewiss einige der durchgeknallten Aufführungen der wilden Theatermacher dort ansehen würdest und vielleicht mit Ideen zurückkämest. Wenn unsere Inszenierung ein Erfolg wird, wir vielleicht umziehen in ein größeres Haus, könnte sich dieser Sean Hammilton auch eine Verfilmung vorstellen. Wir wollen dich also bitten, so viele Aufführungen wie möglich anzusehen und dir Gedanken zu machen. Lass uns nicht hängen! Und schicke baldmöglichst ein ordentliches Exposee!«

Benjamin antwortete, dass er sich bereits Gedanken gemacht habe, nachdem er eine völlig ausgeflippte Roman-Adaption gesehen habe. Und fügte hinzu: »Es gibt schon so etwas wie ein Regiekonzept.« Er stockte und sagte dann zögerlich: »Allerdings wäre es dann schön…«, er hielt inne – wage ich's? – er wagte es: »… wenn ich dann bei der Regie Mitspracherecht hätte oder ihr mir, das wäre noch besser: die Inszenierung zutrautet. Und ich als Schauspieler aussteigen könnte.«

»Das müssen wir jetzt wohl nicht diskutieren, Benjamin. Schick uns dein Konzept, und alles weitere werden wir sehen. Schlaf noch 'ne Runde!«

Das Gespräch ließ Benjamin nicht wieder einschlafen. Er setzte sich an seinen Schreibtisch, holte aus der Schublade eine sehr schmale schwarze, lederne Collegemappe, öffnete deren Riegel und entnahm ihr zwei Briefe. Nur einen davon las er. Und legte ihn wieder zurück in das blaue Kuvert, und dieses wieder zu dem anderen in der Mappe. Er klickte den Metallverschluss zu, der aus Sterling war – Benjamin hatte den einfachen metallenen ersetzen lassen. Danach öffnete er sein Tagebuch, es war hellblau mit Silberschnitt. Schnell fand er die Zeilen, die er mitten in der Nacht aufgeschrieben hatte:

Habe geträumt, Algernon und der Pastor gehen Hand in Hand von der Bühne. Sie küssen sich. Dann sagt A, während er sich umwendet zu den verblüfften Männern und Frauen: Philistines. Das ist eine Idee – kein Konzept. Du musst arbeiten, Benjamin. Wie kann das Spiel zuvor funktionieren, wenn das der Schluss sein soll? Ich muss Grandma beschäftigen, dann kann ich arbeiten. Heute geht es auf keinen Fall. Aber vielleicht in Weimar – da kann sie allein zu Goethe und Schiller. Sie weiß ja, dass ich kein Fan der deutschen Klassik bin.

Nach dem Frühstück machten sich Rahel und Benjamin noch einmal auf den Weg zum Bamberger Dom. Benjamin war mit seinen Gedanken bei *Bunbury*. Was wäre, wenn ich aus Cecily einen Cecil machte? Worüber seine Großmutter während des Spaziergangs sprach, fand seinen Weg ins Ohr, aber von dort nicht weiter. Irgendwann fragte sie ihren Enkel, warum er ihr eigentlich nicht zuhöre.

»Tue ich doch!«

»Du bist mit deinen Gedanken ganz woanders, Benjamin. Aber das ist nicht schlimm.«

Carl Schwarz war überrascht, als er seinen E-Mail-Eingang prüfte. Eine Nachricht von Benjamin Cohen.

Er antwortete kurz, er würde sein Konzept gern gegenlesen, wenn er dies wünsche. »Soweit ich weiß, gab es so eine Version des Stücks noch nicht.«

Rahel und Benjamin fanden den berühmten Reiter auf einer Konsole am Nordpfeiler des Georgenchors. Sie waren enttäuscht von diesem Mann auf dem Ross, hatten sie doch schon mehrfach ähnliche Arbeiten gesehen, nur besser ausgeführt, wie ihnen schien. Rahel wollte noch ein wenig im Dom herumlaufen und schauen, Benjamin in die Sonne. »Ich warte draußen auf dich.«

48

Als Benjamin und Rahel Cohen wieder im Auto saßen, schaute Rahel auf ihr iPad und fand eine kurze Nachricht von ihrem Sohn Aaron. *Liebe Mutter! Möchte nur wissen, wie es Dir geht und ob Dir Benjamin noch immer eine Freude ist. Wir alle hier wünschen Dir weiter eine gute Reise! Und komm bald zurück. Jacob ist traurig ohne Dich. Grüß bitte Benjamin, Dein Aaron.*

Er verschwieg ihr, dass Jacob nach einem Sturz, bei dem er sich das Knie des linken Beins arg verletzt hatte, im Krankenhaus lag. Er hatte es seinen Söhnen und all seinen Enkeln verboten, seine Frau zu informieren. »Ich möchte nicht, dass sie diese Reise abbricht. Versprecht mir, dass ihr schweigt. Ich werde weiter meine Mails schreiben und mir Bücher auf die Station kommen lassen.«

Rahel Cohen freute sich auf Bayreuth. Nein, sie war keine Wagnerianerin, aber sie mochte die Vorspiele und die Zwischenspiele des Rings. Und selbst dem Parsifal konnte sie etwas abgewinnen: Sie war neugierig auf das Festspielhaus – wenngleich sie es nur von außen zu sehen bekommen würde. Da sie es nicht eilig hatten, entschied sich Benjamin für eine pittoreske Route und schenkte damit seiner Großmutter die Möglichkeit, sich mit jener Landschaft bekannt zu machen, die Jean Paul so wunderbar beschrieben hatte und die ihr anscheinend gefiel, blickte sie doch minutenlang konzentriert aus dem Fenster als würde sie da draußen etwas suchen – eine Antwort vielleicht auf eine Frage, die Benjamin sich selbst stellte: Würde ich in diesem Land leben wollen?

Nachdem sie in der Wagnerstadt ihre Zimmer bezogen hatten, fragten sie den Concierge, wie weit es wäre zum grünen Hügel?

»Ein Katzensprung – und Sie sind da! Und das Markgräfliche Opernhaus sollten sie sich auch ansehen. Unbedingt. Ist viel schöner als der Backsteinkoloss.«

Rahel Cohen bedankte sich für die Information. »Ich brauche seine Bewertungen nicht«, flüsterte sie ihrem Enkel zu, als sie auf die Drehtür des Hotels zusteuerten.

Sie fuhren stadtauswärts. Nachdem sie den Bahnhof passiert hatten, rechts der Straße, konnten sie das Backsteingebäude bereits sehen. Sie nahmen die Siegfried-Wagner-Allee: Und schon waren sie oben, auf dem berühmten grünen Hügel. Rahel Cohen imponierte dieses Fachwerk-Festspielhaus. »Das passt hier wirklich gut hin, findest du nicht, Benjamin?« Auch er war angetan von der Schlichtheit des roten Ziegelsteingebäudes.

Wagner war sein musikalischer Heiliger, sein Komponisten-Sebastian, schließlich hatte der Notensetzer mindestens so viele Feinde wie der Schutzpatron. Er erinnerte sich an seine erste Wagner-Oper. Sein Großvater hatte ihn mitgenommen. Er war damals dreizehn Jahre alt. Jacob hatte die Bedenken seines Sohnes Chaim, Benjamin sei noch zu jung für *Tristan und Isolde*, hinweggefegt, mit nur zwei Bemerkungen: »Für die Liebe ist man nie zu jung! Und wer an Zaubertränke nicht glaubt, ist ein Narr.«

»Und nirgendwo Dekoration. Jetzt verstehe ich auch, dass manche dieses Haus als Scheune beleidigen.«

Sie gingen um den Gebäudekomplex herum. Rahel Cohen nahm ihren Enkel bei der Hand. »Falls du auch mal reinwillst – ich werde mit Jacob reden, dass wir dir die Reise schenken.«

»Dann muss mir der Münchner Carl nur noch die Karten besorgen.«

»Karten?«

»Ich möchte so etwas Besonderes doch nicht allein erleben.«

»Dann brauchst du bis zum Sommer eine Freundin«, lachte Rahel Cohen.

Ihr Enkel schwieg.

Sie ließen den Mini auf dem Festspielparkplatz und stiegen hinauf zum Restaurant. Es war zu kühl, um im Garten zu essen.

»Schön ist was anderes«, höhnte Benjamin, als sie in den Saal kamen. »Das Essen kann nur besser sein als die Einrichtung.«

Nein, die Einrichtung war geschmackvoller als der Sauerbraten.

Es war noch nicht sehr spät, als sich Benjamin im Hotel von seiner Großmutter verabschiedete. Rahel Cohen war ein wenig erschöpft; Benjamin wollte den angebrochenen Abend nutzen, um an seiner Idee zu arbeiten, *Bunbury* ins 21. Jahrhundert zu transportieren – als Queer-Comedy.

Er setzte sich an den kleinen Schreibtisch, der seinem Bett gegenüber platziert war. Erst jetzt sah er, dass darüber ein Stich der Abschiedsszene aus der Walküre hing. Er nahm das billig gerahmte Blatt ab und legte es unter seinen Nachttisch. »Fürchterlich«, grummelte er vor sich hin. Er öffnete seinen Laptop und schon war er wieder auf den blauen Seiten. Eine neue Anfrage. Ein Berliner, er hieß Achim, hatte sich gemeldet.

Mein Nachname ist nicht Michelangelo. Ich würde dich gern treffen, Soutine. Er antwortete erst einmal nicht.

Kurz vor zwei Uhr am Morgen hörte er auf zu tippen. Als Erstentwurf ist das nicht schlecht, dachte er, holte aus dem kleinen Kühlschrank eine Miniflasche Silvaner, las seinen Text noch einmal durch und änderte den Schluss. So geht's vielleicht. Bevor ich es Phil schicke, werde ich es Grandma vorlesen.

Vor dem Einschlafen war Benjamin nochmals auf den blauen Seiten. Achim hatte noch eine Nachricht geschickt: *Interessiert?* Diese Direktheit gefiel Benjamin nicht. Schnell tippte er: *No way!*

Als er am Morgen seiner Großmutter die nächtlich erarbeitete *Bunbury*-Version vortrug, lachte sie ihn aus.

»Ich habe überhaupt nichts gegen einen Algernon, der Männer liebt, Benjamin. Aber deine Version ist albern und noch konstruierter als Wildes eh schon arg ausgedachte Earnest-Version. Und der Earnest geht dir übrigens ganz verloren ...«

Benjamin reagierte erstaunlich gelassen, wahrscheinlich, weil er wusste, dass die kluge Großmutter recht hatte. Zudem war er kein Mann, der aufgab. Ich muss ein schwules Stück finden, das niemand in New York kennt; vielleicht gibt der Mann-Roman etwas her, dachte er.

»Du hast wahrscheinlich den wunden Punkt gefunden, Grandma. Ich lasse die Wilde-Bearbeitung und werde meinem Kumpel Phil etwas anderes vorschlagen.«

50

Jacob Cohen hatte schon nach fünf Tagen das Krankenhaus verlassen dürfen. Aaron, Alisah und Gili kümmerten sich um ihn; Chaim war zu beschäftigt. Es wurde in den Medien spekuliert, ob es Verbindungen gab zwischen Ryan und einem Oligarchen in Kasachstan. Chaim wurde gebraucht, behauptete er jedenfalls. Er genoss seine neue Wichtigkeit.

Jacob schätzte die Fürsorge seiner Kinder. Aber sie sorgten sich zu viel, wie er fand. »Ich bin kein Kind! Fehlt nur noch, dass ihr mich füttern wollt! Ich habe mir das Knie verletzt und mir nicht die Finger beider Hände gebrochen!«

Unterdessen hatten Damir, Lisa, Elizabeth und Asael beschlossen, sich für die Hochzeitsvorbereitungen einmal wöchentlich zu treffen.

Der donnerstägliche Jour fixe von Gili, Alisah, Aaron und Chaim wurde eingestellt, weil Chaim sich völlig ausgeklinkt hatte. Der Freitag wurde nun reserviert für die Lesungen aus Claras Tagebuch und ihren Briefen.

An einem Sonntagabend hatten Esther und Noah alle Cohens, sowie Damir und Elizabeth zu sich nach Hause geladen. Sie wollten feiern. Noah war nach dem Vorspiel bei den New York Philharmonic angenommen worden, mit einem richtig hohen Gehalt. So konnten sie schon jetzt für Elias ein Kindermädchen engagieren, damit Esther sich intensiver ihrem Studium, dem letzten Semester, widmen konnte. »Wenn Noah schon bei den New Yorkern spielt, dann möchte ich – nein, nicht in sein Orchester, das ginge schief, so kompetitiv wie wir beide unser Leben führen – , sondern ins Orchester der Met«, überraschte sie die Gäste, nachdem sie alle angestoßen hatten auf Noahs Erfolg. Er erzählte von dem Vorspielen. Es sei »spooky« gewesen. Er und die anderen Kandidaten hätten hinter einer sehr hohen mit Tuch bespannten Wand gespielt. Die Prüfer – vier aus dem Orchester, zwei Gastdirigenten und zwei berühmte Cellisten aus München und London – hätten also nicht gewusst, wer spielte, ob Frau oder Mann, schwarz oder weiß.

»Wir waren, glaube ich, alle sehr aufgeregt.«

»Wie viele wart ihr denn?«, mochte Damir wissen.

»Wir waren sieben.«

»Waren auch Frauen dabei?«

»Eine Japanerin und eine Französin, sie war besonders hübsch. Gut, dass die Prüfer sie nicht zu sehen bekamen.«

»Und was hast du gespielt?«

»Wir mussten alle das Gleiche spielen. Den ersten und zweiten Satz von Bachs Cellosonate Nr. 1 in G-Dur, Prélude und Allemande.«

»Und wann fängst du bei den Philharmonics an?«

»Noch im Sommer, Damir. Wir werden proben für unsere Europatournee, die mit einem Gastspiel bei den Salzburger Festspielen starten soll.«

»Und ich darf sogar mit!«

Während des Essens sprachen sie über Rahels Reise und Jacobs neue Lese-Lust! Und über Ryans judenfeindliche Bemerkungen in einer Ausschusssitzung. Noah wollte das Thema wechseln und über sein neues Orchester sprechen, doch Asael blieb beim Antisemitismus und fragte Damir sehr direkt, wie seine Familie zum Antisemitismus und zu den Juden stünde.

»Meine Eltern wissen ja, dass ich eine Jüdin liebe, und sie sind klug genug, nichts Antisemitisches zu äußern. Aber meine Brüder machen mir seit kurzem Sorgen, sie können Juden nicht leiden – und sagen es inzwischen auch.«

»Sympathisieren sie mit den Palästinensern?«

»Issam und Omar – ihr habt sie, so glaube ich, nur eimal getroffen, bei meiner Geburtstagsfeier vor zwei Jahren – hegen in den letzten Monaten recht viele Vorurteile gegen Juden.«

»Das sind ja wunderbare Voraussetzungen für unsere Hochzeit, Damir!«

Lisas Ton war scharf.

»Ich wollte es dir und allen anderen heute nun wirklich nicht sagen, aber jetzt muss ich es wohl: Omar, mein älterer Bruder, hat Issam überredet, unsere Hochzeit nicht mit uns zu feiern.«

»Sie wissen, was sie meinen Eltern und Großeltern antun?«

Damir antwortete nicht.

»Und, Elizsabeth, wie halten es deine Geschwister? Bleiben sie unserer Hochzeit auch fern?«

»Nein, sie werden kommen und freuen sich schon drauf, Lisa.«

»Eine Frage noch, Damir: Was würde passieren, wenn ein Junge in eurer offensichtlich fundamentalistischen Familie schwul wäre?«

»Ist schon passiert. Djamil, mein Cousin, hat sich geoutet.«

»Und?«

»Niemand hat mehr Kontakt zu ihm, außer mir. Er lebt in Chicago.«

»Fürchterlich! Alle Fundamentalisten sind fürchterlich. Orthodoxe Juden ebenso wie deine Brüder, Damir.«

Noah unternahm einen zweiten Versuch, das Thema zu wechseln. Doch Damir wollte noch etwas richtigstellen. »Wir heiraten die Menschen, die wir lieben und nicht deren Familien.«

Niemand reagierte.

51

Jacob Cohen hatte seinen Enkel gebeten, sich für den Nachmittag schick zu machen. Eigentlich musste niemand Benjamin so einen Vorschlag unterbreiten. Er war schon als Knabe sehr eitel und genoss es, wegen seines Aussehens und Outfits bewundert zu werden. Er mochte es, wenn man ihm Komplimente machte. Er zog also seinen blauen Anzug an, wählte sein weißes Hemd mit der Doppelmanschette – er besaß nur eines von dieser Sorte –, weil er so auch die Manschettenknöpfe, die er von seinen Großeltern geschenkt bekommen hatte, mal wieder zeigen konnte. Er verzichtete auf eine Krawatte, lieh sich aber von seinem Vater ein Tuch für die Brusttasche. Ausleihen bedeutet: Er ging an Chaims Schrank und schnappte sich eines. Seine Schuhe waren geputzt – darauf achtete er als einziger aller Cohens immer. Das Schuhputzen war ein Ritual und dauerte lange, wofür er stets Spott erntete, von allen, nur von seiner Mutter nicht.

Am Tag zuvor hatte Jacob seinem Enkel die Handlung erklärt. Und ihm die Ouverture vorgespielt. Gemeinsam waren sie zur Oper gefahren. Jacob und Benjamin saßen in der vierten Reihe Parkett, es waren die Plätze ihres Abonnements. Als der Vorhang endlich hochgezogen wurde, blickte Benjamin auf ein Schiff. An Deck sah er Matrosen und zwei schöne Frauen. Sie sangen in deutscher Sprache. Er wusste zwar, worüber sie redeten, aber er hätte gern mehr verstanden. Trotzdem war er nicht enttäuscht – er hatte viel zu gucken. Und die Musik gefiel ihm. Er verstand gar nicht, dass sein Vater ihn gewarnt hatte, es würde sehr laut werden: »Benjamin, das wird ein heftiges Getose. Und meist singen die Männer und Frauen nicht, sie brüllen!« Benjamin war anderer Meinung, was er seinem Großvater in der Pause auch sagte.

Der zweite Teil gefiel ihm noch besser. Er war gespannt, ob das Liebespaar erwischt würde, obwohl er wusste, dass es nicht gut für sie enden sollte. Links von ihm saß sein Großvater, rechts ein junger Mann. Er mochte vielleicht zwanzig Jahre alt sein oder ein bisschen älter. Er hatte Jacob Cohen und Benjamin begrüßt, als die beiden neben ihm Platz genommen hatten. Kurz vor Ende der Pause fragte der Unbekannte Benjamin, ob ihm die Oper gefalle. Benjamin antworte begeistert: »Sehr!«

Bald bemerkte er, dass sein Nachbar weinte – und immer wieder ein Taschentuch benutzte. Erst dachte Benjamin: albern. Dann: schön, dass er sich nicht schämt. Und schließlich, als Merlot, der ehemalige Freund von Tristan, diesen mit einem Hieb seines Schwertes verletzt und die Musik trauert – so nahm Benjamin es wahr – wurde auch er traurig. Aber er weinte nicht.

Es war nicht das erste Mal, dass er sich Geschichten so zu Herzen nahm; oft bekam er nasse Augen, wenn er etwas sah oder hörte, was ihn berührte. Sein Vater ermahnte ihn dann meist, er möge sich zusammenreißen, ein Toter in einem Film sei ja nicht tot. Da spiele nur ein Schauspieler als ob er sterben müsste. »Nimm das nicht so ernst, Ben. Im Film und im Theater ist alles nur Spiel und bedeutet nichts.«

Ihm aber bedeutete der Tod des liebeskranken Tristan etwas. Als Isolde schließlich starb – einfach so, Benjamin wusste nicht warum, sie war ja nicht krank –, als die Musik immer leiser wurde, da kullerten auch ihm die Tränen über die Wangen. Der Nachbar legte auf Benjamins Hand seine eigene. Benjamin schaute nicht auf, er ließ es geschehen. Erst als der Vorhang fiel, zog der Fremde die Hand wieder fort. Benjamin nahm das Taschentuch, das sein Großvater ihm gereicht hatte. Als die ersten Zuschauer zu applaudieren begannen, stand der junge Mann auf. Alle in der Reihe konnten sehen, dass er weinte.

Benjamin hatte mit niemandem über diesen Vorfall gesprochen – auch nicht mit seiner Mutter. Sein Großvater meinte auf dem Nachhauseweg, dass es schon seltsam sei, was diese Musik bei den Zuhörern anrichte. Benjamin vergaß diesen Moment nicht. Er hatte diese kurzen Minuten des Trostes genossen, so glaubte er, aus einem einzigen Grund: Sie hatten, obwohl sie einander nicht kannten, im selben Moment dasselbe gefühlt. Und sich ihrer Gefühle nicht geschämt. Wie oft hatte er später geweint – in Kinos und in Opernhäusern. Nur ganz selten in Theatern, was er sich damit erklärte, dass die Musik ihn ergriff und eben nicht das Wort, nicht die Handlung.

Er vergaß diesen jungen Mann nicht, obwohl er nicht mit ihm gesprochen, dessen Frage nur mit einem einzigen Wort – »sehr« – beantwortet und ihn nicht angesehen hatte, als er dessen Hand auf seiner eigenen gefühlt und die Wärme als angenehm empfunden hatte. Er wünschte sich, ihn wiederzusehen. Oder wünschte er bloß die Nähe von jemand Unbekanntem? Er fand keine Erklärung. Er fühlte nur eine Sehnsucht.

Wenige Monate später hatte Rahel ihn gefragt, ob er Lust hätte, sie zu begleiten. Jacob war geschäftlich unterwegs. Sie hatte die Abonnentenplätze. Wieder Wagner. Benjamin war begeistert. Auch die Großmutter bereitete sich mit ihm auf diese Vorstellung vor. Diesmal kein Zaubertrank, aber wieder ein Schiff. Eines mit seltsamen Matrosen, Untoten, die Benjamin an die Vampire erinnerte, über die er schon gelesen hatte. Sein Vater war wieder gegen diesen Opernbesuch, aber seine Mutter setzte sich durch.

Benjamin wählte dasselbe weiße Hemd und denselben Anzug. Nur das Tuch war diesmal bunter. Auf der Fahrt dachte er an den Nachbarn. Vielleicht hatte der auch ein Abonnement? Zur Neugier auf den komischen Holländer gesellte sich die Hoffnung, dass der junge Mann wieder neben ihm sitzen könnte.

Die beiden Plätze rechterhand waren noch unbesetzt, als Rahel und Benjamin sich setzten. Benjamin war enttäuscht. Er blickte – die Pausenklingel ertönte zum zweiten Mal – nach der Tür. Da war er. Mit einer Dame. Wahrscheinlich seine Mutter, dachte Benjamin. Rahel und er standen auf, da die beiden von links kommend an ihnen vorbei mussten. Die Dame zeigte Benjamin den Rücken, der junge Mann strahlte ihn an, Benjamin spürte, wie sein Kopf heiß wurde.

Das war keine Oper zum Weinen. Benjamin bedauerte das ein wenig. Es würde nicht die Hand auf der Hand geben. Da war sie – die Frau auf der Bühne war zu Boden gestürzt, der Vorhang schloss sich, Dunkelheit. Die Finger des Fremden streichelten ihn.

Eine Oper ohne Pause. Das missfiel Benjamin. Als er mit seiner Großmutter an der Garderobe stand, spürte er eine Hand auf seiner Schulter.

»Hat dir die Geschichte gefallen?«

»Ich fand die andere besser«, antwortete er rasch, und lächelte den Fremden an, dessen blonde Locken ihn nun förmlich anleuchteten.

Rahel Cohen fragte: »Kennen Sie einander?«

»Ja. Von der Tristan-Aufführung. Da saßen wir auch nebeneinander. Und Ihr Enkel – er ist doch Ihr Enkel, nicht wahr? –, er beeindruckte mich, weil er so aufmerksam war und so gerührt.«

Sie wechselten ein paar Worte. Rahel erfuhr, dass der junge Mann Musik studierte und nebenher Klavierunterricht gab.

»Er müsste es nicht«, sagte seine Mutter, »aber es macht Walter Freude.«

Sie verabschiedeten sich.

»Bis zum nächsten Mal, Benjamin!«, sagte Walter, der junge Mann mit den blonden Locken. Benjamin genoss es heimlich, nun seinen Namen zu kennen.

Wenige Tage später fragte er seine Mutter, ob er Klavierspielen lernen dürfte. Die Frage überraschte Gili nicht. Sie wusste, dass ihre beiden Kinder musikalisch waren, beide sangen im Schulchor. Benjamin nahm schon Cello-Unterricht. Er hatte sich für dieses Instrument entschieden, weil er dessen Klang, wie er sagte, so wohlig fand. Nun also noch Klavier. Sie hatte nichts dagegen, auch wenn sie wusste, dass Chaim die künstlerischen Ambitionen ihrer Kinder nicht sonderlich schätzte.

Ein Klavier wurde angeschafft. Und die Suche nach einem Lehrer begann. Gili hoffte auf einen Tipp des Musiklehrers. Doch Benjamin kam ihrer Nachfrage zuvor. Er erklärte seiner Mutter, dass Grandma und er in der Oper einen jungen Klavierlehrer kennengelernt hätten. Er säße zusammen mit seiner Mutter immer neben Grandma und Grandpa. Gili fragte ihre Schwiegermutter. Die erinnerte sich und versprach, bei nächster Gelegenheit, nachzufragen. Schon acht Tage später saßen Rahel und Jacob Cohen in einer *Carmen*-Aufführung. Jacob erkannte den jungen Mann, Rahel ihn und seine Mutter. In der Pause sprach sie die beiden an. Der junge Mann mit den hellen Locken erkundigte sich nach Benjamin.

»Er möchte Klavierspielen lernen. Und erinnert sich an Sie.«

Bevor sie überhaupt ihre Frage formulieren konnte, sagte Walter Hill:

»Wann möchte er denn anfangen?«

Keine zwei Wochen später stand Walter Hill vor der Tür von Gili und Chaim Cohen. Gili begrüße Walter Hill zusammen mit ihrem Sohn. Sie zeigte ihm das Musikzimmer, einen kleinen Raum mit einem Stutzflügel, einem Schreibtisch und einer kleinen Sitzecke.

»Das ist mein Home-Office und von nun an Bens Klavierzimmer.« Damit ließ Gili die beiden allein.

Da Walter seinem Schüler das Notenlesen nicht beibringen musste und Benjamin auch schon Tonleitern spielen konnte, begann er mit leichten Etüden von Czerny, mit denen schon Generationen von Anfängern getrietzt worden waren. Walter Hill setze sich auf einen Stuhl neben Benjamins Klavierhocker; er vermied jeglichen Körperkontakt, hob nur ab und an Benjamins Hände, um ihm zu erklären, dass die Finger sich von oben, also aus der Höhe, den Tasten nähern müssten.

Benjamin machte das Spielen Freude und er war überglücklich, als Walter ihn nach der ersten Stunde lobte. Von nun an war immer montags um sechzehn Uhr Klavierstunde. Immer bei den Cohens. Benjamins Ehrgeiz lag darin, Walter jedes Mal zu verblüffen. Er übte tagtäglich – mindestens eine Stunde. Dafür hatte er sich aus seiner Hockey-Mannschaft verabschiedet, was sein Vater tadelte. Doch Gili und vor allem Rahel Cohen waren begeistert von Benjamins Fleiß und seiner Begabung. Sie lobten aber nicht nur ihren Sohn und Enkel, sondern gleichermaßen auch Walter Hill, der ihren Jungen offensichtlich zu einem besonderen Fleiß anstacheln und zu Aufgaben motivieren konnte, für die andere viele Wochen länger brauchten.

Benjamin tat alles, um Walter zu gefallen. Und erhielt doch nicht, was er sich wünschte. Nie setzte sich sein Lehrer neben ihn – immer gab es einen Abstand. Nie strich er ihm über den Kopf. Nie legte er ihm die Hand auf die Schulter, wie damals an der Garderobe. Benjamin sehnte sich nach etwas, für das er keinen Namen hatte.

Walter Hill verweigerte es seinem Schüler, weil er es fürchtete. Er hatte sich noch nie dazu hinreißen lassen, einem Schüler zu nahe zu kommen. Wenn er bemerkte, dass er womöglich bald seinen Widerstand aufgeben würde, weil sein Verlangen zu groß geworden war, trennte er sich von seinen Schülern. Manche von ihnen hatten gar nichts bemerkt von seiner Sehnsucht – und verstanden nicht, warum er sie im Stich ließ. Mal erklärte er, er könne ihnen nichts mehr beibringen und empfahl andere Lehrer, mal, die Schüler würden durch ihn überfordert und er sei unfähig, damit umzugehen.

Andere ahnten, dass dieser Lehrer sie mochte. Benjamin wusste es. Seit er Walters Finger auf seiner Hand gespürt hatte. Und er wollte sie wieder spüren. Er nahm sich vor, Walter zu verführen.

Er begann mit der Kleidung. Eleganz allein reichte ihm nicht. Er suchte nach Reizen. Dazu gehörten Muscle-Shirts und Hosen, die nicht verbargen, wenn er eine Erektion hatte. Walter ignorierte das eindeutige Zeichen – und reagierte mit Strenge.

Benjamin begriff rasch, und wurde heftiger. Er ersann einen Kumpel und nannte diesen Steward Moore. Er sagte zwei Klavierstunden ab. Er treffe einen Freund zum Schwimmen. Er sei älter als er, hübsch und groß und, das betonte Benjamin, furchtlos. Was das bedeuten solle, wollte Walter Hill wissen.

»Er traut sich Sachen, die ich mich nicht traute.«

Walter Hill hielt sich zurück. Auch als Benjamin ihn fragte, warum er es unterlasse, ihn bei der Begrüßung und beim Abschied zu umarmen?

»Ich habe keine Lust!«, log er.

»Steward macht es. Und er küsst mich.«

Benjamin schlang seine Arme um Hill.

»Lass das!«, der Lehrer stieß seinen Schüler von sich. Benjamin verließ das Zimmer.

Einen Tag später bat Walter Hill Gili Cohen, den Unterricht beenden zu dürfen.

»Ich muss mich um mein Studium kümmern – alle anderen Schüler habe ich schon an eine befreundete Lehrerin vermittelt und nur Benjamin behalten. Möchten Sie, dass ich auch für Ihren Sohn einen anderen Lehrer suche?«

Gili Cohen wollte erst einmal Benjamin fragen. Der gab das Klavierspielen auf. Zweimal versuchte er noch, Walter zu erreichen. Aber den Anruf drückte dieser weg und auf Benjamins Mails antwortete er nicht.

Es gab keine andere Verliebtheit mehr, bis Benjamin auf dem Schulhof Parker Nelson sah. Er traute sich nicht, den Jungen auf dem Schulhof anzusprechen. Was sollte Parker an ihm finden? Er war drei Jahre älter als Benjamin und der Schwarm aller Mädchen – nicht zuletzt, weil er als ein erfolgreicher Baseballer galt und sein Vater eine Schauspielerkariere gemacht hatte. Parker war hübsch. Benjamin wartete auf eine Gelegenheit. Eine Schulkameradin, die mit Parker befreundet war, nahm Benjamin mit auf eine Party. Dort war auch Parker. Der bemerkte, wie Benjamin ihn anstarrte, und ging auf ihn zu und fragte brüsk, warum er so glotze. Benjamin antwortete, dass er ihn bewundere, seit er ihn einmal habe spielen sehen. »Aber deshalb musst du mich doch nicht so anhimmeln – wie ein Mädchen!« Damit ließ Parker Benjamin stehen und gesellte sich zu den anderen Jungs. Er wandte sich noch einmal um und sagte laut genug, dass Benjamin es hören musste: »Der Typ hat Wimpern, um die ihn jedes Mädel beneiden muss!«

52

Benjamin bezog sein Zimmer am späten Nachmittag. Ein sehr großer Raum, geschmackvoll eingerichtet. Das Bad hatte ein Fenster zum Park. Während des Abendessens besprach er mit seiner Großmutter die weitere Reise. Sie einigten sich darauf, dass sie am nächsten

Morgen die Häuser von Goethe und Schiller besichtigen würden. Tags darauf dann das Konzentrationslager Buchenwald.

In seinem Zimmer schnappte er sich seine Collegemappe. Er öffnete einen der beiden Briefe. Doch bevor er zu lesen begann, setzte er seine Kopfhörer auf.

New York, Donnerstag, 17. Juli 2012

Geliebter, ich lese wieder und wieder die Gedichte von Bob Dylan. Und denke an Dich. Diese Zeilen sind mir die liebsten geworden: »The very thought of you makes my heart sing like an April breeze on the wings of spring. And you appear in all your splendor. My one and only love.« Ich fürchte den Tag, an dem Du meiner überdrüssig sein wirst oder Du mich langweilst. Vielleicht wirst Du auch die Liebe zu einem Mann leid. Vielleicht werden Deine Eltern unsere Liebe vernichten. Morgen werden wir einander nach drei langen Tagen wiedersehen. Wir werden gemeinsam Tristan und Isolde sehen und hören.
Ich freue mich sehr darauf.
Ich umarme Dich!
Ich küsse Dich!
Gilbert

Benjamin faltete den Brief wieder zusammen, steckte ihn zurück ins Kuvert. Er überlegte, ob er den anderen öffnen sollte. Er unterließ es. Er ging ins Bad, nahm eine Dusche.

Als er am nächsten Morgen in sein Tagebuch sah, fand er einen Eintrag: *1 Uhr 14, Weimar. Den ersten Brief gelesen. Er schmerzt noch immer. Ich möchte nicht länger allein sein.*

Mit einer innigen Umarmung begrüßte er am Morgen seine Großmutter, die schon beim Frühstück saß.

»Gut geschlafen?«

»Ja, sehr. Nur zu viel getrunken – habe mir noch einen Wein aufs Zimmer kommen lassen.«

»Bist du unglücklich, Benjamin?«

»Nein, mache ich den Eindruck?«

»Ja.«

Später, nachdem die beiden sich nach dem Tee noch zwei Espressi bestellt hatten, sagte Rahel Cohen unverblümt: »Benjamin, du verheimlichst mir etwas.«

Er antwortete nicht.

Zu Fuß gingen sie ins Goethe-Haus, obwohl es nieselte.

»Das ist kein Haus, das ist ein Palais!«, kommentierte Benjamin missmutig. Er war mit dem Dichterfürsten erst versöhnt, als er von einem kleinen Raum in das nächste Kämmerchen ging. Aber er hatte keine Lust, die Führung mitzumachen und bat seine Großmutter, ihn gehen zu lassen.

»Ich möchte den Rest des Vormittags nutzen, um über das Theaterprojekt nachzudenken. Ich verspreche dir, dass wir am Nachmittag gemeinsam Schillers Haus besichtigen.«

Sie verabredeten sich für halb fünf in der Halle des Hotels.

Benjamin schlenderte den kurzen Weg zurück. Er setzte sich an den Schreibtisch, der erstaunlich groß und breit war, gerade recht zum Arbeiten. Zuerst der Blick auf die blauen Seiten. Nichts Neues, so attraktiv komm ich wohl als Soutine und ohne Bild nicht rüber. Er holte sich Klaus Manns *Mephisto*, der auf dem Nachttisch lag. Er hatte in den vergangenen Tagen immer wieder vor dem Einschlafen darin gelesen, nicht im Bett – das war ihm kein Ort für Lektüre, da war er seinem Großvater sehr ähnlich –, sondern auf einem Sessel mit Blick ins Grüne. Das Sujet traf durchaus seinen Nerv: homosexueller Aufsteiger in einem faschistischen System. Er überlegte bereits, den Roman für New York zu dramatisieren. So eine Aufführung würde gewiss zum Erfolg werden, gerade heute, bei dem jungen amerikanischen Publikum, aber vor allem die Gay-Lesbian-Community würde begeistert sein.

Bevor er sich die letzten Seiten, die ihm noch fehlten, vornahm, schaute er im Netz nach, was der Thomas-Mann-Sohn sonst noch so geschrieben hatte. Bei Literatur war er kein großer Googler. Ich hätte früher recherchieren müssen, ich Idiot, sprach er leise, nur für sich, als er einen Eintrag fand, dass vom *Mephisto* schon mehrere Dramatisierungen existierten. Diese Entdeckung ärgerte ihn – und er haderte mit sich. Er fand einen anderen Klaus-Mann-Text, ein Stück, das vergessen worden war seit seiner Uraufführung 1925 in München. Das müsste gehen, freute er sich, das ist vielleicht noch cooler und wirklich was für meine Freunde. Aber ich muss es lesen, dieses homoerotische Qui-Pro-Quo. Benjamin bestellte im Netz ein Exemplar des Stückes und ließ es ins Hotel liefern; schon am nächsten Tag würde es ankommen.

Den *Mephisto* las er nicht zu Ende. Stattdessen dachte er darüber nach, wie und vor allem wann er mit seiner Großmutter würde sprechen können. Dass er sprechen musste, war klar. Der Buchenwald-Tag ging nicht. Im Auto – niemals. Ich muss mir etwas anderes einfallen lassen. Ein Abendessen. Aber wo?

Schillers eher kleinbürgerliches Haus mochte Benjamin viel lieber als Goethes Residenz. Während sie durch die Gässchen zurück zum Hotel gingen, vorbei am ehemaligen Bauhaus-Museum, sprachen sie nochmals über ihre Reisepläne. Rahel wollte so schnell wie möglich nach Berlin und dann rasch zurück zu ihrem Jacob.

»Wir werden, liebe Grandma, einen Zwischenstopp machen.«

»Warum?«

»Überraschung!«

Rahel Cohen kannte ihre beiden Söhne gut. Beide hatten alle wichtigen Entscheidungen in ihrem Leben stets als kleine Sensationen verpackt und meist an außergewöhnlichen Orten kundgetan, oft bei Abendessen oder während einer kurzen Reise. Sie glaubte, Benjamin nach diesen gemeinsam verbrachten Tagen viel besser zu kennen als zuvor. Er würde es genauso machen. Im Gegensatz zu seinen Schwestern, die nicht lange fackelten, zelebrierte Benjamin Geständnisse. Verriet er einem Menschen ein Geheimnis, dann musste dafür alles stimmen: der Ort, die Uhrzeit, die Stimmung. Er wünschte sich die Empfänger seiner Neuigkeiten so erwartungsgeladen wie möglich. Er schürte dabei die Neugierde durch das Versteckspiel, das er zu diesem Zweck Tage zuvor schon inszenierte. So war es auch diesmal.

Benjamin kaufte ein Buch und eine sehr schöne Büttenpapierkarte. Wieder an seinem Schreibtisch, überlegte er, welche Worte er wählen sollte für die Einladung seiner Großmutter. Er verwarf mehrere Entwürfe, die er auf dem Bogen des Hotelbriefpapiers notiert hatte, zog sich eine Badehose an, schlüpfte in den Bademantel und machte sich auf zum Pool. Er war der einzige Gast, er ging ins Dampfbad, legte sich in den Ruheraum. Da er die Lektüre von *Mephisto* aufgegeben hatte und auf das Klaus-Mann-Stück warten musste, begann er einen Roman, den er schon längst hatte lesen wollen. Er war noch auf den ersten Seiten, als ein junger Mann den Raum betrat. Er mochte, so schätzte Benjamin, Ende zwanzig sein. Nicht sehr groß, schlank. Sehr kurz geschnittenes Haar. Der junge Mann grüßte freundlich, Benjamin grüßte zurück und schaute wieder in sein Buch. Der Fremde legte sich an der gegenüberliegenden Seite des Pools auf eine der Liegen. Er hatte nichts zu lesen dabei, sondern spielte auf seinem iPad. Schon deshalb verlor Benjamin das Interesse an ihm, das erst wieder aufflackerte als der Unbekannte sich in den Bereich der Saunen begab. Nein, ich werde ihm nicht folgen, dachte er. Wäre ja auch zu auffallend. Außerdem wartet Grandma in knapp vierzig Minuten auf mich in der Halle. Hübsch ist er schon, aber wahrscheinlich ein Langweiler. Jemand, der ohne Buch an einen Pool geht, nun denn!

Er wandte sich wieder dem Father James zu, dem Held des Romans, war aber zu unkonzentriert. Zehn Minuten könnte ich ja in die Sauna. Aber nicht jetzt gleich. Ich warte noch – er schaute auf die große Uhr in der Halle – noch vier Minuten und vierunddreißig Sekunden, dann ist es viertel vor sieben. Er schlug das Buch zu und schaute auf das Buchcover, auf den schwarzen Knaben, der verschämt an einem Fenster stand. Der Zeiger stand auf 18:44 Uhr. Benjamin stand auf, ging rechts am Pool vorbei und öffnete die Tür zum Saunabereich. Der junge Mann stand unter der Dusche. Benjamin machte kehrt, ich hätte schneller sein müssen, dachte er leicht verärgert. Er holte sein Buch von der Liege und ging auf sein Zimmer.

Der junge Mann aus der Sauna war ihm gefolgt. Benjamin hatte es bemerkt. Er schloss die Tür seines Zimmers und schaute durch den Spion. Der Junge stand draußen – und wartete. Benjamin setzte sich an den Schreibtisch. Er sah auf die zerrissenen Blätter, auf denen er die Entwürfe für die Einladung seiner Großmutter notiert hatte. Noch immer war ihm nichts eingefallen. Er suchte im Netz, fand einen Link, der ihm gefiel. Er holte seinen Montblanc-Füller aus dem kleinen schwarzen Lederetui und schrieb auf die Karte, vordatiert:

»Liebe Grandma! Einmal auf dieser Reise, auf der Du mich verwöhnst, möchte ich Dich einladen. An einen besonderen Ort, zu einem besonderen Gespräch! Du musst Dich aber nicht sorgen!«

Sie nahmen ein kleines Abendessen in einer Weinbar zu sich: Während des Essens besprachen sie, dass sie Weimar nicht verlassen dürften, ohne die Anna Amalia Bibliothek gesehen zu haben. Benjamin, der die Reise nutzen wollte, um mehr zu erfahren von der Verwandtschaft, wollte wissen, was seine Großmutter von seiner Tante Alisah hielt: »Die schweigsamste aller Cohens, findest du nicht?«, fragte er.

Rahel erzählte von Alisahs Großeltern, die beide vor der Flucht aus Hamburg – wo sich die Cohens und Sonnenscheins aber nie begegnet waren – schon als erfolgreiche Anwälte gearbeitet hätten. Rahel bewunderte Clara, die die Musik liebte wie sie selbst. Und sie schwärmte von Moishe, ihrem Sohn, Alisahs Vater. »Moishe ist ein

Jahr vor Hitlers Machtergreifung zur Welt gekommen. Die Sonnenscheins waren liberale Juden. Und sehr patent. Sie haben sich in den Staaten durchaus rasant ein kleines Vermögen erarbeitet.« Und was Alisahs Großeltern aus Deutschland hatten retten können, sei nicht der Rede wert gewesen. »Moses Sonnenschein, den wir alle Moishe nannten, und seine Elise waren extrem ehrgeizige Aufsteiger. Weshalb sie Jacob auch sehr leiden mochte«. Sie hätten auch noch einen Sohn gehabt, der im Alter von sechs Jahren gestorben sei, kurz nach der Ankunft in New York. Sie hätten darüber nie gesprochen. Auch Alisah wisse nicht, woran ihr Bruder starb, sie wisse nur, dass er Ezechiel hieß. »Ich mag Alisah sehr.«

»Hat sie sich Aaron geschnappt? Oder hat er sie sich ausgeguckt?«, wollte Benjamin noch wissen.

»Aaron war ganz vernarrt in sie. Ich kenne keinen Mann, der seiner Angebeteten so den Hof gemacht hat wie Aaron seiner Alisah.«

Sie verriet nicht, dass ihre zwei Söhne beide in Gili verknallt waren – und sich das Mädchen für Chaim entschieden hatte. Sie gingen früh schlafen. Benjamin fragte an der Rezeption nach, ob Pool und Sauna noch geöffnet wären. Sie waren es nicht. Auch auf den blauen Seiten gab es nichts Neues. Er klappte seinen Laptop zu.

Rahel Cohen schrieb ihrem Mann eine kurze Nachricht, dass es ihr gut gehe; dass es eine fulminante Idee gewesen sei, mit Benjamin zu reisen. Und sie beschrieb ein wenig die Häuser von Goethe und Schiller und fügte als Postscriptum an, dass sie sich vor dem Besuch des Lagers Buchenwald fürchte. Und dass sie sich freue auf das Wiedersehen. *Und noch etwas, Jacob: Wir haben bisher keinen Menschen getroffen, der schlecht über Juden gesprochen hätte. Nirgendwo!*

Auch Benjamin mochte noch nicht schlafen. Er schrieb erst einmal seiner Mutter Gili, dann Phil. Ihr schrieb er von den touristischen Entdeckungen und lobte die Großmutter: *Sie ist so unkompliziert. Sie ist an allem so interessiert. Und sie lässt mir Raum. Wir machen nicht jede Unternehmung gemeinsam. Vaters politische Ambitionen irritieren uns. Hast Du versucht, ihn zur Vernunft zu bringen? Kann Großvater nichts ausrichten? Ich umarme Dich, Dein Benjamin.*

Phil informierte er, dass er Wilde abserviert habe – diese Komödie bekomme er nicht queer –, stattdessen hätte er etwas Tolles, nahezu Unbekanntes gefunden. Wenn er das Stück gelesen habe – *ich bekomme es Morgen hier ins Hotel geschickt* –, könne er Autor und Titel verraten, falls die Lektüre halte, was der Appetizer im Netz verheißt.

53

Benjamin und Rahel Cohen frühstückten seit einem Tag nicht mehr gemeinsam. Der Enkel hatte seiner Großmutter erklärt, dass er morgens lieber die Zeitungen lese als zu plaudern. Sie akzeptierte diese Entscheidung, wenn auch mit Bedauern. Aber sie diskutierte nicht. Um zehn Uhr morgens stiegen sie in ihr kleines Auto. Benjamin hatte das Navi eingestellt. Achtzehn Minuten würde die Fahrt nach Buchenwald dauern.

»Ich fürchte mich«, sagte Rahel Cohen zu ihrem Enkel, als sie sich vom geparkten Wagen entfernten.

Er nahm ihre Hand. Auch ihm graute vor diesem Gang. Sie umarmten einander.

Sie passierten das Torgebäude und lasen die Inschrift: »Jedem das Seine«.

Sie gingen entlang der Stacheldrahtzäune und zählten die Wachtürme.

Sie hörten bei dem siebten auf, wohl wissend, dass es dreiundzwanzig waren.

Sie besuchten die Lagerkommandantur.

Sie entdeckten das ehemalige Bärengehege des Zoos für die SS-Schergen und ihre Familien.

Sie betraten den Raum für medizinische Experimente.

Sie schauten in eine Lagerhalle.

Sie stolperten über Gleise.

Sie lugten durch Mauerlöcher in viele winzige Arrestzellen.

Sie wagten die Schritte ins Krematorium.

Sie verboten sich, was erlaubt war: den Blick in die Öfen.

Sie besuchten die Dauerausstellung der Gedenkstätte.

Sie lasen Dokumente und Briefe.

Sie starrten in die Gesichter von Häftlingen.

Sie wollten wegsehen und stierten doch auf das Foto vom Oktober 1939: der Appellplatz, auf dem nackte polnische und jüdische Häftlinge geschoren und »desinfiziert« wurden.

Sie wandten ihre Blicke ab von den geschrumpften Menschenköpfen, den begehrtesten Trophäen der SS.

Sie schluchzten vor den Fotos der Erhängten.

Häftlingskleidung, Häftlingsmarken, Häftlingskübel, Häftlingskannen, Häftlingskellen.

Skelette der Lebenden und der Toten. Leichenberge.

Raus. Weg. Fort.

Als sie am Nachmittag wieder im Hotel waren, verabschiedete Benjamin sich von seiner Großmutter vor deren Zimmer.

»Ruf mich an, Grandma. Ich werde das Hotel nicht verlassen.«

Sie nickte ihr Einverständnis.

Mit dem Begleitbuch zur Dauerausstellung, einem Katalog, setzte sich Benjamin an den Schreibtisch. Er begann zu lesen. Immer wieder verschwamm vor seinen Augen, was er lesen und in sein Tagebuch übertragen wollte. Lange verweilte er bei einer Seite ohne Fotos, ohne Gräuelbilder. Hier war die Sprache das Grauen. Aufgelistet wurden Begriffe der Lagersprache. Benjamin begriff sie nicht, die Zahl 4711, die im Lager die Bedeutung *Arbeitskommando der Latrinenreiniger* hatte. 4711?

Er hoffte auf eine Klärung im Netz. Er bekam sie: 4711 – eine Marke für Parfüms aus Köln, hergestellt schon seit 1799. Benjamin verstand. Es berührte ihn seltsam traurig, dass die Todgeweihten mit Humor das Schrecklichste benannten:

Abspritzen hießen sie das Ermorden durch Injektionen.

Alm wurde die Tuberkulose-Isolierstation genannt.

Buchenwalder-Ananas waren Steckrüben, die mit ihren Blättern gekocht wurden.

Himmelfahrtskommando galt ihnen als Deportation mit tödlichem Ausgang.

Benjamin schloss die Augen, nachdem er die Erklärung für *Singender Wald* gelesen hatte: »Wald nördlich der Baracken, wo das *Baumhängen* stattfand«.

Keinen der Funde übertrug er in sein Tagebuch.

Er beschloss sich von dem Schmutz des Lagers zu reinigen. Aber er wollte nicht duschen, sondern ließ sich Wasser in die Badewanne einlaufen.

Eine gute Stunde später legte er sich schlafen.

Um kurz nach sieben weckte ihn Rahel Cohen mit einem Anruf.

»Lass uns ein wenig spazieren gehen. Ich mag nichts essen. Aber wir sollten trinken – aufs Leben!«

Bevor er an ihre Tür klopfte, schaute er auf die blaue Seite. Ein gewisser Dirk, gerade mal zweiundzwanzig Jahre jung, hatte sich gemeldet. Er wohnte in der Nähe von Weimar und studierte, so schrieb er, in Jena Kunstgeschichte: *Ich mag Soutines Köche und Kellner!*

Benjamin schrieb zurück: *Bin ein Amerikaner in Deutschland. Hast du Zeit und Lust für ein Treffen? Wohne in einem Hotel.* Und kaum war die Nachricht abgeschickt, dachte er bei sich, ein bisschen voreilig, Ben, und spürte Ärger aufkommen über sein Verhalten.

Rahel Cohen umarmte ihren Enkel und legte, da er größer war als sie, ihren Kopf auf seine Brust. Sie schaute lächelnd zu ihm hoch.

»Worüber freust du dich, Grandma?

»Darüber, dass du so hübsch bist und so lange Wimpern hast!«

Sie spazierten durch den kleinen Goethe-Park zum Stadtschloss, querten eine Brücke und ergingen sich, wie Rahel Cohen später ihrem Mann erklärte, und zwar genau mit diesem Wort, sie ergingen sich im Park, ganz so wie Goethe das wohl auch gemacht hätte. Wieder im Städtchen, kehrten sie ein in eine Weinbar. Rahel und Benjamin hatten nur wenige Worte gewechselt. Er hatte voller Inbrunst daran gedacht, wie hellsichtig seine Urgroßeltern gewesen waren, so frühzeitig Deutschland verlassen zu haben.

Dirk kam an diesem Abend um halb elf ins Hotel. Benjamin erwartete ihn in der Halle. Ein blonder Junge, ein wenig größer als er selbst, mit einem Grübchen am Kinn. Er gefiel Benjamin. Sie nahmen einen Drink an der Bar. Dirk verließ das Hotel spät in der Nacht, um kurz nach zwei. Benjamin hatte seine ursprüngliche Idee, mit dem Fremden sofort auf sein Zimmer zu gehen, verworfen. Nicht gleich in die Kiste, nicht die schnelle Nummer, hatte er sich gestoppt. Es muss anders werden! Sie blieben in der Bar, bis der Kellner sie bat, zu gehen. Benjamin bestellte seinem Gast ein Taxi – und gab dem Fahrer, nachdem er sich erkundigt hatte, was die Fahrt wohl kosten würde, eine Geldnote. Sie wollten einander am nächsten Abend wiedersehen. Benjamin sollte Dirk besuchen.

Den nächsten Tag verbrachte Rahel in der Bibliothek. Benjamin las am Schreibtisch *Anja und Esther*. Nach einer Stunde und sieben Minuten – er hatte die Zeit gestoppt – war er sich sicher, dass er dieses Stück inszenieren wollte und alles dransetzen würde, die Rolle des Kaspar zu spielen. Für die Sauna war es inzwischen zu spät. Ein kurzer Chat mit Dirk.

In der Weinbar erzählte Benjamin von seinen Plänen. Rahel Cohen war neugierig: »Erzähl mir einfach, worum es geht!«

»Darf es proustisch sein?«

Sie lachten. Minutiös schilderte Benjamin das Gefühlstohuwabohu der Personen. In diesem Drama liebte irgendwie jeder jeden.

»Alles, was du erklärst, klingt nach homoerotischer Sentimentalität. Irgendwie kitschig.«

Das saß.

»Nein, das ist kein Schund. Wahrscheinlich habe ich dir den Inhalt und den Stil dieses Textes nur nicht richtig erklären können. Aber womit du recht hast, Grandma: Ja, es geht eindeutig um homoerotisches Begehren. Und, warum nicht?«

Auf dem Weg durch eine sternklare Nacht, fragte sich Rahel Cohen: Wann redet er endlich? Ich kann es ihm ja nicht auf den Kopf zusagen. Ganz sicher bin ich mir ja auch nicht. Obwohl ...« Sie ertappte sich, dass sie alle Stereotype abrief: modisch gekleidet, extrem höflich, Gourmet, Opernliebhaber, Schöngeist und seine Stimme. Sie schämte sich ihrer Gedanken. Benjamin begleitete seine Großmutter bis zu ihrem Zimmer; sie verabschiedeten sich mit einem Kuss. Rahel Cohen umarmte ihren Enkel: »Vielleicht ist das Stück gar nicht so schlecht, wie ich denke.«

Vor dem Einschlafen schrieb sie noch Gili und Chaim, es sei einer der besten Einfälle gewesen, mit Benjamin zu reisen. ... *Ihr habt einen entzückenden Sohn, der alle Menschen, denen er begegnet, bezaubert. Es ist nicht allein sein Aussehen – dieses jugendhaft Freche –, nicht allein sein Charme und sein Witz oder gar seine Klugheit, die ich gar nicht abstreiten will. Es ist seine Sensibilität. Und er kann zuhören! Kurz: Es ist eine große Freude, mit ihm unterwegs zu sein. Morgen, oder ist es schon heute, will er mich überraschen. Auch in dieser Hinsicht gefällt er mir – ein echter Cohen! Ich kenne das Ziel nicht, weiß nur, dass Benjamin noch einen Zwischenstopp machen will, bevor wir dann in Berlin ankommen werden, so Gott will. Was wir alles erlebt haben, werden wir Euch erzählen, wenn wir wieder zurück sind. Im Moment glauben wir beide nicht daran, dass wir schon in einer Woche dieses Land verlassen werden. Zumal mich Benjamin immer wieder mit neuen möglichen Zielen überrumpelt. Er scheint das Land zu mögen und beschäftigt sich mit deutscher Literatur, will womöglich ein Jugendstück von Thomas Manns Sohn Klaus inszenieren.*

Ich umarme Euch, Rahel.

Benjamin ging auf sein Zimmer, duschte, rief Dirk an und bat den Concierge um ein Taxi nach Jena. Er zog seine rote Jeans an und einen schwarzen Rollkragenpullover. Er musste lange auf den Wagen warten und ärgerte sich, dass er das Auto nicht früher bestellt hatte. Die Fahrt dauerte keine zwanzig Minuten.

54

Er klingelte – der Türöffner summte, die Haustür wurde geöffnet. Dann die Wohnungstür. Das Apartment war klein. Ein Wohn-Schlafraum, eine separate Küche, ein kleines Bad. Benjamin fiel die Wagenfeldlampe auf – und er freute sich. Er entdeckte einen schwarzen Fledermaussessel.

»Du hast Geschmack, Dirk!«

»Wundert dich das?«

Dirk Weber hatte eine Flasche Sekt kaltgestellt.

»Rotkäppchen – wetten, den hast du noch nie getrunken?!«

Sie nippten nur an den Gläsern.

»Ich habe noch nie zuvor einen Juden kennengelernt. Jedenfalls nicht bewusst. Aber ich habe auch nie zuvor beim ersten Date so viel geredet und zugehört.«

»Mir hat es sehr viel Freude bereitet.«

»Mir auch – ich mag es nicht sonderlich, wenn gleich ...«

»Ich auch nicht, aber die meisten wollen's so.«

Benjamin ärgerte sich über seine Lüge. War nicht er derjenige, der es meist sofort wollte – schon bei Walter Hill?

Während sie Spaghetti aßen, unterhielten sie sich wieder, erzählten von ihrer Kindheit und den ersten sexuellen Erfahrungen. Dirk erklärte, wie seine Eltern das Leben in der DDR wahrgenommen hatten. Unbedingt wollte er Benjamin auch noch die Karl-Marx-Allee zeigen.

Sie setzen sich auf den Boden mit ihren Gläsern. Benjamin nahm Dirks Hand. Sie küssten sich. Vorsichtig schob Benjamin die Gläser beiseite. Als fürchtete er Zurückweisung, zog Benjamin Dirk sehr zögerlich den Pullover über den Kopf. Dirk knöpfte ihm das Hemd auf.

»Wie schön, Du bist nicht behaart ...«

Dirk lächelte und küsste Benjamin auf die Wange. Sie lösten einander die Gürtel ihrer Hosen. Benjamin erinnerte sich nicht, je so zärtlich liebkost worden zu sein. Bei Dirk verhielt er sich zurückhaltend wie selten zuvor. Es schien, als mochten beide das Streicheln, das Küssen, auch das Küssen der Brustwarzen und der zarten Linien des Körpers lieber als das, was folgen würde. Beide ließen sich ein auf das Proustsche Nicht-zu-schnell.

Um sieben schreckte sie der Wecker auf.

Dirk brühte einen Tee auf und rief ein Taxi, Benjamin zog sich rasch an. Ein Kuss.

»Und jetzt?«, fragte Dirk.

»Jetzt fahr ich ins Hotel.«

»Sehen wir einander wieder?«

»Magst du?«

»Würde ich sonst fragen?«

»Bitte komm übermorgen nach Berlin!«

Aus dem Taxi schickte er eine Nachricht. *Es war eine sehr schöne Nacht. Danke. Übrigens wirst Du in Berlin mein Gast sein. Auch für die Fahrt dorthin, bitte fahr erster Klasse! Benjamin.*

Wie albern für diese kurze Fahrt einen Aufpreis zu zahlen, natürlich fahre ich Holzklasse. Er ist verliebt. Ich glaub, ich bin's auch – mit diesem Gedanken schlief Dirk noch einmal ein.

Dirk Weber stammte aus keiner wohlhabenden Familie. Sein Vater war städtischer Angestellter in Leipzig, mittlerer Dienst; seine Mutter arbeitete in einer Reinigung, halbtags. Sie wohnten in einem Reihenhaus zur Miete. Dirk war das älteste von drei Kindern. Seine

Schwester Eva war zwei, Mathilde vier Jahre jünger. Eva, sie war eine Streberin und hatte eine Klasse übersprungen, studierte bereits – Physik; Mathilde stand vor dem Abitur. Dirk erhielt ein Stipendium, und konnte sich damit die kleine Wohnung leisten. Aber er musste sparen. Der Rotkäppchensekt war nicht spleenige Koketterie, Champagner hätte er sich keinen leisten können, nicht einmal den vom Discounter. Aber er wollte Benjamin, den er von allen Männern, denen er bisher begegnet war, am sympathischsten fand, ein wenig verwöhnen.

55

Benjamin legte sich in die Badewanne, sang frohgemut: *Someday he comes along, the man I love* – und träumte. Seine Großmutter traf er an diesem Morgen doch zum Frühstück. Rahel Cohen wollte wissen, wieso er so fröhlich war.

»Ich habe was Schönes geträumt!«

»Darf ich fragen, was?«

»Darfst du nicht.«

»Das ist deutlich«, lachte Rahel Cohen.

»Ich freue mich auf diesen Tag besonders – er wird uns beiden, da bin ich sicher, im Gedächtnis bleiben«, sagte er und dachte an Dirk, den er in Berlin wiedersehen würde. Bis dahin wüsste seine Großmutter alles. Er würde ein Doppelzimmer nehmen. Auf seine Kosten – Grandma kann ja nicht meinen Lover bezahlen. Und wenn alles gut liefe, so spekulierte er, wenn Dirk bei ihr so gut ankäme wie Carl und Alexander aus München, dann würden sie vielleicht zu dritt Berlin erkunden. Verrückt, dass diese Reise so viel mit mir anstellt, dachte er.

»Wohin geht's heute, Benjamin?«

Er verriet das Ziel nicht, sondern begann ein Ratespiel: »Wer oder was fällt dir ein bei Kartoffel?«

Rahel Cohen dachte nicht nach, sondern sagte: »Chips!«

»Falsch! Dreimal dürfen Sie raten, junge Frau!«, sagte Benjamin. Auf die zweite Frage, wo man in Europa ohne Sorgen leben könnte, hatte seine Großmutter keine Antwort. Nach der dritten war sie froh, dass das Spiel vorbei war. Von wem, fragte Benjamin, stamme der Spruch »Die Liebe ist ein Stoff, den die Natur gewebt, und die Phantasie bestickt hat.«

Ihre Antwort: »Madame de Staël.«

»Ganz falsch.«

Sie fuhren aus der Garage in den Frühlingssonnenschein.

»Du warst nicht in der Bibliothek!«

»Nicht schlimm, ich denke, ich bin nicht das letzte Mal hier!«

Wie er das gemeint habe, fragte Rahel ihren Enkel.

»Vielleicht finde ich hier, in Deutschland, meinen Lebensmenschen. Vielleicht komme ich hierher als Regisseur. Nur weil Jacob das Land nicht mag, muss ich es ja nicht meiden, oder? Jacob ist starrinnig und unbelehrbar.« Und nach einer Pause: »Vielleicht möchte ich mir ja auch einmal das geheimnisumwobene Fürth ansehen?«

Rahel Cohen schwieg. Benjamin muss als erster alles erfahren, dachte sie. Vielleicht sogar nur er. Und laut sagte sie: »Jacob ist nicht unbelehrbar – Du hast es doch erlebt!«

Auf den Schildern las sie die Entfernungen, entdeckte Leipzig.

»Fahren wir nach Leipzig, Benjamin?«

Als ihr Enkel verneinte, bat sie ihn um einen Zwischenstopp. Damit hatte Benjamin nicht gerechnet. Er wusste von dieser Stadt gar nichts, außer dass Dirk hier geboren und zur Schule gegangen war. Benjamin fragte, ein wenig hinterhältig, was sich Rahel denn ansehen wollte?

»Ich weiß es nicht …«, war ihre knappe Antwort, und dann: »Fahr einfach ins Zentrum; dann schauen wir weiter. Auf jeden Fall: Auerbachs Keller. Den muss es doch geben!«

Sie fanden ihn. Rahel Cohen bestand darauf, alle Weinstuben zu sehen. Benjamin fügte sich in sein Los, nutzte die kleine Pause, in der seine Großmutter von einem jungen Kellner wissen wollte, ob Goethe hier einen Stammplatz gehabt hätte, um Dirk eine Nachricht zu schicken: *Bin in Leipzig. Schöne Stadt. Wo wohntest Du?* Sieben Sekunden später: *Im Brühl. Umarmung, D.*

»Wohin fahren wir jetzt?«

»Es wird ein schöner Ort sein, Grandma. Keine Sorge.«.

Jetzt habe ich zu viel verraten, grämte sich Benjamin. Doch seine Großmutter reagierte nicht.

»Ich mache mir keine Sorgen, ich bin nur neugierig!« Einen Moment lang überlegte Rahel, ob sie Benjamin bitten dürfte, noch einen Stopp einzulegen. Als sie an der Ausfahrt Wittenberg vorbeifuhren, sagte sie nur: »Also nicht Wittenberg.«

»Was sollten wir dort? Niemand von uns ist Protestant. Elizabeth ist katholisch. Außerdem, du weißt es: Luther war ein schlimmer Judenhasser, Großvater hat es uns Kindern immer wieder gesagt. Der wollte Judenhäuser abfackeln – die Deutschen haben's dann gemacht. Da will ich nicht hin.«

Rahel Cohen nickte ein und wurde erst wieder wach, als Benjamin schließlich vor einer Gründerzeitvilla parkte. Rahel Cohens Bad in diesem Hotel wies zwei Fenster auf. Um sieben Uhr, wie verabredet, trafen sich die beiden in der kleinen Halle des Empfangs. Benjamin trug seinen stahlblauen Anzug, Rahel Cohen hatte sich, als hätten sie sich abgesprochen, für das schwarze Kleid und die Gemme entschieden.

56

»Das war nicht klug, dass du den Cohens von Issam und Omar erzählt hast«, begann Lisa das Gespräch schon im Auto auf dem Weg nach Hause.

»Ich möchte darüber keine Diskussion.«

Lisa schwieg. Als sie im Bett lagen, wandte sie sich von Damir ab. Sie verweigerte den Gute-Nacht-Kuss, und er bat nicht darum.

Am nächsten Morgen schrieb er seinen Brüdern eine Nachricht, dass er sie gern treffen wolle, so schnell wie möglich. Zum Lunch verabredete er sich – gegen seine Gewohnheit, denn er aß gern allein – mit Yara Kouba, einer Kollegin, zuständig vor allem für Bücher aus dem arabischen Raum. Yara war genauso alt wie er. Sie war hübsch. Die beiden aßen in einem einfachen Deli. Zum ersten Mal unterhielten sie sich nicht über Buchprojekte oder irgendwelche verlagsinternen Entscheidungen. Sie sprachen von sich. Damir erzählte von den Schwierigkeiten mit seiner zukünftigen jüdischen Familie, die es ihm eigentlich leicht machte, aber offensichtlich nicht damit zurechtkäme, dass seine Brüder Freunde der Palästinenser waren.

»Und das wundert dich, Damir?«

»Nein, es wundert mich nicht, aber ich muss es irgendwie hinkriegen, dass die beiden zu unserer Hochzeit kommen.«

»Sie weigern sich?«

Damir nickte.

»Also, wenn du mich fragst, ich verstehe deine Brüder. Sie wollen nicht die Onkel jüdischer Kinder werden.«

Damir antwortete nicht.

Yara widmete sich ihrem Salat. Erst als sie vor leeren Tellern saßen, fragte er sie, ob sie solche interreligiösen Schwierigkeiten kenne.

Sie sah ihn an. Zum ersten Mal bemerkte sie seine blauen Augen; sie gefielen ihr. Selten bei Südländern, dachte sie, was ist er eigentlich, Türke?

»Doch, ich hatte einen Freund, der war Christ. Wir kannten einander von der Uni. Wir glaubten, dass wir uns liebten, bis zu dem Tag, als wir darüber sprachen, wie es wohl wäre, wenn wir heirateten und Kinder bekämen. Er war entschieden gegen eine muslimische Erziehung, ich, ebenso entschieden, gegen eine katholische. Wir diskutierten wochenlang, bis ich mich dann dazu durchrang, Schluss zu machen.«

Damir verbarg seine Verwunderung. »Du hast jetzt also einen muslimischen Freund?«, fragte er nach langer Pause.

»Ich habe gar keinen. Aber wenn ich wieder einen haben sollte, also, wenn ich mich wieder verliebte, es müsste ein Mann mit arabischen Wurzeln sein. Versteh mich nicht falsch, er muss kein gläubiger Moslem sein!«

Auf dem Rückweg zum Verlag sprachen sie beide nicht. Yara ärgerte es, so viel von sich preisgegeben zu haben, denn sie kannte Damir kaum. Er fragte sich, wie es mit Lisa, ihren Eltern und Geschwistern nun weitergehen sollte. Bevor sie sich voneinander verabschiedeten, lud Damir sie ein, mit ihm einmal in ein syrisches Restaurant essen zu gehen.

»Gern«, war ihre kurze Antwort, »du hast ja meine Mailadresse im Verlag.«

Im Büro fand er die Antworten seiner Brüder vor, die offensichtlich schon miteinander gesprochen hatten und vorschlugen, Damir am Abend zu treffen, in einer kleinen Bar, die vor allem von Arabern aufgesucht wurde. Er akzeptierte. Erst wollte er Lisa anrufen, um ihr mitzuteilen, dass er nicht zum Abendessen käme, sondern seine Brüder treffen würde; dann schrieb er ihr eine Nachricht, wohl wissend, dass dies feige war.

Lisa freute sich, vermutete, dass Damir versuchen würde, seine Brüder umzustimmen. Sie würden ihre propalästinensische Haltung nicht aufgeben, aber vielleicht doch zur Hochzeit kommen. Nichts dergleichen hatte Damir vor.

Als er die Bar verließ, nach Mitternacht, entschied er, dass eine Versöhnung unmöglich sein würde. Seine Brüder hatten ihm erklärt, dass sie inzwischen auch die Eltern hatten überzeugen können, sich der Zeremonie zu verweigern. Diese Halsstarrigkeit ärgerte ihn. Zugleich dachte er an Yara, die sich, obwohl sie sich gewiss selbst für tolerant hielt, gegen eine feste Bindung mit einem Mann anderen Glaubens entschieden hatte. Hätte ihn jemand vor dem Abend bei Noah und Esther gefragt, ob er ein überzeugter und gläubiger Moslem wäre, er hätte Nein gesagt. Jetzt aber zweifelte er an seiner eigenen toleranten Haltung gegenüber Andersgläubigen. Ja, er liebte Lisa. Und, wie seine Freunde, denen jede Religion gleichgültig war, betonten, waren sie ein ideales Paar. Sie passten zueinander, das fand auch er. Viele Gedanken schwirrten in seinem Kopf: Ich muss sie überzeugen, dass wir heiraten ohne unsere Eltern und Geschwister. Allein. Im Standesamt. Was aus unseren Kindern wird, klären wir später. Aber Jacob, der Alte, wird so eine Lösung nicht akzeptieren. Wenn er sich verweigert, verweigern sich alle in dieser Familie.

Als er sich leise zu ihr legte, fragte Lisa, ob seine Brüder es sich anders überlegt hätten und die Juden, zumindest die jüdische Familie, in die er einheirate, akzeptierten.

»Nein, Lisa! Sie machen nicht mit.«

Dass seine Eltern gleichfalls der Hochzeit fernbleiben wollten, verriet er nicht.

Sie umarmte ihn. Sie küssten einander.

»Wir müssen uns etwas anderes einfallen lassen, Lisa!«

Da bin ich aber gespannt, grübelte sie. Ich muss mit Jacob sprechen.

57

Am nächsten Morgen fand Lisa in ihrem Maileingang eine Nachricht von Issam Soylu. Sie begann – in der Schriftgröße 16 Punkt – mit *Allah ist groß!* Was folgte, bestätigte ihre Vermutung. Diese Zeilen waren eine Kampfansage. Issam Soylu teilte ihr mit, dass sein Bruder und seine Eltern wie auch er selbst sich von Damir distanzierten. Eine Jüdin in ihrer Familie sei nicht zu dulden. *Damir kann dich heiraten, wir können es ihm nicht verbieten. Aber wir alle wollen nicht dabei sein; und wir werden, wenn er denn wirklich diese Heirat will, mit ihm nichts mehr zu tun haben. So macht ihr das doch auch, wenn Juden Nichtjuden heiraten, oder?*

Sie leitete diese Mitteilung weiter an Damir – an die Verlagsadresse. Dazu schrieb sie zwei Worte: *Und nun?*

Er hätte innehalten, einen klaren und vor allem kühlen Kopf behalten müssen, stattdessen schickte er Lisas Mail an seine Kollegin: *Liebe Yara! Ich hoffe, es geht Dir gut. Magst Du Dich mit mir heute zum Lunch treffen? Lies bitte, was mein Bruder geschrieben hat.*

Sekunden später war Yaras Antwort da. Sie sei nicht im Verlag. Home-Office. Ob er Lust habe, am frühen Abend auf einen Drink bei ihr vorbeizuschauen? *Ich wohne keine zwanzig Fußminuten vom Verlag entfernt – und mein French 75 ist berühmt.*

Damir freute sich ebenso über die rasche Antwort wie über die Einladung und die schlichte Tatsache, dass Yara Alkohol trank. Lisa schrieb er, ein längerer, schwieriger Text eines Franzosen benötige seine Aufmerksamkeit, da dessen Englisch so schlecht sei, dass er die Hälfte neu schreiben müsse, und sie also nicht mit ihm vor Mitternacht rechnen solle. Er konnte gut lügen, fiel ihm auf.

Sie reagierte sofort: *Ist das schon der Rückzug?* Zunächst wollte sie ein Smiley dahinter setzen. Ließ es aber sein. Die Sache war zu ernst.

Sie rief ihre Mutter an und fragte, ob sie sich zum Abendessen einladen dürfe. Sie ließ nichts aus, berichtete von dem Treffen bei Noah, berichtete von Damirs Brüdern, von der Mail und Damirs Haltung, die sie schäbig nannte. Einen Rat erlaubten sich Aaron und Alisah nicht, gaben Lisa nur – sehr vorsichtig – zu bedenken, dass diese Spannungen verräterisch seien. Vielleicht hätten Damir und sie die kulturellen und damit auch religiösen Unterschiede unterschätzt. »Wahrscheinlich habt ihr nie über die Palästinenser gesprochen und über Damirs Brüder.«

Damit trafen sie den Punkt. Lisa und die Cohen-Familie waren sehr dominant. Sie waren es gegenüber allen, die zu diesem Clan stießen. Sie hatten es immer für selbstverständlich erachtet, dass die Fremden sich ihren Gepflogenheiten, Traditionen und Gesetzen unterordneten. Toleranz wurde nicht diskutiert, sie wurde für selbstverständlich erklärt. Offensichtlich aber verhielt es sich anders.

Damir schlich sich um kurz nach zwei Uhr nachts ins Schlafzimmer. Lisa war wach, stellte sich jedoch schlafend. Er drehte sich ihr zu und liebkoste ihre Wange, dabei bemerkte er, dass sie weinte.

»Es ist aus, oder?«, fragte sie nach einer sehr langen Weile.

Damir antwortete nicht.

»Du warst nicht im Verlag!«

Damir antwortete nicht.

»Du hast eine Freundin?«

Damir antwortete nicht.

»Du schläfst mit ihr? Klar, schläfst du mit der Schickse!«

»Sag dieses Wort nie wieder! Für uns Moslems bist du die Unreine!«

Damir stand auf, zog sich an. Und packte eine kleine Reisetasche. Nach zehn Minuten hörte Lisa, wie die Tür ins Schloss fiel. Sie ging, schloss von innen ab und ließ den Schlüssel stecken. Damir war nicht zu Yara gefahren in dieser Nacht. Er hatte sich eingemietet in einem Hotel um die Ecke. Der Concierge guckte zwar verdutzt, aber da der Gast weder betrunken war noch aggressiv, gab er ihm ein Zimmer, nachdem Damir seinen Pass abgegeben hatte.

Als er um zehn Uhr morgens wach wurde, rief er im Verlag an und entschuldigte sich für den Tag. Er habe wichtige familiäre Angelegenheiten zu regeln, erklärte er der Redaktionsassistentin.

58

Lisa schlief bis kurz vor Mittag. Sie schaute in den Spiegel: Verheult sah sie aus. Sie schlug ihr Tagebuch auf, blätterte ein Jahr zurück und begann zu lesen:

24. April 2018

Gestern Abend großer Streit mit Damir. Er beklagt sich, dass die Cohens ihn ausschlössen; dass er bei jüdischen Feiern nicht zugelassen würde. Ich entgegne, dass ich von seiner muslimischen Identität gar nichts weiß; dass er mir seine Brüder nie wirklich vorgestellt hat; dass seine Eltern zu mir weit distanzierter seien, als meine Eltern ihm gegenüber. Seltsam, dass wir in unserem Zusammensein so selten über israelische und palästinensische Politik gesprochen haben. Es ist, als schlichen wir wie Katze und Kater um den heißen Brei. Ja, ich liebe ihn! Wir passen zueinander – intellektuell und sexuell. Aber unsere Familien passen nicht.

28. April 2018

Gestern Abend hatte ich mal wieder Lust, Schabbat zu feiern, hatte beim jüdischen Deli um die Ecke eine Mohnchalla gekauft. Als Damir nach Hause kam, sagte ich ihm, dass wir heute mal wieder beten würden. Seine Antwort war schroff. »Nicht schon wieder! Aber wenn du unbedingt willst, dann feiere, ich feiere mit, aber bitte erspare mir die Kippa. Und das Amen sage ich auch nicht. Ich komme mir immer wie ein verkleideter Moslem vor.«

Ich wurde wütend und fragte, ob es für ihn leichter wäre, ich trüge ein Palästinensertuch um den Kopf. Er verließ das Haus. Ich fuhr zu den Eltern. Ich muss mich mit meinem Jüdisch-Sein zurückhalten.

Damir fuhr zum Islamic Cultural Center. Er fragte, ob er einen Mullah sprechen könne. Man wollte wissen, ob er angemeldet sei. Damir verneinte, fügte hinzu, dass es ein Notfall sei. Er brauche Hilfe. Er hatte Glück, man war bereit, mit ihm zu sprechen. Damir erklärte die Situation mit Lisa Cohen, von Yara sprach er nicht. Der Mullah nahm sich viel Zeit und versuchte, anders als Damir es vermutet hätte, keineswegs ihm diese Heirat auszureden oder gar, qua islamischem Recht, zu verbieten. Und doch wurde Damir während des Gesprächs klar, dass die Regelung, die sich die zwei hatten einfallen lassen – zumindest in seinem Fall, wenn er den Glauben seiner Familie ernstnähme –, nicht umsetzbar war. Die Kinder müssten in jedem Fall muslimisch erzogen werden. Damir rief nun nicht etwa Yara an, sondern Issam.

»Wir müssen reden, Issam, aber nicht am Telefon. Ich war gerade bei einem Mullah.«

Als sich die Brüder trafen, umarmten sie einander, was sie seit Jahren nicht mehr getan hatten. Danach spazierten sie durch den Central Park. Damir fühlte sich erleichtert, nachdem er Issam alles über die Schwierigkeiten in seinem Verhältnis zu Lisa erzählt und von den Cohens berichtet hatte, die sich, so formulierte er es, stets für besser hielten als es die anderen ihrer Meinung nach waren, und schließlich auch von Yara. Issam missfiel, dass sein Bruder schon mit ihr geschlafen hatte, aber er rügte ihn nicht. Er war froh, dass »diese jüdische Affäre«, wie er die Beziehung zu Lisa nannte, sich jetzt wohl ihrem Ende neigte.

»Wie wirst du es ihr sagen? Und wann?«

Damir antwortete, dass er ihr die Wahrheit sagen wollte und noch am Abend ausziehen würde. Erst in ein Hotel, danach würde er eine eigene Wohnung suchen. Issam bot ihm an, zu ihm ziehen zu können. Damir lehnte das ab.

»Ich glaube, ich brauche jetzt Ruhe, Besinnung. Ich werde dasselbe auch Yara sagen – und erst einmal Abstand suchen und nicht mit ihr ein zweites Mal schlafen, jedenfalls nicht in den nächsten Tagen.«

Als Damir in die gemeinsame Wohnung kam, fand er einen Brief von Lisa vor, in dem sie ihn bat, auszuziehen. *Ich denke, wir brauchen eine Pause, Vielleicht ist es auch ganz aus. Ich werde für einige Tage zu meinen Eltern ziehen. Du hast ja mehrere palästinensische Schlupflöcher – ich muss mich gewiss nicht sorgen.* Das mit den Schlupflöchern hätte sie nicht schreiben müssen, ärgerte sich Damir. Er packte seinen großen Koffer, den er normalerweise für dreiwöchige Reisen nutzte. Er setzte sich an den Schreibtisch. Auf das Kuvert schrieb er die Adresse von Lisas Eltern.

Lisa entschied sich sehr rasch: Trennung!

Yara entschied sich sehr rasch: Damir, die Liebe ihres Lebens!

Sie schrieb es ihm, nachdem sie zwei Tage nichts von ihm gehört und gelesen hatte und er sich im Verlag entschuldigt und um einige Tage Urlaub gebeten hatte. Sie hätte gern ihren Coup de foudre in einem Brief formuliert, aber sie ahnte, dass Damir wohl kaum in der gemeinsamen Wohnung mit Lisa geblieben sein mochte. Also wurde es eine Mail. Nach mehreren Versuchen, ihre Liebe zu erklären, gestand sie sich ein, dass sie würde Zuflucht nehmen müssen zu einem arabischen Liebesgedicht, das sie vor Jahren gelesen und aufgeschrieben hatte in einem kleinen Quartheft, in dem sie all ihre literarischen Funde aufhob.

Pling. Eine Nachricht auf seinem iPad. Damir fürchtete eine Nachricht von Lisa und hoffte auf eine von Yara. Es war Yara:

Morgens kann ich nichts essen,
weil ich dich liebe.
Mittags kann ich nichts essen,
weil ich dich liebe.
Abends kann ich nichts essen,
weil ich dich liebe.
Nachts kann ich nicht schlafen,
weil ich Hunger habe.

Keine Anrede. Kein Schluss. Kein: Ich liebe Dich.

Damir gefiel das. Hätte Lisa nie gemacht, sie benutzt gern die Klischees, alle, dachte er, und schrieb Yara eine Antwort.

Als Lisa schließlich Damirs Brief las, hatte sie ihren Großvater schon getroffen. Er hatte ihr – wie auch ihre Eltern – geraten, nichts zu übereilen.

Lisa las die erste Zeile und schon liefen ihr die Tränen.

Meine geliebte Lisa!

Wir werden nicht glücklich miteinander, ich weiß es jetzt. Zu viel trennt uns. Nicht allein der Glaube. Du hast es erlebt: Ich bin kein Moslem, der jede freie Minute in der Moschee verbringt. Aber: Ich bin muslimisch erzogen und hätte, das ist mir erst klar geworden, als wir über unsere Kinder sprachen, eine jüdische Erziehung nicht hinbekommen, ohne mich zu verstellen. Wir könnten noch einige Monate so weiterleben wie bisher, aber da keiner von uns beiden nachgeben würde, zögerten wir die Trennung nur heraus, die unausweichlich ist. Ja, ich habe mit einer Kollegin geschlafen – einer Muslima. Doch diese Frau ist nicht der Grund für die Wendung in unser beider Leben.

Ich bedanke mich für drei Jahre, zwei Monate und sechs Tage, die angefüllt waren mit Liebe, Glück und einem großen Vertrauen. Wir verlieren

einander als Liebende, aber ich bitte dich, wir dürfen einander nicht verlieren als Freunde. Wir müssen einander wiedersehen. Dieser Brief kann so wenig der Abschied sein wie Deiner mit den Schlupflöchern.
Dein Damir

Lisa legte den Brief erst beiseite, holte dann tief Luft, faltete dann den Bogen Papier und schob ihn zurück in sein Kuvert.

60

Benjamin schaute auf die Uhr – kurz nach halb eins. Er holte seine lederne Mappe, öffnete sie, entnahm ihr die beiden Briefe. Er setzte sich auf einen Sessel, nippte an einem Glas Wasser und las.

Adieu, Benjamin!

Unsere Wege trennen sich. Ich werde den meinen gehen und Dich verlassen. Ja, ich hoffte, Du würdest mein Schicksal, mein Partner für immer werden. Doch Du bist nicht der, auf den ich gewartet habe. Diesen Menschen habe ich vor zwei Wochen getroffen. Einen Maler. Agnostiker wie ich. Nicht beschnitten, nicht getauft. Nicht Jude, nicht Moslem, nicht Christ. KÜNSTLER. Und so alt wie ich und nicht fünfzehn Jahre jünger wie Du.

Du warst für mich – ich weiß, ich verletze Dich jetzt, aber ich verletze Dich, um Dir den Schmerz zu lindern – Du warst für mich ein wundervoller Zeitvertreib und Bestätigung meiner Attraktivität. Nie hatte ich mit einem Mann größere Freuden beim Sex. Du wusstest immer, was Du wolltest. Ich werde das alles nicht vergessen. Aber Deine jüdische Chuzpe, dieses vorlaute Besserwisserische störte mich schon bald, nachdem wir uns kennengelernt hatten. Du möchtest immer das letzte Wort haben. Deine Angst vor dem Outing missfiel mir und schmerzte. Nirgendwo stelltest Du mich als Deinen Freund vor. Deine Familie kenne ich nicht. Wir beide: Das war nicht die große Liebe. Uns einte Lust, Wollust und, vielleicht, die Freude an Dichtung.

Du, der verhinderte Schauspieler, der sich als Anwalt einbildete, weiter mit Sprache zu spielen, und ich, der Schriftsteller.
Dein Gilbert

Benjamin zerriss den Brief in viele Schnipsel und verbrannte diese in dem großen Aschenbecher. Das Gleiche tat er mit dem zweiten Brief – der von Liebe kündete, fünf Jahre zuvor in einem strahlenden Sommer von ebendiesem Gilbert verfasst, den er einst geliebt hatte.

Dirk schickte er einen Satz nur: *Gute Nacht – freue mich auf Berlin mit Dir!*

61

»Grandma, ist es nicht schick hier?«, hatte Benjamin fünf Stunden zuvor gesagt, als sie das Restaurant betreten hatten. Ihr gefiel der Ort auch sehr. Die roten Stühle, die lichten Wände, die Helligkeit und die schlichte Eleganz. »Du bist mein Gast, Grandma!«

Den Kellner bat Benjamin, ihnen vor dem Hauptgang eine halbe Stunde Zeit zu gönnen für ein Gespräch.

»Was hast du vor, Benjamin?«

»Wart's ab.«

Als die Teller der Vorspeise abgetragen waren, meinte der Kellner, er lasse sie nun allein.

»Möchtest du gleich die Quintessenz, Grandma? Und danach den Hergang, also den Pfad zum Fakt?«

»Hier gilt der Spruch meiner Mutter Anne-Rose Lammfromm, die du leider nicht hast kennenlernen dürfen: ›Aufschieben ist nur gut fürs Käsemachen.‹ Also raus mit der Sprache!

»Irgendwann kannst du mir bitte die Sache mit dem Käse erklären – ich verstehe den Spruch nicht.« Benjamin nahm einen großen Schluck. »Grandma, ich bin schwul!«

Er schaute sie an, durchaus ängstlich. Sie blickte ihm in die Augen, strich mit ihrer linken Hand über seine schwarzen Locken – und lächelte.

»Das weiß ich doch längst!«

»Von wem?«

»Nicht: von wem! Ich hab's geahnt!«

Er nahm ihre Hand von seinem Kopf und küsste sie.

»Für dieses Geständnis hättest du nicht so viel Aufwand betreiben müssen, Benjamin, das hättest du mir auch bei einem unserer Spaziergänge sagen können.«

Benjamin erklärte, dass er den Ort – Potsdam mit dem schwulen Friedrich – sehr bewusst gewählt habe.

»Jetzt weiß ich den Fakt und nun erzähl mir, seit wann du es weißt. Schließlich haben wir die Köche gebeten, jetzt noch fünfundzwanzig Minuten für uns zu pausieren.«

»Und die brauchen wir auch!« Benjamin erzählte proustisch. »Meine erste Liebe war mein Klavierlehrer. Ich habe sogar dafür gesorgt, dass er mein Lehrer wurde! Erinnerst du dich, unser erster gemeinsamer Opernbesuch?«

»Ich erinnere mich, natürlich. Weiter!«

»Ich habe tatsächlich versucht, ihn zu verführen. Ich war jung, unerfahren, vielleicht auch naiv. Ich wollte seine Nähe spüren. Je näher, desto besser. Nun gut, ich glaube, er hatte Angst. Und Angst *ist* ein Thema, aber dazu später. Kurz, er ließ sich nicht auf mich ein, im Gegenteil, er gab vor, mich aus zeitlichen Gründen nicht mehr unterrichten zu können. Ich war wütend! Und ich hörte mit dem Klavierspielen auf. Ich quälte mich noch eine Zeitlang, dann sah ich andere Männer, und meine Phantasie ging mit mir durch. Mehr nicht. Und schließlich sah ich Tom, kurz vor dem Abschluss. Er wusste nichts, oder tat zumindest so, denn immerhin haben wir – dir darf ich sowas ja sagen – gemeinsam masturbiert. Und zwar an gefährlichen Orten. Im Central Park, das fand ich aufregend, aber auch an anderen Orten in der Stadt. Während der Collegezeit dann und zu

Beginn des Studiums gab es kleinere Affären, alle kurz, manche heftig, manche fad. Verliebt aber war ich nie mehr – es ging mir um Sex. Ich tat alles, dass Mama und Papa nichts merkten. Ich nehme an, aus Angst. Angst vor Verlust. Diese Angst ist peinigend, und sie kann, das habe ich inzwischen begriffen, verletzend sein. Auf jeden Fall nahm ich keinen dieser Jungs je mit nach Hause. Im Gegenteil. Zuhause präsentierte ich Freundinnen, zum Beispiel die hübsche Mona. Du kanntest sie, glaube ich?«

Rahel Cohen erinnerte sich nicht.

»Im zweiten Semester gab's mal einen Mann für immerhin vierzehn Monate, einen Brasilianer. Sehr klug und hübsch. Er tat mir gut, weil er mich anspornte zu mehr Sport. Wir spielten Tennis miteinander und gingen oft schwimmen. Das mochte er.«

Warum diese Beziehung geendet habe, wollte Rahel Cohen wissen.

»Er verliebte sich in einen unserer Professoren – und der sich in ihn. Aber die Trennung schmerzte nicht wirklich. Eigentlich kam ich gut durchs Leben. Ich hatte Beziehungen, ich war nie allein, und ich musste keine Verantwortung tragen. Ich war wie ein Schmetterling. Überall und überall nur kurz.«

Ob das befriedigend gewesen sei, fragte Rahel Cohen nun und blickte ihren Enkel ernst und offen an. Es sei, so habe er damals geglaubt, durchaus befriedigend, antwortete Benjamin, dann unterbrach er sich, nahm sein Glas und trank sehr langsam daraus.

»Du musst es mir nicht erzählen.«

»Ich möchte es dir aber erzählen. Er hieß Gilbert. Ich lernte ihn in einem Café kennen; in Chelsea. Er war älter als ich. Fünfzehn Jahre. Aber er war sehr jugendlich und sah nicht wie ein alter Mann aus. Er war Schriftsteller, hatte auch schon einige durchaus erfolgreiche Bücher geschrieben, die du aber nicht kennen wirst. Wir schliefen nicht gleich am ersten Abend miteinander, anders als dies bei schwulen Männern oft der Fall ist.«

»Auch bei heterosexuellen Frauen, Benjamin.«

Diese Bemerkung verblüffte ihn. Rahel verblüffte ihre Offenheit gleichfalls.

Es dauerte einige Momente, bis Benjamin den Faden wieder aufnahm.

»Wir trafen uns dann, zufällig, genau eine Woche später wieder am selben Ort. Und gingen zu ihm. Wir schliefen wieder nicht miteinander, sondern erzählten von unseren Leben, die sehr verschieden verlaufen waren. Er hatte sich gerade von seinem Freund, mit dem er über drei Jahre zusammen war, getrennt. Ich erzählte, dass ich nie eine längere Beziehung gehabt hatte, dass ich mich – vielleicht – nach einer solchen sehnte, aber mich nicht traute. Er war überrascht, dass ich mich nicht schon längst geoutet hatte, dass meine Eltern nichts wussten und auch meine Geschwister nicht. Er lachte mich aus, als ich behauptete, sie ahnten nichts. Ich verließ ihn am frühen Morgen.«

»Und wann wurdet ihr ein Paar?«

»Im Sommer darauf, er schickte mir, ganz altmodisch ein Liebesgedicht von Bob Dylan. Diesen Brief und seine Abschiedsworte trage ich seit der Trennung bei mir. Ich werde beide Briefe heute Nacht verbrennen.«

Warum sich dieser Mann von ihm getrennt habe, wollte Rahel Cohen wissen.

»Ich war ihm zu jung.«

»Aber Benjamin, das wusste er doch vorher. Hat ihn deine Angst gestört? Immerhin hast du ihn uns nie vorgestellt, das gehört sich einfach nicht!«

»Ja. Und ich war ihm zu jung. Ich war ihm zu jüdisch. Und ich war kein Künstler.«

»Seitdem bist du also wieder allein, gehst in Bars und suchst?«

»Ja. Und diese Angst habe ich nun hinter mir gelassen, Grandma«.

»Du musst nicht fürchten, dass Gili und Chaim anders reagieren werden als ich. Sie haben sich längst Gedanken gemacht über deine Gefühlswelt. Genau wie deine Geschwister. Als du den Anwaltsjob hingeworfen und uns verkündet hast, Schauspieler zu werden, wusste ich es, und vermutlich ging es den anderen auch so. Aber, auch wir waren feige. Wie sprachen nicht darüber. Im Übrigen finde ich es merkwürdig, dass man dir deine sexuelle Einstellung nicht unbedingt ansieht.«

»Das könnte mir schaden!«, lachte Benjamin.

Der Kellner trat hinzu und fragte, ob er in zehn Minuten servieren dürfe. Er dürfe, antwortete Benjamin, und blickte dann wieder zu seiner Großmutter: »Wann soll ich es den anderen sagen?«

Rahel schlug vor, es nach der Rückkehr zu tun. »Damir und Elizabeth sollten auch dabei sein, wenn du es verkündest.«

»Grandma – jetzt bin ich alle Geheimnisse los, bis auf eines, das ich dir in Berlin enthüllen werde. Hattest du nie welche? Was meintest du mit der Bemerkung, dass Frauen durchaus mit Männern Sex haben ohne großes Vorspiel, ohne Angst – einfach aus Lust?«

»Benjamin, ich habe es erlebt. Und ich wäre nicht auf der Welt, wenn die Liebe nicht ihre eigenen Gesetze hätte.«

Bevor sich Benjamin ins Bett legte, schrieb er in sein Tagebuch: *Meine Grandma weiß jetzt alles. Ich weiß noch lange nicht alles von ihr. Doch ich ahne: Jacob war nicht ihr erster Mann, auf jeden Fall nicht ihr einziger – und vielleicht nicht einmal der wichtigste in ihrem Leben. Und ihre Mutter mit dem schönen Namen war wohl so fromm nicht. Alles nur Vermutungen.*

Und er schrieb eine einzige Mail:

Lieber Dirk!

Neuigkeiten! Wichtige! Ich wollte, bevor ich mich schlafen lege und von Dir träume – vielleicht bist Du ja auch noch wach –, sie mit Dir teilen. Wir sind in Potsdam. Eben hatte ich mein Outing. Grandma war nicht überrascht und ist neugierig auf Dich! Bin sehr erleichtert, dass ich es endlich geschafft habe. Ich habe es geschafft, weil es Dich gibt!
Benjamin

Am nächsten Morgen dann hatte Dirk geantwortet, vielmehr seine Nachricht bebildert: Ein rotes Herz, eine Menora auf lilafarbenem Grund, ein Bett, zwei Männer, einer in einem roten, eine in einem blauen Pullover. Er ist eben doch noch ein Kind, freute sich Benjamin und schickte zwei rote Ausrufezeichen.

62

Rahel und Benjamin hatten sich für Berlin viel vorgenommen. Das jüdische Museum, das Mahnmal beim Brandenburger Tor und einige Museen. Und sie wollten – vermittelt durch Carl Schwarz, eine berühmte Malerin kennenlernen, eine Jüdin aus Amerika, die nun in Berlin lebte und arbeite, die also getan hatte, was ihre Eltern eine »Todsünde« nannten – die Rückkehr ins »Land der Mörder«.

Sie hat gewiss viel zu erzählen, hatte Carl Schwarz geschrieben und wieder gezeichnet mit *Hugs and xxxx*.

Benjamin hatte nur mit *Danke!* geantwortet und sich gedacht, was soll dieses Spiel?, er hat doch seinen Alexander!

Und er hatte Dirk, der sich am nächsten Tag auf den Weg machen sollte nach Berlin. Ich muss es Grandma beibringen. Vorsichtig, aber auch bestimmt, überlegte Benjamin auf dem Weg zum Frühstück.

»Heute lüfte ich das vorerst letzte Geheimnis.«

»Was muss ich noch wissen?«

»Morgen wird ein junger Mann nach Berlin kommen. Ich kenne ihn schon lang. Wir haben korrespondiert. Er lebt in Jena, bei Weimar, und studiert Kunstgeschichte. Ich möchte, dass er mit in meinem Zimmer wohnt, die Tage, die wir hier verbringen werden. Ich zahle es auch.«

Rahel Cohen schwieg, sie nahm einen Schluck Tee.

»Benjamin, deine Angst hast du nicht überwunden! Du wirst ihn auf irgendeiner Dating-Plattform gefunden haben und zwar während unserer Reise. Diese Mogelei ist nicht nötig, und ich mag sie nicht.

Stell ihn mir vor – und dann werde ich entscheiden, ob ich von morgen an meine eigenen Wege in Berlin gehen werde ohne dich, oder ob wir zu dritt die Stadt erkunden.«

Dieses Thema war damit abgehakt. Statt über Dirk zu sprechen oder über Benjamins Outing, fragte Rahel Cohen ihren Enkel, was er eigentlich wüsste von ihrem Bruder Schlomo, der so früh aus dem Leben gerissen worden sei. Benjamin war sichtlich überrascht von der Wendung, die das Gespräch plötzlich nahm. Offensichtlich war es ihr wichtig, ihn an ihrer Vergangenheit teilhaben zu lassen.

»Übrigens wart ihr auch sehr schweigsam, wenn es um Jacobs Hamburger Großvater ging.«

Über Heinrich Cohen und dessen Frau mochte Rahel Cohen an diesem Morgen nicht reden, sie hatte anderes im Sinn.

»Aber Schlomo gehört heute hier her! Heute! Schlomo, mein Bruder! Er liebte Männer – oder besser: Er liebte einen Mann. Einen Mann namens Marcel. Nur ich wusste davon!«, fuhr sie fort. Benjamin hörte zu und unterbrach sie nicht ein einziges Mal. »Mir hatte er anvertraut, wie sehr er darunter litt, die Eltern und alle Menschen in seiner Umgebung zu belügen. Wenn ich vorgab, mit Schlomo zu verreisen, reisten wir zu dritt. Sie beide in einem Zimmer, ich in einem anderen. Die Eltern bekamen nichts mit. Sie wussten von Schlomos Veranlagung bis zu ihrem Tod nichts. Und Marcels liebevolle Todesanzeige nahmen sie schweigend und irritiert zur Kenntnis.«

Benjamin starrte seine Großmutter an.

»Verrückt!«, sagte er endlich. Sehr leise. »Wir beide reisen aus Neugierde nach Deutschland, und was tun wir? Wir erkunden uns, unsere Vergangenheit. Wir vertrauen einander Dinge an, die wir verborgen hielten. Oder wissen Aaron und Chaim davon?«

»Nein, nur Jacob weiß es, wusste es immer. Er wird bei dir nicht anders reagieren, als er bei Schlomo reagierte. Übrigens: Ich bin nicht aus Neugierde hier, sondern weil ich nach Fürth wollte, in meine Geburtsstadt.«

»Was suchtest du dort eigentlich?«

»Das Haus meiner Eltern und Orte, die meiner Mutter wichtig waren, von denen sie häufig sprach und die ihr Leben bestimmten. Spurensuche.«

»Spuren gefunden?«

»Ja.«

Rahel Cohen schwieg.

»Du willst nicht darüber sprechen.«

63

Lisa hatte, im Gegensatz zu Benjamin, immer durchgesetzt, was sie sich vorgenommen hatte. Nie leistete sie sich Umwege und schon gar keinen Rückzieher. Gleich nach der *General Qualification for University Entrance* – sie hatte glänzend bestanden – stellte sie ihre Eltern vor vollendete Tatsachen. Ohne sie zuvor gefragt zu haben, hatte sie sich in der Parsons School of Design angemeldet, und zwar für den Studiengang Modedesign. Hier hatten auch Marc Jacobs, Tom Ford und Donna Karan studiert. Ihre Eltern hielten dies für eine Schnapsidee, aber sie widersprachen nicht. Lisa machte ihren Master mit zweiundzwanzig, bravourös, und wurde vom Fleck weg engagiert. Sie war Han Wang, der an der Schule unterrichtete und damals schon für große Häuser arbeitete, sofort aufgefallen. Ihre Entwürfe waren verrückt, gewagt – und immer sehr schillernd.

Während des Studiums hatte sie Jim McDouglas kennengelernt und sich in ihn verliebt. Leider. Denn Jim mochte die Mitschüler lieber. Also blieb sie erst einmal allein, bis sie bei einer Demonstration gegen Rassismus Damir begegnet war. Ja, es war Liebe auf den ersten Blick. Recht schnell zogen sie in eine gemeinsame Wohnung – Lisa hatte sie ausgesucht; und ihre Eltern zahlten die Miete. Damir missfiel dieses finanzielle Engagement der Cohens. Es machte ihn abhängig, so erklärte er sich gegenüber seinen Brüdern. Zugleich sperrten Lisas Eltern ihn aus. Er war zunächst nicht gern gesehen bei den Familienfesten und absolut ausgeschlossen bei allen religiösen Feiern, was ihn allerdings weniger schmerzte.

Außenseiter bei all jenen Familienfeiern war neben Damir und Elizabeth Snider auch Levin Lämmle. Er war der einzige orthodoxe Jude in der Familie – und er hielt alle Gesetze ein. Das heißt: Er und seine Frau Deborah, die als Internistin ihren Mädchennamen behalten hatte, aber in die orthodoxe Gemeinde in Borough Park eingetreten war, feierten meist zuhause, weil die Cohens die Speisegesetze nicht immer streng auslegten. Levin ärgerte der Satz seiner Schwiegermutter, dass alles koscher sei, was schmecke. Er war einigen in der Cohen-Familie ebenso fremd wie Elizabeth Snider oder Damir Soylu es waren. Levin wehrte sich argumentativ, die Christin und der Moslem mieden religiöse Diskussionen. Wie auch meist Deborah, denn in der Gemeinde blickten die Mitglieder mit Argwohn auf die Tatsache, dass sie arbeitete und Karriere als niedergelassene Ärztin machte.

Deborah, Benjamin und Esther, die Kinder von Gili und Chaim, setzten ihren Kopf ebenso durch wie Lisa und Asael, die Kinder von Aaron und Alisah. Zwei von ihnen taten es zögerlich – Benjamin und Asael; die anderen drei ungestüm. Die Zwillingssöhne von Rahel und Jacob hatten rasch begriffen, dass die Gene ihrer Eltern in dieser Hinsicht bei ihnen selbst kaum, bei ihren Kindern aber voll durchschlugen. Aaron und Chaim vertrugen sich seit ihrer Kindheit ausgezeichnet. Da sie beide intelligent waren und sehr ehrgeizig, machten sie sich einen Spaß daraus, in einem ewigen Wettbewerb zu agieren. Sie waren zeitlebens kompetitiv unterwegs. Da sie zunächst in derselben Klasse unterrichtet wurden, war stets einer von ihnen Primus und der andere Secundus. Chaim wurde meist der Klassenbeste, weil seine Noten im Sport – er war ein ausgezeichneter Tennis- und ein hervorragender Hockeyspieler – und in Physik besser waren als die von Aaron, der des Bruders Physikstärke allerdings wettmachte mit seinen Noten in englischer Literatur. Zwei Jahre war das vormals gute Verhältnis der beiden gestört, nicht wegen eines Mädchens. Chaim übersprang die vierte Klasse und war schon in der fünften, als Aaron in die vierte versetzt wurde. Chaim machte sich aber keineswegs über Aaron lustig, im Gegenteil. Er half ihm bei den Hausaufgaben und in der siebten Klasse waren sie wieder beieinander.

Die beiden waren wegen ihres Ehrgeizes nicht sehr beliebt in den Klassen. Nicht zuletzt, weil sie mit ihren Erfolgen auch gern angaben. Aber niemand machte offen antisemitische Bemerkungen über sie oder die wohlhabende Familie Cohen. Es waren kleine neidische Seitenhiebe, die sie ab und an trafen. Sie steckten sie weg und gingen ihren Weg, wohlwissend, dass sie am Ende als Sieger dastehen würden – und sie erzählten davon nicht zuhause. Denn eines wollte niemand: Dass Jacob Cohen daran zweifelte, dass es in den Staaten keine Antisemiten gäbe.

Zwei Jahre vor dem Abschluss war klar, dass Chaim Pilot werden wollte und Aaron Anwalt, wie der Vater. Chaim traf seine Berufswahl aus Neigung und weil er nicht an seines Vaters Erfolgen gemessen werden wollte. Aaron ließ sich auf das Wagnis ein und studierte Jurisprudenz.

Mit den Studien trennten sich ihre Wege. Chaim begann eine Pilotenausbildung bei den American Airlines; Aaron bekam einen Studienplatz an der Yale University. Aaron bewunderte Chaim für seinen Mut; Chaim Aaron für seine Kraft, sich dem Vergleich mit dem Vater zu stellen.

Konkurrenten waren die beiden tatsächlich nur zu jenem Zeitpunkt geworden, als sie sich beide in Gili Goldman verliebten. Damals waren sie achtzehn Jahre jung. Beide sehr hübsch. Beide hatten schwarze Locken und blaue Augen. Chaim war vier Zentimeter größer als Aaron und hatte Grübchen in den Wangen, wenn er lachte, die ihm der Bruder neidete. Dafür besaß Aaron ein Kinngrübchen, eine kleine Spalte, die alle als Zeichen von Abenteuerlust interpretierten.

Gili Goldman kannten die Cohen-Brüder aus der Synagoge. Ihre Eltern waren wie Jacob und Rahel Cohen vor der Nazidiktatur geflohen. Beide kamen aus Berlin, beide waren großbürgerlich erzogen worden, spielten Klavier und Cello. Abraham Goldman besaß vor der Flucht eine gutgehende Spedition und ein Busunternehmen in Charlottenburg; Seine Frau, Golde, hatte als Bibliothekarin an der Humboldt-Universität gearbeitet.

Eine Zeitlang waren sie immer zu dritt unterwegs. Gern führten die beiden Jungs die angehimmelte Gili erst in ein Café, um sie anschließend nach Hause zu bringen. Gili kommentierte diese Höflichkeit jedes Mal mit denselben Worten: »Gentlemen, Sie sind wirklich gut erzogen!« Dann lachten sie alle drei. Die beiden Cohens durften sie küssen, im selben Augenblick, der eine auf die rechte, der andere auf die linke Wange.

»Sie mag uns beide gleich gern«, begann an einem dieser samstäglichen Nachhausewege Aaron das Gespräch.

»Das glaube ich auch«, entgegnete Chaim, obwohl er zu spüren glaubte, dass sie ihn bevorzugte. Es war mehr als eine Vermutung. Wenn er sie küsste – er bekam immer die rechte Wange – stellte sie stets ihren Fuß auf seinen. Wenn das kein Zeichen ist, dachte Chaim. Nichts klärte sich bis zum Abschluss der High School.

Nach der offiziellen Abschlussfeier trafen sich die drei im Haus der Cohens, wo zu einem prächtigen Dinner geladen worden war.

Nach dem Essen beschlossen Aaron und Chaim: Sie muss sich entscheiden!

»Wir stellen ihr eine Falle«, sagte Chaim. »Wir sagen ihr, dass wir beide Wichtiges mit ihr zu besprechen hätten, dies aber nicht vor allen anderen machen wollen. Sie darf entscheiden, ob sie mit uns in meinem oder deinem Zimmer sprechen will.«

»So machen wir es!«

Die drei gingen in Chaims Zimmer, der, schon siegessicher, das Wort ergriff: »Gili«, begann Chaim, »unser Schwebezustand muss jetzt aufhören. Aaron geht an die Uni, ich mache eine Pilotenausbildung. Wir lieben dich beide. Aber du kannst nicht uns beide lieben. Bitte entscheide dich.«

»Jetzt?«, fragte Gili, die diese Frage wirklich überrascht hatte. »Jetzt gleich?«

Aaron und Chaim nickten, dann sahen sie einander an.

»Aaron, sei mir nicht böse«, fing Gili zu stottern an, »aber ...«

Aaron unterbrach: »Du magst Chaim lieber als mich. Verstanden. Chaim, ich gratuliere.«

Aaron verließ das Zimmer, er schlug nicht die Tür zu, sondern schloss sie vorsichtig und leise. Chaim sah Gili an. Er nahm sie in den Arm. Ihre Gesichter näherten sich, die Nasenspitzen berührten einander. Aber Chaim traute sich nicht, Gillis rotglänzende Lippen zu suchen. Endlich übernahm sie die Regie.

Chaim begann seine Pilotenausbildung; Gili blieb in New York und besuchte eine Dolmetscherschule. Wann immer es sein Stundenplan zuließ, sahen sie einander, mal in New York, mal in Fort Worth. Sehr oft machte sich Gili auf nach Texas, obwohl sie die Texaner und deren konservative, oft gar rassistische Haltung anwiderte, gegen die Chaim allerdings schon damals nichts einzuwenden hatte. Seine politische Haltung war zu dieser Zeit Protest im Kreis der Familie. Die Stunden, die Gili mit Chaim in Texas verbrachte, waren stets unbeschwert; und die beiden schmiedeten Heiratspläne, dachten früh schon an Kinder. Sie wollten viele.

»Mindestens zwei«, sagte Chaim.

»Mindestens drei«, hielt Gili dagegen.

»Einverstanden, solange ein Junge dabei ist!«

Aaron machte die Niederlage sehr lange zu schaffen, Monate zogen ins Land, in denen er gar keine Freundin hatte. Als er Alisah zum ersten Mal sah, bestellte er bei ihr in einer Buchhandlung in der 40sten Straße die Gesamtausgabe der Werke von Arthur Miller, da ein Kommilitone ihm erzählt hatte, sie müssten für politisch interessierte Menschen Pflichtlektüre werden und seien spannend – was sie, wie er wenig später dachte, nicht waren. Er fragte die Buchhänderlin, die ihn bediente, nach ihrem Namen.

»Alisah Sonnenschein«

»Was für ein zauberhafter Name. Und so jüdisch.«

Frau Sonnenschein reagierte nicht. »Auf welchen Namen darf ich die Ausgabe zurücklegen?«

»Aaron Cohen.«

»Nicht zauberhaft. Aber sehr jüdisch.«

Diese Chuzpe, die für eine Verkäuferin nicht wirklich angemessen war, amüsierte ihn. Als er die dreibändige Ausgabe abholte, war Frau Sonnenschein nicht im Geschäft. Einer ihren Kollege teilte ihm mit, dass sie für eine Woche in Urlaub sei. Aaron schrieb auf die Rückseite einer seiner Visitenkarte: *Wie schade, dass ich Sie nicht angetroffen habe. Vielleicht haben Sie Lust, mich nach ihrer Rückkehr anzurufen.* Er fügte keinen Gruß hinzu, sondern schloss nur mit seinem Namen.

Alisah Sonnenschein war nicht überrascht, als ihr Benny Brown am folgenden Montagmorgen die Karte von Aaron Cohen übergab. Sie hatte diesen Kunden nicht vergessen. Zum einen, weil ihr seine indiskrete Bemerkung gefallen hatte, zum anderen, weil sie ihn sympathisch fand; und sie mochte das Kinngrübchen. Es erinnerte sie an Cary Grant. Sie hatte bisher nie einen jüdischen Freund gehabt. Phil war Katholik gewesen. Toby, in den sie während ihrer ersten Semester verknallt war, hatte sich für einen Buddhisten gehalten, was sich in nichts anderem äußerte als in seiner Vorliebe für stillschweigendes

Meditieren – über diverse Themen; und er war ein strikter Vegetarier, weil ihn, wie er jedem erklärte, zwei Lehren vom Buddhismus überzeugt hätten: Erstens dürfe man kein Tier töten oder töten lassen; und zweitens war es verboten zu lügen. Die erste Regel hatte er eingehalten, die zweite nicht. Der dritte Mann in ihrem Leben war Faraj Thabit, ein Amerikaner mit türkischen Wurzeln – er hatte seine Religion nicht wirklich ernst genommen; er liebte Champagner und dachte nicht daran, an Ramadan zu fasten. Jetzt also, vielleicht, ein Jude, sinierte Alisah. Aber ich werde ihn erst in der nächsten Woche anrufen. Sie war stolz.

Aaron hatte gehofft, Alisah Sonnenschein würde sich rasch melden. Am Mittwoch überlegte er, in die Buchhandlung zu gehen. Er ließ es sein. Er tat es am Samstag. Alisah war wieder nicht da. Er sprach den Buchhändler an, dem er seine Karte gegeben hatte.

»Ist Frau Sonnenschein noch immer in den Ferien?«

Benny Brown verneinte das: »Ich habe ihr Ihre Karte gleich am Montag gegeben. Sie hat sie eingesteckt.«

Immerhin hat sie sie nicht in den Papierkorb geworfen, tröstete sich Aaron.

»Und wieso bedient sie heute nicht?«

»Schabbat. Da haben zwei unserer Buchhändlerinnen immer frei.«

»Ist Frau Sonnenschein eine orthodoxe Jüdin?«

»Das weiß ich nicht. Und wenn ich es wüsste, würde ich es Ihnen nicht sagen.«

Aaron ärgerte seine Indiskretion.

»Am Montag wird sie wieder im Geschäft sein.«

Während Aaron sich auf den Weg machte in die Fifth Avenue, versuchte er, sich zu erinnern, wie Alisah Sonnenschein eigentlich ausgesehen hatte – beim ersten und bisher einzigen Treffen. Sie ist ein wenig kleiner als ich, hakte er ab. Sie hat einen schwarzen Krauskopf. Und einen leichten Silberblick wie Barbra Streisand. Diese sanften Augen gefallen mir. Er wusste nicht mehr, was sie angehabt hatte. Nein, es waren keine Hosen; ich habe doch ihre Beine gesehen und die schmalen Fesseln, oder? Auf ihre Hände habe ich nicht geachtet. Sieht sie jüdisch aus? Was für ein alberner Gedanke.

Er kam an der großen Synagoge Ecke Fifth Avenue vorbei. Er überlegte einen Moment, ob er hineingehen sollte. Gottesdienstzeiten interessierten Juden nie. Er ließ es, lief weiter, entschied sich, im Plaza ein Glas Champagner zu trinken. Er suchte sich einen Platz in der Halle. Es dauerte nur wenige Minuten und ein Kellner fragte ihn nach seinen Wünschen. Er schaute sich um. Viele alte Damen, dachte er, Witwen, die hier ihren Reichtum verprassen. Und keine einzige junge hübsche Frau. Sein Champagner kam und zwei kleine Canapés. Er schlug die Zeitung auf. Die Nachrichten langweilten ihn; die Börsentabellen ärgerten ihn – er mochte keine Verluste. Aaron nahm einen Schluck aus seinem Glas. Und dachte – an nichts. Er träumte.

Nein, er träumte nicht. Da war sie! Alisah Sonnenschein! Mit einer Freundin. Die beiden jungen Frauen suchten einen Tisch. Aaron starrte ihnen hinterher – mit offenem Mund. Alisah Sonnenschein trug ein schlichtes schwarzes Kleid, einziger Schmuck: ein riesiges Seidentuch. Darauf erkannte er Schmetterlinge und Blumen. Seine Augen hefteten sich an diese Frau. Nicht Neugier verriet dieser Blick, und schon gar nicht Lüsternheit. Freude glitzerte darin und ein unschuldiges Begehren.

Alisah Sonnenschein und ihre Freundin hatten einen Tisch gefunden. Sie konnten Aaron Cohen nicht entdecken, er saß weit entfernt; Alisah Sonnenschein wandte ihm den Rücken zu. Der Kellner stellte den Damen zwei Espressotassen auf den Tisch, zwei Wassergläser und eine Flasche Evian. Aaron erhob sich, legte die Zeitung auf seinen Sessel und ging auf Alisah zu, sehr langsam. Da er sie auf keinen Fall von hinten ansprechen wollte, zog er einen großen Bogen, so dass sie ihn hätte sehen können, als er sich ihr genähert hatte. Sie blickte jedoch erst auf, als er neben ihr stand.

»Sie hier?!«, sagte sie mit einem Lächeln.

»Und Sie auch!«, antwortete er ernst. »Ich möchte Sie nicht stören, meine Damen. Ich wollte nur die Gelegenheit nutzen, mich Ihnen, liebe Alisah Sonnenschein, in Erinnerung zu rufen.«

»Das haben Sie doch schon getan – mit der Karte, die Sie für mich hinterlegt haben. Übrigens hätte ich Sie am Montag angerufen.«

»Oh, tun Sie das bitte! Ich wünsche den Damen noch einen schönen Tag!«

»Danke. Ich werde mich melden, Aaron Cohen. Klingt sehr jüdisch«, lachte sie.

»Klingt aber nicht zauberhaft, Alisah Sonnenschein!«

Er verbeugte sich – hätte Cary Grant nicht besser hingekriegt, dachte sie.

»Der ist aber höflich – und schlecht sieht er auch nicht aus. Ihr kennt euch?«

Alisah berichtete ihrer Freundin Esther vom ersten Aufeinandertreffen. Aaron eilte zu seinem Tisch. Er glaubte, sein Gesicht glühen zu fühlen. Aber das stimmte nicht. Die Glut loderte in ihm. Seine Wangen waren blass wie immer. Er zahlte, eilte hinaus in den Central Park und summte *Woman in love* von Barbra Streisand.

65

Am selben Abend noch hatt er Gili und Chaim getroffen. Diese Zusammenkunft war schon seit langem geplant gewesen, da die beiden beschlossen hatten, im kommenden Jahr zu heiraten. Das Datum stand fest, die Eltern waren informiert. Es würde eine große Hochzeit werden im Haus von Gilis Eltern, die in Chicago lebten. Niemand hatte etwas dagegen. Rahel und Jacob hatten bereits entschieden, dass sie eine Woche in Chicago bleiben würden. Gili und Chaim planten vor der Hochzeit dort eine Woche lang alle Vorbereitungen zu treffen, danach wollten sie nach Europa fliegen. Eine Hochzeitsreise nach Spanien: Madrid, Barcelona, Malaga, Saragossa und, darauf bestand sie, Toledo. Jacob freute sich, dass sie Deutschland und Österreich mieden.

»Übrigens werde ich nicht allein kommen, um mit euch zu feiern!«, erklärte Aaron während des Essens und grinste.

Chaim freute sich, dass sein Bruder anscheinend eine Freundin gefunden hatte: »Wie heißt sie?«

»Alisah Sonnenschein. Aber, um ehrlich zu sein, sie weiß noch gar nichts von ihrem Glück.«

»Ihr diese Reise und das Fest schmackhaft zu machen, dürfte nicht sehr schwer sein«, witzelte Chaim.

»Das ist es nicht. Wir sind noch gar kein Paar. Um ehrlich zu sein, wir haben uns erst zweimal gesehen. Einmal in der Buchhandlung, in der sie arbeitet. Und heute im Plaza. Keine zehn Minuten – zusammengerechnet. Ich weiß nicht einmal, ob sie mich mag. Ich weiß nur, dass ich sie haben will!«

»So redet man nicht, Aaron, Frauen sind nie und nimmer Besitz des Mannes und man kann sie nicht kaufen!« sagte Chaim scharf und grinste dann Gili an.

Aaron wusste es besser. »Ich werde sie am Montag in der Buchhandlung besuchen und ihr sagen, dass sie die Frau meines Lebens ist.«

»Das nenne ich rasant! Vielleicht zu rasant«, gab sein Bruder zu bedenken.

»Langsam kann jeder, Chaim. Ich habe es mir den ganzen Nachmittag überlegt. Ich werde eine Überraschung vorbereiten.« Mehr verriet er nicht.

Die drei schafften es noch, an diesem Abend, eine Gästeliste zu erstellen. Am Ende zählten sie einhundertzwei Gäste und das Brautpaar. Da Gili Goldmans Eltern sehr vermögend waren – und sie das einzige Kind –, meinten die beiden, nicht sparen zu müssen.

Abraham Goldman und seine Frau hatten, bevor sie es verkauften, ein Transportunternehmen, das nicht allein in den Staaten operierte, sondern auch in Europa. Gili, die mit einer Privatlehrerin, einer Köchin und Personal aufgewachsen war, würde also erben, und zwar richtig: das Haus mit einem kleinen Park, eine stattliche Kunstsammlung, zu der auch zwei Picasso-Gemälde gehörten. Aktien und Barvermögen.

»Meine Eltern mögen große Feste. Es wird fantastisch!«, jubilierte Gili am Ende.

Als sich Aaron verabschiedete, wünschten sie ihm viel Glück bei seiner Eroberung, Gili fügte hinzu: »Wenn ich gewusst oder auch nur geahnt hätte, was für ein Draufgänger du bist, hätte ich mich womöglich für dich entschieden.«

66

Die Buchhandlung öffnete um zehn Uhr morgens. Schon einige Minuten zuvor parkte ein weißer Lieferwagen mit der Aufschrift *Flowers By Richard* in der 40sten Straße. Benny Brown schloss die Tür des Ladens auf und ließ den Lieferanten eintreten. Dieser stellte nach kurzer Rücksprache vor dem Geschäft sechs Töpfe mit Sonnenblumen auf, jede Pflanze mindestens ein Meter hoch. Danach holte er aus seinem Auto eine überdimensionierte Vase mit fünfzig Sonnenblumen und ein Din-A1-Pappschild mit der Aufschrift: *Für Alisah Sonnenschein! Ich wünsche einen schönen Tag und freue mich auf Ihren Anruf, Aaron Cohen – nicht zauberhaft, aber garantiert jüdisch!*

Die ersten Passanten bestaunten schon die Blumen, als Alisah sich dem Laden näherte.

»Da hat sich aber jemand sehr in dich verguckt«, empfing Benny Brown seine Kollegin.

»Der Typ ist total meschugge«, grinste Alisah. »Aber die Überraschung ist geglückt.«

»Nun lass den Armen aber nicht länger hängen und ruf ihn an!«

Alisah folgte dem Rat.

»Sie sind verrückt, Aaron, und ein Verschwender!«

Das waren ihre ersten Worte.

»Sie sind schön!«

Das waren seine ersten Worte. Sie errötete. Und wusste, sie ist gebannt.

»Sehen wir uns heute?«

»Ja, Aaron!«

»Um 19.30 Uhr im Chez Paul?«

»Gern! Und jetzt muss ich arbeiten!«

Aaron bestellte nicht nur den Tisch, sondern bat auch um Dekoration mit niedrigen kleinen Sonnenblumen und um eine Menükarte ohne Preisangaben für die Dame.

»Dieser Hinweis wäre in diesem Haus nicht nötig gewesen«, korrigierte der Maître.

Aaron war schon fünfzehn Minuten vor der Zeit am Tisch – und wartete ungeduldig. Da! Ein Auftritt. Ein schwarzes Trägerkleid mit Mosaikmotiv, kurz. Als Alisah Sonnenschein vom Kellner an seinen Tisch geführt wurde, folgten diesem kurzen Weg alle Augenpaare im Restaurant. Aaron stand auf und wollte Alisah die Hand küssen. Sie ließ es nicht zu, sondern umarmte ihn und flüsterte ihm etwas ins Ohr. Er errötete.

Der Satz, den sie geflüstert hatte, das wussten beide an diesem Abend noch nicht, würde sie begleiten von nun an. War Aaron besonders verliebt in seine Frau wie bei der Geburt der Kinder, sagte er nicht diesen Satz, sondern nur: »Jeremia I!«

Elizabeth Snider war wie Damir Soylu eine Ausnahme in der Cohen-Familie. Sie war katholisch erzogen worden. Sie war Einzelkind. Die Sniders waren nicht wohlhabend. Die Vorfahren ihres Vaters waren 1867 aus Braunschweig ausgewandert. Zu Beginn des zwanzigsten Jahrhunderts hatte einer der Schneider-Emigranten seinen Namen anglisiert, aus Wilhelm Schneider wurde Walter Snider. Arthur Snider, Elizabeths Vater, war, wie schon der Großvater, Bankangestellter; er arbeitete in der Wells Fargo Bank am Broadway. Elizabeths Mutter, Resi Lechner, war eine Amerikanerin mit österreichischen Wurzeln: Ihre Familie, gebürtig aus Kärnten, war gleichfalls Ende des neunzehnten Jahrhunderts ausgewandert. Der Hunger habe die katholische Familie in die Neue Welt getrieben, erzählte noch ihr Großvater, der als Lagerist gearbeitet hatte. Die Sniders wohnten in den Washington Heights, einem nicht besonders vornehmen New Yorker Stadtteil. Sie besaßen eine Eigentumswohnung mit vier Zimmern, von der Küche aus hatten sie einen wunderbaren Blick auf Manhattan. Es war Elizabeths Lieblingsplatz, weshalb sie ihre Hausaufgaben dort erledigte, auch wenn ihrer Mutter dies missfiel.

Als Asael Cohen Elizabeth Snider kennenlernte, im Oktober vor fünf Jahren, war sie gerade 20 Jahre alt und er sechs Jahre älter. Er hatte schon eine Anstellung als Lehrer für englische und französische Literatur an einem Gymnasium; sie studierte im dritten Semester Mathematik, mit dem Ziel, Lehrerin zu werden. Sie trafen einander bei Elizabeth Sniders Onkel, der an Asaels Schule unterrichtete und an jenem Abend Geburtstag feierte. Sie kamen ins Gespräch, nachdem Asaels älterer Kollege ihm die junge Elizabeth als mathematisches Genie vorgestellt hatte.

»Es gibt wenig, was schlimmer ist als die Mathematik«, bemerkte Asael – kein sonderlich höflicher Beginn einer Konversation.

»Doch«, hatte das junge Mädchen gekontert, »die französische Sprache.«

»Sie beherrschen sie wahrscheinlich nicht, oder?!«

»Gut geraten!«

Asael mochte wissen, was ihr an der französischen Sprache so missfalle.

Wie aus der Pistole geschossen kam: »Der Subjonctif.«

»Der ist meine Spezialität: Asael souhaite qu'il soit plus joli! Oder: Elizabeth regrette qu'elle ne puisse pas venir.«

»Sie kokettieren, Asael. Und Elizabeth wird kommen, wenn Sie sie einladen.«

Asael war verblüfft von der charmanten Frechheit dieser jungen Frau. Die Direktheit gefiel ihm, erinnerte sie ihn doch an das lockere Mundwerk von Benjamin und Lisa. Er ging auf beide Bemerkungen von Elizabeth Snider nicht ein. Stattdessen befragte er sie nach ihrer Familie. Sie tat dasselbe. Dass sein Großvater und sein Vater bedeutende Anwälte waren, flößte ihr keine Angst ein, aber ihr war klar, dass seine Herkunft sich wohl sehr von ihrer eigenen unterschied. Als er sich von ihr verabschiedete – das Fest war ihm doch ein wenig zu spießig – fragte er:

»Vous avez envie d'un dîner avec moi?«

»Volontier. Mais je préfère la cuisine italienne, cher Monsieur!«

Eine Woche später trafen sie einander im Olio e Aglio. Asael hatte dieses Restaurant gewählt, weil die Küche perfekt war, der Service ganz gut und die Klientel eher bürgerlich. Statt seines Maßanzugs trug er eine Jeans und einen Pullover, der ganz gewiss nicht teuer wirkte.

»Sie müssen sich meinetwegen nicht billig verkleiden«, bemerkte Elizabeth Snider, »Ihr Anzug stand Ihnen besser!«

»Und Sie sind heute schicker als das letzte Mal, wenn ich mir die Bemerkung erlauben darf!«

»Dürfen Sie nicht. Aber schön, dass Ihnen mein Kleid gefällt. Es war im Übrigen genauso billig wie das, das Sie schon kennen.«

Asael hakte ein: »Warum sagen Sie das?«

»Damit Sie wissen, dass ich zwar intellektuell Ihre Klasse habe, finanziell aber nicht. Meine Eltern und ich – ich wohne ja noch bei ihnen – leben eher bescheiden. Meines Vaters Einkommen ist gering. Meine Mutter arbeitet nicht mehr. Aber mein Vater ist patent, und er ist schlau. Er ist beileibe kein Intellektueller, aber er ist charmant, geschickt und, eben, schlau.«

Ob sie diese Schlauheit geerbt habe, wollte Asael wissen.

»Das können Sie selbst entscheiden«, antwortete sie kess.

Asael entdeckte erst jetzt, dass ihr rechtes Ohr ein klein wenig kleiner war als das linke. Er fand diese Asymmetrie verführerisch. Ihm gefiel ja auch der Silberblick seiner Mutter.

»Wollen Sie nach dem Studium unterrichten?«

Sie bejahte diese Frage. Sie könne sich keinen schöneren Beruf vorstellen, als Lehrerin zu werden.

»So schnippisch wie Sie sind, werden Sie es leicht und Ihre Schüler es schwer mit Ihnen haben.«

Asael brachte Elizabeth Snider nicht nach Hause.

Sie hätte schweigen können, tat es aber nicht: »Sie sind gewiss höflich, aber das ist Ihnen nun doch zu weit.«

Er reagierte darauf nicht, fragte stattdessen: »Wollen wir uns wiedersehen?«

»Gern. Aber dann ziehen Sie sich bitte ordentlich an!«

»Was soll die Bemerkung?« Asaels Stimme wurde scharf.

Elizabeth Snider schwieg.

So konnten sie nicht auseinandergehen. Asael winkte ein Taxi heran:

»Sagen Sie dem Fahrer bitte Ihre Adresse«, bat er Elizabeth. »Und lassen Sie mich erklären: Ja, meine Eltern sind vermögend, und sie erlauben mir und meinen Geschwistern einen Lebensstil, den ich mir mit meinem Lehrergehalt nicht leisten könnte. Aber bitte glauben Sie mir, wir Cohens sind weder hochnäsig noch dünkelhaft. Sagen

Sie mir ehrlich, fanden Sie mich bei unserem ersten Treffen aufgeblasen, blasiert?«

Sie verneinte. »Das nicht, aber versteckt haben Sie Ihren Reichtum nicht. Und das müssen Sie auch nicht! Wenn Sie es nämlich tun, wirkt es unehrlich.«

Vor einem großen Apartmenthaus stieg sie aus. Er auch. Beim Abschied umarmte er sie. Sie küsste ihn auf die Wange – und weg war sie. Noch im Taxi schrieb Asael ihr einen Gute-Nacht-Gruß.

Bei ihrem nächsten Treffen, eine Woche später, trug sie einen schwarzen Pullover. Er hatte sie zu sich eingeladen und wollte für sie kochen. Vorsichtig hatte er sie nach Unverträglichkeiten befragt. Die Antwort glich einer Liebeserklärung: »Ich mag nichts Koscheres!«

Er hielt sich an diese Vorgabe. Nicht zuletzt, um klarzumachen, dass er zwar jüdisch erzogen war, aber durchaus Rücksicht nahm auf Nichtjuden, auf ihre Gebräuche, auf ihre kulinarischen Vorlieben. Manche davon teilte er sogar. Zu trinken gab es Champagner.

»Da haben wir ihn wieder, den Angeber-Juden«, neckte sie ihn und bat eine knappe Stunde später um eine zweite Flasche.

Sie blieb über Nacht.

»Juden, meine Freundin Amy hatte es mir schon gesagt, sind tolle Liebhaber. Und ich muss sagen: Sie hat recht!«

Es dauerte nur sieben Wochen und Elizabeth zog zu Asael– sein Apartment war groß genug für zwei. Zuvor hatte er sie seinen Eltern vorgestellt. Elizabeth hatte dieses Treffen ein wenig gefürchtet. Zuviel hatte Asael ihr anvertraut vom Lebensstil seiner Familie, ihren Gewohnheiten und dem jüdischen Leben, das sie führten. Wenngleich sie sich als liberale Juden sehr rasch den Gepflogenheiten der New Yorker Oberschicht angepasst hatten, bestanden sie sehr entschieden darauf, als Juden wahrgenommen zu werden.

Asael hatte im Vorfeld seinen Eltern viel von ihr erzählt, von ihren zwei verschiedenen Ohren, ihrer Schlagfertigkeit, ihrer Klugheit und auch von Eindrücken, die er zu ihrer Familie hatte gewinnen dürfen. Denn Elizabeth war ihm zuvorgekommen und hatte ihre Eltern gebeten, sie mit Asael zusammen auf einen Abend einzuladen. Resi Snider hatte den angekündigten Besuch an der Haustür empfangen und ihn in die Küche geführt.

»Hier haben wir den schönsten Blick – und das Essen ist heiß auf dem Tisch.«

»Lass uns den Aperitif im Wohnzimmer nehmen, Ma«, bat Elizabeth, schnappte sich die vier Gläser und rief ihrem Vater zu, er möge aus dem Kühlschrank den Cassis-Likör und den Wein bringen.

Asael verstand die Aufmerksamkeit: Er mochte Kir mit Weißwein – und Champagner in diesem Haus wäre ihm seltsam fremd vorgekommen. Drum hatte er die Blumen auch nicht vorausgeschickt, sondern den Strauß mitgebracht: Viele Anemonen und ein paar Zweiglein.

Während sie plauderten – über das Wetter, den Lehrerberuf und den New Yorker Bürgermeister, den alle vier schätzten – bemerkte Asael das kleine Kruzifix neben dem Bücherregal, in dem auch eine Bibel stand. Immer wieder ließ er seinen Blick wandern von der Mutter zu Elizabeth. Welche Ähnlichkeit, staunte er. Auch Resi Snider war blond; auch sie war sehr schlank. Selbst die Stimmen der beiden Frauen glichen einander, ein heller Sopran. Nur hatte die Mutter nicht diese Ohrenbesonderheit. Als Asael fragte, wer in der Familie die asymmetrischen Ohren habe, lautete die Antwort: »Papas Großmutter, heißt es.«

In der Küche servierte Resi Snider Wiener Schnitzel mit Kartoffelsalat und zum Dessert Marillenknödel. Asael fand Gefallen daran, dass diese Familie sich nicht verstellte. Es gab keine Vorspeise, er hatte nicht die Wahl zwischen stillem und sprudelndem Wasser; und es wurde nur ein Wein ausgeschenkt, ein kalifornischer Chardonnay. Ob er noch einen Kaffee wolle und einen Obstler, fragte Arthur Snider. Aus Höflichkeit ließ sich Asael, ganz gegen seine Gewohnheit, ein auf den Birnenschnaps, was dem

Hausherrn Gelegenheit gab zu fragen, was Juden eigentlich trinken und essen dürften.

»Trinken dürfen wir eigentlich alles – nur an besonderen Feiertagen darf es keinen Korn geben, nichts aus Getreide.«

»Und bei den Speisen? Was ist koscher?«

»Meine Großmutter sagt, alles, was schmeckt, sei koscher.«

»Dann essen auch wir koscher«, grinste Arthur Snider.

»Die jüdischen Speisegesetze sind schwierig. Kurz gesagt – und das lässt sich leicht beherzigen: Schwein ist verboten ebenso wie alle Meeresfrüchte«, erklärte Asael.

»Ohne Schwein wäre für mich arg; ohne Auster: kein Problem. Ich kann mir nicht vorstellen, Asael, dass Sie noch nie einen Hummer gegessen haben.«

Jetzt wusste Asael, woher Elizabeth ihre Direktheit hatte.

»Deine Eltern sind sehr sympathisch«, erklärte er ihr schon auf dem Nachhauseweg. »So gradaus, so direkt. Meine sind eher umständlich – und hätten, wären sie Katholiken, die Frage nach dem koscheren Essen nie gestellt.«

Asaels Eltern stellten überhaupt keine indiskreten Fragen, als sie Elizabeth zum ersten Mal trafen – in ihrem Haus. Sie und Asael waren zu einem Mittagessen am Sonntag eingeladen. Elizabeth hatte ein Kleid gewählt, das ihr Asael geschenkt hatte. Statt der Kette mit dem Kreuz trug sie eine mit lauter bunten Glasperlen. Es war nicht das erste Mal, dass sie auf das christliche Symbol verzichtete. Als Asael sich erkundigte, warum sie das tat, lautete die eindeutige Antwort, dass dieses Kreuz zu tragen nur eine Gewohnheit sei und sie damit nicht ihren Glauben demonstrieren wolle: »Wie du weißt, war ich, seit wir einander kennen, nicht ein einziges Mal in der Kirche. Und dann denke ich, dass ich niemanden von euch damit provozieren muss. Deine Mutter trägt ja auch keinen Davidstern.«

68

Bevor Rahel Cohen und ihr Enkel Benjamin aus Potsdam abreisten, schrieb er der Malerin Dora Stein eine kurze Nachricht, dankte ihr, dass sie Carl Schwarz' Vorschlag angenommen hatte, sie in Berlin zu treffen, und bat um Terminvorschläge. Er hatte entschieden, nicht die Autobahn zu nehmen, sondern durch den Königswald zu fahren, vorbei an den Havelseen. Rahel Cohen genoss diese kurze Fahrt, sie sprachen noch einmal über Schlomo, ihren verstorbenen Bruder. Und über Dirk aus Jena. Sie sei gespannt auf seinen Dirk, sagte sie. Benjamin widersprach: »Es ist nicht *mein* Dirk.«

Nachdem sie ihre Zimmer bezogen hatten, ein Doppel- und ein Einzelzimmer, deren Fenster jeweils auf die Prachtstraße Unter den Linden gingen, verabredeten sie sich zum Tee in der Halle, die sie schon inspiziert hatten, als sie sich eincheckten.

»Da hat ein Innenarchitekt aber Schlimmes angestellt, oder Grandma?«

»Ja, da ist von allem zu viel. Wenn man es positiv sagen möchte: Vor allem pompös. Der alte Stil«, sie lachte, hell und froh, »griechisch-römisch-berlinerisch!«

Benjamin packte seine Koffer aus und schaute nach, ob er Mails erhalten hatte. Fünf gleich – und keine einzige Werbung. Er las sie nicht in der Reihenfolge seiner Neugier – dann hätte er mit Dirk begonnen –, sondern so, wie sie eingetrudelt waren.

Die erste Nachricht stammte von seinem Vater Chaim, der ihn ermahnte, nicht zu lange zu bleiben, denn Großvater Jacob sehne sich nach seiner Frau: *Ich bitte dich, macht nach Berlin Schluss mit der Reise.*

Benjamins kurz Antwort: *Wir werden in Berlin unsere Rundreise beenden, wahrscheinlich – versprochen. Aber in jedem Fall müssen wir zurück nach München, ohne Zwischenstopps. Der Rückflug ist von dort gebucht. Ryan hat es in eine deutsche Zeitung geschafft !*

Die zweite Nachricht hatte Phil Roberts gesandt: *Langweilst Du Dich sehr mit Deiner Großmutter oder macht die Reise Spaß? Hier warten alle auf Dich und wir freuen uns auf das gemeinsame Projekt! Komm ja pünktlich zurück! Phil.*

Die dritte, von Großvater Jacob, war besonders ausführlich:

Mein lieber Benjamin!

Seltsam, ihr seid noch nicht sehr lange weg – und ihr fehlt mir. Ihr beide! Rahel natürlich anders als Du, aber Dein vorlautes Mundwerk würde mich manchmal erheitern, wenn ich nach der Lektüre der Zeitungen an der Welt zweifle. Und an mir. Allen Cohens immer wieder von Reisen nach Deutschland abgeraten zu haben, war nicht klug. Vielleicht war's eine Obsession, in jedem Deutschen einen Nazi zu sehen. Gut, dass Du jetzt mit Rahel dort unterwegs bist. Noch besser, dass Ihr Euch wohlfühlt. Ich habe mich schon bei dem Gedanken ertappt, dass ich gern an Deiner Stelle mit Rahel unterwegs wäre. Vielleicht war es nicht recht, sie allein nach Fürth fahren zu lassen – in die Stadt ihrer Familie. Wäre ich mitgereist, wir wären vielleicht nach Hamburg gefahren und nicht nach Berlin.

Ich bin sehr froh, dass Elizabeth mich öfter besuchen kommt – sie ist fast so vorlaut wie Du. Und in jedem Fall unverschämt und sehr direkt. Neulich fragte sie, ob es nicht Zeit wäre, eine Freundin zu haben, ich sei doch kein Eunuch. Noch warte ich auf Rahel, sag es ihr. Aber wenn sie es übertreibt … Nein, sag es ihr nicht! Hast Du denn auch mal freie Zeit für Dich? Oder musst Du Grandma ständig bespaßen? Hoffentlich lädt sie Dich schön ein und zählt nicht jedes Glas Wein, wie bei mir.

Sei herzlich umarmt von Deinem grandpère Jacob.

Die vierte Mail hatte Alexander geschickt. Er fragte an, wann er mit seiner Großmutter nach München käme und wann sie zurückflögen. Er mochte gern planen. Zwei Kongresse stünden an, einer in Barcelona, einer in Tokio. *Ich möchte gern zu beiden. Andererseits wäre es sehr traurig, wenn wir uns in München nicht sähen. Ich wünsche Dir weiter eine spannende Reise. Und grüß bitte Deine Großmutter von mir. Herzlich, Alexander.*

Die fünfte stammte von Dirk. Er freue sich auf das Wiedersehen in Berlin. Benjamin müsse aber nicht ein teures Zimmer nehmen, er könne bei einer Freundin übernachten. *Und ich werde zweiter Klasse reisen – Dirk.*

Ihm antwortete Benjamin. *Grandma habe ich von dir erzählt. Sie ist gespannt auf Dich. Ich freue mich auch.*

Dass Rahel Cohen nach dem Kennenlernen entscheiden würde, ob sie zu dritt durch Berlin ziehen würden oder nicht, ließ er aus.

Er hatte noch ein wenig Zeit und antwortete auch seinem Großvater. *Wir sind in Berlin angekommen. Wir haben einen Zwischenstopp in Potsdam gemacht. Ich war begierig, das Schloss von Friedrich II. zu sehen. Wahrscheinlich nur aus einem Grund: Der Name ist so wunderbar – Sanssouci. Außerdem wollte ich ein Mal meine Großmutter einladen. Wir hatten etwas zu besprechen. Je t'embrasse, ton petit-fils Benjamin.*

PS. Ich freue mich sehr, dass Du an Deinem Misstrauen, was die Deutschen betrifft, zu zweifeln beginnst. Wir fühlen uns sehr wohl hier. Ich könnte hier leben. Sofort.

Er war schon im Lift, als ein Pling eine neue Nachricht ankündigte:

Mein lieber Benjamin!

Rahel bat mich, nicht zu verraten, also dir nicht zu schreiben, was ich weiß und was ich vorher schon ahnte. Ich bin sehr stolz, einen petit-fils gai zu haben: intelligent, charmant, lustig und schwul. Mit einer ganz festen Umarmung. Bitte verrat mich nicht.

Auguri zum coming-out – Jacob. Aber bevor Du Dir eine Wohnung in Deutschland mietest, bring mir meine Frau zurück!

Benjamin blieb noch eine kleine Weile in der Halle stehen, bevor er zu seiner Großmutter ging. Als Tee und Käsekuchen serviert waren, schmiedeten sie Pläne. Sicher war bisher nur, dass sie am Sonntagvormittag – wieder im Hotel – einen Rabbiner treffen würden, einen Freund ihres New Yorker Rabbiners. Der hatte sie gewarnt: William ist wunderbar, aber auch ein wenig meschugge.

Ob Dirk dabei sein würde oder nicht, wussten beide noch nicht.

Den Abend verbrachten sie nicht gemeinsam. Rahel Cohen blieb auf ihrem Zimmer; Benjamin aß einen Snack in der Bar, arbeitete an seinem Konzept für *Anja und Esther*.

Am Morgen nach dem Frühstück traf Dirk im Hotel ein, mit einer kleinen Reisetasche. Er trug blaue Jeans und einen roten Anorak. Die beiden Männer umarmten einander. Benjamin brachte ihn in ihr gemeinsames Zimmer. So luxuriös habe er noch nie gewohnt, bemerkte Dirk – »und was für ein Riesenbett!« Benjamin warf ihn drauf. Sie küssten einander.

»Mehr geht jetzt nicht«, spottete Benjamin. »Grandma erwartet uns, vor allem dich, in der Halle!«

Rahel Cohen sah die beiden aus dem Lift steigen. Sieht sympathisch aus. Sehr jung, dachte sie. Benjamin stellte die beiden einander vor. Rahel Cohen reichte Dirk die Hand. Ein fester Händedruck, gut so, darauf achtete sie schon immer.

»Wie ich sehe, haben Sie Ihr Gepäck schon in Benjamins Zimmer gebracht. Wir treffen gleich einen Rabbiner, ziemlich verrückt soll er sein. Möchten Sie bei dem Gespräch dabei sein? Wahrscheinlich sind Sie kein Jude.«

»Wenn Sie nichts dagegen haben, bin ich gern dabei. Ich bin noch nie einem Rabbiner begegnet. Ich werde auch den Mund halten.«

»Das musst du nicht!«, bemerkte Benjamin.

Rahel Cohen gefiel Dirks Bescheidenheit – da könnte Benjamin was lernen.

Um halb elf stand der Rabbiner beim Concierge. Ein Mann, der nicht feist war, aber mollig. Ein imposanter grauer Bart und freundliche grün-graue Augen hinter einer randlosen Brille. *Sehr kleine Ohren und eine erstaunlich kompakte Nase*, schrieb Benjamin am nächsten Tag in sein Tagebuch. Der Rabbi trug einen blauen Anzug und eine schwarze Kippa, die ahnen ließ, dass er beinahe kahlköpfig war. Man begrüßte einander. Der Kellner suchte auf Bitte seiner Gäste einen ruhigen Tisch auf der Terrasse, was an diesem Sonntagvormittag recht einfach war. Die Hotelgäste waren beim Frühstück, die Ausflügler kamen wahrscheinlich erst später.

Zunächst sprachen sie über Berlin. Dann über Juden in Deutschland. William Silberman wusste von seinem New Yorker Kollegen, mit dem er befreundet war, dass Jacob Cohen nicht gut über Deutschland und die Deutschen dachte: »Meine Familie kehrte gleich nach dem Krieg wieder zurück. Nach der Befreiung aus dem KZ waren sie kurze Zeit in einem Lager, dann kehrten sie heim nach Berlin. Es gibt keinen Grund, Deutschland den Rücken zu kehren. Es ist kein Wagnis, als Jude in diesem Land zu leben. Aber Antisemitismus gibt es überall. Ich lebte eine Zeitlang in England und Frankreich und weiß, wovon ich spreche. Frankreich ist besonders schlimm! Schön, dass Ihr Mann Sie hat reisen lassen, und schade, dass er nicht mitgekommen ist. Wollen Sie Tipps von mir, was Sie sich hier unbedingt ansehen sollten, oder wollen Sie lieber eine Antisemitismusentwarnung?« Bevor Rahel Cohen antworten konnte, grinste William: »Sie kriegen beides.« Er empfahl das Jüdische Museum und einige Gedenkstätten. »Die Mauer-Gedenkstätte können Sie getrost schwänzen und das Marx-Engels-Denkmal auch.« Danach wurde er grundsätzlich: »Das Problem sind nicht die Deutschen, sagen Sie das Ihrem Mann, wenn Sie zurück sind, das Problem sind die Juden selbst.«

Dirk und Benjamin sahen einander an. Er ist tatsächlich meschugge, dachte Rahel Cohen.

»Zuerst einmal muss ich sagen, dass ich die Voraussetzung – hier die Juden, dort die Deutschen – eher befremdlich finde. Niemand spricht je über die Deutschen und die Katholiken oder über die

Deutschen und die Vegetarier oder die Deutschen und die Gärtner. Aber immer wieder wird thematisiert: die Deutschen und die Juden. So wenig, wie es *den* Deutschen gibt, gibt es *den* Juden. Sie unterscheiden sich sehr. Aber was die Juden auszeichnet, ist, dass sie sich miteinander weit häufiger und heftiger streiten als mit den Nichtjuden. Ich kenne keine einzige jüdische Gemeinde, die nicht zerstritten wäre. Das gilt für alle: ultra-orthodox, orthodox, liberal, ultra-liberal. Und jeder Rabbiner misstraut dem anderen. Und alle haben es abgesehen auf den Zentralrat. Aber das schadet nicht. Wissen Sie, ich bin gern Rabbiner, und ich schlichte gern und hoffe, dass ich eines Tages ein göttliches Zeichen erhalte, dass ich es richtig mache, hier zu arbeiten, trotz der vielen Widrigkeiten, die mir die Juden bereiten. Und die ja doch vorhandenen antisemitischen Deutschen – nun, sie sind keine homogene Gruppe. Es sind die Ewig-Gestrigen, die Neu-Gestrigen und die Eingewanderten, denen von Kindheit an weisgemacht wird, dass wir Juden den Palästinensern ihr Land geklaut hätten.« William machte eine Pause, blickte seine Gäste prüfend an, dann sprach er weiter: »Kurz: Kein Jude muss in diesem Land wirklich Angst haben, glauben Sie mir! Wir werden beschützt von der Polizei. Und es gibt keinen deutschen Politiker – außer denen der ganz Rechten –, die nicht die Juden über den grünen Klee lobten. Manchmal habe ich mehr Angst vor den Philosemiten als vor den Antisemiten, glauben Sie mir! Und nun erzählen Sie mir bitte, was Sie schon alles erlebt haben ...«

Rahel Cohen erzählte kurz und bedankte sich schließlich bei dem Rabbiner, der sie einlud, wann immer sie wollten, in die Synagoge zu kommen: »Bei uns wird richtig viel gesungen!«

Das Gespräch hatte Rahel Cohen ermüdet: »Heute Nachmittag, lieber Benjamin, unternehmen wir mal nichts.«

Vielleicht, schlug ihr Enkel vor, könnten sie am Abend in den Westteil der Stadt fahren. Carl Schwarz habe ihm eine italienische

Enoteca empfohlen, in einer Seitenstraße des Kurfürstendamms. Rahel Cohen gefiel der Vorschlag.

»Und was macht ihr beide bis dahin?«

»Wir werden uns ein kleines Mittagessen gönnen und dann ins Spa gehen.«

Die beiden Männer gingen noch einmal auf ihr Zimmer, um Mantel und Anorak zu holen. Sie ließen das Mittagessen ausfallen. Dirk wollte seinem amerikanischen Freund den Osten der Stadt zeigen, und sie nahmen ein Taxi zum Alexanderplatz. Während der Fahrt erzählte Dirk, welches Glück er gehabt habe, dass er 1997 geboren worden war – acht Jahre nach dem Mauerfall.

»Mein Vater durfte nicht studieren, weil mein Großvater ein sogenannter Intellektueller war – Bibliothekar in einer Stadtbücherei. Meine Mutter wurde an einer Ausbildung gehindert, von ihren Eltern; sie musste nach dem Abschluss der Volksschule im Haushalt helfen und verdiente ein wenig Geld als Verkäuferin in einer Bäckerei.«

Ihre Lebensumstände hätten sich nach der sogenannten Wende nicht wirklich geändert, aber immerhin hätte sein Vater beruflich ein wenig aufsteigen können. »Wir haben nie gedarbt. Aber ohne den Mauerfall hätte ich gewiss nicht studieren können.«

Dirk entschied, dass sie einfach mal loslaufen sollten.

»Es ist keine schöne Straße, kein Pariser Boulevard, keine Fifth Avenue, aber diese Straße, die bis Anfang der sechziger Jahre Stalin-Allee hieß, erzählt so viel deutsche Geschichte.«

Benjamin fand es toll, dass sie nach Karl Marx benannt wurde, sein Vater würde Amok laufen, wenn in Amerika jemand die Idee haben sollte, eine Straße nach ihm zu benennen. Dirk erklärte Stadtteile, zeigte ihm imponierende Wohnhäuser und Villen. Mit dem Namen Schinkel konnte Benjamin nichts anfangen. Erst als er erfuhr, dass dieser Karl Friedrich Schinkel ein Bühnenbild für Mozarts *Zauberflöte* entworfen hatte, wurde er hellhörig:

»Klar kenne ich das, der Sternenhimmel für die Königin der Nacht.«

»Er heißt nicht Sternenhimmel, sondern, viel schöner, Sternenhalle!«

»Schlaumeier!«

Zwei verliebte Flaneure.

Irgendwann nahm Dirk Benjamins Hand, nachdem sie zwei hübsche Mädchen beobachtet hatten, die sich auf offener Straße küssten. Benjamin zögerte erst, dann drückte er lachend die Hand seines Freundes.

»In Berlin geht das überall, nicht nur in den Clubs!«, lachte Dirk vergnügt.

Sie ließen sich etwas später zu einem kleinen Restaurant fahren, das sich ›Bar‹ nannte und das Alexander als *die* In-Kneipe beschrieben hatte. Da es erst später Nachmittag war, bekamen sie links vom Eingang ein kleines, noch nicht eingedecktes Tischchen. Benjamin beschrieb, was der Münchner ihm über diesen Prominententreff erzählt hatte. Sie bestellten sechs Austern für zwei, was der Kellner mit der schnoddrigen Bemerkung quittierte, ob dann auch eine Gabel genüge?

»Exakt!«, erwiderte Dirk.

»Und bringen Sie uns eine Flasche Chablis mit nur einem Glas«, fügte Benjamin lachend hinzu.

Der Kellner kam mit zwei Austerngabeln und zwei Gläsern. Sie benutzten nur eine Gabel und nur ein Glas und freuten sich wie Buben, als sie mit dem Bus zurück ins Hotel fuhren. Die Linie machte alle möglichen und unmöglichen Umwege. Eine Stadtrundfahrt. Ihnen blieb eine Stunde bis zum Treffen mit Benjamins Großmutter, eine knappe Stunde.

69

Wieder fuhren Chaim und Gili zu Alisah und Aaron. Wieder nahm Alisah nach dem Essen das Tagebuch ihrer Großmutter Clara zur Hand: »Ich habe lange überlegt, ob ich euch diesen Eintrag vorlese. Ich habe mich dazu entschlossen, weil auch dieses Ereignis zu unserer Familiengeschichte gehört.«

Gili und Chaim sahen sich an, verdutzt. Aaron fragte halblaut: »Willst du das wirklich vorlesen, Alisah?«

Sie nickte.

New York, 14. Juni 1947

Samuel ist tot. Er starb schon vor achtundsechzig Tagen. Starb ... das ist das falsche Wort. Ich beschönige. Er hat sich erhängt. Cäcilie ist tot. Sie starb vor zweiunddreißig Tagen. Ich beschönige. Sie hat sich mit einer Plastiktüte erstickt.

Alisah machte eine lange Pause, dann sah sie auf und flüsterte fast: »Das ist der Grund, warum in Claras Tagebuch so eine große Lücke klafft. Eine Wunde. In Cäcilies Zimmer fand ihr Bruder, mein Vater Moses, ihr Tagebuch. Er gab es seiner Mutter Clara. Und sie hat Exzerpte daraus in ihre Chronik übernommen. Ihr müsst wissen, Samuel Mendel war Cäcilies Freund schon seit der elften Schulklasse. Samuel und Cäcilie waren sehr eng miteinander, erzählte mein Großvater, als ich ihn viel später nach seiner Schwester fragte; ich hatte erfahren, dass sie früh gestorben war. Cäcilie hatte nie mit ihrem Samuel geschlafen. Mehr als einmal hatte sie ihrem Tagebuch anvertraut, dass er sie küsste und mit ihr kuschelte, aber dass sonst nichts passierte.

Immer wieder fragt sie in ihren Einträgen, ob er sie wohl auch so sehr liebe wie sie ihn.«

Alisah begann nun wieder vorzulesen.

Cäcilie war zuerst weggelaufen, aus Samuels Zimmer, wo sie ihn hatte besuchen wollen. Zuerst hinunter zu seinen Eltern. Sie heulte, sie schrie, aber sie konnte nichts sagen. Sie wies nur mit dem rechten Zeigefinger in die Höhe. Samuels Eltern rasten die Treppe hinauf. Ein Schrei. Cäcilie rannte nach Hause. In der verkrampften Hand hielt sie ein Briefkuvert, das vor Samuels Zimmertür gelegen hatte, mit der Aufschrift: *Nur für Cäcilie.* Sie schaffte es, so schrieb sie, gerade noch ihren Eltern zu sagen, was geschehen war. Dann versteckte sie sich unter der Bettdecke. Sie weinte. Die ganze Nacht. Erst am Morgen fiel sie in einen Halbdämmer. Als ihre Mutter ihr Zimmer betrat, hielt sie noch immer das Briefkuvert in der Hand. Nachdem sie geduscht und ein Stück Toast gegessen hatte, setzte sie sich in ihr Zimmer und zerriss, zornig, wie sie schrieb – und sie unterstrich dieses Wort –, das leere Kuvert. Ein einzelnes Blatt nur lag auf dem Tisch vor ihr. Handschriftlich. Mit Tinte geschrieben.

»Bitte lies du weiter, Aaron«, bat Alisah und wischte sich mit der bloßen Hand die Tränen von den Wangen. Sie reichte ihrem Mann das Büchlein und er holte nun ein einzelnes Blatt hervor, Samuels Abschiedsbrief.

»Cäcilie hatte den Brief aufgehoben und ihre Mutter legte ihn später in ihr Tagebuch.«

Aaron begann leise vorzulesen:

Liebe Cäcilie!

Ich liebe Dich, bitte glaub mir das. Aber ich kann Dich nur küssen und Dich zart liebkosen. Ich liebe Dich, aber Dein Körper macht mir Angst. Während wir nebeneinander liegen, denke ich nicht an Dich, sondern … an den rothaarigen, witzigen Max, dessen braune Augen wie Bernsteine funkeln, mit dem ich ab und an Tennis spiele. Ihn begehre ich, von ihm träume ich. Immmer, wenn Du mich verlassen hast oder ich zuhause angekommen bin, legte ich mich ins Bett und – nein, ich schreibe es nicht. Du weißt es.

Ich ertrage meine verquere Sexualität nicht. Und ich weiß nicht, wie ich sie leben soll. In allen unseren Staaten ist Homosexualität strafbar. Ich müsste ein Leben lang Versteckspielen. Ich würde heiraten, meine Frau – vielleicht Dich? – und mich und sie, dich?, unglücklich machen und meine Kinder noch dazu. All das will ich nicht. Ich weiß keinen anderen Ausweg als diesen. Bitte vergib mir – und behalte mich in Erinnerung. Ich war, trotz allem, Dein Freund und bin es auch in dieser Stunde.
Auf ewig,
Dein Samuel.

»Soll ich weiter aus Ruths Tagebuch vorlesen?«
Alle drei nickten.

Elise erzählte niemandem vom Inhalt des Briefes. Auch Samuels Eltern erfuhren nichts. Sie vermuteten, dass ihr Sohn Furcht vor dem Leben hatte, weil er wusste, dass er das Geschäft der Eltern – ein Bauunternehmen – nicht würde weiterführen können und es hätte müssen. Er wollte Journalist werden. Cäcilie ließ sie bei diesem Glauben. Bei Samuels Beerdigung, an der wir alle teilnahmen, auch mein junger Moishe, war Cäcilie völlig abwesend. Sie weinte nicht, sie stierte mit leerem Blick ins Nirgendwo. Sie verließ den Friedhof erst, als die Pforten am Abend geschlossen werden mussten. Alle unsere Versuche, ihr zu helfen, waren vergebens. Unsere Bitten, sich von einem Arzt helfen zu lassen, überhörte sie. Oder schlimmer noch: Sie beschimpfte uns, dass wir nichts verstünden von der Liebe und dem Leben. Immer wieder fragte sie, mal mit allem Furor, mal mit einer Traurigkeit, die nicht von dieser Welt war: Wozu seid ihr aus Deutschland geflohen?

Wir sorgten uns sehr um sie, Curt und ich ließen sie nicht aus den Augen. Schon vier Tage nach der Beerdigung sperrte sie sich in ihrem Zimmer ein. Wir mussten ihr das Essen vor die Tür stellen. Die Uni besuchte sie nicht mehr. Wir bekamen sie kaum noch zu sehen. Bis zu jenem Freitag, als sie uns bat, sie auf den Friedhof zu fahren. Sie wollte, so sagte sie, mit Samuel sprechen. Wir freuten uns, dass sie wieder das Haus verlassen wollte, und fuhren sie zum Washington Cemetery. Sie wünschte, allein gelassen zu werden. Wir stimmten zu und versprachen, sie nach dreißig Minuten abzuholen. Sie willigte ein. Wir fanden sie nicht. Nicht am Grab von Samuel. Nirgendwo. Wir schauten in die Aussegnungshalle.

»Bitte hör auf«, flehte Gili.

Wenig später verließ sie mit Chaim die Wohnung von Aaron und Alisah. Sie umarmten einander.

Aaron sagte: »Das Gute nehmen wir an von Gott, und das Böse sollten wir nicht annehmen?«

Im Auto sprachen Chaim und Gili kein Wort. Erst als sie im Bett lagen, flüsterte Chaim:

»Aaron ist wunderbar. Hiob fiel ihm ein.«

Aaron und Alisah blieben noch eine Weile sitzen; sie tranken den Wein aus.

»Wie schön, dass heute sich kein Mensch mehr das Leben nehmen muss, weil er schwul ist«, sagte Aaron. Alisah widersprach.

»Das stimmt doch nicht, Aaron.« Nach einer Weile fragte sie: »Glaubst du, Benjamin ist wie Samuel?«

70

»Ich denke, wir müssen über Rabbiner Williams nicht weiter diskutieren …«, begann Benjamin das Gespräch, »… ich fand aber seinen Gedanken spannend, dass die Juden lieber über jüdische und israelische Politik reden als über Gott. Wir haben eigentlich auch nie über Gott gesprochen, auch nicht mit Damir und Elizabeth.«

»Worauf willst du hinaus, Benjamin?«

»Ich frage mich, ob wir fürchten, unsere Ideen von Gott könnten sich nicht miteinander vertragen. Oder weißt du, wie religiös Damir und Elizabeth sind?«

Rahel wusste es nicht. »Alles, was ich weiß, Benjamin, ist, dass ich mein Leben lang mit großem Gottvertrauen alles angenommen habe, was mir zugestoßen ist. Und Sie, Dirk? Wie fanden Sie den Rabbiner?«

Er habe ihn sehr interessant gefunden. Allerdings ging ihm des Rabbiners Selbstbeschimpfungen der Juden ein wenig zu weit.

»Das ist der jüdische Selbsthass. Wir Cohens kennen den nicht«, sagte Rahel, »aber glauben Sie mir, es gibt ihn. Spätestens seit den dreißiger Jahren. Wenn Juden ihn benutzen, ist er, so denke ich, ebenso antisemitisch, wie wenn Nichtjuden ihn als Erklärung für ihr Vorgehen missbrauchen. Ich habe das Wort schon lange aus meinem Sprachschatz verdammt.«

»Und was glaubt du, Dirk?«, fragte Benjamin.

»Meinst du, woran ich glaube? Ich bin getauft und konfirmiert worden. Manchmal gehe ich in eine Kirche. Immer dann, wenn es mir nicht gut geht – und manchmal, wenn es mir besonders gut geht. Entweder beklage ich mich oder ich bedanke mich.«

Er war wirklich nach der Nacht mit Benjamin in der Stadtkirche Sankt Michael gewesen und hatte gebetet, dass es schön wäre, wenn dieser Amerikaner ihm noch ein wenig bliebe.

Kurz erzählte Benjamin von den schwierigen Verhältnissen im Cohen-Clan, von Elizabeth und Damir, und von den Vorschlägen zu den Hochzeiten und den Kindererziehungen. Rahel empfand Benjamins Offenheit als indiskret, und unterbrach ihn barsch:

»Erklär Dirk und mir doch, wer diese Malerin Dora Stein ist, die wir am Mittwoch treffen.«

Er konnte nur berichten, was er von Carl Schwarz erfahren hatte: »Dora Stein war Jüdin, ihre Großeltern, geboren in Ungarn, als dieses Land noch zum k. u. k. Imperium gehörte, waren in die Vereinigten Staaten emigriert und hatten sich in New York niedergelassen. Sie gehörten zu jenen ultraorthodoxen Juden, die sich zum Ziel gesetzt hatten, zu leben wie in einem jiddischen Schtetl und Deutschland und die Deutschen abgrundtief zu hassen. Sie liefen so verkleidet rum wie die polnischen Juden vor der Shoa. Pelzmütze und so. Die verheirateten Frauen mit geschorenem Kopf, und wehe man sieht ein Stück Fleisch von ihnen – außer der Nase.«

»Benjamin, mach dich nicht lustig – all das gehört zu ihrem Glauben!«

»Du hast recht, Grandma. Also: Dora Stein verließ diese Gemeinde, als ihr Sohn fünf Jahre alt war. Ihre Eltern verstießen sie, sie hat sie nie wiedergesehen. Sie ging mit ihrem Kind nach Berlin. Hier lebt sie nun. Wir werden sie übermorgen treffen. Den Ort haben wir noch nicht ausgemacht. Sicher ist: Koscher muss nicht sein. Wie ich von Carl Schwarz weiß, übernachtet sie in Bayern sogar in Klöstern.«

Rahel schüttelte den Kopf: »Wir Juden können schon ganz schön verrückt sein.« Und nach einer Pause: »Benjamin, lass uns ein wenig die Tage planen. Ich mag Überraschungen wirklich gern, aber gegen ein wenig Planung ist nichts einzuwenden, oder? Werden Sie uns begleiten, Dirk? Ich hätte nichts dagegen.«

Warum formuliert sie das nicht positiv: Wäre schön, wenn Sie bei uns blieben oder so ..., ärgerte sich Benjamin.

»Ja. Ich möchte bleiben und schwänze zwei Seminare.«

Benjamin schlug für den nächsten Tag ein gemeinsames Frühstück zu dritt vor, und danach würden sie bei schönem Wetter Berlin gern draußen erkunden. Rahel Cohen gefiel der Vorschlag. Sie wünschte sich, mit dem berühmten Stelenfeld anzufangen.

Dirk und Benjamin fielen glücklich ins Bett – und schliefen erst am frühen Morgen ein.

Doch Benjamin träumte nicht von Dirk.

71

Er steht vor ihm: ein großer, schwarzhaariger Mann in einem dunklen Anzug. Um den rechten Arm trägt er eine Hakenkreuzbinde. Die schwarze Swastika auf rotem Grund. Um ihn herum eine Gruppe von Männern, alle in Uniformen, alle mit der nämlichen Binde. Sie diskutieren. Er kann nicht hören, worüber sie sprechen. Er schnappt nur wenige Worte auf. Juden, Säuberung, Partei. Dem Mann im Anzug wird ein Formular ausgehändigt. Er ergreift es, setzt sich an einen Schreibtisch und unterschreibt.

»Jetzt gehören Sie zu uns, Parteigenosse Cohen. Der Vorname ist schon mal gut: Heinrich. An dem Nachnamen sollten Sie noch arbeiten.«

»Machen Sie Krone draus, wir werden Ihnen dabei helfen. Oder besser noch: Nehmen Sie den Namen ihrer Frau an. Andersen – das kommt gut an.«

Das also ist Großvaters Opa, denkt Benjamin, der sich hinter einem Sessel versteckt. Er ist so alt wie Jacob, als dessen Großvater starb.

»Das war ein guter Entschluss von Ihnen. Es wäre gut, wenn mehr Juden so klug wären wie Sie. Und Glück haben Sie ja auch mit ihrer arischen Frau, die besser gestern als heute den jüdischen Glauben, den sie nur Ihretwegen angenommen hat, wieder aufgeben sollte.«

»Wird sie.«

In Weimar, nach dem Buchenwald-Erlebnis, das ihn und seine Großmutter sehr viel stärker bedrückt hatte, als sie einander eingestanden, waren sie am Abend durch den Goethe-Park gelaufen. In die Stille hinein hatte Rahel Cohen schließlich zu sprechen begonnen: »Jacob hatte seinen Großvater Heinrich noch erlebt; er war erst fünf Jahre alt, als der alte Cohen plötzlich starb – ein Herzinfarkt. Sie erzählte, was ihr Mann ihr nur einmal mit der Bitte anvertraut hatte, nie darüber zu sprechen, mit niemandem, weder mit den Söhnen noch mit irgendwem anderen. »Ich trage diese Last schon so lange. Ich hatte sie verdrängt, sie war mir ewig nicht mehr lästig. Aber heute spürte ich sie wieder.«

Benjamin wachte auf, streichelte zärtlich den noch schlafenden Dirk. Er wollte diesen Traum nicht. Aber da war er wieder: Heinrich Cohen, neben ihm seine Frau. Eine blonde Schönheit. Sie schimpft. Was sie schreit, kann Benjamin nicht hören. Sie lässt ihren Mann stehen und schmeißt die Tür zu. Benjamin will ihr hinterherlaufen. Er kommt bis zur Tür. Doch die Türklinke ist in unerreichbarer Höhe. Den fremden Mann will er nicht rufen. Er ist ihm unheimlich. Benjamin rückt den Sessel vorsichtig, lautlos zur Tür. Stellt sich drauf. Die Tür wird größer und größer, reicht bis zur Decke. Die Klinke entwischt ihm. Er klettert vom Sessel und geht zum Fenster. Er sieht hinab in den Garten – und springt. Unten steht eine blonde Frau, will ihn auffangen. Er stürzt neben ihr zu Boden.

»Benjamin wach auf!« Dirk schüttelt den Geliebten neben sich. »Wach auf – du träumst!«

Benjamin war schweißgebadet. Dirk umarmte ihn. »Trink was, geh bitte ins Bad und dusche dich, dein Schweiß ist eiskalt!«

Als Benjamin aus dem Bad zurückkam, setzte sich Dirk im Bett auf: »Was hast du Schreckliches geträumt?«

Er erzählte – erst den Traum und dann alles, was ihm seine Großmutter in Weimar anvertraut hatte. Heinrich Cohen war ein sehr wohlhabender Mann, Bankier, wie später sein Sohn Henri Cohen, Jacobs Vater. Er lebte in dem väterlichen Haus in Poppenbüttel. Während seiner Lehre in der Handelsschule hatte er seine spätere Frau kennengelernt: Christa Andersen, eine Protestantin; zwei Jahre älter als er; sie wohnte mit ihren Eltern in Blankenese. Ihr Vater war Reeder. Sie waren einander gleich zugetan. Christa Andersen erklärte sich diese gegenseitige Anziehung mit der Sozialisation. Zwei angesehene Hamburger Familien, beide perfekt erzogen. Heinrich Cohen hatte keine Erklärung – er hatte sich verknallt. Ihn sorgte der christliche Glaube seiner Freundin nicht: Sie störte es nicht, dass er aus einer jüdischen Familie stammte. Zum Problem wurde beider Religionszugehörigkeit erst bei der Heirat. Heinrich Cohens Vater bestand darauf, dass Christa Andersen konvertieren müsste. Da ihr der Glaube nicht wichtig war und auch ihre Familie nichts gegen diese Verbindung einzuwenden hatte – denn, so dachten die steinreichen Andersen, ihre Tochter hatte eine gute Partie erobert –, wurde am 4. Juli 1898 in der Hamburger Hauptsynagoge geheiratet. Zuvor hatte Christa Andersen den jüdischen Glauben und für diesen einen Tag den Namen Chava angenommen. Am 2. Januar 1900 kam ihr Sohn Henri zur Welt. Ihr Leben verlief ruhig. Heinrich Cohen ging, sehr erfolgreich, seinen Geschäften nach; Christa Cohen hatte ihre Banklehre nicht abgeschlossen, sondern sich ihrer Leidenschaft hingegeben. Sie war eine passionierte Dressurreiterin und trainierte mit ihrem Hannoveraner Rembrandt täglich, hatte sogar schon einige Turniere gewonnen, wenn auch nicht die renommierten. Die beiden verstanden sich gut, manchmal war sich Christa sogar sicher, dass sie ihren Mann liebte und nicht nur akzeptierte und bewunderte. Diese familiäre Idylle bekam ihre ersten Sprünge – bevor sie 1933 endlich zertrümmert wurde –, als Heinrich Cohen 1929 die NSDAP für sich entdeckte. Ein halbes Jahr später wurde er Parteimitglied. Am Tag seines Einritts nahm Christa Cohen den jüdischen Vornamen Chava an, »lebenslänglich«, wie sie ihrem Mann erklärte, was diesen erzürnte, zumal sie ihm verboten hatte, einen Antrag zu stellen, um den Namen Andersen führen zu dürfen.

Henri Cohen, ihr gemeinsamer Sohn, hatte sich sofort von seinem Vater Heinrich distanziert, als dieser in die Partei eintrat. Alle Diskussionen waren fruchtlos geblieben, der starrsinnige Heinrich wollte nichts hören von Hitlers antisemitischer Gesinnung. Um der ganzen Familie zu demonstrieren, dass er den richtigen Weg gewählt hatte und er nicht der einzige Jude war, der an den Sieg der Nationalsozialisten glaubte, war er dem Verband Nationaldeutscher Juden beigetreten, der mehr als 3500 Mitglieder zählte. Heinrich Cohen gefiel die rechtskonservative Ausrichtung und die Ablehnung der Weimarer Republik. Und Zionisten waren ihm ohnehin ein Graus. Henri Cohen und dessen Frau Ruth stellten ihre Besuche beim Vater ein und baten stattdessen Chava so oft wie möglich zu sich. Nach der Machtergreifung 1933 zog diese zu ihrem Sohn und dessen Familie.

Zu jenem Zeitpunkt plante Henri Cohen bereits die Emigration mit seiner Frau, seiner Mutter und den zwei Kindern Jacob und Elise. Im Dezember 1933 hatte Heinrich Cohen den Namen Zimmermann angenommen und sich taufen lassen in der Kirche Sankt Nicolai am Klosterstern von Pastor Christoph Petersen. Niemand aus seiner Familie war anwesend. Dafür feierten sechzehn Mitglieder des Verbandes der Nationaldeutschen Juden mit ihm. Diese, die leitenden Angestellten seiner Bank, den Pfarrer und den Ortsgruppenleiter der NSDAP hatte er nach der Zeremonie zum Mittagessen in sein Haus geladen. Milda, die Hausangestellte, war Wochen zuvor schon angewiesen worden, alles »Jüdische«, wie Heinrich Cohen gesagt hatte, wegzuräumen: Zwei Menora, einen Chanukka-Leuchter, das Porträt seines Vaters, der darauf mit Kippa dargestellt worden war, zwei Schabbat-Kerzenständer, silberne Trinkbecher, den Talmud. Diesen hatte Heinrich Cohen aus Pietät im Haus behalten. Jetzt wanderte all das, verpackt in Kisten, in den Keller.

Chava hatte, als sie von Heinrichs Taufe erfuhr – er selbst hatte ihr diese schriftlich angekündigt –, in einem Gespräch mit allen Cohens in Henris Haus beschlossen, dass sie sich noch vor der Emigration würde scheiden lassen. Einvernehmlich. Heinrich Zimmermann, geborener Cohen, hatte sofort zugestimmt, als sie ihm den Vorschlag schriftlich unterbreitete. »Wir haben ihn verloren«, seufzte Chava, als sie den Abschiedsbrief ihres Mannes gelesen hatte. Ihre einst glückliche Liebe war in tiefe Verachtung umgeschlagen. Und doch schreckte sie die Vorstellung, ihr Mann mochte womöglich einmal verfolgt werden, die Konversion ihm nichts helfen und der neue Name ihn nicht schützen. Denn eines war sicher: Heinrich, ob er es wahrhaben wollte oder nicht, würde trotz aller Versuche, dazuzugehören, nicht als Arier behandelt werden.

Im Mai 1935 entschied Henri Cohen, mit den Seinen Deutschland zu verlassen, die Einreisedokumente hatten sie schon und die Überfahrt war gebucht und bezahlt. Im Herbst 1934 waren die kostbarsten Möbel und Gemälde verschifft, das Haus in Harvestehude weit unter Preis verkauft worden. Die Familie überlegte bereits Anfang November 1934, wie sie sich von Heinrich Cohen würde verabschieden können. Besuche bei ihm hatte der sich verbeten – sie würden ihn kompromittieren und womöglich Zweifel schüren, seine Hinwendung zum Regime mochte bloße Heuchelei sein. Andererseits verweigerte er auch einen Besuch bei seinem Sohn Henri. Man beschloss, sich bei Chavas Eltern zu treffen, den Andersens. Am ersten Weihnachtsfeiertag zum Frühstück. Den Cohens grauste vor dieser Begegnung. Henri war sein Vater sehr fremd geworden, Chava verachtete ihren Mann. Dennoch stimmten sie diesem Treffen zu. Schon einige Wochen zuvor, im Oktober, begann sie, einen Abschiedsbrief zu formulieren – erst einmal in einer Kladde. In der ersten Fassung machte sie Heinrich Vorwürfe; in der zweiten versuchte sie eine Erklärung zu finden für seinen Starrsinn und seine Verblendung; in der dritten vergab sie ihm. Irgendwann zählte sie ihre Versuche nicht mehr. Schließlich war sie sich sicher, dass es keine geschriebenen Abschiedsworte geben sollte.

Am 14. November 1934, es war früher Abend, meldete sich Milda Schmidt am Telefon. Sie weinte und würgte nur die folgenden Worte heraus:

»Herr Cohen, Herr Zimmermann ist gestorben, vor einer knappen halben Stunde. Herzinfarkt.« Sie weinte – und legte den Hörer auf.

Henri, der den Anruf entgegengenommen hatte, flüsterte: »Ihm ist wahrscheinlich viel erspart geblieben.«

Er hatte keine Träne für seinen Vater. Er überlegte kurz, wie er diese Nachricht seiner Mutter überbringen sollte. Er ließ sich Zeit. Kurz vor dem Abendessen, zu dem sie sich um acht verabredet hatten, klopfte er an der Tür ihres Zimmers.

»Ja, bitte.«

»Mutter, Vater ist gestorben.«

Stille. Dann mit erstickter Stimme eine Frage nur: »Hat ihn Gott bestraft oder hat er ihn erlöst, ihm Schlimmeres erspart?«

Henri Cohen wagte keine Antwort.

Drei Tage später trug die Familie Cohen Heinrich Cohen zu Grabe. Er wurde auf dem jüdischen Friedhof beerdigt. Henri Cohen hatte beim Steinmetz einen Grabstein bestellt, auf dem in hebräischen Buchstaben der Name seines Vaters eingraviert war:

ןהכ ךירנייה

1879–1934.

72

Sie trafen sich zum Frühstück. Dirk und Benjamin wirkten sehr unausgeschlafen, was Rahel Cohen mit Genugtuung wahrnahm. Am späten Vormittag liefen sie zu dritt die wenigen Meter zum Stelenfeld von Peter Eisenman, das der Autor eines Stadtführers als *das gelungenste Holocaust-Mahnmal weltweit* anpries.

»Ja«, sagte Rahel, »der Mann hat recht. Man muss in dieses Feld, das den Tod beschwört und durch seine leichte Schräglage zugleich auch das Leben feiert, hinein wie in ein Weizenfeld – findest Du nicht, Benjamin? Man muss hineingehen, man muss hier picknicken, posieren, sich fotografieren lassen und Versteck spielen.«

Benjamin pflichtete seiner Großmutter bei.

Dirk ergänzte: »Hier kann man nur demütig erkennen, wie wertvoll es ist, am Leben zu sein!«

Und nach einer langen Pause wandte sich Benjamin an seine Großmutter: »Mir geht die Geschichte von Heinrich Cohen nicht aus dem Kopf, Grandma. Wie ist seine Frau denn damit fertig geworden, nachdem sie in den USA waren?«

»Sie sprach nicht darüber. So wenig wie Jacob. Ich denke, sie dankten Gott für diesen plötzlichen Tod.«

Benjamin wollte weiterfragen – doch er unterließ es. Er wollte nach Fürth fragen – und schwieg.

Rahel, Dirk und Benjamin blieben im Regierungsviertel. Benjamin wollte den beiden noch ein anderes Mahnmal zeigen, das für die im Nationalsozialismus verfolgten Homosexuellen – ein leicht gekippter Betonquader mit einem Bildschirm darin. Auf diesem sahen sie – in Endlosschleife – einen Film. Den Kuss zweier Männer. Benjamin wollte den Gang beenden an der Gedenkstätte für die verfolgten Sinti und Roma.

Sie liefen zurück zum Hotel und weiter hinauf Richtung Museumsinsel. Die ehemalige, jetzt eher von Baustellen verschandelte Flaniermeile gefiel allen dreien immer wieder. Als sie an der rosafarben gestrichenen Staatsoper vorbeikamen, sahen sie sich im Schaukasten den Spielplan an und entdeckten für den Abend eine Aufführung von Benjamin Brittens *Billy Budd*.

»Da möchte ich hin. Du auch, Dirk? Und Du, Grandma? Ich kauf hier gleich die Karten, hoffentlich gibt es noch welche!«

»Benjamin, geht bitte allein. Ich werde nach dieser Tour früh zu Bett gehen. Britten ist nicht so meine Sache. *Billy Budd* habe ich schon einmal in der Met gesehen. Eine Männeroper, oder?«

»Ja«, antwortete Benjamin ein wenig gereizt.

Er ging ins Foyer des Theaters und ließ seine Großmutter und Dirk in der Sonne stehen. Das kann ja nett werden, wenn sie jetzt – und mit ihr womöglich alle – meine Wünsche immer als sexuell motiviert interpretieren. Er liest Baldwin, natürlich, er hört Britten und Tschaikowski, natürlich; und irgendwann wird er auch noch das Ballett mögen. Ihn ärgerte die Bemerkung seiner Großmutter. Er bekam die letzten Plätze im Parkett, achte Reihe.

»Deine Bemerkung hat mich verletzt, Grandma!«

»Ich entschuldige mich, Benjamin, aber es stimmt doch.«

»Was stimmt?«

»Dass es in dieser Oper um homosexuelles Begehren geht.«

»Die Musik ist weder hetero- noch homosexuell, sie ist einfach das, was sie ist: bewegend! Und wer wen liebt, interessiert sie nicht!«

»Da hast du wohl recht, mein Lieber, und ich lerne gerne dazu, aber ich mag allein sein, heute Abend, es war ein langer Tag.«

Den Rest zum Hotel legten sie schweigend zurück. In der Halle verabschiedete sich Benjamin von seiner Großmutter mit einem Kuss auf die Wange, wie stets: »Erhol dich gut und hab einen schönen Abend!«

»Den wünsche ich euch auch!« Rahel Cohen fuhr mit dem Lift hoch zu ihrem Zimmer.

Die Inszenierung erschien den beiden jungen Männern eher konventionell. »Das hätte auch Grandma gefallen«, resümierte Benjamin, als er applaudierte, ein wenig. Auch Dirk fand die Aufführung enttäuschend-brav.

Was konnten sie mit dem angefangenen Abend noch machen? Benjamin schickte Carl Schwarz eine Nachricht. *Komme gerade aus einer mittelmäßigen Aufführung von Billy Budd und möchte gern noch etwas trinken gehen. Hast Du einen Tipp?*

Pling. *Probier mal The Coven aus. Berlin Mitte, Kleine Präsidentenstraße. Schick. Schwul. Nicht ordinär. Viel Spaß!* Kein X, keine hugs – der Schmetterling ist schon woanders, Benjamin fühlte sich bestätigt in seiner Meinung über Carl. Aber was soll's, ich bin ja auch schon ganz woanders.

73

Jacob Cohen hatte sich entschlossen. Es war noch nicht zu spät! Ja, er war ein alter Mann. Aber wollte er ein griesgrämiger Alter sein, der ein Leben lang – wider besseres Wissen, wider alle Erfahrung – bei einer Meinung blieb? Sollte seine Familie ihn für störrisch halten? Vielleicht dachten sie schon, er sei ein schrulliger Greis? Vergrämt und unbelehrbar. Rahels lange Abwesenheit, die erste in ihrer Ehe, veränderte ihn. Dass sie aus Deutschland nur Gutes berichtete, dass sein Enkel Benjamin sich in diesem Land so wohl fühlte, dass dieser überlegte, ob er dort leben und arbeiten könnte, verunsicherte Jacob.

Alles, war er über Deutschland gelesen hatte, hatte er geglaubt, sobald die Deutschen kritisch betrachtet wurden. Wurde ihre Demokratie gelobt und die Rechtsstaatlichkeit, glaubte er den Berichten nicht. Seine Vorbehalte, die bisher niemand ausräumen konnte, niemand aus der Familie, keiner seiner Kollegen, erschienen ihm auf einmal ungerecht. Hatte Rahel womöglich recht gehabt, als sie ihm während eines Streits vorgeworfen hatte, dass er – wenn er einmal ein Urteil gefällt hatte – dieses blind und starrsichtig verteidigte? Wider alle Vernunft? War die Furcht vor den Deutschen und ihrem andauernden Antisemitismus gerechtfertigt? Oder war es eine Obsession?

Jahrzehntelang hatte er die größte Lust, in Zeitungen, in Büchern, in Filmen den modernen deutschen Antisemitismus zu suchen – und zu finden. Seiner Frau und seinen Kindern und Enkeln hatte er Reisen in dieses Land untersagt. Obwohl er wusste, dass es auch in Amerika wie überall auf der Welt Antisemiten gab – nur vielleicht in Israel nicht. Der Entschluss, zu versuchen, Deutschland mit den Augen seiner Frau, seiner Kinder und Enkel zu sehen, glich einer Befreiung. Am späten Montagabend setzte er sich an seinen Rechner:

Liebste Liebe!

Ich hoffe, es geht Euch beiden gut! Ich möchte Dir schon jetzt, also vor Deiner Abreise aus Deutschland, schreiben, dass ich nicht mehr in der deutschen Geschichte wühle und auch nicht mehr danach suche, wie antisemitisch die Bunderepublikaner denken und handeln. Ich möchte am Ende meines Lebens den Groll begraben. Ich bin froh, dass Du Dich durchgesetzt hast und nun mit Benjamin durch das Land reist. Ich freue mich auf Deine, auf Eure Berichte. Ich werde alle Bücher, die ich mir seit Jahren besorgt habe – über das Dritte Reich, über die Konzentrationslager und die Geschichte des deutschen Judenhasses – der Bibliothek unserer Gemeinde stiften. Ich werde stattdessen Romane lesen und Musik hören, ich werde noch öfter in die Oper gehen und mit Dir reisen. Vielleicht nicht nach Deutschland – das wird mir zu anstrengend. Aber wollten wir nicht immer schon einmal ein paar Wochen auf Martinique verbringen?

Ich hatte mir geschworen, dass ich meinen Söhnen, meinen Enkeln und Urenkel immer wieder ins Gedächtnis rufen würde, dass wir Cohens und Blumenthals überlebt haben – weil wir vor den Mördern haben flüchten können. Aber die Mörder leben nicht mehr.

Ich habe mit niemandem bisher darüber gesprochen. Lass meinen Entschluss unser Geheimnis sein. Darum bitte ich Dich. Spätestens wenn unsere Musiker-Enkel oder Benjamin in Deutschland Karriere machen möchten, werden alle bemerken, dass der alte Jacob etwas begriffen hat. Zu verzeihen ist etwas sehr Schönes!

Ich umarme Dich so fest ich es vermag bei dieser Entfernung, und weil ich es jetzt kann, diesmal auf Deutsch:
Dein, immer Dein, Jacob

PS. Möge unser Chaim schneller klug werden, als ich es geworden bin.

Zwei Tage später trug er zusammen mit Levin Lämmle mehrere Kisten Bücher in die Bibliothek seiner Gemeinde. Die Bibliothekarin Rivka Friedländer freute sich über die Stiftung ebenso wie der Vorstand.

»Falls du mal was Amüsanteres zum Judentum abzugeben hast, Jacob, zögere nicht«, meinte Shmuel Guthertz. »Nur Ephraim Kishon ist in unserer Bibliothek untersagt.«

74

Liebster! Liebster!

Ich bin so glücklich! Ich weiß nicht, wann ich zuletzt Dich so herzen wollte wie jetzt. Ich werde es tun, wenn wir einander halten und nicht mehr voneinander lassen werden. Du hast mich mit Deinem Argwohn geärgert, aber nie verletzt.

Diese Reise verändert uns beide – und Benjamin noch dazu. Ich habe noch nicht die Ruhe gefunden, die ich mir ersehnt hatte, als ich mich entschloss, nach Fürth zu reisen, Ich hoffe sehr, dass ich Deinem Beispiel folgen werde – und vergebe!

Deine Rahel, in Liebe.

75

Benjamin schaute aus dem Fenster. Es regnete. Er hatte gar keine Lust aufzustehen. Aber nach dem kühlen Abschied von seiner Großmutter am Abend zuvor wollte er sie nicht lange warten lassen und suchte sie wenig später zusammen mit Dirk im riesigen Frühstücksraum des Hotels.

»Du strahlst, Grandma, als wärest du verliebt!«, Benjamin nahm seine Großmutter in den Arm.

»Bin ich auch!«

»In mich?«

»Nein, in deinen Großvater!«

»Was ist passiert?«

»Sag ich nicht! Hab auch meine Geheimnisse. Müssen ja nicht unbedingt Träume sein. Jacob hat mir geschrieben!«

Mehr wollte sie nicht verraten. Sie fragte, ob sie den Berlin-Aufenthalt verkürzen könnten.

»Hältst du's nicht mehr aus ohne Jacob?«

»Ja! Ich will zu ihm!«

Sie beschlossen, nur noch zwei Tage zu bleiben und dann nach München zu reisen.

76

Lisa Cohen kam nach Hause und fand einen Brief von Damir vor. Sie öffnete ihn nicht sofort, sondern bereitete erst ein Abendessen für Elay Abramowicz vor. Sie hatte den Lehrer an der New Yorker Filmakademie bei einer Vernissage in der Frog Gallery getroffen. Sie hatten sich trefflich unterhalten über die Arbeiten eines noch unbekannten Künstlers, eines Vietnamesen namens Tung Doan – und über ihre Jobs. Sie erzählte vom Designerstudium; von der Trennung sprach sie nicht. Er berichtete, dass er an der Academy den schwierigen Beruf des Produzenten unterrichte und diesen auch noch ausübe: »Meistens für Neflix-Serien.«

Sie bat um Titel, er nannte keine. Es sei keine einzige Serie darunter, die sie kenne.

»Sicher?«

»Sicher!«

Er war der Sohn serbischer Juden, die schon seit drei Generationen in Amerika lebten; einige in New York, andere in Chicago. Rasch hatten sie geklärt, dass er sein Judentum nicht auslebe. Sie zögerte nicht zu sagen – es klang wie das Bekenntnis einer Spießerin –, dass sie die Schabbat-Feiern ernstnähme.

»Und essen Sie koscher?«

»Nur an den Feiertagen und an Schabbat.«

»Dann sollten wir einander treffen von Sonntag bis Donnerstag«, lachte Elay Abramowicz.

Die Bemerkung traf Lisas ironischen Geschmack. Sie verabredeten sich schon für den nächsten Tag. Der heutige Abend würde das dritte Treffen werden. Lisa hatte zu sich eingeladen. Ein Dienstag. Während sie noch die Sauce einkochte, klingelte es. Elay Abramowicz war zu früh. Als er dreieinhalb Stunden später wieder ging, wusste sie einiges mehr über Serbien, da sie mit Elay vor allem über dieses Land und seine Geschichte gesprochen hatte – und über Marina Abramovic. Beide hatten die Retrospektive ihrer Arbeiten im MoMa gesehen.

Es war kein Coup de foudre. Doch Lisa fand Elay, der ein wenig kleiner war als sie und einen Dreitagebart trug, sympathisch, klug und schlagfertig. Dass er in der Kunst unterwegs war, mochte sie auch. Sie störte allerdings, dass er zwei Jahre jünger war als sie. Zudem wusste sie bisher nur wenig von seiner Familie.

Lisa Cohen setzte sich nochmals an den Esstisch und goss sich Wein nach – heute Abend trinke ich die Flasche leer, sagte sie laut zu sich. Sie riss das Briefkuvert auf, was sie daran erinnerte, dass ihr Vater das nie leiden konnte und ihr deshalb einen Brieföffner geschenkt hatte, den sie sonst auch benutzte. Großmutter Rahel benutzte immer ihre Nagelschere.

11

Liebe Lisa,

ich schreibe Dir, weil ich Dich sehen und sprechen möchte. Ich bitte Dich, mir das Treffen nicht zu verweigern. Ich möchte nicht mit Dir essen gehen, sondern schlage einen langen Spaziergang im Central Park vor. Dort hört uns niemand zu. Lass mich bitte wissen, welcher Tag Dir passt. Nur sollten wir nicht allzu lang warten. Wie alle Cohens magst Du es doch nicht, wenn ein Streit nicht am selben Tag geschlichtet wird, an dem er ausgebrochen ist. Das schaffen wir zwar nicht mehr, aber wir sollten rasch sein, bitte. Herzlich, Damir.

Sie schrieb auf WhatsApp zurück, bedankte sich für den *altmodischen Schreibebrief* und schlug den kommenden Sonntag vor. Der Wetterbericht hatte das Hoch ›Joyce‹ avisiert, da konnte nicht viel schief gehen. Sie legte sich fest: Sechzehn Uhr; Startplatz für den Spaziergang: Central Park, vor der Frick Collection.

78

Pünktlich um elf Uhr meldete sich Dora Stein beim Concierge, der Rahel Cohen den Besuch avisierte. Sie fuhr mit Benjamin und Dirk hinunter in die Halle. Dora Stein begrüßte die beiden Amerikaner und den jungen Deutschen, den Benjamin als »mein Freund« vorstellte.

»Ihr Kleid ist sehr schön, wenn ich mir diese Bemerkung erlauben darf.«

»Danke, Komplimente von Frauen an Frauen sind selten. Ich bin gespannt auf Ihre Fragen!«

Sie ist hübsch, schoss es Benjamin durch den Kopf, und frech.

Es hatte aufgehört zu regnen, die Sonne brach durch, und als man draußen auf der Terrasse des Hotels Platz genommen hatte, fiel Rahel Cohen mit der Tür ins Haus: »Wie ist das, Dora, als ehemals orthodoxe Jüdin aus den USA nun in Deutschland zu leben und künstlerisch zu arbeiten? Und was sagen Ihre Eltern dazu?«

»Sie haben mich verstoßen. Ich habe keinen Kontakt zu ihnen. Ich möchte auch nicht über sie sprechen.«

Rahel Cohen bat um Verzeihung.

»Sie müssen sich nicht entschuldigen. Aber jetzt zu Ihrer Frage: Es lebt sich – auf den ersten Blick – ganz schön hier, weil ich mit vielen ähnlichen Seelen unterwegs bin. Berlin ist voll mit Juden, vor allem mit Israelis. Keiner von uns denkt über die Deutschen schlecht – und sie sind es auch nicht. Wirklich nicht. Was immer ihnen furchtsame Juden auch einreden mögen. Der Antisemitismus ist weit weniger verbreitet als anderswo in Europa. Aber Berlin ist wohl eine Ausnahmestadt, oder besser: die Ausnahmestadt überhaupt! Das gilt für ganz Europa. Ich habe in Paris gelebt, in London, in Hamburg, in München, und nun in Berlin. Bitte glauben Sie mir, Berlin ist der erste Ort, an dem ich das Gefühl habe, dass die Erinnerung an die Shoa ein andauerndes kollektives Erlebnis ist. Ich bin nicht allein damit. Alle haben teil an dieser Erinnerung, und deshalb, ich möchte es so ausdrücken, kann ich auch ein bisschen ausatmen. Weil ich weiß: Die Erinnerung ist da, und sie wird von vielen geteilt. Und eben nicht allein von Juden.«

Benjamin unterbrach Dora Stein nicht, auch weil sie so sympathisch bekannt hatte, dass Sie »sehr redselig« sei, aber er zweifelte weit mehr als seine Großmutter daran, dass Berlin, die einstige Hauptstadt des Naziregimes und nun wieder Hauptstadt der demokratischen Bundesrepublik, zum Dorado für die Juden geworden sein soll. Auch Rahel Cohen unterbrach nicht. Sie war beeindruckt von Dora Steins Selbstbewusstsein, ihrer Intelligenz und ihrem dunklen, extrem glatten kastanienbraunen Haar.

Dora Stein belegte ihre Einschätzung mit Beispielen. Und endete euphorisch: »Junge europäische Juden gehen nicht nach Israel, sie kommen nach Berlin. Ist das nicht wundervoll!« Sie strahlte.

»Ja, es ist ein Wunder«, sagte Rahel Cohen sanft.

»Und, Rahel, das Wunder währt. Das ist das Tollste daran. Denn hier fühlen wir uns nicht als Juden, sondern als Europäer. Hier kriegt man es sogar als Amerikanerin hin, jüdisch zu sein und europäisch und deutsch noch dazu!«

»Hätten wir zuvor nur schlimme Botschaften gehört, was wir nicht haben: Ihr Optimismus hätte alle Schatten verjagt!«

»Nun Rahel – es gibt aber auch Juden in Deutschland, die vor Antisemitismus warnen, weil es schon passiert, dass Männer mit Kippa beschimpft werden. Das möchte ich nicht verschweigen. Anschläge wurden und werden auch verübt. Es gibt antiisraelische Schmierereien. Attentate auf Synagogen. Auf koscherere Restaurants. Aber ich denke, die französischen Juden sind gefährdeter als wir. – Was haben Sie noch vor in der Stadt?«

»Wir möchten in Museen. Ich – vor allem.«

»Ich weiß, mein Tipp ist fad und auch ein wenig konventionell. Aber lassen Sie sich die Nofretete nicht entgehen.«

Die vier redeten noch über dies und das, gerieten ins Erzählen, was sie je und je erlebt hatten hier in diesem Land, und als sie schließlich darüber sprachen, wie sehr das Bild, das manche Amerikaner sich von Deutschland machten, nicht nur die Juden, doch trügerisch sei, erwähnte Benjamin, dass ihn die Reise über viele Dinge nachdenken ließ, nicht zuletzt über die Tatsache, wie wichtig es doch sei, mit eigenen Augen zu sehen und seine eigene Erfahrung zu machen, sein eigenes Denken in Gang zu bringen, wie er sich ausdrückte. Rahel Cohen sah ihren Enkel an und wusste, dass er seinen Weg gehen würde, sie fühlte sich glücklich bewegt und dachte plötzlich darüber nach, wie sie ihrer Familie ihre Erfahrungen in Fürth würde erzählen wollen. Ihre Gedanken unterbrach Benjamin, als er sie fragte: »Warum so still plötzlich, Grandma?«

»Ich bin ein wenig bewegt von allem, und ich denke, ich würde mich jetzt gern ein wenig ausruhen, wenn Sie nichts dagegen haben, liebe Frau Stein.«

Man verabschiedete sich, und Rahel, die sehr zufrieden war mit diesem Treffen, schlug ihrem Enkel vor, dass sie einmal auf sie verzichten sollten.

79

»Ich möchte dir von meiner Familie erzählen, damit du auch etwas von mir weißt«, begann Dirk an diesem Nachmittag während eines Spaziergangs durchs Scheunenviertel. »Meine Mutter ist die Stärkere in der Beziehung meiner Eltern, aber sie lässt meinen Vater diese Überlegenheit nie spüren. Sie kümmerte sich auch um unsere Erziehung und half uns bei den Hausarbeiten, denn bis zu unserem Studium arbeitete sie nur halbtags.«

»Wissen deine Eltern, dass du schwul bist?«

Er habe sein Outing schon als Siebzehnjähriger gehabt. »Es war absolut problemlos. Mein Vater war ein wenig traurig, dass er keine Enkel von mir bekommen würde, und meine Mutter reagierte absolut klasse. Erstens, und sie lächelte mich unfassbar liebevoll an, habe sie es geahnt, und zweitens, – und das fand ich wirklich dufte von ihr –, solle jeder in seiner Art zu lieben glücklich werden, und dazu gehöre es unbedingt, und jetzt pass auf: geliebt zu werden, und dann nahm sie mich in ihre Arme und sagte: ›Ich liebe dich, mein Sohn‹ – tolle Frau, was?«

»Ja, das ist wirklich schön!«

»Fand ich auch! Und, nun, ja, seit damals habe ich Sex mit Männern, immer geschützt.«

»Oft?«

»Ich habe sie nicht gezählt. In mein Tagebuch haben es nur sieben geschafft. Du bist Nummer acht. Die Zahl der Unendlichkeit!«

Das saß. Das war unmissverständlich, und Benjamin blickte Dirk für einen langen ruhigen Moment tief in die Augen. Als sie später nebeneinander einschliefen, wusste er, er hatte Lust auf diesen Jungen. Er gefiel ihm; er war nicht ungebildet – und er war unfassbar ehrlich.

Am Morgen schrieb Benjamin in sein Tagebuch: *Bei Sonnenaufgang mit Dirk geschlafen: in heaven!* Er überlegte, ob und wie es weitergehen könnte. Dass auch sein neuer Freund Tagebuch führte, machte ihm diesen noch sympathischer. Da Dirk mehr Zeit brauchte, setzte sich Benjamin an seinen Laptop und schrieb seiner Mutter:

Liebe Ma,

bei euch ist es noch Nacht, hier schon Morgen. Ich sitze in meinem Zimmer, in einem der Sessel sitzt ein junger Mann, er heißt Dirk Weber, studiert Kunstgeschichte und ist bezaubernd. Das findet auch Grandma. Denn Dirk begleitet uns – zu meiner großen Freude, seit wir hier in Berlin sind. Das Treffen mit der jungen Malerin war spannend, wenngleich sie sich sehr gerne reden hört. Aber ich schreibe Dir nicht, um zu erzählen, was wir gestern noch so erlebt haben. Es geht um viel Wichtigeres!

Ich habe mich entschieden, nicht bis zu unsrer Rückkehr zu warten und nicht, wie bei uns Cohens üblich, großen Zinnober darum zu machen. Ich denke, das erlaubt Euch allen, Euch schon mal daran zu gewöhnen – ohne mit mir darüber zu reden, oder reden zu müssen. Kurz: Ich bin schwul – siehe oben.

Grandma weiß es schon – und war keineswegs überrascht. (Bei ihr machte ich Cohen-Zinnober: Geständnis in Potsdam, wo Friedrich II. seinen gay court führte.) Grandma informierte – das wollte ich nicht – unter dem Siegel der Verschwiegenheit Großvater; und er beglückwünschte mich zum Coming-out. Er sei, so schrieb er, stolz, einen schwulen Enkel zu haben und hat Grandma nicht verraten, dass er das Geheimnis nicht bei sich behalten konnte.

Ich bin froh, dass es nun raus ist!

Ich habe nichts dagegen, wenn Du die ganze Familie informierst – auch Damir und Elizabeth. Dreimal Ich ist mindestens zweimal zu viel. Eigentlich bin ich doch gar nicht so egozentriert!

Ich umarme Dich,
Benjamin

Glücklich gingen Dirk und Benjamin an diesem vorletzten Berlin-Tag in den Frühstücksraum, wo Rahel Cohen schon auf sie wartete.

»Ihr seht müde aus!«

»Kann nicht sein, Grandma!«

Während sie aßen, machte Benjamins Telefon dreimal pling. Beim dritten Mal schaltete er es auf stumm. Als sie wieder oben in ihren Zimmern waren, um sich zurechtzumachen für den Tag, und Dirk ins Bad ging, las Benjamin seine Nachrichten: *Wie schön, dass es jetzt offiziell ist – gewusst haben Chaim und ich es schon seit Du den Workshop bei den Schauspielern gemacht hast. Deine Schwestern ahnten es und tuschelten. Mein lieber Benjamin, ich wünsche Dir so sehr, dass Du glücklich wirst. Ich freue mich darauf, Dich bald in meine Arme zu schließen. Genieß den Tag!!!! Deine Mutter Gili.* Und wieder ein PS. *Dein Vater will wohl noch eine politische Alterskarriere machen.*

Keine zwei Minuten später hatte Noah geschrieben: *Na endlich – wurde ja Zeit! Übrigens, du kommst ganz unschwul rüber – und doch haben wir es geahnt. Herzliche Grüße auch von Esther, sie wird Dich bekannt machen mit einem süßen – das war ihr Wort – Cellisten. Hab einen sonnigen Tag!*

Brauch ich nicht mehr, grummelte Benjamin.

Aaron und Alisah hatten nicht geschrieben und auch ihre Kinder nicht. Wahrscheinlich wird Gili sie erst morgen aufklären, gut so.

Die dritte Nachricht stammte von Carl aus München. Er wollte nur wissen, ob Benjamin im Coven war. Und wenn, wie es ihm gefallen habe. Das war alles. Benjamin überlegte, ob er ihm von Dirk berichten sollte – er ließ es.

Im Verlauf des Vormittags dann trudelten die Nachrichten aller anderen Cohens ein, auch ein *Glückwunsch, mein Hübscher mit den Superwimpern!* von Elizabeth. Nichts von Damir. Und die Lämmles waren extrem zurückhaltend und nicht eben aufbauend: *Du wirst ein schwieriges Leben vor Dir haben. Wir wünschen Dir, dass Du es meistern wirst!*, schrieb Deborah, seine Schwester.

Sein Schwager meldete sich separat: *Lieber Benjamin, Du wirst mit einer großen Last durch Dein Leben gehen. Bitte mach nichts falsch. Bleib gesund!*

Dieser Tag sollte wieder Regen bringen. Was konnte, was sollte man mit ihm anfangen? Benjamin entschied für alle: Zuerst Museum, dann ein gemeinsames Mittagessen, Siesta. Und am Abend vielleicht mal nichts. Nichts, das gefiel Rahel Cohen gar nicht. Sie schlug Theater vor. Benjamin organisierte drei Karten für ein Musicaltheater, nachdem er seine Großmutter gefragt hatte, ob die angebotene Produktion für sie akzeptabel sei: ein queerer Schlagerabend.

80

Als Noah Weinberg von der Probe nach Haus kam, empfing ihn seine Frau freudestrahlend: »Ich habe eine Überraschung für dich!«

»Ich weiß, die Cohens lieben Überraschungen! Wahrscheinlich wartest du mit der Verkündigung bis zum Abendessen, stimmt's?«

Esther Weinberg lächelte.

»Raus mit der Sprache, Esther, bitte!«

»Noah könntest du, würdest du ... eine größere Familie ernähren? Elias, mich, dich und ...«

»Du bist schwanger?!«

»Ja!«

»Bist du sicher? Kann doch nicht sein, so schnell nacheinander.«

»Ist es aber!«

Er nahm sie in seine Arme, dann ging er mit ihr ins Kinderzimmer und flüsterte:

»Elias, du bist bald nicht mehr allein.«

Sie schlichen aus dem Zimmer und hinein in ihres. Es wurde ein spätes Abendessen.

»Eigentlich wollten wir ja fünf Jahre pausieren, oder?«, fragte Noah.

»Das stimmt, aber du hattest es offensichtlich besonders eilig.«

Sie überlegten, ob sie es den Eltern erzählen sollten. Sie entschieden sich dagegen.

»Das sind zu viele Aufregungen auf einmal: Lisas schwierige Situation mit Damir, Benjamins Outing und die Frage, was aus Elizabeth und Asael wird. Lass uns warten. Bevor es mir alle ansehen werden, erklären wir den Glücksfall.«

Das war bestimmt, und noch etwas anderes wurde beschlossen. Ganz allein von Esther.

»Ich werde, wenn das Kind da ist, nicht mehr arbeiten.«

»Du willst das Musizieren aufgeben?«

»Nicht das Musizieren, Noah! Das Musizieren als Arbeit werde ich aufgeben – zumindest bis unsere Kinder eingeschult sind. Aber natürlich werden wir beide musizieren. Zuhause. Für unsere Kinder, unsere Eltern, unsere Großeltern und die Geschwister.«

Noah Weinberg war sehr glücklich über Esthers Entscheidung, doch ein wenig fürchtete er, dass sie die verpasste Karriere später einmal bereuen könnte. Andererseits: Die Cohens setzten immer ihren Kopf durch – und bedauerten nur sehr selten eine Entscheidung.

81

Das Publikum war recht queer im Lichtsaal des Theaters, was nur Rahel überraschte. Während sich Benjamin und Dirk durchaus amüsierten über diese seltsame Mischung aus Kabarett und schwul-lesbischem Verwursten von LGBT-Klischees, fand Rahel das alles eher ermüdend und manchmal durchaus geschmacklos. In der Pause bat sie, zurück ins Hotel zu dürfen, die *beiden boys* – so sagte sie – müssten nicht mitkommen. Aber auch die hatten keine große Lust mehr, zu bleiben.

»Kannst du mir bitte erklären, was LGBT bedeutet, Benjamin?«

»Das ist noch einfach, Grandma. Das bedeutet: lesbisch, gay, bisexuell, transgender. Kompliziert wird es erst bei LGBTQIA, da kommen dann die Queeren, die Intersexuellen und die Asexuellen noch dazu. Und wenn nach dem A noch ein Pluszeichen kommt, dürfen sich andere Geschlechtsidentitäten melden.«

»Wie verwirrend. Wie gut, dass du nur gay bist.«

»Das bin ich gewiss und gern. Und um dich zu beruhigen: Fummel mag ich nur an Frauen.«

Eigentlich hatten Benjamin und Dirk vorgehabt, diesen Abend in einer Bar zu beschließen. Doch als sie mit Rahel Cohen im Hotel angekommen waren, hatte sie keine Lust mehr dazu. Nicht einmal mehr Neugierde. Vielleicht haben mich die Dragqueens abgetörnt – oder ich bin verliebt, ging es Benjamin durch den Kopf. Er umarmte Dirk und die beiden verschwanden im Lift.

Noch am gleichen Abend schrieb Rahel Cohen Alisah und Gili, ihren Schwiegertöchtern. Jede bekam einen eigenen Bericht. Sie fand diese Masche, Menschen bei privaten Mitteilungen auf cc zu setzen, extrem indiskret. Sie vermied es fast immer. Beiden schrieb sie von dem seltsamen Schlagerabend. Und beide fragte sie, ob sie wüssten, was LGBTQIA+ zu bedeuten habe. *Morgen ist Schabbat, trefft ihr euch wieder?*

Pling. *Ja. Wir lassen eigentlich keinen Freitagabend aus. Aufgegeben haben wir allerdings unsere Bridge-Treffen. Ihr seid noch in Berlin, nicht wahr? Wann reist ihr dort ab? Geht es dann nach München und endlich zurück zu Jacob, der sich nach Dir sehnt! Freue mich auf Dich, Gili*

PS. Lesbisch, gay, trans, queer – den Rest weiß ich nicht.

Rahel war auf dem Weg zum Bad. Pling: *Ja, wir treffen uns heute. Wir freuen uns, dass ihr beide bald wieder hier seid. Lesbisch, gay, trans – und dann weiß ich nicht weiter. Ich umarme Dich – Alisah. Grüß bitte Benjamin! Er müsste doch wissen, was es mit diesen sieben Buchstaben auf sich hat. Mit der Menora hat es nichts zu tun.*

82

Benjamin hatte am nächsten Morgen für diesen letzten Vormittag in Berlin ein Museum gefunden, das sie noch nicht besucht hatten. Doch seine Großmutter quengelte – zum ersten Mal während ihrer gemeinsamen Reise. Sie wollte die Nofretete sehen, ihr Entschluss war bereits gefasst, bevor Dora Stein ihren Tipp abgegeben hatte. Das freute auch Dirk. Er hatte sie schon dreimal in seinem Leben bestaunt, sich in dieses Frauengesicht geradezu verliebt. Als sie sich vor der Büste mit vielen anderen Besuchern drängelten, waren die beiden Cohens nur mäßig beeindruckt; sie hatten ein Wunderwerk erwartet – und sahen ein hübsches, totes Gesicht.

»Ja, sie ist schön«, befand Benjamin.

Seine Großmutter widersprach nicht, jubelte aber auch nicht.

»Sie ist bezaubernd!«, ärgerte sich Dirk über die Ignoranz der Amerikaner. »Schaut sie genau an! Sie ist großartig: Diese hohen Wangenknochen, dieser gelangweilte Schlafzimmerblick und dieser Mund …«

Benjamin unterbrach ihn: »Man könnte meinen, du stehst auf Frauen!«

»Diese jedenfalls könnte mir gefährlich werden!«

83

Als Alisah sich nach dem Abendessen zu den anderen setzte, war die Spannung wie an jedem Freitagabend groß, und sie ergriff sofort das Wort: »Heute gibt es keine Vorankündigung. Gleich zu Ruths Tagebuch!«

New York, 6. Juli 1957

Wir haben zwei Enkel! Zwillinge! Jacob, Rahel und ich wussten es ja zuvor, aber dennoch war's eine Überraschung! Geboren am 3. Juli im Mount Sinai Hospital. Rahel hat die schwere Geburt sehr gut überstanden, trotz der vorzeitigen Wehen. Die Buben heißen Aaron und Chaim, sie haben schütteres schwarzes Haar und blaue! Augen, die hoffentlich blau bleiben. Alberne Frage, wem sie ähneln: Mir und Jacob!

Seit sie da sind, denke ich täglich an unsere Flucht in die Staaten, an unser Überlebensglück und die große Chance, hier zu leben. Unter Amerikanern – die meisten unserer Freunde sind europäische Juden. Frei und keinen Angriffen ausgesetzt. Wir verleugnen unsere deutsche Vergangenheit nicht, wir sprechen Deutsch und wir lesen deutsche Bücher. Auch die Enkel sollen zweisprachig erzogen werden, so wollen es Rahel und Jacob. Ich bin froh drum! Und froh, um das jüdische Leben, das wir hier führen. Gewiss gab es hier auch antisemitische Stimmungen, in Boston, Philadelphia, Atlanta und Miami; aber unser jüdisches Leben in New York war nie gefährdet.

Was wünsche ich mir? Ich bin jetzt fünfundfünfzig Jahre alt, aber nicht einsam! Mein Sohn kümmert sich wunderbar um mich, und seine Frau ist ein Schatz. Also, was wünsche ich mir? Frieden, Gesundheit – auch für mich, so egoistisch bin ich schon –, aber vor allem für Jacob und Rahel, Aaron und Chaim. Ich wünsche mir eine große Familie. Morgen werde ich Rahel und ihre Buben besuchen.

84

Lisa grauste nicht vor dem Treffen mit Damir, aber sie fürchtete es. Was gab es eigentlich zu besprechen? Sie hatte Damir ziehen lassen und sich befreundet mit Elay Abramowicz, der nicht zu ihrem Lover wurde. Einen Moment lang überlegte sie, ob sie pünktlich sein oder lieber ein wenig verspätet auftauchen sollte. Verspätet ist zickig, entschied sie.

Am Vormittag ging sie in die Synagoge und anschließend mit Miriam Grünspan zum Mittagessen. Sie erzählte nichts von der Trennung, obwohl Miriam fragte, ob sie heiraten würden und wann und wie. Sie wisse beides noch nicht, lautete die knappe Antwort, die Lisa ihrer Freundin gab. Kurz nach halb drei war sie wieder in ihrer Wohnung, machte eine kurze Siesta, zog sich dann an – sie wählte eine weiße Hose und eine blaue Bluse – und machte sich auf den Weg. Er wird gewiss das Gespräch eröffnen, ich muss also nur reagieren. Was, wenn er bereut und wieder zurückwill? Will er nicht. Aber wenn? Ich will nicht. Blieben wir zusammen, es würde, wie Großmutter immer sagt, nur a Geschiebe von ein Stück Schlammassel. Standhaft sein, Lisa, darauf kommt es an!

Sie war überpünktlich, fünf Minuten vor vier. Damir wartete schon. Er kam ihr entgegen und umarmte sie. Damit hatte sie nicht gerechnet. Sie überquerten die Straße und spazierten los. Damir entschuldigte sich für sein Verhalten, für die Lügen und den Betrug.

»Übrigens habe ich mich von Yara getrennt. Diese Affäre war trotzig und dumm.«

Lisa reagierte nicht.

»Diese Trennung bedeutet aber nicht, dass ich wieder mit dir zusammen sein möchte. Mir ist klar geworden, dass unsere Familien nicht zusammenpassen. Ihr seid wohlhabend, uns geht es gut. Ihr seid – und zwar die ganze Familie – stolze Juden, wir sind stolze Muslime. Ich war es zu lange nicht. Ihr unterstützt Israel, wir bekämpfen es. Nicht ich persönlich, du weißt schon, aber wir als Volk.«

»Warum wolltest du mich sprechen, Damir? Um mir arabische Politik zu erklären?«

Damir schwieg.

»Mir wäre es lieber, du erklärtest mir das Verhalten deiner Brüder.«

Damir schwieg.

»Wie soll es nun weitergehen mit uns – gute Freunde?«

»Ich denke ...«, Damir machte eine Pause, »... ich denke, wir sollten unsere Liebe nicht bedauern, sondern sie als ein Geschenk annehmen, das wir nicht für das ganze Leben behalten dürfen. Du bist die wichtigste Frau in meinem Leben, ich möchte nicht, dass du aus ihm verschwindest, und ich wäre sehr glücklich, wenn du mich auch in Zukunft an deinem teilhaben ließest.«

Wortlos liefen sie eine Zeitlang nebeneinanderher.

»Damir«, begann Lisa schließlich, »ich möchte dasselbe. Ich möchte, dass du glücklich deinen Lebensweg verfolgst. Wann immer du mich brauchst: Ich werde da sein. Was wir nicht schaffen werden, ist, so denke ich, unsere Familien in diese Freundschaft einzubeziehen. Die Wunden, die deine Brüder schlugen, werden lange nicht heilen, wahrscheinlich nie. Unsere Ansichten sind zu verschieden, eure Toleranz, die ich euch gar nicht absprechen möchte, ist eine andere als unsere.« Sie hielt inne. Und dann knapp: »Übrigens, Benjamin ist schwul.«

Das habe er geahnt.

»Lass uns noch ein Glas trinken, irgendwo.«

Als sie sich voneinander verabschiedeten – mit einer Umarmung und einem Kuss auf die Wange – war klar: Sie würden sich weiterhin treffen und einander die Freundin, den Freund vorstellen. Lisa versprach, Damir zu ihrer Hochzeit einzuladen – wann immer und mit wem auch immer sie es wagen würde. Damir war ehrlich:

»Das werde ich nicht können.«

Am Abend traf sich Lisa mit Elay Abramowicz.

Damir Soylu verbrachte den Rest des Tages allein.

85

»Und jetzt, zum Schluss, das Jüdische Museum!«, freute sich Rahel Cohen.

»Unser letzter Tag hier – wir sollten überlegen, wie wir den Abend verbringen.«

»Du denkst gern ans Essen, nicht wahr, Benjamin?«

»Ja, Dirk, daran wirst du dich gewöhnen müssen.«

Er ärgerte sich, dass er mit diesem Satz unwillkürlich Zukunft formuliert hatte.

Sie wussten, dass sie keine Ausstellung würden sehen können und fanden diesen Umstand mehr als befremdlich. Es war also klar, dass sie allein den Libeskind-Bau betrachten und gewiss bewundern durften. Dirk freute sich ganz besonders darauf – er hatte das Museum bislang noch nicht besucht. Die drei waren fast allein in den Räumen. Sie verloren einander. Rahel Cohen schaute langsam; Benjamin und Dirk schritten forsch, staunten über vieles. Die drei trafen einander erst wieder in einem Garten. Rahel Cohen bemerkte überrascht, dass die beiden Männer Hand in Hand dastanden. Ich wünsche mir sehr, dass diese Geschichte ein gutes Ende nimmt, dachte sie und befand: Sie passen zueinander.

Zufrieden kehrten sie ins Hotel zurück und beschlossen, schon jetzt die Koffer zu packen.

Den Abend verbrachten sie zu dritt bei einem Franzosen, der bekannt war für seine Fischgerichte. Rahel Cohen schlug vor, sich an diesem letzten Abend an alle Berliner Erlebnisse zu erinnern. Sie bekamen die Rekonstruktion recht gut hin.

»Was gefiel uns eigentlich am besten?«, fragte sie.

»Die Malerin!« Benjamins Antwort war zu erwarten gewesen.

Rahel Cohen hatte ein seltsames Highlight: »Der meschuggene Rabbiner.«

Was Dirk beeindruckt habe, wollte Benjamin wissen.

»Nicht lachen: Schon wieder die Nofretete.«

Weinselig und glücklich schliefen Benjamin und Dirk ein – erst lange nach Mitternacht. Als sie kurz vor elf in ihrem Zimmer waren und nebeneinander lagen, sagte Benjamin etwas, was er eigentlich erst zum Adieu hatte sagen wollen.

86

Am nächsten Morgen, um kurz nach sieben, eröffnete Benjamin seiner Großmutter telefonisch, dass Dirk und er noch die letzten Tage seines Aufenthalts in Deutschland gemeinsam verbringen wollten und Dirk also mit nach München kommen würde.

»Scheiden fällt schwer, ich weiß das nur zu gut, mein lieber Benjamin, und Dirk ist ein wunderbarer Mensch, genießt Eure Zeit, ich freue mich für Euch von Herzen!«

Zum Frühstück um halb acht, das sie draußen auf der Terrasse des Hotels mit Blick auf das berühmte Tor einnahmen, lud Rahel Cohen zu einem Glas Champagner ein, »ein gebührender Abschied von dieser Stadt«, hatte sie gesagt, und schließlich kundgetan, dass es ihr schwerfiel, obwohl sie sich sehr auf New York freute, diese Stadt zu verlassen und ihrem Jakob nicht all das auch zeigen zu können, was sie hier zu dritt gesehen haben. »Aber ich werde ihm berichten, und zwar proustisch!«

Wenig später kamen die drei überein, dass sie sich in einer halben Stunde in der Halle treffen wollten, abfahrbereit. Rahel Cohen ging vor und lächelte vom Eingang des Hotels ihrem Enkel dankbar zu.

Sie verließen Berlin bei strahlendem Wetter. Noch einmal vorbei an der Siegessäule, und dann hinaus Richtung Süden durch den Tiergarten, noch immer beeindruckt von dieser Stadt, ihrer Weite und ihren Perspektiven. Dirk hatte hinten Platz genommen, ein wenig eingeklemmt zwischen Koffern, seiner schmalen Reise- und den Einkaufstaschen von Rahel Cohen.

Diese war, kaum hatten sie ein gutes Stück Autobahn hinter sich gebracht, seltsam abwesend und blieb es. Benjamin spürte, dass seine Großmutter irgendetwas bedrückte. Endlich, kurz vor Leipzig fragte sie:

»Wusstest du, Benjamin, dass sich Lisa und Damir getrennt haben?«

»Nein! Wer sagt das?«

»Lisa hat es mir geschrieben, heute, nach unserem Frühstück.« – Lange Pause. – »Dass sie sich einvernehmlich getrennt haben.«

»Hat sie die Gründe genannt?«

»Sie hätten bemerkt, dass ihre Sozialisation, genau dieses Wort verwendete sie, sehr verschieden sei. Und jetzt kommt's, Benjamin: dass eine jüdisch-muslimische Ehe schwierig sei, weil es dabei nicht nur um Religionen ginge, sondern um Politik.«

»Die Juden pro Israel; die Araber gegen diesen Staat. Wie feige, sich aus diesem Grund zu trennen!«

»Dahinter steckt wohl bei Damir auch die Familie, die mit uns Cohens nie wirklich etwas anfangen konnte, auch wenn man gute Miene zum bösen Spiel machte.«

»Ist die Trennung endgültig?«

»Ja, Benjamin. Lisa hat wohl schon einen neuen Freund.«

»Lass mich raten – ein Jude.«

»Du bist schrecklich, Benjamin!«

»Verrückt, was in den Tagen seit deiner Abreise alles passiert ist! Dieser Deutschlandtrip, deine Suche nach der verlorenen Zeit und der Heimat, ist Leben im Zeitraffer. Was uns gerade widerfährt, dafür brauchen andere Jahre.« Und nach einigen Minuten der Stille fügte er hinzu: »Hat sie auch geschrieben, was aus Elizabeth und Asael wird?«

Rahel Cohen verneinte die Frage.

Benjamin gab sich Mühe, Dirk die Familienverhältnisse zu erklären. Der hörte geduldig zu.

Sie bekamen nicht dieselben Zimmer wie bei ihrem ersten Aufenthalt in München, weil Benjamin diesmal ein Doppelzimmer reserviert hatte. Aber beide hatten im Bad ein Fenster; und sie lagen, wenngleich nicht nebeneinander, so doch im selben Stockwerk. Für den Abend waren sie mit Alexander und Carl verabredet – die beiden hatten Rahel Cohen und ihren Enkel zu sich nach Hause eingeladen und waren sehr verblüfft, als sie Benjamins Frage erhielten, ob er noch jemanden mitbringen dürfe – »einen lieben Freund aus Jena.«

87

Lisa hatte tags zuvor die ganze New Yorker Familie zu einem Gespräch gebeten, am frühen Abend in einer Bar. Sie hatte ein Eck reservieren lassen. Alle hatten zugesagt, auch die Lämmles, was Lisa besonders freute. Sie wollte alle über die Trennung informieren. Großvater Jacob und Lisas Eltern wussten bereits, dass es in ihrer Beziehung Probleme gab, aber die endgültige Trennung hatte sie auch den dreien noch verschwiegen. Als sie ihnen mit Großmutters Einleitung, dass sie Wichtiges zu verkünden hätte, erklärt hatte, dass Damir und sie kein Paar mehr waren, nicht länger zusammenwohnten, aber als Freunde sich nicht aus den Augen verlieren wollten, nahmen alle diesen Entschluss mehr als nur gefasst auf. Niemand in der Cohen-Familie sagte ein schlechtes Wort über Damir, selbst Levin Lämmle nicht, der nie einen Hehl daraus gemacht hatte, dass er diese Verbindung nicht sonderlich schätzte. Vorsichtig bemerkte er, dass es für Lisa wohl einfacher sei, einen Christen oder Juden zu finden.

»Ich habe schon einen gefunden, glaube ich, ich werde ihn euch vorstellen. Ein Jude, aber kein sehr religiöser. Levin, er isst Parmaschinken zur Melone; und kein Blitz hat ihn bisher getroffen.«

»Kann er, ich will's nur nicht sehen. Ich wünsche ihm übrigens keine Blitze. Wann willst du ihn denn präsentieren?«

»Ich werde ihn erst vorstellen, wenn die Familie wieder komplett ist, also nach Großmutters und Benjamins Rückkehr – falls ich dann noch mit ihm zusammen bin. Wir kennen uns wirklich kaum.«

Elizabeth ging mit Lisa sich frisch machen.

»Können Frauen eigentlich nie allein gehen?«, fragte Jacob.

»Ganz einfach. Es ist ein Ort, an dem wir sagen können, was wir vielleicht in großer Runde nicht sagen mögen«, erklärte ihm Gili.

Und so war es. Kaum standen die beiden Frauen vor dem Spiegel, beglückwünschte Elizabeth Lisa zu ihrem mutigen Entschluss.

»Das wäre nicht gutgegangen mit Damir, und mit seinen Brüdern schon gar nicht, du kannst froh sein, dass sich das jetzt schon gezeigt hat, und nicht erst nach der nun ja zum Glück gestrichenen Hochzeit!«

»Ich weiß das. Aber geliebt habe ich ihn. Nur eben unterschätzt, wie abhängig er von seinem Clan ist!«

»Na, gelästert?«, fragte Jacob.

»Ja, über dich«, antwortete Lisa.

»Wann kommt Grandma denn nun wieder, weißt du es?«

»Voraussichtlich in einigen Tagen. Vielleicht schon übermorgen. Hoffentlich!«

Als die Cohens an diesem Abend auseinandergingen und Lisa sich auf der Straße plötzlich allein wiederfand, beschlich sie das merkwürdige Gefühl, dass diese so gern und häufig von allen Mitgliedern der Familie Cohen eingesetzte Technik, mit Worten klare Verhältnisse zu schaffen, sich nicht unbedingt auf die Welt der Gefühlslagen günstig auswirken musste. Zumindest nicht auf ihre. Sie fühlte sich einsam. Damir fehlte ihr plötzlich. Vielleicht benötigen die Verhältnisse Zeit, um sich den Worten anzupassen, dachte sie, und war überrascht, dass sie plötzlich philosophisch wurde. Ihre Sehnsucht nach Nähe löste sie mit einem Anruf bei Elay, mit dem sie sich in einer Bar unweit ihrer Wohnung verabredete. Hier erzählte sie Elay nichts von ihrer Unterredung mit ihrer Familie, nichts von ihrem philosophischen Selbstgespräch, sie schlug ihm stattdessen nach einer langen, nicht wirklich fröhlichen Unterhaltung vor, bei ihr noch einen Drink zu nehmen.

»Ich komme nicht mit, Lisa, ich weiß nicht, ob das richtig wäre«

Wenig später saß Lisa allein zuhause. Sie dachte nach. Sie konnte nicht schlafen. Gegen drei Uhr nachts setzte sie sich an ihren Laptop und schrieb ihrer Großmutter eben jene Worte, die ihre Trennung noch einmal klar festigen sollten.

88

Rahel Cohen und Benjamin suchten mit Dirk in einem Blumengeschäft, das ihnen aufgrund besonders absonderlicher Bouquets im Schaufenster aufgefallen war, nach einer kleinen Aufmerksamkeit. Benjamin wollte etwas ganz Ausgefallenes: rot-orangefarbene Helikonen.

»Die wären mir zu motzig ... Drag-Queen-Blumen«, spottete Dirk.

Rahel Cohen gefiel diese Bemerkung, sie lachte laut auf, hakte sich bei Benjamin unter und schlug ein kleineres Blumengebinde vor.

»Darüber soll sich ja nicht nur der spleenige Carl freuen, sondern auch Alexander.«

Dirk wollte wissen, ob er gleichsam etwas mitbringen sollte, schließlich hätten ihn die beiden Herren, von denen Benjamin ihm reichlich erzählt habe, ja nicht wirklich eingeladen. Rahel Cohen entschied:

»Der Strauß genügt, glauben Sie mir, Dirk. Aber, was hat Ihnen Benjamin denn erzählt?«

»Ach, dies und das und viele Hugs!«, er grinste und alle drei mussten lachen.

Sie nahmen gut gelaunt den Bus, waren zu früh da, warteten mit Blick auf die Turmuhr der nahegelegenen Kirche, die gleich acht schlagen sollte. Benjamin klingelte. Alexander ließ seine Gäste ein und nahm ihnen die Garderobe ab. Sie hörten Carl in der Küche einen Korken knallen lassen. Das macht man lautlos, dachte Benjamin.

Alexander bat die drei in einen Salon; die Wohnung besaß zwei Empfangsräume und ein großes Speisezimmer. Benjamin freute sich über seine Menschenkenntnis. So hatte er die beiden eingeschätzt: Mies van der Rohe, Rietveld, eine B&O-Anlage, Corbusier.

Auftritt Carl. Strahlend. Er stellte die Flasche ab, begrüßte Rahel Cohen mit einem Handkuss und küsste Benjamin auf beide Wangen. Dirk reichte er höflich distanziert die Hand und fixierte ihn:

»Sie werden uns gewiss sagen, wie Sie einander kennengelernt haben.«

Benjamin ärgerte diese Bemerkung.

Dirk parierte: »Auf einer Internet-Plattform. Sie kennen sie sicher!«

Carl reagierte nicht.

Rahel sprang ein: »Moderne Menschen!«

Alexander hatte gekocht. Die Gäste lobten das Essen; Carl mäkelte, der Fisch sei lauwarm, nicht glasig, wie er sein sollte. Wieder war es Rahel Cohen, die ablenkte, indem sie von ihrer Reise berichtete. Das Gespräch gestaltete sich zäh, weil Carl sich entschieden hatte, zu schweigen, und seine schlechte Laune ostentativ vor sich her trug. Alexander Bachmann, der am nächsten Tag beruflich nach Tokio fliegen musste, erklärte auf die höfliche Nachfrage von Rahel Cohen, was er dort als Anwalt zu tun habe. Es ginge um eine Fusion, keine wirklich spannende Geschichte. Er beeilte sich mit den Erklärungen, um niemanden zu langweilen. Die Cohens bewunderten die Blätter von Beckmann und Dix, Grosz, Liebermann und Cocteau.

Alexander bat Carl die Geschichten zu den Bildern zu erzählen. Der weigerte sich: »Sie werden unsere Gäste nicht interessieren.«

Es war kein amüsantes Tischgespräch.

Peinigend, dachte Benjamin.

Schrecklich, fand Dirk.

Ich hätte ihm mehr Format zugetraut, ärgerte sich Rahel Cohen.

Pling. Eine Nachricht von Carl am nächsten Morgen. Er fragte, ob Benjamin und seine Großmutter Lust hätten, heute nochmals in die Oper zu gehen – es gäbe Poulencs *Karmeliterinnen* in einer großartigen Inszenierung. Dirk kam nicht vor. *Gern Oper!*, antwortete Benjamin. Seine Grandma aber würde nicht mitkommen, sie habe vor, den letzten Tag in der Alten Pinakothek zuzubringen. An ihrer statt würde er, wenn dagegen nichts einzuwenden sei, gern Dirk mitbringen. Eine Antwort erhielt er Sekunden später: *Ich will das junge Glück nicht stören – geht ihr beide allein. Die Karten sind an der Abendkasse auf meinen Namen hinterlegt. Hoffentlich kann der kleine Thüringer mit dieser Musik etwas anfangen.*

Benjamin akzeptierte den Vorschlag.

89

Während der Aufführung suchte Dirks rechte Hand Benjamins linke auf der Lehne zwischen ihren Stühlen; schon bald saßen sie Hand in Hand da und genossen die wunderbare Musik und eine Inszenierung, die sie verblüffte und berührte.

»Gut, dass du dich entschlossen hattest, nicht mitzukommen«, erklärte Benjamin später seiner Großmutter, als er sie zur Begrüßung umarmte, »die Musik hätte dir nicht gefallen – und die Inszenierung noch weniger. Aber ich weiß jetzt, wie verstaubt das meiste ist, was wir in New York zu sehen bekommen!«

Rahel, zurück in ihrem Zimmer, war noch nicht müde und schrieb ihrem Mann:

Mon très cher Jacob!

Heute hatte ich einen richtig faulen Tag. Nichts als Gemälde. War in der Alten Pinakothek auf Entdeckungspfaden. Neben vielem Bekannten auch Neues bestaunt. Ich freue mich so sehr auf unser Wiedersehen. Endlich! Es ist seltsam, diese Reise hat mich den Deutschen nähergebracht – und die Juden sind mir nicht mehr so wichtig. Manchmal denke ich, dass wir Cohen uns gegenüber allen Nicht-Juden ein wenig zu wichtig nehmen, gegenüber Damir und Elizabeth zum Beispiel. Ich habe mit Benjamin darüber nicht gesprochen, aber ich glaube, er denkt wie ich.

Ich wünsche Dir noch einen schönen Abend und eine gute Nacht.

Deine Rahel

90

Elizabeth und Asael waren erleichtert, dass sie nach der Trennung von Lisa und Damir nicht überlegen mussten, ob es eine Doppelhochzeit geben sollte und wer von ihnen zuerst heiraten würde. Beim Abendessen schmiedeten sie Pläne. Ein Fest im September wäre schön, da waren sie sich einig. Ihre Eltern hatten längst dieser Verbindung zugestimmt und keinerlei Bedingungen gestellt. Elizabeth hatte ihren Vater richtig eingeschätzt; ihm war es völlig egal, ob christlich oder jüdisch geheiratet wurde und ob die Kinder so oder so erzogen würden, war ihm auch gleich: »Hauptsache Sie sind gesund – und ihr und eure Kinder seid keine Atheisten. Die kann ich nämlich wirklich nicht leiden!«

Ihre Mutter hätte es gern gesehen, dass die Hochzeit in der St. John the Baptist Church gefeiert worden wäre und die Kinder, die sie sich erhoffte, getauft würden. Doch Elizabeth hatte es sich anders überlegt. Sie wollte konvertieren.

»Ich finde religiösen Kuddelmuddel in einer Familie schwierig«, hatte sie schon während der ersten Diskussionen gesagt. Später verblüffte sie Asael mit einer Bemerkung, die er verwegen fand und doch so charmant, dass er noch in derselben Nacht gern mit ihr ein Kind gezeugt hätte.

»Weißt du, Asael, ich finde jiddische Mammen einfach umwerfend; ich möchte auch eine werden!«

Lachend zitierte Asael einen Spruch seiner Großmutter Rahel, den er sehr mochte: »Gott konnte nicht überall sein, darum machte er die Mammes.«

Sie beschlossen, beide Familien zu informieren – nach der Rückkehr von Großmutter und Benjamin.

»Und wie sagst du's deiner Mutter?«

»Ich sag es ihr einfach – ohne große Erklärung. Nur eines muss sie begreifen, dass ihr Juden es uns sehr schwermacht, zu euch zu gehören. Was du nicht weißt, ich war, sozusagen heimlich, bei eurem Rabbiner in der Sprechstunde; und er war keineswegs begeistert, sondern riet mir eher ab und warnte mich. Eure Gemeinde sei zwar keine orthodoxe, aber ich müsste Hebräisch lernen, vorher ginge gar nichts. Ich müsste zwar nicht alle 613 Regeln und Gesetze einhalten, die es gibt, aber ich sollte sie alle kennen – und sie später unsere Kindern lehren.«

»Na, da hast du dir ja was vorgenommen. Hat er was gesagt über deine Ambitionen, koscher zu kochen?«, alberte Asael.

»Nein. Aber er hat wirklich gefragt, ob wir uns an die Speisegesetze halten.«

»Und? Hast du gelogen?«

Nein, das habe sie nicht, sondern gestanden, dass sie beide Meeresfrüchte essen, aber nie Schweinefleisch.

»Also hast du von der Melone mit Schinken nichts gesagt?«

Sie schauten in ihren Kalender.

»Wir sollten vor den Hohen Feiertagen heiraten«, riet Asael, »allerdings musst du dann flugs Hebräisch lernen.«

Sie entschieden sich für einen Termin noch vor Rosh Ha-Schana.

»Und jetzt fangen wir gleich an mit dem Unterricht. Was ist der Elul für ein Monat?«

»Ein Monat im Herbst«, lachte Elizabeth.

»Neunmalklug. Also: du weißt es nicht.«

Elizabeth gefiel die Wahl des Datums, nicht zuletzt, so sagte sie, weil sie dann an Yom Kippur beweisen konnte, dass sie es ernst meinte.

91

Als Rahel nach einem letzten gemeinsamen Gute-Nacht-Drink mit ihrem Enkel und Dirk auf ihr Zimmer gegangen war, blieben die beiden Männer noch in der Bar. Kaum hatten sie nachbestellt, schwiegen sie lange Zeit und schauten einander an. Verliebt? Nein. Besorgt! Endlich, nach einige Minuten, begann der Ältere.

»Bitte hör mir zu und unterbrich mich erst einmal nicht.«

Dirk schwieg.

»Wir kennen einander erst wenige Tage – ich weiß. Ich weiß auch, dass ich nicht sagen würde, was ich jetzt sagen werde, wenn wir beide in diesem Land lebten oder in den USA und uns weiterhin jeden Tag sehen und sprechen könnten. Aber ich reise ab – und du wirst hierbleiben. Obwohl ich fühle, dass ich dich sehr mag und die Stunden vor dem Abflug zähle: Ich vermeide das größere Wort allein deshalb, um es benutzen zu können, wenn wir beide sicher sind, dass wir versuchen möchten, eine gemeinsame Zukunft zu haben.

Ich habe dir erzählt, dass ich meinen sicheren Anwaltsjob aufgegeben habe, um Schauspieler, besser noch: Regisseur zu werden.

Meine finanzielle Zukunft scheint also unsicher. Sie wäre es, wenn ich nicht wüsste, dass meine Eltern und vor allem meine Großeltern mich unterstützen – und zwar vorbehaltlos. Zumindest so lange, bis ich wieder genug verdiene. Diese Deutschland-Reise hat meine Großmutter verändert und mich gleichfalls. Sie hat uns beide einander nähergebracht. Ich weiß viel mehr über meine Familie als zuvor; und Grandma hat von mir Dinge erfahren, die ich ihr wahrscheinlich zuhause nie anvertraut hätte. Für sie war es eine Reise in die Vergangenheit, an der sie mich hat teilhaben lassen, wenngleich sie über Fürth – und die Reise dorthin war ihr das Wichtigste überhaupt – bislang kein Wort verloren hat. Für mich wird es, so hoffe ich, eine Reise in die Zukunft gewesen sein. Unsere Familie hat weit mehr Rückschläge erlitten, als ich auch nur geahnt habe. Und nicht alle Cohens waren Vorbilder für die Familie. Es gab Geheimnisse … Aber, das will ich eigentlich gar nicht sagen. Ich rede um den heißen Brei herum: Ich möchte dich nicht verlieren!« Er nahm Dirks Hände und drückte sie, zog sie wieder zurück und umklammerte das Glas. »Und da wir beide wissen, dass eine Fernbeziehung eine große Belastung sein würde, wüssten wir nicht, dass es Aussicht auf Nähe gibt, möchte ich dir einen Vorschlag machen. Ich habe ihn auch Grandma schon vorgetragen.«

Er will, dass ich nach Amerika komme, was für ein Wahnsinn, was für eine Liebeserklärung. Dirk dachte nicht nach, er träumte.

»Grandma bewundert meinen Mut – und sie mag dich. Deshalb hat sie zugestimmt. Was hältst du davon, in Amerika zu studieren?«

Dirk wollte antworten: »Benjamin …«

»Nein, sag noch nichts. Ich habe mich schlau gemacht: Es gibt wenige Hindernisse für ein Studium in den Staaten. Eigentlich gar keine. Du kannst deinen Masterstudiengang zu Ende führen. Es braucht einen Sprachtest, der ist schon mal kein Problem. Es braucht ein Visum – und das erhältst du, wenn du nachweisen kannst, dass du genügend finanzielle Mittel hast, für Studiengebühren, Aufenthalt,

Miete und all diesen Kram. Da wir ahnen, dass du nichts geschenkt haben willst und wir – Grandma und ich – auch nicht möchten, dass du dich abhängig fühlst, machen wir dir den Vorschlag, dass wir, die Familie Cohen, diesen Nachweis für dich erbringen.«

»Jetzt muss ich aber was sagen dürfen, Benjamin!«

»Bitte! Nur sag nicht Nein!«

»Ja, ich liebe dich – ich traue mich, dieses Wort zu benutzen. Ja, ich könnte mir vorstellen, in Amerika zu studieren, es wäre klasse. Die Columbia ist für Kunsthistoriker ein Dorado. Ja, auch ich möchte mit dir zusammen sein und zusammenbleiben. Obwohl wir einander noch viel zu wenig kennen. So ein Entschluss wäre verwegen. Aber ich würde ihn wagen. Nur, ich lasse mich nicht kaufen.«

»Dirk …«

»Bitte unterbrich mich nicht, Ben! Meine Eltern werden für das erste Semester und die Reise aufkommen, außerdem habe ich Erspartes und ein kleines Erbe von meinem Großvater. Die Einreise müsste gelingen. Danach muss ich mir mein Studium finanzieren. Dafür brauche ich deine Hilfe. Ich weiß ja nichts über Arbeitserlaubnisse und all den Kram, wie du sowas nennst.«

Benjamin war verblüfft. Über Dirks Offenheit, über seine Liebeserklärung. Größer noch als die Verblüffung war die Freude, dass er den Vorschlag nicht ablehnte. Er fuhr mit der Hand durch Dirks Haar – mehr traute er sich nicht – es waren zu viele Menschen in der Bar.

»Wir werden einen Weg finden, der dir die Unabhängigkeit garantiert und zugleich unsere Beziehung nicht belastet.«

»Das werden wir!«

»Also kommst du nach New York? Zu mir?«

»Ja.«

»Wann?«

»Das Sommersemester werde ich hier noch beenden. Bis dahin sehen wir ja auch, ob wir einander die Treue halten oder uns auf Plattformen tummeln.«

Benjamin ging auf diese Bemerkung nicht ein.

»Du könntest also Anfang August da sein?«

»Ja!«

»Und vielleicht magst du zuvor zur Premiere kommen, nur so, für ein paar Tage? Ich möchte dich meinen Schwestern vorstellen, meiner Mutter, den Tanten und Onkeln, meinem wunderbaren Großvater und meinem Vater, der dir nicht viel Freude bereiten wird.«

Benjamin rief den Ober und bestellte zwei Gläser Flame of Love.

»Ist das vernünftig, was wir da vorhaben, Benjamin?«

»Fragt Liebe, jetzt sage ich das Wort, fragt Liebe nach Vernunft?«

»Und was, wenn es schiefgeht?«

»Es wird nicht schiefgehen. Zwei Krebse, zwei Jungs, die das Theater mögen, die Oper und die Kunst – und Mathe hassen. Und Spaß im gemeinsamen Bett haben, besser geht's doch gar nicht.«

Sie tranken und schwiegen sich strahlend an. Jeder, der sie sah, wusste: Da haben sich zwei verknallt. Sie bestellten kein zweites Glas, sondern gingen auf ihr Zimmer. Im Lift küssten sie sich heftig.

92

Lisa und Elay trafen sich am nächsten Tag, und dann täglich. Immer in Restaurants und Bars. Nach der ersten Absage lud Lisa ihn nicht noch einmal zu sich ein. Heute wollte er für sie kochen. Er besaß ein Apartment in Chelsea zwischen der achten und neunten Straße. Pünktlich stand sie vor seiner Tür. Ihre Gespräche kreisten nur um ihre Familien. Elay hatte noch zwei Schwestern, Carla und Cosima; er war das jüngste der Abramowicz-Kinder. Die eine, Carla, war Musicalsängerin geworden.

»Nicht unerfolgreich, du kannst sie erleben in einer Produktion«, erklärte er, »aber ich denke immer, sie ist zu klug für diesen Job. Musicalmenschen sind eher geistesschlicht.«

»Das nennen wir ein Vorurteil, oder? Sind alle Juden geldgeil?

Elay musster herzlich lachen, und erzählte dann weiter von seiner Familie. Die andere Schwester, die ältere, Cosima, arbeitete mit dem Vater zusammen, der eine Zahnarztpraxis führte. Seine Mutter, deren Eltern sehr wohlhabende Juden waren, mit Wurzeln in Ungarn, war vor ihrer Heirat eine durchaus erfolgreiche Sängerin.

»Sie war Liedsängerin, hatte nie Lust auf Oper. Nach meiner Geburt gab sie die Karriere auf – sie wollte eine gute Mamme sein, also immer verfügbar und fordernd.«

Lisa mochte wissen, ob er sich schon immer so über die jüdischen Speisegesetze lustig gemacht habe.

»Nein. Erst seit dem Studium. Du musst dich meiner nicht schämen, solltest du einmal vorhaben, mich deiner Familie vorzustellen. Ich bin beschnitten, ich habe Bar Mitzwa gefeiert. Ich kann Challa von Mazze unterscheiden; und ich habe sogar einige jiddische Sprüche drauf.«

Lisa war neugierig, wollte wissen, ob seine Schwestern Freunde hätten.

»Ja, Carla. die Hupfdohle, ist liiert mit einer Juristin, Ruth. Keine Jüdin. Und Cosima, rate?«

»Sie wird im Studium einen Medizinstudenten kennengelernt haben.«

»Richtig. Einen jüdischen Urologen hat sie geheiratet. Und einen Sohn haben sie auch schon, er heißt wie dein Vater.«

Elay war mindestens so neugierig wie Lisa. Am Ende des Abends, es war kurz nach Mitternacht, glaubte er, die Cohens alle zu kennen. Lisas Eltern und vor allen anderen Benjamin, den er wirklich bewunderte für seinen Mut, eine Schauspielkarriere zu wagen. Dass er schwul war, fand Elay interessant.

»Soll ich dir ein Taxi rufen?«

»Nein, danke. Ich bleibe ...«

Die Sonne schien noch, als Jacob Cohen sich auf den Weg zur Synagoge machte. Er traf Aaron, Gili und Alisah vor dem Eingang. Chaim hatte sich, wieder einmal, entschuldigt. Die Partei bräuchte ihn, hatte er am Telefon gesagt.

Jacob hatte gekontert: »Du brauchst sie!« Und zu Aaron sagte er: »Dein Bruder ist mir fremd geworden.«

Sie mochten den kurzen Gottesdienst am Freitagabend. Heute durften sie den Lieblingspsalm von Rahel Cohen lesen. Das war, so dachte Jacob, ein gutes Zeichen. Er las ihn murmelnd auf Hebräisch, die anderen drei auf Englisch: *It is good to give thanks to the Lord!*

Sie liefen nach Hause. Sie setzten sich in den Salon.

»Erst einmal lasst uns anstoßen – auf unsere Gesundheit! Und danach wollen wir überlegen, wie wir Rahel und Benjamin begrüßen und ihre Rückkehr feiern wollen.«

Was Jacob auf keinen Fall wollte, war ein großer Empfang in der Ankunftshalle.

»Ich finde Luftballonherzen und Champagner aus Plexiglasbechern stillos. Wenn ihr einverstanden seid, empfange nur ich die beiden am JFK. Ich fahre sie dann nach Hause. Also Rahel zu mir, Benjamin in sein Apartment. Die ganze Familie versammelt sich anschließend in einem Salon des Plaza. Nicht zu spät. Ich denke so an achtzehn Uhr – und wehe, Chaim ist nicht dabei!«

Gili wollte wissen, wer denn »zum jetzigen Zeitpunkt zur ganzen Familie zählt?«

Damir, da waren sich alle einig, gehörte nicht mehr dazu. Der neue Freund von Lisa? Jacob war dagegen.

»Wir kennen ihn nicht und er kennt Rahel nicht.«

»Also«, zählte die praktisch veranlagte Gili zusammen, »werden wir fünfzehn sein: Levin und Deborah, Esther und Noah mit Elias, Lisa, Elizabeth und Asael, wir fünf, dazu Benjamin und Rahel.«

»Was wollen wir essen?«, fragte Jacob.

»Ich denke, kein deutsches Essen, das werden die zwei zur Genüge gehabt haben.«

»Du, Vater, wolltest doch etwas sehr Jüdisches ...« Das war eine Steilvorlage von Aaron.

Als sie kurz vor Mitternacht auseinandergingen, stand das Menü fest. Würde eine Rede gehalten werden, fragte Alisah noch. Jacob hatte sich dazu schon Gedanken gemacht. Deutschland wollte er aussparen, ebenso wie jegliche Politik, auch die Republikaner. »Ich werde über die Liebe sprechen. Vielleicht sogar über Sex oder zumindest über Erotik. Ich weiß auch schon, wie die Rede – sie wird kurz sein – enden wird. Mit Jonathan und David.«

Als sie sich verabschiedeten, flüsterte Gili ihrem Schwiegervater ins Ohr: »Du bist großartig! Du wirst Benjamin glücklich machen und Levin, dem Rabbinersohn, alle Vorbehalte nehmen!«

Damir hatte von Lisa erfahren, was die Familie zur Ankunft von Rahel und Benjamin plante. Er wollte, wiewohl nicht gebeten, doch dabei sein. Seine Verwunderung über diesen Wunsch in seiner Brust war groß, denn er glaubte ja doch, die Trennung von Lisa keineswegs zu bereuen. Er überlegte, wie er sie alle überraschen konnte, ohne sie zu brüskieren oder sich aufzudrängen. Endlich hatte er einen Einfall.

94

Rahel Cohen hatte, bevor sie am Morgen ihres Abflugs ihr Zimmer verließ, noch kurz ihrem Mann geschrieben:

Caro mio!

Du ahnst gar nicht, wie sehr mich freue, von Dir wieder in die Arme genommen zu werden! Nicht, dass mir diese Reise nicht das allergrößte

Vergnügen bereitet hätte, aber Du hast mir sehr gefehlt. Benjamin war mehr als ein Ersatz, ja, doch allabendlich allein einzuschlafen, ist schlicht nicht schön. Ohne Kuss – statt nur eines Enkel-Küsschens auf die Wange. All das habe ich vermisst und werde Dich – wahrscheinlich öfter, als es dir lieb sein wird – um Zärtlichkeiten bitten. Und ich werde erzählen. Wenn Du magst, werde ich Dir auch aus meinem Tagebuch vorlesen.
Deine Rahel

Damir Soylu rief im Plaza an, ließ sich mit dem Chef de Rang des Restaurants verbinden und bat darum, den Tisch der Cohens mit einer Blumengirlande zu dekorieren: »Keine Rosen, bitte. Bunte Frühlingsblumen. Und ich bitte Sie, allen Champagner als Aperitif anzubieten. Unbedingt aus zwei Magnumflaschen. Bollinger. Legen Sie, bitte, zu den Blumen eine Karte mit folgendem Text: *Willkommen zurück! Ich wünsche einen angenehmen Abend und viel Freude. Le Chajim, Damir.*«

95

Sie trafen sich um acht Uhr zum Frühstück. Alle drei hatten gepackt. Die Stimmung war gedrückt.

»Abschiede sind furchtbar!«, sagte endlich Rahel Cohen.

Die beiden Männer antworteten nicht, sie tranken nur ihren Tee.

»Ihr esst ja gar nichts!«

»Kein Hunger, Grandma!«

Dirk blickte kurz auf, ihm erging es nicht anders.

Benjamin hatte den Leihwagen bereits abgegeben. Sie brauchten ein Taxi, der Concierge hatte zu einem T-Modell geraten. Nachdem alles verstaut war, setzte sich Rahel Cohen nach vorn, neben den Fahrer. Benjamin und Dirk nahmen auf der Rückbank Platz. Nach wenigen Minuten legte Benjamin seine Hand auf die rechte von Dirk.

Sie schauten einander an, für Sekunden. Benjamin lächelte. Plötzlich wich Dirk Benjamins Blick aus und sah aus dem Fenster. Wir müssen noch mit der Großmutter reden, dachte er. Benjamin gab nicht nach, er brachte seine Hand immer näher an Dirk heran, bis er sie schließlich auf dessen Oberschenkel legte.

Am Flughafen frage Rahel Cohen, ob Dirk noch einen Kaffee mit ihnen trinken oder ob er sich lieber schon auf den Weg machen wollte zum Bahnhof.

»Gern Kaffee«, antwortete Benjamin. »Wir haben dir noch etwas zu sagen. Du ahnst es gewiss.«

Rahel Cohen hatte sich gewundert, dass ihr Enkel sie nicht schon am Morgen um ein Gespräch gebeten hatte – vor dem gemeinsamen Frühstück. Sie hatte befürchtet, dass Dirk Benjamins Vorschlag nicht zugestimmt haben könnte. Und wenn er abgelehnt hätte, ihr Verständnis wäre ihm sicher gewesen. So einen Schritt wagen nur liebestolle Menschen – sie hatte es ja erlebt bei ihrer Enkelin Esther und deren Liebsten, Noah. Sie hatten Hals über Kopf geheiratet, obwohl sie einander kaum kannten. Und die Ehe wurde eine sehr glückliche. Sie hatte sich vorgenommen, keinen Rat auszusprechen. Sie sind erwachsen; sie brauchen meinen Rat nicht, hatte sie sich gesagt, bevor sie zum Flughafen aufbrachen.

Nun saßen sie in einer hässlichen Cafeteria, es war die einzige vor der Passkontrolle. Benjamin kam mit einem Tablett: Einen Cappuccino für seine Großmutter, zwei Restretti für Dirk und sich. Er begann das Gespräch:

»Wie würdest du unsere Museumsbesuche beschreiben, Grandma?«

Sie verstand die Frage nicht.

»Beschreib doch mal das Tempo unserer Rum- und Rundläufe«, grinste Benjamin.

»Rasant. Zu schnell. Bin ich auch, wenn ich allein in Museen unterwegs bin – meist mache ich dann, aus schlechtem Gewissen, noch eine zweite Runde. Aber das Wichtigste, bilde ich mir zumindest ein, haben wir gesehen. Oder? Manchmal hätte ich mir mehr Muße gewünscht, aber dann wären uns wahrscheinlich noch mehr Kunstwerke entgangen.«

»Stimmt. Ich verfolge meine Ziele ebenso rasant und entschlossen, wie du durch Museen eilst!«

»Möchtest du dich zum Abschied von Dirk nochmals loben?«

Dirk schaute Benjamin an und fragte sich, wie er es wohl anstellen würde, seiner Großmutter mitzuteilen, dass sie sich entschieden hatten.

»Darf ich etwas sagen, Benjamin?«

»Bitte!«

»Liebe Rahel, ich habe mich entschieden, zum Wintersemester nach New York zu kommen und, wenn alles klappt, an der Columbia University zu studieren.«

Rahel Cohen war erleichtert: »Wissen Sie, die meisten Vergleiche sind falsch, immer. Aber als unsere Eltern mit uns Kindern Nazi-Deutschland verließen, hatten sie viel gewagt. Viel verloren, aber mehr noch gewonnen. Das Wichtigste aber: Sie taten es aus Liebe zu ihren Kindern, die sie retten und in Freiheit aufwachsen sehen wollten. Die Situation von Ihnen und Benjamin ist eine andere, eine viel entspanntere. Keine lebensbedrohliche ...«

Benjamin unterbrach.

»Eine liebesbedrohliche.«

»Schon wieder vorlaut, Benjamin?«

»Auch dafür lieben wir ihn doch, oder?«

Die beiden Männer erklärten, wie sie sich die nächsten Monate vorstellten. Ob seine Eltern diese Entscheidung respektieren würden, fragte Rahel Cohen. Sie würden es, denn, fügte Dirk hinzu, »meine Mutter verließ ihre Familie im Streit, um mit meinem Vater zusammenzusein. Meine Mutter stammte aus einer Akademikerfamilie, mein Großvater väterlicherseits war Arbeiter in einer Autofabrik.«

»Verstehe ich euch beide recht, Sie werden schon im Sommer bei uns sein?«

»Vielleicht schon früher, wenn Dirk zu meiner Premiere kommen kann.«

Der Flug wurde aufgerufen. Sie gingen zur Passkontrolle.

Rahel umarmte Dirk: »Sie sind ein wunderbarer Mensch! Ich freue mich sehr auf unser Wiedersehen!«

Dirk und Benjamin umarmten einander. Zum ersten Mal hörte Rahel Cohen ihre Kosenamen.

»Ben, ich liebe dich«, flüsterte Dirk, den Benjamin Dy nannte.

So lange er sie sehen konnte, blieb Dirk vor der Kontrolle stehen.

Noch einmal wandte sich Benjamin um und winkte.

96

Die Cohens in New York waren ungewöhnlich aufgeregt. Sie organisierten, diskutierten, trafen einander. Levin Lämmle hatte sich am Vorabend von Rahels und Benjamins Ankunft mit Lisa in einem Deli verabredet. Sie war erstaunt, dass er kein koscheres ausgesucht hatte. Sie erkannte Levin ohne seinen Bart kaum wieder. Er wirkte glattrasiert jünger; seine Glatze stand ihm sehr viel besser. Zudem hatte er sich legerer angezogen als je zuvor. Kein dunkelblauer oder schwarzer Anzug, sondern ein azurblaues Sakko zu einer hellen Flanellhose. Sie überlegte, ob sie diese Veränderung kommentieren sollte, bemerkte aber nur:

»Gut siehst du aus. Jünger, geradezu sexy und nicht so orthodox-jüdisch. Dein Rebbevater wäre enttäuscht. Deborah wird gewiss begeistert sein!«

»Ja, das ist sie! Und sie ist froh über einen Entschluss, den ich dir mitteilen will, bevor ich ihn, wenn du mir dazu rätst, bei unserem großen Willkommensessen allen kundtun werde.«

Lisa war sehr gespannt. Levin sprach über seinen Vater und seine orthodoxe Erziehung. Er erzählte, dass er Benjamin verletzt hatte, dass er bisher Homosexualität verabscheut und einmal sogar einen Bewerber in der Kanzlei abgelehnt hatte, als dieser sich im Vorstellunggespräch outete. »Kurz, Lisa: Ich werde die orthodoxe Gemeinde verlassen und wie alle Cohens mich dem liberalen Judentum anschließen.«

»Hast du dir das genau überlegt?«

»Ja! Ich bin es auch leid, immer die Gebetsriemen anzulegen, wenn ich mich mit meinem Gott – unserem Gott – unterhalten möchte. Also: Meinst du, es wäre gut, diesen Entschluss in großer Runde mitzuteilen?«

Lisa Cohen war begeistert: »Lass dich küssen, Levin.« – Sie tat es.

»Das ist noch nicht alles, Lisa. Ich hab noch eine Überraschung: Wir bekommen ein Kind! Deborah ist schwanger!«

Lisa versprach, niemandem etwas zu verraten. »Nur Elay werde ich es sagen; und weißt du warum? Er fürchtete sich vor der Begegnung mit dir, als ich ihm erzählt hatte, dass du ein besonders strenger Jude seist und wahrscheinlich eher intolerant. Aber, das ist ja nun vorbei …« Wieder küsste sie ihn. »Die Gäste werden denken, du hättest mir einen Heiratsantrag gemacht. Du hast viel mehr gewagt als das. Levin, du beginnst ein neues Leben! Massel tow und willkommen im Club. Ich bin gespannt, wann du die erste Auster schlürfen wirst.«

97

Jacob Cohen verabredete ein letztes Gespräch mit dem Restaurantchef des Plaza. Er hatte sich entschieden, die Speisefolge zu ändern. Levin war der einzige, der immer darauf bestand, koscher zu essen, aber alle anderen waren weit weniger konsequent. Er wusste, wie

Hummer schmeckt; und es grauste ihm nicht vor Kalbsfilet in Sahnesauce. Seine Enkelkinder, da war er sich sicher, hatten schon lange keine Lust mehr auf immer nur Lachs. Benjamin würde in Deutschland gewiss Bratwürste probiert haben; Lisa hatte er schon erwischt beim Knacken von Hummerscheren.

»Ich möchte meine Familie überraschen«, sagte er Thomas Berkley im Plaza. »Die Vorspeisen bleiben, wie bestellt, also jüdisch. Doch als Hauptspeise wird es ausgelösten Kaninchenrücken mit Majoran geben. Kriegen Sie das hin?«

»Ja, das können wir besorgen.«

»Vor dem Dessert bitte noch Käse! Und auf die Karten mit der Menüfolge schreiben Sie bitte ganz oben: Koscher ist, was schmeckt! Blaue Schrift auf weißem Papier. Israels Farben.«

Jacob freute sich über diesen Coup. Hoffentlich macht Levin keinen Aufstand, dachte er und fürchtete sich ein wenig davor.

98

Auch Aaron und Chaim trafen sich mit ihren Frauen am Vorabend des Ankunftstages. Sie hatten gleichfalls eine Überraschung. Benjamin sollte das Tagebuch seiner Urgroßmutter Ruth Freudenthaler geschenkt bekommen; und Rahel deren Briefe.

»Es ist Zeit, die Erinnerungen weiterzugeben und sie nicht egoistisch zu horten und andere daran nicht teilhaben zu lassen«, eröffnete Gili das Gespräch.

Natürlich hofften sie, dass Rahel und Benjamin während ihrer Reise Tagebuch geführt hatten.

»Vielleicht lesen sie uns daraus vor? Irgendwann.« Aaron zweifelte nicht daran.

Esther und Noah hatten sich gleichfalls eine Überraschung für diesen besonderen Abend ausgedacht. Sie würden musizieren und alle mit einer Uraufführung amüsieren. Noah hatte ein kleines Stück für Oboe und Cello komponiert, Variationen über das fränkische Lied *Grüß Gott, du schöner Maien.* Großmutter Rahel würde es vielleicht kennen.

Auch Asael und Elizabeth hatten für Rahel und Benjamin etwas vorbereitet. Sie wollten eine Heine-Ballade gemeinsam vortragen, das Gedicht von Donna Clara, der katholischen, und ihrem Lover, dem Rabbiner-Sohn. Sie hatten den Text drucken lassen, um ihn Rahel zu übergeben und ihr dann zu erzählen, dass aus Elizabeth womöglich eine jiddische Mamme würde.

Alle New Yorker hatten sich zudem verständigt, was den Dresscode betraf. Nichts Schwarzes, auch Levin wurde dazu verdonnert. Sie alle wussten, als sie diese Verabredung trafen, noch nichts von dessen Plan, dem Rebbe Lämmle nicht länger großen Raum in seinem Leben zu geben.

99

Kaum hatte das Flugzeug auf der Landebahn aufgesetzt, da löste Benjamin den Flugmodus seines Telefons. Pling. *Mein lieber Ben! Bin in Jena angekommen. Habe mich für morgen mit meinen Eltern verabredet, um ihnen alles zu erklären. Übermorgen treffe ich meinen Prof. Und dann melde ich mich für die Sprachprüfung an. Ich bin so glücklich, dass wir einander begegnet sind! Von den blauen Seiten habe ich mich verabschiedet. Du fehlst schon jetzt. Ich umarme und herze Dich, Dein Dy.*

Rasch tippte Benjamin seine Antwort: *Im Moment gelandet, mein Dy. Habe geschlafen und von Dir geträumt. Nein, von uns! Ich weiß, Du glaubst nicht an Gott. Ich tue es. Er meint es gut mit uns! Freue mich auf Deine nächste Nachricht. Dein Ben.*

Vor dem Einschlafen, nach dem großen Wiedersehensfest und den vielen Überraschungsreden, dem kleinen Konzert und der

Heine-Lesung, schickte Benjamin noch eine E-Mail nach Deutschland hinüber: Es war ein grandioser Abend! Und du fehltest sehr, fand auch Grandma. Und dann beschrieb er sehr proustisch, was geredet, was gegessen wurde. *Großvater hat eine irre Rede gehalten, die zur allgemeinen Aufklärung abgedruckt gehörte, ich werde sie Dir zukommen lassen, so sollten amerikanische Präsidenten reden! Mein Onkel Levin, Sohn eines Rabbiners und bisher ultraorthodox, der mich wegen meines Schwulseins beschimpft hatte, hat seine Gemeinde verlassen. Er gehört jetzt zu unserer liberalen – und er hat das koschere Essen aufgegeben. Er aß erst Kaninchen und dann Käse – ging vorher gar nicht! Außerdem ist seine Frau schwanger. Lisa wird ihren neuen Freund, er ist Filmproduzent, meiner Großmutter und mir übermorgen vorstellen. Es hat sich hier während unserer Abwesenheit so viel getan. Grandma und ich konnten nur staunen. Wir, Grandma und ich, haben von Dir und unseren Plänen berichtet. Alle sind gespannt auf Dich, vor allem Großvater. Ich habe Fotos von uns gezeigt – wir beide in Berlin, wir beide auf einer Bank im Park. Wir beide mit Grandma im Restaurant.*

In fünf Tagen beginnen die Proben. Zuvor werde ich Phil treffen. Eine englischsprachige Fassung von Anja und Esther ist in Arbeit. Und die Finanzierung anscheinend gesichert. Die Produzenten interessierte wohl weniger Oscar Wilde und Bunbury als die sexuelle Präferenz des Dandys. Jedenfalls sind sie weiter dabei. Ich werde Regie führen und Deine Warnung ernstnehmen – und jeden Kitsch meiden. Bitte komm zur Premiere! Bitte!!! Ich möchte Dich unbedingt wiedersehen. So schnell wie möglich. Sei geherzt, mein lieber Dy, von Deinem Ben.

Dirk erhielt diese Nachricht, als er sich im Netz den Sprachtest IELTS ansah und sich für dieses International English Language Testing System anmeldete. Er war entschlossen.

Sommer 2020

Zurück in New York

Damit hatten Aaron und Alisah nicht gerechnet. Sie hatten gehofft, dass Rahel Cohen sich über ihren Vorschlag freuen würde. Ja, Rahel war inzwischen eine alte Dame. Aber sie war rüstig, neugierig und hellwach; und sie sah noch immer sehr jung aus. Mindestens zehn Jahre konnte sie verstecken, wie ihr Enkel Benjamin immer wieder bemerkte, der nach wie vor über Rahels Koketterie lästerte. Dabei war er durchaus stolz auf seine Grandma, mit der er auf der gemeinsamen Deutschlandreise, zwei Jahre zuvor, so viel erlebt hatte. Nein, sie wollte Aaron und Alisah auf deren zweiwöchiger Europareise nicht begleiten. Obwohl ihr Alisahs Reiseroute imponierte. Diese hatte sich durchgesetzt. Ja, einige Hauptstädte – Paris, London und Lissabon unbedingt – die Côte d'Azur hatte sie ihrem Mann zugestanden. Doch eigentlich hatte sie es abgesehen auf Buchläden, auf die schönsten. Bücher und Bilder – das war ihre Losung für die zweite Europareise ihres Lebens. Für Berlin hatten sie sich erst nach einigen Diskussionen mit Rahel entschieden. Sie fürchteten beschmierte Synagogenmauern, aber Rahel beharrte mit Nachdruck darauf, dass Berlin mit seiner historischen Bedeutung ein unbedingtes Muss sein sollte für die beiden Reisenden. Ganz abgesehen von den grandiosen Museen, die diese Stadt zu bieten habe. »Reist bitte ohne mich. Schreibt mir – ausführlich. Ihr wisst schon, proustisch«, hatte Rahel Cohen geantwortet, als sie ihr den Vorschlag für die gemeinsame Reise unterbreitet hatten. »Haarklein. Berichtet bitte alles. Auf diese Weise werde ich dabei sein. Ich bin zu müde für ein solches Abenteuer. Das letzte Jahr, ich weiß, es war für alle schlimm, oder zumindest schwierig. Für mich war es ein sehr trauriges Jahr.«

Und dann hatte sie geschwiegen.

Das Jahr 2019 war für die Großfamilie Cohen zunächst ein durchaus glückliches. Keine ernsthaften Krankheiten. Benjamins Premiere in

New York war ein großer Erfolg; und zu diesem Anlass war auch Dirk angereist – Jacob hatte ihn eingeladen, und zwar schriftlich. Es wäre ihm eine große Freude, den Freund seines Enkels kennenzulernen und zwar noch vor Beginn von dessen Studium in New York. *Es gibt keine bessere Gelegenheit als diese. Bitte schlagen Sie meine Einladung nicht aus. Und wenn Sie sie akzeptieren, schreiben sie bitte Benjamin, dass Sie nicht kommen könnten – wegen des Studiums. Sie wissen, wir Cohens lieben Überraschungen.*

Genauso machte es der in Vorfreude glühende Konspirateur. Er teilte Benjamin mit, dass er bei der Premiere nicht dabei sein könnte – nicht wegen der Kosten, sein Professor erwarte von ihm noch ein fulminantes Referat am Ende des Sommersemesters. Es war eine Notlüge, obwohl es stimmte, dass er noch eine Arbeit abgeben musste. Einen Vortrag zum Thema: »Michelangelos Pietà – letzte Arbeit der Jugendperiode?«

Benjamin war enttäuscht, aber er schrieb Verständnisvolles. Jacob holte Dirk am Flughafen ab, einen Tag vor der Premiere. Er übernachtete bei Rahel und Jacob, die ihn am nächsten Abend mitbrachten ins Theater. Benjamin entdeckte seinen Geliebten erst, als er sich verbeugte. Er sprang von der Bühne, lief zu ihm und umarmte ihn – das Publikum verstand nicht, was da geschah, aber es applaudierte frenetisch, lauter noch als zuvor. Zur Premierenfeier in einem einfachen Lokal unweit des Theaters kamen die beiden dazu.

Sieben Wochen später zog Dirk in Benjamin Appartement. Den Sprachtest hatte er bestanden. Die Einschreibung an der Columbia University verlief reibungslos, das Vorstellungsgespräch, vor dem er sich gefürchtet hatte, gestaltete sich erstaunlich unkompliziert. Der Professor, ein gewisser Paul Bauland – was nur bedeuten konnte, dass er deutsche oder österreichische Vorfahren hatte –, freute sich, endlich einmal einen Studenten aufzunehmen, der nicht im 20. Jahrhundert unterwegs war. Dass Dirk schon einen kleinen Aufsatz publiziert hatte – eine Ausstellungsbesprechung in einer renommierten Kunstzeitschrift – imponierte ihm zusätzlich.

Auch Benjamins Geschwister konnten mit dem Jahr zufrieden sein: Noah, der zum Orchestervorstand gewählt worden, hatte eine Solokarriere als Cellist begonnen. Grandma Rahel jubilierte, ihr angeheirateter Enkel sei ein Wunderkind. Das stimmte: Doch Noah blieb bescheiden, gründete ohne große öffentliche Verlautbarungen mit befreundeten Musikern seines Orchesters ein Quartett. Die vier nannten es: Spirito Aperto.

Die Gruppe bestand aus einer Violinistin, Greta Solochow, Spross einer russischen Familie, sowie einem Bratschisten, Daniel Eisenstejjn, einer Bassistin, Evelyn Shepard, und aus Noah.

Deborah und ihr Mann Levin waren inzwischen umgezogen. Nachdem sie »endlich« – wie Jacob kommentiert hatte – Eltern eines Sohnes geworden waren, sehnten sie sich nach einem Garten, wie klein er auch immer sein mochte. Sie nannte den strammen Jungen, der stolze dreiundfünfzig Zentimeter groß war und viertausendzweihundertsiebenundsechzig Gramm wog, Caspar. Die Beschneidungszeremonie fand in der Synagoge der liberalen Gemeinde statt – die Entscheidung für diese liberale Gemeinde freute alle Cohens, vor allem Benjamin, der bei dieser Zeremonie den kleinen Caspar zum Beschneider tragen durfte. Zugegen war auch Dirk, der wieder einmal über die jüdischen Riten staunte, von denen er vor noch wenigen Jahren so gut wie gar nichts gewusst hatte. Er war sehr schnell Teil der Cohen-Familie geworden, geschätzt vor allem von jenen Mitgliedern der Familie, die Kunst- und Literatur liebten, und damit vor allen anderen von Alisah. Er war belesen, kannte sich besonders gut aus bei den Russen und Franzosen, weshalb er sich in den Kopf gesetzt hatte, seinen Ben mit ihm unbekannten Autoren vertraut zu machen. Sein erstes Geschenk zur Premiere war Pnin, Benjamin kannte von Vladimir Nabokov nur Lolita, den Film, nicht das Buch, worüber Dirk sich lustig machte.

Lisa und Elay waren zusammengezogen, dachten aber noch nicht an Heirat. Elay koproduzierte erfolgreich Blockbuster, und unterrichtete weiterhin. Von Damir wusste Lisa nur, dass er noch immer allein lebte und seine Mutter gestorben war.

101

Elizabeth und Asael hatten geheiratet – nach Plan. Sie hatte wirklich Hebräisch gelernt. Zudem erteilte ihr ein Rabbiner Thora-Unterricht. Am Ende kannte sie nicht alle, aber die wichtigsten der sechshundertdreizehn Gesetze, wusste zum Erstaunen von Asael auch den Unterschied zu erklären zwischen den dreihundertfünfundsechzig Verboten und den zweihundertachtundvierzig Geboten. Elizabeths Mutter hatte den Widerstand aufgegeben und sich damit getröstet, dass Jesus ja eigentlich nie Christ gewesen sei, bis die Kirchenväter ihn zu einem gemacht oder ernannt hatten, wie sie sich ausdrückte. Wenngleich sie mit schwulen Männern Probleme hatte, Dirk mochte sie doch. Vielleicht auch, weil er kein Jude war und keine Anstalten machte zu konvertieren.

Gefeiert worden war im Astoria. Ein Wunsch von Jacob, der zu diesem Fest eingeladen hatte. Am Morgen hatten Elizabeth und Asael gefastet. Er hätte darauf gern verzichtet, aber sie bestand darauf. »So sind sie, die Konvertiten«, kommentierte Asael lachend den Wunsch seiner schon baldigen Ehefrau.

Im kleinen Festsaal des Hotels war der Hochzeitsbaldachin aufgestellt. Rabbiner Artur Goldenberg begrüßte die Brautleute, segnete den Wein, den die beiden aus dem silbernen Becher tranken. Sie himmelten einander an, worüber sich Benjamin lustig machte.

»Tun sie nur so, oder sind sie wirklich noch ineinander verknallt?«, flüsterte er seiner Schwester Deborah ins Ohr.

»Ich glaube, sie sind's! Lass doch mal das Lästern, Benjamin!«

Anschließend steckte Asael Elizabeth einen goldenen, rund gearbeiteten Reif an den Ringfinger der linken Hand. Auf die Verlesung eines Ehevertrags verzichteten die Brautleute, aber Elizabeth hatte darauf bestanden, dass Asael zu den sieben Segenssprüchen, die der Rabbiner verlesen musste, sie sieben Mal umrundete.

Als sie zu den festlich gedeckten Tischen gingen – Elizabeth trug ein wundervolles knöchellanges weißes Brautkleid samt Schleier, Asael einen Cut mit blauer Weste –, sangen alle Gäste Mazel Tow und warfen Reiskörner. Benjamin hielt eine Silberschale voll rotem koscherem Matta-Reis in der linken Hand und warf mit der rechten – durchaus zielgenau – auf Asael.

Schon im Dezember verkündeten beide, dass sie Nachwuchs erwarteten.

»Außer mir halten die Cohens alle brav das Gebot: Seid fruchtbar und mehret euch!«, amüsierte sich Benjamin, als die beiden diese Neuigkeit während eines Mittagesssens in Rahels und Jacobs Wohnung verkündeten. »Aber vielleicht adoptieren wir – Dirk und ich – einmal ein Kind, dann wäre das Klischee eines schwulen bürgerlichen Paares perfekt!«

Großmutter Rahel kommentierte: »Und du spielst den Papa – und verzichtest auf die Karriere, als Perfektionist?«

Dirk musste herzlich lachen, eine bürgerliche Ehe nachzuahmen, das war für ihn und Benjamin keine Option.

»Gleiche Rechte für alle, ja, aber, bitte, lass uns ausloten, was es wirklich heißt, schwul zu sein, bevor wir doch wieder nur sind, wie alle anderen auch. Die Ausnahme von der Regel, die auf andrer Ebene fruchtbar ist als der der Reproduktion!«, hatte Benjamin zu ihm einmal gesagt, als das Thema zwischen ihnen aufgekommen war, und sie waren sich einig gewesen und Dirk hatte plötzlich mit einem Grinsen auf den Lippen gesungen: *We do it our way*!

102

Gleich nach seiner Rückkehr aus Deutschland hatte Benjamin mit den Proben zu Klaus Manns Anja und Esther begonnen – ihm blieben knapp vier Wochen bis zur Premiere. Eigentlich hätten alle in der Gruppe gern länger geprobt. Aber die Geldgeber bestanden auf dem Termin. Harry Thomas und Curt Hammilton protestierten nicht, als sie erfuhren, dass statt Wilde nun Klaus Mann inszeniert werden sollte. Harry Thomas dachte: Hauptsache ein schwuler Autor. Nichts anderes interessierte Ron Hammilton, der sich in Phil verguckt hatte. Der bemerkte von Anfang an dessen Begehren, aber erwiderte die Zuneigung nicht. Was Weber ihm nicht verübelte, schließlich wusste er, dass Phil liiert war. Er versprach trotz dieser unausgesprochenen Zurückweisung, das Projekt auch als Film realisieren zu wollen.

Benjamin hatte Phil überzeugt, dass er keine Rolle übernehmen, sondern stattdessen Regie führen würde. Alle seine Theaterfreunde waren einverstanden. Sie fanden es einvernehmlich unklug, wenn ein Schauspieler-Regisseur sich selbst inszenierte. Benjamins Lieblingsfigur, den Erik, übernahm Phil, der für alle sprach, als er Benjamin eröffnete, dass sie einen starken Chef bräuchten und sie ihm diese Aufgabe zutrauten. Nicht ohne Unmut ließ sich Benjamin darauf ein und entdeckte jeden Tag aufs Neue und jeden Tag stärker die Freude daran, Schauspielerinnen und Schauspieler zu motivieren. Schon in der Vorbereitung war klar: Benjamin war kein Konzeptionist, der mit einem Interpretationsziel an die Arbeit ging. Er ließ sich ein auf die Menschen, die mit ihm arbeiten. Er hatte sie im Unterricht erlebt, die verschiedenen Regisseur-Typen. Den Tyrannen, der befiehlt und Gehorsam fordert; den Dompteur, der trainiert und triezt; den Diskurs-Intellektuellen, der diskutiert; den Chaoten, der alles ausprobieren lässt; den Faulenzer, der hofft, die ihm anvertrauten Künstler helfen ihm mit Angeboten; und den Verführer. Er wollte schon bei dieser, seiner ersten Arbeit der Verführer sein.

Den Jahreswechsel 2018/19 hatten die Cohens bei Rahel und Jacob gefeiert. Benjamin, der mit Dirk gekommen war, hatte mit seinen Schwestern Deborah und Esther für den Silvesterabend eine Lesung vorbereitet. Tagebuchsplitter aller drei, die sie geschrieben hatten, während Rahels Reise durch Deutschland. Den lustigsten Eintrag – so fand die ganze Familie – hatte Esther verfasst: *Na endlich. Benjamin hat sich geoutet! Deborah und ich ahnten das schon seit Jahren. Wir witzelten immer über die Frauen, die er uns angeschleppt hat – als Platzhalter für was? Für trügerische Hoffnung. Vorbei der Trug, der schreckliche Schein. The wait is over!*

»Ja, das war furchtbar. Ich habe heute noch ein schlechtes Gewissen, die müssen sich ja tatsächlich Hoffnung gemacht habe, die Armen!«, kommentierte Benjamin.

Dirk lachte. »Da kann ich ja nur von Glück reden, das auserwählte Geschlecht zu haben!«

»Du hast inzwischen sogar den jüdischen Witz drauf, Dirk, nur werde bitte nicht vorlaut, da reicht uns Benjamin schon!«, strahlte Rahel Cohen und alle aplaudierten.

Chaim hatte sich schon kurz nach Mitternacht verabschiedet. Das kommende Jahr würde für Ryan, so erklärte er, ein schicksalhaftes werden, er wolle in den Kongress gewählt werden – »und ich werde ihm helfen!«

Alle Cohens hatten es aufgegeben zu widersprechen, und ließen ihn ziehen. Gili war froh, dass ihr Mann ging.

Was Chaim in der Partei denn anstrebe, wollte Dirk wissen, als dieser schließlich fort war.

»Ich weiß es nicht, vielleicht Berater. Großes wird er nicht schaffen«, erklärte Gili, »Fliegen kann er, denken nicht.«

Alle überraschte dieses schroffe Urteil. Doch niemand sagte etwas. Gili reagierte auf die nun entstandene merkwürdige Stille: »Ich weiß, das klingt hart. Aber Chaim glaubt wirklich alles, was man ihm sagt. Er ist Ryan, diesem Scharlatan, völlig verfallen.«

»Lasst uns das neue Jahr nicht mit Vorwürfen beginnen. Wagen wir stattdessen einen Rückblick«, schlug Rahel Cohen vor. Jeder erinnerte sich an schöne Momente.

Dirk war der Augenblick, als er Benjamin im Netz entdeckt hatte, besonders wichtig.

Benjamin nannte die Reise mit der Großmutter: »Wir haben einander so viel anvertraut, was zuvor verheimlicht wurde. Irgendwann werde ich davon erzählen. In meiner Arbeit, wie nebenbei.«

Und Rahel Cohen? Sie lächelte wie ein junges Mädchen, als sie Benjamin zuhörte, weil er sie mit dieser Bemerkung versöhnte. Sie dachte an ihre Mutter Anne-Rose Lammfromm, von der ihr viele Erinnerungsstücke geblieben waren, darunter auch ein Foto, das Anne-Rose als Neunzehnjährige zeigt, also vor der Heirat mit Richard Blumenthal. Sie steht vor dem Haus Nummer 57 in der Königstraße in Fürth – und strahlt. Rahel Cohen hielt die Gespräche, die sie in Deutschland geführt hatte, für die Höhepunkte des vergangenen Jahres, sagte sie. Und fügte hinzu: »Ganz wichtig waren mir die Spaziergänge durch Fürth. Ich vergesse sie nicht, die schönen Fachwerkgebäude, vor allem das herrschaftliche Haus der Familie Fraenkel hat mir imponiert – es gehörte dem Rabbiner der Stadt.«

Niemand fragte nach, was so Besonderes an dem Haus gewesen sei. Auch Jacob nicht. »Es gibt ihn nicht, den einen Augenblick«, sagte er. »Ich lernte in den vergangenen Monaten, schon während ihr beide durch Deutschland reistet, meinen Argwohn gegen die Deutschen aufzugeben – und ihnen zu verzeihen. Ich verstehe zwar die Juden noch immer nicht, die, aus den Konzentrationslagern befreit, sofort wieder ansässig wurden in ihren Heimatstädten und nicht nach Palästina ausreisten oder nach Amerika, aber ich hege kein Misstrauen mehr gegen die heutigen Deutschen. Und ich schäme mich, dass ich meiner Rahel die Reise nach Fürth so lange …«, er zögerte, »… nicht verboten, aber miesgemacht habe. Und ich habe angefangen, Romane zu lesen, das ist ein richtiger Gewinn für mich!«

Alle blickten mit Vorfreude auf das neue Jahr. Dirk war gespannt auf die Seminare, Benjamin bereitete die Aufzeichnung von Anja und Esther vor und fieberte der Arbeit am Filmset entgegen, die ihm – und Dirk, den er immer mitdachte – viel Geld einbringen würde. Man hatte ihm eine größere Rolle in einer Netflix-Serie angeboten. Er sollte einen jungen Juden spielen, der ausbricht aus der Gemeinde der Satmarer. Benjamin fürchtete sich ein wenig vor den Pejeslocken, die ihm die Maskenbildner verpassen würden. Aber das Aufrührerische dieses Mordechai Glücksmann kam ihm entgegen, zumal der Drehbuchautor unmissverständlich deutlich gemacht hatte, dass dieser Mann auch deshalb gegen seine orthodoxe Familie revoltierte, weil er homosexuell war. Und mit dem Ausbruch aus der Familie würden ja auch die Locken fallen. Er spielte also, nur als Junge, die aufsässige Dora Stein. Das musste ihm gefallen.

Am frühen Morgen gingen Benjamin, Dirk, Elizabeth, Asael, Lisa und Elay tanzen – die anderen mussten nach Hause wegen der Kinder, die längst im Bett bei Rahel und Jacob schliefen.

Während des ersten Gottesdienstes im Januar sprach der Rabbiner über die Frage, ob Gott nach dem Prinzip »Wenn ... dann« richte.

Die Cohens glaubten im vergangenen Jahr nichts Schlimmes angestellt zu haben, hofften also auf ein glückliches Jahr ohne Angst vor dem Dann. Wenngleich sie sich nichts vormachten: Es stimmte, die Speisegesetze hatten sie oft missachtet. Doch an Yom Kippur hatten sie wie immer gefastet. Zudem waren sie wohltätig, hatten gespendet, hatten unterstützt und niemanden übers Ohr gehauen. Voller Zuversicht begannen sie das neue Jahr.

Ende Januar, dem letzten Dienstag des Monats, hatten Rahel und Jacob ihre beiden Söhne und Schwiegertöchter sowie Benjamin und Dirk zu einem Abend in die Met eingeladen. La Bohème mochten sie alle, wohl wissend, dass diese Musik der pure Kitsch ist. Der Kitsch konnte kitschiger nicht sein als in dieser zuckrigen Inszenierung. Aber sie wirkte. Bei Mimis Tod weinten alle, selbst Jacob und Dirk.

Zuhause angekommen, fühlte sich Jacob matt und müde. »Vielleicht hätte ich doch die dritte Flasche nicht bestellen sollen«, scherzte er, bevor er ins Bad ging. Als Rahel Cohen sich neben ihn legte und sie einander wie an jedem Abend umarmten, fragte sie, ob es ihm besser ginge.

»Ich fühle mich wohl und gesund. Mein Blutdruck, ich habe ihn gemessen, ist in Ordnung, vielleicht ein wenig hoch: 142 zu 84. Schlaf gut, meine Rahel!«

104

Als Rahel am Morgen kurz nach acht aufstand, war Jacob noch nicht wach. Sie schlich sich aus dem Schlafzimmer, um ihn nicht zu wecken. Kurz vor neun, sie hatte den Frühstückstisch schon gedeckt, ging sie ihn wecken.

Jacob Cohen war tot.

Rahel entzündete eine Kerze. Sie betete. Still. Für sich. Dann ging sie zum Fenster, öffnete es, und sah in den hohen klaren Winterhimmel. »Ich liebe Dich, mein Jakob«, sie lächelte der Seele ihres Mannes nach und ließ ihre Tränen laufen.

105

Es war ein strahlender Wintertag. Rahel ging am Arm ihres Enkels Benjamin. Er hatte als einziger keinen schwarzen Anzug gewählt, sondern einen blauen, den er sich hatte schneidern lassen. Er glich dem, den seine Großmutter auf der Deutschlandreise so gemocht hatte.

Auf dem größten jüdischen Friedhof von New York waren schon Jacob Cohens Eltern bestattet worden. Rahel und ihre Söhne hatten darum gebeten, einen Platz in der Nähe von Henri Cohen zu bekommen. Rabbiner Goldenberg sprach auf dem Friedhof, nicht in der Trauerhalle. Chaim und Aaron sollten folgen – und Benjamin wollte das Kaddisch sprechen. Vor allen anderen fürchtete seine Großmutter, dass sich Benjamin damit zu viel Stärke zutraute, dass er womöglich zu weinen beginnen und dann das Totengebet nicht zu Ende sprechen könnte. Benjamin fürchtete es auch, weshalb er den Text wohl zwanzig Mal laut gesprochen hatte, allein in seinem Zimmer, dann hatte er ihn Dirk vorgetragen, und einmal hörten ihm seine Schwestern zu. Sie weinten. Er schaffte es, nicht zu schluchzen, weil er sehr viele Pausen einlegte.

»Der Tod ist ein Teil des Lebens«, begann der Rebbe seine Rede. »Wir Juden glauben an die Unsterblichkeit der Seele. Es besteht die Hoffnung auf Auferstehung. Jacob Cohens Seele wird zum Ewigen aufsteigen und dort weiterleben.« Dann zeichnete er Jacob Cohens Leben nach. Er erwähnte seine Großzügigkeit, seine Sorge um die Gemeinde, seine Freigebigkeit, sein Geschenk an die Gemeinde – eine Thora-Rolle von 1914 aus Breslau –, seine Freude an der Musik und seine Liebe zu den Kindern und den Enkeln. »Alles erlaubte er ihnen, seine Toleranz war fast grenzenlos. Ich sage, fast, weil eine Freiheit gestand er weder seinen Söhnen noch seinen Enkeln zu: die Abkehr vom Judentum, vom Glauben.«

Danach sprach Aaron den Psalm 20 und erklärte, was Jacob Cohen auszeichnete: »Er war ein wunderbarer und strenger Vater, der uns Jungen lehrte, zu beten und zu lernen. Der uns anhielt zu Ehrlichkeit, Fleiß und, auch dies, zu Strebsamkeit. Er war uneitel und verzieh die Eitelkeiten derer, die er liebte. Und er konnte sich entschuldigen für Worte und Taten, die ihn reuten. Am Ende seines Lebens hatte er sogar den Deutschen vergeben, vor denen seine und die Familie unserer Großmutter geflohen waren. Er wird bei uns sein, wenn wir beten, wenn wir lachen, wenn wir weinen.«

Aaron wollte weiterreden. Doch er verstummte. Er überließ das Wort seinem Bruder Chaim. »Ich werde lesen, was unser Vater Jacob immer las, wenn er an Gott zweifelte. Als er die letzten Worte der Jona-Geschichte gesprochen hatte, herrschte absolute Stille.

Der schlichte Sarg aus hellem leichtem Holz, in dem Jacob Cohen ruhte, in ein weißes Leinentuch gehüllt, wurde in der Erde versenkt. Als erste nahm Rahel Cohen die Schaufel und warf schweren steinigen Sand auf den Totenschrein. Ein dumpfer Aufprall erschall. Nun war Benjamin an der Reihe. Er nahm die Schaufel und sprach das Kaddisch.

Als er es beendet hatte, trat Rahel einen Schritt auf ihn zu und umarmte den Weinenden.

Rahel Cohen hatte sich entschieden: Sie wollte sieben Tage lang trauern, nach jüdischem Ritus. Sie verhängte die Spiegel und zündete das Gedenklicht an. Am ersten Abend waren alle Cohens in Rahels und Jacobs Wohnung versammelt. Benjamin und Dirk waren als Erste gekommen. Rahels jüdische Freunde hatten das Essen vorbeigebracht: in Asche getauchte, hartgekochte Eier, Linsen und ein rundgebackenes Weißbrot. Benjamin hatte es organisiert, dass nun jeden Morgen und jeden Abend zehn mündige Jüdinnen und Juden seine Großmutter besuchten, um zu beten. Am Morgen des siebten Tages nach der Beerdigung besuchten sie Jacobs Grab.

Allein Chaim Cohen fehlte.

106

Jacob Cohen hatte testamentarisch verfügt, dass ein Zehntel seines Vermögens seiner Frau Rahel zufallen sollte – das war weit mehr als der gesetzlich vorgesehene Erbteilanspruch. Der Rest seines Erbes ging zu gleichen Teilen an die fünf Enkel – Deborah, Benjamin und

Esther, die Kinder von Chaim und Gili; sowie Lisa und Asael, die Kinder von Aaron und Alisah, und an seine beiden Söhne, wobei Jacob Cohen seinem Erstgeborenen, Chaim, weniger vererbte als Aaron.

Er hatte, vier Monate vor seinem Tod, sein Testament zu Ungunsten von Chaim geändert. Da das Vermögen sehr groß war – inklusive mehrerer Immobilien in den Hamptons, die vermietet waren –, wurden die fünf Enkel auf einmal durchaus vermögend.

Chaim war entrüstet über seines Vaters Entschluss, ihn gegenüber seinem Bruder zu benachteiligen. Er beklagte sich bei seiner Mutter, die ihm daraufhin erklärte, dass sein Vater, der ihn durchaus geliebt habe, sein politisches Engagement nicht gutgeheißen und vor allem seine Entscheidung, einen Posten in Ryans Team anzustreben, beklagt habe, und zum Schluss hätte er das traurige Gefühl gehabt, sein eigener Sohn sei ihm fremd geworden. »Das hat Jacob dir nicht verziehen – und ich bin ebenso entsetzt, wie die ganze Familie. Was Gili darüber denkt, muss ich dir nicht erklären. Dass du nicht mit uns zum Grab gekommen bist, gibt deinem Vater nach seinem Tod noch recht.«

Chaim, der zusammen mit Gili gekommen war, um mit seiner Mutter diesen Fall, wie er des Vaters Vorgehen nannte, zu besprechen, war wütend.

»Muss mein Vater, den ich liebte, noch über seinen Tod hinaus bestimmen, was ich zu tun und zu lassen habe? Und wieso hast du ihm nicht widersprochen?«

Rahel ließ sich nicht provozieren: »Ich war mit Jacobs Entscheidung einverstanden. Er hatte sie deiner Frau, Aaron und Alisah schon mitgeteilt, bevor er sein Testament dem Notar übergab. Und sie informierten alle Enkel und deren Lebensmenschen.«

»Also wusste auch der Deutsche davon?«

»Ja natürlich!«

»Jacob, der die Deutschen hasste, bis du in dieses Land reistest, diffamierte mich also auch bei diesem Schwulen? Er war wohl dement!«

Rahel wies ihrem Sohn die Tür.

»Gili, dich bitte ich, zu bleiben.«

»Gili, wir gehen«, forderte Chaim seine Frau auf. »Mit diesen verblendeten Menschen und diesem verweichlichten schwulen Deutschen wollen wir nichts mehr zu tun haben!«

Entsetzt schaute Rahel auf Gili, die mit der größten Ruhe eine Entscheidung formulierte, mit der niemand gerechnet hatte: »Ich werde nicht mit dir gehen, Chaim. Nirgendwohin. Du bist mir so fremd geworden. Jede Freundlichkeit, die ich dir zeige – und erst die Zärtlichkeiten, die du forderst –, sind Lüge und Verstellung. Ich werde aus unserer gemeinsamen Wohnung aus- und zu Rahel ziehen, wenn sie mich aufnimmt.«

Chaim zog seinen Mantel an. »Tu, was du willst!« Er ging zur Tür, wandte sich noch einmal um: »Das ist das Ende, Gili.«

In der Woche danach quartierte sich Gili bei ihrer Schwiegermutter ein, sie durfte ins Gästezimmer ziehen, zu dem auch ein eigenes Bad gehörte. Alle in der Familie dachten darüber nach, ob sie die Scheidung einreichen würde. Doch niemand fragte sie. Und sie? Gili vertraute sich allein Alisah an. Die Familie sorgte sich um Rahel, die ihre Wohnung nur noch verließ, um mit Benjamin oder Dirk, manchmal auch mit Esther, Elias und Evelyn, die im Februar zur Welt gekommen war, im Central Park spazieren zu gehen. Sie schob gern den Kinderwagen mit ihrer Urenkelin darin, die, so schien ihr, die Nase vom Vater, die Ohren aber von Gili geerbt hatte.

Über Chaim wurde nicht mehr gesprochen. Nur Dirk hoffte, dass Benjamins Vater sich bei ihm entschuldigen würde.

»Darauf musst du nicht hoffen«, beschwichtigte Benjamin, »mein Vater wird sich nicht entschuldigen – er wird sich wahrscheinlich noch weiter radikalisieren.«

Benjamin behielt recht. Chaim Cohen war einer der ersten in Ryans Team, der öffentlich – in einem Fernseh-Interview – davon sprach, dass in Amerika etwas entschieden falsch laufe. Die Minderheiten und die Fremden, die Einwanderer zerstörten Amerikas Zivilisation und das Zusammenleben. Das gelte für alle Minderheiten. Auch die jüdische Bevölkerung schere sich nicht um amerikanische Werte, sondern kapsle sich ab, stolz, das sogenannte auserwählte Volk zu sein.

Wenige Tage später las Gili bei der Lektüre ihrer Tageszeitung ein Zitat ihres Mannes, das sie noch mehr empörte. Er sei in einer demokratischen Familie groß geworden und habe lange an deren Ideale geglaubt. Aber diese Menschen taugten nicht dazu, Regierungsverantwortung zu übernehmen, weil sie Amerika und die Amerikaner missachteten. Den Blick in die Kamera gerichtet, fragte er noch in derselben Woche während eines Interviews, wofür Ryan, der so sehr um seine Wahl in den Kongress kämpfe, denn stehe: »Was hat uns unsere Toleranz gebracht? Die Abschaffung der Bestrafung von homosexuellen Handlungen zum Beispiel? Die Toleranz gegenüber den Muslimen? Wir stehen für ein Amerika mit den Werten unserer Gründer!«

Das war zu viel. Gili war entschlossen, sich von Chaim scheiden zu lassen – so schnell wie möglich. Aaron bat sie um Rat, welchen Anwalt sie wählen sollte. Bevor sie die Scheidung einreichte, wollte sie mit Chaim sprechen. Sie schrieb ihm einen Brief und schlug ein Treffen vor. Sie erklärte ihm darin ihre Absicht, ließ ihm aber noch eine Wahl: Entweder Ryan und deine Kampagne für ein reines Amerika, in dem du die Farbigen noch duldest, weil du sie als Wähler brauchst, oder ich und ein Verzicht auf öffentliche Auftritte.

Chaim lachte über diese Erpressung. Er antwortete, sie überschätze sich, er habe nichts gegen ein Treffen und nichts gegen eine Scheidung – vorausgesetzt, Du willst kein Geld!

Gili, die ein Vermögen geerbt hatte, aber damit nicht hausieren ging, fand diese Bemerkung ihres Mannes mehr als nur überflüssig und fragte sich, ob Chaim inzwischen so von ideologischen Dogmen durchdrungen war, dass er ihr Gier auf Geld unterstellte, ohne zu bedenken, mit wem er da eigentlich sprach. Sie war entsetzt.

Chaim wiederum ließ sie wissen – durch eine Sekretärin, die sich am Telefon als Referentin von Herrn Cohen vorstellte –, dass Gili ihn sprechen könne, aber erst in einer Woche – Herr Cohen sei sehr beschäftigt, nehme sich aber gleichwohl eine halbe Stunde Zeit.

Sie trafen sich in seinem Büro. Er begrüßte sie ohne Kuss – damit hatte sie gerechnet. Er überraschte sie mit etwas anderem: Er werde in der Wohnung bleiben, sie könne mit sich nehmen, was ihr wertvoll sei, wohlgemerkt nur Erinnerungsstücke und den Schmuck, den er ihr geschenkt habe. »Alles andere bleibt da«, so fügte er hinzu, »du weißt, die Wohnung, die Möbel, einfach alles, habe ich gekauft«, und überhaupt habe sie sich von ihm aushalten lassen, zu arbeiten sei sie sich zu fein gewesen.

Gili Cohen blickte den Vater ihrer Kinder an, fassungslos. Es dauerte einen Moment, bis sie ihre Sprache wiederfand: »Ich erkenne dich nicht wieder, Chaim! Und damit bin ich nicht die einzige. Du verrätst deine Eltern, deine Liebe, unsere Kinder, die Zukunft, die unsere Großeltern sich mit dem erzwungenen Leid der Emigration errungen hatten, als sie aus Deutschland weggingen! Ich warne dich: Hüte dich vor dem Mann, der in dir das Denken übernommen hat, du bist nicht mehr du, das ist lächerlich für einen erwachsenen Mann!«, damit ließ sie ihn stehen.

107

Der Sommer in New York war unerträglich heiß – schlimmer noch als in den Jahren zuvor. Benjamin und Dirk verbrachten zusammen mit Lisa und Elay zwei Wochen am Meer. An einem dieser Abende, die sie beim Sonnenuntergang am Strand verlebten, berichtete Benjamin zum ersten Mal von seinem Plan, ein Buch schreiben oder einen Film drehen zu wollen über Heinrich Cohen und seinen Vater Chaim.

»Heinrich Cohen war gleich wieder wer, Benjamin?«, fragte Lisa.

»Er war der Großvater unseres Großvaters. Ein Hamburger Jude – mit einem sehr seltsamen Lebenslauf. Grandma hat mir von ihm erzählt, auf unserer Reise. Niemand von uns kennt ihn, weil Grandpa ihn schlichtweg verschwieg. Im Gegensatz zu Henri Cohen, seinem Vater, auf den er richtig stolz war, scheint er diesen Heinrich zutiefst verachtet zu haben.«

Benjamin musste erklären – und er tat es.

»Also ist Chaim gar keine Ausnahme in dieser Familie?«

»Schwarze Schafe gibt es überall, Lisa. Nur muss man sie erkennen – und vor ihnen warnen. Und mehr als vor ihnen, vor den Verführern.«

Elay riet zu einem dokumentarisch angelegten Film, Dirk zu einem fiktionalen Buch.

Rahel Cohen verbrachte, gemeinsam mit Gili, den brütend heißen Sommer in Jackson Hole und hatte dort eine Lektüre begonnen, die Alisah und Aaron, aber auch Gili mit gespannter Neugier verfolgten. Sie wussten nicht, was Rahel interessierte an der Familie Fränkel in Fürth. Als sie nachfragten, war Rahel Cohens Antwort kurz: »Ich stand vor dem Haus der Fränkels in Fürth – sie besaßen ein sehr schönes und waren geachtete Bürger. Sie interessieren mich einfach. Fränkel war der letzte Rabbiner dort und er kannte sicherlich meine Familie.«

Warum Rahel sich wochenlang mit der Familie Fränkel beschäftigte, sollten die Cohens erst nach ihrem Tod erfahren. Jetzt rückte sie nicht mit der Sprache heraus.

Sie bestellte Bücher, sie recherchierte im Netz. Einmal telefonierte sie sogar mit der Bibliothekarin des Fürther Jüdischen Museums. Margit Pfuhlmann hatte sich an sie erinnert, konnte ihr aber nicht weiterhelfen. Ob es noch Nachfahren der Fürther Fränkels gab – sie wusste es nicht. Und es interessierte sie auch nicht. Aber bei Rahel Cohens Suche nach den Wurzeln der Fränkels würde sie helfen. Dafür habe man sie schließlich angestellt: »Recherche ist meine Sache!«

Aaron, Alisah und Gili freuten sich, dass Rahel sich beschäftigte, aber sie hatten es aufgegeben, sie nach dem Sinn dieser Erkundigungen zu fragen. Denn Rahel weigerte sich strikt, zu antworten. Am Anfang formulierte sie diese Verweigerung höflich, wenngleich durchaus bestimmt. Bald schon aber verbat sie sich weitere Fragen, sprach gar von Schnüffelei.

108

Die drei beunruhigte indes, dass Rahel sich nicht länger nach ihrem Sohn Chaim erkundigte. Sie erwähnte seinen Namen nicht mehr und reagierte unwirsch, sobald er zum Thema bei Familienzusammenkünften wurde. Die Frage, wieso er so abdriften konnte, beschäftigte alle – nur die Mutter nicht. Dabei war sie es, die Chaim am besten kannte. Allein ihr, also auch nicht dem Vater, der seine Entscheidung missbilligt hätte, hatte der Sohn zu Beginn seiner Pilotenausbildung gebeichtet, dass er dank eines Freundes einer Studentenverbindung beigetreten, also ein Frat geworden war. Er versprach sich davon bessere Karrierechancen, außerdem hoffte er auf viel Spaß. Seine Mutter hatte schon damals angemerkt, dass sie diese Entscheidung zwar akzeptiere, aber keineswegs gutheiße; sie passe so gar nicht zur Gesinnung der Familie. Sie wollte wissen, wie es amerikanische Studentenverbindungen mit Rassismus und Antisemitismus hielten.

»Sie mögen eigentlich weder Juden noch Schwarze, aber das gilt vor allem für jene Verbindungen in den Staaten, in denen auch

Homosexualität verpönt ist. Woanders denken die Corpsstudenten moderater. Außerdem kann ich ja Aufklärungsarbeit leisten. Und schließlich: So antisemitisch können sie nicht sein, sie nehmen mich ja auf in ihre Reihen!«

»Wissen sie, dass du Jude bist?«

»Sie kennen meinen Namen.«

Rahel Cohen bezweifelte, dass es ihm gelingen würde, diese Verblendeten aufzuklären, versprach aber, dem Vater nicht zu verraten, dass sein Sohn auf »Abwege« geraten sei. Und sie hatte sich an dieses Versprechen gehalten. Auch noch, als Chaim sich nach seiner Pilotenkarriere in der Politik engagierte und keinen Hehl mehr daraus machte, dass er sich zu den Extremkonservativen hingezogen fühlte. Die meisten seiner damaligen Freunde waren einstige Verbindungsstudenten. Erstaunlich war allein, dass er diesen Schritt erst nach Ende seiner beruflichen Verpflichtungen wagte. Hatte er aus Langeweile diese Entwicklung gesucht?, fragten sich Gili, Alisah und Aaron. Fehlte ihm eine Aufgabe? Sie fanden keine befriedigende Antwort. Tatsache war, dass Chaim sehr strategisch an seinem Aufstieg arbeitete und einen Posten in der Partei anstrebte. Nur Steigbügelhalter für Ryan zu sein, würde ihm auf Dauer nicht genügen – da waren sie einer Meinung.

Chaims Entscheidung für Ryan war ein geschickter Schachzug. Ryan war kein Mann aus dem Establishment, kein Mann der Elite, kein Intellektueller. Ein Pilot musste ihm also gefallen. Sorgsam vermied Chaim in allen Interviews, über seine Familie und seine jüdischen Wurzeln zu reden. Auf seinen Vornamen angesprochen, witzelte er einmal, dass er nichts anderes bedeute als *Cheers!* Wusste ein gut informierter Journalist über seine Eltern und seinen Bruder Bescheid, reagierte er barsch: »Ich bin, Gott sei Dank, aus der Art geschlagen!«

Das war auch Heinrich Cohen – und so hatte Benjamin kein schlechtes Gewissen, als er ein erstes Exposé für ein Buch schrieb: »Zwei Juden – auf Abwegen«, so der Arbeitstitel. Um mehr über diesen Heinrich zu erfahren, verabredete er sich mit seiner Großmutter und besuchte sie in Jackson Hole. Rahel Cohen konnte ihm nicht wirklich weiterhelfen, denn Jacob hatte nur selten über seinen eigenen Großvater gesprochen. Es existierten keine Dokumente. Das Tagebuch, das Heinrichs Frau, Christa, geführt hatte, war ihr von ihrem Mann abgenommen worden. Es enthielte nur Lügen, die niemand lesen dürfte – so lautete sein Argument, nachdem sie das Verschwinden bemerkt, unverzüglich ihren Mann zur Rede gestellt und erfahren hatte, dass er all diese ledergebundenen DIN-A2-Hefte dem Feuer überantwortet hatte. Benjamin musste also recherchieren. Das konnte nicht gehen von New York aus, dafür musste er nach Deutschland reisen.

Dirk riet ihm, dass er schon jetzt Chaims Entwicklung aufschreiben sollte, denn wenn er beide Figuren behandeln und womöglich miteinander vergleichen wollte, musste er seines Vaters Radikalisierung genau verfolgen und beschreiben. Benjamin begann in seiner Freizeit, alle öffentlichen Äußerungen seines Vaters zu sammeln. Er archivierte Zeitungs- und Magazinartikel, speicherte sogar die auf Youtube abrufbaren Auftritte seines Vaters ab. Immer deutlicher wurde ihm, dass sein Vater, je mehr Zeit verging, umso unkritischer dem Programm von Ryan und dessen Parteigenossen folgte und vollkommen unfähig zu sein schien, in der Öffentlichkeit eine eigene Position zu formulieren – was offenbar auch für Heinrich Cohen charakteristisch war.

Bei einer Talkshow, zu der man Ryan wegen dessen extremer Haltung eingeladen hatte, ließ dieser sich durch Chaim Cohen vertreten. Das war der erste größere öffentliche Auftritt von Benjamins Vater.

Er schlug sich gut, was durchaus schwierig war. Schließlich war er nur geladen worden, weil man Ryans extreme Positionen kritisieren wollte. Ende August gab er dem eher unbedeutenden Charlotte Observer ein Interview, in dem er Ryans Gegnern vorwarf, sie würden ihn als Rassisten brandmarken, was er nicht sei. Ryan sei ein aufrichtiger Amerikaner wie er selbst auch.

Genau einen Tag später traf Chaim seine Frau ein zweites Mal in New York – diesmal war er es, der um die Aussprache gebeten hatte. Er kam mit einem Vorschlag: Keine Scheidung, sondern nur Trennung, denn ein Prozess, der in der Öffentlichkeit diskutiert würde, könnte ihm schaden.

»Wir bleiben zusammen – und leben getrennt. Nur bei wichtigen offiziellen Terminen möchte ich dich an meiner Seite wissen. Ich würde dir für diese Auftritte ein Honorar anbieten – schließlich werden sie für dich kein Vergnügen sein.«

Gili hätte schreien mögen, sie beherrschte sich: »Ich werde die Scheidung einreichen, Chaim, Adieu!«, und damit ließ sie ihn ein zweites Mal stehen.

110

Rahel wollte sich keine Nachrichtensendungen mehr ansehen. Stattdessen las sie – vom Morgen bis zum Schlafengehen. Die Familie Fränkel interessierte sie weiterhin. Sie bestellte Bücher und war in Kontakt mit der Bibliothekarin in Fürth. Diese war sogar in der Gegenwart fündig geworden, hatte recherchiert und herausgefunden, dass die Fränkels schon von Mitte des 17. Jahrhunderts an das kulturelle Leben Fürths beeinflusst haben. Manche Fränkels seien Rabbiner oder Gemeindevorsteher gewesen. Aber es habe auch Geschäftsleute unter ihnen gegeben. Die letzte Familie Fränkel wurde nach Auschwitz deportiert. Sie bestand, so erklärte die Frau aus Fürth, aus einem Ehepaar mit drei Kindern. Rahel fragte nach den Namen: Der Vater, so wusste die Bibliothekarin, hieß Din. Dessen Frau Sarah war eine geborene Schuster aus Bamberg, vier Jahre jünger als ihr Mann. »Die drei Kinder kamen sehr schnell hintereinander zur Welt, im Jahresrhythmus: Gabriel, Riccardo und Menachem.« Warum sie diese Familie so interessiere, wollte Frau Pfuhlmann wissen.

»Es gibt Verbindungen zwischen meiner Familie und den Fränkels.«

Dabei ließ es Rahel Cohen bewenden, die weiteren Fragen der Bibliothekarin wurden freundlich übergangen.

III

Während Dirk sich sehr diszipliniert an seine Seminararbeiten machte, begannen die Dreharbeiten zu der Netflix-Serie, in der Benjamin die Hauptrolle spielte. Wie befürchtet, bekam er Schläfenlocken. Gedreht wurde in Williamsburg für die Außenaufnahmen. Die Innenräume wurden in einem Studio gebaut. Ikea, auf jüdisch.

Die Abende verbrachten die beiden jungen Männer gemeinsam. Sehr selten nur gingen sie aus. Ab und an waren Lisa und Elay bei ihnen zu Gast oder sie besuchten die beiden. Von Chaim war schon lange nichts mehr zu lesen, zu hören und zu sehen. Erst im Oktober durfte er sich wieder zu Wort melden. Er kritisierte im Rundfunksender von Michigan, der ihn schon einmal interviewt hatte, dass einige Medienunternehmen über Ryan nur noch Lügen verbreiteten.

Die Scheidung von Gili und Chaim fand Ende Oktober statt. Chaim wollte »die Sache«, wie er diese Trennung zu nennen sich angewöhnt hatte, so schnell wie möglich hinter sich bringen. Gili hatte sich in allem durchgesetzt, bei den finanziellen Regelungen und beim Wohnrecht in der Zweitwohnung in Florida. Nach dem Termin, an dem niemand außer den beiden teilgenommen hatte, trennten sie sich rasch. Gili wollte zu ihren Kindern, die sie zum Mittagessen eingeladen hatte. Chaim musste in sein Büro. Er war missmutig – diese Trennung interessierte niemanden. Kein Pressevertreter war gekommen. Einerseits war es ihm recht, dass darüber nicht berichtet wurde, andererseits machte ihm das mediale Desinteresse deutlich, dass er unbedeutend für die Medien war und damit in der eigenen Partei. War er wirklich nur Ryans »Schlattenschammes«, sein willfähriger Diener – als den Benjamin ihn in einer hitzigen Diskussion einmal bezeichnet hatte?

Gili beabsichtigte, mit ihrer Schwiegermutter wieder nach New York zurückzukehren, die des Landlebens müde geworden war. Sie wollte ein neues Kapitel beginnen und Chaim aus ihrem Leben verbannen. Sie wagte diesen Schritt jedoch nicht ohne Rahels Einverständnis. Deshalb fragte sie ihre Schwiegermutter, ob sie ihren Mädchennamen wieder annehmen dürfte.

»Oh nein, Gili, niemand muss sich dieses Namens in unserer Familie schämen.«

Was sie von einem Doppelnamen hielte, etwa Gili Goldman-Cohen.

»Gili, das ist affig!«

Derselben Meinung waren auch die Kinder, Deborah, Esther und Benjamin.

Im November war Chaim Cohen wieder Gast beim Sender in Michigan. Eine Reporterin – eine gewisse Ellen Bluefield – bat um seine Einschätzung der amerikanischen Innenpolitik, insbesondere, was das Thema Einwanderung betraf, die Ryan, dessen Sprecher er sei, scharf kritisierte.

Als Gili das Gespräch sah und sich einmal mehr darüber verwunderte, warum dieser Sender ihren Mann so sehr hofierte, schoss ihr ein Gedanke durch den Kopf: Die blonde, schlanke Frau – sie mochte etwa Mitte Fünfzig sein – hatte sich womöglich in Chaim verliebt. Ich gönne sie ihm, dachte sie und schaltete um.

Dirk hatte begonnen, Nachhilfeunterricht in den Fächern Deutsch und Französisch zu geben, um seine Studiengebühren finanzieren zu können. Er hatte inzwischen für beide Sprachen neun Schüler. Warum sich keine Mädchen für die Deutsch-, keine Jungen für die Französischstunden angemeldet hatten, darauf konnte er sich keinen Reim machen. Die Einkünfte, die er mit seinen achtzehn Schülern erzielte, reichten ihm auch für Unterrichtsmaterial, Kleidung und einen monatlichen Zuschuss zu den Lebenshaltungskosten. Benjamin fand Letzteres albern, da ihn die Erbschaft finanziell hatte unabhängig werden lassen. Dirk bestand dennoch darauf: »Es ist nicht die Hälfte, aber immerhin fühle ich mich dadurch nicht so ausgehalten.«

Ihre gemeinsamen Abende begannen meist gegen acht. Nur selten wurde es später, wenn Benjamins Dreharbeiten sich hinzogen. Die beiden liebten ihre abendlichen Rituale: Während Benjamin kochte, sofern Dirk nicht darauf bestand, auch mal an den Herd zu dürfen, suchte der nach Filmen. Beim Essen war Benjamin zuständig für italienische Speisen, Dirk für französische. Sie waren beide ausgezeichnete Köche, weshalb sie sich nicht selten Freunde einluden. Dirks Film-Auswahl war nicht bestimmt durch Regisseure, er suchte nach Schauspielern, die er mochte. An einem der Herbstabende hatte er Helen Mirren gefunden. Und die Story gefiel ihm, ging es doch um Kunst, um ein Klimt-Gemälde mit dem Titel Goldene Adele.

Der Film bewog die beiden jungen Männer, über die Nazigräuel zu sprechen, auch über die Rückgabe von gestohlenen Bildern, Juwelen, Büchern. An mehreren darauffolgenden Abenden, während vieler Spaziergänge, erfuhr Dirk die Geschichte der Familien Cohen und Blumenthal. Benjamin erzählte über ihre Fluchten aus Deutschland, über die ermordeten Verwandten, die nicht mehr hatten fliehen können. Warum er mit seiner Großmutter nicht auch noch nach Polen gereist sei, wollte Dirk wissen.

»Wir fürchteten uns!«, war Benjamins kurze Erklärung.

Oft überlegte er, Dirk zu fragen, wie sich seine Familie während der Naziherrschaft verhalten hatte. Er wagte diese Frage nicht. Lieber nichts wissen, als Schlimmes erfahren – hatte er nicht bloß einmal in sein Tagebuch notiert.

Zwei Wochen nach dem Mirren-Film dann endlich war Dirk es, der den Mut fasste, auch über seine Familie zu reden: »Ich habe, noch in Deutschland, einmal eine Andeutung gemacht, dass es in meiner Familie schwarze Schafe gab.«

Benjamin schwieg erst, dann sagte er: »Ja, ich erinnere mich.«

»Ich befürchte, dass du eher nichts von meinem Urgroßvater und Großvater wissen magst, vielleicht, weil du Angst hast, dass uns dieses Wissen auseinanderbringen könnte. Aber ich denke, du solltest meine Familie kennen, so wie ich deine ja auch kenne. Ich möchte nicht, dass irgendwelche Geheimnisse zwischen uns gären und sich irgendwann gegen uns richten.«

Benjamin nickte Dirk zu, stumm, mit einem Blick, der Furcht und Neugier ebenso verriet wie Bewunderung und Zuneigung.

Dirk reagierte mit einem Lächeln auf diesen Blick, dann holte er tief Luft, sah Benjamin noch einmal prüfend an und begann zu erzählen. Sein Urgroßvater, so berichtete er, habe Horant Weber geheißen und sei am 6. Mai 1900 – also im selben Jahr wie Henri Cohen – zur Welt gekommen. »Die Familie wohnte damals in Halle an der Saale. Horants Vater Egbert war Mediziner, Arzt am städtischen Krankenhaus, seine Mutter übte keinen Beruf aus, sie war dazu erzogen worden, eine gute Hausfrau und Mutter zu sein. Horant begann 1920 ein Studium der Medizin. Die ganze Familie beobachtete den Aufstieg von Adolf Hitler und seinen Anhängern durchaus mit Wohlwollen. Deshalb überraschte es Egbert Weber nicht, dass sein Sohn schon 1926 in die Partei eintrat.«

»Dann war dein Urgroßvater ja einer der ersten!«

»Seine Mitgliedsnummer lautete 85. Er war zeitlebens stolz darauf …«

Benjamin wollte etwas fragen, Dirk aber ließ keine Fragen zu: »Nein, bitte unterbrich nicht – ich werde dir sagen, wieso ich über all das so genau Bescheid weiß. Am Ende wirst du erfahren, dass dieser Horant Weber drei Mal gestorben ist – zumindest in den Augen seines Enkels und dessen Kindern.«

Benjamin verstand diese Bemerkung nicht – und hielt den Mund. Wenig später, so erzählte Dirk weiter in einem Ton, als redete er über eine fremde Familie, habe Horant Weber geheiratet, eine gewisse Traudel Schuster, Tochter eines Apothekers. Ihr Vater sei damals noch kein Parteimitglied gewesen, habe aber die Nazis finanziell unterstützt. »Traudel muss Hitler vergöttert haben. Als der zum deutschen Reichskanzler ernannt wurde, reiste Traudel nach Berlin, um ihm zuzujubeln. Mein Urgroßvater stieg sehr schnell in der Parteihierarchie auf. Der Gauleiter spielte ihm einen Posten in der NSDAP-Ortsgruppe Halle-Saale zu. Anfangs noch arbeitete er weiter im Krankenhaus. Das Jahr 1934 muss für die damalige Familie Weber ein besonderes gewesen sein: Auch Egbert Weber, also Horants Vater, wurde Parteimitglied. Horant selbst zum ersten Mal selbst Vater. Seine Frau und er nannten den gemeinsamen Sohn – du wirst es ahnen: Adolf.«

Dirk blickte Benjamin an, plötzlich doch unschlüssig, ob er weiterreden sollte oder nicht.

»Sprich, Dirk!«

»Horant Weber, mein Urgroßvater, war auf vielen Ebenen genau das, was man heute wohl einen schleimigen Streber nennen würde – sowohl im Beruf als auch in Bezug auf seine Karriereplanung innerhalb der Partei.«

Als Dirk schließlich erzählte, wie die Familie Weber nach der Geburt ihres Kindes eine herrschaftliche Wohnung in Halle bezog, die zuvor einem jüdischen Arzt gehörte, der dort mit seiner Frau und seinen vier Kindern gelebt hatte, unterbrach Benjamin dann doch und bat Dirk, nicht weiterzureden. Der aber insistierte: »Wenn du mir zuhörst, nimmst du mir eine große Last.«

Diesmal war Benjamin es, der tief Luft holte, und anschließend wortlos seine Zustimmung nickte.

»Die Familie jenes Arztes war in die USA emigriert ...«, fuhr Dirk fort und wollte schon weitererzählten, aber Benjamin unterbrach schon wieder:

»Und Deine Familie wohnte damals plötzlich luxuriös?«

Dirk senkte den Kopf, blickte zu Boden und schwieg. Wie so oft, wenn ihn etwas bedrückte und er sich zu sagen zwang, was schwer auszusprechen war, stieg ihm das Blut vom Hals in seine Wangen. Er errötete aus Scham. Nach einer Pause, in der Benjamin die rechte Hand seines Freundes ergriff, fuhr Dirk mit der Erzählung fort: »Im Winter 1937 wurde mein Urgroßvater zum stellvertretenden Lagerkommandanten eines KZ berufen.«

»In Deutschland?«

»Ja, nicht unweit von Halle. Dort befand sich das Lager Lichtenburg.«

Von diesem Konzentrationslager hatte Benjamin noch nie gehört. Es faszinierte ihn, dass sein Freund so viel darüber wusste, aber er bohrte nicht weiter nach, sondern ließ Dirk weiterreden:

»Horant Weber wurde stellvertretender Kommandant des Frauenkonzentrationslagers. Er war zuständig für die medizinische Abteilung im Frauenlager, als das Männerlager, in dem zuvor hauptsächlich Homosexuelle, Berufsverbrecher und Zeugen Jehovas gefangengehalten, gefoltert und ermordet worden waren, aufgelöst wurde.«

»Hat er auch medizinische Experimente durchgeführt?«

»Nein, er hatte dort wohl keine Gelegenheit dazu; das KZ wurde 1939 aufgelöst.«

»Und wohin ging er dann?«

»Er wurde nach Buchenwald versetzt.«

»Bitte hör auf. Ich war dort. Und traf dich in Weimar!«

»Nein, bitte, Benjamin. Ich muss weiterreden. Ich habe all das bisher ganz allein mit mir herumgeschleppt.«

»Nicht heute, bitte, Dirk! Lass es uns vertagen!«

Dirk lenkte ein, und schlug einen Wochenendausflug vor, er wollte über seine Familie reden, wollte, dass Benjamin alles wusste, was auch er wusste, »aber dafür brauchen wir wohl Zeit und vielleicht ein wenig Abgeschiedenheit, da hast du recht!«

»Wir könnten am Freitag ins Appartement meiner Mutter am Meer, es steht gerade leer.«

112

Während eines abendlichen Spaziergangs, den Strand entlang, nahm Dirk, gegen den Widerstand seines Freundes, der fürchtete, dass Horant Weber eine glänzende Nazikarriere als Mörder gemacht haben könnte, den Faden wieder auf, obgleich er sich nicht mehr sicher war, dass Benjamin ihn noch lieben würde, erführe er die ganze Wahrheit. Allein, er musste diese Geschichte loswerden – auch um seiner selbst willen. Er hatte tatsächlich bisher mit niemand anderem darüber gesprochen als mit seinem Vater:

»Von 1937 bis 1940 wohnte Horant Weber mit seiner Familie in Weimar. Jeden Morgen ließ er sich ins Konzentrationslager fahren. Bis vor den Häftlingskrankenbau. Hier behandelten Gefangene die Gefangenen; tatsächlich ausgebildeten Ärzten, die es unter den Häftlingen durchaus gab, war das Praktizieren verboten. Auch mein Urgroßvater kümmerte sich nicht um die ins Krankenhaus eingelieferten Häftlinge. Er half nicht. Er experimentierte. Sein Fachbereich: Fleckfieberversuche.«

Benjamin mochte nicht mehr zuhören: »Ich muss nicht alles wissen!«

»Du musst. Wenn wir ein gemeinsames Leben führen wollen, bitte ich dich, dass du diese Bürde mit mir teilst.«

»Ich will Dir gern zuhören, aber lass uns eine Pause machen, ich mag nicht alles auf einmal hören!«

Zwei Stunden lang sprachen die beiden nicht über Horant Weber, sie gingen spazieren, die Nacht hatte sich inzwischen über das rauschende Meer gelegt und über ihnen strahlte ein herrlicher Sternenhimmel. Dann, plötzlich, wie aus einer Regung heraus, sah Dirk Benjamin an und legte einen sehr ernsten Ton in seine Stimme: »Ich bring es jetzt zu Ende.«

Benjamin erfuhr, dass Horant Weber 1940 nach Auschwitz versetzt wurde. »Übrigens gehörte er zu diesem Zeitpunkt längst der SS an. Er wurde Mitarbeiter von Josef Mengele, dem leitenden Lagerarzt.«

Benjamin unterbrach: »Dirk, ich möchte nicht erfahren, was dieser Horant dort gemacht hat. Mach es kurz. Was war nach dem Krieg? Ich möchte nur das Ende noch hören.«

Es habe keinen Prozess gegeben, erzählte Dirk. Horant Weber sei erst untergetaucht und dann, schon im Januar 1946, nach Argentinien ausgewandert. Benjamin war verwirrt: »Wie konnte er auswandern? Und woher wisst ihr von seinen Taten?«

»Den Pass erhielt er über Umwege aus dem Vatikan – wie viele andere Nazis auch. Und die Taten, die er begangen hatte, hat er mit minutiöser Perversität in seinem Tagebuch geschildert, das er seinem Sohn Adolf, meinem Großvater, noch vor Kriegsende zukommen ließ – voller Stolz darüber, dass er mit allem der Wissenschaft gedient habe. Mein Großvater hatte diese Tagebücher nicht vernichtet, sondern verwahrt, mein Vater fand sie bei ihm nach dessen Tod. Da war ich drei Jahre alt. Ich habe sie später gelesen, aber nicht zuhause. Mein Vater hatte sie dem Museum in Auschwitz überlassen. Ich war dort.«

»Und was meintest du, als du sagtest, dieser Horant Weber sei drei Mal gestorben?«

»Adolf Weber war gleich nach dem Mauerfall nach Argentinien geflogen. Sein Vater hatte ihm 1954, verklausuliert in einem äußerst bizarren Brief, der heute ebenfalls im Museum in Auschwitz liegt, seinen Aufenthaltsort genannt und auch seinen neuen Namen. Er gab sich, wie viele andere auch, als emigrierten Juden aus und nannte sich Daniel Birnbaum. Er wohnte damals in einem Altersheim. Als Adolf Weber von dieser Reise zurückgekehrt war, erzählte er meinem Vater, dass der neunzigjährige, noch durchaus rüstige Greis nichts bereute und im Exil viele seiner ehemaligen SS-Kameraden wiedergetroffen habe. Einer von denen wohnte sogar mit ihm im gleichen Heim. Mein Vater war entsetzt, warf seinem eigenen Vater vor, einen SS-Verbrecher zu schützen und informierte die Behören. Wenige Wochen später starb mein Urgroßvater. Mein Vater gab damals eine Anzeige auf in der Thüringischen Landeszeitung, ganzseitig. Zu lesen war darin der Name Horant Weber, dessen Geburtstag: 6. 5. 1900, sowie drei Todesdaten: 24. März 1926, 16. Mai 1940 und 2. Februar 1990. Hinter den Daten stand: Halle, Auschwitz, Buenos Aires. Und in großen Buchstaben, gleich einer Überschrift: ›VOM BÜRGER ZUM VERBRECHER‹. Man konnte ihm keinen Prozess mehr machen. Es tut mir wahnsinnig leid, Benjamin!«

113

In New York hatte sich während ihrer kurzen Abwesenheit Schlimmes ereignet. Deborah Cohen-Lämmle lag im Krankenhaus. Niemand wusste, woran sie litt. Sie hatte hohes Fieber. Ihre Nieren versagten. Sie wurde in die Intensivstation verlegt. Ihr Zustand verschlechterte sich rapide. Ihr Mann verstand die Welt nicht mehr und zweifelte an den Fähigkeiten der Mediziner: »Sie ist dreiunddreißig! Viel zu jung, um zu sterben!«

Deborah wurde künstlich beatmet. Die Lymphknoten schwollen. Die Leber war angegriffen. Die Ärzte machten Levin Lämmle wenig Hoffnung, Deborahs Geschwister und Dirk verabredeten sich jeden Tag mit ihm. Und Esther nahm den kleinen Caspar zu sich.

Levin versuchte, sich abzulenken durch Arbeit. Er war der erste in seiner Kanzlei am Morgen und der letzte am Abend, er ernährte sich von Pizzen, die er sich nach Hause bestellte. Jeden zweiten Tag sah er nach seinem Sohn, schlug aber jedes Mal Esthers Angebot aus, mit ihrer Familie zu essen.

Es gab für Deborah keine Hilfe. Als sie starb, war niemand an ihrem Bett. Es war der 11. Dezember, der zweite Chanukka-Tag.

Benjamin sollte den Tod seiner Schwester Rahel und Gili mitteilen. Er entschied sich, Dirk mitzunehmen. Gili und Rahel Cohen empfingen die beiden voller Freude, die sich angezogen hatten wie immer, also bunt. Aber Rahel spürte, dass etwas nicht stimmte. Erst als sie im Wohnzimmer saßen, als der Kaffee eingeschenkt war, begann Benjamin.

»Wir sind sehr verwöhnt worden, wir Cohens. Unsere Urgroßeltern haben Deutschland noch gerade rechtzeitig verlassen mit ihren Kindern. Wir sind von Schicksalsschlägen verschont geblieben. Grandpa ist in einem gesegneten Alter gestorben. Einmal ...«, er machte eine lange Pause und sprach dann ganz langsam weiter, so, wie er es bei der Beerdigung von Jacob getan hatte.

Gili und Rahel bemerkten den anderen Ton, sie sahen, dass Dirk den Blick gesenkt hielt und den Boden anstarrte. Gili unterbrach ihren Neffen:

»Was ist passiert, Benjamin?«

»Deborah ist tot.«

114

Der Jahreswechsel war trist. Gili und Rahel waren nach Deborahs Beerdigung wieder zurück nach Jackson Hole gezogen, diesmal über den Winter. Alle anderen trafen sich bei Aaron und Alisah. Man trank Champagner – »trotz allem«. Sie wünschten einander ein frohes Neues. Levin, der immer ein wenig dicklich war, hatte stark abgenommen und wirkte, als sei er irgendwo – nur nicht bei seiner Familie. Damit er würde arbeiten können, hatte Esther vorgeschlagen, den kleinen Caspar ganz zu sich zu nehmen für die erste Zeit, was Levin gern annahm.

Chaim, den Benjamin schriftlich über den Tod seiner Tochter in Kenntnis gesetzt hatte, war nicht eingeladen worden. Er lebte inzwischen mit der Journalistin zusammen, war aber immer noch Ryans Sprecher, der den Sprung in den Kongress geschafft hatte. Der Verlust schmerzte ihn, doch in seine Trauer mischte sich Zorn. Zu sehr hatten seine Kinder ihn beleidigt und ein Brief von Benjamin hatte ihn empört: Du bist schrecklich, arbeitest für einen homophoben Rassisten! Ich wäre gern nicht Dein, sondern Aarons Sohn! P.S. Keiner von uns möchte, dass Du Dich meldest.

Die ersten Januar-Tage verliefen ruhig. Asael und Elizabeth unterrichteten; Noah Weinberg und sein Quartett Spirito Aperto nahmen im Studio eher ungewöhnliche Kompositionen auf, Xiaoyong Chens Streichquartett Nr. 1 und Hans Werner Henzes Streichquartett Nr. 5. Daneben gab es Konzerte und intensive Proben – schon für eine erste Europa-Tournee.

Elay Abramowicz hatte eine Filmproduktion gefunden, die mit ihm zusammenarbeiten wollte. Das passende Projekt gab es auch schon: die Verfilmung eines Romans, in dem es um Machtmissbrauch der Regierenden und um Antisemitismus ging. Die Aktualität konnte niemand abstreiten.

115

Dirk arbeitete an der Uni. Benjamin führte Gespräche. Es gelang ihm, alle, die bei der Anja und Esther-Inszenierung dabei waren, auch für die Mitwirkung in der Verfilmung zu gewinnen. Eine Aufzeichnung der Aufführung kam nicht in Frage; sie würde niemanden interessieren, am wenigsten die Produzenten. Also schrieb Benjamin zusammen mit Phil ein Drehbuch und die beiden begannen, nach Drehorten zu suchen.

An einem der Abende, an denen sie beide einander von ihrer Arbeit berichteten – Dirk wartete auf die Zusage eines Promotionsstipendiums, Benjamin konnte sich über zusätzliche Gelder eines weiteren Produzenten freuen –, überraschte Benjamin Dirk mit einer plötzlichen Frage:

»Möchtest du hier promovieren oder nicht doch lieber in Deutschland?«

»Willst du mich loswerden?«

»Nein. Ich denke nur, wir brauchen eine Perspektive.«

Dirk überraschte der Beginn dieser Unterhaltung. Statt wie so häufig über die Vergangenheit zu reden, wollte Benjamin nun in die Zukunft blicken. Es stimmte, er hatte gleichfalls darüber nachgedacht, ob er wirklich sein Studium in Amerika beenden und damit auch in dem fremden Land eine Karriere beginnen sollte. Oder ob nicht doch Deutschland die bessere Wahl wäre. Benjamin aufgeben – das war allerdings bei all seinen Gedankenspielen keine Option. Mit ihm zu gehen, wäre, so dachte er, gewiss keine für Benjamin. In Deutschland, in der fremden Sprache, würde er als Darsteller keine Karriere machen können. Als Regisseur vielleicht. Aber wer wartete in Deutschland auf einen Amerikaner, der lediglich eine einzige Inszenierung vorweisen konnte? War Benjamins Frage vielleicht doch der versteckte Versuch, ihn loszuwerden? War es Zeit, Adieu zu sagen? Dirk verwarf diese Vermutung schnell. Ihre Beziehung hatte noch keine großen Krisen erlebt. Eigentlich auch keine kleinen. Also, schloss Dirk, war die Frage eine ernsthafte. Nur wusste er keine Antwort.

»Ich weiß es nicht, Benjamin. Mir ist eines allein wichtig: Ich möchte mit dir zusammenleben.«

Benjamin umarmte ihn und sah ihn dann mit strahlenden Augen an: »Ich habe eine verwegene Zukunftsplanung für uns – in Deutschland. Ich arbeite schon an der Realisierung. Zuvor muss der Klaus-Mann-Film fertiggestellt werden: Ich denke, vor dem Sommer kriege ich das hin. Zugleich werde ich alles daransetzen, meinen Deutschland-Plan umzusetzen. Verzeih, dass ich dir nicht mehr sagen kann. Ich will erst sprechen, wenn du nicht darüber lachen kannst.«

116

Aaron und Alisah bereiteten ihre Europareise akribisch vor, Alisah blieb dabei: Vor allem Buchläden wollte sie entdecken, während ihr Mann sich auf die Opernhäuser freute. Auf Museen hatten beide keine große Lust. Ja, der Louvre musste sein, und vielleicht wäre es schön, den Pergamon-Altar in Berlin nicht auszulassen. Rahel riet ihnen dringend dazu und unterstrich, sie sollten auch München nicht versäumen: »Diese Stadt ist schön. Und wenn ihr mir einen großen Gefallen tun wollt, fahrt bitte zuvor oder danach nach Fürth und legt Steine auf die Gräber der Familie Lammfromm und auf die Grabplatte der Rabbiner-Familie Fränkel.«

Sie versprachen es, ohne zu fragen, warum sie auch der Fränkels gedenken sollten, hatte doch Rahel alle diesbezüglichen Fragen abgeblockt. Umso größer war ihr Erstaunen, dass Rahel Cohen hinzufügte:

»Und schaut euch das Haus der Lammfromms an, in dem ich geboren wurde. Es war ein Zufall – mein Vater Richard und seine Familien wohnte in Nürnberg. Meine Mutter wollte nur einen Tag bei ihren Eltern verbringen. Es wurden acht Tage. Ich kam zwei Wochen zu früh zur Welt.«

Aus dem Bücherregal zog Rahel Cohen ein Fotoalbum. Sie musste nicht lange blättern.

»Seht, das ist meine Mutter Anne-Rose mit den Kindern der Fränkels. Eigentlich waren sie keine Kinder mehr.«

Aaron und Alisah sahen ein junges Mädchen, das freundlich in die Kamera lächelte, und erkannten Anne-Rose, umgeben von drei Jungs. Hinter ihnen sah man ein besonders prächtiges Fachwerkhaus.

»Bei meinem Besuch sah das Haus fast so aus wie damals, wirklich wie hier auf dem Bild. Das Haus der Blumenthals ist nach dem Krieg arg verschandelt worden. Da müsst ihr wirklich nicht hin.«

Aaron wollte mehr wissen.

»Sei nicht so neugierig, Aaron. Wenn es Zeit ist, werde ich darüber berichten.«

Sie möge bitte nicht zu lange damit warten. Von Tod sprach Aaron nicht.

Rahel scherzte: »Keine Sorge, ich werde mir etwas einfallen lassen, bevor mich der Sensenmann holt.«

Zu ihrer großen Überraschung hatte Levin gefragt, ob er Aaron und Alisah für einige Tage auf ihrer Europareise würde begleiten dürfen. Nicht, weil ihn Buchhandlungen sonderlich interessierten. Er hatte größere Pläne. Aber er verriet sie nicht.

117

Die Familie Lämmle stammte ursprünglich aus Breslau. Levins Urgroßvater war als junger Arzt mit seiner Frau nach Berlin gezogen. Ihretwegen hatte er sich der orthodoxen jüdischen Gemeinde angeschlossen, obwohl seine Familie zur großen Gruppe der nach Berlin ziehenden assimilierten Juden zählte. Dort wurde auch Levins Großvater geboren. Mit dem kleinen Jungen emigrierten die Lämmles.

In keiner der Familien des Cohen-Clans war die Rückkehr nach Deutschland je ein Thema gewesen. Zwar hatte niemand eine ähnlich negative Meinung zu den Nachkriegsdeutschen wie Jacob Cohen, der bis kurz vor seinem Tod ein ewiger Mahner geblieben war und durchaus streng immer wieder darauf gedrängt hatte, die Vergangenheit nicht zu vergessen und den Deutschen nicht zu trauen. Allein, keiner sprach davon, in der Bundesrepublik leben zu wollen. Nur Benjamin hatte ein-, zweimal eine Andeutung gemacht, dass er sich eine Karriere als Regisseur in Deutschland vorstellen könnte.

Levin Lämmle hatte nach seinem erfolgreichen Studium den Beruf des Anwalts gewählt. Aufgrund seines hervorragenden Abschlusses wurde er sofort in eine namhafte Kanzlei aufgenommen. Vor allem wegen seiner Zeugnisse, aber nicht zuletzt auch wegen seiner Zugehörigkeit zur orthodoxen jüdischen Gemeinde. In der Sozietät Asher Silberman arbeiteten nur wenige Nichtjuden und nicht ein einziger Moslem. Rasch galt Levin im Team als unverzichtbar. Er war morgens einer der ersten und abends einer der letzten, die die Büros verließen. Nur am Schabbat ging er nicht in die Kanzlei, wie alle anderen auch, ausgenommen die Gojim. Seit dem Tod von Deborah kannte Levin Lämmle gar keine Feiertage mehr. Manchmal beendete er seine Arbeit erst nach Mitternacht. Ihm grauste vor der Leere im Haus. Einsamkeit ertrug er nicht. Für wen er so viel schuftete, fragte er sich nicht, er hätte es aber auch nicht sagen können. Vielleicht für den kleinen Caspar, der unter der Obhut von Esther heranwuchs.

All das änderte sich schlagartig. Der Senior, der Namensgeber der Kanzlei, hatte das Vermögen eines seiner Mandanten veruntreut und sich bereichert. Lämmle war Silbermans engster Mitarbeiter. Das bedeutete: Auch er wurde befragt und verdächtigt. Am Ende konnte ihm kein Vergehen nachgewiesen werden, während Silberman der Prozess gemacht wurde. Der Vorfall war das unrühmliche Ende der Kanzlei. In gewissen Kreisen der New Yorker Upperclass freute man sich darüber, dass Silberman, der mit wenigen Ausnahmen nur Juden als Anwälte aufgenommen hatte, so kläglich gescheitert war. Die

Spekulationen, dass an diesem Debakel womöglich auch andere aus Silbermans Dunstkreis beteiligt waren, nährten einige Wallstreet-Journalisten mit spitzer Feder und Wortwahl. Und Chaim Cohen schwieg gleichsam nicht. In den sozialen Medien ließ er verlauten, dass er schon seit geraumer Zeit vor hemmungslosen, geldgierigen Beratern gewarnt habe, Lobbyisten in Kanzleien. Er vermied die Worte Jude und jüdisch. Diesen Eintrag hatte nur Dirk gelesen. Er ärgerte sich, aber er reagierte nicht – und erzählte niemandem davon.

Levin verließ die Kanzlei, die sich ohnehin schon auflöste, weil viele Partner nach anderen Arbeitsverhältnissen Ausschau hielten oder aber – manchmal auch als Gruppe – neue Büros eröffneten. Levin überlegte. Seit Deborahs Tod, seit dem Abschied von der orthodoxen Gemeinde, nach dem Zusammenbruch der Kanzlei, dachte er an eine radikale Veränderung. Er wollte ein neues Leben beginnen – ganz woanders und mit seinem Sohn Caspar. Er sehnte sich nach Vergessen. So entfernte er sich immer mehr von dem Gedanken, in New York weiterzuarbeiten.

Ein Zufall brachte ihm die Entscheidung. Der Zufall hatte einen Namen: Christa. Er traf sie bei Noah und Esther anlässlich eines Dinners. Eine hübsche Deutsche mit großen grünen Augen, feuerrotem Haar und einigen Sommersprossen. Er rätselte, ob er sich in die Augen verguckt hatte oder ob ihm die kleinen Pigmentpünktchen gefielen. Sie war Musikerin. Soloklarinettistin. Die Weinbergs waren ihr begegnet, als sie als Gast in Noahs Orchester aufgetreten war. Man hatte sich angefreundet. Wenige Tage vor Christa Schallas Abreise hatten Noah und Esther sie zu einem kleinen Abendessen eingeladen, zu dem sie auch Levin baten.

Es war Begehren auf den ersten Blick. An allen fünf Tagen, die Christa noch in New York war, sahen die beiden sich. Sie besuchten keine Konzerte, sie gingen in kein Museum – sie sprachen und sie schliefen miteinander. Sie vertrauten einander alles an. Levin offenbarte ihr seine Liebe zu Deborah und berichtete von ihrem qualvollen

Sterben. Sie erzählte von Stefan, ihrem Ex-Mann, von dem sie sich vor drei Jahren hatte scheiden lassen.

Nie zuvor hatte Levin Sex so rauschhaft erlebt, ihn so zügellos genossen. Nach der ersten Nacht plagte ihn sein Gewissen, dass er so kurz nach Deborahs Tod eine solche Wollust empfand und er alle Hemmungen, alle Bedenken fahren ließ. Auch Christa hatte so eine exzessive Leidenschaft nie zuvor erfahren. Noch vor ihrer Abreise schmiedeten die beiden Pläne, wann und wie sich wiedersehen könnten. Denn, das war beiden klar, sie waren einander verfallen. Sie mussten einander nicht bloß wiedersehen; sie mussten ihr Leben teilen.

Levin war kein Jüngling mehr; und sie war drei Jahre älter als er. Das war keine Verliebtheit, sondern, so sagte sie, Schicksal. Er nannte es eine Fügung Gottes. Christa Schalla war zwar getauft – ihre Mutter hatte diesen Wunsch durchgesetzt, ihr Vater war vollkommen areligiös –, aber an Gottes Wege hatte sie nie gedacht, wenn ihr ein Mann begegnet war, der ihr gefiel.

Was Benjamin kann, kann auch ich, dachte Levin am Tag des Abschieds, es war ein Montag.

»Ich werde dich nächsten Sonntag besuchen und mindestens eine Nacht bleiben.« Er lachte.

Sie küsste ihn. »Das hast du dir nicht wirklich überlegt, Levin.«

»Ja, ich habe es mir gar nicht überlegt, aber ich will es. Ich werde keinen Jetlag haben. Hin- und Rückflug irgendwie am selben Tag.«

An jedem der fünf Trennungstage schrieben sie einander Liebesworte. Sie hatten Kosenamen für einander erfunden: Lev und Cressida. Christa, der Levins schnelle Entschlüsse Furcht einflößten, versuchte ihn immer wieder zu stoppen, wenn er Zukunftspläne entwarf. Aber sie tat es halbherzig. Sie ersehnte ihn ja. Ermunterte ihn, nach Deutschland zu ziehen – »und zwar mit Caspar!«

Es begannen Verhandlungen mit den deutschen Kanzleien, mit denen er zuvor schon zusammengearbeitet hatte. Sozietäten, die interessiert waren an amerikanischen Anwälten, weil sie große

Unternehmen berieten, die sowohl in Europa als auch in den USA operierten. Levin verfolgte seine Idee von einem Leben in Deutschland sehr zielstrebig. Als die ersten informellen Gespräche in Hamburg anstanden und er die nächste Reise zu Christa plante – es war schon die dritte innerhalb von vier Wochen –, bat er Rahel darum, einen Familienrat einzuberufen, an dem möglichst alle teilnehmen sollten.

»Ob Chaim dabei sein darf, entscheidest du.«

Rahel entschied: »Ohne!«

An einem Donnerstagabend trafen sich die Cohens in der Wohnung von Rahel – Aaron, Alisah und Gili, Elizabeth und Asael, Lisa und Elay, Benjamin und Dirk. Da es um eine wichtige Entscheidung gehen würde, wie Levin Rahel anvertraut hatte, und sie die Tradition der großen Überraschungen fortführen wollte, hatte sie einen Koch engagiert.

118

Benjamin und Dirk mochten Levins Entschluss, sein Leben noch einmal grundlegend zu ändern. Un amour fou nannten sie das ungestüme Begehren der beiden.

»Sie sind gierig aufeinander.«

»Ja. Dagegen sind wir spießig«, kommentierte Benjamin.

Seine Entschiedenheit wirkte wie ein Virus. Levin hatte die beiden Männer angesteckt mit seinem Tempo und seinem Mut. Von einem Tag auf den nächsten wurden auch ihre Pläne kühner – und ihr sexuelles Begehren heftiger. Sie wollten nach München. Dort wollte Dirk promovieren; dort wollte Benjamin inszenieren. Dort wollten sie Tisch und Bett teilen.

Schon früh saßen Levin, Benjamin und Dirk beieinander, um sich der Konsequenzen klar zu werden, die eine Rückkehr der Cohens und Lämmles nach Deutschland bedeutete. Es wäre die bewusste Entscheidung gegen Jacobs Willen. Denn wenngleich er sich mit dem Land der Täter versöhnt hatte, wäre es ihm gewiss nicht lieb gewesen, dass sein Enkel und der Mann seiner Enkelin Deborah nach Deutschland zurücksiedelten.

Dirk hatte entschieden, sich aus den Diskussionen herauszuhalten. Nur eines hatte er seinem Freund unmissverständlich klar gemacht: Ob in München oder New York – sie gehörten zusammen. Er hätte gern gesagt: Wohin du gehst, dahin gehe ich auch, aber er traute sich nicht, diesen Satz zu formulieren. Benjamin würde nur den Kitsch hören und nicht die Wahrheit, mit der er sich ihm auslieferte.

Die Frage, die sich hingegen den beiden Juden stellte, war schlicht – die Antwort sehr schwer: Wen würden sie verletzen, schlimmer noch: verlieren, wenn sie Amerika verließen, um in Deutschland zu leben und zu arbeiten? Levins Eltern waren nicht mehr am Leben; er hatte keine Geschwister, und seine Tante hatte sich schon von ihm abgewandt, als er angekündigt hatte, die Gemeinde zu verlassen. Er würde niemanden verlieren. Aber Benjamin?

Sie einigten sich, dass sie nichts unternehmen würden gegen den Willen von Rahel Cohen. Schließlich waren sie sich sicher, dass Benjamins Mutter seinen Entschluss ebenso respektieren werde wie Aaron und seine Alisah, die mit ihrem Plan, Europa und Deutschland zu bereisen, schon offenbarten, dass sie die Gegenwart lebten und nicht die Vergangenheit. Auch wenn diese als fortwährende Bedrohung nicht zu leugnen war. Sie wollten keine Gedenkstätte besuchen, kein ehemaliges Konzentrationslager. Sie wollten nicht mit Rabbinern oder Vertretern der jüdischen Gemeinden zusammentreffen. Sie hatten sogar vor der Reise beschlossen, dass sie sich nicht verunsichern ließen, wenn ihnen antisemitische Schmierereien begegnen oder sie andere judenfeindliche Aktionen erleben sollten. Schließlich war Amerika keineswegs das von Antisemitismus freie Land.

»Liebe Grandma, ich bedanke mich, dass wir alle heute zu dir kommen durften. Wir beide, das heißt Levin und ich, haben Pläne, die wir dir vortragen möchten. Von deiner Entscheidung – allein von deiner – hängt ab, ob Levin und ich umsetzten, was wir uns ausgedacht haben.«

»Soll ich raten? Oder sagt ihr mir, was ich gutheißen oder missbilligen darf.«

»Wer fängt an?«, fragte Benjamin.

»Wir fangen an«, meldete sich Alisah. »Du weißt, wir fliegen in der nächsten Woche nach Europa. Erstes Ziel: Paris. Wir bedauern, dass du nicht mitkommen magst, versprechen aber, dass wir sehr ausführlich berichten werden, was wir erleben, was wir sehen und wen wir treffen. Ursprünglich beabsichtigten wir zu zweit zu reisen. Nun kommt Levin mit. Er bleibt nur vier Tage, dann reist er weiter ohne uns.«

»Wohin?«

»Nach Berlin – und zu einer Frau!«, antwortete Alisah.

»Magst du es mir nicht selbst sagen, Levin?«

»Ich möchte, Rahel, versuchen, in Deutschland ein neues Leben zu beginnen. An einem Ort, an dem mich nicht jede Straße an Deborah erinnert. Ich weiß, dass meine Eltern diesen Schritt nicht gutheißen würden, wären sie noch am Leben. Und wahrscheinlich hätte Jacob auch eingewandt, dass man Deutschland vielleicht bereisen dürfte, aber eine Rückkehr in die Heimat hätte ihm gewiss nicht gefallen. Da hilft es auch wenig, dass keiner von uns je in Deutschland war, wir also nicht wirklich re-emigrieren.«

»Dieses Argument, Levin, ist kleinkrämerisch.«

Alle schauten auf Rahel.

»Ich schere mich wenig um die richtige Definition. Kehrte ich zurück, dann wäre das wahrscheinlich eine Re-Emigration, denn ich bin in Fürth geboren. Ihr kehrt nirgendwohin zurück – ihr beginnt ein neues Leben an einem anderen Ort.«

Alle schwiegen.

»Jacob hätte euch diesen Schritt erlaubt. Ich aber ...«, Rahel Cohen hielt inne, »... ich aber erlaube ihn nicht nur. Ich freue mich darüber!«

»Wieso, Grandma?«

»Ich denke, Benjamin, es ist an der Zeit, den Deutschen zu zeigen, dass wir in dem Land, in dem unsere Eltern und Großeltern und Urgroßeltern aufgewachsen sind und sich Existenzen aufgebaut hatten, wieder leben möchten. Auch um aller Welt zu zeigen, dass Hitler nicht erreicht hat, was er hatte erreichen wollen: ein Land ohne Juden. Je mehr von uns dort leben, umso besser!«

Benjamin antwortete, dass er versuchen werde, in Deutschland als Regisseur zu arbeiten, vielleicht sogar Karriere zu machen. Immer mit Dirk an seiner Seite, das wünsche er sich. Und die ersten Schritte habe er schon unternommen: »Nur ist es zu früh, darüber zu sprechen. Aber – so G'tt will – schaffen wir beide das!«

120

Levin wusste, dass Esther gut auf seinen Sohn achten würde. Er konnte beruhigt reisen. Ohnehin hatte er nicht vor, länger als maximal zwei Wochen in Europa zu verbringen. Vier Tage mit Aaron und Alisah in Paris; und für die Verhandlungen mit der Hamburger Sozietät sollte eine Woche reichen. Gili und Rahel Cohen begleiteten die drei zum Flughafen. Auf dem Rückweg nach Manhattan fragte Gili ihre Schwiegermutter, warum sie sich wieder mehr Jüdinnen und Juden in Deutschland wünschte.

»Um den neuen Antisemiten zu zeigen, dass wir sie nicht fürchten.«

»Glaubst du, dass Aaron und Alisah nach Fürth fahren werden?«

»Gewiss!«

Rahel Cohens Antwort kam wie aus der Pistole geschossen.

Sie irrte sich nicht. Nach den vier Paris-Tagen, die die drei mit dem Besuch des Louvre verbrachten – natürlich mussten sie die Mona Lisa sehen und Michelangelos Sklaven –, mit vielen Spaziergängen, einem dreistündigen Aufenthalt in der Librairie Auguste Blaizot und mehreren Austern-Abenden, reisten Alisah und Aaron mit dem Zug nach Fürth. Levin flog nach Berlin.

Christa Schalla erwartete ihn in der Ankunftshalle. Alisah und Aaron erwartete niemand. Sie zogen in das Hotel, das ihnen Rahel empfohlen hatte. Am nächsten Morgen gingen sie zum ehemalgen Haus der Lammfromms und besuchten danach den jüdischen Friedhof. Rasch fanden sie die Grabmale der Lammfromms und legten Steine darauf nieder. Die Gräber der Fränkels fanden sie erst, nachdem sie eine Besucherin gefragt hatten, die sie hinführte. Sie fanden nicht nur mehrere Grabsteine – auf manchen konnten sie die Namen der Verstorbenen noch lesen, auf anderen hatte die Zeit die Buchstaben unkenntlich gemacht – sie fanden zudem am Boden auch eine Grabplatte, die noch nicht lange dort liegen konnte. Sie fragten die fremde Dame nach dem Grund und erhielten Auskunft:

»Ja, diese Platte ist neu. Sie liegt hier erst seit einigen Monaten. Eine unbekannte Person hat sie beim Steinmetz Maier bestellt. Herr Maier glaubt, der Auftraggeber sei ein amerikanischer Kollege gewesen, der wiederum im Namen von jemand anderem gehandelt habe.«

Die beiden Amerikaner lasen die Inschrift: Im Andenken an Rabbiner Din Fränkel, seine Frau Sarah, ihre Söhne Gabriel, Riccardo und Menachem – ermordet 1943 in Auschwitz.

Einen Moment lang überlegten die beiden, ob sie in Fürth bleiben sollten, um zu erfahren, wer diese Gedenkplatte in Auftrag gegeben hatte. Sie entschieden sich dagegen – es wäre Schnüffelei, hatte Alisah gesagt.

Schon am nächsten Tag reisten sie weiter, nach München. Rahel Cohen schrieben sie in einer Mail, dass sie in Fürth gewesen waren und Steine hinterlassen hatten auf den Gräbern der Lammfromms und der Fränkels. *Als du hier warst, gab es die Grabplatte für die Fränkels noch nicht, die neben den Gräbern am Boden liegt. Wer sie hat machen lassen, konnte uns niemand erklären. Jetzt erinnert sie an die letzte Fürther Fränkel-Familie. Der Rabbiner, seine Frau und deren drei Kinder wurden in Auschwitz ermordet.*

121

Rahel Cohen erhielt die Nachricht, als sie bei Benjamin und Dirk zu Gast war. Die beiden hatten sie zum Abendessen eingeladen. Sie las sie ihnen vor.

»Hat deine Großmutter oder deine Mutter je von den Fränkels geredet, Grandma?«

»Geredet? Nein! – Ich weiß nur, dass sie einander gekannt haben.«

Damit war das Thema Fürth abgehandelt. Nun ging es um Benjamins Karriere und Dirks Studienabschluss. Die Planungen waren schon sehr konkret. Dirk hatte bereits mit einem möglichen Doktorvater an der Münchner Universität korrespondiert; und Benjamin hatte die Münchner Freunde gefragt, ob es in der Stadt ein englischsprachiges Theater gäbe. Und wenn nicht, was sie davon hielten, wenn er eines gründete.

Rahel Cohen freute sich, dass die beiden so aktiv waren und offensichtlich nicht nur von einem Leben in Deutschland träumten, sondern daran arbeiteten, es möglich zu machen. Sie wollte wissen, ob sie schon festgelegt hätten, wann sie reisen wollten.

»Wir werden im Sommer reisen. Dann haben wir Zeit genug, uns dort einzurichten – vor Beginn des Wintersemesters«, antwortete Benjamin.

»Ich werde gewiss mehr Zeit brauchen, mein Vorhaben umzusetzen – ein Theater gründet sich nicht so rasch. Und außerdem möchte ich zuvor noch nach Hamburg.«

Seine Großmutter erschrak.

»Was willst du denn dort, Benjamin?«

»Ich möchte recherchieren.«

»Und was?«

»Ich möchte die Geschichte von Heinrich Cohen schreiben und sie vielleicht sogar verquicken mit dem Leben meines Vaters. Dafür werde ich wohl einige Tage im Hamburger Staatsarchiv zubringen müssen. Einen Titel habe ich auch schon, verrate ihn aber nicht.«

Für wenige Sekunden spukte durch Rahels Kopf der Gedanke, einfach mitzureisen. Aber sie verwarf diese Idee so rasch, wie sie ihr in den Sinn gekommen war.

122

Levin war glücklich bei seinem Zauberwesen. Es schien ihm, als sei Christa noch hübscher geworden. Vielleicht lag es an der neuen Frisur. Sie hatte beschlossen, ihr Haar wachsen zu lassen. Mal band sie ihre rote Mähne zu einem Pferdeschwanz zusammen, den sie wie einen übergroßen Pinsel auf dem Kopf trug; mal ließ sie sie auf ihre Schultern fallen – diesen Stil hatte sie für ihre Konzerte gewählt. Zunächst hatte er vor, während der Verhandlungen in Hamburg zu wohnen, doch er mochte nicht ohne Christa einschlafen. Darum legte er die Verhandlungen immer auf den späten Vormittag, reiste aus Berlin an und am frühen Abend wieder dorthin zurück.

Die Gespräche verliefen sehr erfreulich. Nach fünf Tagen schon hatten sich die deutschen Anwälte mit dem Amerikaner geeinigt. Levin Lämmle sollte – nach einer Abstimmung, die gewiss positiv ausgehen würde – als Sozius aufgenommen werden. Während die

Hamburger ihm Zeit lassen wollten für den Umzug und alle anderen notwendigen organisatorischen Planungen, entschied er, bereits zwei Monate nach der Unterzeichnung des Vertrags anzufangen. Bestandteil der Vereinbarung war auch, dass er dienstags und mittwochs in Hamburg präsent sein, an allen anderen Tagen von Berlin aus arbeiten würde.

Wieder staunte Christa über Levins Schnelligkeit. Er hatte alles bedacht, sich entschieden, kein Möbelstück aus New York mitzunehmen – jeder Stuhl, jeder Tisch, jede Lampe erinnerte ihn an Deborah. Nur die Bilder, die er gesammelt hatte – vor allem die Fotoarbeiten einer noch unbekannten südafrikanischen Künstlerin – wollte er verschiffen lassen. Und die Leuchter, Becher und andere rituelle Gegenstände, die er von seinen Eltern geerbt hatte, sowie Caspars Spielsachen, die er liebte.

Klar war auch, dass er mit Christa in eine größere Wohnung ziehen würde. Sie hatte nicht nur einen Makler beauftragt, nach etwas Geeignetem zu suchen, sondern sich auch bei befreundeten Kolleginnen im Orchester erkundigt, wie sie und ihr zukünftiger Mann ein Au-Pair-Mädchen finden könnten – »ein Junge könnte es auch sein«. Levin dachte durchaus an Hochzeit, aber er hatte darüber nicht gesprochen. Christa hatte eine solche auch nie erwähnt, aber sie war sich so sicher, dass Levin der Mann für ihr Leben sein würde, dass sie ihn gegenüber Dritten schon als ihren Gatten bezeichnete. Sie waren beide entscheidungsfreudig – und schnell.

Die Vertragsunterzeichnung feierten die Hamburger mit ihrem zukünftigen Kollegen und dessen Freundin in einem Restaurant an der Alster. Levin und Christa hatten sich geeinigt, nach dem Essen nicht zurück nach Berlin zu reisen, sondern in Hamburg zu übernachten. Levin hatte ein Zimmer im schönsten Hotel der Stadt reserviert. Christa war, als sie es bezogen, beeindruckt von dem Blick über die Stadt und den kleinen See. Als sie kurz vor Mitternacht zurückkamen, blickte sie voller Freude über den Abend durchs Fenster ihres

Hotelzimmers auf die vielen erleuchteten Brücken und sah schließlich ihren Levin an; glücklich und voller Begehren. Er ließ, während sie sich im Bad frisch machte, eine Flasche Champagner aufs Zimmer bringen – sie tranken sie im Bett vor dem Sex, beim Sex und danach ließen sie sich eine zweite Flasche kommen.

Vor dem Einschlafen fragte Levin:

»Ich weiß, ich bin manchmal voreilig, aber: Willst du meine Frau werden?«

Christa strahlte.

»Ich rede im Orchester doch schon von meinem Mann.«

123

»Das geht aber flott bei euch«, lästerte Benjamin, als Levin ihm und Dirk von den Entscheidungen erzählte, die in Hamburg gefallen waren.

»Es sieht ja so aus, als wärst du der Erste von uns, der in Deutschland wohnen wird. Der erste Rückkehrer.«

»Ihr seid eben lahme Enten, und Christa und ich flotte Feger.«

Verglichen mit Levin, der ein Temperament an den Tag legte, das niemand je von ihm erwartet hätte, waren Benjamin und Dirk wirklich Angsthasen.

»Wir sollten weniger bedenken und einfach loslegen«, schlug Benjamin vor. »Wir sollten nach München reisen, uns für ein paar Wochen eine möblierte Wohnung nehmen und alles in die Wege leiten. Du könntest deinen Professor treffen, ich könnte mit Alexander und Carl überlegen, wie ich am besten vorgehe, um in Deutschland zu arbeiten.«

Im Unterschied zu Levin mussten die beiden sich nicht wirklich überlegen, was sie mit den Möbeln und dem Hausrat machen würden bei einem Umzug nach Deutschland. Dirk hatte die wenigen

Dinge, an denen er hing, bei seinen Eltern im Keller untergestellt und besaß in New York eigentlich nichts. Benjamin überlegte, worauf er auf keinen Fall verzichten wollte. Am Ende gab es eine Liste, auf der sie gemeinsam notiert hatten, was mit nach München sollte: zwei Rietveld-Stühle, zwei Fledermaus-Sessel und ein wenig Geschirr, das Benjamin besonders mochte und in Ehren hielt: ein Teeservice seiner Urgroßeltern und das Besteck der Familie Blumenthal.

Levin war schon mit Christa in eine großzügige Berliner Altbauwohnung eingezogen, als die beiden jungen Männer endlich ihre Reise nach München antraten. Für Caspar hatte Christa einen Au-pair-Jungen gefunden. Einen Amerikaner, der vorhatte, in Deutschland zu studieren, aber erst einmal die Sprache erlernen musste. Ein gepflegter junger Mann, dessen Eltern in New York in dritter Generation eine Konditorei besaßen. Christa war es, die sich für Cliff Williams entschieden hatte; Levin hätte für Caspar lieber eine junge Frau engagiert, aber es gab kein einziges gutes Argument gegen diesen Cliff.

Christa hatte viel Freude an Caspar, den sie manchmal auch zu Orchesterproeben mitnahm, weil er niemals laut wurde, sondern offensichtlich Musik mochte. Levin freute es, dass Christa seinem Sohn so zugewandt war. Da Levin drei Tage in der Woche zuhause arbeitete, musste Christa keine Probe ausfallen lassen. Und gab sie Konzerte, so hörten Levin und sein Sohn zu.

Dass sie heiraten würden, war klar. Nur den Termin hatten sie noch nicht bestimmt und nicht den Ort. Geeinigt hatten sie sich darauf, dass sie nicht jüdisch heiraten würden. Levin, der in Berlin Gemeindemitglied geworden war, besuchte nur selten die Synagoge. Er hatte Christa nie gefragt, ob sie konvertieren würde. Und sie hatte nie daran gedacht, Levins Glauben anzunehmen. Der Glaube war kein Thema für sie.

Manchmal wunderte sich Levin, wie schnell er sich erst von den Orthodoxen losgesagt hatte und nun auch von den Liberalen. Seine

Eltern würden sich seiner schämen, da war er sich sicher, aber er bereute seine Entwicklung nicht. Allerdings beabsichtigte er, Caspar in der jüdischen Grundschule der Stadt unterzubringen, damit er Hebräisch lernen würde.

124

Rahel hatte Gili gebeten, zu ihr zu ziehen. Sie akzeptierte diesen Vorschlag, behielt aber ihre eigene Wohnung. Nach dem Tod der Schwiegermutter würde sie dorthin zurückkehren. Doch bis dahin – so hofften sie – würde noch viel Zeit vergehen.

Die beiden Damen unternahmen vieles gemeinsam: Sie gingen zu Vernissagen in Galerien; sie besuchten Opernaufführungen. Rahel Cohen engagierte sich zudem, und dies umso mehr, je älter sie wurde, für Frauen in Not. Nein, sie war nie eine Feministin gewesen und war es auch jetzt nicht. Aber sie sorgte sich nach dem Tod ihres Mannes um alleinstehende Frauen mit Kindern. Zunächst erkundigte sie sich, welche Anlaufstellen es für solche Frauen gab, und stellte sich dann dort vor. Sie wollte keine Stiftung gründen, sondern der gemeinnützigen Einrichtung, für die sie sich entschieden hatte, mit Spenden helfen. Charlotte Smith, eine etwa fünfzigjährige Frau, die dem Verein ›Frauen helfen Frauen‹ vorstand, freute sich über die angebotene Hilfe. Rahel Cohen überwies fünftausend Dollar – und suchte nach Verbündeten.

So recht verstanden ihre Kinder und Enkel diese Aktivität nicht, zumal Rahel viel Zeit, Kraft und Geld investierte. Zusammen mit einigen ihrer Freundinnen begann sie, besondere Charity-Abende zu organisieren. Sie schaffte es, eine berühmte Geigerin ebenso für ihre Aufgabe zu interessieren wie eine renommierte Dichterin. Den Chef des Waldorf konnte sie gewinnen, ihr den großen Saal des Hotels unentgeltlich für Konzerte und Lesungen zu überlassen. Sie ließ auf eigene

Kosten Einladungen drucken und verschicken, sodass an den Abenden wirklich die erhofften einhundertzwanzig Zuhörer kamen – und jeweils zweihundert Dollar dafür zahlten, dabei zu sein. Mit jüdischer Chuzpe hatte Rahel Cohen auf den Antwortkarten vermerkt, dass diese zweihundert Dollar die Mindestspende seien. *Wir freuen uns sehr, wenn Sie einen Betrag spenden, der ihren finanziellen Verhältnissen angemessen ist.* Das war geschickt formuliert. Rahel Cohen gefiel diese Wendung, mit der sie auch die liberale jüdische Gemeinde, in der die meisten Cohens Mitglieder waren, um Unterstützung bat.

An jedem der Abende begrüßte Rahel die Gäste persönlich und hielt eine Rede, in der sie betonte, dass sie die Frauen, die trotz widriger Umstände ihre Kinder zur Welt brächten und ohne einen Vater erzögen, bewundere. Bei diesen Charity-Abendessen überraschte sie ihre Gäste mit kurzen, zwanzigminütigen Vorträgen vor dem Dessert. Auch dafür kamen zu ihr bekannte Referentinnen, meist Ärztinnen und Juristinnen. Nicht immer glückte es ihr, Frauen für alle ihre Veranstaltungen zu gewinnen. Oft bat sie auch männliche Wissenschaftler ins Waldorf. Aber lieber waren ihr doch Frauen.

Konnte man diese Aktivität noch abtun als eine gesellschaftlich schmückende Selbstinszenierung – zumal sie ihren Tischherren gern von ihrer Familie und ihrer Deutschlandreise erzählte –, so waren ihre übrigen Auftritte genau das Gegenteil. Sie ging auf Demonstrationen, sie besuchte Frauen in Gefängnissen. Sie stritt für liberale Abtreibungsgesetze. Ihr ging es aber weniger darum, die Abtreibung prinzipiell und in allen Staaten zu legalisieren, sondern sie warb um Hilfe, um Beratungen, damit die verzweifelten Frauen Mut schöpften und ihre Kinder zur Welt brächten – ohne Furcht vor gesellschaftlicher Diskriminierung und sozialem Absturz. Sie kämpfte für das ungeborene Leben.

Die Familie Cohen bewunderte, mit welcher Energie sich Rahel dieser Aufgabe annahm. Als sie sich entschied, auch Vorträge zu diesem Thema zu halten – meist wurde sie von Frauenverbänden eingeladen –, fürchteten einige der Cohens, Rahel könnte sich zu viel zumuten. Denn natürlich wurden die Medien auf diese wohlhabende Dame aufmerksam, die sich, selbst hochbetagt, für junge, eher arme Frauen stark machte, und baten um Interviewtermine. Als sie die ersten Anfragen erreichten, sagte Rahel noch ab. Aber bald schon war sie bereit zu Gesprächen – auch vor laufender Kamera. Sie bat jedes Mal Gili, sie zu diesen Terminen mit Journalisten zu begleiten. Einzige Bedingung: Die Zeitungen, Rundfunk- und Fernsehanstalten mussten statt eines Honorars für sie Spenden auf das Konto der Initiative ›Frauen helfen Frauen‹ überweisen.

Rahel Cohen erklärte nie, warum sie tat, was sie tat. Beantwortete Fragen immer mit derselben Antwort: Es gebe nichts Wichtigeres, als Leben zu retten – und möglich zu machen. Ob ihr Engagement etwas mit ihrem jüdischen Glauben zu tun habe?, wollte eine der Reporterinnen wissen.

»Ja!«

»Können Sie unseren Hörerinnen und Hörern erklären, wieso?«

Rahel schaute auf Gili. Die nickte.

»Wenn Sie es genau wissen möchten: Wir Juden …«, sie hielt inne, wunderte sich über ihre Formulierung, über dieses Wir, lächelte dann und fuhr fort: »… wir glauben, dass die Seele erst am einundvierzigsten Tag der Schwangerschaft in den Embryo einzieht.«

»Also rund sechs Wochen nach der Zeugung?«

»Genau. Erst danach gilt der Embryo als richtiger Mensch. Bis dahin darf eine Schwangerschaft abgebrochen werden. Aber nur, wenn die Schwangerschaft die körperliche oder seelische Gesundheit der Frau in Gefahr bringt oder das Kind schwer behindert zur Welt kommen würde.«

Noch immer war die junge Frau mit Rahel Cohens Antworten nicht zufrieden.

»Und ist Abtreibung nach einer Vergewaltigung gestattet?«

»Ja!«

»Warum?«

Wieder sah Rahel ihre Schwiegertochter an, wieder nickte die.

»Es geht um Liebe! Diese Antwort sollte Ihnen genügen. Ich danke für das Gespräch.«

Nachdem Lisa ihre Urgroßmutter im Radio hatte sprechen hören, entschloss sie sich, an diesem Abend ihrem Liebsten zwei Dinge mitzuteilen: »Ich bin schwanger, Elay!«, strahlte sie, als der spät nachts von einem Drehtermin nach Hause gekommen war. Elay war selig.

»Endlich! Ich hatte schon Angst, wir würden es nicht schaffen.«

Sie zögerte: »Ich muss dir ein Geständnis machen: Ich war schon einmal schwanger. Kurz nachdem wir zusammengezogen sind.«

»Du hast abgetrieben?«

Lisa antwortete nicht.

»Hattest du Angst, ich würde mich von dir trennen?«

»Ja – das war dumm.«

»Ich liebe dich, Lisa, und du weißt, ich bin kein besonders gläubiger Jude, aber ich denke, Abtreibung ist ein besonders perfider Mord. Das Opfer ist wehrlos.« Er sah sie ernst und zugleich liebevoll an. Sie hatte Tränen in den Augen, die Elay ihr sanft mit den Fingerspitzen abnahm. Er umschlang seine Lisa: »Sag es nie deiner Großmutter!«

»Ich bin froh, dass du mir verzeihst, Elay!«

»Ich verzeihe dir nicht nur, ich möchte dich bitten, jetzt, wo wir zwei bald drei sein werden, mich zu heiraten!«

Er zog sie ins gemeinsame Schlafzimmer. Sie liebten sich. Leidenschaftlich. Und sie weinten. Hoffend auf Erbarmen und ein großes gemeinsames Glück.

Als Rahel von der geplanten Hochzeit erfuhr, wobei Lisa ihr verkündete, dass sie ein Kind erwartete, war sie selig. Noch ein Urenkel mehr! Wie würde sich Anne-Rose Lammfromm freuen über die vielen Kinder, dachte Rahel und betete nach langer Zeit einmal wieder vor dem Einschlafen.

Benjamin und Dirk verabschiedeten sich von New York mit einer großen Party in einem Club. Sie hatten die ganze Familie eingeladen – außer Chaim. Aaron und Alisah waren nicht dabei, spendierten aber eine Methusalem-Flasche Chardonnay, die der DJ den beiden Jungs überreichte. Es war ein Fest wie ein Kindergeburtstag, weil alle Kleinen der Cohen-Familie dabei waren. Sie hüpften, tanzten und schliefen schließlich unter den Tischen ein. Auch Schauspielerkollegen und Produzenten hatte Benjamin eingeladen und Dirk einige Kommilitonen sowie seinen Professor, der mit seinem Mann gekommen war.

Rahel Cohen beobachte das Treiben. Sie hatte einen Ehrenplatz bekommen. Neben der Tanzfläche, in der Nähe der Bar und auf einem eigens für diesen Abend ausgeliehenen Sessel. »Fast ein Thron«, hatte Benjamin erklärt, als er seine Großmutter zu dem roten Monstrum geführt hatte.

Rahel dachte an Jacob, der die größte Freude gehabt hätte an diesem Treiben der jungen Leute. Sie freute sich an dem Glück, das diese große Familie leben durfte seit der Flucht aus Deutschland vor beinahe hundert Jahren – da übertrieb sie ein wenig. Und sie betete, umgeben von bummernden Lautsprecherbässen, lärmenden Kindern und lachenden Paaren. Ja, sie wandte sich an Gott – und dankte ihm. Für das Geschenk des Lebens.

Sie verließ die Party nach Mitternacht zusammen mit Gili, die sich bei der Schwiegermutter untergehakt hatte.

»Was für eine Party, Rahel!«

»Und was für eine Familie, Gili! Meinst du, Chaim wird zurückkehren?«

Gili glaubte nicht an ein glückliches Ende.

126

Die Wohnung, die Benjamin im Netz gefunden hatte, lag im Zentrum der Stadt, in einer Straße hinter dem Staatstheater. Sie war sehr ordentlich eingerichtet. Nicht schick, nicht luxuriös – ordentlich, befand Benjamin. Dirk korrigierte: »Gediegen«. Für die ersten Tage hatten sie mehrere Treffen geplant. Sie wollten zu Dirks Eltern reisen und dort eine Nacht bleiben. Sie wollten Carl und Alexander treffen; und Dirk hatte noch von New York aus einen Termin mit jenem Professor ausgemacht, bei dem er sich beworben und der ihn aufgrund seiner Arbeiten und der Empfehlungsschreiben als Doktoranden angenommen hatte. Die Recherchereise nach Hamburg hatte Benjamin erst einmal aufgeschoben. Es zählte die Gegenwart und seine Zukunft. Über die Vergangenheit der Cohens könnte er, so hatte Dirk ihm geraten, auch im Alter noch forschen.

Für das erste Treffen mit Alexander und Carl hatten die Münchner eine Bar vorgeschlagen. »Eine wirklich coole location«, hatte Carl geschwärmt, »aber laut«. Es war wirklich unmöglich, ernsthaft über Benjamins Pläne zu sprechen, zumal Carl von vielen Menschen begrüßt wurde und das Gespräch immer wieder ins Stocken geriet. Aber immerhin verabredeten sich Carl und Benjamin, um einen Intendanten zu treffen. Carl war sich sicher, dass er einen Termin bekommen würde.

»Das Beste wäre, er böte dir eine Inszenierung an. Was kannst du ihm denn bieten?«

»Ich habe die Verfilmung von Anja und Esther als DVD dabei. Meine Inszenierung war so ein Erfolg im Theater, dass wir das Angebot erhielten, eine Filmversion zu wagen. Die könntest du ihm vielleicht zukommen lassen, bevor du mich ihm vorstellst.«

Seine Idee, vielleicht ein englischsprachiges Theater zu gründen, verriet er nicht.

Dirks Gespräch mit dem Professor verlief gut. Sein Vorschlag, eine Dissertation zum Thema »Michelangelos Sklaven – das Ende der Renaissance?« fand das Interesse von Professor Adrian Reimers, der nicht darauf bestand, dass Dirk noch ein Hauptseminar bei ihm besuchte. »Nur bei den Doktoranden-Seminaren erwarte ich Sie. Haben Sie denn schon eine Wohnung in der Stadt?«

»Wir wohnen erst einmal in einer möblierten Mietwohnung für drei Wochen und suchen nun.«

Professor Reimers hätte gern nach dem »Wir« gefragt, weil er vermutete, dass dieser Dirk Weber wohl Männer liebte, unterließ es aber. Er würde es früh genug herausbekommen, spätestens, wenn Weber erführe, dass er selbst mit einem Germanisten zusammenlebte.

Benjamin informierte Rahel und Gili von den Gesprächen in München. Aaron und Alisah fragte er, ob sie Lust hätten, nach ihrem Berlin-Aufenthalt noch für einige Tage zu ihnen zu kommen. Die Wohnungssuche gestaltete sich schwierig – trotz des Maklers, den sie eingeschaltet hatten.

Von allen Fortschritten und Rückschlägen – zu ihnen zählte auch, dass sie den Mietvertrag für das möblierte Appartement nochmals für einen Monat verlängern mussten – berichtete Benjamin regelmäßig seiner Großmutter und auch seiner Mutter. Normalerweise antworteten beide innerhalb eines Tages. Deswegen sorgte er sich nun über Rahels Schweigen, das inzwischen schon vier Tage währte. Er fragte nach. Und prompt antwortet sie. Ihr gehe es gut, aber sie habe seit über einer Woche keine Post mehr von ihm bekommen. Das Letzte, was sie erfahren habe, sei die Nachricht gewesen, dass er vielleicht einen Intendanten treffen würde.

Hatte seine Großmutter etwa die zwei Mails übersehen, die er ihr seitdem gesandt hatte? Egal. Er schrieb von dem Treffen mit dem Intendanten, das gut gelaufen sei. *Vielleicht engagiert er mich. Aber ich will mich nicht zu früh freuen.*

127

Das Gespräch war wirklich ein Erfolg gewesen. Benjamin und Günther Teuscher verstanden einander sofort. Ihn interessierten Künstler aus anderen Kulturkreisen, hatte der Theaterleiter gesagt. Er würde sich den Klaus-Mann-Film ansehen und sich dann umgehend melden.

Er hielt Wort. Schon drei Tage später fand Benjamin auf seiner Sprachbox die Bitte, er möge mit seiner Referentin einen Termin ausmachen – für Ende der Woche. Benjamin schlug am Mittwoch den Freitag vor.

Günther Teuscher war begeistert von der Arbeit des Amerikaners – schwul, aber nicht schwülstig, hatte er seiner Dramaturgin gesagt. Sie war gleichfalls angetan von der Inszenierung. Gemeinsam überlegten sie, was für einen Text sie ihm für seine erste Arbeit in Deutschland vorschlagen sollten. Sophie Utz schlug vor, nach einem amerikanischen Autor zu suchen.

Teuscher widersprach: »Der Junge will doch nach Deutschland zurück. Wahrscheinlich finden die meisten seiner Familie diesen Schritt eher nicht so gut. Es sollte ein deutschsprachiger Autor sein.«

Sie mussten nicht lange überlegen und hatten den rechten Stoff gefunden, wie sie glaubten, ein Stück, das zu Unrecht in Vergessenheit geraten war: Botho Strauß' Kalldewey, Farce.

Benjamin war selig, als er das Stück gelesen und Carl ihm zugeredet hatte, dass mit diesem amüsanten und zugleich intelligenten Text nicht viel schiefgehen könnte, vorausgesetzt, er bekäme für die beiden Hautrollen wirklich gute Spieler. Auch Dirk fand den Vorschlag gut, er mochte Botho Strauß und hatte ihn während vieler Diskussionen mit seinen Kommilitonen in Schutz genommen, als die dem Schriftsteller unterstellten, er gehöre politisch zum rechten Spektrum der Bundesrepublik.

Sofort schrieb Benjamin seiner Mutter und Rahel von den Ereignissen. Gili gratulierte umgehend. Rahel meldet sich erst zwei

Tage später. Mit einer wirren Nachricht. Ob er ins Operetten- oder Opernfach gewechselt sei? Inszenierst du einen Richard Strauß oder den Walzertraum von Oscar?

Er antwortete: *Beide nicht. Einen zeitgenössischen Dramatiker mit dem Vornamen Botho. Hatte ich auch so geschrieben, Grandma. Ich umarme Dich, Dein Benjamin.*

128

Gili machte sich seit einiger Zeit Sorgen um ihre Schwiegermutter. Dass Rahel Cohen Geburtstage vergaß, fand sie nicht schlimm. Auch dass sie sich statt Zucker Salz in den Tee löffelte, nahm sie noch gelassen hin. Sie störte indes, dass Rahel immer aggressiver reagierte, machte man sie auf ihre Versäumnisse oder Irrtümer aufmerksam. Nie entschuldigte sie sich. Gili solle nicht so pedantisch sein – sie könne die Stromrechnung auch dann noch bezahlen, wenn der Backofen den ganzen Tag auf hundertfünfzig Grad heize. Erst als Rahel sie aus einem Supermarkt anrief und fragte, welchen Bus sie jetzt nehmen müsse oder ob sie nicht einfach nach Hause laufen könne, schließlich sei sie ja auch zu Fuß dort hingekommen, wurde Gili grundsätzlich. Denn das war eine Lüge. Rahel Cohen war wie immer mit einem Taxi gefahren. Nur hatte sie diesmal vergessen, den Fahrer warten zu lassen. Mister Kinner hatte zwar gefragt, ob er warten solle, aber Rahel Cohen hatte unwirsch geantwortet. Sie sei kein Kind und laufe nach Hause.

Rahel Cohen, die ihr Leben lang allen demonstriert hatte, dass sie keiner Hilfe bedurfte, merkte, dass sie nicht mehr allein zurechtkam. Während sie zu Beginn ihre Vergesslichkeit mit einer sehr ruppigen Reaktion abschmetterte, wurde sie von einem Tag auf den nächsten einsichtig.

Kurz vor dem Schlafengehen hatte sie, nachdem sie wegen eines Schwindelanfalls gestürzt war, ihren Blutdruck gemessen. Sie erschrak: 194 zu 96. Sie suchte ihr Mobiltelefon. Sie wollte Gili anrufen, die den Sturz nicht hatte hören können. Rahel Cohen fand ihr Telefon nach langem Suchen. Sie hatte es in den Kühlschrank gelegt. Sie wollte die Nummer wählen – und hatte sie vergessen. Sie schleppte sich aus ihrem Zimmer – und fiel zu Boden. Sie schrie nach Jacob. Und wurde bewusstlos.

Gili stürmte herbei und fand ihre Schwiegermutter blutüberströmt im Flur. Blitzschnell wählte sie den Notruf. Keine zehn Minuten später standen Sanitäter in Rahel Cohens Flur und betteten sie auf eine Liege. Gili durfte mit ins Krankenhaus, wo sie wenige Minuten später ankamen.

129

Am nächsten Morgen – Gili hatte in der Klinik übernachtet, in einem Zimmer unweit der Abteilung der Intensivmedizin, wo Rahel nach einer Untersuchung untergebracht worden war – rief sie bei Lisa an, die sie aus dem Schlaf riss. Es war erst kurz nach halb sechs. Lisa weckte Elay. Sie fuhren ins Krankenhaus, durften Rahel Cohen aber nicht sehen. Doch sie konnten Gili trösten. Inzwischen waren auch Noah und Asael eingetroffen. Gemeinsam warteten sie auf den Oberarzt, der sie unterrichten würde, wie es um Rahel stand.

Benjamin und Levin waren von Gili nicht informiert worden. Sie wollte die beiden nicht beunruhigen, bevor die Diagnose nicht klar war. Das Gespräch mit dem Arzt war entmutigend. Die Demenz sei das kleinste Problem, erklärte er, Rahel Cohen habe einen Herzinfarkt erlitten. Sie müsse so rasch wie möglich operiert werden. In diesem Alter sei so ein Eingriff, bei dem die Brust geöffnet werden müsste, durchaus gefährlich. Er mochte ihnen keine Angst machen, aber es wäre schon gut, wenn die nächsten Angehörigen in den kommenden Tagen in der Nähe wären, falls man Abschied nehmen müsste.

Elay und Lisa hatten nie einen Gedanken daran verschwendet, dass Rahel sterben könnte vor ihrer Hochzeit, die inzwischen geplant war und im Spätherbst stattfinden sollte, wenn Alisah und Aaron aus Europa zurück sein würden. Daran war nun nicht mehr zu denken.

Benjamin und Dirk erfuhren von Rahels bevorstehender Operation, während sie eine Wohnung besichtigten, die ihnen gefiel, deren Küche sie aber für viel zu klein erachteten, weswegen sie sich eigentlich schon entschieden hatten, weiterzusuchen. Die Nachricht aber veränderte ihre Einstellung.

»Wir sollten weniger mäkeln, Benjamin. Wir leben sehr privilegiert – und wir sind gesund. Lass uns die Wohnung nehmen. Und dann fliegen wir sofort zu Rahel.«

Benjamin stimmte zu.

Levin weinte, als Gili ihm von Rahel berichtete. Er versprach, so schnell wie möglich zu kommen. Seinen Sohn Caspar würde er bei Christa lassen.

Die Ärzte waren überrascht, wie gut »die alte Dame« – so nannten sie Rahel Cohen – alles überstanden hatte. Sie klagte nicht über die Schmerzen, die sie gewiss plagten. Und sie triezte die Krankenschwestern nicht – was Gili und Alisah befürchtet hatten. Rahel Cohen konnte, besonders in letzter Zeit, sehr fordernd sein.

Alles deutete darauf hin, dass sie sich überraschend schnell erholte.

Doch die Hoffnung trog. Zehn Tage nach der ersten Operation stellten die Ärzte eine Niereninsuffizienz fest.

Der Oberarzt beruhigte alle. Das Schlimmste habe die Patientin hinter sich – die OP am offenen Herzen.

130

Rahel Cohen hatte sich entschieden. Wenige Tage nach ihrer Rückkehr von der Deutschlandreise, vor der ihr Mann Jacob sie immer wieder gewarnt hatte, würde sie den Brief schreiben, der erklären sollte, dass diese Rückkehr nach Fürth keine Marotte war, sondern lebensnotwendig für sie. Nach einem knappen Monat schaffte sie es und setzte sich an ihren kleinen Sekretär.

Dieser Brief hatte sie vor viele Aufgaben gestellt. Die erste: An wen sollte sie ihre Zeilen richten? Wer würde, wenn sie stürbe, noch leben, wer geboren sein? Wie lange lebe ich denn noch?, fragte sie sich. Es ergab also keinen Sinn, jemand Bestimmtem dieses Bekenntnis anzuvertrauen. Ja, es würde ein Bekenntnis sein, ihr letzter Wille. Der Brief war aber alles andere als ein Testament. Sie würde in diesem Schreiben niemandem materielle Dinge versprechen oder hinterlassen, sondern die Wahrheit offenbaren.

Ich kann also niemanden ansprechen, nicht Jacob, nicht meine Söhne, nicht meine Enkelinnen und Enkel, überlegte sie. Meine Lieben – das ist, wenn überhaupt, die einzige Möglichkeit. Sie entschied, lieber auf jede Anrede zu verzichten. Dennoch begann sie mit Mein liebster Jacob! – und zerriss das Blatt. Sie durfte nicht kneifen, ein zweiter Versuch. Sie wagte Direktheit.

Wenn Ihr diesen Brief lesen werdet, sind die Trauertage nach meiner Beerdigung verstrichen.

Sie fragte sich, ob sie darauf bestehen sollte, dass die sieben Tage eingehalten würden oder ob diejenigen, die sie überleben würden, selbst bestimmen sollten, wann sie den Brief lesen wollten. Sie machte keine Vorschriften.

Mein Leben war ein sehr glückliches! Ich hatte einen Mann, wie es keinen zweiten auf dieser Welt gibt. Es verging kein Tag, an dem ich Gott nicht dafür dankte, ihn getroffen zu haben, meinen Jacob.

Soll ich die Krisen erwähnen? Darf ich mogeln? Nein, sie wollte ehrlich sein. Jacob und sie hatten sich das Zusammenleben manchmal schwergemacht – und sie wusste nicht, was womöglich noch folgen würde. Nur nicht sentimental werden, ermahnte sie sich. Sie wollte keinen Rückblick auf ihr Leben niederschreiben, sondern erklären, warum Fürth, die Stadt, in der sie geboren war, als Tochter von Anne-Rose Lammfromm und Richard Blumenthal, ihrem Herzen so nah war wie kein anderer Ort auf der Welt, obwohl sie diesen Flecken Erde nie bewusst gesehen hatte. Sie war zum Zeitpunkt der Emigration ihrer Eltern keine vierzehn Monate alt. Sie kam an diesem Abend nicht sehr weit. Immer wieder strich sie Sätze, manchmal nur ein Wort, von dem sie glaubte, dass sie es unbedacht gewählt hatte. Selbst die Interpunktion machte ihr Sorgen. Wie viele Ausrufezeichen dürfte sie sich erlauben?

Sie schrieb an dem Brief täglich weiter – immer, wenn Jacob nicht im Haus war. Sie mochte keine Fragen zu ihrem Tun. Ja, sie lüftete das Geheimnis heimlich. Es gab sogar einen Entwurf mit einem ganz anderen Beginn. Da platzte sie gleich mit der Wahrheit heraus. Es gab eine Version, in der sie sich nur an Jacob wandte und ihn bat, weiterzugeben, was er weitergeben mochte. Aber was, wenn er vor ihr von der Welt ginge?

Wo in dem Brief sollte das Geheimnis stehen? Am Ende erst? In der Mitte? Sie konnte sich nicht entscheiden – und nahm Reißaus. Sieben Tage lang schrieb sie nicht weiter. Am achten hatte sie eine Idee, die ihr tauglich schien. Nicht ein Brief, sondern drei Schriftstücke. Zwei Briefe von ihr und die Karte ihrer Mutter.

131

Aaron und Alisah waren überstürzt aus Prag abgereist. Eigentlich wären sie gern auch noch nach Venedig gefahren, weil Alisah gar nicht genug bekommen konnte von Europa und seinen alten Städten, der Geschichte dieses ihr bislang mehr oder weniger unbekannten Kontinents.

Vier Tage später trafen sich alle bei Gili. Auch Chaim wurde eingeladen. Und er war gekommen. Gilis Vorstoß, Chaim wieder in die Familie zurückzuholen, hatte alle überrascht. Doch es freute sie, dass er gekommen war und sich dafür bedankte. Niemand sprach über seine neuerliche Heirat. Sie sprachen von der wunderbaren Rahel.

Chaim war schon an der Tür, als er Gili bat, noch ein wenig bleiben zu dürfen. Sie wehrte sich nicht. Chaim zog seinen Mantel wieder aus und setzte sich neben seine Ex-Frau. Und was nun folgte, hatte Gili nie und nimmer von ihm erwartete.

»Gili, ich weiß, dass ich dich zutiefst verletzt habe – mit der Scheidung und der neuen Frau.«

Gili wollte ihn unterbrechen.

»Ich bereue beides. Und ich möchte mich von ganzem Herzen entschuldigen. Auch dafür, dass ich der Beerdigung unserer Tochter Deborah ferngeblieben bin – dafür gibt es keine Entschuldigung. Nein, ich erwarte kein Verständnis von dir. Ich bitte dich …«

Sie blickte ihn erwartungsvoll an.

»… um Vergebung!«

Sie schwiegen beide.

Gili fixierte ihn skeptisch, dann wurde ihr Blick weich: »Einsicht ist gut, vergeben besser. Am besten wäre …« Er sprang auf, und umarmte sie.

In dieser Umarmung, ihrer Wärme, die ihn übermannte, überlegte Chaim, ob er ihr sagen sollte, dass er die politische Laufbahn aufgegeben und sich von seiner Frau getrennt hatte und sie beide sich scheiden lassen würden. Doch er entschied sich dafür, dieses Geheimnis noch ein wenig zu hüten. Wie es scheint, hatte er etwas gelernt. Stattdessen war sie es, die das Wort ergriff: »Lass uns gemeinsam an Deborahs Grab gehen. Gleich morgen.«

Er nickte, nahm seinen Mantel über den Arm und ging zur Tür. Gili begleitet ihn. Er reichte ihr die Hand. Sie nahm sie und benutzte ein Abschiedswort, das ihre Mutter so geliebt hatte: »Adieu, Chaim. Bis morgen um elf Uhr an der Friedhofspforte.«

Sie schaute ihm nach, als er zum Lift ging – und er drehte sich noch einmal zu ihr um.

Gili weinte. Um Deborah und um eine Liebe, die sie nicht so leichtfertig aufs Spiel hätte setzen dürfen. Waren sie alle zu Chaim ungerecht gewesen? Hatten sie sich nicht verhalten wie die Pharisäer? Hatte sie Chaim, ihrem Mann, je eine Brücke gebaut, auf der er aufrecht zu ihr und der Familie hätte zurückkehren können? Ihre Antwort war: Nein. Selbst über die Beerdigung von Deborah hatte Benjamin ihren Mann erst einen Tag zuvor informiert. Das war schändlich – auch Deborah gegenüber.

Bevor sie einschlief, betete sie, dass Rahel ihnen noch eine Zeitlang bliebe. Und sie dachte zurück an ihre geliebte Tochter Deborah.

132

Chaim wartete schon vor dem Friedhof. Sie begrüßten einander ohne jede Berührung. Gemeinsam gingen sie zum Grab, schweigend. Auf dem Weg sammelten sie Steine. Sie nahm drei, er fünf. Sie legten sie auf die Grabplatte und beteten nebeneinander. Auch auf dem Rückweg sprachen sie nicht. Sie gingen in ein Café.

»Deborah wird sich gefreut haben, meinst du nicht?«

Chaim nickte.

»Hoffentlich hat sie Nachsicht mit mir.«

Wieder überlegte Chaim, ob er Gili von der bevorstehenden Trennung berichten sollte. Er entschied sich dagegen. Falsche Zeit, falscher Ort. Er würde warten, bis Rahel wieder gesund wäre. Denn dass sie überleben würde, daran zweifelte er nicht.

133

Alle – Levin, Aaron und Alisah, Benjamin und Dirk, Gili und Chaim, die Rahel in Erinnerung hatten als gesunde Frau – fürchteten, eine von der Krankheit und den Operationen gezeichnete Greisin vorzufinden, und hatten sich vorgenommen, sich nichts anmerken zu lassen. Doch all diese Furcht war unnütz gewesen. Die Krankenschwestern hatten sich um die alte Dame gekümmert, sie gekämmt und ihr ein Nachthemd angezogen, das Gili für sie gekauft hatte – keines für alte Frauen, sondern eines für einen Teenie. Nicht grau, nicht schwarz, nicht altrosa. Sondern strahlend blau.

Rahel Cohen hatte sie alle empfangen, nacheinander. Den Anfang machte Gili. Sie betrat den Raum allein – Chaim wartete vor der Tür. Rahel ließ sich umarmen und strahlte.

»Ich werde die Hochzeit von Lisa und Elay noch erleben – sie sollten sich aber beeilen. Und bestimmt erlebe ich auch sonst noch viel Schönes!«

»Gleich jetzt, Rahel. Vor der Tür steht jemand, den du nicht erwartest.«

»Chaim! Ich wusste es!«

Gili konnte ihr Staunen nicht verbergen.

»Wir Cohens sind manchmal starrsinnig, Gili. Aber wir sind nicht uneinsichtig, wenn wir uns vergaloppiert haben. Denk an Jacob. Wir Cohens können uns entschuldigen. Lass ihn bitte sofort herein!«

Chaim lief an das Bett seiner Mutter – er hatte Tränen in den Augen. Er küsste erst ihre rechte Hand, dann ihre beiden Wangen.

»Der verlorene Sohn ist zurück, mein Chaim! Mein Chaim! Wie würde sich Jacob freuen, sähe er dich jetzt hier!«

Gili verließ das Zimmer. Drinnen erklärte Chaim seiner Mutter, was er später Gili erklären wollte. Rahel Cohen war überglücklich. Nein, sie hätte sich die Frage nach der Partei verkneifen können, aber warum sollte sie sich verstellen. Nun wusste sie, dass er seine

Mitgliedschaft aufgegeben hatte und keine politische Karriere mehr anstrebte. Bevor er sie verließ, erkundigte sie sich, ob ihr Sohn auch schon mit Benjamin und Esther gesprochen hätte.

»Noch nicht. Aber sorg dich nicht, Mutter, ich werde es tun.«

Der nächste Besucher, tags drauf, war Benjamin. Er betrat das Zimmer.

»Mein Ben!«, freute sich Rahel. Und fragte sofort: »Und wo ist Dirk?« Er warte vor der Tür, bis er dran sei, lachte Benjamin.

»Bitte lass ihn sofort herein.«

Da standen die beiden nun, und sie küssten Rahel auf die Wange.

»Gefällt euch München?«

»Oh ja, Grandma, sehr. Wir wollen dort in Zukunft leben. Nicht nur für ein paar Monate.«

Rahel Cohen bat die beiden, sich zu ihr zu setzen. Dirk zog sich ein Stuhl ans Bett, Benjamin setzte sich neben sie. Rahel wollte alles wissen, erkundigte sich nach der Wohnung, nach Dirks Professor und nach Benjamins Gespräch mit den Theatermachern.

Die beiden waren erstaunt, dass Rahel so gar nicht den Eindruck einer Demenzkranken machte. Das änderte sich, als sie nach einer knappen Stunde müde wurde. Sie fragte, wie weit Benjamin mit dem schwülstigen Stück von Thomas Mann gekommen sei. Benjamin wollte richtigstellen: Klaus Mann – und die Premiere war längst Vergangenheit. Er ließ es bleiben. Auch an Dirks Promotionsthema konnte sie sich nicht erinnern und schlug ihm vor, ober er nicht Lust hätte, an ihrer Dissertation über Soutine weiterzuarbeiten.

»Jacob weiß, wo der Ordner steht.«

Levin, Aaron und Alisah erging es an den folgenden beiden Vormittagen nicht anders als Benjamin und Dirk. Auch sie freuten sich über Rahels Aussehen und die rasche Genesung und erschraken, wie rasch sich Rahels Geist nach einer Weile verflüchtigte.

134

Chaim hatte Gili in ihr Lieblingsrestaurant eingeladen, in dem sie sehr oft gegessen und getrunken hatten in ihren glücklichen Jahren, nicht selten auch mit Jacob und Rahel. Schon diese Wahl, das wusste Gili, war ein Zeichen. So machen es die Cohens doch immer, dachte sie und freute sich auf dieses Treffen.

Als sie bestellt hatten, rückte Chaim mit der Sprache heraus.

»Du ahnst gewiss längst, dass ich dir etwas Besonderes sagen möchte an diesem Ort.«

Sie widersprach nicht.

»Ich mache es jetzt nicht proustisch, sondern gradaus – wir haben ja lange genug geschwiegen. Also ... Ich trinke mir jetzt Mut an!«

Er nahm einen Schluck von jenem Weißwein, den sie den Ihren nannten und der noch immer auf der Karte stand.

»Also: Ich lasse mich scheiden. Diese Wahl war trotzig – ich weiß es heute. Und ich weiß, dass ich dich noch immer liebe. Ich hoffe, du würdest, erneut vor die Wahl gestellt, wieder die Tür zu meinem Zimmer nehmen und nicht die zu Aarons – der kommt ohnehin nicht in Frage – noch die zu einem anderen Mann.«

Gili lächelte.

»Es gibt keine Tür zu einem anderen Mann, Chaim. Aber bitte frag mich jetzt nicht, ob ich dich noch liebe. Ich weiß es nicht. Ich weiß nur, dass mir kein Mann begegnet ist, der es mit dir hätte aufnehmen können – wohlgemerkt: vor deiner Ryan-Zeit.«

Chaim bohrte nicht nach. Er fragte nicht. Er hoffte.

Sie verabredeten ein weiteres Treffen. Er würde wieder nach Manhattan ziehen – so schnell wie möglich, versprach er. Und er hielt Wort.

135

Rahel hatte in den Tagen nach ihrer Entlassung aus dem Krankenhaus kaum gesprochen. Sie schlief nach dem Frühstück sofort wieder ein. Meist mochte sie mittags nichts essen und wurde erst am späten Nachmittag wieder wach. Alle Versuche, sie in Gespräche zu verwickeln, scheiterten. Selbst Benjamin gelang es nicht, sie zu einer Unterhaltung zu animieren. Endlich bat sie ihn, nicht von sich zu erzählen und nicht von seinen Plänen: »Bitte lies mir etwas vor!« Sie schickte ihn in ihre Bibliothek. »In dem Regal ganz rechts, in dem zweiten Bord von oben, steht ein Band, er ist – glaube ich – rot. Vielleicht ist er auch grün. Oder ist er blau? Ein Buch über Rabbiner-Familien. Berühmte Rabbiner-Familien.«

Rahel Cohen hatte sich recht erinnert, was Benjamin überraschte, nahm doch ihre Vergesslichkeit rapide zu, und zuweilen ängstigte ihr wirres Gestammel. Der Einband war grau. Benjamin setzte sich an Rahels Bett. Dirk saß neben ihm.

»Was soll ich lesen, Grandma?!«

»Lies, was da über die Hänsels steht.«

Er fand keine Hänsels.

»Die gibt es nicht!«

Rahel Cohen wurde lauter: »Guck richtig!«

Benjamin wiederholte, dass er keine Hänsels finden könne. »Können sie vielleicht anders heißen, Grandma?«

Rahel Cohen starrte stumm in die Luft. Benjamin suchte im Inhaltsverzeichnis. Alle Namen, die ähnlich klangen, las er seiner Großmutter vor.

»Bensel?«

Keine Reaktion.

»Denkelbaum?« Keine Reaktion.

»Enkels?«

Keine Reaktion.

»Fränkel?«

»Ja!«, rief Rahel Cohen und versuchte ihren Ben zu umarmen. Aber er saß zu weit weg. Darum nahm er sie in den Arm.

»Bitte lies alles!«

»Grandma – das sind …«, er blätterte, »sieben Seiten!«

Keine Reaktion.

»Die Rabbiner-Familie der Fränkels geht zurück auf Bermann Fränkel, um 1600 in Wien geboren. Er machte als Rabbiner Karriere in Fürth, wo er im September 1708 starb. Er galt als einer der bedeutendsten deutschen Rabbiner. Er war der Sohn des David Isaak Seckel Fränkel, dessen Familie aus Wien vertrieben worden war.« Benjamin übersprang nichts, las die ganze hier abgedruckte Geschichte der Fränkels. Alle Männer dieser Familie waren Thoragelehrte und Rabbiner – in Fürth, in Schnaittach, in Ansbach und Nürnberg.

Als Benjamin endlich im neunzehnten Jahrhundert angekommen war, bat ihn seine Großmutter, doch ins zwanzigste Jahrhundert zu springen.

»Gleich, Grandma.« Er übersprang zwei Seiten. »Die letzte Familie vor der Shoa, die in Fürth lebte, war die des Rabbiners Din Fränkel. Er war ein höchst angesehener Thora-Exeget, den Glaubensbrüder aus ganz Europa kontaktierten, wenn sie Fragen zur Auslegung des Talmuds hatten. Er hatte drei Söhne – Gabriel, Riccardo und Menachem. Die Familie wurde nach Auschwitz deportiert, wo sie alle starben.«

Sterben, dachte Benjamin, ist das falsche Verb.

»Steht da nichts von den Lammfromms?«, fragte Rahel Cohen traurig.

»Nein, Grandma. Gab es in deiner Familie denn berühmte Rabbiner?«

Rahel Cohen schwieg.

Bei Benjamins und Dirks Abschied, wenige Stunden vor ihrem Abflug nach Deutschland, weinte Rahel, als sei es ein Abschied für immer.

Levin, Benjamin und Dirk verließen New York gemeinsam. Während des Flugs fragte Benjamin seinen Schwager, ob Deborah je von den Lammfromms geredet oder eine Familie Fränkel erwähnt hätte. Von Rahels Mutter hätte seine Frau einiges gewusst, erklärte Levin, aber eine Familie Fränkel sei nie Thema gewesen.

Die nächsten Wochen waren für Levin und Christa sehr aufregende Zeiten. Zum einen, weil sie die Hochzeit vorbereiteten. Zum anderen, weil Christa schwanger war – nach Levins Rückkehr hatte sie ihn mit dieser Neuigkeit überrascht. Sie sprachen es nicht aus, aber sie wünschten sich beide für Caspar eine Schwester. Christa hatte sogar schon einen Namen, den sie für sich behielt.

Benjamin und Dirk bereiteten den Umzug vor – in die erste gemeinsame Wohnung. Der Mietvertrag trug beider Namen, das wollten sie so. Der Vermieter war einverstanden und kommentierte schmunzelnd, sie seien sich offensichtlich sehr sicher, dass ihre Beziehung nicht in die Brüche ging. Benjamin verbrachte fast jeden Abend in dem Theater, in welchem er seine erste Inszenierung in Deutschland würde präsentieren dürfen. Er suchte aus dem Ensemble die seiner Meinung nach besten Schauspieler aus. Carl wollte ihn beraten – Benjamin lehnte ab, das könne er durchaus selbst entscheiden. Das Verhältnis der beiden wurde zunehmend frostig. Nicht zuletzt, weil Dirk und Benjamin bei den wenigen Treffen zu viert verärgert zur Kenntnis nahmen, dass Carl seinen Partner Alexander bevormundete und in Diskussionen über Theater oder Literatur lächerlich machte. Beide waren sich sicher, dass diese Beziehung nach so vielen Jahren zerbrechen müsste, wenn Carl nicht endlich kapierte, was er mit seinem Verhalten aufs Spiel setzte.

Auf der anderen Seite des Atlantiks schöpften Elay und Lisa Mut. Rahels Demenz war unter Kontrolle, oder anders ausgedrückt: Sie wurde nicht schlimmer. Ihr Zustand war stabil.

»Wir können heiraten und uns ziemlich sicher sein, dass Rahel dabei sein wird. Nur sollten wir uns nicht zu viel Zeit lassen«, entschied Elay.

»Rahel wird hundert – und sie wird aussehen wie neunzig und wird alles vergessen haben.«

Daran glaubte Elay nicht. Das Kurzzeitgedächtnis funktionierte erstaunlich gut – sie redete gern über die Deutschland-Reise mit Benjamin.

Chaim und Gili trafen sich regelmäßig. Seine Scheidung stand kurz bevor. Die finanziellen Forderungen seiner zweiten Frau waren unverschämt. Doch er akzeptierte sie. Er wollte das Ende so schnell wie möglich.

137

Benjamin, der sich endgültig von dem Plan verabschiedet hatte, ein englischsprachiges Theater zu gründen und nur noch an die Arbeit als Regisseur dachte, wählte für seine Inszenierung von Kalldewey, Farce die Schauspielerin Isabelle Stranica; sie sollte die Lynn spielen, die ausgeflippte Wilde in Botho Strauß' Stück, für deren Ehemann hatte er den Intendanten um Moritz Kirschbaum gebeten. Er mochte den zarten Jungen mit dem langen lockigen Haar, der mit der Grazie eines Tänzers die Bühne einnahm; und die Stranica war spröde und konnte so richtig aggressiv sein. Eigentlich hatte er auf den Rat von Carl verzichten wollen, aber zum einen wollte er die Freundschaft zu ihm und dessen Mann Alexander nicht ernstlich gefährden, zum anderen kannte der Kritiker die beiden Schauspieler schon aus vielen anderen Produktionen – an diesem Haus wie an anderen. Beide waren auch schon in Produktionen der Salzburger Festspiele gefeiert worden. Als Carl von Benjamins Besetzung erfuhr bei einem Drink in der Bar, in der hauptsächlich Journalisten, Theatermacher und einige Verleger verkehrten, reagierte er begeistert.

»An Kirschbaum wirst du Freude haben. Es heißt, er lässt sich auf alles ein. Gut, er ist eitel wie fast alle Schauspieler, doch er ist nicht zickig.«

»Und wie ist die Stranica, ich habe nur kurz mit ihr geredet?«

»Rotes Haar – das sagt doch alles: sinnlich und energisch. Du kannst Freude an ihr haben. Aber sie kann Regisseure auch zur Weißglut bringen. Und sie hält sich, wenn ihr was nicht passt, nicht an Verabredungen. Sie soll, so heißt es, in einer Claudel-Aufführung in Salzburg – ich glaube, es war Partage de Midi – alle Striche, die ihre Rollen kleiner gemacht haben, wieder geöffnet haben. Niemand wusste das bei der Premiere. Du kannst dir vorstellen, was das für ihre Partner bedeutete – und wie der Regisseur wütete. Kurz: Sie kann dein Joker sein oder dein Verderben.«

138

Vor der Sommerpause – also Ende Mai – begannen die Proben, die Premiere war für Oktober geplant. Das Ensemble traf sich zu den ersten Leseproben in einer ehemaligen Fabrikhalle im Norden der Stadt. Alle sieben Schauspieler waren versammelt, auch die der Nebenrollen; den Kellner und den sogenannten Chef spielte derselbe Darsteller. Zum ersten Mal arbeitete Benjamin mit einem Dramaturgen zusammen. Der Intendant hatte ihm einen jungen Mann empfohlen, der gerade das Studium an einer Schweizer Theaterakademie erfolgreich abgeschlossen hatte: Carl-Ernst Jäger. Ein schmächtiger, ansehnlicher Junge mit einem Drei-Tage-Bart, dunkelblondem, sehr kurzem Haar und grünen Augen.

Er hatte zur ersten Probe Bücher dabei, die die Schauspieler lesen sollten. Darunter auch ein Buch über die Farce an sich – Untertitel Von Aristophanes bis Woody Allen.

Die Stranica empfahl allen eine Publikation, die der junge Dramaturg nicht auf seiner Liste hatte:

»Wer Minima Moralia nicht kennt, wird schwerlich Zugang finden zu diesem Stück.«

Niemand traute sich, nach dem Namen des Autors zu fragen. Allein Benjamin wagte es.

»Ihnen als Amerikaner muss man diese Wissenslücke nicht ankreiden«, sagte die Stranica schmallippig. Obwohl er übersetzt wurde – und Jude ist er außerdem.«

»Und wie heißt er?«

»Adorno.«

Benjamin wusste nun, worauf er sich bei dieser Diva einstellen musste. Er war dankbar, dass Moritz Kirschbaum ihm zu Hilfe kam:

»Ich kenne zwar den Autor, den Text aber habe ich nicht gelesen.«

Als Benjamin Carl von dieser ersten Probe berichtete, fühlte der sich bestätigt:

»Sie kann richtig fies sein.«

Sie hatten sich zu einem Abendessen getroffen – in der Wohnung von Carl und Alexander, der auch gekocht hatte. Und Carl hatte ihn diesmal gelobt.

»Alexander ist als Koch mindestens so gut wie als Anwalt. Und als Lover ist er sowieso nicht zu toppen.«

»Carl übertreibt, wie alle Kritiker«, spottete Alexander.

Auf dem Nachhauseweg waren sich Benjamin und Dirk einig, die beiden Männer hatten sich offensichtlich zusammengerauft.

Vor dem Zubettgehen setzte sich Benjamin noch einmal an seinen Rechner und schrieb seiner Großmutter:

Liebe Grandma!

Ich hoffe, Du bist wohlauf! Was machen Deine Aktivitäten für ›Frauen helfen Frauen‹? Es gibt einen Freundeskreis an dem Theater, an dem ich gerade arbeite, und der lässt sich auch allerlei einfallen für seine Mitglieder. Unter anderem bietet der Vorstand Reisen zu anderen Theatern an. Du könntest doch auch welche anbieten – zum Beispiel zu Museen, die von Frauen geführt werden. Oder zu Ausstellungen, in denen Frauen präsentiert werden, hier gibt es eine: »Fantastische Frauen«. Nur so eine Idee.

Die Proben sind anstrengender als gedacht. Wenn man Regisseur ist, ist man so schrecklich abhängig von allen, die mitmachen. Nicht nur von den Schauspielern, auch von Beleuchtern, Bühnenarbeitern und vom sogenannten Dramaturgen, das ist ein Beruf, den es bei uns gar nicht gibt. Das sind intellektuelle, akademisch ausgebildete Schlaumeier, die alles über das Stück gelesen haben und über den Autor – und die zu allem eine Meinung haben. Und sich gern reden hören. Meiner ist noch einer der erträglicheren dieser Spezies.

Mich drangsaliert eine rothaarige Schauspielerin. Sie ist berühmt und sie ist gut. Und sie weiß, dass sie sich viel erlauben kann. Sie heißt Isabelle Stranica. Ihre Familie kommt ursprünglich aus Kroatien.

Sie bringt wohl alle Regisseure zur Weißglut – eben auch mich. Gestern nervte sie besonders. Sie wusste nicht was kabbalistisch bedeutet, und als ich es ihr mit Mystik erklären wollte, schaute ich in leere tumbe Augen. Der Dramaturg wollte mir beispringen, doch sie hinderte ihn und sagte in scharfem Tod: »Du hältst den Mund – ich will es von dem Amerikaner wissen!«

In der Kanzlei hatte ich es auch mit Dummköpfen zu tun, aber die waren nicht so selbstbewusst. Kurz: Die Arbeit macht Freude und nervt zugleich.

Dirk geht es sehr gut, sein Studium macht Fortschritte. Sein Professor schätzt ihn.

Und – das Wichtigste – wir lieben einander immer noch.

Ich gehe schlafen, hoffe auf Nachrichten.

Je t'embrasse très fort, Benjamin.

Rahel Cohen antwortete sofort:

Mein lieber Benjamin!

Da ich weiß, dass Du zuweilen meinen Rat durchaus schätzt, gebe ich Dir für Deine Arbeit gleich drei Ratschläge. Erstens: Lege Dich nie mit rothaarigen Frauen an. Zweiter Tipp: Lass Dich nicht von ihr provozieren und bleibe bei aller professionellen Strenge stets ein Gentleman. Und schließlich, drittens: Versuche nicht, sie mit Schmeicheleien zu gewinnen. Das funktioniert nur bei Blondinen. Gewiss lachst du mich jetzt aus. Macht nichts. Ich kann ja auch mit den Vorurteilen gegenüber Juden gut umgehen.
Bonne chance, deine Grandma.

141

Elay und Lisa verschickten Karten. Sie, nicht ihre Eltern, luden zur Hochzeit ein – »die Zeiten sind vorbei«, hatte Lisa entschieden. Es sollte auch nicht in einem großen Hotel gefeiert werden, sondern ganz anders als es Großvater Jacob immer zelebriert hatte. Elay hatte ein Palmenhaus gefunden, das man mieten konnte. Es stand leer, aber es ließ sich möblieren. Und der Blick durch die Fensterfassade war gigantisch. Man schaute in einen botanischen Garten und auf einen kleinen See, auf dem Seerosen schwammen – weiße und rote.

Lisa hätte sich gern gekümmert – um den Caterer, die Tische, Stühle, das Geschirr, das Besteck und das Essen. Doch Elay hatte all das – wie er sagte – zur »Chefsache« erklärt. Lisa ließ ihn planen. Auf Elays Geschmack war Verlass. Nur bei der Menüfolge wollte sie mitreden – bei den Weinen räumte sie ihm das Feld. Sie nahm indes die Planung der Zeremonie in die Hand. Es würde keine jüdische Hochzeit sein. Also kein Rabbiner, kein Baldachin, kein Tanz um die Braut herum. Lisa hatte sich etwas anderes ausgedacht. Die Trauung am Vormittag bei Notar Bensheim in der Fifth Avenue – er hatte schon Jacob Cohens Testament beglaubigt – mit der engsten Familie. Danach Rezeption im Palmenhaus, Champagner und Canapés. Mittagspause. Dinner ab 19 Uhr.

Für den Empfang hatte Lisa Levin um eine Rede gebeten. Am Abend sollten ihr Vater Aaron und ihr Onkel Chaim reden. Und vor dem Dessert wünschte sie sich von Benjamin und Dirk einen gemeinsamen Auftritt, notfalls per Zoom oder Skype. Sogar das Thema hatte sie vorgegeben: Liebe Liebe Liebe. Dreimal hintereinander – aber kein Ausrufezeichen.

Besonders freute es die beiden, dass Chaim dabei sein würde, der in der Woche vor der Heirat bereits geschieden sein sollte. Sie wussten, dass er und Gili sich in letzter Zeit oft getroffen hatten.

142

Es stimmte. Gili traf ihren Ex-Mann inzwischen regelmäßig. Aber beide vermieden es, einander in den Wohnungen zu sehen und zu bekochen. Immer suchten sie Restaurants aus, die ihnen in ihrer »gemeinsamen Zeit«, so nannten sie ihre Ehejahre, besonders gefallen hatten. Ganz oft gab es vor diesen abendlichen Essen ein Kulturprogramm. Gili wählte Lesungen, Chaim meist Opernaufführungen. Allmählich wurden beide mutiger. Gili hatte vorgeschlagen, einmal gemeinsam mit Noah und Esther fortzugehen. Chaim gefiel diese Idee, denn er bedauerte es schon, dass Benjamin, Dirk und Levin in Deutschland lebten und wohl erst einmal keine Anstalten machen würden, zurückzukehren. Esther hoffte tatsächlich sehr, dass ihre Eltern wieder zueinander finden würden. Sie überlegte sogar, dieser Versöhnung ein wenig nachzuhelfen, träumte von einer Wiederheirat der beiden. Noah riet davon ab, sich einzumischen: »Entweder kriegen sie es ohne uns hin – oder nicht. Wir sollten uns raushalten. Wir haben in der Krise der beiden schon zu viele Meinungen gehabt.«

Gili hatte für den gemeinsamen Abend den Besuch in einer Galerie geplant, in der ein Photograph zusammen mit einem Dichter auftreten sollte. Der eine erklärte seine Bilder, der andere wollte die Verse vortragen, zu denen ihn die Stadtansichten inspiriert hatten. Zeilen zu Hamburg, Berlin, Paris und Venedig – keine amerikanische Stadt war dabei. Die vier waren sich einig. Die Bilder brauchten die Worte nicht – und umgekehrt. Das zeige, so resümierte Gili, dass beide Künstler sehr stark seien.

Beim Essen sprachen sie über Levin und Benjamin, die in der Familie schon seit einigen Wochen »die Heimkehrer« genannt wurden. Während Gili von beiden ständig informiert worden war, was sich in Hamburg, Berlin und München ereignete, wussten Noah und Esther fast nichts. Umso größer ihre Freude, als sie erfuhren, dass Levin glücklich war – und nicht allein; dass Benjamin mit seiner Arbeit als Regisseur begonnen hatte. Danach überlegten die vier, Rahel vielleicht einmal zu fragen, ob sie Lust hätte, sie zu begleiten. Es müsste aber, so meinte Chaim, unbedingt ein Abend ohne Kulturprogramm sein.

»Das denke ich nicht!« – Gili war sich sicher, dass Rahel wohl mehr Vergnügen an einem Opernbesuch oder an einem Konzert und einem kleinen Snack haben würde als an einem großen stundenlangen Abendessen. Noah schaute sich den Spielplan an und fand in der Carnegie Hall ein Konzert, dass Rahel gewiss Freude bereiten würde. Zwei kleinere Haydn-Stücke und nach der Pause Mozarts Jupiter-Sinfonie.

Rahel war überglücklich, als Gili ihr diesen Vorschlag unterbreitete: »Ich dachte schon, ihr hättet gar keine Lust mehr, irgendetwas mit einer gebrechlichen und vergesslichen alten Frau zu unternehmen.«

Das Konzertprogramm gefiel ihr – und zum Abendessen, darauf bestand sie, würde sie die vier einladen. Sie wusste auch schon wohin. Gili ahnte, dass ihre Schwiegermutter das Restaurant wählen würde, das Jacob nach Carnegie-Hall-Abenden immer allen anderen vorgezogen hatte, da mochte die Küche mal schlechter, mal besser sein: Dieser Ort war seiner.

Rahels Demenz schien gestoppt zu sein. Gewiss, ihr fielen manche Namen nicht mehr ein. Sie ging zuweilen ins Bad und wusste, dort angekommen, nicht, was sie eigentlich suchte oder wollte. Aber sie las wieder. Allein, Fürth war kein Thema mehr für sie. Stattdessen interessierte sie sich für die Biografien von Frauenrechtlerinnen. Da sie selber nicht mehr im Internet unterwegs war – ihre Sehkraft hatte inzwischen stark nachgelassen, hatte sie Gili gebeten, einmal nachzuschauen, welche Frauen sich besonders engagiert hatten. Als sie Gilis Liste mit den wichtigsten Frauenrechtlerinnen gelesen hatte, bat sie darum, ihr Bücher zu besorgen über Olympe de Gouges, Sojourner Truth und Louise Otto Peters.

»Auf keinen Fall etwas über die Beauvoir, ich kann sie nicht ausstehen!«

Alle wussten von Rahels Engagement für alleinstehende Mütter und Frauen, die abgetrieben hatten oder abtreiben wollten und Depressionen bekommen hatten, aber außer Gili konnte sich niemand diese überraschende soziale Aktivität erklären.

Fragte Asael Rahel danach, was sie trieb, so endeten alle Diskussionen immer gleich. Rahel war nicht abzubringen von ihrer Meinung, dass Frauen die Fehltritte der Männer entweder ungeschehen machen müssten oder ein Leben lang darunter litten.

»Wer nicht als ledige Mutter verhöhnt werden und alles Glück verspielen wollte, musste abtreiben. Das war früher so, Asael, und das ist noch immer so! Und die Katholiken und die Juden sind die unbarmherzigsten Eiferer in dieser Sache, glaube mir!«

143

»Magst du mit zu mir kommen, auf ein Glas nur?«

Chaim hatte diese Frage schon Wochen zuvor stellen wollen, aber erst an diesem Abend – nach einer Aufführung von Mozarts Zauberflöte wagte er sie.

»Gern. Wollen wir vorher noch irgendwo etwas essen?«

»Ich glaube, ich habe etwas im Kühlschrank, das dir schmecken wird.«

Sie nahmen ein Taxi. Während der Fahrt sprachen sie kein Wort miteinander. Sie sahen einander an. Und einmal suchte Chaims rechte Hand die linke von Gili. Sie zog sie nicht fort. Im Lift in den siebenundzwanzigsten Stock standen sie nebeneinander – ohne Blickkontakt. Als Chaim mit Gili ins Wohnzimmer trat, freute sie sich über den bunten Rosenstrauß auf der Anrichte. Sie entdeckte dort zwei Champagnergläser. Er bemerkte ihr Lächeln.

»Wenn du jetzt denkst, dass ich alles für dieses eine Glas vorbereitet habe, denkst du richtig. Ich habe diesen Moment schon lange geplant.«

Als Chaim aus der Küche die eisgekühlte Flasche holte, überlegte sie, wie sie reagieren würde, würde er sie küssen wollen. Dass sie ihn begehrte, dass sie gern noch einmal versuchen würde, ein Leben an seiner Seite zu führen, wusste sie, aber würde es sein wie vor der Katastrophe?

Chaim kam, öffnete die Flasche – geräuschlos, es gab nur ein leises Zischen; so mochte sie es. Er füllte die Gläser, stellte sie auf die Anrichte, wortlos. Sie war überrascht und schwieg gleichfalls. Er kniete vor ihr nieder.

»Willst du meine Frau werden, Gili? Noch einmal, zum zweiten und letzten Mal?«.

Er strahlte zu ihr hinauf, ihre Blicke vereinten sich. Sie wollte »Ja!« sagen, aber statt zu sprechen, ergriff sie seine Hände, zog ihn zu sich – und küsste ihn.

Das »Ja« hauchte sie viel später, als sie beide auf dem Teppich lagen und Zärtlichkeiten austauschten. Vorsichtig, ohne Hast, ohne Gier. Sie einte eine ängstliche Leidenschaft, die noch darauf wartete, befreit und entfacht zu werden. Als sie zum ersten Mal so dagelegen hatten – Dezennien war das her –, damals, als Gili sich entschlossen hatte, in Chaims Zimmer ihm und nicht Aaron zu folgen, waren sie übereinander hergefallen wie Siegmund und Sieglinde – nachdem Gili die Initiative ergriffen hatte.

144

So hatte Benjamin sich das nicht vorgestellt. Er war auf Proben nie als ein Diktator aufgetreten, er hatte sich immer eingelassen auf Diskussionen mit den Schauspielern, hatte zuweilen sogar nachgegeben, wenn ihm Vorschläge gemacht wurden, die ihn überzeugten. Aber Isabelle Stranica ließ sich nicht herab, ein Angebot zu formulieren, sie widersprach. Es schien Benjamin, als sei ihr daran gelegen, ihn scheitern zu sehen. Dabei war er ihr schon in vielen Dingen entgegengekommen. Das Kostüm, das ihr nicht gefallen hatte, wurde gegen ein anderes getauscht. Oder besser: Die Stranica ging einkaufen und kam mit einem sehr schicken schwarzen Teil und einer horrenden Rechnung zurück. Eine Passage, die ihr in Botho Strauß' Stück nicht gefiel, war gestrichen worden, obwohl der Dramaturg heftig dagegen protestierte. Benjamin bat Moritz Kirschbaum, mit dem er sich inzwischen duzte, um Rat, lud ihn nach der Probe zu einem Glas in eine nahe gelegene Bar.

»Das ist ganz einfach, Benjamin. Erstens weiß Isabelle immer alles besser. Zweitens ist sie naturgemäß schwierig. Drittens hält sie alle Amerikaner für prinzipiell kulturlos. Viertens ...«

»Moritz, wie viele Punkte willst du noch aufzählen?«

»Bei sechs höre ich auf. Viertens mag sie Strauß nicht. Fünftens badest du aus, was eigentlich den Intendanten treffen soll. Und sechstens – und dann höre ich auf – hat sie vor einem knappen halben Jahr ihr Freund verlassen. Er war – oder vielmehr ist es noch immer – ein renommierter Kardiologe, und er ist im Vorstand der jüdischen Gemeinde.«

Benjamin lächelte.

»Ja, da habe ich wirklich schlechte Karten. Was rätst du mir?«

»Gib beim nächsten Konflikt nicht auf. Setz dich durch! Die Stranica funktioniert durchaus masochistisch. Wenn du sie fertigmachst, fühlt sie sich in ihren Vorurteilen bestätigt, leidet und funktioniert.«

Schon während der nächsten Probe war Benjamin gefordert. Isabelle Stranica weigerte sich, eine steile Leiter, die bis in den Schnürboden reichte, hinaufzusteigen und währenddessen zu sprechen.

»Entweder ich steige oder ich rede. Oder wollen Sie mich umbringen, Herr Regisseur?«

»Daran hatte ich gedacht. Aber ich brauche Sie mit Ihrem ganzen Können. Ich kann mir, selbst als Amerikaner, nicht vorstellen, dass sie nicht zwei Dinge gleichzeitig können. Sie haben in der vorigen Szene immerhin auch singen und hüpfen können. Aber vielleicht verlange ich zu viel von Ihnen?«

Isabelle Stranica wandte sich ab – bis zu diesem Zeitpunkt standen die beiden Kontrahenten sich gegenüber. Sie verstummte. Ging zur Leiter. Nahm die ersten beiden Sprossen. Begann zu sprechen:

»Das ist der letzte ...«, sie nahm die nächste Sprosse, »... unserer magischen Versuche ...«

»Das ist schon sehr schön, Isabelle, aber …«, er machte eine Pause, »… so, wie Sie das jetzt sprechen, könnten Sie auch Oh Tannenbaum singen. Probieren Sie es noch einmal. Und jedes Wort eine Sprosse!«

Isabelle Stranica schwieg, stieg langsam herab. Und begann von Neuem. Jede Sprosse ein Wort, so rasch, als suchte sie oben den Notausgang und unten loderten Flammen.

»Diese Frau ist nicht auf der Flucht, Isabelle. Sie ist verzweifelt. Langsamer! Noch einmal!«

Isabelle Stranica stieg herab. Jetzt wird sie sich beschweren, dachte Benjamin, während alle Schauspielerkollegen gespannt schwiegen.

»Benjamin – das ist entwürdigend.«

»Nein, Isabelle. Das ist nötig.«

Sie stieg wieder auf: »Das ist der letzte unserer magischen Versuche, die Angst uns auszutreiben.«

»Hab ich's dir nicht gesagt. Sie funktioniert über Demütigung«, freute sich Moritz, als sie in der Kantine Pause machten.

Isabelle Stranica hatte sich in ihre Garderobe zurückgezogen und nur um einen Tee gebeten. Nicht irgendeinen, versteht sich: Maracuja-Orange.

145

Der Intendant machte wie vor jeder Premiere noch einmal die Runde durch die Garderoben der Schauspieler, um sie zu umarmen und ihnen Toi toi toi zu wünschen. Moritz Kirschbaum freute sich sehr auf den Abend und beglückwünschte Günther Teuscher zu seinem Mut, diesen unbekannten Amerikaner engagiert zu haben.

»Er ist wirklich klasse. Er kann mit Menschen umgehen. Ich habe noch nicht viele Regisseure erlebt, die witzig und klug sind und auf eine sehr angenehme Weise kokett.«

Wie er das meine, wollte Teuscher wissen.

»Benjamin weiß, was er will. Aber wichtiger, als sich durchzusetzen ist ihm, gemocht zu werden. Nicht von allen, aber von denen, denen er vertraut. Und er ist zauberhaft. Mit seinem Charme, seiner Liebenswürdigkeit wird er es weit bringen!«

Isabelle Stranica fürchtete, dieser Abend würde ein Reinfall wie zuletzt der mit dem Regisseur aus Frankreich.

»Nicht alles, was aus dem Ausland kommt, ist auch großartig, Günther. Aber du fällst immer wieder auf die Exoten rein.«

Günther Teuscher schwieg, nahm sie in den Arm, spuckte dreimal über ihre rechte Schulter und murmelte »Toi toi toi«. Benjamin traf er in der Kantine, wo er sich einen Espresso bestellte. Auch ihm wünschte er Glück für diesen Abend.

»Ich glaube es wird ein Erfolg! Siehst du dir die Vorstellung an?«

»Ich bin viel zu aufgeregt. Außerdem habe ich Angst, dass Isabelle sich womöglich rächt und die lange Passage, die wir ihr gestrichen haben, doch sprechen wird.«

»Ja, sie kann zickig sein und unfair. Aber ich denke, sie respektiert dich!«

Zwei Stunden lang ging er durch den Park unweit des Theaters spazieren. Er dachte an seinen Großvater, dem er so gern diese Arbeit gezeigt hätte. Er dachte an seinen Vater. Er hoffte, dass Elays und Lisas Hochzeit ihn vielleicht bewegen könnte, zu Gili zurückzukehren. Er freute sich auf das Zoom-Treffen nach der Premiere. Um halb elf würde die Vorstellung aus sein, also halb fünf New Yorker Zeit.

Als er zurück war im Theater, kurz vor dem Finale, erzählte ihm der Kantinenwirt, dass der Applaus nach dem ersten Teil sehr heftig gewesen sei.

Benjamin schlich hinter die Bühne. Er hörte die letzten Worte von Isabelle Stranica: »Ich war mir sicher auf den ersten Blick.«

Das Licht erlosch. Der Vorhang fiel, genauso wie er es sich gewünscht hatte: blitzschnell.

Totenstille, wenige Sekunden, sie kamen ihm vor wie Minuten.

Endlich brüllte eine Männerstimme Bravo, und dann setzte der Applaus ein. Getrampel. Und, das hatte Benjamin noch nie in einem Theater erlebt, Gejohle wie in einem Fußballstadion. Immer wieder rannten die Schauspieler auf die Bühne und verbeugten sich, immer gemeinsam. Benjamin hatte entschieden, dass niemand sich einzeln verbeugen sollte. Nach dem zehnten Auftritt trat das gesamte Regieteam vors Publikum. Wieder Bravo-Rufe; eine Dame benutzte den Plural. Mit scharfem Sopran schrillte sie: »Bravi!«

Viermal mussten sie raus. Beim vierten Mal nahm Isabelle Stranica Benjamin bei der Hand und führte ihn vor die Reihe der Schauspielerinnen und Schauspieler. Da stand er nun. Badete im Applaus. Einige Zuschauerrinnen und Zuschauer hatten sich erhoben, einer von ihnen war Dirk, aber er hatte darauf geachtet, nicht der erste zu sein – manche wollte nur zur Garderobe, andere demonstrierten wirklich Standing-Ovations. Benjamin war glücklich, umarmte Moritz Kirschbaum und verbeugte sich vor Isabelle Stranica.

Danach wurde gefeiert. Im Foyer mit dem Publikum. Glückwünsche, Umarmungen, Küsse. Die Stranica schloss den Amerikaner in ihre Arme: »Du hast die Sprossen bravourös erklommen!«

Viele Unbekannte kamen, Benjamin Cohen zu gratulieren. Die wenigsten stellten sich vor. Unter ihnen war eine ältere Dame, sie mochte knapp siebzig Jahre alt sein. Sie sei die Bibliothekarin des jüdischen Museums von Fürth. »Ich kenne Ihre Großmutter. Sie hat vor wenigen Jahren bei uns recherchiert und mich manchmal angerufen. Sie interessierte sich für ihre Familie und die der Fränkels. Sie hat mich auf diesen Abend aufmerksam gemacht. Sie kann mächtig stolz sein auf Sie!«

Zusammen mit dem Intendanten ging das ganze Ensemble noch in eine Bar. Dort lernte Benjamin den Freund von Moritz Kirschbaum kennen, Tom, einen langen Schlaks mit einem Wuschelkopf, der in einer Band spielte. Und den Ex von Isabelle Stranica. Er war trotz der

Trennung gekommen und hatte, auch das noch, einen Strauß roter Rosen dabei. Sie nahm ihn strahlend entgegen. Dirk legte den Arm um seinen Ben, und dieser hauchte nur glücklich: »Geschafft!«

146

Die Hochzeit von Elay und Lisa, die von allen mit großer Vorfreude erwartet wurde, verhieß Vergnügen. Aber nicht wirklich Überraschungen.

Doch es gab sie. Schon beim Empfang die erste schöne Verwirrung.

Chaim und Gili kamen Hand in Hand. Beide trugen am linken Ringfinger wieder einen Ehering. Jenen, den sie bis zur Scheidung gezeigt hatten: einen rotgoldenen, überbreiten Reif.

»Bevor ihr fragt: Gili und ich werden wieder heiraten!«

Das war ein Auftritt! Jubel, Glückwünsche.

»Wir freuen uns für euch! Aber heute sind wir die Hauptpersonen!«, rief Lisa in die Menge. Nicht beleidigt, amüsiert und voller Freude. Wie alle Cohens liebte sie wenig so sehr wie eine heile Familienwelt. »Und wir heiraten heute nicht nur, sondern wir annoncieren die Geburt eines Sohnes in sechs Monaten.«

»Auch nicht schlecht«, dachte Chaims Bruder Aaron, »nochmal Großvater!«

Am Abend meldeten sich zur verabredeten Zoom-Schaltung Benjamin und Dirk aus München, die beide ein wenig beschwipst waren und von einem großen Triumph berichten konnten.

»Falls wir beide etwas trunken rüberkommen – wir sind es«, lachte Dirk und nahm seinen Ben in die Arme.

»Wir sehen es!«, rief Rahel. »Ihr habt Vorsprung. Aber ich nehme an, wir werden hier schnell aufholen.«

Rahel hatte für diesen Abend jenes Kleid gewählt, das sie getragen hatte, als sie der Familie ihre Reise nach Deutschland angekündigt hatte, und ihre Lieblingsgemme angelegt: Zeus und Hera – in trauter Zweisamkeit. Da sie inzwischen ein wenig kleiner geworden war – sie sprach von »Schrumpfung« – und auch ein wenig dünner, zarter, hatte sie ihre Schneiderin gebeten, das Kleid zu ändern. Ein neues wollte sie nicht. Es musste dieses sein!

Levin war mit der hochschwangeren Christa gekommen und mit Caspar. Der war von allen Kindern dasjenige, der am meisten Aufsehen erregte, weil er die schönsten Wimpern hatte – »viel zu schön für einen Jungen«, meinte Chaim. Zudem war er quirlig-aufgeweckt. Nach der Vorspeise erhob sich Levin und erklärte, dass er die Rede von Benjamin und Dirk übernommen und sich auch an die Vorgabe für deren Auftritt gehalten habe.

»Liebe Liebe Liebe – nichts als Liebe – und das ohne Ausrufezeichen.«

Er hatte sich viel Mühe gegeben. Eine Rede über die Liebe mit einigen Zitaten, die sehr ausgesucht waren.

Für Rahel hatte er einen Spruch von John Updike gewählt, man lebe nur, wenn man liebe. Für Aaron und Alisah hatte er Albert Camus gewählt, einen Menschen zu lieben, heiße einzuwilligen, mit ihm alt zu werden. Und besonders schön war der Fund, den er Gili und Chaim schenkte: »Was du liebst, das lass frei. Kommt es zurück, gehört es dir für immer!« – ein Zitat von Konfuzius.

Benjamin, der mit Dirk die ganze Zeit dabei war und zuschaute, wollte am Ende wissen, welcher Satz denn für ihn und Dirk gelte. »Etwas von Goethe, Benjamin, schon um dich zu ärgern. Ein Traum, wusste der alte Weimaraner, bleibt ein Traum, wenn man ihn allein träumt; träumt man ihn gemeinsam, so ist das der Anfang von Wirklichkeit.«

Bevor die Gesellschaft tanzen ging oder sich in den Garten setzen wollte, um zu plaudern, meldete sich Rahel zu Wort:

»Meine Lieben! Dieses Fest ist ein großes Glück – für euch alle. Aber besonders für mich. Ich danke Gott, dass ich es noch erleben darf. Denn schließlich bin ich alt und werde immer vergesslicher. Ja, die Liebe ist das Wichtigste im Leben – und man darf sie nie verleugnen. Ich freue mich, dass ich mit Jacob eine tiefe Liebe erlebte, ja sie sogar feiern durfte! Ich freue mich, dass unsere beiden Söhne Jakob und mich letztlich zum Vorbild genommen haben. Ich freue mich, dass es nun doch keine Scheidungen gibt in unserer großen Familie! Ja, es ist wahr, die Liebe von Mann und Frau ist nicht besser oder gar mehr wert als die zwischen zwei Männern oder zwei Frauen, aber sie birgt ein besonderes Glück: die Kinder. Sie sind der Segen der Liebe. Ihr fragt euch wahrscheinlich schon seit langem, warum ich mich so engagiere für ledige Mütter und gegen voreilige, meist aus Angst vor gesellschaftlicher Ächtung vorgenommene Abtreibungen. Die Erklärung ist einfach: Geschöpfe, die in Liebe gezeugt wurden, haben ein Recht auf Leben – was auch immer Religionen von Kindern halten, die nicht in einer Ehe gezeugt worden sind. Ich trinke auf die Liebe, und auf das Leben und auf die Kinder dieser wahrlich nicht immer einfachen Welt: Le Chajim!«

Alle waren gerührt von dieser kurzen Rede, selbst wenn niemand von ihnen auch nur ahnen konnte, was Rahel in ihren Worte verbarg. Lisa weinte sogar. Elay ergriff das Wort: »Wir werden einen Sohn haben, Rahel. Wenn du einverstanden bist, möchten wir gern, dass er Jacob heißt.«

147

Gili wagte nicht, Rahel allein in der Wohnung zu lassen, obwohl ihre Schwiegermutter sie immer wieder bat, sie möge die Tage und Nächte nicht bei ihr, sondern mit Chaim verbringen. Sie habe ihr Leben gelebt, Gili habe ihres noch vor sich. Erst als Rahel zugestimmt hatte, eine Pflegerin in die Wohnung aufzunehmen – sie sollte im Gästezimmer einquartiert werden – zog Gili zurück in ihre Wohnung.

Noch lebten sie und Chaim getrennt. Erst nach der Wieder-Hochzeit wollten sie zusammenziehen.

Claire Stone war ein Glücksfall. Eine Afroamerikanerin, Anfang fünfzig, verwitwet. Eine ausgebildete Krankenpflegerin. Ihr einziger Sohn lebte in Ann Arbor. Schon beim Vorstellungsgespräch hatte sie es Rahel und Gili Cohen anvertraut und darum gebeten, ihn ab und an besuchen zu dürfen. Die Sache mit Ann Arbor gefiel Rahel: »Das ist meine Glücksstadt, Claire. Irgendwann werde ich Ihnen sagen, warum.«

Dass Rahels Vergesslichkeit wie gestoppt schien, verwunderte die Ärzte. Sie war nicht gebrechlich, sie konnte sich selbst anziehen, und sie aß stilvol, kleckerte fast nie. Ihre Disziplin und ihre Reinlichkeit bewunderten alle. Rahel ließ sich nicht gehen. Nur eine Sorge hatten die Ärzte und ihre Söhne: Es gelang einfach nicht, ihren Blutdruck dauerhaft zu senken.

Rahel hingegen sorgte sich um ihre Gesundheit nicht. Sie habe ein wunderbares Leben gehabt, wenn es nun ende, wäre das nicht schlimm. Sie fürchtete den Tod nicht, sie fürchtete das Sterben. Sie freute sich – denn davon war sie überzeugt – ihren Jacob wiederzusehen. Wo auch immer. Angst hatte sie vor Schmerzen. Sie wollte nicht leiden. Als Aaron von Sterbehilfe zu sprechen begann, wurde sie wütend.

»Man pfuscht Gott nicht ins Handwerk, mein Sohn. Nicht zu Beginn des Lebens und nicht am Ende!«

Claire Stone ging jeden Tag mit Rahel spazieren. Immer eine Stunde lang – ganz gleich, ob die Sonne schien oder ob es regnete. Rahel war stets diszipliniert und sie blieb es. Sie weigerte sich auch, einen Rollator zu benutzen oder sich gar in einen Rollstuhl zu setzen. Sie lief mit Hilfe eines Stocks. Sie hatte sich eine stattliche Sammlung zusammengekauft. Zwei – mit silbernen Knäufen – hatten ihr Aaron und Chaim geschenkt. Schöne, die auch praktisch waren, weil sie keine Metallspitzen besaßen, sondern Enden aus

Gummi. Rahel ließ sie ändern: »Ich bin doch keine kranke Schleicherin«, beschied sie ihre Söhne, die ihren Entschluss unvernünftig schalten.

Zuweilen nahmen die beiden Frauen Platz auf einer der Bänke im Washington Square Park, den Rahel sehr mochte. Nur recht selten bat sie Claire darum, sie in den Central Park zu fahren, mit ihrem Auto, das sie nicht verkauft hatte, obwohl sie selbst nicht mehr fuhr. Aber sie mochte diesen inzwischen alten BMW, auch, weil Jacob ihn einst angeschafft hatte.

»Stellen Sie sich vor, Claire, er kaufte ein deutsches Auto, obwohl er die Deutschen nicht mochte. Das können die einfach, hat er mir immer wieder gesagt, Autos bauen und komponieren.«

Claire liebte die Spaziergänge mit Rahel, die sie stets wie eine Freundin behandelte. Manchmal, wenn sie nachmittags gemeinsam Tee tranken, erzählte Rahel aus ihrem Leben. Und sie fragte nach Claires Vorfahren, nach ihrem Sohn. So erfuhr sie, dass sich Claires Freund von ihr hatte trennen wollen, als er von ihrer Schwangerschaft erfahren hatte. »Er stellte mich vor die Alternative, entweder Abtreibung oder Trennung. David, mein Sohn, war die Antwort.«

»Und ihr Freund?«

»Der machte sich aus dem Staub. Er weiß nicht einmal, dass er einen Sohn hat.« Claire sagte es ohne Grimm. »Sie müssen ihn kennenlernen, Rahel. Er ist ein hübscher Junge, gerade mal zweiundzwanzig Jahre alt und so klug. Alle Mütter finden ihre Kinder hübsch, aber glauben Sie mir: David ist es!«

David Stone stand drei Wochen später in Rahels Salon. Er war nicht nur hübsch, er war eine Schönheit.

»Das haben Sie richtig gemacht, diesen Jungen David zu nennen«, sagte Rahel zu Claire, als sie ihm die Hand reichte: »Wissen Sie eigentlich, David, dass Sie dem David des Michelangelo ähneln?«

»Ich weiß es nicht, aber Sie sind nicht die erste Dame, die mir das sagt.«

Die Nase, die Locken, für Rahel war dieser David eine Kopie des Meisterwerks. Lebendig und mit dunkler Haut. »Sie mussten Kunstgeschichte studieren – mit diesem Aussehen, das verstehe ich«, sagte sie und fragte, ob ihn auch moderne Kunst interessiere. Ob er Lust habe, sie zusammen mit seiner Mutter einmal zu begleiten zu einer Vernissage. »Ich liebe Kunst und kenne eigentlich alle New Yorker Galerien.«

David Stones citrinfarbene Augen lachten: »Oh ja, gern. Aber ich bleibe nur vier Tage in New York – es ist ja Semester.«

David Stone wohnte in dem kleinen Appartement seiner Mutter, das sie seit ihrer Anstellung bei Rahel nicht mehr benutzte, in dem sie nur ab und an nach dem Rechten schaute. Kurz bevor sich Rahel mit Claire in die Galerie aufmachte, eine der größten und wichtigsten in Manhattan, fragte sie, ob David wüsste, dass sein Vater ihn nicht hatte haben wollen. Nein, das habe sie ihm nicht gesagt. Er wisse nur, dass sich George, sein Vater, schon vor der Geburt aus dem Staub gemacht hat.

»Das haben Sie richtig gemacht, Claire. So ein Geheimnis muss man hüten. Bis zum Tod. Aber vielleicht überlegen Sie, ob Sie es ihm anvertrauen – wie auch immer –, kurz bevor Sie von dieser Welt scheiden. Aber das dauert gewiss noch viele Jahrzehnte!«

Vor der Galerie, mit deren Inhaber Rahel befreundet war, wartete David. Drinnen trafen sie zufällig Noah, der eines der ausgestellten Fotos für Esther kaufen wollte, ein Geschenk zum Hochzeitstag. Auch er war verblüfft von Davids Schönheit, aber er sagte nichts.

Kurz vor seiner Rückreise nach Ann Arbor, fragte Rahel den Jungen, ob er mit dem Stipendium und den Zuschüssen seiner Mutter zurechtkäme. Ihn verblüffte diese Neugier.

»Oh, ja. Warum fragen Sie?«

»Sie machten mir eine Freude, wenn ich Sie, um den sich kein Vater kümmert, ein wenig unterstützen dürfte. Melden Sie sich einfach, wenn Sie meine Hilfe brauchen.«

Sie könne ihm schon jetzt helfen, antwortete er. Nicht mit Geld, das brauche er nicht. »Sie kennen doch so viele Künstler und gewiss auch Kritiker und Verleger. Ich würde zu gerne für ein Kunstmagazin schreiben. Können Sie mich bekannt machen mit solchen Menschen?«

Er ist nicht nur schön, er ist auch noch ehrgeizig, dachte Rahel.

»Ja, ich kenne die Chefredakteurin von contemporary art, ich werde sie fragen und mich melden.«

Noch am selben Tag telefonierte sie mit ihrer Freundin und erzählte dieser von David Stone. Ariela Snippers reagierte, wie Rahel es sich erhofft hatte: »Dieser Junge, in den du dich offensichtlich verguckt hast, könnte einen Probeartikel schreiben, über die Ausstellung des koreanischen Fotografen, dessen Arbeiten ihr euch angesehen habt.«

David war begeistert – von Rahel und von dem Angebot. Er würde am kommenden Wochenende noch einmal nach New York kommen, um sich die Fotografien ein zweites Mal und umso genauer anzusehen. »Ich werde mir dann Notizen machen.«

Rahel war glücklich – und erzählte ihren Söhnen von diesem Jungen.

»Es scheint so, als ersetzte dieser David wohl bald meinen Ben in deiner Gunst, Ma«, lachte Chaim.

»Nein – er ersetzt ihn nicht, aber dieser Junge, glaube ich, mildert meine Traurigkeit, dass Benjamin so weit weg ist. Außerdem macht es mir Freude, vaterlose Kinder zu fördern!«

148

David kam bald häufiger nach New York. Sein Essay über Kim Wu, den Fotografen, hatte Ariela Snippers gefallen – und er wurde gedruckt. Es gab sogar Leserbriefe, in denen zwei Abonnenten die

Redaktion lobten, diesen neuen Mitarbeiter gewonnen zu haben. Die Redakteurin gab ihm weitere Aufträge. Zudem entschloss sie sich, alle Autoren mit kleinen Fotos und kurzen Lebensdaten vorzustellen – vor die Artikel gestellt.

Rahel hatte auch Benjamin und Dirk im fernen München von David geschrieben – er würde Euch gefallen. Benjamin hatte geantwortet: Möglich, aber ich liebe Dirk. Er ist auch hübsch und Kunstgeschichtler. Ihn beunruhige nur, dass seine Grandma ihn so rasch eintausche gegen einen anderen. Schicke doch mal ein Foto von ihm! Bitte!

Benjamins Großmutter hatte auch im Alter ihren Schalk nicht verloren und sandte ihrem Enkel ein Foto von Michelangelos Schönling.

Chaim, Aaron, Gili und Alisah zeigten sich vergnügt über Rahels Engagement für den Jungen. Zumal er bei jedem seiner Besuche in New York einige Stunden Zeit mit Rahel verbrachte und die beiden anscheinend sehr unterhaltsame Gespräche führten. Es schien beinahe so, als wirke hier ein Jungbrunnen für Rahel. Ihre Augen wurden schwächer, ja, und die Herzrhythmusstörungen blieben ein Risiko, aber sie war rüstig und quicklebendig. Den Kontakt zu ›Frauen helfen Frauen‹ hatte sie nicht aufgegeben. Doch an den Charity-Essen nahm sie nicht mehr teil. Stattdessen schrieb sie kurze Begrüßungsworte, die die Vorsitzende verlas.

149

»Ihre Mutter hatte soeben einen Gehirnschlag und ist aus dem Bett gefallen. Der Krankenwagen ist gleich da. Mount Sinai Hospital!«

Claire Stone hatte Aaron kurz nach zwei Uhr in der Nacht angerufen. Der weckte seinen Bruder Chaim. Getrennt fuhren sie ins Krankenhaus, trafen einander am Eingang. Rahel lag in der

Intensivstation. Sie konnten nicht zu ihr, verließen aber das Hospital nicht, sondern schliefen auf den Stühlen.

Am frühen Morgen kamen zwei Ärzte zu ihnen:

»Ihrer Mutter geht es nicht gut. Ich kann Ihnen wenig Hoffnung machen. Sie wird, wenn sie überleben sollte, wahrscheinlich halbseitig gelähmt sein, und ob sie wieder sprechen kann, wissen wir momentan noch nicht. Ihr Gehirn hat Schaden genommen.«

Aaron und Chaim schwiegen, als sie zu Gili fuhren, wo Alisah und Lisa warteten. Beide dachten das Gleiche. Sollten sie ihrer Mutter so ein Leben wünschen – gelähmt, sprechunfähig, pflegebedürftig?

Alle fünf beschlossen, noch zwei Nächte zu warten, bevor sie Levin, Benjamin und Dirk informieren würden. Chaim schlug vor, ihnen zumindest von dem Schlaganfall zu berichten. Doch die anderen waren dagegen.

»Lass uns warten, Chaim, bis wir mehr wissen.«

Claire Stone hatte ihren Sohn gleich am Vormittag angerufen. Er versprach, sofort zu kommen, wenn sich der Zustand von Rahel verschlechtern sollte.

Die Ärzte entschieden, die Patientin ins künstliche Koma zu versetzen. Am selben Tag baten sie Aaron und Chaim zu sich: »Wir denken«, begann der Chefarzt Michael Thomson, »es wäre gut, wenn Sie sich mit dem Schlimmsten vertraut machen. Ihre Mutter wird diese Gehirnblutung nur überleben, wenn ein Wunder geschieht. Darauf können wir hoffen, aber wir können damit nicht ernsthaft rechnen.«

Aaron und Chaim fragten, wie lange dieses künstliche Koma andauern solle.

»Bis sich der Zustand Ihrer Mutter stabilisiert – oder wir gemeinsam mit Ihnen entscheiden, dass alle Apparaturen – die künstliche Beatmung und alle anderen Hilfsmaßnahmen – abgestellt werden sollen. Denn nur weil diese arbeiten, ist Ihre Mutter noch am Leben.«

Aaron und Chaim baten die Familie in die Wohnung von Alisah und Aaron. Allen war klar, dass Rahel nicht mehr lange leben würde und man entschied, umgehend Levin, seine Frau, Benjamin und Dirk zu benachrichtigen. Gewiss würden sie sofort nach New York kommen.

Levin und Christa nahmen zwei Tage später einen Flug. Dirk und Benjamin hatten sofort reagiert. Dirk entschuldigte sich bei seinem Professor; Benjamin, der in Wien an einem Theater mit seinen Proben begonnen hatte, unterbrach die Arbeit. Beide flogen über Frankfurt nach New York, wo sie von Chaim und Gili begrüßt wurden. Freudig und zugleich unendlich traurig.

Gemeinsam fuhren sie zum Sinai Hospital. Sie durften nicht an Rahels Bett, sie betrachteten die Schlafende durch ein Fenster. Alt sieht sie aus, dachte Benjamin, jetzt sieht man sie, die zehn Jahre, die sie bisher hatte verstecken können. Auch die anderen erschraken. Rahel war innerhalb weniger Tage zur Greisin geworden. Während die vier dort standen, trat Claire Stone mit ihrem Sohn zu ihnen. Sie nickten einander zu. Schweigend gingen sie später durch die Gänge zum Ausgang. Erst jetzt stellten sich die Stones vor. Ja, dieser Junge ist wirklich extrem schön, dachte Dirk. Auch Benjamin war angefasst von der Ausstrahlung dieses tatsächlich sehr hübschen Mannes, das musste er sich eingestehen, aber seine Gedanken waren bei seiner Großmutter.

Am Nachmittag trafen auch Levin mit Christa und die übrigen Cohens ein. Die Kinder hatten sie alle nicht mitgenommen. Sie sollten die Urgroßmutter so in Erinnerung behalten, wie sie sie zum letzten Mal gesehen hatten: fröhlich und erstaunlich jugendlich.

Die Lämmles zogen in ein Hotel nahe dem Krankenhaus. Dirk und Benjamin bezogen das Gästezimmer in Gilis Wohnung.

Die Gespräche kreisten um Rahel und Jacob, bei allen Cohens, auch bei Elay und Noah. Alle sprachen sie über die glücklichen Tage – in Amerika und Deutschland. Alle vermieden das Wort Tod. Keiner machte sich laut Gedanken über den Abschied von Rahel. Bis endlich, zwei Tage nach seiner Ankunft, Benjamin sich an seine Eltern wandte mit der Bitte, darüber sprechen zu dürfen, wie man seine Großmutter zu Grabe tragen würde. Er weinte.

Sie entschieden, dass Rahel spätestens drei Tage nach ihrem Tod beerdigt werden sollte, neben Jacob. Dass die Rituale einer jüdischen Beerdigung eingehalten werden sollten und man Shiva sitzen und die Trauerzeit nicht verkürzen wollte.

Tags drauf trafen sich alle zum Abendessen in einem italienischen Restaurant. Zuvor hatten sie nacheinander Rahel besucht. Sie durften in ihr Zimmer. Sie durften sie streicheln. Aaron und Chaim küssten ihre Mutter. Alle anderen berührten sanft ihre Wangen, kosten ihre Hände. Benjamin fasste sich ein Herz und hob vorsichtig den Oberkörper seiner Großmutter, damit er sie umarmen konnte. Er küsste sie. Seine Tränen rannen über ihr Gesicht.

Die Stimmung beim Essen war gedrückt, es war klar, dass eine Entscheidung gefällt werden musste.

»Wir werden warten«, sagte Chaim. »Wir werden nichts entscheiden. Der Herr hat Rahel das Leben geschenkt – er soll es ihr nehmen, wann immer es ihm gefallen mag.«

Sie beschlossen zusammen mit den Ärzten, Rahel von allen Maschinen zu befreien. So konnte ihr Körper bestimmen – also sie selbst –, wann die Zeit gekommen war, zu gehen. Loszulassen. »Sich dem Ewigen anzuvertrauen«, hatte Levin gesagt.

Schweigend, ängstlich starrten Aaron und Alisah, Chaim und Gili, Noah und Esther, Lisa und Elay, Elizabeth und Asael, Benjamin und Dirk auf Rahel, auf die Apparaturen, die Aufzeichnungsgeräte, die die Atmung, den Herzschlag, den Blutdruck anzeigten. Jede Minute fürchteten sie Stillstand. Doch Rahel atmete. Noch. Extrem laut. Sie schlief. Fest. Ihre Augen waren geschlossen, das schlohweiße Haar fiel ihr in die Stirn. Chaim nahm ihre Hand und fühlte den Puls. Das Herz schlug. Kein kleines Wunder. Gegen Mitternacht verließen alle den Raum. Alle, bis auf Benjamin und Dirk.

150

Kurz nachdem Aaron, an Alisah geschmiegt, das Licht gelöscht und ein kurzes Gebet gesprochen hatte, nicht laut, sondern in Gedanken, klingelte sein Mobiltelefon.

Keine Stunde später stand die Familie Cohen wieder um Rahels Bett versammelt. Jeder verabschiedete sich mit einem Kuss von ihr. Benjamin schloss ihr die Augen. Es war Chaim, der eine Kerze am Kopfende ihres Bettes entzündete und ihr, nach dem sie das Widduj, das Sündenbekenntnis, gesprochen hatten, ein weißes Tuch übers Gesicht legte. Jetzt sah er seine Familie an und sprach leise aber gefasst aus, was alle dachten. Er sagte diese wenigen Sätze laut und schloss mit einem Amen:

»Rachel war die Mutter von Josef und Benjamin, zweier Stammväter der Zwölf Stämme Israels. Sie war eine der Erzmütter Israels. Unsere Rahel war unser aller Mutter. Ohne sie wären wir alle schon oft verloren gewesen und getrennt. Und oft sehr einsam! Amen!« Dann ging er zum Fenster, öffnete es, und blickte in den hohen Himmel über New York, an dem hier und da ein Stern zu sehen war. Die Cohens hielten bis zum Morgengrauen Totenwache.

Benjamin und Dirk blieben bis zum Mittag. Zu Fuß liefen sie zu Gili, wo auch Chaim anwesend war. Die beiden saßen am Frühstückstisch, hatten aber nichts gegessen, sondern nur ihren Tee getrunken – und geweint. Dirk und Benjamin setzten sich zu ihnen.

»Sie war wundervoll ...«

In den anderen Wohnungen der Cohens ging es nicht anders zu. Selbst Claire und David Stone mochten nichts essen an jenem Morgen.

151

Drei Tage nach ihrem Tod stand Rahel Cohens Sarg in der großen Galerie von Ariela Snippers. Chaim und Aaron hatten nach einem Familienrat beschlossen, dass die Beerdigung auf dem jüdischen Friedhof so schlicht sein sollte wie es jüdischer Brauch ist seit Jahrhunderten. Aber sie wollten einen festlichen Abschied. Mit Reden und mit Blumen. Rahel hatte in ihrem Leben in all ihren Wohnungen immer Blumensträuße auf den Tischen und Kommoden. Sie liebte Tulpen, weißen und lilafarbenen Flieder, Sonnenblumen und Pfingstrosen.

Aaron und Chaim hatten Pfingstrosen gewählt. Der helle Holzsarg ohne Beschläge war bedeckt von vielen rosafarbenen Blüten. Neben ihm stand ein Foto von Rahel Cohen. Darauf trug sie das Kleid, das alle an ihr gemocht hatten, und die Gemme. So sah sie auf unserer Reise aus, dachte Benjamin und fing wieder zu weinen an.

Die Cohens saßen in den ersten zwei Reihen und hatten die Stones gebeten, auch dort Platz zu nehmen. Die anderen Trauergäste, es mochten etwa fünfzig gewesen sein – Rahels Freundinnen, die noch am Leben waren, einige Freunde der Familie, und einige der Frauen, denen Rahel geholfen hatte, ihre Kinder zu ernähren und großzuziehen, nahmen in den übrigen Reihen Platz. Der Vorstand von ›Frauen helfen Frauen‹ war erschienen und hatte einen Kranz auf den Friedhof schicken lassen – nicht wissend, dass sich dies bei jüdischen Beerdigungen eher nicht schickt. Nicht zuletzt deshalb hatte man sich in der Galerie versammelt.

Aaron und Chaim sprachen nacheinander. Beide waren äußerst gefasst. Beide hatten nicht schwarze Anzüge gewählt, sondern dunkelblaue.

Aaron redete über Rahels unvergleichliche Gabe, ihn und seinen Bruder zu Höchstleistungen anzustiften.

»Nein, sie stiftete uns nicht dazu an, schon gar nicht versuchte sie es mit Gewalt. Sie verführte uns dazu. Sie machte uns weis, dass wir den Lehrern eine große Freude bereiteten, wenn wir fleißig waren. Wir glaubten ihr und die Lehrer lobten uns stets – vor der ganzen Klasse. Ich erinnere mich genau, dass Rahel mir einmal sagte, dass ich zwei Aufsätze über unsere Ferien schreiben sollte und nicht nur einen. »Aaron«, sagte sie, »einmal schreibst du, wie es am Michigansee war, und einmal, was wir zuhause erlebt haben, den Besuch im Zoo, unsere Scrabble-Schlachten und den Ausflug auf Ellis Island, da kannst du dann auch verraten, dass deine Oma und dein Opa einst dort angekommen sind ...« Aarons Stimme wurde brüchig, er machte eine lange Pause. »... Ich erfand eine wüste Überfahrt auf einem Dampfer im Sturm und schrieb, dass meine Mutter, die damals ein Baby war, entsetzliche Angst gehabt hätte und seitdem Schifffahrten hasste. Eigentlich hatte ich das nicht erfunden, Großmutter Anne-Rose hatte es uns so erzählt – Chaim und mir hatte sie sich anvertraut, hatte davon gesprochen, wie fürchterlich die Abreise aus Deutschland war, wie sehr sie geweint hatte, weil sie sich nicht von ihren Freundinnen und Freunden hatte verabschieden können. Wie viel Angst sie ausgestanden haben auf der Fahrt nach Hamburg, zum Hafen. Im zweiten Aufsatz schrieb ich dann, dass ich mit Chaim und den Eltern an den Michigan See gefahren war. Weil die Eltern mir zeigen wollten, wo sie sich verliebt hatten.«

Aarons Rede zauberte ein Lächeln in die allgemeine Trauer.

Chaim ging zum Rednerpult, in seiner Hand einige Blätter: »Unsere Mutter war die tollste jiddische Mamme, die man sich vorstellen kann.« Wenn er jetzt, dachte er, Gili oder seine Kinder ansehen würde, wäre es um seine Gefasstheit geschehen. Zudem musste er immer wieder an seine Tochter Deborah denken, die er auf ihrem letzten Weg nicht begleitet hatte. Er fasste sich: »Unsere Mutter war so außerordentlich, weil sie alle Untugenden der jiddischen Mamme vereinigte mit Tugenden, die uns Söhnen und unseren Kindern so hilfreich sind. Ja, sie bestand auf Erfolg, das stimmt. Aber sie lehrte uns zu lieben und Menschen, die uns unterlegen waren – an Geist, an Bildung, an sozialer Stellung, an Erfolg – zu achten. Zu respektieren und ihnen, wenn es möglich war, zu helfen. Sie lehrte uns Menschen zu finden, zu gewinnen und zu halten.« Er schaute auf seinen Sohn und auf Dirk. Dann auf Gili. »Unsere Mutter konnte durchaus arrogant sein – wir wissen das. Aber sie war frei von allem Dünkel. Ich erinnere mich, wie überrascht ich war, als sie an einer Haltestelle, an der sie mit mir und Aaron auf den Bus wartete, zu einer Frau ging, die ohne Schirm im Regen stand. Es war eine ältere Dame, deren Kleidung nicht sehr gepflegt war. Sie nahm die Fremde mit unter den Schirm und meinte, wir Jungens könnten ruhig ein bisschen nass werden. Noch etwas konnte unsere Mutter wie niemand sonst in unserer Familie: Frieden stiften, Menschen, die sich – warum auch immer – verirrt oder verrannt hatten, wieder zur Vernunft bringen.«

Gili hakte sich bei Benjamin unter und legte ihren Kopf auf seine Schulter.

»Schließlich Rahels Reise mit Benjamin durch Deutschland – was für ein Unternehmen, unserem Vater durchaus abgetrotzt. Was wollte sie beweisen – sich und uns?« Chaim – das war klug – erlaubte sich einen kurzen Exkurs zur Situation der durchaus gefährdeten Juden im Nachkriegsdeutschland. So verlor diese Trauerrede nicht an Ernst, aber seine Gedanken besänftigten die Emotionen. »Rahel hat uns bewiesen, dass Deutschland ein Land ist, in dem Juden leben und arbeiten und lieben können! Dass Benjamin gemeinsam mit Dirk in dieses Land zurückkehrt und Levin, nach dem Tod unserer Tochter Deborah, dort ein neues Glück gefunden hat, stimmte sie am Ende ihres Lebens durchaus froh. Mein Sohn Benjamin wird den Namen Cohen in Deutschland wieder zum Leuchten bringen – da bin ich sicher. Rahel wünschte sich diese Rückkehr, denn sie hing an ihrem Geburtsort mit einer unbegreiflich tiefen Liebe. – Gelobt sei der Ewige, der unserer Mutter ein so langes und erfülltes Leben geschenkt hat!«

Wie bei der Beerdigung von Jacob Cohen sprach Benjamin anschließend das Totengebet. Er unterbrach seinen Vortrag immer wieder. Er konnte seine Tränen nicht zurückhalten. Chaim überlegte, ob er seinem Sohn diese Bürde abnehmen sollte. Entschied sich aber, Benjamins Wunsch zu respektieren, so schwer ihm dieses Gebet auch fiel, er wollte es sprechen. Das Gebet wollte kein Ende nehmen. Immer wieder griff Benjamin zu seinem Taschentuch. Immer wieder stockte er. Einmal wiederholte er einen Vers.

Endlich wurde der Sarg mit den drei hölzernen Griffen zu beiden Seiten – so hatten es Chaim und Aaron entschieden – hinausgetragen von ihnen beiden und von Benjamin, Levin, Noah und Elay. Gefolgt von der Großfamilie und den Trauergästen ging es hinaus auf die Straße, wo der Wagen des Bestattungsinstituts stand – ein blauer.

Die Trauernden sahen den Wagen abfahren – und schauten Rahel Cohen hinterher, die zum Friedhof gebracht wurde.

Vor dem ausgehobenen Grab sprach der Rabbiner noch einmal das Totengebet:

»Erhoben und geheiligt werde sein großer Name auf der Welt, die nach seinem Willen von Ihm erschaffen wurde – sein Reich soll in eurem Leben in den eurigen Tagen und im Leben des ganzen Hauses Israel schnell und in nächster Zeit erstehen. Und wir sprechen: Amein! Sein großer Name sei gepriesen in Ewigkeit und Ewigkeit der Ewigkeiten Gepriesen sei und gerühmt, verherrlicht, erhoben, erhöht, gefeiert, hocherhoben und gepriesen der Name des Heiligen, gelobt sei er, hoch über jedem Lob und Gesang, Verherrlichung und Trostverheißung, die je in der Welt gesprochen wurde, sprechet Amein! Fülle des Friedens und Leben möge vom Himmel herab uns und ganz Israel zuteil werden, sprechet Amein. Der Frieden stiftet in seinen Himmelshöhen, stifte Frieden unter uns und ganz Israel, sprechet Amein.«

Alle sprachen die vier Amein-Rufe. Das hätte Rahel, die nie verstanden hatte, warum Christen, Muslime und Juden zu Feinden geworden waren, gefreut.

Chaim und Aaron hatten anschließend zu einem Empfang gebeten. Die Trauergäste waren in das nahegelegene Restaurant geladen worden – und sie alle kamen. Jeder erinnerte sich an besondere Begebenheiten mit der Verstorbenen, jeder erzählte seine Geschichten mit ihr. Und doch blieb Rahel in all diesen Erzählungen immer dieselbe. Eine jugendliche Frau, die sich erst um die Familie kümmerte und dann um sich selbst. Die, ausgestattet mit einem Charme, jeden, dem sie begegnet war, bezaubert hattte; und die mit ihrem starken Willen die vielen Schwierigkeiten in ihrem Leben und in den Leben der ihr Nächsten gemeistert hatte.

Es war Dirk, der sich schließlich zu Wort meldete. Er hatte lange überlegt, ob er sich das erlaubten durfte. Erst wollte er Benjamin um Erlaubnis fragen, dann entschied er sich, ohne dessen Zustimmung zu sprechen. Schließlich hatte Rahel ihn gemocht, da war er sich sicher.

»Ihr habt alles gesagt – und doch etwas vergessen. Benjamins Großmutter Rahel war eine bildhübsche Frau! Und noch etwas: Sie freute sich über jede Regenbogenfahne, die sie im Wind flattern sah, und manchmal stupste sie mich oder Benjamin bei unseren gemeinsamen Spaziergängen und Museumsbesuchen an und flüsterte: ›Hab ich recht, der ist wie ihr: lovely and gay‹. Sie verstand die neue Welt und die alte!«

Erst als man gegangen war, verabredete sich die Familie zum Shiva-Sitzen, an dem auch Dirk und Elay teilnehmen wollten. Überall brannten Kerzen, die Spiegel waren verhängt. Wieder sprach man gemeinsam das Kaddisch und beim Abschied die Trostworte. Benjamin hatte sie allen Nicht-Juden ausgedruckt: Hamakom jenachem etchem b'toch sche'ar awejlej Zion weJeruschalajim.

Er war es auch, der entgegen der Tradition die Übersetzung laut vorlas: »Möge G'tt Dich zusammen mit allen Trauernden Zions und Jerusalems trösten.«

Schon am Abend trafen sie sich wieder. Bei Gili und Chaim. Erst jetzt öffneten sie die Handtasche, die neben Rahels Sterbebett gestanden hatte. In ihr lag ein Briefkuvert. Nicht übergroß, aber schwer. Darin konnten nicht nur zwei oder drei Seiten stecken, das war klar. Sie entschieden, erst nach den sieben Trauertagen den Brief zu öffnen.

153

New York, drei Monate und zwei Tage nach meiner Rückkehr aus Deutschland.

Wenn ihr diese Zeilen lesen werdet, sind die Trauertage nach meiner Beerdigung verstrichen.

Mein Leben war ein sehr glückliches! Ich hatte einen Mann, wie es keinen zweiten auf dieser Welt gibt. Es verging kein Tag, an dem ich G'tt nicht dafür dankte, ihn getroffen zu haben, meinen Jacob. Auch nach Wochen, da wir einander das Leben schwermachten und uns betrogen hatten – in Gedanken und auch körperlich, nach Wirrnissen und seltsamen Abwegen auf der Suche nach anderen Menschen –, haben wir einander nicht verloren. Wir gingen einander nicht verloren.

Mit Jacob habe ich zwei wunderbare Söhne gezeugt und sie zur Welt gebracht. Ja, beide sind wunderbar. Wenngleich ich Dich, Chaim, in den letzten Jahren nicht mehr verstanden habe. Ich wünsche mir, dass Du zurückfindest zu Deinem Bruder Aaron und zur Familie!

Ihr beide habt zwei bezaubernde Frauen geheiratet, die mir zu Töchtern geworden sind: Alisah und Gili. Und wie Du, Aaron, um Alisah geworben hast – ich meine Deine Sonnenblumenüberraschung –, erfreut mich, wenn ich daran denke, wieder und wieder. Ebenso wie Gilis beherzte Entscheidung für Chaim.

Ja, wir Cohens lieben Überraschungen – und wir zelebrieren sie.

Ihr alle habt Jacob und mich immer wieder überrascht, verblüfft, erstaunt. Immer wieder. Dass Chaim Pilot werden wollte, war so eine Überraschung – wie die Berufswünsche der Enkel. Die vielen Anwälte in unserer Familie hielten wir für selbstverständlich. Jacob wünschte sie sich. Und ihr wart und seid erfolgreich.

Dass Benjamin den Anwaltsberuf hinter sich ließ, um seine Leidenschaft zu leben, zu spielen und zu inszenieren – welch ein Glück für uns und Chaim und Gili. Dass Esther und Noah Musiker wurden – was für eine Bereicherung für uns alle!

Wir sind eine jüdisch-christliche Großfamilie. Eine amerikanische Familie und zugleich eine deutsche – unsere Wurzeln in Nürnberg, Hamburg, Fürth, Berlin und Lübeck haben wir nie verleugnet. Wir waren stolz darauf. Und Jacob und ich dankten unseren Eltern dafür, dass sie das Mörderland rechtzeitig verlassen hatten.

Wenngleich Jacob lange mit den Deutschen haderte, am Ende – auch noch während meiner Reise mit Benjamin –, vergab er ihnen. Auch dafür verehre ich ihn. Er kann umkehren, sich entschuldigen, Fehler eingestehen. Ich liebe ihn für seine uneingeschränkte Liebe, die er allen von uns schenkt. Und mir im Übermaß.

Die Deutschland-Reise mit Benjamin und dann mit Benjamin und Dirk war für mich eine Reise in eine Vergangenheit und eine Reise zu mir.

Gewiss habt Ihr gerätselt, warum ich unbedingt nach Fürth wollte. Nur weil ich dort geboren wurde? Vielleicht habt ihr Euch gewundert und manchmal auch geärgert, dass ich nicht verriet, warum mir diese Stadt, in der meine Mutter Anne-Rose geboren wurde und aufwuchs, so wichtig war. Ich weiß, ich hätte es Euch sagen sollen. Und ich hätte erklären sollen, warum mir das eine Haus in der Stadt, das der Rabbiner-Familie Fränkel, so viel bedeutete. Ich habe dieses Geheimnis auch vor Jacob bewahrt.

Weil es ein wunderschönes und zugleich ein grauenhaftes ist. Es ist das Geheimnis, warum ich überhaupt lebe. Ich hätte es mit ins Grab nehmen können – und Euch damit vor einer Wahrheit verschont, die Euch womöglich belasten wird. Aber ich möchte, dass Ihr wisst, wer diese Rahel

Cohen war. Weil ich mit diesem Geständnis – ja, dieser Brief ist so etwas wie eine Beichte, die ich ablege für meine Mutter – Wünsche verbinde. Keine Bedingungen. Aber wenn Ihr den Auftrag annehmt, wäre ich glücklich. Und Anne-Rose Lammfromm gewiss auch. Ihre Seele, da bin ich sicher, ist schon längst erlöst.

Ihr wisst: Ich wurde am 9. Juli 1935 in Fürth geboren – in der Mohrengasse 7. Ein Jahr später, am 11. September 1936, emigrierten Richard Blumenthal und seine Frau Anne-Rose nach Amerika. Retteten sich und mich – mein Bruder Schlomo kam erst in New York zur Welt. Meine Eltern führten eine vorbildliche Ehe. Ich bin sicher, dass sie einander nie betrogen haben. Aber…

Jetzt könnt Ihr entscheiden, ob Ihr weiterlesen wollt oder ob Ihr mich so in Erinnerung behalten wollt wie vor meinem Tod.

154

Niemand wagte eine Entscheidung, bis Benjamin das Wort ergriff.

»Ich denke, wir sollten nicht feige sein und das zweite Kuvert öffnen. Sie möchte uns allen etwas anvertrauen. Wir sollten das Geschenk annehmen, das eine Nähe schaffen wird, von der wir bis jetzt nichts wissen. Rahel mag uns verstören, sie wird uns nicht brüskieren mit ihren Worten.«

Aaron und Chaim stimmten zu. Esther und Lisa fürchteten sich vor einer Wahrheit, die sie nicht kannten.

»Wir Cohens zelebrieren Geständnisse«, sagte Benjamin schließlich, »lasst uns ein besonderes Treffen ausmachen.«

Chaim schlug als Ort das Appartement am Meer vor.

Gili dachte an die Synagoge.

Aaron widersprach: Kein geschlossener Raum. »Lasst uns auf dem Friedhof zusammenkommen. Am Tag, an dem Rahels Name in den Stein gemeißelt wird, neben dem von Jacob.«

Eine Woche später fanden sie sich am Grab von Rahel und Jacob Cohen ein. Gekleidet wie für ein Fest. Es war ein Sonnentag. Benjamin zählte die Steine, die Trauernde auf die Platte gelegt hatten: Es waren siebenundzwanzig. Aaron öffnete den Briefumschlag – er hatte ein kleines Taschenmesser mitgebracht.

Darin – das war die erste Überraschung – steckten zwei Briefe. Einer von Rahel und eine Karte, geschrieben von Anne-Rose Lammfromm.

155

Ein Jahr später.

Levin enthüllte zusammen mit Benjamin in Fürth eine Gedenktafel, und beide gaben auf einer Pressekonferenz, zu der Journalisten aus Fürth, Erlangen und Nürnberg sowie eine Redakteurin einer überregionalen Wochenzeitung gekommen waren, die Gründung einer Stiftung bekannt. Einziger Stiftungszweck: die finanzielle Unterstützung junger Familien, die unverschuldet in Not geraten sind. Vor allem alleinerziehende Mütter sollten bedacht werden.

Lange hatte die Familie Cohen darüber diskutiert, welchen Namen diese Stiftung tragen sollte. Einig waren sich alle, dass Rahels Name unbedingt vorkommen sollte. Aber musste Jacob genannt werden? Gili war die einzige der Frauen, die darauf bestand, dass auch ihrem Schwiegervater ein Platz gebührte, außerdem dürfte niemand die beiden trennen, die im Leben unzertrennlich waren.

Die anderen, auch Alisah und die junge Esther, fanden eine Stiftung für Frauen, von einer Frau initiiert, eindrucksvoller. Außerdem, so argumentierten sie, habe Jacob seine Frau nie unterstützt bei ihren sozialen Projekten.

An Gilis Seite stritt mit großem Eifer Benjamin. Er war es, der das Argument, sein Großvater hätte sich nie für alleinstehende Frauen und Familien eingesetzt, mit einem einfachen Hinweis aushebelte. Ihm hatte Rahel anvertraut, dass Jacob ihr sehr früh erklärt hatte, dass er öffentlich nicht auftreten wollte, ihr aber gestattet hatte, bis zu hunderttausend Dollar pro Jahr nach ihrem Gutdünken zu vergeben. Zugleich hatte er sie gebeten, die beiden Söhne nicht darüber zu informieren. Er fürchtete, sie könnten diese Großzügigkeit für Geldverschwendung halten. Er hatte sich getäuscht, Aaron und Chaim unterstützten schon lange gemeinsam mehrere Projekte, um Kindern aus ärmlichen Verhältnissen eine gute Ausbildung zu sichern. Auch sie machten diese Spenden nicht öffentlich. Den Cohens missfiel die Haltung ihrer wohlhabenden Freunde, die nach dem Grundsatz gaben: Tue Gutes und rede darüber.

Die Stiftung erhielt den Namen Donation Rahel and Jacob Cohen. Und sowohl auf dem Briefpapier als auch auf der Website gab es zusätzlich eine kleine Vignette, ein Erkennungszeichen. Benjamin und Levin hatten einen Hamburger Künstler, den jüdischen Buchillustrator David Immerglück, beauftragt, eine Radierung des Fränkel-Hauses in Fürth anzufertigen. Benjamin hätte es gern gesehen, wenn in der Häuserwand ein großes A und daneben ein ebenso großes R zu sehen gewesen wäre. Aber er konnte sich nicht durchsetzen.

»Das versteht keiner! Und eine Erklärung – nein!«

Gilis Urteil akzeptierten schließlich alle.

156

Fürth, im Herbst 1934. Drei Tage vor der Abreise der Familien Blumenthal und Lammfromm trafen sich Riccardo und Anne-Rose ein letztes Mal in der Wohnung von Wilhelm Anderson. Beide waren verzweifelt. Denn die Hochzeit mit Richard Blumenthal sollte bereits zwei Wochen später gefeiert werden. Ihre Eltern, das wussten sie, würden nicht umzustimmen sein. Aber schlimmer als dieser Abschied für immer war etwas anderes.

»Riccardo – ich bin schwanger«, schluchzte Anne-Rose.

Riccardo erschrak, nahm seine Geliebte in den Arm und versuchte sie zu trösten.

»Wir müssen es unseren Eltern sagen. Sie werden uns vergeben. Richard gewiss auch. Wir werden heiraten, Anne-Rose. Wir werden Eltern eines Kindes.«

Anne-Rose löste sich aus den Armen des jungen Fränkel.

»Ich will das Kind nicht, Riccardo! Und ich will Richard heiraten!«

In Nürnberg, das wusste Anne-Rose von einer Freundin, mit der sie die Tanzstunde besucht hatte, gab es eine Frau, die die verbotenen Eingriffe durchführte.

»Das Kind muss weg!«, jammerte sie.

»Es ist unser Kind – es muss leben!« Riccardo schrie. Wut verdunkelte seine Augen.

Zum ersten Mal stritten Anne-Rose und Riccardo. Zum ersten Mal hasste das Mädchen den Jungen, der sich weigerte, ihr zu helfen. Sie bat ihn, der Abtreibung zuzustimmen, und sagte einen sehr dummen Satz: »Ich habe das Geld dafür!«

Er weigerte sich. Ohne Umarmung lief sie davon.

Bei der Hochzeit von Anne-Rose Lammfromm und Richard Blumenthal war nur der Rabbiner zugegen – aber niemand von dessen Familie, obwohl Richard Blumenthal sie alle eingeladen hatte, also auch die Frau Rabbinerin und die Kinder.

Nach der Zeremonie, bei der Anne-Rose Freude vorgaukelte, aber zu Tode betrübt war und sich bereits nach der Nürnberger Engelmacherin erkundigt hatte, steckte Gabriel, der Liebespostbote, der Braut einen Brief zu.

Zehn Minuten später entschuldigte sich Anne-Rose, ihr sei ein wenig schwummrig, sie müsse für einige Minuten an die Luft. Hinter dem Gasthof, in dem gefeiert wurde, stand Riccardo. Sie fielen einander in die Arme.

»Nur ein Wort noch, Anne-Rose. Kümmere dich um unser Kind – und sag niemandem, dass ich der Vater bin. Richard wird stolz sein auf sein Kind. Ich liebe dich – über den Tod hinaus.«

In der Hochzeitsnacht schliefen Richard und Anne-Rose miteinander. Er war selig. Obwohl er nun wusste, dass er nicht der erste Mann war, der Anne-Rose begehrte.

Sie dachte an das Kind in ihrem Leib und wollte nur eines: so schnell wie möglich fort aus diesem Land.

157

Sie standen noch immer um das Grab ihrer geliebten Rahel, als Benjamin mit erstickter Stimme weiterlas

… Jacob wusste nichts von meinem leiblichen Vater. Nur ich bemerkte die Riccardo-Wimpern an meinem Enkel Benjamin. Ich möchte, dass nach meinem Tod die Wahrheit an den Tag kommt – und Riccardo Fränkel geehrt wird. In Fürth. Denn hätte sich meine Mutter durchgesetzt, ich wäre nicht geboren worden.
Rahel.

Benjamin schluchzte und legte seinen Kopf auf Dirks Schulter. Niemand sprach. Minutenlange Stille und Benjamins Wehklagen, das sich allmählich in ein leises Wimmern verwandelte. Endlich erlöste Aaron sie alle:

»Unsere Mutter war eine echte Lammfromm, sie ließ sich nie von ihrem Weg abbringen. Erinnert ihr euch, wie sie uns ermutigte, unsere Schritte entschieden zu setzen, bewusst und selbstbewusst. Wie sie für den Zusammenhalt der Familie kämpfte? Wie sie Krisen meisterte, bestimmt und zugleich mit einem Lächeln? Und das Größte: Ihre Reise nach Deutschland! Sie folgte dem Ruf ihrer Mutter, und fuhr zurück ins Land ihrer Geburt, in ihre eigene Vergangenheit, und aus dieser Reise in die Vergangenheit wurde für Benjamin eine Reise in die Zukunft.«

Benjamin widersprach mit zitternder Stimme: »Nein, Aaron, es war eine Reise in der Gegenwart. Wie oft dachten wir beide, ohne es je auszusprechen, aber ich bin sicher, sie dachte es auch, wir dachten dieses Verweile-doch. Was gäbe ich, dürfte ich noch ein Mal an ihrer Seite sein ... Ich ... « Er wischte die Tränen von seinen Wangen und schwieg.

»Benjamin hat recht ...«, begann sein Vater, »... unsere Mutter blickte nie zurück. Und schaute sie nach vorn, so tat sie es weder träumerisch noch utopisch. Sie maß die Zukunft mit der Gegenwart. Sie hatte sich für das Jetzt entschieden. Erinnert euch, wie sie zu uns kam, den großen Davidstern um den Hals, in ihrem dunkelblauen Abendkleid. Wie sie begann: ›Hört mir *jetzt* mal zu!‹. Ihr Lieblingssatz, wenn Entscheidungen gefällt werden mussten. Sie duldete keinen Wiederspruch – hatte sie sich einmal entschieden. Sie erlaubte Umwege, Irrwege. Sie entschuldigte Fehler. Nur Halbheiten mochte sie nicht. Und sie hasste Lügen.«

»Und wir wollen leben, wie sie es sich wünschte: als große Familie, in der jeder achtsam auf alle aufpasst. Das Verzeihen – auch das haben wir von Rahel gelernt.« Es war Gili, die das Wort ergriffen hatte. Nun fasste sie nach ihrer Kette mit Rahels Davidstern daran, den ihre Schwiegermutter ihr wenige Wochen vor ihrem Tod geschenkt hatte mit der Bitte, ihn weiterzugeben an jenen Menschen, der ihn in Gilis Augen in die Zukunft tragen sollte. Sie hatte daran die Mahnung angeschlossen: »Und nicht erst auf dem Sterbebett!« Gili hielt den Stern in ihren Händen, sie blickte sich um, und sah

Montagsmeeting

Kai **Preißler**

Pappkameraden

„Ja, ist die denn bescheuert?“, denke ich und starre auf einen kleinen handgeschriebenen Zettel, den ich gerade eben in meinem Briefkasten gefunden habe. Um zu begreifen, lese ich die Zeilen noch einmal:

Herr Krallmann,

da ihr Fahrrad trotz mehrfacher Ermahnung erneut im Hausflur neben den Briefkästen stand, habe ich mir erlaubt, selbiges den Entsorgungsbetrieben zu übergeben.

Gruß

E. Rieke

Mein Blick wandert nach rechts und tatsächlich steht dort nichts, das auch nur annähernd an mein altes Hollandrad erinnert.

„Rieke, du blöde Kuh“, murmele ich und stapfe entschlossen hinaus auf die Straße, doch auch dort findet sich nicht der Hauch einer Spur meines Rades.

Passanten auf dem Weg zur Arbeit trotten an mir vorbei. Einige mustern mich geringschätzig, andere schmunzeln und zwei Jugendliche mit Rucksäcken lachen sich schlapp. Schadenfreude kann offenbar so schön sein! Aber woher wissen die denn bitte, was passiert ist? Hat Frau Rieke ihren Brief etwa auch als Anzeige im Lokalteil der Zeitung geschaltet? Auf Facebook gepostet? Getwittert?

Ich zeige den beiden Jugendlichen einen Vogel und will die andere Hand möglichst lässig in meiner Hosentasche vergraben, nestle aber etwas unbeholfen dort herum, wo die Finger in der Öffentlichkeit nichts zu suchen haben und in diesem Fall auch gar keine Tasche ist. Ich blicke an mir herab, richte meinen Blick dann wieder auf und atme tief durch. Es sind nicht allein meine für einen Mann recht untypischen Hausschuhe im Bärentatzen-Look, die die Leute amüsieren, auch nicht meine vom Kopfkissen zerknautschte Frisur im Stil eines Rosettenmeerschweinchens. Es ist schlichtweg vor allem mein alter Pyjama, der für Erheiterung und Unverständnis sorgt – das Oberteil nach ungezählten Maschinenwäschen schlabberig und die Hose so aus der Form geraten und eingelaufen, dass sie den UFA-Filmschauspielerinnen der Zwanzigerjahre schon fast wieder stehen würde. Ich sehe aus wie eine vermännlichte Marlene Dietrich, die der Nervenheilanstalt entflohen ist.

Damit die hübsche Verkäuferin aus der Kamps Bäckerei schräg gegenüber nicht auch noch herüberschaut, drehe ich mich langsam um und gehe auf den Eingang des Mehrfamilienhauses zu, in dem ich seit einigen Wochen eine winzige Wohnung mit Blick auf einen Parkplatz gemietet habe. Ich habe die Tür fast erreicht, da öffnet sich diese einen Spalt und ein grauer Pudel an einer Leine tritt hinaus. Am Ende der Leine folgt ihm eine erschreckend rüstige Frau von gut und gerne achtzig Jahren. Ihre graue Krause, wie man die Dauerwelle hier im Ruhrgebiet nennt, ist Ton in Ton mit ihrer Garderobe und harmoniert prächtig mit der des Pudels. Elvira Rieke, meine Nachbarin, tritt hinaus und wirft einen fachkundigen Blick zum fast wolkenlosen Himmel. Sie entscheidet, ihren mitgeführten Knirps nicht aufzuspannen, womit in diesem Fall nicht der Pudel gemeint ist, und marschiert energisch los, nicht ohne mir einen ‚guten Start in den Tag' zu wünschen. Mein Gesicht bekommt einen wächsernen Ausdruck, so wie bei Auftragskillern im Film, unmittelbar bevor sie ihren Job erledigen.

Mit einem kurzen Nicken zieht sie an mir vorbei und ich blicke ihr fassungslos hinterher. Die Art, wie sich diese ehemalige Oberstudienrätin mit Altersstarrsinn im Endstadium triumphierend entfernt, macht mir Angst und vor meinem geistigen Auge entwickelt sich der Plan zum Gegenschlag. Im Hausflur ist nämlich heute ein Parkplatz freigeworden und ich sollte mal schauen, ob das nichts für meinen alten Polo wäre.

Im Moment freue ich mich jedoch auf ein wohlduftendes Wannenbad, um mich einzustimmen auf eine feucht-fröhliche Schicht im ‚Wash & Go', wo ich diese Woche Dienst am Hochdruckreiniger habe und die in knapp zwei Stunden beginnt. Nein, ich arbeite nicht als Friseur, sondern ich jobbe in einer Waschstraße. Das ist zwar keine Tätigkeit, die man sich in den Lebenslauf schreiben würde, aber solange ich noch nicht Programmdirektor beim ZDF oder Werbetexter bei Mercedes-Benz bin, kommen so einige Hundert Euro im Monat zusammen, mit denen ich mir wenigstens die Miete für meine Wohnung unter Elvira Rieke und den Sprit für meinen Polo leisten kann. Grundsätzlich sind zwei Stunden natürlich eine Menge Zeit, um zur Arbeit zu gelangen, nicht jedoch, wenn man den ‚Wash & Go'-Overall am Vortag mit Himbeersirup versaut, über Nacht in der Waschmaschine vergessen hat und mit einem handelsüblichen Reiseföhn wird trockenblasen müssen. Da der Morgen bisher nicht besonders glücklich begann und gewiss noch das ein oder andere Pech dazukommen wird, habe ich gute Chancen, den Tag in klammen Klamotten verbringen zu müssen. Halbnasse Overalls kleben gerne am Körper und tragen in der Regel auch unschön auf. Das mag bei Brad Pitt ganz sexy sein, bei mir weckt es eher Mitleid.

Als ich meine kleine Wohnung betrete, höre ich meine eigene Stimme. Nein, ich bin nicht reif für die Klapse, obwohl ich für die schon das passende Outfit trage, sondern stolzer Besitzer eines automatischen Anrufbeantworters, auf dem ich soeben einen Anrufer begrüße.

„Hallo, hier ist der Anschluss von Thomas Krallmann. Ich bin gerade nicht da, aber hinterlasst mir doch einfach eine Nachricht."

Dann erfolgt ein kurzes Piepsen und eine Frauenstimme, der es gelingt, durchgängig in einer Tonhöhe zu sprechen, räuspert sich.

„Guten Morgen Herr Krallmann, Pinella Dahlke von LIVE COMMUNICATION. Sie waren vor einigen Wochen zum Gespräch bei uns und wir würden uns über einen Rückruf freuen ..."

Ein weiterer Piepston und mein Anrufbeantworter lässt mich mit ähnlich gleichgültiger Stimme wissen, dass der Speicher voll ist und die Restspeicherzeit noch null Minuten beträgt. Bingo!

Für einen Moment bin ich geneigt, meine durch Frau Rieke angestaute Wut an diesem verdammten Gerät auszulassen, besinne mich jedoch eines Besseren. Im heillosen Durcheinander meines Schreibtisches finde ich die Telefonnummer von Frau Dahlke. Auf ihrer Visitenkarte wird sie als ‚Assistance Hospitality and Promotions' ausgewiesen, was beeindruckend klingt und auf eine bedeutende Tätigkeit in einer der kreativsten Eventagenturen des Landes hinweist. Bei LIVE COMMUNICATION hatte ich vor Wochen ein Vorstellungsgespräch und den Laden ehrlich gesagt schon fast vergessen. Nervös und etwas zu hastig wähle ich die Nummer. An irgendeiner Stelle muss ich gepatzt haben, denn statt der Dortmunder Agentur meldet sich die Duisburger Fettschmelze. Da ich mir gar nicht vorstellen mag, was das ist, lege ich kommentarlos auf und wähle erneut. Nach mehrmaligem Tuten habe ich auch tatsächlich die Frau am Apparat, deren Stimme so aufregend klingt wie eine Homöopathiebehandlung gegen Nagelpilz.

„Pinella Dahlke von LIVE COMMUNICATION?", meldet sich Frau Dahlke beeindruckend emotionslos, jedoch mit fragendem Singsang in der letzten Silbe. Ich will spontan mit ‚ja' antworten, beschließe dann jedoch, mich einfach nur vorzustellen, da Frau Dahlke den Mördergag sicher nicht verstehen würde.

„Guten Tag Frau Dahlke, Thomas Krallmann hier – Sie baten um einen Rückruf."

„Ach, das ging ja schnell. Ich hatte schon befürchtet, Sie seien bereits unterwegs." Den Satz hatte sie ohne die geringste Satzmelodie geschafft – stark!

„War ich im Prinzip auch schon. Bin aber noch mal kurz reingekommen", lüge ich und mache mich so wichtig wie möglich.

„Wir wollten fragen, ob Sie noch Interesse an der Stelle haben. Bei uns haben sich kurzfristig ein paar neue Projekte ergeben und wir wollen das Team erweitern. Müsste aber schnell gehen."

„Wow“, sage ich. „Dann habe ich Sie also tatsächlich überzeugt?“

„Ich habe hier eine Liste mit zwanzig Personen. Durch Zufall sind Sie der Erste. Wenn Sie sagen, Sie kommen, kann ich mir die weiteren Telefonate sparen, ansonsten wird's halt der Nächste.“

Frau Dahlke ist ein richtiger Schatz mit ihrer wunderbaren Art, dass man sich gleich willkommen fühlt.

Ich überlege einen Moment, der für Frau Dahlke offenbar zu lang ist, denn sie bellt in den Hörer: „Hallo, hör'n Sie? Sind Sie noch da?“

„Ja, sicher. Ab wann brauchen Sie mich denn?“

„Na, sofort!“, antwortet sie, was aber eher wie eine empörte Frage klingt.

„Heute schon?“, frage ich offenbar einen Tick zu ungläubig.

„Dann müssen wir uns jetzt nach einer Alternative umschauen. Wir haben hier wirklich 'ne Menge zu tun.“

Das ist zwar keine Antwort auf meine Frage, sagt aber dennoch alles über Pinella Dahlke aus. Ihr Tonfall, den in dieser Form fast nur Frauen drauf haben, klingt unangenehm genervt.

„Sagen Sie mir einfach, wann ich da sein soll“, beruhige ich sie.

Die Antwort, die ich erhalte, könnte blöder nicht sein: „Vor 'ner halben Stunde.“

Wie ätzend ist DAS denn? Auf die Art von Terror stehe ich ja nun gar nicht. Wahrscheinlich wird man bei denen auch mit ‚Mahlzeit‘ begrüßt, wenn man fünf Minuten zu spät im Büro erscheint. Wochenlang melden die sich gar nicht und dann machen die den totalen Alarm.

Ich atme tief durch und sage: „Lassen Sie mich schnell ein paar Dinge erledigen und ich komme so bald ich kann. Wäre neun Uhr denn noch okay?“

„Prima, dann bereiten wir schon mal alles vor für den Arbeitsvertrag. Um zehn ist dann unser Montagsmeeting. Da lernen Sie alle kennen.“

‚Geht doch‘, denke ich, ‚das klingt doch schon viel netter.‘

Nach dem Telefonat sinke ich in meinen professionellen Regieklappstuhl aus dem Video-Planet, meiner ehemaligen Lieblingsvideothek. Als die vor fünf Jahren Insolvenz anmelden musste, war ich als Erster zur Stelle, um mir die Deko unter den Nagel zu reißen. So finden sich seither in meiner Wohnung nicht nur der Stuhl, sondern als riesige Pappkameraden auch Spiderman, Rocky Balboa und Mike Glotzkowski, das laufende Auge aus der Monster AG.

Ich versuche meine Gedanken zu sortieren und erinnere dabei ein wenig an Woody Allen, dem man gerade offenbart hat, dass sein Lebenswerk für die Goldene Himbeere nominiert wurde.

Um neun Uhr! Aber um zehn muss ich doch zur Waschstraße!

„Scheiß auf die Waschstraße", sagt mir eine innere Stimme, „wenn ich bei LIVE COMMUNICATION erst mal durchgestartet bin, brauche ich den Job ohnehin nicht mehr."

Oh Gott, was ziehe ich bloß an? Ich hätte nie geglaubt, dass es Situationen gibt, in denen sich auch Männer diese Frage stellen. Ich ermahne mich aber sogleich zur Ruhe und entwerfe einen Schlachtplan für die nächsten achtundfünfzig Minuten. Ich stehe unschlüssig vor meinem überschaubaren Kleiderschrank und entscheide mich für eine legere Kombination aus T-Shirt und Anzug. Von meinen vier Anzügen entschließe ich mich für den einzigen, der nicht zur Gattung der Schlafanzüge gehört, und kombiniere diesen mutig mit einem T-Shirt von P&C. In Ermangelung passender Schuhe wähle ich die sportliche Variante und schlüpfe in meine Sneaker, Modell ‚Beckenbauer Allround'. Die neigen zwar dazu, nach einem halben Tag Tragezeit ein wenig unangenehm zu riechen, jedoch gehe ich nicht davon aus, meine Schuhe ausziehen zu müssen, schließlich gehe ich zur Arbeit und nicht zu einem Rückbildungskurs für junge Mütter. Ein Blick auf die Uhr verrät mir, dass für einen Kaffee die Zeit fehlt. Auf meinem Weg zum angehenden Kreativchef werde ich zukünftig allerdings mehr Kaffee konsumieren, als meinen Herzklappen langfristig guttun wird. Mit etwas Glück wird man mir sogar meinen eigenen Vollautomaten ins Büro stellen – da kommt es auf diese letzte Tasse wohl nicht mehr an.

2. Auflage 2016

Die Handlung des Romans ist frei erfunden.

Gestaltung, Satz und Herstellung:
OCM GmbH, Dortmund

Verlag:
OCM GmbH, Dortmund, www.ocm-verlag.de

ISBN 978-3-942672-28-3

Bibliografische Information der Deutschen Nationalbibliothek

Die Deutsche Nationalbibliothek verzeichnet diese Publikation in der Deutschen Nationalbibliografie; detaillierte bibliografische Daten sind im Internet über http://dnb.d-nb.de abrufbar.

OCM GMBH
DER VERLAG

Ich bin fertig und liege alles in allem verdammt gut in der Zeit. Mit einem tiefen Atemzug trete ich hinaus auf die Straße in die klare Luft dieses Morgens, wo ich heute schon einmal war. Ich bin bereit für meinen Weg in eine erfolgreichere Zukunft.

Sechzehntausend

Eine erfolgreichere Zukunft? Ja, richtig – erfolgreicher. Die ersten fünfunddreißig Jahre meines Lebens entsprachen nicht gerade dem, was man sich unter einer Bilderbuchkarriere vorstellt, zumindest findet man nicht viel Verwertbares, wenn man meinen Namen bei Google eingibt. Jedenfalls nichts, das wirklich mich betrifft. Noch vor wenigen Wochen befand ich mich, mit fünfunddreißig Jahren, in der heißen Endphase meiner Ausbildung zum Vollakademiker und gehörte so zu einer Gruppe von Menschen, deren Alltag meist vollkommen falsch eingeschätzt wird.

Mein Leben als Student war nämlich weit weniger lustig, als oftmals angenommen wird, und Ferien hatte ich prinzipiell nie. Lediglich zweimal drei Monate vorlesungsfreie Zeit ließen mir kurze Atempausen zur Erholung. Mein Germanistikstudium absolvierte ich dank meines enormen Eifers knapp unter der dreifachen Regelstudienzeit in schlappen dreiundzwanzig Semestern. Ja, von den nackten Zahlen bin auch ich selbst immer wieder sehr beeindruckt, aber die Zeit vergeht einfach viel zu schnell, wenn man nur genug Interessen abseits der Uni hat.

Ein Praktikum hier, ein anderes dort und dazwischen eine ganze Reihe bedeutungsloser Auftritte als Gitarrist einer vollkommen unbekannten Band namens ‚Narcotic Mushrooms', deren Name mein Kumpel Armin verbrochen hat – Sänger und Frontmann der Mushrooms, in der neben uns noch ein Bassist, ein Keyboarder und ein Schlagzeuger mitwirkten. Gemeinsam träumten wir von Sex, Drugs und Rock 'n' Roll.

In meinem persönlichen Fall war das Angebot an Sex überschaubar und die Drogen beschränkten sich auf Bier und geschnorrte Zigaretten. Rock 'n' Roll aber hat es tatsächlich gegeben. Wer erinnert sich nicht an unseren legendären Auftritt als Vorgruppe von Silbermond? Als wir um 14 Uhr wie in Zeitlupe die Bühne betraten, konnten wir ahnen, wie sich Stars in einer solchen Situation fühlen müssen. Ahnen, wohlgemerkt. Man sagt, von einer beleuchteten Bühne aus sei das Publikum so gut wie nicht zu erkennen. Es stimmt. Als ich voller Energie meine Gitarre in die Höhe reckte, konnte ich das Publikum tatsächlich nicht sehen. Wie auch, es war gar keins da. Außer uns lief dort lediglich ein halbes Dutzend Bühnentechniker herum, die mit professioneller Routine die Lichtshow für Silbermond programmierten. Dass die singenden Wimmerpimpanellen ihren Auftritt erst sieben Stunden nach uns haben sollten, war uns nicht wirklich klar gewesen. Auch nicht, dass erst nach uns und vor drei weiteren Bands, die im Gegensatz zu uns sogar die Fahrtkosten erstattet bekamen, der offizielle Soundcheck stattfinden sollte. Im Nachhinein ist mir noch heute peinlich, dass ich einen der schwarz gekleideten und noppenbehandschuhten Bühnenroadies angeblafft hatte, meine Monitorbox würde brummen – das sind jene Lautsprecher, die lässig auf der Bühne herumliegen und dafür sorgen, dass die Musiker ihre eigene Musik hören können. Natürlich nur, wenn sie in Betrieb sind. Meiner hat de facto nicht einmal gebrummt. Schlimmer noch – er war, wie ich hinterher sah, zu dem Zeitpunkt überhaupt nicht verkabelt.

Dennoch gingen wir in der Rolle von Rockstars voll auf. Besonders glaubwürdig fand ich meinen Einfall, mit dem Schlussakkord einen dieser beweglichen High-End-Scheinwerfer umzutreten. Woher zum Teufel sollte ich auch wissen, dass High-End in dem Fall bei neuntausend Euro anfängt? Solche Missgeschicke sind es, die dafür gesorgt haben, dass ich bei meinen Freunden auf den Spitznamen ‚Hirni' höre und den, wie ich finde, unbegründeten Ruf genieße, nicht immer nur Entscheidungen von bestechender Sinnhaltigkeit zu treffen. ‚Thomas' nennt mich außer meinen Eltern eigentlich kaum noch einer.

Es war aber irgendwie eine tolle Zeit. Man träumte vom ersten Plattenvertrag, von Groupies in der Hotelsuite und langen Fahrten im Tourbus – kurz: von Wein, Weib und Gesang. In meiner Suite, die ich dank einer mutig kalkulierten BAföG-Anleihe monatsweise mietete und mir mit drei weiteren Personen teilte, wartete nur ein Groupie, nämlich Susi, eine dickliche Jurastudentin, die jeden vierten Tag Spüldienst hatte und von einer wirklichen Sahneschnitte etwa so weit entfernt war wie Barbamama von Shakira.

Und dann gab es da noch Imke. Imke war kein Rauhaardackelweibchen, wie der Name im ersten Moment irreführend suggerieren mag, sondern meine Freundin. Ja, sie war! Zuletzt vor drei Jahren, zehn Monaten und achtundzwanzig Tagen. Seitdem bin ich notgedrungen Single. Was als Notlösung begann, funktioniert inzwischen ganz gut. Was sage ich, es klappt prächtig, sodass ich mich gar nicht beklagen will. Bei genauer Betrachtung hätte ich die drei Jahre davor mit einem Rauhaardackel sogar deutlich entspannter und erfüllter verbringen können. Imke fand mich im Großen und Ganzen zwar gut, aber das meiste von dem, was ich tat, scheiße. Mein Studium fand sie belanglos, meinen Einsatz bemitleidenswert und die Mushrooms schlichtweg unterirdisch. Ihr eigenes BWL-Studium fand sie spannend, das von Papa gesponserte BMW-Cabrio sexy und ihre tranige ‚Café del Mar'-Mucke endgeil.

Imke gehörte zu jener Lifestyle-Generation, der ein Lounge-Würfel allemal lieber ist als mein alter Ohrensessel, an dem zwar viele Erinnerungen, aber eben auch eine gehörige Portion Patina haften.

Alte Ohrensessel gehörten in ihrer Welt auf den Sperrmüll, wie auch mein alter Röhrenfernseher, seinerzeit ein Hammerteil, aber leider ohne Ambilight und unbestreitbar tiefer als 4,9 Zentimeter.

Nach einer Weile muss Imke dann wohl klar geworden sein, dass aus mir weder ein wirklicher Rockstar, noch ein legitimes Mitglied im Nespresso-Club werden würde, sodass ich kurz und schmerzlos aus dem Drehbuch ihres Lebens gestrichen wurde. Mit wenigen Worten war die Sache beendet und der Ohrensessel ein frischer Single.

Ihr Vater, ein schnauzbärtiger Geschäftstyp irgendwo zwischen Dieter Zetsche von Mercedes und Antje, dem NDR-Walross, der allmonatlich ein kleines Vermögen mit seinem BMW-Autohaus scheffelt und Lieferantenrechnungen gerne mal ignoriert, muss darüber so erfreut gewesen sein, dass er seiner Tochter spontan einen Allrad-SUV spendierte, der im Skiurlaub ohnehin viel praktischer ist als jedes Cabrio. Gut erkannt!

Noch heute wirbt Imkes Vater, nennen wir ihn einfach den ‚Imker', mit jenen Werbeslogans, die ich ihm vor Jahren getextet hatte, ohne dafür jemals einen einzigen Cent gesehen zu haben. Ein richtig feiner Kerl also, dieser Imker, und meine Ex ist die Garantie dafür, dass die besten seiner Charaktereigenschaften der Nachwelt erhalten bleiben.

Dennoch stellte meine Ausmusterung damals natürlich einen Einschnitt dar, der erst einmal alles durcheinanderwirbelte. In meinem persönlichen Fall löste er gleich eine ganze Reihe von Ereignissen aus, deren auffälligstes ein neuer Haarschnitt war – besser gesagt, überhaupt ein Haarschnitt – sowie ein ausgefeilter Businessplan zur Restfinanzierung meines Studiums, verbunden mit einem ersten Grobkonzept für meine Magisterarbeit, die knappe drei Jahre später auch tatsächlich fertiggestellt war und feierlich dem Prüfungsamt übergeben wurde, als handele es sich um die erste Gutenberg-Bibel überhaupt.

Von noch deutlich subtilerer Finesse war indes mein Finanzplan, der ohne jede richtige Arbeit auskam und im Wesentlichen eine Reihe von Besuchen in deutschen Fernsehquizshows vorsah. Den Start meiner Quizkarriere wagte ich mit einer Bewerbung bei Jörg Pilawa. Da ich mich mit dem Quizkonzept offenbar nicht ausreichend befasst hatte, klärte mich eine Redaktionsassistentin freundlich, aber bestimmt per E-Mail auf, dass nur Paare und keine Einzelkandidaten ausgewählt würden und man mich daher nicht für das Auswahlcasting vorgesehen hätte. Kurzzeitig war ich versucht, mich erneut zu bewerben, jedoch hätte mein Kumpel Armin sicher alles versaut, was er nämlich meistens tut.

Da ich mir ein Vorsingen bei ‚Deutschland sucht den Superstar' oder eine Blamage bei ‚Schlag den Raab' ersparen wollte und ich von ‚Germany's next Top Model' garantiert eine Absage erhalten hätte, blieben mir in Ermangelung von Wim Thoelke nur kleine Formate wie ‚Quiztaxi' oder das Einsenden unscharfer Handyvideos bei ‚Ups – die Pannenshow', bei der ich nach einer Reihe allzu schlechter Fakes auf dem Index stand.

Ich hätte jedoch nie geglaubt, dass man sich auf die Art geschlagene drei Jahre über Wasser halten kann. Beinahe hätte es sogar für ein halbes Leben gereicht. Den größten Batzen meines Etats, nämlich sechzehntausend Euro, erwirtschaftete ich schließlich bei Günther Jauch. Das klingt für einen Studenten spontan nach richtig viel Geld. Der routinierte Fernsehzuschauer weiß jedoch, dass die Zahl ‚Sechzehntausend' bei ‚Wer wird Millionär?' nur zwei Dinge bedeuten kann: Entweder der Kandidat kennt zwar alle deutschen Sprichwörter, hat aber die Allgemeinbildung eines Viertklässlers oder aber er ist Opfer seines Halbwissens geworden und hat eine Menge sicher geglaubten Geldes verloren, respektive verzockt. Bei mir war Letzteres der Fall. Nach einem glanzvollen Start – keiner der übrigen Kandidaten hatte die Bremer Stadtmusikanten schneller von oben nach unten sortiert als ich – marschierte ich souverän durch eine ganze Reihe mehr oder weniger intelligenter Fragen und Günther Jauch schien hocherfreut, einen Kandidaten präsentieren zu dürfen, der nicht nur gebildet, sondern auch halbwegs unterhaltsam, charismatisch und eloquent ist. Zumindest war das mein Eindruck, bis ich erstmals bewusst auf die Monitorgrafik sah, der zufolge mich vom Gewinn der Million nur noch zwei läppische Fragen trennten. Doch dann kam der ungebremste Sturz aus den Höhen des gefühlten Geldadels in die Niederungen von Dortmund-Persebeck. Mit noch allen verfügbaren Jokern war ich bei der 500.000-Euro-Frage felsenfest davon überzeugt, dass Mangoldt entweder ein jüdischer Komponist war oder ein Botaniker mit Vorliebe für Gemüse. Einen Nationalökonom aus dem 19. Jahrhundert hatte ich definitiv nicht auf der Rechnung. Günther, der mir auf der anschließenden Aftershowparty spontan das Du anbot, offenbar auch nicht. Wenn man auf dem Weg zur Million beim Einbiegen auf die Zielgerade von einem Mann weggegrätscht wird, dessen Name klingt wie eine Zahnfüllung, hat man alles Recht der Welt, sein Hirn mit geistigen Getränken zu sedieren, insbesondere, wenn diese von RTL bezahlt werden. Ich bin mir nicht sicher, wie viele Wodka Cola ich an dem Abend getrunken habe und auch nicht, wer mir das Taxi gerufen hat.

Irgendwann zwischen meinem sechsten und siebten Glas stupste mich Peggy, die sympathisch sächselnde Aufnahmeleiterin, an und fragte:

„Herr Krallmann, menen Se nisch, Sie söllten longsam uf e pure Cola umsteigen?"

„Peggy", bäuerte ich etwas unappetitlich hervor, „Punkt A, ich bin der Hirni, kannst ruhig ‚du' sagen und Punkt B, Alkohol ist zwar keine Lösung", jetzt bekam ich nicht nur Schluckauf, sondern musste zudem kurz, aber intensiv aufstoßen, „Cola aber auch, ups, aber auch nicht. Also pö-prösterchen!", sprach ich verwaschen wie Harald Juhnke nachts um halb drei an der Hotelbar und führte das Glas weltmännisch zum Mund, wie es vor mir und Harald allenfalls Dean Martin auf der Bühne in Las Vegas gelungen sein mochte.

„Hirni, isch bitte disch." Blick und Tonfall waren nun flehend, was ich bei einer knackigen Neunzehnjährigen vermutlich ziemlich aufregend gefunden hätte – nicht jedoch bei einer Fünfundvierzigjährigen vom Fuße des Erzgebirges, die zudem noch den gleichen Namen hat wie das Pflegepferd meiner Cousine Lisa. Seither kann ich Peggy, also das Pferd, nicht mehr am Hals tätscheln, ohne den Geschmack von Jack Daniels, Cola und Erbrochenem auf der Zunge zu haben.

Höre ich seit jenem Abend Namen ostdeutscher Postmoderne, wie Peggy, Mandy oder Doreen, tauchen sie auf, wie von Geisterhand hingezaubert, diese unverkennbaren Symptome eines neunschwänzigen Katers – von leichtem Schwindel kaum zu unterscheiden, für mich, als an Seele und Körper versehrtem RTL-Veteran, jedoch eindeutig spürbar.

Mit exakt diesen Symptomen, nur ungleich intensiver ausgeprägt, hatte ich mich damals im Hotelbett wiedergefunden. Zu gern wüsste ich, wie sich der Dialog zwischen mir und dem Taxifahrer abgespielt haben muss, an den ich mich jedoch partout nicht erinnern kann. Als ich am Morgen erwachte, lag ich, komplett bekleidet, im komfortablen Doppelbett. Meine Jacke fand ich schließlich in der Minibar und die Schuhe fein säuberlich im Schrank, kunstvoll auf zwei Kleiderbügeln arrangiert. Weniger überzeugend war der Anblick des Badezimmers. Nach meiner nächtlichen Ankunft hatte ich offenbar die vielen Gläser Cola mit Schuss noch loswerden wollen und mich, da ich prinzipiell nicht im Stehen uriniere, auf die Toilette begeben. Nie wieder, so viel steht nach meinem Kölnausflug fest, werde ich in einer Quizshow am Joker und damit am falschen Ende sparen und noch viel weniger werde ich jemals wieder vergessen, einen Klodeckel aufzuklappen.

James Bond

Auf dem Parkplatz von LIVE COMMUNICATION finde ich eine kleine Parklücke zwischen zwei schicken Kombis, die offenkundig Teil des firmeneigenen Fahrzeugpools sind und ahne, dass mein Polo von seinen großen Kollegen schon jetzt gemobbt wird.

Es ist genau 8.59 Uhr. Ich beginne meine Karriere als Eventprofi mit einer Punktlandung und bin mir sicher, dass ich sogar Pinella Dahlke vor Begeisterung aus den Frotteesocken hauen werde.

„Herr Krallmann ist jetzt da“, informiert eine junge, dunkelhaarige Dame am Empfang, von der ich erfahre, dass sie Praktikantin ist, eine Kollegin am Telefon. Dann legt sie auf und weist auf eine moderne Ledercouch am Fenster.

„Frau Dahlke ist gleich bei Ihnen. Warten Sie doch am besten da. Möchten Sie vielleicht ein Wasser?“

Ich lehne in Vorfreude auf einen mahlfrischen Cappuccino dankend ab und bewege mich fünf Schritte nach rechts zur Couch, wo bereits ein gewisser Benjamin Ficus auf seinen Termin wartet, dem aber offensichtlich kein Wasser angeboten wurde.

Ich nicke ihm freundlich zu und setze mich. Während ich meinen Blick durch den Empfangsbereich der Agentur schweifen lasse, kommt mir der beklemmende Gedanke, dass Benjamin bereits tot sein könnte. Im Film gerät der, der die Leiche entdeckt, immer gleich in den Kreis der Verdächtigen. Da ich meinen ersten Arbeitstag nicht mit faden Rechtfertigungen und der Suche nach einem Alibi beginnen will, beschließe ich, meinen Verdacht unerwähnt zu lassen.

Auf einem Glastisch vor mir liegen verschiedene Fachzeitschriften rund um die Themen Event, Gastronomie und Marketing, aber auch Society- und Lifestylemagazine, wie Bunte, Vogue oder Cosmopolitan. Ich vermisse Sport- und Auto-BILD und suche instinktiv die Kinderecke mit den Wimmelbilderbüchern sowie den unvermeidlichen Hinweis auf die nächste Grippeimpfung und die Praxisgebühr.

„Sind Sie schon lange hier?“, beginne ich mit der Praktikantin ein möglichst unverfängliches Gespräch.

„Seit acht“, lässt sie mich wissen. Ich schlucke. Entweder steckt ein Plan dahinter oder bei LIVE COMMUNICATION arbeiten vorwiegend Idioten. Nach Darwin überleben nur die Angepassten. Ich will hier überleben, also passe ich mich an.

Ich nicke ihr daher debil zu und sage stolz: „Ich bin seit neun hier.“

„Ich weiß“, sagt sie fröhlich und lächelt etwas schüchtern. Sie fühlt sich nicht einmal ansatzweise verarscht und am liebsten würde ich ihr noch erzählen, dass ich gerade hier auf der Couch sitze, will es am ersten Tag aber nicht gleich übertreiben.

In mir keimt der beklemmende Verdacht, dass in dieser Agentur Benjamin zu Lebzeiten der interessanteste Gesprächspartner gewesen sein könnte, und für einen kurzen Moment kommt mir der Gedanke, dass ich es sogar noch rechtzeitig zur Waschstraße schaffen könnte.

Ich verwerfe diesen absurden Gedanken unverzüglich und wage einen zweiten Anlauf, da ich der Auffassung bin, dass Führungskräfte alle Mitarbeiter genau kennen sollten und ohnehin jeder eine zweite Chance verdient.

„Wie heißen Sie denn?“, frage ich und ertappe mich dabei, wie ich eine Handvoll passender Namen bereits im Kopf habe.

„Whitney.“

Stille!

Okay, ich gebe zu, ich hatte eine Michele oder Chantal auf der Liste, aber Whitney übertrifft meine Erwartungen bei Weitem. Innerlich balle ich eine Becker-Faust und würde mir am liebsten mein P&C-Shirt vom Körper reißen, um es in die Fankurve zu schleudern.

„Und Sie?“

„Immer noch Thomas.“ Ich spüre, wie es mich innerlich fast zerreißt und platze regelrecht vor Vorfreude auf die anderen Kollegen. Wenn Pinella Dahlke und Whitney schon solche Konversationskracher sind, mag ich mir die Geschäftsleitung kaum vorstellen. Prinzipiell könnte ich Whitney jetzt erklären, dass mich die meisten Leute ‚Hirni' nennen, lasse es aber, um sie nicht neidisch zu machen, da sie diesen Namen sicher binnen kürzester Zeit auch für sich beanspruchen würde.

Für Whitney ist das Gespräch an dieser Stelle offenbar vorerst beendet, denn sie beginnt, ihr Mobiltelefon zu streicheln. Das sieht von meinem Platz aus extrem bescheuert aus, sodass ich aufstehe, um etwas besser sehen zu können. Ich erkenne, dass sie sich offenbar durch die Apps ihres iPhones navigiert. Ihre aufwendig lackierten Fingernagelattrappen machen dabei höchst unschöne Geräusche und ich höre das Display förmlich um Hilfe schreien.

Inzwischen sind dreißig Minuten vergangen, ohne dass Whitney und ich ein weiteres Wort miteinander gewechselt haben. Ich frage mich, wofür Frau Dahlke einen solchen Stress gemacht hat und fürchte, ebenso in Vergessenheit geraten zu können wie Benjamin. Hätte ich doch jetzt nur das Wasser!

Noch ist zwar genug Zeit, um bis zu meinem ersten Meeting um zehn die Verträge zu unterzeichnen, doch hätte ich mich, bevor ich erstmals mein Wort an die Belegschaft richte, gerne noch ein wenig mit den aktuellen Zahlen der Agentur auseinandergesetzt.

„Herr Krallmann", schreckt es mich aus meinen Gedanken und ich blicke auf. Exakt um 9.42 Uhr erscheint Pinella Dahlke am oberen Absatz einer großzügigen Wendeltreppe und schreitet diese hinab wie Krystle Carrington aus dem Denver-Clan in ihren besten Zeiten. Vor ihrem Bauch trägt sie eine schwarze Mappe und das unvermeidliche Smartphone. Ihr todlangweiliges Businesskostüm wirkt irgendwie unpassend knitterig und während sie die Treppe hinunterstakst, stelle ich bestürzt fest, dass der Reißverschluss ihres Rockes definitiv offen ist. Bloß nicht hingucken! Immer ganz entspannt das Gesicht fixieren! Ich sehe, dass ihre Wangen glühen und ich verwette meinen Arsch darauf, zu wissen, was die gerade getrieben hat. Nur nicht, mit wem. Meine Vorfreude auf den Job wächst mit jeder Stufe der Wendeltreppe, die sie hinabsteigt, wenngleich Frau Dahlke nicht wirklich mein

Fall ist. Aber, was soll's? Ich bin seit über drei Jahren Single und für den Einstieg ist sie allemal in Ordnung.

Ich erhebe mich langsam von der Couch in dem mir inzwischen vertraut gewordenen Wartezimmer und rechne fest mit den Worten ‚Der Nächste, bitte', bekomme stattdessen aber eine nasskalte, frisch gewaschene Hand entgegengestreckt mit den Worten: „Dann kommen Sie mal mit."

„Zu dir oder zu mir", will ich spontan fragen, trotte dann aber nur hinter ihr her, die Wendeltreppe hinauf in ein großzügiges Büro. Vor einem bodentiefen Fenster steht ein Mann Mitte Vierzig und wendet uns den Rücken zu. Er telefoniert und raucht und erinnert mich an eine Parodie auf James Bond. Ich bin mir jetzt ziemlich sicher, dass Frau Dahlke in der vergangenen Dreiviertelstunde keine Runde auf dem Laufband gedreht hat. Bonds elegante zweireihige Anzugjacke passt nicht ganz zum Stil der dunkelblauen Jeans, wohl aber zu den glänzenden schwarzen, garantiert rahmengenähten Schuhen. Seine Haare sind einen Tick zu lang und mit Haarwachs in Form gebracht. Er beendet sein Telefonat, in dem es offenbar um eine Verabredung zum Kartfahren geht, und dreht sich zu uns um. Während er mich mustert, lutscht er lässig seine Zähne sauber, zieht noch mal an seiner Zigarette und geht mit maskulinem Gang bis zur Kante seines Schreibtisches, wo er stehen bleibt und sein Kinn vorschiebt. Testosteron liegt in der Luft und ich bin mir sicher, dass es nicht meins ist. Für Frauen, die auf Porschefahrer und Puffgänger stehen, ist dieser Typ garantiert das personifizierte Weihnachten. Für alle anderen ein neureicher Prolet. Mit einer zackigen Bewegung schüttelt er seine Rolex hervor und legt die Stirn in Falten.

„Lasst uns hinne machen. Gleich ist Meeting."

Er streckt mir die Hand entgegen. „Danny Hahn. Und du bist?"

Alles klar, wir sind beim Du. Ich schüttele die Hand, die Minuten zuvor wahrscheinlich noch Frau Dahlkes Hintern umklammert hielt. Ein Odeur aufdringlichen Rasierwassers und Zigarettenrauchs weht mir entgegen. Seine Hand fühlt sich zudem nicht ansatzweise so frisch gewaschen an wie die von Frau Dahlke.

„Thomas Krallmann. Ich freue mich auf die Zusammenarbeit.“

Danny Bond Hahn sieht mich fragend an. Dann wandert sein Blick zu seiner Kollegin.

„Das ist doch der Support für Pias Team“, klärt sie ungewohnt temperamentvoll auf. Offenbar gerät sie beim Anblick von Danny schon wieder in Wallung.

Danny Hahn schaut sie fragend an. „Ach, der Hiwi?“

Pinella Dahlke nickt.

Support? Hiwi? Alles klar! Hier weiß eine Hand nicht, was die andere tut. Ich räuspere mich. Damit es nicht noch peinlicher wird, kläre ich die Situation mit wenigen Worten auf.

„Ich war vor zwei oder drei Monaten zum Vorstellungsgespräch bei Herrn Kuhn.“

Danny Hahn macht ein gleichgültiges Gesicht, das er sich garantiert bei den James-Bond-Bösewichten abgeguckt hat. Ich bin mir jetzt sicher, dass er die gesamte DVD-Collectors-Edition im Billyregal hat.

„Herr Kuhn ist nicht mehr bei uns beschäftigt.“ Ich merke, wie die Temperatur im Raum binnen Sekunden gen Gefrierpunkt fällt.

Er lässt den Satz im Raum stehen und überlässt es meiner Fantasie, mir vorzustellen, was mit Herrn Kuhn wohl geschehen sein könnte. Entlassen? Geflohen? Liquidiert? Einen Moment herrscht Schweigen.

Muss ich jetzt was sagen?

Es gibt Situationen, da sollte man einfach nur die Schnauze halten und dennoch redet man sich um Kopf und Kragen. Meine Worte sind nicht wirklich wohlüberlegt, aber offenbar ist genau das Danny Hahns Sprache.

Im Tonfall eines Oberarsches frage ich nämlich: „Was hat er gemacht? Werbekulis geklaut oder in der Agentur ’nen Tripper verbreitet?“

Danny Hahn blickt mich an, als hätte ich ihm eben erzählt, Sean Connery sei schwul und Pierce Brosnan im wirklichen Leben Stewardess bei British Airways. Pinella Moneypenny Dahlke hat plötzlich noch mehr Farbe im Gesicht und droht zu platzen.

‚Okay', denke ich, ‚das war's dann wohl. Dann verbringe ich den Tag halt nicht beim Meeting, sondern im klammen Overall.'

Danny Hahn beugt sich ein wenig nach vorn, als wolle er mir etwas anvertrauen.

„Der ist mit unserem wichtigsten Kunden zur Konkurrenz nach Düsseldorf."

Oha. Da lag ich mit dem Tripper wohl gründlich falsch. Womöglich habe ich Alphamännchen Hahn jetzt erst auf die Idee gebracht, dass auch andere in diesem Laden die Schreibtische nicht ausschließlich zum Schriftverkehr gebrauchen. Statt mich jedoch aus der Agentur zu schmeißen, liegt Anerkennung in seinem Blick. Habe ich etwa genau seinen Ton getroffen?

„Ziemlich schlechter Stil, oder?", frage ich.

„Aber so was von!", sagt Danny Hahn und blickt mich an, als hätte ich den komplexesten Sachverhalt der Welt endlich durchschaut.

Er überlegt noch einen Moment und wendet sich dann ruckartig an Pinella Dahlke, die immer noch aussieht, als wäre bei ihr eine Klinikpackung Betablocker fällig.

„Komm, lass uns den Vertrag fertig machen." Er kneift mir ein Auge zu. Ich freue mich wie ein junger Hund und wedele unauffällig mit dem Schwanz. Das lasse ich jedoch ganz schnell wieder sein, um eine gewisse professionelle Distanz aufrecht zu halten. Das Letzte, was ich schließlich will, ist eine Männerfreundschaft mit Danny Hahn und gemeinsame Videoabende mit gerührtem Martini.

Pinella Dahlke, die knapp am nervösen Zusammenbruch vorbeigeschrammt ist, schiebt mir ein paar Unterlagen herüber und ich setze mich auf einen der Besucherstühle, um die Zeilen zu überfliegen. Wie ein Idiot bin ich nicht in der Lage, mich zur zweiten Zeile vorzuarbeiten, da ich immer wieder in der ersten hängen bleibe. Säße ich nicht bereits auf einem Stuhl, würde ich spätestens jetzt um einen bitten. Nach einer gefühlten Ewigkeit blicke ich auf und sehe die beiden an wie Rudolph Mooshammer, der von Daisy zum Oralverkehr genötigt wird. Mein Mund formuliert ein Wort, das halb Frage, halb Feststellung ist.

„Praktikumsvertrag?!"

Vier große Augen blicken mich an. Pinella Dahlke ergreift als erste das Wort. „Was stimmt denn nicht?"

Ich überlege, ob ich darauf tatsächlich antworten oder kommentarlos gehen soll.

„Das ist ein Praktikumsvertrag", wiederhole ich betont sachlich und spüre, wie mir die Galle den Hals hinaufkriecht. „Ich hatte mich auf eine Festanstellung beworben."

Schmierlapp Bond atmet durch und zieht ein Schüppchen. „Das ist bei uns ein ganz normaler Vertrag."

Meine Verwirrung wächst. „Inwiefern?"

„Solche Verträge haben bei uns fast alle."

„Alle haben Praktikumsverträge? Sie auch?"

Danny Hahn schiebt brüskiert sein Kinn hervor. „Ich nicht. Ich bin ja ein Leader."

Ein Leader, so so.

„Und Sie?", wende ich mich an Pinella Dahlke.

„Ich auch nicht. Ich bin ja ..." Sie stockt. Offenbar hat sie vergessen, was sie hier macht.

‚... die, die der Boss poppt', vollende ich in Gedanken.

„Und wer hat hier Praktikumsverträge?", frage ich.

Danny setzt sich in seinen gigantischen Chefsessel, der aber offenbar nicht so teuer war, wie er aussieht und Geräusche macht, um die ihn jedes Furzkissen beneiden würde.

„Die meisten haben hier Praktikumsverträge", erklärt er mir im Tonfall des Ertappten. „Das sind aber eigentlich keine Praktikanten, sondern die haben Aufgaben wie richtige Angestellte."

Er sagt dies, als sei es die größte Selbstverständlichkeit der Welt. „Praktikumsverträge lassen sich nur halt besser aufheben", schließt er seine Erklärung ab.

Ich blicke ihn fragend an. „Die kann man schneller kündigen?"

„Richtig", raunt Danny, als habe ich die Millionenfrage beantwortet. Um seiner Anerkennung Nachdruck zu verleihen, schnipst er und deutet mit dem Zeigefinger auf mich, als sei ich der Schnellmerker schlechthin.

Ich bin mir sicher, dass er mir nach der nächsten clever beantworteten Frage anerkennend in die Wange kneift und mich spontan zum Mitarbeiter des Tages ernennt.

Gut, normale Angestellte sind in Dannys bunter Welt also Praktikanten. Kommen wir zum nächsten heiklen Punkt meines Vertrages, wenngleich ich weiß, dass Danny die Frage nicht gefallen wird, zumal er doch hinne machen wollte.

„Und werden alle Praktikanten so bezahlt, wie in diesem Vertrag?"

Danny Hahn macht ein spitzes Mäulchen, das einen Tick zu weibisch rüberkommt und sagt fast beleidigt: „Nun, es ist ein Praktikumsvertrag, da wäre ein höheres Gehalt nicht rechtens."

Ich überlege und nicke dabei anerkennend, als sei seine vollkommen bescheuerte Argumentation bewundernswert schlüssig.

Pinella Dahlke wittert ihre Chance, Tempo in den Vorgang zu bringen und sagt: „Wie gesagt, andere Verträge haben wir hier fast kaum."

Fast kaum! Ich könnte diese Frau für ihre Blödheit küssen und frage: „Also beinahe selten?"

Sie sagt nichts und blickt mich irritiert an. Ich merke, wie sich ihr Hirn gerade erhängt und aus der Konversation verabschiedet. Könnte sie jetzt Strg, Alt und Entf drücken, sie täte es garantiert. Ich rechne fest mit der typischen Microsoft-Fehlermeldung. Gleich wird sie mich sicher fragen, ob sie den unvermeidlichen Fehlerbericht senden soll.

Ich blicke auf meinen Vertrag und überfliege alles erneut. Soll ich das wirklich unterschreiben? Diese Frechheit auf Papier? Andererseits: Wenn dieser Job auch kein Knaller wird, so bietet sich vielleicht wenigstens eine Perspektive. Bestimmt muss ich nur erst mal reinkommen und kann dann weitersehen. Am liebsten würde ich natürlich aufstehen und wortlos gehen, doch die Alternative sind ein klammer Overall und ein Job, dessen definitiv einzige Perspektive der Aufstieg ins Innenpflegeteam ist. An

Sauger, Polsterschaum und Cockpitspray wird bei Wash & Go nämlich noch lange nicht jeder gelassen.

Mit dem verwegenen Mut eines Großstadtabenteurers greife ich zum Stift und schreibe unter den triumphierenden Blicken von Pinella Dahlke und Danny Hahn grimmig entschlossen meinen Namen. Als ich den Kugelschreiber auf den Tisch lege, wird mir klar, dass mir hier wohl kein Cappuccino gereicht wird und seufze. Ich habe mit fünfunddreißig Jahren gerade einen Vertrag unterschrieben und mich an fünf Tagen in der Woche von neun bis achtzehn Uhr an diese Agentur verkauft, um im Gegenzug das fürstliche Gehalt von eintausend Euro im Monat zu kassieren. Brutto wohlgemerkt! Trost spendet mir in diesem Moment der Gedanke, dass ich mich ja immer noch bei der Kocharena bewerben kann oder besser noch in der Pizzeria bei mir um die Ecke – als Spezialist für die kleinen Brötchen.

Der Arschlutscher

Der Konferenzsaal wird beherrscht von einem riesigen Tisch, der in der Form eines Os locker fünfundzwanzig Menschen Platz bietet. Exakt so viele Stühle sind um den Tisch platziert und warten auf ihre Herrchen. Vierundzwanzig, um genau zu sein, denn auf einem Stuhl sitze bereits ich.

„Warten Sie doch einfach schon mal hier“, hatte Pinella Dahlke gesagt, nachdem sie mich schweigend und mit noch immer offenem Reißverschluss am Rock hierher geführt hatte, „die Kollegen werden gleich alle kommen.“

So so, sie werden gleich alle kommen. Ich hatte den schwanzgesteuerten Danny Hahn vor Augen und stellte mir vor, wie die gesamte Belegschaft kollektiv aufstöhnen würde, sagte aber nichts und nickte. Seither sitze ich hier und warte.

Mein Blick ruht abwechselnd auf vier großen Bildern, die jeweils locker als Matratzen französischer Doppelbetten durchgehen könnten. Der Künstler hat die weiß angestrichenen Leinwände mit Hunderten bunter Federn beklebt – einmal mit roten, dann mit blauen, gelben und schließlich, auf dem vierten Bild, mit allen zusammen. Wenngleich den Bildern ein gewisser dekorativer Pfiff nicht abzusprechen ist, erinnern sie erschreckend an das, was an der Volkshochschule entstehen könnte, in Kursen wie „Kreatives Basteln für Unbegabte“, „Grundkurs Farbenlehre – wahrnehmen und gestalten“ oder „Raus aus dem Alltag – ein bunter Workshop für Hausfrauen in den Wechseljahren“.

Ich bin so fasziniert von den albernen Bildern, die bei jedem sensiblen Menschen eine üble Migräne auslösen könnten, dass ich fast meinen jungen Kollegen übersehen hätte, der soeben den Raum betritt und mich mit einem vitalen „Moschen“ begrüßt, der lässigen Version des „Morgen“.

Ich antworte höflich mit „Guten Morgen“, womit die zart sprießende Konversation jedoch schon wieder abreißt, da mein Kollege sich bereits mit seinem Notebook beschäftigt und sich über irgendwas Lustiges, das er dort vorfindet, demonstrativ beömmelt. Okay, noch ein Idiot. Ein paar Versuche hat LIVE COMMUNICATION ja noch.

Als nächstes betreten zwei junge Damen den Raum, die mich überhaupt nicht beachten und aussehen, als gehörten sie eigentlich zu Douglas. Also tue ich es ihnen gleich und verhalte mich so, als wären wir noch immer zu zweit – ich und Kollege Moschen, dessen Heiterkeit inzwischen zu einem miserabelst gespielten, aber wenigstens stillen Lachkrampf ausgewachsen ist. Nicht mal vor dem abgedroschenen Schenkelklopfer macht er halt. Ich kann seinen stummen Schrei nach Aufmerksamkeit regelrecht hören. Wenn ich jetzt jedoch darauf eingehe und ihn danach frage, was es denn dort Lustiges auf seinem Laptop gibt, habe ich den Typ bis zur Rente an der Backe. Wahrscheinlich ist er der, den schon in der Schule keiner mochte. Ich mag die arme Sau irgendwie auch nicht und schätze, dass die beiden Douglas-Tussen wenigstens da auf meiner Wellenlänge liegen.

Nach und nach trudeln immer mehr Kollegen ein und nur die wenigsten nehmen mich wirklich wahr. Darunter sind eine ganze Reihe skurriler Gestalten – blutarme Computer-Nerds, glatzköpfige Kreative, die schwarze Rollis unter dem gleichfarbigen Armani-Anzug tragen und ständig an irgendwelchen Blackberrys rumfingern, und ab und an hübsche Partymäuse, von denen ich später erfahre, dass sie studentische Hilfskräfte sind und im Dienstrang theoretisch noch unter mir rangieren. Danny Hahn jedenfalls rangiert sicher ganz gerne mal über ihnen. Wahrscheinlich sind die rangierwilligen Hollister-Schnecken sogar noch leichter zu kündigen als ich.

Dann betritt ein Typ den Raum, der irgendwie nicht so recht in die Szenerie passen will. Jeans, T-Shirt, Sneakers. Er blickt in die Runde und sagt „Morgen zusammen“, erhält aber nur vereinzelt eine Antwort. Ein unpassend offensives und viel zu lautes „Morgen Boss“ erhält er von dem Kollegen mit dem inzwischen abgeklungenen Lachkrampf, der auf einen freien Platz neben sich deutet.

‚Boss?', frage ich mich. ‚Der Typ? Wie ein Vorgesetzter sieht der nicht gerade aus und keiner nennt seinen Chef allen Ernstes Boss, zumal Danny Hahn hier doch der unangefochtene Leithengst sein muss.'

Der Typ jedenfalls winkt freundlich ab und ignoriert den freien Platz geflissentlich. Er mag den Affen scheinbar auch nicht. Mir fällt fast ein Stein vom Herzen, denn der Neuankömmling ist hier im Raum der Einzige, den ich spontan als sympathisch bezeichnen würde.

Offenbar denkt er das auch über mich, kommt näher und fragt: „Ist der noch frei?"

„Klar", sage ich und mache eine einladende Geste.

„Neu hier?"

„Flatschneu", antworte ich etwas unsicher und frage dann ziemlich dämlich: „Und Sie? Du?"

„‚Du' ist schon richtig. Gefühlte Ewigkeit. Ein Jahr."

Klingt ja schon mal super.

„Ich bin Ben", stellt er sich vor.

„Thomas", antworte ich. Nach einer kurzen rhetorischen Pause ergänze ich, warum auch immer: „Meine Freunde nennen mich Hirni."

„Ich glaube, dann nenne ich dich lieber Hirni. Thomas heißt der Vogel da drüben nämlich auch." Er deutet unauffällig auf Kollege Moschen. „Thomas Vogel."

Mir schießen spontan eine ganze Handvoll Mördergags zum Namen ‚Vogel' durch den Kopf, behalte sie aber für mich und sage stattdessen: „Alles klar. Und warum nennt der dich Boss?"

„Ach das. Ich habe mal den Fehler gemacht, dem Ochsen anzuvertrauen, dass ich gerne Bruce Springsteen höre. Seitdem glaubt der, wir wären so was wie Kumpel."

„Verstehe. Und was machst du hier so?"

„Konzepte und Planung. So was halt in der Art."

„Klingt ziemlich interessant."

„Ja, ist ganz in Ordnung. Und du?"

„Ich habe bisher Werbetexte gemacht“, strunze ich. „Hab Germanistik studiert. Bin mal gespannt, was mich hier so erwartet.“

„Dem Himmel sei Dank! Ein Mann von Bildung. Dann kommt vielleicht doch mal so was wie Niveau in die Bude hier“, freut sich Ben und lacht.

„So schlimm?“

„Na, guck dir die ganzen Pfosten hier doch mal an. Die meisten bekommen nicht mal Groß- und Kleinschreibung auf die Kette. Du musst mal sehen, wie die E-Mails schreiben.“

Ich blicke ihn ratlos an und Ben zieht leicht resigniert die Schultern hoch.

„Sag mal“, fragt Ben, nachdem er mich einige Momente nachdenklich gemustert hat, „habe ich dich schon mal irgendwo gesehen?“

„Mich?“, frage ich ahnungslos. „Keine Ahnung, wüsste nicht, wo.“

„Kommst mir irgendwie bekannt vor.“

Ich zucke die Achseln und hoffe inständig, dass er mich nicht in einer der Quizshows gesehen hat.

„Warst du vielleicht mal Kandidat bei ‚Wetten dass ...?‘?“

Klarer Fall – er kennt mich wirklich aus einer Quizshow, wenngleich er mit ‚Wetten dass ...?‘ gehörig danebenliegt.

„Muss dich leider enttäuschen.“

Ben überlegt noch einen Moment, schüttelt dann aber ratlos den Kopf.

„Wo hast du denn dein Büro?“, fragt er schließlich.

„Hab ich noch nicht. Ich weiß eigentlich noch gar nichts. Weder, wo ich hin soll noch, was mich erwartet.“

„So geht’s mir jeden Tag.“ Er lacht und ich habe den Eindruck, dass man den Laden hier nur lachend ertragen kann.

„Habe nur mitbekommen, dass ich ins Team von irgendeiner Pia soll.“

Ben reicht mir ein zweites Mal die Hand und sagt: „Partner, willkommen, wir sind in einer Band“, als hätte ich es in den Recall der zweiundsechzigsten PopStars-Staffel geschafft.

Ich steige darauf ein und recke meine Faust, als hätte Dieter Bohlen mir einen Vertrag auf Lebenszeit gegeben.

„Und“, frage ich, „wie ist diese Pia so?“

„Super. Die ist echt super. Macht keine Riesenwelle und von den anderen hier kann der eigentlich keiner das Wasser reichen.“

Ich nicke anerkennend.

Dann betritt eine Frau den Raum und für einen Moment herrscht in meinem Kopf vollkommene Stille. Die kann noch keine dreißig sein und ist definitiv waffenscheinpflichtig. An ihr stimmt ausnahmslos alles und der Weg zu ihrem Platz bei den Douglas-Tussen wird augenblicklich zum Catwalk. Stünde sie vor Heidi Klum, wäre sie diejenige, die sagt: „Ich habe heute leider kein Foto für dich“ und Heidi verließe weinend den Raum.

Ich tippe Ben an und frage: „Ist das Pia?“

Ben schüttelt den Kopf und lacht. „Nee, Gott bewahre – das ist nicht Pia.“

„Schade.“

Ben schmunzelt und beugt sich zu mir rüber: „Vorsicht! Verpackung und Inhalt sind zwei Paar Schuhe. Wie immer in unserer Branche.“

„Egal“, entfährt es mir.

Ben sieht mich an, als hätte ich ihm anvertraut, dass ich Mike Tyson die Handtasche stehlen will.

„Wer ist das denn?“, frage ich leise und Ben antwortet verschwörerisch: „Kathrin! Ein ganz heißer Knaller. Aber ein Charakter aus blanker Scheiße.“

Ein schönes Bild, das ich nun vor meinen Augen habe! Ich will ihn fragen, ob die Konsistenz wenigstens formbeständig ist oder weich und breiig, doch Ben scheint meinen Gedanken erraten zu haben und flüstert: „Einer dieser Haufen, die man ganz lange unter den Schuhen hat, wenn man reingetreten ist. So tief in den Rillen, weißte?“

Ich versuche mir diesen Traum von einer Frau aufrechtzuerhalten, indem ich mir eine plausible Erklärung für Bens Abneigung zusammenreime. Wahrscheinlich hat sie ihm den Korb seines

Lebens gegeben und seitdem missgönnt er auch jedem anderen diesen Ferrari in engen Jeans.

„Darf ich dich mal was fragen?", frage ich nach einer Weile und senke meine Stimme so, dass bloß keiner mithören kann.

Ben beugt sich zu mir.

Ich räuspere mich. „Hast du hier einen richtigen Vertrag?"

„Einen Vertrag? Ja klar habe ich einen Vertrag", lacht er, wobei sein Lachen einen Hauch zu bitter klingt.

Ich nicke und schaue resignierend auf den Tisch.

„Fragt sich nur, was für einen Vertrag", sagt er genüsslich. „Nämlich einen Scheißvertrag! Die meisten kriegen hier Praktikantenverträge und eine Bezahlung unter aller Sau."

„Du auch?"

„Natürlich. Du etwa nicht? Wir sind hier doch nur die Deppen."

„Und ich hatte schon gedacht, ich bin der Einzige, der hier verarscht wird."

„Keine Sorge, Hirni. Richtige Verträge mit entsprechender Bezahlung haben hier nur die wenigsten. Außer dem Chef nur der Hahn, die Dahlke und ein paar Idioten aus der IT."

„Ist Danny Hahn denn nicht der Chef?"

„Ach woher? Der leitet hier den Vertrieb und akquiriert die meisten Kunden. Sozusagen unser oberster Klinkenputzer. Aber wirklich zu sagen hat der nichts. Hätte er nur gerne."

Interessant! Fast so interessant wie der Auftritt von Whitney, mit der ich ja bereits ein anregendes Gespräch an Benjamins Grab hatte.

Mit ihrem Hintern drückt sie die Tür auf, um einhändig ein Tablett mit zwei Thermoskannen und mehreren Tassen, Untertassen, Löffeln, Zucker und Milch zu balancieren. In der anderen Hand hält sie ein schnurloses Telefon, ihr iPhone und eine Tüte Chupa-Chups-Lutscher. Sie wirkt für ihre Verhältnisse hochkonzentriert, da sie der Balanceakt offensichtlich nicht nur motorisch, sondern auch kräftemäßig maximal auslastet.

‚Jetzt bloß nicht auf die Uhr gucken, Whitney', denke ich beschwörend.

Auch Ben verfolgt gespannt jede ihrer Bewegungen.

„Ein Zuckerstick mehr und der Arm bricht ab“, flüstert er mir zu.

Whitney ist inzwischen in leichter Not und das Tablett neigt sich merklich, aber keiner der Anwesenden greift ein und hilft. Als wäre das Schicksal ein Charakterschwein, beginnt nun zu allem Überfluss noch das Telefon zu piepen. In ihren Augen flackert die Panik und sie versucht tatsächlich, das Telefon in ihrer vollen Hand zu wenden, um den Anruf entgegenzunehmen. Wenn ihr das gelingt, ohne dass sie hier einen halben Polterabend vom Zaun bricht, ist sie definitiv reif für das Zirkusfestival von Monte Carlo oder wenigstens für ein Stipendium an der Artistenschule in Berlin. Warum nur kommt ihr denn keiner zu Hilfe? Sollte ich als Agentur-Novize etwa derjenige sein, der hier den Retter spielt?

Erneut scheint Ben meine Gedanken zu erraten, hebt beschwichtigend die Hand und flüstert: „Nichts machen, nur genießen.“

Wie aufs Stichwort erhebt sich Oberspacko Vogel und eilt Whitney entgegen. Anstatt ihr jedoch zu helfen und eventuell das Tablett oder wenigstens die blöden Lutscher abzunehmen, macht er das einzig Falsche und setzt eine Choreografie in Gang, die selbst Stan Laurel und Oliver Hardy als überzogen aus dem Drehbuch gestrichen hätten. Der Depp greift nach einer der Thermoskannen und bringt das gesamte Tablett vollkommen aus dem Gleichgewicht – der Alptraum jeder Kellnerin. Mit einem kehligen Schrei, der klingt wie ein gewürgter Frosch, reißt Whitney die Hand unnötigerweise hoch und bringt so erst richtig Schwung in das Desaster. Während die zweite Thermoskanne zu Boden stürzt, fliegen die restlichen Gegenstände bis unter die Decke, wo sie nicht nur selbst zu Bruch gehen, sondern zudem eine elegante Halogenkonstruktion zerschmettern. In Panik schnappt Whitney nach dem Tablett, das auf sie zurück stürzt, und katapultiert dabei das Mobiltelefon quer durch den Raum. Erst das gelbe Federbild stoppt den Flug, wobei vereinzelte Federn zu Boden gehen.

Wo ein Telefon ist, da sind auch Lutscher, deren Tüte mit einem lauten Ratsch aufreißt, sodass gut drei Dutzend bunt gestreifter

Projektile auf die Anwesenden herabregnen. Mit offenen Mündern und ungläubig staunend, ertragen sie den Beschuss. Unfassbar – es ist Karneval und keiner hat's bisher gemerkt!

Wie eine tragische Heldin steht Whitney in einem wahren Schlachtfeld, aber, Gott sei Dank, sie ist unverletzt und lebt. Mit zittriger Hand führt sie das Telefon ans Ohr, um den Anruf mit zwei knappen Sätzen abzuwürgen: „Ist grad schlecht. Ich hab hier voll die Scheiße."

Besser kann man es nicht sagen. Szenenapplaus wäre fällig. Das undankbare Publikum jedoch schweigt und wendet sich nach einer kurzen Phase des Fremdschämens wieder den eigenen Gesprächen zu. Comedy kann so unbarmherzig sein.

Ohne jede Würde beginnt Whitney jedoch auf allen Vieren das Trümmerfeld zu ordnen. Dabei wimmert sie leise Flüche, was wie ein orientalisches Gebetsritual wirkt. Ihre aufreizend enge Hüfthose offenbart eklatante Schwächen und gibt den Blick nicht nur auf ein kapitales Arschgeweih frei, sondern gleichwohl dorthin, wo nie die Sonne scheint. Knapp zwei Meter vor mir krabbeln zwei halbentblößte Arschbacken über den Vorwerkteppich, ohne dass Whitney auch nur ansatzweise ahnt, welchen Anblick sie den Anwesenden zumutet. Männer mögen in der Regel zwar Popos, aber nicht das, was sich in der Tiefe dazwischen verbirgt.

Ben blickt zur Decke und lächelt mir dann entschuldigend zu. Fast wirkt es, als sei ihm die Situation peinlich.

Die anderen Männer glotzen mit offenen Mündern und selbst Vogel hat für den Moment den Sendebetrieb eingestellt.

Allein die granatenscharfe Kathrin scheint Whitneys Selbstdemontage richtig zu genießen und lutscht voller Hingabe einen der vom Himmel geregneten Chupa-Chups-Lutscher. Dann kommt sie auf die sensationelle Idee, sich über den Tisch zu beugen und den klebrigen Lutscher am langen Arm in den verrutschten Hosenbund von Whitney fallen zu lassen, wo er präzise zwischen den Pobacken in der Tiefe des Raumes verschwindet.

Whitney stöhnt qiekend auf, wobei sich nicht eindeutig sagen lässt, ob sie wirklich erschrocken ist oder ihr der Lutscher im Arsch nicht doch ganz gut gefällt.

Kathrin grinst und erntet huldigendes Gelächter – interessanterweise ausschließlich von den männlichen Kollegen. Bens Warnung und Verweis auf den nicht ganz astreinen Charakter der Dame gewinnt zunehmend an Glaubwürdigkeit.

Während Whitney, noch immer auf Knien, verzweifelt versucht, sich vom Lutscher zu befreien und mit der Hand von hinten in die Hose greift, lässt Kathrin den Blick triumphierend durch die Reihen wandern. Ich verfolge ungläubig, wie Whitneys Hand bis zur Mitte des Unterarms in der Hose verschwindet und dort verzweifelt herumfingert. ‚Das wird hier kein Meeting', schießt es mir durch den Kopf, ‚das ist die Vorrunde vom ‚Supertalent'!' Fast nebensächlich nehme ich angesichts dieses würdelosen Schauspiels wahr, dass Kathrin mich inzwischen ansieht. Ich reiße mich von Whitneys Rektal-Performance los und meine Augen geraten in den Bannstrahl von Kathrins Blick. Fast unmerklich fährt sie sich mit der Zunge über die Lippen und ich spüre, wie sämtliches Blut meinem Kopf entweicht und sich in den Füßen sammelt. Wer mich jetzt nach meinem Namen fragt, wird keine vernünftige Antwort erhalten. Kathrin reduziert mich mit einem einzigen Blick zu einem sabbernden Volltrottel. Alles, was ich in diesem Moment weiß, ist, dass Kathrin die mit Abstand aufregendste Frau der Welt ist. Mein Wissen von charakterlichen Defiziten ist wie weggeblasen, was leider offenbar auch für mein Gehirn gilt. Ich muss aussehen wie ein Idiot im Wachkoma und nehme vollkommen handlungsunfähig zur Kenntnis, wie Kathrin abfällig lächelt und mich so im Gleitflug aufkommender Glückseeligkeit eiskalt abschießt.

„Was ist denn hier passiert? Ist jemand verletzt?" In der Tür steht eine junge Frau, die schätzungsweise in meinem Alter sein dürfte und ungläubig das Chaos auf dem Boden begutachtet.

„Mir ist das Tablett hingefallen", untertreibt Whitney.

„Und was um alles in der Welt machst du da?", fragt die Frau mit kurzem, blondem Pferdeschwanz fassungslos und mustert Whitney, deren Arm noch immer in der Hose wühlt. Für einen Moment herrscht betretene Stille, dann endlich zieht Whitney den feuchten Lutscher hervor und hält ihn, wie einen Beweis ihrer Unschuld, in die Luft.

Die Frau blickt fragend in die Runde, entschließt sich jedoch offenbar, keine weiteren Fragen zu stellen, deren Antworten sie nur verstören würden.

Sie schüttelt den Kopf. „Wie auch immer, die Dahlke und der Hahn sind im Anmarsch. Lasst uns den Saustall hier wegräumen."

Sie legt ihr Mini-Notebook beiseite und kniet sich zu Whitney, die den Lutscher auf den nächtsbesten Tisch gelegt hat. Gemeinsam sammeln sie die Scherben ein. Die Douglas-Tussen, eigentlich prädestiniert für leichte Aufräumarbeiten, bewegen sich kein Stück und starren, noch immer von dem Schauspiel konsterniert, angeekelt auf den langsam antrocknenden Lutscher.

„Könnte vielleicht mal einer mit anpacken?", fragt der blonde Pferdeschwanz nach einer Weile und sieht mich an. Ein wenig unschlüssig suche ich Rat bei Ben. Der zuckt die Schultern, steht auf und hilft. Ich folge ihm und vermeide, Kathrin meinen Hintern zuzudrehen.

Während wir so auf allen Vieren versuchen, die Spuren von Whitneys Malheur zu beseitigen, streckt mir die junge Frau die Hand entgegen.

„Neu?"

„Nee, mit Perwoll gewaschen", erkläre ich und schüttele ihre Hand.

„Riesenwitz", antwortet sie und wirkt leicht genervt. „Pia."

„Pia", wiederhole ich im gleichen Tonfall, als käme ich vom Ork und müsse mir den komplizierten Namen erst gewissenhaft einprägen. Mich selbst vorzustellen, vergesse ich dabei komplett.

„Ja, genau! P-I-A. Wie man's spricht."

Ich überlege, ob ich gerade verarscht werde und wiederhole den Namen erneut: „Pia".

„So prima, jetzt kannst es ja. Und du?“, hakt sie nach. „Oder heißt du etwa auch Pia?“

Ich werde verarscht. Eindeutig.

„Thomas“, sage ich etwas unsouverän und begreife, dass sie diejenige sein muss, in deren Team ich arbeiten soll. Das fängt ja gut an. Im Augenwinkel sehe ich hinüber zu Kathrin, die unseren Reinigungstrupp mit aufreizender Lässigkeit beobachtet. Mein Gott, ist die scharf! In welchem Team die wohl arbeitet, frage ich mich. Ganz gleich, welche Veranstaltungen auch immer sie zu organisieren hat, dort will ich hin – und wenn es Tupper-Partys sind. Vielleicht sollte ich einen Karriereplan entwickeln und Pia nur als vorübergehende Station auf meinem Weg nach oben betrachten. Immerhin ist die mir aber immer noch wesentlich lieber als so hohle Fritten wie Whitney oder Pinella Dahlke.

Wie aufs Stichwort steht die Partykanone prompt in der Tür. Und neben ihr die schmierige James-Bond-Persiflage, der Mann mit den tausend Eiern.

„Was sucht ihr denn da?“, fragt er. „Den Sinn des Lebens?“

„Noch ein Superwitz“, zischt mir Pia zu, steht auf und geht zu ihrem Platz. Kollege Vogel findet den Witz offenbar klasse und beömmelt sich mal wieder, diesmal etwas leiser und verstohlener. Er gibt ein dämlich verkniffenes und peinlich gehemmtes „Gnihihihihi ...“ von sich. Oh mein Gott, ist der doof.

Ben und ich, wir setzen uns ebenfalls und fühlen uns wie zwei blöde Schuljungs, die Hofdienst hatten.

Vom Platz aus beobachte ich Pia, die ihr Notebook hochfährt und sich eine Strähne aus der Stirn bläst.

‚Eigentlich ganz hübsch‘, denke ich. ‚Ihr Problem ist nur, dass sie mit einer Göttin den Raum teilt und da verblasst jeder zwangsläufig zum hässlichen Entlein.‘

„Also, was steht an?“, fragt Danny Hahn und gibt sich als unumschränkte Führungskraft.

„Wollen wir nicht auf den Chef warten?“, unterbricht ihn Pinella mit fast körperloser, gleichbleibend langweiliger Stimme, die garantiert jedes Hörbuch zum Ladenhüter machen würde.

Danny Hahn wirkt pikiert. Autsch, das hat gesessen. Fast glaube ich, er ist eine kleine Mimose, die sich hinter einem Nebel aus großzügig versprühtem Testosteron versteckt.

Ein vollkommen deplatziertes „Gnihihihihi ..." ist zu hören.

Agent 0,07 wirft Kollege Vogel einen bitterbösen Blick zu und nuschelt genervt: „Meinetwegen". Dann greift er nach einem Lutscher auf seinem Tisch. Danny Hahn kommt offenbar nicht im Traum auf die Idee, dass diese Lutscher normalerweise in klare Folie gewickelt sind, und schiebt sich Whitneys Arschlutscher gelangweilt in den Mund. Jeder im Raum, außer Pinella Dahlke, verfolgt den Vorgang voller Entsetzen, aber keiner sagt ein Wort. Für einen kurzen Moment, der sich anfühlt wie eine kleine Ewigkeit, verharrt er, als würde ihn etwas an diesem Lutscher irritieren. Dann beginnt er genüsslich zu lutschen und fingert sein iPhone aus der Tasche. Endlich weiß auch ich, was Fremdekeln ist.

Fast dankbar für die Zäsur nehme ich die Ankunft eines graumelierten Herrn zur Kenntnis.

Ben stupst mich an. „Dietmar Döbel. Dein neuer Chef."

„Der Typ?"

Ben nickt. „Eigentlich ganz nett, hat aber ein leichtes Autoritätsproblem."

„Dietmar Döbel?", frage ich ungläubig nach.

„Genau so! Leider auch fachlich eine echte Null."

Der untersetzte Mann, der den Raum betritt, hat eine borstige Glatze, einen ziemlich deplaziert wirkenden Schnurrbart und geht schätzungsweise stramm auf die Sechzig zu. Er sieht aus wie eine Karikatur und könnte nicht nur namentlich, sondern auch optisch einem Benjamin-Blümchen-Hörspiel entsprungen sein. Ich kämpfe einen aufkommenden Lachanfall herunter und gerate fast in Panik, da ich ahne, dass ich hier heute noch unangenehm auffallen werde.

Als Dietmar Döbel zu sprechen beginnt und die Belegschaft mit einem offensiven „So, alle da?" begrüßt, brechen bei mir sämtliche Dämme und ich lache laut auf. Dietmar Döbel hat eine Stimme ohne jeglichen Bass und krächzt zudem noch heiser wie ein korrupter Mafia-Pate. Etwa zwanzig Augenpaare sehen mich irritiert an und Dietmar Döbel fragt gepresst: „Junger Mann, Sie scheinen hier neu zu sein. Was bitte ist so lustig?"

Ich breche erneut in Lachen aus und könnte gleichzeitig im Boden versinken. Ein schlechterer Einstand am ersten Tag ist wohl kaum denkbar, aber dieser ganze Laden ist einfach zu viel für mich. Richtig normal ist hier keiner. Das ist keine Eventagentur, sondern eine Freakshow! Ich bekomme einen ausgewachsenen Lachkrampf und kann nichts dagegen tun.

Trotz des Rauschens in meinem Kopf höre ich das leise, verkniffene „Gnihihihihi ..." von Kollege Vogel. Diesmal würde ich ihm gerne einen bösen Blick zuwerfen, kann es aber nicht.

Während ich mein Gesicht, vom Lachen inzwischen puterrot, in meinen Handflächen verberge, nimmt Dietmar Döbel langsam Platz. Erst als Ben mich anstupst und mir zuzischelt, dass Döbel vor zwei Jahren Kehlkopfkrebs hatte, klingt mein Lachkrampf ab. Ich blicke in die Runde und in zumeist verständnislose Gesichter. Nur Kollege Vogel hat noch seinen Spaß.

„Gnihihihihi."

Pia schmunzelt unmerklich. Kathrin dagegen grinst unverhohlen. Sie steht offenbar auf Geschmacklosigkeiten jeder Art. Alle anderen zeigen keine Regung und Pinella Dahlke schüttelt fast unmerklich missbilligend den Kopf. Ich fühle mich wie jemand, der als Einziger im roten Sakko zur Beerdigung erschienen ist und statt Blumen brennende Wunderkerzen auf den Sarg wirft.

„Nun denn, wenn wir es dann haben?" Dietmar Döbel krächzt in die Runde. Nach einigen gewürgt klingenden Einführungssätzen übergibt er das Wort an Pinella Dahlke, die monoton über die aktuelle Lage der Agentur referiert und mit den Namen illustrer Unternehmen um sich wirft. Nach einer Reihe, den Gesichtern der Versammelten nach zu urteilen, offenkundig sehr positiven Informationen, kommt sie, zumindest ihrer Mimik nach, zu den unerfreulicheren Themen des Tages und stellt mich als neuen Mitarbeiter vor. Sie erklärt, dass ich Pia Sieberts Team unterstützen werde, die mich mit großen Augen ansieht. Ich versuche, sie mit einem Lächeln zu überzeugen, bin aber nur mäßig erfolgreich und wirke offenbar eher hilflos. Sie nickt mir beruhigend zu.

„Apropos, wie läuft's denn bei dir?", will Danny Hahn von Pia wissen und ich, aber auch alle anderen, zucken fast zusammen. Im direkten Kontrast zu Dietmar Döbels Mickerstimme und Pinella Dahlkes emotionslosem Vortrag, klingt Danny wie ein Megafon am Anschlag.

„Ganz gut. Wenn nichts schiefgeht, sollten wir den Auftrag für Berlin haben", antwortet Pia. Sie zupft ihre Ärmel gerade. „Um elf sind zwei Leute vom Konzern hier und dann werden wir ja sehen. Ich bin aber ganz optimistisch."

„Wen schicken die?"

„Irgendeine Sabrina Monk. Und einen ..." Pia blättert in einer dünnen Projektmappe, „... einen Markus Lecknepper."

Ich atme schwer. Zwar verstehe ich keine Zusammenhänge, aber bei der Vorstellung, gleich in Pias Team einem Typen gegenüberzusitzen, der „Lecknepper" heißt, macht mir jetzt schon Angst. Heute darf ich mir kein weiteres Fettnäpfchen mehr leisten.

„Und habt ihr schon über das Budget gesprochen?"

„Das Agenturhonorar liegt bei zwölftausend. Die Fremdkosten bestimmt noch mal bei acht. Ich bin mir aber ziemlich sicher, dass die noch drücken wollen."

„Noch mehr drücken?", fragt Dietmar Döbel mit panischem Unterton in der ohnehin schon kämpfenden Stimme. „Ich denke, die wollen die ganz große Nummer!"

Pia zieht ratlos die Schultern hoch. „Klar! Am liebsten Oscarverleihung, aber es darf nichts kosten. Ist doch wie immer."

Dietmar Döbel prustet empört. „Dass Sie mir das nicht versaubeuteln!"

Ich tippe Ben an und frage leise: „Was für eine Firma ist das denn?"

„'ne Restaurantkette. PastaFigaro."

„Die?", frage ich begeistert. „Die gibt's doch hier in der Innenstadt auch."

„Die gibt es inzwischen schon fast überall“, antwortet er gelangweilt.

„Und was macht ihr da?“

„Eröffnungsveranstaltung. Mit Promis und so.“

„Nicht schlecht.“ Ich nicke anerkennend.

Wenn ich auch nicht weiß, wie so eine Eröffnung aussieht und was da genau gemacht werden muss, merke ich dennoch, wie in mir Begeisterung wächst. Das PastaFigaro ist eines der angesagtesten Restaurants in der Stadt und immer rappelvoll. Ich war zwar selbst noch nicht drin, weil alle, die hingehen, auf erfolgreich und busy machen, also keine klassischen ‚Wash & Go‘-Mitarbeiter sind, aber die Vorstellung, bald auch so cool und lässig zu sein, fasziniert mich.

Noch mehr fasziniert mich allerdings Kathrin.

„Und was für Projekte betreut die?“, flüstere ich Ben zu und nicke in Kathrins Richtung.

„Private Events.“

Ich blicke ein wenig ratlos aus der Wäsche und Ben wird konkreter.

„Meistens Hochzeiten. In manchen Fällen auch mal Geburtstage, wenn irgendein hohes Tier fünfzig wird oder so. Vorletzten Monat war sogar eine Beerdigung dazwischen.“

„Jemand beauftragt für seine Beerdigung eine Eventagentur?“

„Ne“, amüsiert sich Ben, „das haben die Mitarbeiter gemacht. Der Typ, der das Zeitliche gesegnet hatte, war Seniorchef von so ’nem Großunternehmen. Da waren sogar die großen Fernsehsender mit Kamerateams und dem ganzen Firlefanz.“

„So was kann die alles?“

„Ach, alles kein Hexenwerk. Und im Zweifelsfall rettet ihr dann wieder irgendjemand den Hintern. Meistens die Kerle natürlich.“

Wen wundert’s. Ich jedenfalls würde ihr gerne mal den Hintern retten dürfen. Auch wenn mich Hochzeiten jetzt eher nicht so interessieren – der Hintern wäre es Wert, auf jede PastaFigaro-Eröffnung zu verzichten.

„Braucht den Raum hier gleich jemand?“, fragt Pia. „Dann würde ich die PastaFigaros nämlich ganz gerne hier empfangen.“

Keiner der Anwesenden hat Einwände, sodass Dietmar Döbel das erste Montagsmeeting meiner noch jungen Eventlaufbahn beendet und sich nach und nach jeder der Anwesenden aus dem Raum schleicht. Da Pia und Ben sitzen bleiben, tue ich es ihnen gleich und warte ab. Danny Hahn zwinkert mir zu und tippt sich unsagbar cool mit dem Zeigefinger zum Gruß an die Stirn. Dann entsorgt er den abgenagten Stiel seines Lutschers mit einem nachlässigen Wurf knapp neben den Abfallbehälter und greift sich die Tüte mit den restlichen Chupa-Chups-Lutschern. Er runzelt die Stirn und pfeffert die Tüte in den Müll.

„Spinnst du?“ Pinella Dahlke blickt ihn verständnislos an. Seine Antwort kann ich nicht mehr ganz verstehen, da er bereits auf dem Flur ist; es sind nur Satzfetzen, die an mein Ohr dringen. Was ich aber definitiv noch höre ist „... schmecken total scheiße ...“ und „... bestimmt schon abgelaufen.“

The Sky is the Limit

„Meinst du", fragt mich Pia, „es wird dir möglich sein, in den nächsten anderthalb Stunden halbwegs seriös rüberzukommen?"

„Sorry", sage ich. „Tut mir echt leid." Ich mache ein schuldbewusstes Gesicht. „Ich muss mich hier wohl erst akklimatisieren. Wird nicht wieder vorkommen."

Ben zuckt die Schultern. „Ich fand's ganz witzig."

„Du weißt genau, dass der Döbel mich auf dem Kieker hat. Meinst du etwa, ich will mir einen anderen Job suchen?"

„Hast ja recht", beschwichtigt Ben und verdreht die Augen.

„Ist das ein wichtiger Auftrag?", frage ich.

Pia macht ein ernstes Gesicht und nickt. „Schon. Ich habe vor drei Wochen erst einen Auftrag verloren." Sie hebt resignierend die Schultern. „Da kann man noch so gute Arbeit leisten. Diesmal geht es aber um mehr – Rahmenvertrag! Wenn wir den Job hier gewinnen, sind wir voll drin und touren für die das ganze Jahr durch's Land. Eine Eröffnungsveranstaltung nach der anderen. Andernfalls machen wir für die wahrscheinlich gar nichts mehr."

„Aber ihr durftet doch bisher für die arbeiten, oder?", frage ich.

„Klar, aber auch nicht immer. Die wirklich interessanten Events hat für den Kunden eigentlich immer die Konkurrenz gemacht."

„Wieso? Sind die billiger?"

„Glaube ich nicht. Aber die haben so eine Tussi, die lässt sich von einem der PastaFigaro-Typen poppen. Das ist ein Verkaufsargument."

„Dann solltest auch du dein Dienstleistungsspektrum mal erweitern. Wir machen denen ein Angebot, das sie nicht ablehnen können, mit ganz persönlicher Kundenbetreuung", schlägt Ben mit ernster Miene vor. „Für dich können wir ja Stundensätze angeben – ganz transparent nach tatsächlichem Aufwand abgerechnet."

„Find ich gut", antwortet Pia und überlegt. „Sollten wir so machen. Verbrauchsmaterialien werden aber extra berechnet, Kondome und so." Sie will ihm noch mehr sagen, doch ihr Telefon klingelt. Das Telefonat ist denkbar kurz und Pia atmet tief durch. „Sie sind da."

Nach einem kurzen Moment fügt sie hinzu: „Jetzt nur nicht den Sand in den Kopf stecken!"

Ich grinse. „Lothar Matthäus."

„Wovon redet ihr?", fragt Ben.

Pia stupst ihm mit der Hand gegen die Stirn. „Gib dir keine Mühe. Von Fußball hast du keine Ahnung."

Ich blicke zwischen den beiden unsicher hin und her und frage Pia: „Du interessierst dich für Fußball?"

„Ja."

„Das ist leicht untertrieben", verrät mir Ben mit verschwörerischem Unterton. „Wenn Marcel Reif bei Günther Jauch säße, wäre Pia bei allen kniffeligen Fußballfragen sein Telefonjoker."

Ich nicke anerkennend, schmecke jedoch sogleich diesen bitter-sauren Geschmack auf meiner Zunge. Ich denke an die Million, die um Haaresbreite meinem Konto gutgeschrieben worden wäre und mache mir klar, dass ich bei aktueller Vertragslage für die Summe etwa tausend Monate werde arbeiten müssen, ohne einen einzigen Cent ausgeben zu dürfen. Ich versuche, Geschmack und Gedanken zu verdrängen und bleibe mit meinem Blick am Stiel von Danny Hahns Chupa-Chups-Lutscher hängen, der natürlich noch immer neben dem Abfallbehälter liegt. Die Bilder, die sich so Platz in meinem Kopf schaffen, helfen mir auch nicht wirklich weiter, sodass ich dankbar bin für die Ablenkung durch unsere Gäste, die wenig später von Whitney in den Konferenzraum geführt und mit feinstem Cappuccino versorgt werden. Das schnöselige Pack, das unter unausgesprochener Huldigung Einzug hält, bestätigt jedes Klischee überflüssiger Marketingmitarbeiter.

Sabrina Monk ist leidlich hübsch und versucht, mit figurbetonten Klamotten kaum vorhandene Reize zu akzentuieren. Sie hat diesen leicht billig wirkenden Mariah-Carey-Look und hält ihr Filofax fest umschlungen. Ich schätze sie auf Mitte zwanzig und könnte meinen Praktikantenvertrag darauf verwetten, dass sie deutlich mehr verdient als Pia, Ben und ich. Ihr Begleiter ist vermutlich im gleichen Alter und wirkt tendenziell schwul. Markus Lecknepper trägt rote Chinos, in denen eigentlich jeder Mann beschissen aussähe. Chinos sind Hosen, in denen sogar die Knackpopos neunzehnjähriger Beachvolleyballerinnen schlaff und formlos wirken. Wenn jedoch ein affektierter Lackaffe ohne Waden ein solches Höschen trägt, ist der Anblick zum Weglaufen. Hier frisst nicht Arsch Hose, sondern umgekehrt. Dagegen ist mein ‚Wash & Go'-Overall regelrecht männlich.

Alle Anwesenden werden miteinander bekannt gemacht und Sabrina Monk kommt erstaunlich schnell zum Punkt.

„Ihre Agentur hat ja eine Menge Fürsprecher, wir haben uns noch mal schlau gemacht."

Pia nickt. „Das freut mich zu hören. Ich glaube, Ihre Leute waren bisher auch alle ganz zufrieden mit uns."

„Ja, sicher. Aber wir haben eigentliche andere Maßstäbe."

Pia blickt sie fragend an. Dann wandert ihr Blick zu Ben und schließlich zu mir. Urplötzlich habe ich das Gefühl, tatsächlich dazuzugehören. Die PastaFigaro-Zicke nimmt Platz und lächelt. Sie wirkt hinterhältig und ich merke, dass hier Vorsicht geboten ist.

Ihr Lecknepper zupft sich selbstbewusst die Ärmel zurecht. Erst jetzt bemerke ich, dass er eine grüne Jacke mit scheußlichen Hornknöpfen trägt, was man in Bayern wohl Janker nennt.

„Das Angebot haben Sie aber erhalten?", fragt Ben und schiebt mir mehrere Seiten mit Leistungen und Preisen zu, damit auch ich weiß, worüber gesprochen wird. Ich überfliege das Angebot, vermisse die Erwähnung von Pias optional zubuchbarem Rund-um-sorglos-Paket für den männlichen Kunden, verfolge aber weiterhin neugierig das Gespräch.

„Ja, das ist auch alles klar soweit. Aber was wir vermissen, ist die Leidenschaft. Totale Leidenschaft. Wir wünschen uns von einer Agentur bedingungslose Identifikation. Eine Agentur, die unsere Gedanken zu ihren eigenen macht. Machen Sie uns für die nächste Eröffnung doch mal Vorschläge, die uns beeindrucken."

Ich frage mich, ob hier von einer profanen Restaurantkette die Rede ist oder von einer Sekte und spüre die Anspannung in der Luft. Pia bleibt jedoch vollkommen ruhig und lehnt sich ein Stück zurück.

„Sie waren doch auf unseren bisherigen Eröffnungsevents, oder?“, fragt sie.

„Ja, in Darmstadt haben wir uns ein Bild von Ihrer Leistung machen können.“

„Und?“

„Na ja, ging so. Um zehn gingen die ersten Gäste schon wieder.“

Der Lecknepper beugt sich nach vorn. „Ist das Party? Hallo?“

Ich merke, wie mir übel wird. Ich finde den Typ ätzend und sollte aufpassen, dass er das nicht merkt. Ben geht es offenbar genauso. Er sieht mich an und verdreht unauffällig die Augen zum Himmel.

Pia richtet sich auf. „Wenn Sie da waren, haben Sie eventuell auch bemerkt, dass Ihre Küche um halb zehn den Betrieb eingestellt hatte.“

Sabrina Monk und Markus Lecknepper blicken einander ausdruckslos an. Der Chino-Mann rümpft trotzig die Nase.

„Haben wir nicht gewusst, nein. Aber deshalb muss doch trotzdem nicht gleich die ganze Atmosphäre leiden. Das Licht zum Beispiel ging gar nicht!“

„Und Atmosphäre ist das Wichtigste in unseren PastaFigaro-Restaurants“, bestätigt Sabrina Monk.

„Aber nicht wichtiger als das Essen?“, frage ich und bin mir nicht sicher, ob ich mir die Frage nicht besser hätte verkneifen sollen.

Der Lecknepper zaubert daraufhin einen auswendig gelernten Satz hervor, der einer Imagebroschüre entstammen könnte.

„Bei uns gibt es ausschließlich frische Zutaten, keine Geschmacksverstärker und schon gar kein Convenience Food. Wir sind Lifestyle, wir sind fresh casual, wir sind ...“ Er hält inne. Offenbar hat er vergessen, was er noch alles ist.

Alle, sogar Sabrina Monk, ignorieren sein überflüssiges Geblubber, das so fehl am Platz war, dass sich Marietta Slomka im Heute-Journal für die falsche MAZ entschuldigt hätte.

„Wir hatten das gesamte Restaurant beleuchtet und die Atmosphäre war richtig gut. Als die Küche aber schloss, wies Ihr Restaurantleiter seine Leute an, die normale Neonbeleuchtung einzuschalten. Der meinte sogar ‚hoffentlich geht das hier heute nicht so lange, morgen geht's schon früh los'."

Wieder blicken sich unsere Gäste ausdruckslos an. Sie hören diese Dinge offenbar zum ersten Mal und haben sich bisher anscheinend für keinerlei Hintergründe interessiert. Sie glaubten, Pia und Ben abwatschen zu können, ohne ihre Hausaufgaben gemacht zu haben.

„Ja, aber dann müssen Sie da entgegensteuern!", protestiert der Lecknepper.

„Gegen den Kunden?", fragt Pia.

„Na, da müssen Sie ihn drauf aufmerksam machen. Also das erwarte ich schon von einer Agentur. Verstehen Sie jetzt, was wir meinen, wenn wir Einsatz sehen wollen?"

Was für ein arroganter Schnösel, denke ich. Und dann sagt dieser Chino-Wicht allen Ernstes: „Ich bin zu lange im Geschäft, um solche Nachlässigkeiten zu akzeptieren."

„Entschuldigung", melde ich mich zu Wort und versuche, so höflich wie möglich zu klingen. „Ich bin neu hier im Team und noch nicht ganz im Thema, zumal wir uns ja noch nicht so genau vorgestellt worden sind. Was machen Sie genau bei PastaFigaro? Allgemeines Marketing oder mehr die Events?"

Der Lecknepper zupft sich die Ärmel seines Janker hoch und entblößt rasierte Unterarme. Seine Rado-Uhr hängt locker am Handgelenk und scheußliche Flecken verraten den unsachgemäßen Gebrauch von Bräunungscreme.

„Ich bin im Operations."

Mit dieser, wie eine Frage klingenden Information, lehnt er sich zurück. Stille im Raum. Drei Augenpaare blicken recht ratlos. Nur Sabrina Monk scheint der Begriff keine Rätsel aufzugeben.

„Operations?“, wiederhole ich, nur dass meine Frage wie eine Aussage klingt. Mein Gehirn assoziiert wie blöde und sucht nach sämtlichen Querverbindungen zu Tätigkeitsprofilen, die auch nur annähernd in den Dunstkreis einer Restaurantkette passen können. Was dieser Typ tatsächlich macht, bleibt mir schleierhaft. Sollte der Knilch etwa eine Art Betriebsarzt sein?

Der Lecknepper macht eine linkische Handbewegung. „Ich mache die Trainings.“

„Trainings?“, vergewissere ich mich und merke, wie sein Berufsbild vor meinem geistigen Auge immer weiter verschwimmt, statt an Kontur zu gewinnen.

„Und die Castings.“

„Okay.“ Darunter kann ich mir, wenn auch nicht in diesem Zusammenhang, zwar etwas vorstellen, jedoch sind die drei genannten Begriffe für mich miteinander derart unvereinbar, dass ich so tue, als hätte ich begriffen, um mich nicht noch weiter in den Schlammassel zu reiten. Pia wirft mir einen ratlosen Blick zu, der mir zeigt, dass auch sie nicht viel schlauer ist als ich.

Erst wesentlich später lerne ich, dass bei PastaFigaro die ungelernten Pizzabäcker und Nudelkocher allen Ernstes ein Casting und späteres Training durchlaufen müssen. Was sich manche Menschen heutzutage für einen Scheißjob alles antun müssen!

„Ich habe selbst eine Ausbildung zum Veranstaltungskaufmann gemacht“, plaudert der Lecknepper aus dem Nähkästchen. „Ich kann Ihre Arbeit also durchaus bewerten. Ich habe mich freiwillig entschieden, einen anderen Weg zu gehen. Mir war das reine Agenturgeschäft irgendwann zu anspruchslos. Ich war zu gut für den Job.“

Ich versuche mir vorzustellen, wie viele Jahre Berufsalltag dieser Typ, der das schulpflichtige Alter noch nicht lange hinter sich gelassen haben kann und aussieht, als hätte er den Führerschein noch auf Probe, wohl auf dem Buckel haben mag.

Einen erneuten Lachanfall werde ich, wenn das so weitergeht, nur mit Mühe unterdrücken können und muss dringend etwas unternehmen. Da Reden gegen Müdigkeit und Gähnen helfen soll – wahrscheinlich, weil die Atmung positiv beeinflusst und der Körper besser mit Sauerstoff versorgt wird – rede ich mir die gleiche Wirkung auch bei eruptiv aufkommender Heiterkeit ein und frage so ernst wie möglich: „Sind Sie schon lange bei PastaFigaro?“

„Fünf Monate.“

Immerhin. Er weiß ja auch nicht, dass ich erst seit zwei Stunden bei LIVE COMMUNICATION bin. Es gab mal Zeiten, da musste man sich in einem Unternehmen ernsthaft die Sporen verdienen. Heute reichen als Rechtfertigung für eine große Fresse und offene Hose offenbar fünf Monate auf geringfügiger Basis.

„Und davor?“, fragt Ben.

„War meine Ausbildung.“

Ben lehnt sich entspannt zurück und flüstert mir zu: „Außer seiner blöden Ausbildung hat der nämlich gar keine Erfahrung.“

Ich nicke empört. Zugegeben – viel mehr kann ich auch noch nicht bieten, aber wenigstens bin ich kein arroganter Wichspimmel.

„Und Sie?“, fragt Pia, wobei sie Sabrina Monk ein einladendes Lächeln schenkt.

„Ich leite die Marketingabteilung.“

„Großes Team?“

„Nein, nur ich. Und im Moment unterstützt mich Herr Lecknepper.“ Sie sieht zu ihm herüber und macht eine etwas unbeholfene Pause. Der besagte Kollege nutzt die Zeit zur Maniküre, indem er seine Nagelhaut mit dem rechten Zeigefinger bearbeitet.

„Ich habe aber studiert“, fährt sie fort. „BWL. Außerdem habe ich im letzten Jahr ein zweimonatiges Praktikum in einer Werbeagentur gemacht.“

„Na, dann sind Sie für den Job ja topfit“, bemerke ich in einem Tonfall, bei dem sogar einem Schimpansen auffallen würde, dass er verarscht wird.

„Aber so was von!“, bestätigt sie und ich frage mich, ob sie mit Whitney verwandt sein könnte.

„Ein anderes Thema ist die Gästeliste. Wir fanden die Auswahl der Gäste nicht besonders gut.“ Der Lecknepper genießt die vernichtende Kraft seiner Worte.

Pia legt ihren Kopf schief. „Das waren über fünfhundert Personen. Vom Bürgermeister bis zum Intendanten des Theaters. Außerdem ganz viele aus dem Einzelhandel. Eben die echten Multiplikatoren. Sie wollen doch Mundpropaganda.“

„Keine Fußballprofis“, bemerkt Sabrina Monk.

„Sie wollen keine Fußballprofis?“, fragt Pia irritiert nach, um sicherzugehen, dass sie sich nicht verhört hat.

Markus Lecknepper verdreht die Augen und beugt sich vor. „Quatsch! Unser Vorstand legt Wert darauf, dass zu den Opening Partys auch möglichst viele Promis kommen. Vor allem bekannte Fußballprofis.“

„Berühmte Fußballprofis aus Darmstadt?“ Ben überlegt und macht ein ernstes Gesicht. „Ich habe zwar von Fußball nicht viel Ahnung, aber sogar ich spüre da einen Widerspruch.“

„Wieso nicht?“ Sabrina Monk reißt die Augen auf, als wären wir nicht gerade die Hellsten. „In München war auch der Philipp Lahm da. Und der Schweiger.“

„Till Schweiger?“

Sabrina Monk verdreht genervt die Augen. „Nein, Bastian Schweiger. Der Fußballer!“

Pia und Ben sagen nichts. Auch sie sind nun Schweiger.

„Es hätte doch möglich sein müssen, auch in Darmstadt ein paar Fußballstars mobil zu machen“, empört sich die Marketing-Tusse und schüttelt den Kopf.

Pia findet als Erste ihre Sprache wieder und sucht nach einer plausiblen Erklärung.

„Das könnte eventuell daran liegen, dass Darmstadt nicht in der Bundesliga spielt.“

„Sondern?“

„Dritte Liga“, antworte ich. Pia kneift mir ein Auge zu und ergänzt: „Die Mannschaft war aber immerhin fast geschlossen da.“

Unsere Gäste machen ausdruckslose Gesichter.

„Nur leider halt ohne ihre Nationalspieler", bemerke ich entschuldigend.

Ich spüre, dass Pia und Ben sich beömmeln könnten, wenn sie nur dürften und beginnen, den Gesprächsverlauf mit zunehmender, fatalistischer Resignation zu verfolgen.

„Da haben wir's." Der Lecknepper macht eine abfällige Handbewegung. „Und warum?"

Ben und Pia blicken mich ratlos an. Offenbar denken sie exakt dasselbe wie ich. Sind die Monk und der Lecknepper tatsächlich so blöd oder drehen die gerade Gags für ‚Verstehen Sie Spaß?' Vorsichtshalber blicke ich mich im Raum um und überlege, wo ich eine Kamera wohl verstecken würde.

Dann mache ich eine resignierende Geste und erkläre ein wenig zerknirscht, dass die Darmstädter Nationalspieler zu dem Zeitpunkt entweder ausgerechnet verletzt oder an Manchester United ausgeliehen waren. Meine Erklärung klingt offenbar vollkommen authentisch, denn unsere Gäste erwidern nichts.

Pia ergreift die Initiative. „Also, wie verbleiben wir? Letztlich wollen wir doch genau das Gleiche. Eine richtig gute Veranstaltung."

„Absolut!", röhrt der Lecknepper und versucht, dabei so männlich wie möglich zu klingen.

„Wie wollen Sie denn an die Adressen kommen?"

„Recherche, Adresspools, Partneragenturen vor Ort", zählt Ben unseren Gästen die Strategie auf.

Sabrina Monk guckt gelangweilt, als ob sie die Vorgehensweise nicht besonders überzeugt.

„Keine Angst vor Karteileichen?"

„Genau, Karteileichen", stimmt der Lecknepper ihr zu. „Überzeugt mich alles nicht so richtig."

Sabrina Monk nickt und pflichtet ihm bei.

„Das ist nur ein Teil der Vorgehensweise", höre ich mich sagen und bin fassungslos, kann jetzt aber nicht mehr zurückrudern und hoffe, nicht alles noch mehr zu versauen. „Die eigentliche Recherche geschieht natürlich vor Ort. Wir schauen uns genau an, welche Unternehmen angesiedelt sind, welchen Einzelhandel es gibt, und und und."

Pia blickt mich ungläubig an. Oder sagen wir eher – entsetzt. Jeden Moment wird sie mich zurückpfeifen. Als sie gerade ansetzen will, meldet sich der Lecknepper interessiert zu Wort.

„Auch Friseure?"

„Ja, klar", antworte ich und gebe mich leicht pikiert, dass eine solche Selbstverständlichkeit überhaupt gefragt wird. „Gerade die Friseure sind unglaublich wichtig für eine gut funktionierende Mundpropaganda. Das darf man nie unterschätzen."

„Absolut", schnaubt er erneut und knetet seine Finger.

Sabrina Monk nickt.

„Und das", fahre ich begeistert fort, „ist unsere Spezialität. Die Recherche vor Ort. Nicht immer ganz einfach, aber erfolgreich. Und das leistet noch lange nicht jede Agentur."

„Das erwarte ich aber von einer Agentur. Sie nehmen dafür ja auch nicht gerade wenig Geld", dämpft Sabrina Monk meinen Enthusiasmus.

„Also, ich kenne es nicht anders", säuselt der Lecknepper. „Das ist ein must!"

„Ja", seufzt Sabrina Monk gequält, als ginge sie bei uns Dilettanten gerade durch die Hölle. „Sehe ich genauso."

„Das heißt?", will Pia vorsichtig wissen. „Haben wir grünes Licht?"

Sabrina Monk setzt ein zerknautschtes Pokerface auf. „Wie viele Gäste werden eingeladen?"

„Fünfhundert."

„Wir wollen aber mindestens achthundert Gäste."

„Achthundert Gäste?" Pia überlegt. „Nicht so leicht, genau zu sagen, wie viele letztlich kommen. Wenn alle ihre Partner mitbringen, haben wir tausend. Wenn aber nur die Hälfte kommt, natürlich entsprechend weniger."

„Aber das ist ja gerade die Erfahrung, die wir von einer Agentur erwarten. Achthundert mindestens. Besser tausend. The sky is the limit!"

Ich frage mich gerade, ob diese beiden Vögel von PastaFigaro ihre Pizza-Kette nicht gerade etwas überbewerten. Aber der Lecknepper verschafft mir umgehend Klarheit.

„Wir sind das Maß aller Dinge. Da muss ein Opening-Event schlichtweg überirdisch sein!"

Der Fall ist klar. Die beiden haben zu viel geraucht oder zumindest etwas, das ihrer Wahrnehmung nicht guttat.

„In Ordnung", höre ich Pia sagen. „Laden wir achthundert ein. Ich denke, damit liegen wir richtig. Und alle Adressen sind einzeln recherchiert", wobei sie mir einen kurzen, aber vielsagenden Blick zuwirft, dem ich entnehme, dass ich die von mir auf das Eis beförderte Kuh dort werde herunterholen dürfen.

Unsere Gäste nicken. Man ist sich einig. Die Verabschiedung ist kurz und knapp – Herzlichkeit sieht anders aus. Ich schüttele Chino-Manns wabbeliges Händchen und kneife ihm ein Auge zu.

Als sie weg sind, kommt Pia gleich zur Sache.

„Auch wenn es absurd ist, aber ich werde das Gefühl nicht los, dass dein Gelaber die entscheidende Wendung gebracht hat."

„Quatsch", winke ich bescheiden ab.

„Ich weiß nur nicht, wie wir das bewerkstelligen sollen. Ich habe jedenfalls keine Zeit dafür."

„Kriegen wir schon hin. Ich mach das", sage ich gönnerhaft.

Pia lächelt mich müde an und fragt: „Warum sind die so? Muss man so scheiße sein?"

Wir sehen schweigend hinaus aus dem Fenster auf den Parkplatz. Mein Polo steht noch immer dort und behauptet sich tapfer gegen die schicke Leasing-Flotte.

„Sag mal, gehört die Karre da unten dir?"

Ich nicke etwas verlegen und trete näher ans Fenster. Wir sehen, dass Sabrina Monk und der Lecknepper den Parkplatz noch nicht verlassen haben und sich köstlich über mein Auto amüsieren. Wahrscheinlich, so schießt es mir durch den Kopf, ist er hier der einzige Wagen, der abbezahlt ist. Insbesondere der schnittige BMW mit dem PastaFigaro-Logo sieht mir nicht nach wirklichem Eigentum aus. Schließlich rauschen sie davon, überfahren nachlässig an der Parkplatzausfahrt eine spitze Bordsteinkante und verschwinden hinter der nächsten Ecke.

In just diesem Moment platzt, vor Nervosität puterrot, Dietmar Döbel in den Raum.

„Und?"

„Wir dürfen!", antwortet Pia. Aber Döbel scheint fast etwas enttäuscht zu sein.

„Sieh an. Ich dachte, Sie verreißen schon wieder."

Pia sagt nichts und blickt Ben und mich nur hilflos an.

„Alles gut gelaufen", erklärt ihm Ben und weist mit einer Kopfbewegung zu Pia. „Die fressen ihr doch aus der Hand. Ein bisschen kniffelig wurde es bloß mal kurz bei der ..."

„Lassen Sie mich in Ruhe mit Ihren Details. Ich will Abschlüsse und Zahlen. Machen Sie mir mal 'ne genaue Kalkulation fertig – würde mich wundern, wenn sich Ihre Planung rechnet", knötert er und verschwindet so schnell, wie er gekommen ist. Auf dem Flur brüllt er, während sich seine Schritte entfernen, nach einer Frau Schulz.

„Sitzt am Empfang!", ruft ihm Pia hinterher und fügt leise hinzu: „Wie immer."

Ich frage Ben, ob Whitney diese Frau Schulz ist und er nickt. „Klingt ziemlich blöd, oder?"

„Ziemlich."

Pia klappt ihre Mappe zu und tippt mir gegen den Arm. „Komm, wir zeigen dir mal dein Büro."

Wir verlassen den Konferenzraum und ich trotte hinter ihr her.

Nachdem mir mein zukünftiger Arbeitsplatz gegenüber ihrem eigenen Schreibtisch in einem Zweipersonenbüro mit Blick auf den bereits erwähnten Parkplatz zugewiesen wurde, erhalte ich ein Firmenhandy mit einem riesigen Display sowie die E-Mail-Adresse t.krallmann@live-communication-agency.de. Ohne es tatsächlich zugeben zu wollen, bin ich einigermaßen stolz darauf. Nach all den Jahren ohne richtige Perspektive und Ziel fühle ich mich tatsächlich als Teil einer Mannschaft und vergesse für eine Weile sogar, dass ich hier auch nur ein Praktikant bin und mein Gehalt allenfalls zum Überleben, nicht aber zum wirklichen Leben reichen wird.

Einen im Tee

Als ich an diesem Tag zu einer Zeit nach Hause komme, von der man nicht genau sagen kann, ob sie noch später Nachmittag oder bereits früher Abend ist, erwartet mich meine Nachbarin Frau Rieke bereits mit einer Torte im Hausflur. Zumindest sieht das, was sie in der Hand hält, auf den ersten Blick danach aus. Im Näherkommen sehe ich, dass es sich nicht um eine Torte handelt, sondern erkenne eine braune Keramikfliese, wie ich sie aus meinem knapp vier Quadratmeter großen, fensterlosen Wellnessbadezimmer kenne. Die vermeintliche Sahne entpuppt sich beim genauen Hinschauen als eine Mischung aus feuchtem Mörtel und Fugenkitt.

Erst jetzt wird mir bewusst, dass die offene Wohnungstür, vor der sie steht, meine eigene ist und die Männer in blauen Arbeitshosen nicht die Gäste einer Überraschungsparty, sondern Handwerker bei der Arbeit sind.

Ehe ich ein Wort sagen kann, hält mir Frau Rieke die Fliese entgegen und genießt den Moment sichtlich. „Alles unter Wasser, die ganze Wohnung. Ich hoffe, Sie sind gut versichert, junger Mann."

Ich bin. Aber das geht sie einen Dreck an, der so feucht ist wie der Mörtel auf der Fliese.

Ich stürme in meine Wohnung und patsche über den nassen Teppich. Schnell erkenne ich das Badezimmer als Epizentrum der Überschwemmung. Einer der Männer dort, ein magerer Typ im Blaumann mit fliehendem Kinn, Schnurrbart und Überbiss sagt: „Welcher Idiot vergisst denn, die Badewanne auszumachen?"

„Einer wie ich", entfährt es mir. Die Wanne ist inzwischen leer und eine Pumpe saugt leise brummend Wasser vom Boden über einen Schlauch in den Abfluss.

„Super", murmele ich, während ich aus dem Bad in mein Wohnzimmer taper. Als ich stehen bleibe, rempelt mich Frau Rieke an. Sie ist mir offenbar dicht gefolgt und grunzt, als sie aufläuft.

„Also hier können Sie erst mal nicht wohnen", stellt sie scharfsinnig fest. Alles in Bodennähe ist patschnass. Meine Billyregale sind unten dunkel verfärbt und Rocky Balboa hängt in den Seilen. Die Nässe hat sich in der Pappe hochgefressen, sodass er tatsächlich in die Knie gegangen ist und halb auf meinem Schreibtisch liegt. Zum ersten Mal ist Rocky k.o. Was Apollo Creed nie gelungen ist, hat meine Badewanne geschafft und fast spüre ich einen Anflug von Stolz auf deren Leistung, stünde da nicht Elvira Rieke hinter mir, die mich mit ihrer Sensationslust ein wenig an Hans Meiser zu besten Notrufzeiten erinnert.

„Frau Rieke", sage ich etwas gepresst durch meine Zähne, aber immerhin so freundlich ich kann, „Sie können davon ausgehen, dass ich erstens gut versichert bin und zweitens nicht beabsichtige, in dieser Grotte zu übernachten, bis alles getrocknet ist. Und drittens darf ich Sie bitten, zukünftig Ihre Schuhe an der Haustür auszuziehen, da Sie mir garantiert Flecken auf meinen Veloursteppich machen. Sie sehen doch, dass ich hier feucht durchgewischt habe!"

Ich schiebe sie genervt zur Seite und eile durch die Nässe in die angrenzende Küche. Es platscht unter meinen Schuhen und das Wasser kriecht langsam meine Hosenbeine zu den Waden hinauf.

„Nun werden Sie mal nicht frech", bellt sie hinter mir her und fasst mein Badewannenmalheur knapp, aber inhaltlich unbestreitbar korrekt zusammen: „Sie haben wohl das laufende Wasser vergessen! Recht nachlässig, junger Mann!"

Ich bugsiere sie aus der Wohnung und bin kurz vorm Platzen. „Warten Sie mal ab, was Sie alles vergessen, wenn Alzheimer ein Jahr weiter ist."

Ich drehe mich um und warte ihre Reaktion erst gar nicht ab. Vor Empörung laut nach Luft schnappend, rauscht sie ab.

Die Handwerker erklären mir, dass sie noch ein paar Heizlüfter aufstellen werden, um die Feuchtigkeit möglichst schnell aus den Böden zu bekommen. Einer von ihnen, ein Typ, für den die Begriffe ‚Gas, Wasser, Scheiße' hätten erfunden sein können, blickt sich fachmännisch um und blickt mir schließlich entschlossen in die Augen. Ich spüre, dass dieser Mann Klartext sprechen wird, unbequem und mit der Entschlossenheit einer BILD-Zeitungsschlagzeile. „Die Teppiche reißen Sie besser gleich raus – die sind im Arsch."

Ich danke ihm für seine ehrlichen Worte, so wie man einem Arzt dankt, der keinen Hehl aus dem Sensenmann vor der Tür macht, versichere ihm aber, dass die Teppiche allenfalls nass sind, da ich seit heute weiß, was es heißt, wenn etwas tatsächlich ‚im Arsch' ist, und unterzeichne seinen Stundenzettel mit der gleichen Geschäftsmäßigkeit, wie wenige Stunden zuvor meinen Praktikantenvertrag.

Irgendwann bin ich endlich allein in meinem feuchten Traum von einer Wohnung und greife zum Telefon. Tot. Ein Blick unter den Schreibtisch gibt Aufschluss. Die Anschlüsse und der Router haben ihren Frei- und Fahrtenschwimmer gemacht. Nichts zu machen – ich bin von der Außenwelt abgeschlossen. Wenn ich heute Nacht von Schimmel oder Hausschwamm gefressen werde, kann ich nicht mal einen Notruf absetzen. Ich ermahne mich zur Besonnenheit und dazu, nicht gleich den Teufel an die Wand zu malen, als mir mein Firmenhandy einfällt. Auch an Luxus muss man sich erst gewöhnen. Ich rufe meinen Kumpel Armin an und schildere in knappen Sätzen, was passiert ist.

Und da Armin eben ein echter Kumpel ist, schlägt er vor, ich könne bei ihm wohnen, bis meine Wohnung wieder trocken ist.

Mit den wichtigsten Habseligkeiten, wie meinem Kulturbeutel und ein paar trocken gebliebenen Klamotten, steige ich vor seiner Wohnung aus dem Auto. Ich schleppe mich das Treppenhaus eines Altbaus bis in die fünfte Etage hinauf und stehe schließlich vor einer weiß gestrichenen Holztür.

Als ich die Schelle drücke, ertönt ein tibetischer Gong und Ella öffnet die Tür.

„Mensch Hirni, hab schon gehört. Komm rein."

Ich drücke Ella und schaue mich um.

„Wo ist Armin?"

„Klo."

„Komme sofort“, schallt es hohl aus dem Bad und wenig später rauscht die Spülung.

„Tee?“

„Gern“, sage ich.

„Magst du Jasmin Wildkirsche?“

„Sagt mir nichts. Eine Freundin von dir?“

Ella verdreht die Augen. „Hab ich gerade aufgesetzt, Hirni.“

„Ach so. Klar.“

Auch Ella nennt mich konsequent ‚Hirni‘. Spontan fiele ihr mein richtiger Name vermutlich gar nicht ein und auch Jack Bauer müsste für seine Verhältnisse pampig werden, um meinen wahren Namen aus ihr herauszupressen.

Als Armin Ella vor Urzeiten kennenlernte, war sie ein ganz normales Mädel, wie die meisten anderen auch. Sie verkaufte Nachos mit Käsesoße im Dortmunder CineStar, wo Armin und ich ‚Titanic‘ gucken wollten – ich, wie ich behauptete, wegen der tollen Effekte und Kate Winslet, Armin wegen Ella. Dass wir beide den Film in Wirklichkeit sogar richtig geil fanden, behielten wir vor den anderen Mushrooms selbstverständlich für uns. Es gibt Dinge, die nimmt man als Mann besser mit ins Grab. Dazu gehört auch, wenn man auf Weihnachten und Tannenbäume steht oder auf Milchkaffee mit Haselnussaroma. Ella – und das machte Armin anfangs eine ganze Weile zu schaffen – fand Leonardo DiCaprio unglaublich süß, nicht jedoch so toll wie Richard Gere. Dann erfuhr sie, dass der Offizier und Gentleman praktizierender Buddhist ist und entschied sich, das Gleiche zu werden. An jenem Tag änderte sich ihr Leben grundlegend oder sagen wir besser, sie dekorierte es um.

Sie hat vom wahren Buddhismus nämlich in etwa so viel Ahnung wie ich von der Quantenphysik und feiert nach wie vor Weihnachten und Ostern, ohne dass ihr daran irgendetwas merkwürdig vorkommt. Zudem trägt sie Klamotten, die wahlweise aus drittklassigen Bollywood-Filmen stammen könnten, was dem aufmerksamen Beobachter zeigt, dass für sie Buddhismus und Hinduismus ohnehin das Gleiche sind. Seit Jahren mutmaße ich heimlich, dass sie den ehemaligen Kostümfundus der Kelly Family aufträgt. Egal, Hauptsache alles wirkt alternativ und riecht nach immerwährend qualmenden Räucherstäbchen, die auch heute die Wohnung meines Kumpels in eine Opiumhöhle verwandeln.

Armin und Ella sind seit drei Jahren verlobt und sparen auf eine Reise nach Tibet, wo sie rituell getraut werden wollen. Anschließend wünscht sich Ella allen Ernstes, mit Armin auf einem Elefanten zur Feier zu reiten und weder Armin noch ich haben es bisher übers Herz gebracht, ihr zu erklären, dass die Indischen Elefanten im Himalaja selten geworden sind und mit Ausnahme einer Handvoll tapferer Exemplare unter Hannibals Führung das Hochgebirge eher meiden.

Ich sitze mit meiner dampfenden Tasse orientalisch duftendem Tee auf einem violetten Sofa, als endlich Armin erscheint.

„Kerl, Kerl, Kerl, Hirni! Das ist ja ein Ding." Wir nehmen uns kurz herzlich in den Arm und er drückt mich fest. „Jetzt erzähl mal, was passiert ist."

Armin hat sein Rockerimage der Narcotic Mushrooms längst hinter sich gelassen, trägt eine Halbglatze sowie Anzüge mit Weste und stellt das optische Gegenteil von Ella Kunterbunt dar. Er arbeitet als Patentanwalt in einer Zwanzig-Personen-Kanzlei. In der Hierarchie dort steht er recht präzise an Stelle zwanzig. Verglichen mit mir hat er aber richtig Karriere gemacht und wahrscheinlich ahnen weder Kollegen noch Mandanten, in welche Orientkulisse er allabendlich steigt.

Während ich ihm erzähle, was passiert ist, spüre ich, wie mir immer heißer wird. Schweiß bildet sich auf meiner Stirn und Armins Gesicht verschwimmt zusehends. Fühlt sich so ein kommender Nervenzusammenbruch an? Ein Burn-out-Inferno? Brauche ich nach einem einzigen Arbeitstag bereits meinen ersten Urlaub oder gar einen Kuraufenthalt?

Das Letzte, was ich höre, ist Ellas Stimme, die fragt: „Was hat er denn?" Dann macht jemand das Licht aus und ich schlafe ein.

Als ich von einer grellen Taschenlampe geweckt werde, blicke ich in ein finsteres Gesicht mit stoppeligem Bart und stechendem

Blick. Da ich mir Petrus oder gar den lieben Gott definitiv anders vorstelle, bin ich, wie es aussieht, in einem Prince-of-Persia-Computerspiel erwacht.

„Challo, könne Si mischören?“, fragt der orientalische Mann und leuchtet abwechselnd mal in das linke und dann in das rechte Auge.

Ich nicke zaghaft und versuche mit Rollbewegungen meiner Augäpfel dem grellen Licht auszuweichen.

„Isch bi Dotor Akadschai“, stellt sich der Mann vor. Hinter ihm kommt Ellas Kopf in mein Blickfeld.

„Hirni, bist du okay? Wir haben den Notarzt gerufen. Du warst fast zehn Minuten weg.“

„Wo war ich denn?“, frage ich kraftlos und matt.

Ellas Blick verklärt sich und es gelingt ihr, mit einem Anflug rühriger Glückstrunkenheit allen Ernstes zu sagen „im Nirvana, Hirni“, ehe Armin sie beiseite zieht und ihr den ersten Vogel ihrer Beziehung zeigt.

Mit gebrochener Stimme antworte ich: „Und dafür ruft ihr einen Arzt aus Persien? Wie originell.“

Mein offenkundig persischer Arzt findet mich nicht besonders witzig und ignoriert mein Gelaber. Offenbar hat er schon blödere Sprüche von Erwachenden gehört. Ella huscht wieder in mein Blickfeld und wirkt total aufgeregt, jedoch lässt sich nicht eindeutig zuordnen, ob aus Sorge um mich oder aus Begeisterung über den finster dreinblickenden Medizinmann, den sie intuitiv über ihren asiatisch-orientalischen Kamm schert.

„Wi chet es Inen?“, fragt er und leuchtet mir erneut erbarmungslos in die Augen.

„Ich bin in Ordnung. Wenn nur dieser helle Schein nicht wäre ...“

Dann verdrehe ich die Augen und schließe sie wieder. Panik unter den Anwesenden kommt auf. Mein Arzt ruft: „Bringe ihn hie chaus. Isch rufe in dea Nottaufnamme an.“

Schlagartig reiße ich die Augen wieder auf. „War nur ein Witz, schon gut. Emergency Room.“

Ella fällt fast alles aus dem Gesicht und diesmal zeigt mein Doktor einen Vogel, allerdings mir. Ich richte mich auf. „Es ist wirklich alles in Ordnung“, beruhige ich.

Ein Sanitäter riecht an der Kanne mit Tee. „Was ist denn das?“

„Jasmin Wildkirsche“, erklärt Ella. „Meine eigene Mischung.“ Der Stolz in ihrer Stimme ist offenkundig. Sie blickt den Arzt an, als erwarte sie einen nach oben gereckten Daumen.

„Das riecht wie Weihnachten.“

„Ich habe noch ein wenig Zimt reingemacht. Und Nelken und Kardamom und etwas Koriander.“

„Aber wie Weihnachten in der Hölle“, stellt der Sanitäter befremdet fest.

„Und einen Hauch Cayenne.“ Ella blickt, als habe sie leise Zweifel an der Werthaltigkeit ihrer Teemischung.

„Pfeffer?“, fragt mein Doktor irritiert.

„Für die Schärfe.“

Mir wird bei der Aufzählung der Zutaten klar, dass Ella mir eine Art Hardcore-Glühwein ohne Wein gereicht hat. In Kombination mit der Hitze und der benebelnden Wirkung des Raumduftes hat mich das zweifelsohne umgehauen.

„Und nach was stinkt es hier so penetrant?“, fragt der Sanitäter, dessen ehrliche Art etwas Erfrischendes hat und so kaum in die Szenerie passt.

„Meditationsstäbchen. So Räucherstäbchen“, erklärt Armin, dem die Sache tendenziell peinlich zu sein scheint.

„Auch meine eigene Mischung“, sagt Ella trotzig. „Patchouli und Panchavati.“

Verblüffend, denke ich. Es riecht tatsächlich exakt so, wie es klingt.

Der Sanitäter rollt mit den Augen und mein Doktor deutet mit der Hand auf mich: „Chat er etwa nur meditiert?“

Nun wird mir die Sache allmählich zu blöd. „Nein, habe ich nicht!“, sage ich laut und richte mich auf. „Es geht mir blendend und ich hätte gerne ein Wasser oder besser ein Bier.“ Mein Blick fällt auf die Kanne Tee. „Aber bitte, Ella, nicht noch mal diesen Orienttee. Der ist außerdem scharf wie Chili!"

Mein Arzt blickt mir mit tiefschwarzen Augen ins Gesicht. „Sinne Si sischa?"

Ich nicke so glaubwürdig, wie ich kann.

Er schüttelt mir die Hand und verschwindet mitsamt dem Sanitäter im Treppenhaus, wo sein fliegender Teppich sicher bereits auf ihn wartet.

„Hirni?", fragt Ella schließlich, „bist du mir böse?"

Ich schüttele den Kopf. „Quatsch."

„War wohl etwas zu viel Pfeffer", gibt sie zähneknirschend zu. „Habe gerade mal einen Schluck probiert. Ging gar nicht."

„Wie viel habe ich denn getrunken?"

„Einen ganzen Becher."

Armin lacht. „Oha, der Morgen danach. Ella, wo genau war die Penatencreme noch mal?" Witzbold! Er haut mir auf die Schulter. „Bier haben wir zwar keines im Haus, aber Lust auf eine kleine Runde durch die Kneipen?"

„Perfekt", murmele ich.

„Geht nur. Da könnt ihr mal in Ruhe reden."

Ich drücke Ella und verlasse mit Armin das Haus.

In der Kohlenpinte spendiert mir Armin ein kühles Pils, das aber bereits in der Hitze meines Halses verdampft, bevor es meinen Magen erreicht. Ich revanchiere mich mit der nächsten Runde und kann erst mein zweites Bier richtig genießen.

Nach und nach lockert sich meine Zunge und ich erzähle Armin mit viel Liebe zum Detail von meinem ersten Tag im Job.

„Sensationell", schlägt er mir auf die Schulter, „dass das so schnell ging. Bist ja doch keine Graupe und gehaltsmäßig hast du uns bald alle im Sack, was?"

Ich schäme mich ein wenig dafür, ihm im Hinblick auf meinen Praktikantenstatus nur die halbe Wahrheit erzählt zu haben. Da ich jedoch überzeugt bin, die Firma von hinten aufzurollen und schon in wenigen Wochen weit oben in der Hierarchie zu stehen, halte ich mein Vorgehen für vertretbar. Etwas genauer berichte ich ihm von Kathrin und offeriere ihm beim dritten Bier meinen Plan, mich in ihr Team einzuschleusen, sobald ich mir mit diesem Restaurantquatsch die Sporen verdient habe.

„Konzentrier dich doch erst mal bloß auf den Job", gibt er mir skeptisch zu bedenken, „anstatt gleich diese Tussi im Kopf zu haben."

„Du hast gut Reden", protestiere ich, „du hast ja eine Frau. Aber ich bin voll auf Entzug!"

Ein Typ am Nebentisch dreht sich zu mir um und grinst. Ich grinse zurück. Danach grinse ich auch die Leute an den anderen Tischen an. Ich fühle mich herrlich beschwingt und bin voller Tatendrang. Dass mein Vorhaben kein Selbstläufer werden könnte, kommt mir nicht ansatzweise in den Sinn.

„Weißte was", schlage ich vor, „wir machen richtig einen drauf. Ich lad dich ein!"

Wenn Armin auch etwas besorgt wirkt, so willigt er dennoch ein. Im Gegensatz zu mir merkt er offenbar sehr wohl, dass meine drei Bier eindeutige Rauschwirkung zeigen, nach einem so aufregenden Tag und wenig im Magen außer einem Teecocktail, der auch das Aussterben der Dinosaurier hätte verursacht haben können.

Am Geldautomaten, der mich mit dem wirtschaftlichen Rüstzeug ausstatten soll, um den Abend zu gestalten, gelingt es mir erst im dritten und letzten Anlauf, mein Geburtsjahr als PIN einzutippen. Meinen Plan, zweihundert Euro abzuheben, lehnt der Automat kategorisch ab und schlägt mir als Alternative die Hälfte vor. Ich ärgere mich einen Moment über die Knauserigkeit der Maschine, gehe dann jedoch diplomatisch auf das Angebot ein.

Wir betreten das Jekyll n' Hyde, eine angesagte Mischung aus Klub, Cocktailbar und Diskothek, in der das Motto ‚sehen und gesehen werden' gilt. Eine bunte Mischung cooler Menschen verteilt sich bereits auf die diversen Bars. Zwar ist die Tanzfläche in der Regel gut besucht, jedoch nicht im Moment, da der DJ sein Publikum mit einer aufgepoppten Variante eines Udo-Jürgens-Schlagers in die Flucht getrieben hat. Ein einzelnes Paar tut dort etwas, das es selbst als Tanzen empfinden muss, und zeigt eine mutige Mischung aus Freestyle-Funky-Monkey und biederem Discofox. Während sie ihre Bewegungen hoch konzentriert mit todernster Miene abruft und den Takt der Musik immer recht präzise um genau einen halben Takt verschleppt, geht er voll aus sich heraus. Ein Polohemd der Marke Lacoste steckt in einer hellen Bundfaltenhose und umschmeichelt einen Körper, dem das Hüftgold lacht. Seine Grimassen deute ich als Ausdruck grenzenloser Leidenschaft. Als der DJ die Musik brutal abbricht und Lady Gaga spielt, verlassen die beiden enttäuscht das Parkett.

Armin und ich steuern zielstrebig auf die Bar zu. Mit zwei Caipirinhas bewaffnet, stellen wir uns in die Nähe der inzwischen wieder ordentlich gefüllten Tanzfläche und beobachten eine Reihe herausgeputzter Tussen, die ihre tanzmuffeligen Kerle aufs Parkett zerren.

Der Rohrzucker meines Cocktails knirscht herrlich zwischen meinen Zähnen und ich schlürfe mit dem Strohhalm die Reste des Alkohols zwischen den Eisstückchen hervor. Im Gegensatz zu Armin, der nicht mal ein Viertel seines Cocktails getrunken hat und mich erneut skeptisch mustert, überlege ich bereits, womit ich meinen Gaumen als Nächstes verwöhnen kann. Also begebe ich mich erneut zur Bar und kehre kurze Zeit später mit einem unaussprechlichen blauen Getränk in der Hand zurück, das intensiv nach Schlumpf riecht, aber fürchterlich nach Anis schmeckt und nicht wirklich mein Ding ist. Es sieht aber unsagbar cool aus und nach meinem Jasmin-Wildkirsche-Trip kann meine Geschmacksnerven nicht mehr viel schocken.

Der Laden füllt sich zusehends und eine Gruppe von Neuankömmlingen macht es sich im eleganten, offenbar extra reservierten Loungebereich bequem.

Ich atme meinen blauen Anisbecher weg und neutralisiere den Geschmack in meinem Mund mit zwei Gläsern Bier und einem Cocktail, den zu bestellen sich als problematisch erweist, da der Barkeeper mich erst im vierten Anlauf versteht. Ich empfehle ihm eine professionelle Ohrspülung und wundere mich, dass Armin mich ernsthaft fragt, ob wir nicht gehen wollen. Nachdem ich ihm eine hochnotpeinliche Szene gemacht und ihn als Spaßbremse beschimpft habe, suche ich mein Glück auf der Tanzfläche, wo ich mich ungeniert der Musik hingebe. Die meisten Frauen weichen mir instinktiv aus und mir wird nach einem kurzen Moment der Entrüstung erst allmählich klar, dass dies eine nicht nur typische, sondern vollkommen natürliche und nachvollziehbare weibliche Reaktion ist. Wenn ein männliches Alphatier die traditionelle Balz bestreitet, muss das grundsätzlich paarungswillige Weibchen erst einmal weichen, um wenigstens einen Hauch keuschen Anstands vorzutäuschen. Ihre Begleiter, die potenziell unterlegenen Rivalen, wirken heute eher genervt und schieben sich immer wieder zwischen mich und meine unzähligen Tanzpartnerinnen – eine Spielart der Balz, die lästig ist.

Das grundsätzliche Problem von Alkohol liegt darin, dass sich die allgemeine Wahrnehmung stark zugunsten eines allzu schmeichelhaften Selbstbilds verlagert. Wie auch immer man sich fühlt, es bedeutet nicht, dass die Allgemeinheit diese Selbsteinschätzung teilt.

Diese Tanzfläche fühlt sich an wie etwas, das man gerne ‚sein Wohnzimmer' nennt. Was für Boris Becker der No. 1 Court in Wimbledon war, ist für mich heute Abend dieses Etablissement. Alles fühlt sich seltsam vertraut an, wenngleich ich mir sicher bin, mich nie zuvor auf dieser Tanzfläche zum Affen gemacht zu haben. Ich bin mir dessen deshalb so sicher, weil ich eigentlich nie tanze und auch immer davon überzeugt war, nicht mal ansatzweise tanzen zu können. Imke jedenfalls vertrat diesen Standpunkt vehement. Heute fühle ich mich jedoch wie John Travolta und mache Bewegungen, von denen mir Armin später allerdings erzählen wird, dass sie eher ausgesehen haben wie die von Audrey Landers in ‚A Chorus Line'. Cool jedenfalls ist anders. Nicht nur mein Terrain erscheint mir seltsam vertraut, auch die genervten Leute um mich herum tun es. Irgendwo scheine ich einen Teil dieser Menschen schon einmal gesehen zu haben, nur weiß ich spontan nicht, wo. Während ich in jenem kleinen Teil meines Hirns, der mir den Zugriff noch nicht gänzlich verweigert, nach einer Erklärung suche, beginne ich Madonnas ‚Like a Prayer' mit einer touretteartigen Samba zu interpretieren – unkonventionell kombiniert mit Schrittfolgen aus afrikanischen Fruchtbarkeitsritualen und Elementen von Limbo ohne Stange.

Urplötzlich schlägt mir jemand mit aller Wucht gegen den Hinterkopf und drückt meinen ganzen Körper flach gegen die Wand. Empört, aber auch mit Erstaunen, stelle ich fest, dass ausnahmslos alle anderen nun jeglicher Schwerkraft trotzen und sich wundersam leichtfüßig die Wand hinaufbewegen, beziehungsweise darauf umhertanzen. Faszinierend. Dann steht plötzlich Armin vor mir und fragt mit unangemessen panischem Blick, ob alles in Ordnung sei und weist mich an, ruhig liegen zu bleiben. Ich lasse meinen Blick umherwandern und muss meine Einschätzung der Situation revidieren. Ich stehe nicht an der Wand, sondern liege auf dem Boden. Dann wird es zum zweiten Mal an diesem Tag um mich herum dunkel und dumpfe, wohltuende Stille umfängt mich. Als ich nach gefühlt nicht mal fünf Sekunden die Augen wieder öffne, kniet Ellas persischer Arzt vor mir und mustert mich mit der Erfahrung aus tausendundeins Nächten als Vertrauensarzt im Harem des Prinzen von Persepolis.

„Herr Doktor Akadschai", sage ich, „wie kommen Sie denn hierher?"

„Isch wurde gerufen."

Irgendwie erinnert er mich zunehmend an einen Flaschengeist.

„Chaben Si widda diese Tinktur von der Bekloppten getrunken?"

„Was hat er gesagt?", fragt Armin etwas belämmert einen jungen Mann, der neben ihm steht. Der zuckt nur mit den Achseln und tritt einen Schritt zur Seite, um Dr. Akadschai besser über die Schultern sehen zu können. Sein Blick ist sensationslüstern und fast fürchte ich, dass er ein Foto von mir machen will. Ginge es nach ihm, begänne der Perser nun damit, die Umrisse meines Körpers auf dem Boden mit weißen Klebestreifen abzukleben. Ich hebe meine Hand, um ihm einen Vogel zu zeigen und erstarre. Vogel! Mein doofer Kollege aus der Agentur! Aus meiner Geste der Abneigung wird ein lächerlich jovialer Gruß.

„Moschen“, murmele ich unsouverän und binnen weniger Augenblicke fügen sich Vermutungen nahtlos aneinander und verfestigen sich zu der Tatsache, dass mich dieser arme Typ ohne Freunde offenbar nach bereits einem gemeinsamen Tag in der Agentur stalkt.

Ich will mich aufrichten, werde von meinem Arzt jedoch gleich ermahnt, liegen zu bleiben.

Ein anderer junger Mann neben Armin beugt sich zu mir herunter.

„Hirni, alles gut?“

Sein Gesicht erkenne ich für meinen derzeitigen Zustand erstaunlich klar. „Ben“, brabbele ich, „du bist auch hier?“

Mein ebenfalls neuer Agenturkollege nickt und deutet auf die anderen Gestalten, die längst aufgehört haben, zu tanzen.

„Wir haben vergessen, dir Bescheid zu sagen. Fast die ganze Agentur ist hier.“

Ich blicke ihn so debil an, als hätte mein Verstand das geistige Niveau eines Stutenkerls erreicht. Ich nicke langsam und vorsichtig. Mein Kopf schmerzt höllisch und ich ahne, dass die Schmerzen unerheblich sein werden, verglichen mit dem Kater, der an gleicher Stelle heranwächst.

„Sag mal, kennst du diese Leute?“

„Armin, ich habe dir doch von meinem neuen Job erzählt“, will ich leise ausholen.

„Wo du die scharfe Tussi angraben willst.“

Armin, was bist du doch manchmal für ein Idiot. Ich denke es, bin mir aber sogleich nicht mehr ganz sicher, wer der größere Idiot ist und schließe die Augen.

Im Raum ist das allgemeine Gemurmel schlagartig betretenem Schweigen gewichen. Eine bekannte Frauenstimme, die sich mir Stunden zuvor als Pia vorgestellt hat, durchbricht die peinliche Stille als Erste. „Du nennst ihn Hirni?“

„Ist wohl 'ne lange Geschichte“, höre ich Ben sagen. „Die erzählt er uns vielleicht mal in Ruhe, wenn er wieder flüssig sprechen kann.“

„Also ich kenne das.“

Whitney! Nicht auch noch die! Jetzt ein blöder Kommentar von ihr und ich bitte Dr. Akadschai um aktive Sterbehilfe.

„Was kennst du?“, fragt Pia irritiert.

„Wenn jemand genau so auf dem Boden liegt. Mein Opa hatte die gleichen Syndrome.“

Hä?

„Als der seinen ersten Schlaganfall hatte.“

Schlaganfall?!

„Der hat nie mehr richtig sprechen können.“

Ich schlage meine Augen auf und sehe sie schockiert an. Whitney ist doch noch blöder, als der vergangene Tag es auch nur ansatzweise hat vermuten lassen.

„Was redest du da?“, fragt Pia. „Der Thomas hat doch keinen Schlaganfall! Der hat allenfalls 'ne Beule.“

„Ruhe jetzt!“, brüllt mein Arzt. „Dasch is ja nicht zum Aushalten!“

Unter den Anwesenden herrscht schlagartig Stille, da vermutlich jeder Angst hat, bei grobem Ungehorsam vom Arzt des Sultans persönlich gesteinigt zu werden.

„Wo chabbe Si die Schmerzen?“, fragt er im sachlichen Tonfall des aus tausendundeins Blaulichtfahrten abgeklärten Notfallarztes.

„Eigentlich nur im Kopf“, murmele ich.

„Sin Si gestürzt?“

Als ich nicht antworte und Armin fragend ansehe, ergreift der für mich das Wort.

„Auf den Hinterkopf. Er wollte gerade einen Kasatschok tanzen.“

Mein Arzt blickt mich fast ungerührt an und scheint zu überlegen, ob ich ein Fall für die Klinik bin und wenn ja, welche wohl möglichst große Mengen schwerer Psychopharmaka auf Lager hat. Ehe er meine Einlieferung in eine geschlossene Anstalt in Betracht zieht, will ich mich flugs zu dem Sachverhalt äußern.

„Ich tanze sehr gut Kasatschok. Wirklich gut“, rechtfertige ich mich.

„Isch nemme Si mit inni Krankenhaus zum Kopfröntgen und Beobachtung“, beschließt Herr Dr. Akadschai, ohne mir die Chance zu lassen, ein überzeugendes Gegenargument zu finden.

„Ist doch nichts", protestiere ich halbherzig und stoße auf. Eine Fahne aus Bier, Anis und Schlumpf liegt in der Luft.

„Chabbe Si getrunken? Nicht die Tee von bekloppte Frau, sondern Alkohol?"

Ich verneine entschieden, wie man es bekanntlich auch in jeder polizeilichen Alkoholkontrolle tun sollte.

Im Augenwinkel sehe ich den Sanitäter, der Armin mein leeres Cocktailglas aus der Hand nimmt und zur Nase führt. Zum zweiten Mal riecht er so an diesem Abend an einem olfaktorischen Abgrund.

„Oh Gott!", entfährt es ihm und seine an Dr. Akadschai gerichtete Geste, die einen Schnitt durch die Kehle andeutet, drückt mehr aus als tausend Worte.

Hätte der Barkeeper in dem Moment herübergesehen, wäre das Schicksal des Sanitäters garantiert kurzerhand im Eiscrusher besiegelt worden.

„Alles klar", sagt mein Arzt, „Si sinne besoffen!"

Das, fürchte ich, beschreibt den Sachverhalt recht präzise.

Unter den Augen der nahezu ausnahmslos kompletten LIVE-COMMUNCATIONS-Belegschaft, wird mir auf die wackeligen Beine geholfen. Mein Gangbild gehört eindeutig in eine Naturdokumentation über Pferde, nur dass ich weder kurz zuvor trockengeleckt noch soeben geboren wurde.

Als ich mit meinem Leibarzt die Tanzfläche verlasse, werde ich von Armin gestützt, wie es sonst nur Frédéric Prinz von Anhalt mit Zsa Zsa Gabor macht und wünsche mir erstmals, nicht Besitzer eines alten VW Polo, sondern eines Rollators zu sein. Ich blicke mich um und fange den Blick einer Frau auf, die zu erobern vor Stunden noch als hochambitioniertes, fast unerreichbares Ziel erschien. Nun sieht alles anders aus. Mein Vorhaben ist nämlich purer Utopie gewichen. Kathrins Blick beinhaltet alles, was man als Mann nicht braucht – Fremdschämen, Schadenfreude und Mitleid, die heilige Dreifaltigkeit aller armen Schweine. Und ich bin das Größte unter ihnen und wanke von dannen mit brummendem Schädel und geringeltem Schwanz.

Ausgeblasene Eier

Der Alarm der Intensivstation reißt mich aus dem Schlaf und ich werde von nackter Panik erfasst. Mein Blick hastet, wie der eines gehetzten Tieres, durch den rot und orange gestrichenen Raum und bleibt schließlich an meinen Unterarmen hängen. Ich verkrampfe für einen Moment, um mir die Kanülen und Infusionen nicht aus dem Fleisch zu reißen, stelle aber erleichtert fest, dass nichts dergleichen meinen Körper ziert. Nur wenige Momente später hört auch der enervierende Alarm auf, ohne dass eine Schwester oder ein Arzt mir zu Hilfe eilt. Ich fühle mich augenblicklich einsam und verlassen und balle die Faust aus Zorn über mein Schicksal in der Zweiklassengesellschaft. Wahrscheinlich stehen alle am Bett irgendeines Privatpatienten und begutachten einen eingewachsenen Fußnagel, während ich in wenigen Augenblicken einem Infarkt, einer Hirnblutung oder akutem Nierenversagen zum Opfer fallen werde. Sollte ich das hier wie durch ein Wunder überleben, werde ich mich persönlich an die Fassade der Kassenärztlichen Vereinigung oder des Bundesgesundheitsministeriums ketten – nackt und verletzlich, und werde meinen Protest hinausschreien, bis mich die BILD-Zeitung zum Märtyrer erklärt und mir die Titelseite widmet.

Während ich langsam die Hoffnung verliere und an die Decke starre, werden die Zusammenhänge immer deutlicher. Man hat mich aufgegeben. Ich bin austherapiert, wie man so sagt. Man kann nichts mehr für mich tun, außer vielleicht die schlimmsten Schmerzen zu lindern und mir das Gefühl zu nehmen, in einem kalten, nüchternen Krankenhaus zu sterben. Daher die fröhlich bemalten Wände wie in der Travellers-Lounge von Air India und das Fehlen von Monitoren, intensivmedizinischer Instrumente und Schläuche.

Ehe ich mich abschließend auf meinen letzten Gang vorbereiten kann, setzt der Alarm erneut ein und entreißt dem stillen Moment jede Würde. Erst nach einigen Momenten erkenne ich in dem Alarm den dämlichen Marimba-Klingelton meines neuen Firmenhandys und höre das schnarrende Geräusch des Vibrationsalarms, der eindeutig aus der Tasche meiner Hose über dem Stuhl kommt. Ich spreize die Finger und hebe zaghaft einen Arm. Immerhin, ich bin wenigstens nicht gelähmt. Vorsichtig greife ich nach meiner Hose und fingere das Handy heraus. Der Blick auf das Display ruft schlagartig schwache Erinnerungen an Anis-cocktails, ein missratenes Vortanzen beim NDR-Fernsehballett und einen finsteren Arzt aus der Wunderlampe wach. ‚Pia ruft an', steht dort in knappen, unmissverständlichen Worten.

Pia? Der Groschen fällt zwar nicht bloß pfennigweise, klimpert jedoch dafür in den Gulli der Verdrängung und will nicht landen.

Ich nehme den Anruf mit einem unentschlossenen Tastendruck entgegen und frage vorsichtig: „Hallo?"

„Hirni! Mensch, bin ich froh!", ruft eine Stimme. Es ist tatsächlich Pia aus der Agentur, die langsam in mein Bewusstsein zurückkehrt.

„Worüber?", frage ich zaghaft.

„Ja, dass es dir wieder besser geht. Was war denn das gestern für ein Auftritt? Warst du betrunken?"

„Hatte einen Scheißtag", antworte ich mit matter, belegter Stimme. „Also, äh sorry, aber nicht wegen euch. Nicht, dass du denkst ..."

„Ich weiß", beruhigt mich Pia. „Ich hab's heute Vormittag schon mal versucht und da hatte ich deine Freundin dran. Die hat mir erzählt, was gestern noch alles passiert ist."

„Meine Freundin?", frage ich nüchtern. „Kenne ich die auch?"

Pia hält einen kurzen Moment inne.

„Na, diese Ella. So hat sie sich genannt. Sie sagte, der Arzt hätte gemeint, du solltest so lange wie möglich schlafen."

Ich reibe meine Stirn und spüre ein leichtes Pochen hinter den Schläfen. Ich bin also nicht im Krankenhaus, sondern in der Wohnung von Ella und Armin. Hatte doch gleich so ein Gefühl, dass die psychedelische Farbgestaltung der Wände sogar für ein Gute-Laune-Hospiz einen Tick zu eigenwillig ist.

„Das ist nicht meine Freundin. Das ist die Verlobte von meinem besten Kumpel. Ich wohne hier bloß im Moment, weil ich zu Hause einen Wasserschaden habe.“ Ich mache eine Pause, weil das Reden das Pochen in meinem Kopf nicht gerade lindert.

Pia schweigt ebenfalls für einen Moment. Dann sagt sie „ach so“ und ich glaube herauszuhören, dass sie ein wenig erleichtert klingt.

„Pia?“, frage ich schließlich leise. „Wie viel Uhr haben wir denn jetzt?“

„Es ist jetzt sechzehn Uhr, Hirni. Und ich weiß ja auch, dass es dir nicht gut geht, aber ...“ Pia druckst herum, als sei es ihr unangenehm, das Thema anzusprechen. „Nach dem seltsamen Auftritt gestern zerreißen sich alle Kollegen hier irgendwie die Mäuler.“

„Scheiße.“ Langsam kehren die Bilder des letzten Abends zurück und ich ahne, dass ich, falls Ella nicht für mich angerufen hat, bereits an meinem zweiten Arbeitstag unentschuldigt fehle.

„Naja, ich habe allen gesagt, du bist in Berlin. Für den PastaFigaro-Auftrag. Nur Ben und Whitney wissen Bescheid.“

„Whitney?!“

„Die sagt nichts. Sie ist zwar nicht die Hellste, aber man kann sich ganz gut auf sie verlassen, wirste noch merken.“

„Und was ist mit der Dahlke und dem Hahn?“

„Die haben irgendwie gar nichts mitgekriegt. Als du umgekippt bist, waren die die ganze Zeit verschwunden und kamen erst zurück, als du schon weg warst. Ich glaube, die haben was miteinander.“

Nein! Welch investigativer Spürsinn Pia zu dieser gewagten Vermutung bewegt, wird wohl immer ihr Geheimnis bleiben.

„Meinst du?“, frage ich vollkommen ungläubig.

„Irgendwie schon. Musste mal drauf achten.“

„Also“, frage ich vorsichtig nach einer kurzen Pause, „heißt das, ich bin noch dabei?“

„Bist du doof? Ja sicher. Wir brauchen dich hier.“

Ich schlucke und weiß für einen Moment nichts zu sagen.

„Aber wann biste denn wieder da? Ich weiß nicht, wie lange wir die Geschichte aufrecht halten können."

„Keine Sorge, wenn du willst, springe ich schnell unter die Dusche und bin gleich da."

„Quatsch. Du hast bestimmt 'ne Gehirnerschütterung."

„Ich bin doch genau untersucht worden. Von Dr. Akadschai."

Immerhin, den Namen habe ich noch parat. Ein paar Gehirnzellen haben offenbar sowohl Alkohol als auch Aufprall überlebt.

„Meinst du etwa diesen Arzt von gestern? Der behandelt doch sonst garantiert nur Rennkamele."

Ich muss lachen und drücke sogleich meine flache Hand gegen die Stirn. Pia hat offenbar Humor.

„Außerdem", fährt sie fort, „ist es jetzt eh zu spät. Ne ne, ruh du dich heute mal lieber noch aus."

„Dann morgen. Morgen früh stehe ich wieder auf der Matte."

„Ich hab noch 'ne bessere Idee. Was hältst du davon, wenn du dich morgen mit einer Technikfirma vor Ort triffst und dann die Sache mit den ganzen Adressen in Angriff nimmst? Diese Recherchegeschichte, die du vorgeschlagen hast."

„In Berlin?"

„Na ja, wenn du Adressen aus München anschleppen würdest, wäre das schon blöd."

Ich muss grinsen.

„Alles klar. Ich überlege nur gerade, wie ich da morgen hinkomme. Mein Polo tut sich nämlich bei allem, was weiter ist als Köln, ziemlich schwer."

„Hirni, kein Mensch fährt mit dem Auto nach Berlin. Wenn du magst, buche ich dir ein Bahnticket und ein Hotel und maile dir die Bestätigungen gleich rüber. Bist du bei deinem Kumpel überhaupt online?"

„Keine Ahnung", gebe ich zu, „ich glaube eher nicht."

„Hm. Weißte was? Ich werfe dir die Ausdrucke gleich schnell auf dem Nachhauseweg in den Briefkasten. Ich glaube, das wäre am einfachsten. Die Infos, was wir da so alles brauchen, leg ich dir auch dazu. Licht und Sound und so. Der Typ von der Technikfirma, den du da triffst, ist ganz nett."

„Okay", seufze ich zaghaft und überfordert von Pias Tempo.

Ich willige ein, gebe ihr die Adresse und schäme mich für meine bisherige Unzuverlässigkeit. Dass Pia mir den Arsch rettet, rechne ich ihr hoch an.

Noch vor der Tagesschau halte ich die Computerausdrucke der Deutschen Bahn und vom Berliner Motel One in den Händen. Unter der Dusche wird mir noch mal etwas schwummerig, doch das gibt sich, nachdem ich mich in der winzigen Duschtasse auf den Rücken lege und die Beine hochlege. Das bedeutet in diesem speziellen Fall, dass ich meine Beine senkrecht nach oben an der Kabinenwand entlang strecke, eine Haltung, die wohl am ehesten als ‚Kerze' bezeichnet werden kann und zu den Dingen gehört, die ich nach dem Schulsport in der Grundschule hinter mir gelassen und vollkommen verdrängt habe. Vor meinem Duschbad die Zimmertür abzuschließen, wäre sinnvoll gewesen, denn vor, beziehungsweise über mir steht plötzlich ein unangemeldeter und leicht irritierter Armin. Ihn kann nicht viel schocken und so erträgt er tapfer meinen gewöhnungsbedürftigen Anblick, schüttelt resignierend den Kopf und fragt vorsichtig: „Hirni, ist bei dir wirklich alles wieder in Ordnung?"

Ich beruhige ihn, lüge ihm was von Joga, Volkshochschule und Maikäferübung vor und versuche mich, nachdem er das Zimmer wieder verlassen hat, höchst umständlich aus meiner selbst gewählten Krabbelkäferposition zu befreien.

Nachdem ich Frau Rieke einen Zettel mit meiner neuen Handynummer in den Briefkasten geworfen haben, begebe ich mich zum Dortmunder Hauptbahnhof, der auch in diesem Jahr knapp an der Maßgabe zum UNESCO-Welterbe vorbeischrammen wird.

Reisen mit der Bahn sind oft komfortabler und besser als ihr Ruf. Ausgestattet mit meinen Reisedokumenten und einem Puma-Rucksack, schlendere ich durch die Eingangshalle des Bahnhofs und kaufe bei Ditsch das wohl teuerste Käse-Schinken-Croissant meines Lebens. Im Supermarkt stelle ich zu meiner grenzenlosen Enttäuschung fest, dass alle Fruchtgummis vergriffen sind und entscheide mich für eine Tüte Yoghurt-Gums, die ich schon immer gerne aß, aber inzwischen meide, seit mir die unschönen Bilder von Heidi Klum nicht mehr aus den Augen gehen, die sich beim Lackieren ihrer Fußnägel die Yoghurt-Gums zwischen die Zehen quetscht.

Der Zug hat zehn Minuten Verspätung, was für mich bedeutet, geschlagene fünf Minuten warten zu müssen.

Ich finde meinen Sitzplatz in einem Großraumabteil des ICE und stelle zu meiner Freude fest, dass Pia mir einen Fensterplatz reserviert hat. Ich döse nach wenigen Minuten Fahrt bereits fast ein, lasse die pittoresken Bahndämme an mir vorbeiziehen und kaue auf Heidis Lackierhilfen herum, als mich eine nervige Stimme aus allen Träumen reißt.

„Jemand zugestiegen?"

Der etwas ungelenke Schaffner mit hochwässriger Hose blickt erwartungsfroh in die Runde und kommt mir vage bekannt vor. Auch er stutzt, als er mich sieht.

Dann reißt er die Augen auf wie in einem schlechten Stummfilm und wackelt mit dem Kopf, als könne er nicht fassen, dem Dalai Lama am Ballermann zu begegnen – hackendicht und mit Sonnenbrand.

„Hirni! Ich leck mich am Arsch!"

Ich blicke mich irritiert um, da ich mir nicht sicher bin, ob wirklich ich gemeint bin, kann mir jedoch kaum vorstellen, dass außer mir noch jemand mit einem ähnlich blöden Spitznamen geschlagen ist. Ich frage mich, was dieser seltsame Typ sich da anmaßt und hoffe inständig, dass er seine Ankündigung nicht wahr macht. Mit einer solchen Verrenkung würde er in die Vorrunde vom Supertalent gehören, nicht aber in das Zweite-Klasse-Abteil eines ICE auf dem Weg nach Berlin.

Ein Teil der Fahrgäste tuschelt peinlich berührt und ich freue mich für den Mann, dass keine anderen Mitarbeiter der Deutschen Bahn zugegen sind, die in der Personalabteilung petzen könnten.

Ich blicke ihn nur fragend an, glaube aber, dabei nicht ganz so blöd auszusehen wie er und sage nichts, da ich nicht den blassesten Schimmer habe, wer da vor mir steht.

Das fürchterliche Kopfwackeln hört erst auf, als er mir den alles entscheidenden Tipp gibt.

„Mensch, ich bin doch der Ulf!"

Ich deute mit dem Zeigefinger auf ihn und erwidere sein Strahlen, obwohl ich noch immer im Dunkeln tappe.

„Ulf!", lüge ich und heuchle grenzenlose Wiedersehensfreude.

Er setzt sich auf den noch freien Platz neben mir und boxt mich gegen die Schulter, als wäre ich Tom Cruise in ‚Top Gun'.

„Hör mal, Ulf", frage ich, „welcher Ulf bis du genau?"

Diese Frage durchkreuzt sein Kommunikationsschema auf die gleiche Weise, als baggere man eine Frau mit der Frage an, ob sie mal einen richtig fiesen Genitalpilz sehen will.

Er blickt mich konsterniert an und sagt: „Na, der Ulf Pumpe. Aus deiner Grundschulklasse."

Gütiger Gott, da wäre ich nie drauf gekommen. Würde man es mir beiläufig erzählen, hielte ich es wahrscheinlich für eine dunkle Legende, dass ich dort überhaupt jemals war.

„Ulf Pumpe", wiederhole ich und kann nicht anders, als meine einzige konkrete Erinnerung an diesen Typen in Worte zu fassen. „Ostern in der dritten Klasse. Eierausblasen in Kunst bei Frau Rüsche. Und du hattest an dem Tag Magen-Darm, warst aber trotzdem in der Schule."

Ein paar Augenpaare drehen sich zu uns um und Ulfs begeistertes Grinsen wirkt plötzlich ein bisschen unnatürlich.

„Ostern?" Das Grinsen verschwindet nach und nach.

Jetzt nicke ich begeistert. „Hast gepresst wie Sau und dann schlug's durch. Draußen war's arschkalt und trotzdem ließ Frau Rüsche bis Schulschluss alle Fenster offen."

„Durchfall?"

„Unmengen! Musst dich doch erinnern!"

Er schüttelt den Kopf und mein Taktgefühl sagt mir, dass ihm das Thema unangenehm ist und ich ihm besser aus der Patsche helfen sollte – so wie damals Frau Böhnke, die Frau des Hausmeisters, in der Jungendusche der Turnhalle.

„Und was machst du hier so?", frage ich.

„Schaffner. Langstrecke." Er spricht emotionslos, als sei er mit Gedanken nicht ganz bei der Sache.

„Und ist gut, der Job?"

Ulf nickt und scheint noch immer bei Frau Böhnke unter der Dusche zu stehen.

„Und du?"

„Eventbranche. Veranstaltungsmanagement."

Ulf nickt erneut. Ich kann nur ahnen, dass die Dusche damals kalt gewesen sein muss.

„Schon lange dabei?", frage ich und es gelingt mir, Ulf aus seinen düsteren Gedanken zu reißen.

Endlich taut er wieder auf und wirkt nicht mehr ganz so debil wie zu Beginn.

„Nee, erst seit 'nem Jahr. War vorher am Infoschalter bei der Bahn."

„Ja, und? War nicht gut?"

„Stress ohne Ende. Horror."

„Am Infoschalter?", frage ich ungläubig. „Herrscht da nicht gepflegte Langeweile?"

„Ja, schon", gibt Ulf zu, „hatte aber eigentlich keinen Bock mehr."

„Ach so." Solche Argumente kenne ich selbst ganz gut.

„Hatte Burn-out."

„Echt?"

Ulf druckst herum. „Na ja, hab mich so 'n bisschen schlau gemacht, welche Symptome es da gibt und bin dann zum Arzt hin."

Ulf macht eine rhetorisch unnötige Pause und blickt auf seine Hände.

Ich warte auf die Auflösung der spannenden Geschichte. Kommt da wohl noch was?

„Und?", frage ich.

„Hat nicht geklappt. Haben mich voll ertappt und versetzt. Dafür gab's dann zum Glück auch keine Abmahnung. Jetzt bin ich Zugbegleiter."

Was für eine Scheißgeschichte. Genau das erzählt man jemandem, wenn man ihn fast dreißig Jahre nicht gesehen hat.

„Burn-out", murmele ich. „Du hast versucht auf Psycho zu machen und warst blöd genug, ertappt zu werden."

Sein Schweigen bestätigt, dass ich den Sachverhalt begriffen habe.

Ich nicke anerkennend. „Mensch Ulf, nicht schlecht, die Nummer."

Außer mir kennt nun auch ein gutes Dutzend weiterer Fahrgäste Ulfs Geschichte. Das Gemurmel um uns herum zeigt, dass sie nicht gut angekommen ist.

Ulf zieht gleichgültig die Schultern hoch. „Wer nicht wagt, der nicht gewinnt!"

Ich höre förmlich, wie ein fetter Euro ins Faselschwein klimpert und verdrehe die Augen. Das wiederum ist Ulf nicht entgangen und er offenbart sein bis dahin unbekanntes zweites Gesicht. Was dann nämlich passiert, brächte jedem die Aufnahme an einer Schauspielschule, wenn nicht gar eine Nominierung für den Oscar.

Ulf strafft sich und fragt mit leicht hinterhältigem Unterton: „Na dann, zeig mal deine Fahrkarte."

Der Themenwechsel ist sogar für mich etwas zu abrupt, sodass ich nachfragen muss, ob ich richtig verstanden habe.

„Bitte?"

„Deine Fahrkarte." Ulf steht auf und zeigt sich in der ganzen Pracht eines Deutsche-Bahn-Schaffners. Seine blöde Kappe und die Stempelzange zieren ihn wie Insignien der Macht.

Spinnt der? Macht gerade noch auf grenzdebil und offenbart dem halben Abteil, was für ein selten dämlicher Depp er ist und macht einen Augenblick später auf deutsche Gründlichkeit.

„Meine Karte?"

„Du wirst doch wohl 'ne Fahrkarte haben! Oder etwa nicht?!"

Ulf zieht ein Funkgerät aus der Jacke. Eine minimale Geste, die ausreicht, um zu zeigen, dass er nicht zögern wird, davon Gebrauch zu machen.

„Was soll denn das jetzt?“, frage ich. „Das kann jetzt nur ein Gag sein.“

„Wer kein Ticket hat, fährt auch nicht in meinem Zug.“

Ein Hauch Arnold Schwarzenegger weht durch das Großraumabteil des ICE Else Lasker-Schüler. Ich starre Ulf mit offenem Mund an und mir kommen Pias Computerausdrucke in den Sinn.

Ich zupfe die Blätter aus meinem Rucksack und halte sie ihm hin. Ein hämisches Lächeln umspielt seinen Mund, als er die Papiere in Augenschein nimmt.

„Ach nee“, murmelt er und mir schwant Böses.

„Was?“

„Das sind keine Tickets.“

„Keine Tickets?“ Ich nehme ihm die Ausdrucke aus der Hand und überfliege sie wie beim ersten Mal am Abend zuvor und nach wie vor sieht für mich alles regelkonform aus.

„Nein, Hirni“, antwortet Ulf mit der Kälte eines Grenzpolizisten in Helmstedt, „das sind keine Tickets, sondern Reservierungen.“

In mir wächst der Verdacht, dass sich diese Diskussion auf eine sehr theoretische Ebene verlagern wird, wenn ich dem Egotrip von Sheriff Flitzkacke keinen energischen Riegel vorschiebe. Das Pimmelgesicht in Klamotten der Deutschen Bahn kommt mir jedoch zuvor.

„Du hättest deine Reservierung am Infoschalter gegen ein gültiges Ticket eintauschen müssen“, fährt er im klugscheißerischen Tonfall eines Dorfschullehrers fort.

Ich zeige ihm einen Vogel und entgegne, dass das ja wohl nirgendwo geschrieben steht. Ein kurz gekauter Fingernagel tippt auf eine Passage mit Erklärungen, deren Lektüre ich mir fatalerweise gespart hatte. Ich überfliege die Blätter ein drittes Mal und widme mich jetzt nicht nur dem, was zwischen den Zeilen steht. Zugegeben, er hat recht, ich hätte die Ausdrucke am Infoschalter gegen die wirklichen Tickets eintauschen müssen, werde aber einen Teufel tun, ihm dies gegenüber zuzugeben und ringe mit der dunklen Seite der Macht, die mich drängt, ihm mit seiner Schaffnerzange die Augenbrauen zu piercen. Da ich nicht für den Rest meines Lebens mit einem schwarzen Eimer auf dem Kopf rumlaufen und asthmatisch schnaufen möchte, kämpfe ich meinen Zorn nieder und atme tief durch.

„Ulf“, versuche ich die Situation zu retten, „es gibt doch sicher eine Möglichkeit ...“

„Nix Ulf! Ohne Tickets keine Fahrt! So ist das bei der Bahn.“

Ich schlucke, denn in Ulf schlummert ein echtes Werbetextertalent.

„Für dich, Hirni, ist in Bielefeld Schluss!“

Erst jetzt merke ich, wie fest meine Hand die Tüte mit den Yoghurt-Gums umklammert hält, die ich ihm gerne in Nase und Ohren stopfen würde.

„Jetzt pass mal auf, du Suppenkasper“, sage ich seelenruhig, „gleich kannst du Burn-out-Simulant mal erleben, was Burnthrough ist. Bei dir hakt es wohl ganz gewaltig. Und wenn du dir die Ohren abreißt, ich bleibe hier sitzen und steige erst wieder aus, wenn wir den Hauptbahnhof von Berlin planmäßig erreicht haben!“

Ein älterer Herr in der Reihe hinter mir spendet Applaus. Ulf nimmt ihn nicht zur Kenntnis und greift seelenruhig zu seinem Funkgerät.

In einem Tonfall, den er sich bei den Bösewichten von Cobra 11 abgeguckt haben muss, sagt er: „So Hirni, jetzt pass du mal gut auf, was passiert.“

Ich setze eine gelangweilte Miene auf und verschränke meine Arme.

Keine Viertelstunde später stehe ich, nach einer kurzen und herzlichen Begegnung mit zwei breitschultrigen Securitykräften, auf dem Bahnsteig von Bielefeld. Am Infoschalter tauscht mir eine junge Dame, die mich auf fatale Weise an Tiffy aus der Sesamstraße erinnert, meine Reservierungsdokumente gegen die regulären Tickets für den Folgezug, weist mich jedoch darauf hin, dass meine Sitzplatzreservierung verfallen ist, da sie für jenen Zug galt, aus dem ich gerade komme. Ich nicke und ärgere mich, dass sie mich zweimal mit meinem Namen anspricht. Gerne hätte ich mehr Anonymität gewahrt und vermeide es daher, viel zu sprechen, damit sie sich möglichst schlecht an mich erinnern kann, wenn das BKA sie in den nächsten Tagen befragen wird, weil ein Zugbegleiter namens Ulf Pumpe tot aufgefunden wurde – verendet beim Waterboarding unter einer Turnhallendusche in Dortmund-Persebeck.

Eine gute Stunde und ein weiteres Käse-Schinken-Croissant später befinde ich mich erneut in einem ICE auf dem Weg nach Berlin. Diesmal sitze ich jedoch nicht im Großraumabteil, sondern stehe im Gang, unmittelbar in der Nähe der Toiletten, die von den Fahrgästen fast durchgängig aufgesucht werden. Da ich mich für meinen Bedarf heute schon genug geärgert habe, beschließe ich, die Situation mit buddhistischer Gelassenheit zu ertragen und freue mich, dass es draußen keine sechsunddreißig Grad sind und im Zug nicht das Norovirus grassiert.

Während sich gerade ein als korpulent zu bezeichnender Mann an mir vorbeischiebt, klingelt mein Handy. Obwohl mir die Nummer bekannt vorkommt und Assoziationen die Alarmglocken schrillen lassen, nehme ich den Anruf entgegen.

„Hallo?“, frage ich zögerlich.

Stille.

„Hallo?!“, frage ich erneut, diesmal eine Spur energischer.

Es knackt leise in der Leitung, dann herrscht wieder diese bedrückende Stille, als verliere man den Kontakt zur Crew der ersten bemannten Marsmission.

„Houston, wir haben ein Problem“, murmele ich und lege auf. Im Display erlischt gerade der letzte kleine Balken. Das vertraute Piktogramm wird ersetzt durch einen winzigen Schriftzug: Netzsuche.

Ich lehne mich gegen das Fenster und lasse mir die sanfte Vibration der Gleise gefallen, während mein Handy zurück in meine Jeanstasche gleitet. Ich hatte vollkommen vergessen, dass die Deutsche Bahn ihr Streckennetz konsequent von der gesundheitsschädigenden Wirkung sämtlicher Mobilfunknetze abschirmt und beginne über die Frage zu sinnieren, ob aus Sorge um die Gesundheit der Fahrgäste oder um diese in den Wahnsinn zu treiben, beziehungsweise in den hemmungslosen Kaffeekonsum aus Langeweile.

Ehe ich zu einer abschließenden Antwort komme, klingelt mein Handy erneut und die angezeigte Nummer verheißt mir noch immer nichts Gutes.

In dem Wissen weitgehender telefonischer Unerreichbarkeit dank Ulf Pumpes Arbeitgeber, belle ich ein unfreundliches „Es nervt!!!“ ins Telefon.

Die wider Erwarten klar und deutlich zu verstehende Antwort zaubert mir zwar kein Lächeln auf die Lippen, sehr wohl jedoch einen Ausdruck gottergebener Resignation ins Gesicht – als Zeichen meiner Bereitschaft, alles ertragen zu wollen, was dieser Tag an kleinen Gemeinheiten und versteckten Schikanen für mich bereithalten mag.

„Rieke! Die Elvira Rieke! Über Ihnen.“

Obwohl ich natürlich weiß, dass sich dieser Hinweis auf die Anordnung der Wohnungen bezieht, huscht mein Blick kurz verstohlen an die Decke des Waggons. Ich atme erleichtert auf – keine Rieke mit Saugnäpfen!

„Frau Rieke“, sage ich matt, „wie geht’s meiner Wohnung?“

„Hallo???“

„Ja, hallo noch mal.“

„Hallo!!!“

„Ja-aaaaaa“, singe ich, „hallo-o-ooo!“

„Ich weiß genau, dass Sie da sind, Herr Krallmann. Es wäre besser für Sie, wenn Sie mich nicht für blöd verkauften.“

Hä? Der Gesprächsverlauf irritiert mich, sodass ich mit zwei Fragezeichen in den Augen mein Handy betrachte. Ich sehe gerade noch, wie sich der letzte Balken nach einem kurzen Aufbäumen verabschiedet. Auf der PlayStation wäre es spätestens jetzt an der Zeit, mal wieder irgendetwas abzuschießen, um wenigstens noch ein weiteres Leben zu erhalten. Bei T-Mobile ist das anders. Da hat man die Gewissheit, dass in wenigen Augenblicken das Spiel definitiv beendet ist, ganz gleich, wen man alles abschießt.

„Frau Rieke", sage ich leise, in der Hoffnung, dass sie mich, wenn auch nicht über das Mobilfunknetz, so doch auf anderer, spiritueller Ebene hören kann. Etwas Ähnliches habe ich mal im Film gesehen, wenngleich ich nicht weiß, in welchem. „Ich habe alles versucht", flüstere ich leise. „Ich stecke doch in einem tiefen Loch. Es ist ein Funkloch. Da muss ich mir allein heraushelfen. Und dann telefonieren wir auch wieder miteinander. Ganz bestimmt." Ich blicke melancholisch aus dem Fenster. Normalerweise müsste jetzt ein Sonnenstrahl zwischen den Wolken hervorbrechen, sich ein Regenbogen zeigen oder wenigstens ein Schwarm Vögel auffliegen und sich über mir in einem Baum niederlassen.

Was sich zeigt, ist der dicke Typ aus der Toilette. Er kommt aus der behaglich eingerichteten Kabine hervor und schiebt sich erneut an mir vorbei. Offenbar hat er sich nicht wirklich erleichtern können, da ich das Gefühl habe, noch fester gegen die Wand des Ganges gedrückt zu werden. Ich bilde mir einfach ein, er würde mich herzlich drücken und fühle mich nach meinem Ausflug in die Melancholie gleich viel besser. Was ist dagegen schon ein reservierter Sitzplatz in einem ICE, mit dem ich in knapp einer Stunde bereits in Berlin ankäme? Ich hingegen kann mich immerhin noch über zwei Stunden im Toilettengang freuen und habe auch noch meinen alten Klassenkameraden Ulf Pumpe wieder getroffen. Es gibt Tage, da lacht einem das Glück!

Wasser findet immer einen Weg

„Herzlich Willkommen in Berlin und einen angenehmen Aufenthalt im Motel One!“, wünscht mir eine gefühlte Ewigkeit später die Dame hinter der Rezeption meines Hotels, nachdem ich mit dem Einchecken fast fertig bin. Sie hat den Satz zweifellos auswendig lernen müssen und durchläuft gerade eine Trainee-Zeit, wie mir ihr Namensschild in Firmenfarben verrät. Im Angesicht dieses Hühnchens mit dem verbalen Aktionsradius eines begabten Wellensittichs wird mir schmerzlich bewusst, dass ihr Dienstrang streng betrachtet eindeutig über dem meinen rangiert. Hirni, halt die Bälle flach, ermahne ich mich und schaue mich nach dem Fahrstuhl um, damit ich nicht in das beeindruckende Dekolleté neben ihrem Namensschild starren muss. Wäre sie Schauspielerin, hätte man garantiert spätestens für sie das 3D-Kino erfunden. Meine Frage, ob ich meine Computerausdrucke nicht wirklich noch in richtige Tickets umtauschen muss, quittiert sie mit einem hilflosen Lächeln. Diese Frage ist im Rezeptionistinnenhandbuch offenbar nicht gelistet, sodass auch keine Antwort darauf vorgesehen ist. Ich versuche noch, ihr zu erklären, dass sonst womöglich jemand aus meiner Grundschule kommen wird und ich heute Nacht mit einstündiger Verspätung erneut werde einchecken müssen. Und wieder zeigt sie ihr hilfloses Lächeln, ohne sich auch nur ansatzweise eine Vorstellung von meinen Sorgen zu machen.

Als ich den Fahrstuhl betrete, klingelt mein Handy. Zu meiner grenzelosen Freude ist Frau Rieke am Apparat. Ich drücke den Knopf mit der Sechs und die Tür schließt sich.

Frau Rieke verstummt.

„Hallo? Frau Rieke? Sind Sie noch da?“

Stille.

„Frau Rieke?“

Nicht schon wieder! Ich blicke auf das Display, das mir den vertrauten Anblick eines erlöschenden Balkens zeigt und verdrehe die Augen. So oft, wie ich heute auf das Display meines

Mobiltelefons starre, hätte man mich besser mit einem Gameboy ausstatten können.

Das Zimmer im sechsten Stock, das ich betrete, ist zwar klein, aber topmodern und geschmackvoll eingerichtet. Der Blick über einen Teil der Stadt ist beeindruckend. Ich fühle mich wie Bill Gates auf Dienstreise oder zumindest so, wie ich glaube, dass er sich fühlt, und lasse mich auf mein Bett fallen.

Meine Hand greift nach dem Mobiltelefon. Ich suche die Nummer des letzten Anrufers und lasse sie anwählen.

Mich begrüßt eine vertraute Stimme, die jedes Mal aufs Neue ungute Erinnerungen weckt.

„Guten Tag, Rieke, hier ist der automatische Anrufbeantworter." Die Stimme ist durchdringend und liest energisch ab. „Bitte nennen Sie den Grund Ihres Anrufes und Ihre Telefonnummer. Recht herzlichen Dank!"

Ich räuspere mich, warte auf den Signalton und als er endlich erklingt, lege ich übellaunig auf.

Fast hätte ich vergessen, weshalb ich überhaupt hier bin und so raffe ich mich auf, meinen Job zu machen. In einer halben Stunde treffe ich mich mit einem Veranstaltungstechniker der Light-Concept GmbH und werde mit ihm über Dinge sprechen, von denen ich nicht den blassesten Schimmer habe.

Für meine Verhältnisse ungewöhnlich, treffe ich bereits fünf Minuten vor meinem Termin an der Baustelle des PastaFigaro-Restaurants ein und stehe vor einem Bauzaun, an dem riesige Banner auf die ‚soon' stattfindende Eröffnung hinweisen und lukrative Jobs als ungelernte Pizzabäcker, Kellner oder Pastaköche anbieten.

„Du bist flexibel und suchst eine Herausforderung in einem jungen, motivierten Team, um mit uns gemeinsam die Zukunft von PastaFigaro zu gestalten? Wir freuen uns auf deine leidenschaftliche Bewerbung an berlin3@pastafigaro.de."

Da ich mich nicht angesprochen fühle, immerhin habe ich ja bereits eine Herausforderung in einem jungen, motivierten Team gefunden, versuche ich einen Blick ins Innere des Restaurants zu werfen und entdecke eine Lücke im Bauzaun. Meine Augen brauchen einen Moment, um sich an das schummrige Licht auf der Baustelle zu gewöhnen. Um mich herum kämpfen stoppelbärtige Trockenbauer mit Rigipsplatten und ein autoritärer Typ mit beeindruckendem Bauch und kariertem Hemd bellt etwas in sein Mobiltelefon, das die Grenze zur Unhöflichkeit längst hinter sich gelassen hat.

„Ach, leck mich anne Eier“, rät er seinem Gesprächspartner abschließend und legt auf. Dann stolpert er über eine Dachlatte und mault einen der Trockenbauer an, er solle die „Wichse“ wegräumen, wenn er die Latte nicht „quer im Arsch stecken haben“ wolle. Dem Trockenbauer fällt daraufhin fast seine hinter dem Ohr klemmende Zigarette zu Boden, ehe er halblaut „schlecht geschissen?“ fragt.

„Ich werd dich gleich mal zeigen, wer hier schlecht scheißt, wenn ich mit dir und die Dachlatte fertig bin!“

Der Trockenbauer verdreht genervt die Augen, eine feine Geste, die wiederum dem entfesselten HB-Männchen nicht entgeht. Wenngleich im Körper einer Bordeauxdogge, ist er aufmerksam wie ein Jagdterrier, dem Adrenalin gespritzt wurde. Er packt sich blitzschnell die Dachlatte und schlägt sie mit aller Wucht gegen die Leiter seines Kollegen. Ehe ich noch Zeuge eines Mordes werde, beschließe ich, mich zurückzuziehen und wähle den Weg durch die hinteren Räume. Da hier eine Vielzahl an Rohren und Anschlüssen die Wände ziert, tippe ich darauf, dass dies die Küche werden soll. Ich wundere mich über den extrem weichen Boden, der sich als frischer Estrich erweist und beschleunige meine Schritte, ehe der völlig außer Kontrolle geratene Bauleiter feststellt, dass jemand das Werk einer halben Woche Arbeit im wahrsten Sinne des Wortes mit Füßen getreten hat. Draußen erwartet mich wieder hellster Sonnenschein und ich befreie meine Sneaker im Gras vom verräterischen Estrich. Nachdem ich einen letzten, prüfenden Blick zurückgeworfen habe und mich überzeugen konnte, nicht wie Jerrys Tom von Brutus verfolgt zu werden, schlendere ich betont unauffällig in Richtung des zukünftigen Restauranteingangs, vor dem bereits ein junger Mann wartet, der mit einer Kamera Fotos von der Fassade macht. Da ich mir ziemlich sicher bin, dass es für Touristen in Berlin wenigstens noch eine Handvoll interessanterer Motive gibt als eine halb fertige Glaswand mit Bauzaun, gehe ich davon aus, dass es sich bei dem Mann um meinen Veranstaltungstechniker handelt.

„Sie wissen, dass das Fotografieren halb fertiger Gebäude grundsätzlich verboten ist?“

Er dreht sich erschrocken um und packt hastig seine Kamera ein. Er ist schlacksig und steckt in einer schwarzen Jacke, die, wie ich erst jetzt sehe, einen Light-Concept-Schriftzug trägt.

Entschuldigend hebt er die Arme. „Sorry. Dett habbick nüsch jewusst.“

Der arme Kerl wirkt regelrecht erschrocken.

„War auch nur ein Witz.“

„Ach so, na denne.“ Seine Miene hellt sich schlagartig auf.

„Herr Böhnke?“, frage ich im Näherkommen. Das war zumindest der Name, den mir Pia als Kontakt in Berlin per E-Mail geschickt hatte.

Mein Verdacht bestätigt sich, denn der Mann streckt mir seine Hand entgegen und lächelt unsicher – aber immerhin ausgesprochen sympathisch.

„Rudi Böhnke, Light-Concept. Denn sind Sie wohl der Herr Krallmann.“ Mein Kontaktmann von der Spree bemüht sich um möglichst akzentfreie Aussprache.

„Jenau, det binnick“, strahle ich ihn an.

Rudi Böhnke stutzt einen Moment.

„Och von hier?“

„Nee, Dortmund. Stadt im Ruhrgebiet. Erst Avus und dann die A2 immer durch.“

„Ick wees wo Dortmund is. Steh aufs Ruhrjebiet.“

Nun stutze ich.

„Sie steh'n aufs Ruhrgebiet?“

Rudi Böhnke zückt sein Portemonnaie und pflückt daraus eine verfranste Eintrittskarte für ein Konzert von Herbert Grönemeyer im Bochumer Stadion hervor, die er mir stolz unter die Nase hält.

„Ja leck mich am Arsch!“, entfährt es mir. „Der Klassiker!“

Mein Gegenüber läuft nun Gefahr, vor Stolz zu platzen und zaubert eine zweite Karte hervor – Michael Jackson im alten Schalker Parkstadion.

„Wie ick den Jacko jeseh’n hab, mit die janzen Lichta, dem fetten Sound und die riesije LED-Wand – da habbick jewusst: Dett is mein Job!“

Ich nicke und betrachte die Karte.

„Bin zimmlisch oft bei eusch inda Ecke. Sorry, bei Ihnen. Det Ruhrjebiet findik so jeil!“

Rudi sagt offenbar gerne „sorry“.

„Rudi“, sage ich und lege ihm meine Hand auf die Schulter, „du bist zwar wahrscheinlich der Einzige, der das Ruhrgebiet so richtig geil findet, aber ich bin der Hirni.“

Jetzt stutzt zur Abwechslung mal wieder er.

„Wie heißte?“ Befremden liegt in seinem Blick.

Ich winke ab. „Ist ’ne lange Geschichte.“

Rudi strahlt wieder und zieht den dritten, seinen größten, Joker aus dem Portemonnaie – eine Karte für ein Pokalspiel von Borussia Dortmund gegen Hertha BSC. Wenn Gesichter vor Stolz und Freude platzen könnten, flöge mir Rudi gleich spektakulär um die Ohren.

„Und, habt ihr wenigstens gewonnen?“, frage ich und überlege, welche Kracher ich aus der Tasche ziehen könnte. Meine ungültige Sitzplatzreservierung bei der Bahn? Eine Quittung aus der Waschstraße, meine Wartenummer an der Servicekasse bei IKEA?

„Klar, Hertha hat rischtit wat auffen Sack jekrischt.“

„Wie jetzt?“, stutze ich. „Hertha?“

„Ik bin da nur mitjefahn wegen der günstigen Busfahrt. War janz schön ätzend. Icke im jelben Trikot und die janze Rückfahrt zwischen de Frustgurken. Und du? Och Borusse?“

Auch wenn ich nur sehr selten im Dortmunder Stadion bin – am Wochenende zahlt ‚Wash & Go' nämlich zehn Prozent mehr – habe ich dort einige der schönsten Momente meiner Jugend erlebt. Ich nicke und sage: „Klar."

Rudi packt und drückt mich, als hätte seine Mannschaft gerade die Deutsche Meisterschaft gewonnen.

„Dettis so jeil. Nu simma schon zu dritte."

„Wieso, wer denn noch?"

„Na, die Pia."

„Welche Pia?", frage ich und bin ernsthaft irritiert.

„Verarschte mir? Deine Kollegin!"

„Die Pia?", vergewissere ich mich und scheine Rudi gerade maßlos zu enttäuschen, da er offenbar nicht begreifen kann, dass wir im Büro nicht pausenlos Fangesänge anstimmen.

„Die Pia is bei jedem Heimspiel, haste dett nüsch jewusst?"

„Äh, nee", antworte ich etwas entrückt, „dett habbick nüsch jewusst."

„Gibt's doch nüsch!"

„Um ehrlich zu sein", rechtfertige ich mich, „bin ich erst seit zwei Tagen bei LIVE COMMUNICATION. Ich kenne die Pia eigentlich erst seit vorgestern."

„Ja und? Mich kennste sogar ers' seit zwee Minuten."

Auch wahr. Rudis Sicht auf die Dinge ist von einfacher, aber angenehm klarer Struktur.

„Die Pia is' übrigens 'ne Nette." Er zwinkert mir verschwörerisch zu und pflichtet sich selbst bei, indem er voller Anerkennung nickt. Mir ist dabei nicht vollkommen klar, ob seine Sympathie eher auf schwarzgelber Gleichgesinntheit oder anderen Faktoren beruht.

„Und du kennst die ... Pia aus dem Stadion?"

Sollte Pia die einzelnen Dienstleister der Agentur etwa tatsächlich nach ihren fußballerischen Vorlieben aussuchen und eine perfide Form der Wettbewerbsverzerrung betreiben?

„Och! Aber det mit dem Fußball ham wa ers' später jemerkt. Wir ham für eusch ma' hier den Support für 'ne Fashion-Show jemacht. Det war Pias Projekt."

Ich nicke. „Verstehe. Und beim Bierchen am Abend habt ihr gemerkt, dass ihr in der gleichen Bettwäsche schlaft."

„So unjefähr", bestätigt Rudi und lacht. „Die Welt is kleen!"

Da hat er recht. Sogar so kleen, denke ich grimmig, dass einem ab und an alte Klassenkameraden über den Weg laufen, um Leben und Bahnfahren schwer zu machen.

Während sich Rudi noch darüber freut, einen neuen Kumpel gefunden zu haben, ertönt aus meiner Hose der fröhlich-geschäftige Klingelton meines Handys. Ich zucke entschuldigend mit den Achseln und nehme das Gespräch an, ohne Böses zu ahnen.

„Krallmann?", rufe ich laut in Erwartung eines neuerlichen Funklochs oder wenigstens schlechten Empfangs.

„Rieke!", bellt es mir in klanglich beängstigender Klarheit entgegen, dass ich fast fürchten muss, meine Nachbarin stünde neben mir.

„Frau Rieke", flöte ich betont freundlich zurück, damit mein neuer Fußballkumpel nicht merkt, dass meine Nemesis eine alte Oberstudienrätin mit Pudel ist.

„Bevor Sie wieder auflegen, junger Mann", bellt sie mir entgegen, als sei sie der Pudel, „lassen Sie sich gesagt sein: Ihr Verhalten ist ungebührlich und es fehlt Ihnen offenbar an der nötigen Reife, die Tragweite der Situation zu erfassen."

„Wieso wieder auflegen? Ich habe nicht aufgelegt. Ich war in einem Funkloch."

„Wo?"

„In einem Funkloch. Ich hatte keinen Empfang. Verstehen Sie?"

„Ich verstehe sehr gut, Herr Krallmann. Aber Sie scheinen den Ernst der Lage nicht zu verstehen."

„Was ist denn passiert?", will ich wissen und glaube die Antwort zu kennen.

„Das ist ja die Höhe! Ich spreche von dem Schaden in Ihrer Wohnung. Wie gedenken Sie, soll es da jetzt weitergehen?"

„Wieso? Ich gehe davon aus, dass die Heizlüfter in meiner Wohnung Höchstleistungen vollbringen und dann ziehe ich wieder ein."

„Soso. Sie glauben, damit sei es getan?"

„Natürlich nicht!“, gebe ich mich als passionierter Heimwerker. „Ich werde die Böden mit Teppichschaum aufarbeiten und die Wände im unteren Bereich neu streichen müssen. Eventuell haben auch die Geräte was mitbekommen. Aber dafür habe ich eine Hausratversicherung. Wie übrigens auch für die Arbeiten im Bad.“ Glaube ich zumindest.

Frau Rieke atmet hörbar tief durch und Rudi kramt verlegen seine Kamera hervor, um die bisher von der Fassade gemachten Bilder zu begutachten. Der Einblick in meine Angelegenheiten ist ihm eindeutig peinlich und das Bildmaterial offensichtlich wahnsinnig interessant.

Frau Rieke indes atmet ein zweites Mal tief durch und sammelt laut vernehmbar Luft für die Fortsetzung ihrer Strafpredigt. Ich schätze, dass sie das so zu ihrer Zeit als Lehrerin bei jeder falsch beantworteten Frage getan hat. Obwohl ich inzwischen seit vielen Jahren erwachsen bin, einen Hammerjob als Elitepraktikant in der gegenwärtig hippsten Branche der Welt und Fußballkumpel im gesamten Bundesgebiet habe und zudem noch auf Dienstreise und tierisch busy bin, fühle ich mich wie der dreizehnjährige Tommy bei der Rückgabe einer Klassenarbeit.

„Ihre Hausratversicherung kann eventuell helfen, Ihre Studentenbude wiederherzustellen“, belehrt mich Frau Rieke herablassend und die Art, wie sie ‚Studentenbude‘ betont, klingt nicht wirklich nach Wertschätzung. „Was Sie jedoch brauchen, ist eine verdammt gute Haftpflichtversicherung.“

„Hab ich!“, gebe ich gelangweilt zurück und klinge dabei sicherer, als ich es tatsächlich bin. Habe ich die wirklich?

„Soso. Wollen Sie vielleicht wissen, was bei Herrn Kottge im Parterre passiert ist?“

„Was ist passiert?“, frage ich brav mit leicht genervtem Unterton.

„Ihm ist die Birne geplatzt!“

„Mein Gott!“, entfährt es mir.

„Und seine Frau hätte fast ein Schlag getroffen!“

Das kann ich mir vorstellen, die muss völlig traumatisiert sein. Und erst der arme Herr Kottge, schießt es mir durch den Kopf.

„Wie konnte so was passieren?", frage ich. „Zu hoher Blutdruck?"

„Blödsinn! Ich spreche von seiner Deckenlampe! Aber nicht nur da sickert Ihr Badewasser durch, sondern auch aus den Steckdosen und Lichtschaltern."

„Oh."

„Ja, oh. Und im Gemeinschaftskeller ist die halbe Decke feucht. Das Wasser sucht sich immer einen Weg."

Ja, da ist sie wieder, die Lehrerin alter Schule, die selbst eine Standpauke mit didaktischem Anspruch zu würzen weiß. Ich danke ihr für diese Weisheit. ‚Das Wasser sucht sich immer einen Weg.' Exakt so hätten es auch Joachim Bublath und Jean Pütz erklärt.

„Ups", sage ich und ärgere mich, dass mir gerade nichts Souveräneres einfällt. Ich nicke Rudi entschuldigend zu, der mir ein beruhigendes Kopfnicken schenkt und sich wieder verlegen seinen Fotos widmet.

„Die war von Tiffany!", ereifert sich Frau Rieke.

„Unsere Kellerdecke war von Tiffany?"

„Die Lampe von Herrn Kottge! Sie haben das halbe Haus zerstört, Herr Krallmann! Ich rate Ihnen dringend, Ihre Versicherungsunterlagen zur Hand zu nehmen und bete für Sie, dass Sie eine ausreichend hohe Deckungssumme haben. Und wenn nicht, dann hilft auch beten nicht mehr!"

Ich kann nur hoffen, dass sie nie Religion unterrichtet hat. Wenn doch, könnte das zumindest eine Erklärung dafür sein, dass die Kirche mit einem ähnlichen Problem kämpft, wie die FDP in Rheinland-Pfalz. Außerdem machen mich ihre chaotischen Gedankensprünge noch ganz wirr.

„Ich kümmere mich", sage ich matt und beende das Gespräch.

Dieser schrecklichen Person gelingt es immer und immer wieder, mir jegliche Energie aus dem Körper zu saugen. Aber was, wenn ich das Haus wirklich zerstört habe? Was, wenn durch meine Unachtsamkeit die letzte frei lebende Tiffanylampe ihr Leben gelassen hat und das kostbare Deckenfresko im Gemeinschaftskeller für immer verloren ist? Nicht auszudenken.

Ob meine Deckungssumme wohl reicht? Ich kann unmöglich erneut bei Günther Jauch vorstellig werden und im RTL-Casting sagen, dass ich mit meinem Badewasser ein komplettes Achtparteienmietshaus der Kernsanierung überantwortet habe. Die verweisen mich ja kommentarlos an Tine Wittler weiter! Und je länger ich über den Sachverhalt nachdenke und die mögliche Tragweite meines Bademalheurs, je mehr Zeit also verstreicht, umso mehr beginnt der Zauber von Frau Riekes Ansprache, immer intensiver nachzuwirken. Ihre Frage nach der Haftpflichtversicherung hat mich stutzig gemacht. Ich bin mir fast sicher, dass ich eine solche habe. Oder etwa nicht? Klar habe ich eine! Die hat doch jeder. Zumindest habe ich eine Kfz-Haftpflichtversicherung. Aber auch eine private? ‚Ruhig bleiben, Hirni. Bestimmt hast du eine', denke ich, würde aber meine Hand auch nicht dafür ins Feuer legen. Das kann man klären – das muss man klären und zwar sofort, denn sonst denke ich an nichts anderes mehr und habe am Ende einen noch beschisseneren Nachmittag, als es mein Vormittag in der Bahn schon war.

„Wer war'en det?"

Rudi! Den hätte ich nun fast vergessen.

„Entschuldige, 'ne nervige Kundin", lüge ich und stecke widerwillig mein Handy weg.

Rudi guckt, als hätte ich sie nicht alle. „Wat habt ihr denne für seltsame Kunden?"

„Ach", winke ich ab, „auch so ein Gastronomieladen. Bisschen strange."

„Un' da musste im Keller die Wände streichen?"

„Nee, quatsch", winke ich etwas linkisch ab, „das macht bei uns der Praktikant. Aber ich koordiniere das halt für die Kundin ... die Frau Rieke."

„Eure Agentur streicht bei Kunden die Keller?", fragt Rudi und sieht mich an, als hätte ich ihm gerade offenbart, nachts einen Schlafanzug von Schalke zu tragen. „Soso."

Rudi ist so taktvoll, den Sachverhalt nicht weiter zu hinterfragen und kramt stattdessen die E-Mail von Pia hervor, in der das technische Profil der PastaFigaro-Eröffnungsfeier beeindruckend präzise umrissen ist.

„Also", beginnt Rudi, „denn woll'n wa ma."

Er überfliegt den Text, wobei er leise liest und die meisten Wörter großzügig auslässt. „Hallo Rudi ... det bin icke ... hier ... Öffnung ... nach Fertigstellung des Innenausbaus ... Bühnenpodest ... bla bla bla ... Tontechnik laut Bühnenanweisung ... Liveband ... dazu die Baupläne der Innenarchitektin ... aha, hier kommt's ... machste bitte det Äußere vom Restaurant mit Licht richtich schön?"

Dann blickt mich Rudi feierlich an und ich blicke fragend zurück.

„Das ist es?"

„Det isset", bestätigt er mir. „Ditte is dat technische Profil von euam Event."

„Das Äußere schön machen", lasse ich mir auf der Zunge zergehen.

„Die wees halt, die Pia, dat ick begriffen hab, um wat et euch geht bei den Events", verteidigt Rudi grinsend meine Kollegin. „Muss halt geil aussehen."

„Ach so."

„Am Anfang hat die mir immer janz präzise Anweisungen jejeben, aber inzwischen lässt sie die Leine auch ma etwas lockerer. Siehste ja."

„Und nu?", frage ich.

„Keene Sorge, ditte mach ick euch schon schön. Ick hab jetz künstlerische Freiheit. Wir ham en Arsch voll LED-Technik, allet outdoortaugliche Spots. Det Feinste vom Feinen."

Ich nicke, da ich nicht genau weiß, welche Alternative ich habe. „Und ich kann mich verlassen?"

„Hey Horny, wir arbeiten nüsch das erste Mal für euch!"

Horny! Witzbold!

„Und was ist mit Tontechnik und dieser Bühne?"

„Steht im Rider. Kann ich mir erst ankieken, wenn die da drinne wenichstens die Wände fertich ham."

Fünf Minuten später zieht Rudi seines Weges und knipst noch ein paar Bilder des Gebäudes. Irgendwie werde ich den Verdacht nicht los, dass ich nicht ausreichend vorbereitet war auf diesen Termin und Rudi mich für einen vollkommenen Dilettanten halten muss. Aber wie hätte ich mich auch vorbereiten sollen? Mein Vollrausch ist keine achtundvierzig Stunden her und die ersten ruhigen Momente hätte ich im Zug haben können. Hätte! Aber seines Sitzplatzes beraubt und eingezwängt zwischen Klotür und ICE-Fenster ist es schwierig, sich auf technische Details zu konzentrieren, auch wenn sich diese auf vage Umschreibungen wie „mit Licht schön machen" beschränken.

Ich habe noch fast anderthalb Tage in Berlin, um den ersten Teil der Adressrecherche in Angriff zu nehmen und bin bester Dinge, dass ich dabei mehr Plan habe, als bei meinem Vor-Ort-Besprechungstermin mit Rudi Böhnke, der es schafft, regelmäßig durch halb Deutschland zu fahren, um seinen Lieblingsverein Fußballspielen zu sehen, während ich es in fünf Jahren nicht zweimal fertiggebracht habe, die fünf Kilometer zum Stadion zu bewältigen. Wie auch, so klamm, wie ich immer bin!

Ich schultere meinen Rucksack und trotte von dannen in Richtung einer belebten Einkaufsstraße. Mein Diktiergerät, ein Relikt aus alten Bandzeiten, das einst dazu diente, spontane musikalische Geistesblitze zu konservieren und daher, vom Alter einmal abgesehen, noch fast neuwertig ist, wird einem kurzen Funktionscheck unterzogen und schon beginne ich, die lustigen Namen des Einzelhandels und der umliegenden Lokalitäten in mein Diktiergerät zu brabbeln. So also sieht eine Adressrecherche 2.0 im digitalen Zeitalter aus. Ein Depp mit Rucksack durchwandert die Straßen, spricht wie ein Wichtigtuer vom Secret Service in die hohle Hand und sucht sich die Telefonnummern hinterher aus dem Internet, um jeden Laden einzeln abzutelefonieren und zu fragen, wen man denn bitteschön zur Eröffnung des PastaFigaro-Restaurats einladen darf. Und wer hat's sich ausgedacht? Nicht Pia, nicht Ben. Auch nicht die Monk und dieser Lecknepper! Nicht mal Flitzkacke Ulf Pumpe oder gar Frau Rieke! Nein, ich allein bin auf diesen Blödsinn mit der Adressrecherche vor Ort gekommen!

„... H&M, Vero Moda, L'Tur Reisebüro, Deichmann, das Dänische Bettenlager ..." Mir entgeht nichts – nicht mal die unscheinbare Humboldt-Apotheke im Erdgeschoss eines flatschneuen Ärztehauses, vor dem ich offenbar einen Moment zu lange verharre, um mir einen Überblick über die medizinische Grundversorgung Berlins zu verschaffen. Während ich die Namen der auf weiß gehaltenen Tafeln verzeichneten Ärzte auf mein wichtig aussehendes Diktiergerät flüstere, schiebt sich die Inhaberin der Apotheke, eine fahlweiße Frau, deren Namensschild sie als ‚Apothekerin Dr. Mechthild Strunk' ausweist, in mein Blickfeld und baut sich abwartend vor mir auf. Ich blicke sie fragend an.

„Was gibt das da?", fragt sie herrisch und zieht die Augenbrauen hoch, was ihrem Antlitz den Liebreiz der späten Margot Honecker verleiht.

Die wahren Hintergründe dessen, was ich tue, wird sie sicher nicht verstehen, sind sie mir doch selbst, wenngleich meine eigene Idee, noch weitestgehend ein Rätsel. Also überlege ich, ob ich ihr sagen will, dass ihr Ärztehaus im eingeschränkten Halteverbot steht und jetzt gleich ein Knöllchen kriegt, entscheide mich jedoch spontan anders und erkläre ihr mit gelangweiltem Unterton, dass der städtischen Bauaufsicht keine gültige Baugenehmigung für das Haus vorlag und deshalb in den nächsten Wochen im Rathaus über einen Abriss entschieden wird, zumal das Grundstück bereits vor zehn Jahren von Scientology erworben wurde. Sie starrt mich wortlos an – wie vom Donner gerührt – und erscheint noch einen Tick fahler als zuvor.

Ehe ich ohne ein weiteres Wort der Erklärung gehe, mache ich eine beschwichtigende Geste und sage ihr, dass es so ja nicht kommen muss und es für das Haus vielleicht trotzdem noch ein Fünkchen Hoffnung gibt. Für ein paar beschissene Nächte oder wenigsten eine Klinikpackung Johanniskraut gegen Depression und Missstimmung muss das erst mal reichen.

Eigentlich ist es verrückt. Würde ich, wie so viele meiner Mitmenschen, laut telefonierend durch die City wandern oder, besser noch, ohne Telefon in der Hand wie ein Bekloppter mit einem Bluetooth-Headset reden, nähme keiner ernsthaft Notiz von mir. Kaum halte ich mir jedoch das Gerät an den Mund und spreche mit gesenkter Stimme, glotzt jeder, als würde hier der neue James Bond gedreht – mit mir als James Bond. Jeder scheint darauf zu warten, dass ich mich umdrehe und mit meiner Uhr die Fußgängerampel ausschieße, um besser flüchten zu können. Man blickt mich an, als sei ich ein Freak, der jeden Moment Probleme machen könnte.

Je länger man so vor sich hin wandert, umso mehr verschwimmt zudem die Selbstwahrnehmung. Irgendwann merkt man gar nicht mehr, dass alle einen Tick mehr Abstand halten als normal und keiner auf die Idee kommen wird, einen nach dem Weg oder der Uhrzeit zu fragen. „Dieses – wenn man es erkannt hat, zunächst befremdliche – zwischenmenschliche Vakuum, ist eigentlich ein herrlicher Zustand."

Das Werbeschild von ‚Juwelier Verbracken', etwa zweihundert Meter weiter, fasziniert mich ganz besonders. Dort wird nicht nur mit dem An- und Verkauf von Gold geworben, sondern obendrein damit, dass Zahngold auch mit kompletten Zähnen akzeptiert wird. Ich finde den Werbetext ein bisschen eklig und verharre davor so lange, bis ich ihn aus Begeisterung über die kreative Leistung seines Autors komplett auf mein Diktiergerät gesprochen habe. Das tue ich unglücklicherweise so auffällig, dass der vermeintliche Geschäftsinhaber in der Tür erscheint und mich in aller Seelenruhe beobachtet.

Ich nicke ihm freundlich zu und brabbel die Namen der umliegenden Geschäfte weiter in meinen treuen Begleiter.

„Darf ich erfahren, was Sie da eigentlich machen?"

Ich setze ein verbindliches Lächeln auf und stecke mein Diktiergerät weg.

„Klar", antworte ich und entschließe mich spontan, bei ihm einfach mal die nackte Wahrheit mit offensiver Herzlichkeit auszuprobieren. „Sie werden eingeladen zur Eröffnung eines neuen Restaurants. Pasta ...“

„Kein Interesse!“

‚... Figaro‘, will ich meinen Satz vollenden und blicke ihn ratlos an.

„Nur, wenn Sie wollen, natürlich.“

„Nein.“

„Schon klar.“

„Und jetzt löschen Sie bitte ihren Apparat.“

„Bitte?“

„Sie haben schon verstanden oder soll ich die Polizei rufen?“

Die Sache mit der offensiven Herzlichkeit kann man getrost als Flop abhaken, also sollte die Variante ‚Ellenbogen‘ als Plan B auf dem kurzen Dienstweg zum Einsatz kommen.

„Leiden Sie eventuell unter Verfolgungswahn?“, frage ich und schüttele missbilligend den Kopf.

„Typen wie Sie gibt's hier zuhauf. Kriminelle, die überall rumlungern. Aber nicht mit mir.“

„Kriminelle?“

„Also, Gerät löschen. Ich warte!“

„Ich lösche hier gar nichts“, sage ich trotzig und überlege, ob ich nicht vielleicht feste mit dem Fuß aufstampfen sollte.

Stattdessen zeige ich ihm ‚blöd‘, drehe mich weg und gehe. Spätestens nach der Begegnung mit Ulf im Zug hätte ich wissen müssen, dass dies ein durchwachsener Tag werden könnte. Ich höre noch irgendwas von ‚Nachspiel‘ und ‚werden schon sehen‘, bin mit meinen Gedanken jedoch schon fast wieder eine Straße weiter, wo eine Reihe hochinteressanter Geschäfte auf mich und ihre Nominierung zum ‚Shop of the Year‘ wartet.

„... Pimkie, Saturn, Desigual, Allianz-Versicherung ...“ Die Allianz-Versicherung lösche ich sogleich wieder von meinem Diktiergerät, da ich im gleichmäßigen Trott meiner Recherche das Schild mit dem Hinweis ‚Wegen Umbauarbeiten geschlossen‘ leichtfertig übersehen hatte.

Allianz-Versicherung? Wie erstarrt bleibe ich vor einem Schaufenster stehen, in dem vor Beginn der Umbaumaßnahmen zwei

Werbeposter mit Bildern glücklicher Menschen vergessen wurden. Unfall? Zum Glück Allianz versichert! Wasserrohrbruch? Zum Glück Allianz versichert! Schlagartig wird mir bewusst, weswegen ich seit einer guten Stunde so ein seltsames, flaues Gefühl im Magen habe. Meine Haftpflichtversicherung!

Da ich meinen Versicherungsordner gerade nicht zur Hand habe und spontan auch nicht sagen könnte, wo ich ihn fände, wenn ich in meiner heimischen Fünfunddreißigquadratmeter-Nasszelle wäre, lasse ich mir kostspielig von der 11880 die Nummer von Frau Koletzki geben, die eine schmucke Agentur der Allianz-Versicherung in der Dortmunder City führt. Ich habe ja jetzt schließlich ein Firmentelefon und muss mir wenigstens um Handyrechnungen keine Sorgen mehr machen.

„Möchten Sie sich die Nummer nur notieren oder dürfen wir Ihnen die Nummer komfortabel per SMS senden?", fragt eine perfekte Telefonstimme am anderen Ende der Leitung.

Ich entscheide mich für die komfortable SMS und versuche den Komfort bewusst zu genießen. Die Freude darüber bleibt in Grenzen, denn mein Telefon kann die gesendete Nummer nicht direkt anwählen, sodass ich sie doch komplett von Hand eintippen muss.

Erneut beginnt mein Mobiltelefon zu wählen. Die Frau, die sich unter der Nummer von Frau Koletzki meldet, ist mir fremd.

„Allianz-Versicherung Koletzki, Spanke am Apparat."

„Äh", beginne ich etwas verunsichert und wandere vor dem Schaufenster angespannt auf und ab. „Hallo, Krallmann hier. Ist Frau Koletzki zu sprechen?"

„Frau Koletzki ist zu einer Fortbildung. Kann ich Ihnen helfen?"

„Wer ist denn da?"

„Franca Spanke, ich bin die Auszubildende."

„Wann kommt Frau Koletzki denn wieder?"

„Übermorgen. Aber wahrscheinlich erst am Nachmittag."

„Ach so."

„Ja, aber kann ich Ihnen denn nicht vielleicht helfen?"

Ich überlege. Warum nicht?

„Ich habe einen Wasserschaden, den wollte ich melden."
„Verstehe."
Immerhin, das ist ja schon mal was.
„Klingt nach einer Hausratsache", folgert sie messerscharf.
„Wie man's nimmt. Die anderen Wohnungen haben auch was mitbekommen."
„Schlimm?"
„Na ja, ich kenne mich da nicht so aus, aber meine Nachbarin meint, es wäre schlimm."
„Hm. Sind Personen zu Schaden gekommen?"
„Frau Kottge unter mir hat sich erschrocken."
„Erschrocken?"
„Ja, ist das denn jetzt so wichtig?"
Stille. Franca Spanke überlegt offenbar, was Frau Koletzki jetzt machen würde.
„Könnten Sie denn vielleicht mal nachsehen, wie hoch meine Deckungssumme ist?"
„Äh, ja klar, wie war der Name? Kramer?"
„Krallmann, Thomas Krallmann."
Ich höre eine Computertastatur klappern.
Erneute Stille. Dann erneutes Klappern.
„Krallmann, sagen Sie?"
„Genau!"
„Hat er nicht."
„Wer hat was nicht?", frage ich.
„Der Computer. Ich habe Sie nicht im Datensatz."
„Da sollte ich aber sein. Ich bin seit über zehn Jahren bei Frau Koletzki versichert. Kfz, Unfall, Hausrat und Haftpflicht."
Die Tastatur klappert erneut. Plötzlich wird es hektisch und Frau Spanke scheint immer und immer wieder auf einer einzelnen Taste herumzuhacken – mit zunehmender Intensität.
„Nicht schon wieder!", fleht sie.
„Alles okay?"
„Ist abgestürzt. Schon das dritte Mal heute. Das kann jetzt dauern."

Gerne würde ich ihr sagen, dass ich jede Menge Zeit habe. Habe ich aber nicht.

„Und jetzt?"

„Kann ich Sie zurückrufen?"

„Klar. Soll ich Ihnen meine Nummer geben?"

„Sehe ich im Display."

„Ach so, ja, dann ..."

„Vielleicht finde ich Sie ja noch."

„Ich denke, Sie sehen meine Nummer da in Ihrem Display!"

„Nein, nicht die Nummer. Sie!"

„Sie können mich da sehen?"

„Quatsch, ich sehe nur Ihre Nummer."

Wenn das noch zehn Sekunden so weitergeht, verknote ich mir eigenhändig die Arme hinterm Rücken und weise mich freiwillig ein. Ich telefoniere nicht mit dem Versicherungsbüro, sondern bin irgendeiner Telefonverarsche im Radio aufgesessen. Damit ich am Ende nicht noch unwürdig in den 1live-O-Ton-Charts lande, frage ich seelenruhig: „Frau Spanke, was können Sie wo sehen und was wollen Sie wo finden?"

„Sie! Im Rechner. Vielleicht finde ich Sie ja noch im Datensatz."

„Ja, das wäre wünschenswert", sage ich matt, „dann bis später."

„Wiederhören, Herr Krallmann."

Sie legt auf und ich setze mich erschöpft auf eine Bank vor einem Brunnen, der eindeutig weniger Wasser führt als mein Badezimmer in Dortmund. Mehrere Minuten sitze ich so da und glotze ins plätschernde Wasser, ehe mich das Klingeln meines Telefons aus den nicht vorhandenen Gedanken reißt.

„Na, das ging ja schnell!", sage ich und bin heilfroh, dass Frau Spanke ihren Rechner so schnell wieder zum Mitspielen hat überreden können.

„Hirni", höre ich eine aufgeschlossene Stimme. „Was ging schnell?"

„Pia?", frage ich ungläubig.

„Wer denn sonst? Siehst du den Namen denn nicht im Display?"

Nicht schon wieder!

„Bin zu schnell rangegangen. 'tschuldigung."

„Musst dich nicht dafür entschuldigen." Sie lacht und ich muss mir eingestehen, dass es gut tut, sie zu hören. „Wie läuft's denn bei dir? Dachte, du meldest dich mal."

„Ach, ist halt ziemlich stressig", rechtfertige ich mich und mache mich wichtiger, als ich mich tatsächlich fühle.

„Stressig?"

„Nicht schlimm, aber ich will's halt gut machen."

„Das finde ich super, Hirni. Aber weswegen ich anrufe – kannst du heute schon zurückkommen? Ich weiß, das ist jetzt ein bisschen heavy, aber …?"

„Und die Recherche?"

„Hat Zeit. Die Eröffnung wird sich sowieso locker um zwei Wochen verschieben."

„Verschieben?"

„Die Bauleitung rief eben an. Auf der Baustelle gibt's irgendein Problem. Da hat so 'n Honk den ganzen Estrich ruiniert und jetzt müssen alle Folgegewerke neu koordiniert werden. Da ist richtig was los."

„Echt?" Ich muss erst räuspern, bevor ich weitersprechen kann. „Das ist ja blöd. Weiß man denn, wer das war?"

„Keine Ahnung. Irgendein Penner wahrscheinlich. Ist wohl irgendwie auf die Baustelle gelaufen. Muss ein ziemlicher Idiot sein."

„Kann man so sagen."

Obwohl Pia noch in der Leitung ist, höre ich ein leises Tuten.

„Glaube, bei dir klopft einer an", sagt Pia.

„Wo bei mir?", frage ich begriffsstutzig.

„Bei dir im Handy, Hirni. Ist wohl dein erstes Smartphone?"

„Ja und jetzt?"

„Guck aufs Display, dann weißt du, wer es ist. Ist vielleicht wichtig."

Ich starre drauf und sehe die Nummer der Versicherung. Jawohl, das ist wichtig!

Ich schmeiße Pia aus der Leitung und will den Anruf entgegennehmen, bin aber, wie so oft, einen Tick zu spät und kann mich allenfalls über wohltuende Stille im Hörer freuen. Nur Augenblicke später informiert mich eine SMS, dass mir eine Nachricht auf der Mailbox hinterlassen wurde. Mit hektischen Fingern rufe ich die Nachricht ab und höre Franca Spanke, die mir umständlich erklärt, dass es ein Problem gibt, das sie mit Frau Koletzki klären muss. Weder konkretisiert sie mit einer einzigen Silbe das Problem, noch gibt sie mir irgendeinen Hinweis, welcher Natur das Problem sein könnte. Es bleibt also meiner eigenen, grenzenlosen Fantasie überlassen, ob sie mit ihrer Chefin meinen möglicherweise erloschenen Versicherungsschutz oder den Abbau ihrer über den Jahreswechsel geretteten Überstunden besprechen will. Mein Rückruf, und darauf hätte ich inzwischen fast wetten können, scheitert, wie so viele meiner verzweifelten Telefonate – diesmal, indem mich eine automatisierte Ansage wissen lässt, dass die Leitung aktuell belegt sei, ich aber per SMS informiert würde, sobald der Anschluss wieder frei sei.

Das gibt's doch nicht, denke ich und kann mich nur mit Mühe davon abhalten, mein saudämliches Smartphone, das den Namen nicht verdient und eindeutig zur Gattung des Stupidphones gehört, mit einem gezielten Wurf den Rinnsalen des lächerlichen Brunnens vor mir zu überantworten. Aber wahrscheinlich gerät das Ding von dort in die Kanalisation, verfängt sich dann prompt in irgendeinem Gitter der Klärwerke und vereitelt die Trinkwasserversorgung für geschlagene drei Tage in ganz Deutschland jenseits der alten Grenze. Ei verpipscht! Ich versuche stattdessen einen erneuten Anlauf zu einem Telefonat mit Frau Spanke und komme zum exakt identischen Ergebnis. In einer Zeit, in der jeder Depp, der wenigstens mit Hilfe von Google und Wikipedia Mais von Reis oder Zahnpasta von Remoulade unterscheiden kann, mit mindestens einem mobilen Telefon rumläuft, ist es schwieriger, ein stinknormales Telefonat zu führen, als zur Zeit des ersten Morsetelegrafen.

Hohlwangig und mit leerem Blick rufe ich Pia zurück.

„Und, war's wichtig?", fragt Pia besorgt.

„Was ist schon wichtig“, sage ich im Tonfall eines potenziellen Selbstmörders.

„Na, da fiele mir schon einiges ein.“

„Hm“, winke ich gelangweilt ab.

„Zum Beispiel, dass du möglich schnell zurückkommst. Für die Adressen haben wir später noch Zeit.“

„Und was heißt schnell?“

„Am besten heute noch, damit du morgen wieder da bist. Hier brennt nämlich der Baum!“

„Was ist denn passiert?

„Der Strohmeyer hat gekündigt und sein Team einfach hängen lassen. Außerdem haben sich zwei von den Freien mit dem Döbel überworfen – alle aus dem gleichen Team.“

„Das heißt?“

„Die Dahlke hat mich gefragt, wie stark du eingebunden bist und ob du das Team ‚Private Events‘ noch mit unterstützen kannst. Hab ‚ja‘ gesagt.“

„Hm. Private Events?“, brumme ich.

„Ja, ich weiß, ist jetzt nicht so interessant. Aber du arbeitest natürlich trotzdem noch die meiste Zeit mit Ben und mir.“

„Hast mich also wie einen zweitklassigen Kicker ausgeliehen“, sage ich beleidigt, „an Unterhaching.“

„Ach Hirni, nur ein paar Freundschaftsspiele. Komm schon.“

„Ist schon okay“ Resignation und Gleichgültigkeit in meiner Stimme können kaum zu überhören sein.

„Mensch, super! Dann kann ich Kathrin also sagen, dass du morgen um neun zum Meeting kommst und sie dich briefen kann?“

Rauschen. Nicht im Handy – diesmal ist die Verbindung perfekt. Was rauscht, ist das Blut in meinem Kopf. ‚Langsam!', sage ich mir und ermahne meine Hypophyse zur Sparsamkeit im Umgang mit Endorphin. Was hat Pia gerade gesagt?

„Wer?“, frage ich, als hätte ich schlecht verstanden, was in gewisser Weise auch der Wahrheit entspricht.

„Kathrin. Die hast du vorgestern beim Montagsmeeting auch gesehen. Die ist Projektleiterin für die privaten Veranstaltungen.“

Ich blicke hinauf zum Himmel über Berlin, wo der liebe Gott mich offenbar entschädigen will für das gesamte Leid, das mir angetan wurde. Entschädigen für eine Bahnfahrt nach Berlin, gegen die eine Reise im Orientexpress – wenn auch als Mordopfer bei Hercule Poirot – eine Verbesserung wäre, entschädigen für die Schikane durch Ulf Pumpe, die Versicherungsberatung von Elvira Rieke und den gesamten Einzelhandel von Berlin-Charlottenburg. Danke!

„Ach die. Ich glaube, ich weiß, wen du meinst", lüge ich gelangweilt, „habe jetzt aber kein konkretes Bild vor Augen."

Wäre ich eine italienische Holzpuppe, würde meine Nase jetzt wachsen wie die Kosten des Berliner Flughafens. Das Bild, das ich vor Augen habe, ist so konkret, dass ich Dominic Raacke vom Berliner Tatort eine Täterbeschreibung fürs Phantombild liefern könnte, das jedes Foto in den Schatten stellen würde.

„Die ist ein bisschen gewöhnungsbedürftig und macht manchmal auf Edelschlampe. Aber die Typen stehen da irgendwie drauf. Hab keine Ahnung, warum."

Ich aber.

Ich atme tief durch, was für Pia klingen muss, als würde ich noch überlegen.

„Ach, jetzt sei nicht so."

„Okay. Ich opfere mich. Ich muss nur meine Sachen aus dem Hotel abholen und dann schnapp ich mir den nächsten ICE."

„Du bist ein Schatz! Kathrin wird begeistert sein."

Bevor Pia miterleben muss, wie ich in Ohnmacht falle und bewusstlos in einem lächerlichen Brunnen ertrinke, beende ich das Gespräch und beginne stumm zu schreien. Wer nicht weiß, was ich gerade durchlebe, muss glauben, ich hätte einen Krampf. Ich kann es gar nicht erwarten, zurückzukehren nach Dortmund, gleich hinauf auf Stufe zwei meiner Karriereplanung und in die offenen Arme von Kathrin. Ich bin felsenfest davon überzeugt, dass sie gezielt darum gebeten hat, mich in ihr Team holen zu dürfen und weiß, dass der Grund dafür nicht in meinem blöden Germanistikstudium liegt.

„Alles klar, Honey, ich komme!“, sage ich mit der Entschlossenheit eines Großwildjägers und laufe los. Ich laufe nicht, ich renne! Meine Schritte werden immer schneller und eine Welle der Euphorie trägt mich dem Motel One entgegen, als hätte ich den kompletten Arzneischrank von Lance Armstrong gefrühstückt.

Während ich im Schweinsgalopp durch die Straßen fliege, vorbei an Menschen, die aufgeregt nach meinen Verfolgern Ausschau halten oder laut „lauf, Forrest, lauf!“ rufen, höre ich Musik in meinen Ohren. Ein Chor von Engeln singt mir ‚Freude schöner Götterfunken‘ und ich spiele ernsthaft mit dem Gedanken, wildfremde Menschen auf der Straße im Vorbeirennen abzuklatschen, als wäre ich auf der Zielgeraden beim New-York-City-Marathon. Der Gesang wird immer feierlicher und die Musik immer schneller, bis mir dämmert, dass mein Handy mir den Erhalt einer SMS verkündet und ich gerade in den Genuss des ultimativen Telekom-Komforts komme.

„Die von ihnen gewählte Rufnummer ist jetzt wieder erreichbar.“ Welch ein Service! Ich nehme alles Negative zurück, was ich jemals über Handys oder gar das deutsche Telefonie-Flagschiff gedacht habe und balle meine linke Hand zur Faust. Fortune returns to Hirni Krallmann!

Ich weiß mit einem Mal, dass nun Klarheit in alle offenen Fragen kommen wird – mit welcher Antwort auch immer. Ich feiere gerade einen Home Run erster Klasse und fühle mich unbesiegbar. Meine Finger fliegen über die Tastatur und während ich dem Freizeichen lausche, ziehen sich die Sekunden endlos hin. Dann endlich hebt Franca Spanke ab und begrüßt mich mit den Worten:

„Guten Tag, Versicherungsbüro Koletzki, sie rufen leider außerhalb unserer Geschäftszeiten an. Sie erreichen uns werktags von zehn bis zwölf Uhr und von vierzehn bis ...“

Sechzehn Uhr! Mein Blick klebt ungläubig an einer neonbunten Uhr über dem Eingang einer Drogeriemarktkette.

„Nee, ne?“, frage ich mich selbst halblaut und spüre, wie alle Energie meinen Gliedern entweicht, als hätte jemand dem kleinen Hirni die Luft aus den Schwimmflügeln gelassen, um ihn im

Frust zu versenken. Ich spiele ernsthaft mit dem Gedanken, mir büschelweise die Haare vom Kopf zu reißen.

Was mein Handy gerade davor bewahrt, sein noch junges Leben auf den Gehwegplatten des Bürgersteigs zu verlieren, ist ein unbegreiflich großes Maß an Selbstdisziplin.

„Jetzt hat der bepisste Laden doch glatt zu", murmele ich gepresst. Ich werd irre!

Wie blöd ist das denn? Weiß das Schicksal nicht, wie erbärmlich es ist, auf dem Weg zu unsterblichem Ruhm und ewiger Glücks-eeligkeit von irdischer Realität ausgebremst zu werden? Neil Armstrong hat beim Betreten des Mondes doch auch nicht niesen müssen und ist von der Leitersprosse abgerutscht. Ist Muhammed Ali jemals im Ring über seinen Schnürsenkel gestolpert? Ganz sicher nicht! Sternstunden darf man nach neunundfünfzig Minuten genauso wenig in den Sand setzen, wie man sich während eines Sommermärchens kurz vor dem Happy End binnen weniger Sekunden von einer Handvoll Italiener abschießen lässt.

„Jetzt positiv denken, Hirni", sage ich mir und überlege, mit welchen Psychotricks ich mich coachen könnte, um wieder auf die Siegerstraße zu gelangen. Die Schlacht um die Gewissheit meines Versicherungsschutzes habe ich vielleicht verloren – zugegeben – aber den Krieg kann ich noch immer gewinnen. Mehr noch, der Favorit auf den Sieg im finalen Showdown bin noch immer ich – Hirni „The Womanizer" Krallmann, der nicht um den dritten Platz spielen muss, sondern bereits die Hand am Pokal hat.

Wenngleich nicht mehr ganz so gazellenhaft wie noch wenige Minuten zuvor, aber noch immer entschlossen und dynamisch, checke ich im Hotel bei meiner Doppel-D-Trainee-Rezeptionistin aus und organisiere mir einen Fensterplatz im ICE, der nicht nur weit genug weg ist von den Toiletten, sondern glücklicherweise auch frei ist von ehemaligen Klassenkameraden.

Kurz vor meiner Abfahrt simse ich mit Pia: ‚sitze jetzt im Zug' – ‚Super, freue mich, dass du morgen wieder da bist, Liebe Grüße Pia' – ‚ja ich auch' – ‚:-)' – ‚sag mal, hat die Kathrin eigentlich einen Freund?'

Es dauert eine Weile, bis Pia antwortet.

‚keine Ahnung, glaube nicht'

Dann kommt keine SMS mehr. Und diesmal liegt es nicht an den vielen Funklöchern auf der Strecke.

Voll auf die Zwölf

Mit einem businessmäßigen „Morgen, Whitney", stürze ich in den Eingangsbereich der Agentur und lehne mich mit einem Arm auf ihren Empfangstresen, so als wolle ich schauen, ob sie Post für mich hat, was natürlich nicht der Fall ist.

„Morgen, Hirni", begrüßt mich Whitney mit der ihr eigenen Unbeschwertheit. „Na, wieder aus Berlin zurück?"

„Jep", bestätige ich, ehe die nett gemeinte Konversation nach so gutem Start mal wieder ins Dämliche abrutschen kann und ich in Versuchung gerate, sie mit einer Verneinung zu verunsichern.

„Kathrin schon da?", frage ich und schiele die Treppe zu den Büros hinauf.

„Nee, noch nicht", antwortet Whitney und ihr Blick lässt erahnen, dass sie die Nummer mit dem Lutscher noch nicht überwunden hat. „Aber Pia ist schon oben."

Ich verabschiede mich lässig und schlendere die Treppe hinauf. Mein Büro finde ich auf Anhieb, obwohl ich erst einmal hier war. Pia sitzt bereits am Schreibtisch und tippt eine E-Mail. Offenbar ist sie schon eine ganze Weile hier, denn ihre Kaffeetasse ist halb leer und von einem Croissant sind nur noch Reste zu sehen.

Irgendwie werde ich den Verdacht nicht los, dass Pia sich heute mehr aufgebrezelt hat als noch vor drei Tagen. Ihre weiße Bluse ist ziemlich chic und ihre blonden Haare trägt sie nicht wie beim Montagsmeeting als kurzen Pferdeschwanz, sondern offen.

Es dauert einige Augenblicke, bis sie mich bemerkt. Ihre Reaktion, als sie mich im Türrahmen stehen sieht, ist verhaltener, als ich es erwartet hätte.

„Hi. Na, gute Fahrt gehabt?"

„Kann nicht klagen."

Sie lächelt und wendet sich wieder ihrer E-Mail zu.

„Heute noch was vor?", frage ich. „Du siehst so anders aus."

„Nö." Pia tippt konzentriert weiter und lässt sich zu keinem Small Talk verführen. Wüsste ich es nicht besser, würde ich sagen, ihr ist eine Laus über die Leber gelaufen.

„Hm." Ich zucke ratlos mit den Achseln, setze mich ihr gegenüber an meinen Platz und logge mich ein. Exakt eine E-Mail habe ich bekommen. Sie ist von Rudi Böhnke.

‚hallo horny, hab dir mal ne kalkulation gemacht, günstiger geht nicht. findest das pdf im anhang. sag bescheid, wenn so alles ok ist. bin sa im stadion. du auch? vg rudi'

Ich sehe, dass Pia eine Kopie erhalten hat.

„Dieser Rudi hat mir hier geschrieben", sage ich und blicke Pia über meinen Schreibtisch an.

„Bin gerade dabei zu antworten." Pia blickt weiter auf ihren Bildschirm. „Die Kosten sind soweit okay – passt halbwegs ins Budget. Aber Rudi soll die Movinglights rausnehmen. Es reicht, wenn die Fassade effektvoll ausgeleuchtet wird. So sparen wir noch mal locker fünfhundert Euro."

„Hat mir ja so einiges erzählt, der Rudi."

Pia blickt auf und sieht mich fragend an.

„Na ja, zum Beispiel, dass du regelmäßig im Stadion bist."

Sie grinst. „Ach so, das."

„Hast du bisher nicht erzählt."

„Hätte es dich denn interessiert?"

Ich will gerade antworten, als mein Telefon auf dem Schreibtisch klingelt.

„Agentur LIVE COMMUNICATION, Thomas Krallmann am Apperat." Pia schüttelt den Kopf und lacht mich aus. „Ist intern Hirni, hörste am Klingelton! Bestimmt Whitney."

Sie hat recht. Unsere Dame am Empfang lässt mich wissen, dass Kathrin nun eingetroffen ist und mich in ihrem Büro sehen will. Ich lege auf und erhebe mich aus meinem Stuhl.

„Ich muss dann mal."

Pia nickt und bleibt gleichgültig. Ehe ich das Büro verlasse, fährt sie herum. „Hirni, wart doch mal."

Sie steht auf und kommt zu mir.

„Mir passt das eigentlich überhaupt nicht, dass du in Kathrins Team helfen sollst."

„Nicht?"

„Nein, aber der Döbel hätte mich alle gemacht, wenn ich mich da quer gestellt hätte."

„Ist doch in Ordnung. Ich mache das gerne."

„Du solltest wissen, dass die Kathrin nicht ganz astrein ist."

Ich weiß zwar gerade nicht, wie Pia ‚nicht ganz astrein' definiert, aber wenn sie damit meint, dass Kathrin eine rattenscharfe, für jede Schweinerei zu habende, kleine, geile Sau ist, könnte sie recht haben und muss sich keine Sorgen machen, dass ich ein Problem damit haben könnte.

„Wie meinst du das?"

„Ach, wirst du schon sehen, aber lass es mich so sagen – Freunde hat die eher nur auf Facebook und XING."

„Soso."

„Ich habe das Gefühl, dass du ziemlich auf die abfährst."

„Wer, ich?"

„Ist sonst noch jemand hier, mit dem ich rede?"

Ich spiele den Ahnungslosen und frage mich, woher Pia der Gedanke gekommen ist, wo sie doch nicht mal richtig bemerkt, was zwischen Danny Hahn und der Dahlke abgeht.

„Quatsch. Auf die?"

Pia macht eine wegwerfende Handbewegung.

„Na ja, ich wollte das nur loswerden. Lass dich nicht kirre machen."

„Ich? Kirre? Von der?" Ich lache gekünstelt und winke ab.

Pia lächelt. Offenbar kauft sie mir die Nummer ab.

„Ben und ich wollten uns heute Nachmittag eh noch mal zusammensetzen wegen Berlin. Wäre super, wenn du's schaffst, dabei zu sein."

„Klar. Meld dich einfach."

Dann schlendere ich rüber in den Gang mit den Räumen, wo ich auch Kathrins Büro vermute. Wie ein Depp glotze ich in jedes einzelne Büro und grüße jeden darin, als wäre ich von der Augsburger Puppenkiste. Kollege Moschen bekommt fast einen Herzinfarkt, als er mich sieht. Offensichtlich hatte er geglaubt, ich hätte die medizinische Erstversorgung von Dr. Akadschai nicht überlebt und nun stehe ich vor ihm wie Elvis persönlich.

Beim sechsten Büro werde ich fündig.

‚Bingo', denke ich und bin froh, dass Kathrin mich nicht gleich bemerkt. Sie steht mit einem Pappbecher Kaffee am Fenster und scrollt mit der anderen Hand durch ihr Handy. Die Jeans, in denen ihre einmeterachtzig langen Beine stecken, sind nach menschlichem Ermessen noch enger als vor drei Tagen und ihre kniehohen Stiefel sind so rattenscharf, dass ich schreien könnte, als wäre ich der Zalando-Mann.

„Na?", fragt sie, ohne den Blick von ihrem Telefon zu nehmen. Ich frage mich, ob sie mich meinen könnte oder mit ihrem Handy spricht, bin mir aber plötzlich auf unangenehme Art ziemlich sicher, dass sie mich meint. Sie hat mich offenbar doch bemerkt und weiß, dass ich sie beobachtet habe, als wäre ich ein pickliger Witz, der durchs Schlüsselloch lugt.

„Äh. Da bin ich", erkläre ich mit der brüchigen Stimme des Ertappten und so sensationell unsouverän, dass ich es verstehen könnte, wenn Kathrin ihren Kaffee spontan gegen das Fenster spucken würde.

In gefühlter Zeitlupe dreht sie sich mir entgegen, erst den Kopf, dann den ganzen Körper, den zu versichern sich nicht mal Lloyd's in England trauen würde, und macht drei Schritte auf mich zu. Drei perfekte Schritte, die sie nutzt, ihr Handy wegzustecken und einen Schluck aus ihrem Pappbecher zu nehmen. Was für eine geile Show. Auch ich schlucke, wie das Kaninchen vor der Schlange, und starre sie an.

„Hi, da bist du also. Der Neue, der jetzt öfter kommt."

Cool bleiben, Hirni! Denk einfach, du wärst der Bachelor und Kathrin will 'ne Rose von dir.

„Und", frage ich, weil mir partout nichts Besseres einfällt, „gut, der Kaffee?"

„Total super!“ Kathrin verdreht genervt die Augen, zerdrückt den Becher und wirft ihn mit einer eleganten Bewegung in den Papierkorb.

Prima, Hirni! Du langweilst sie bereits mit deinem zweiten Satz. Weiter so!

„Ja nee, schön!“

Hirni, das ist weder belangloser Small Talk noch ein geglückter Einstieg in die Charmeoffensive, sondern ein verbaler Offenbarungseid. Das gelänge jedem Hund besser! Wenn's so weitergeht, füttert sie dich spätestens um zehn zum ersten Mal mit Frolic.

Kathrin sieht mich an, als würde ihr gerade bewusst, dass ich noch Windeln trage. Ich setze ein Gesicht auf, das aufgeschlossen und interessiert wirken soll, aber offenbar nicht so rüberkommt. Aus Angst vor der ekeligen Nummer mit dem Frolic belasse ich es dabei und sage einfach mal nichts.

Dann fängt sie laut zu lachen an und hält sich die Hand vor die Stirn. Es fühlt sich zwar nicht gerade gut an, so herzhaft ausgelacht zu werden, aber das ist mir allemal lieber als ein Heulkrampf aus Enttäuschung. Dann tippt sie mir mit dem Zeigefinger gegen die Stirn und schüttelt den Kopf.

„Ich hab zwar keine Ahnung, was du in meinem Team sollst, aber ich freue mich jetzt schon drauf.“

Ich zucke die Achseln und ziehe mit der Unterlippe ein Schüppchen, weil ich glaube, dass das halbwegs lustig wirkt. Aus Sorge, dabei Ähnlichkeit mit einem traurigen Hund zu haben – ich weiß schließlich, was das für meine Frühstückspause bedeutet – boxe ich sie sachte gegen die Schulter und grinse so überzogen ich nur kann.

„Und ich mich erst!“

Kathrin zieht die Stirn kraus, als wüsste sie noch nicht genau, auf welcher Seite des schmalen Grades zwischen witzig und bescheuert sie mich einordnen soll und deutet auf einen freien Besucherstuhl vor ihrem Schreibtisch.

„Na komm, dann will ich dir mal ein bisschen was erzählen, wir haben gleich einen Kunden auf der Matte.“

Während ich mich setze, nimmt sie ebenfalls Platz.

„So, Thomas. Thomas? Richtig?“

Ich nicke. „Richtig. Oder Hirni.“

Sie grinst. „Ach ja. Hab ich gehört. Hirni. Passt irgendwie.“ Ihr Grinsen ist so selbstsicher, dass ich fürchte, davon verschlungen zu werden. Unbewusst rutsche ich etwas tiefer in meinem Stuhl. Auch wenn ich mich wiederhole, aber – leck mich, ist die scharf!

„Na ja“, erkläre ich in einem Tonfall, dem ein Hauch Herablassung nicht abzusprechen ist, „das liegt so in der Natur von Spitznamen.“

Kathrin sieht mich an und sagt nichts. Ich habe nicht die geringste Ahnung, was gerade in ihr vorgeht, aber ich weiß, dass dieser Punkt an mich geht.

„Schon mal geheiratet?“

Die Frage kommt so unerwartet, dass ich nur mit Mühe die Contenance bewahren kann. Dass sie so schnell zur Sache kommt und keinerlei Hehl aus ihren Gefühlen macht, hätte ich im Traum nicht erwartet. Am liebsten würde ich aufstehen und sie in den Arm nehmen, aber etwas romantischer hätte ich mir den Moment doch vorgestellt.

„Das ist jetzt aber ein bisschen schnell, oder?“, bringe ich unsicher und überwältigt von meinen Gefühlen hervor.

Kathrin starrt mich an. Ihr Blick spiegelt Unverständnis und Irritation wider. Dann plötzlich bricht sie laut in Gelächter aus und zeigt mir schließlich ihren hochgereckten Daumen.

„Geil! Für ’nen Moment hab ich dir das jetzt wirklich abgekauft!“

Da mir das Ruder dieser Konversation, wenn ich meine Hand überhaupt jemals in die Nähe dieses Ruders habe bringen können, zunehmend aus der Hand zu gleiten droht, versuche ich so neutral wie möglich zu blicken. Kathrin hält das aber scheinbar auch für den Teil einer coolen Verarsche, sodass sie sich erneut vor Lachen schüttelt. Kathrin mag es offenbar, verarscht zu werden.

„Ich wette, du bist unverheiratet.“ Sie hat sich wieder gefangen und funkelt mich herausfordernd an.

„Wie kommst du jetzt darauf?“

„Nur so 'ne Vermutung. Du wirkst eher wie ein Student."

„Was soll das denn heißen?"

Kathrin zieht geheimnisvoll die Augenbrauen hoch.

„Und was bedeutet das jetzt?", will ich wissen.

Sie winkt lachend ab, als wäre ich ein kleiner Junge, den sie nicht ernst nimmt und zum Toben gerne mal ins Kinderzimmer schickt.

„Ach Hirni, war nur so ein Gedanke. Nee, jetzt mal im Ernst. Ich weiß ja nicht, was die anderen dir schon erzählt haben, aber wir planen hier Hochzeiten."

Sie sieht mich an, als müsste der Groschen bei mir langsam fallen.

„Hallo? Verstehst du? Ich wollte nur wissen, ob du dich in so ein Thema einfühlen kannst."

„Ach so", brumme ich, „ja sicher. Klar!"

„Prima. Dann sollte ja nichts schiefgehen", lehnt sie sich zufrieden zurück. „In zwei Wochen steigt nämlich eine Hochzeit, die kostet unseren Kunden so viel wie das Jubiläum eines mittelständischen Industriebetriebs."

Kathrin sieht mich seelenruhig und von ihren eigenen Worten vollkommen unbeeindruckt an.

Ich weiß zwar nicht, was so ein Jubiläum kostet, aber garantiert mehr, als ich hier in den nächsten zehn Jahren verdienen werde. Ich schlucke.

„Okay."

„Schön." Kathrin lehnt sich in ihrem Hightech-Bürosessel zurück und legt lässig ihre Füße auf den Schreibtisch. Ich blicke auf ihre Donna-Karan-Stiefel, die vermutlich so teuer waren wie das komplette Innenleben meines Kleiderschranks. Wie macht die das nur? Ein Vermögen wird die hier doch auch nicht verdienen!

„Dann will ich dich jetzt mal mit ein paar Fakten vertraut machen", fährt sie fort, „in zwanzig Minuten steht unser Kunde hier nämlich auf der Matte und dann solltest du mit allen Rahmendaten vertraut sein."

Auch ich lehne mich, soweit mein unbequemer Besucherstuhl das zulässt, ein wenig nach hinten und beginne, mich langsam zu entspannen – oder sagen wir: Ich genieße es, ungeniert die heißeste Eventmanagerin der Welt zu begaffen, ohne dass jemand Zweifel daran haben könnte, dass es sich dabei nicht um wirkliches Interesse handeln könnte.

Von dem, was Kathrin mir erzählt, nehme ich etwa sechzig Prozent wahr. Was davon wiederum hängen bleibt, sind etwa fünfzig Prozent – von den wahrgenommenen sechzig Prozent, versteht sich. Ich habe mir von ihrem intensiven Briefing also etwa ein Drittel gemerkt. Mut zur Lücke war schon das Motto meiner Schulzeit und ich ein Meister darin, aus der selbst verschuldeten Not eine Tugend zu machen. Wie soll ein erwachsener Kerl nach Jahren unfreiwilligen Zölibats sich auch auf Ghospelchöre, Weddingsinger, schwebende Laternen und Rosenblütenteppiche konzentrieren, wenn sich vor ihm eine Mischung aus Bondgirl, Catwoman und Topmodel halb liegend in einen Sessel fläzt? Wer nach jahrelanger Wanderung durch die Wüste halb verdurstet eine Oase erreicht, der interessiert sich nicht für Stehtische mit Stretchhussen, Windlichter und Fingerfood. Der will trinken – und zwar am liebsten Champagner, den er aus dem Bauchnabel schlürfen darf. Nicht aus seinem eigenen, versteht sich. De facto habe ich nicht mal beim Namen des Kunden richtig hingehört und finde den Faden erst wieder, als mir Kathrin mit wenig schmeichelhaften Worten und kopfschüttelnd die Braut dieser High-End-Hochzeit beschreibt.

„... halt eine unglaublich verwöhnte Tusse. Wie der Typ mit so einer zusammen sein kann, ist mir unerklärlich."

Ich nicke und betrachte meine Schuhe, als gäbe es da etwas richtig Interessantes zu sehen.

„Wer an so einer Ziege auch nur ansatzweise was findet, muss tierisch einen an der Waffel haben", fährt sie fort, „oder Komplexe. Muss in jedem Fall ein ziemlicher Versager sein, dieser ..."

Sie hält inne und ich blicke auf.

In der Tür steht Pia und hält mein Handy in die Höhe.

„Hast du liegen lassen. Ich glaub, da ist deine Oma dran."

„Meine Oma?"

„Ja, hört sich so an. Ziemlich alt." Pia ist so taktvoll, das kleine Mikrofon des Handys mit ihrer flachen Hand zu verdecken.

Ich ahne Böses und schüttele den Kopf. „Kann nicht sein. Da hat sich bestimmt jemand vertan."

„Hat aber konkret nach dir gefragt."

„Gibt's doch nicht!", empöre ich mich.

Kathrin verdreht die Augen, da sie der Kinderkram offenkundig nervt und Pia wird ungeduldig, da sie es anscheinend albern findet, mir mein eigenes Handy andrehen zu müssen.

„Heißt deine Oma eventuell Riepe? War schlecht zu verstehen. Klang total aufgeregt."

Ein stummer Schrei verlässt meine Lippen. Nicht nur schlimm genug, dass ich von Frau Rieke gestalkt werde, nein, ihre Attacke erfolgt zudem im denkbar ungünstigsten Moment. Womöglich denkt Kathrin jetzt, ich wohne bei meiner Oma und habe mein Schulbrot vergessen.

Ohne ein Wort der Erklärung – es gibt Dinge, die kann man nicht erklären oder sollte man nicht erklären wollen – strecke ich Pia meine Hand entgegen. Pia übergibt das Telefon wie einen Staffelstab.

„Hallo Frau Rieke", flöte ich. Ein ganzer Schwall an Worten schlägt mir entgegen und auch ich spüre sogleich die Aufgeregtheit in der Stimme meiner Nachbarin.

Da ich kein Wort verstehe, weder akustisch, noch inhaltlich, spreche ich besänftigend auf sie ein. Alle Versuche, Frau Rieke zu beruhigen scheitern kläglich und ich begreife in einzelnen Satzfragmenten, dass es um die Haftpflichtversicherung gehen muss, die ich in meiner Euphorie über die Versetzung in Kathrins Team seit gestern glatt verdrängt hatte und die nun schlagartig in mein Bewusstsein zurückkehrt.

Verwünschungen und Flüche, aber auch Ausrufe wie „Handwerker bei Herrn Kottge" und „richtig teuer" prasseln auf mich nieder. Kathrin und Pia verstehen zwar nicht mehr als ich, aber immerhin genug, um einander irritierte Blicke zuzuwerfen.

Als ich auf dem einsamen und eisigen Gipfel der Peinlichkeit einfach auflege und das Telefon mit den Worten „so, erledigt“ stumm schalte, fragt Pia völlig konsterniert: „Das war jetzt aber nicht deine Oma, oder Hirni?“

Ich schüttle den Kopf. „Nein, meine Oma ruft fast nie an und hat vielleicht ein bisschen Altersstarrsinn, aber sie ist nicht bösartig.“

„Und wer war's dann?“, fragt Kathrin, „Klaus Kinski?“

„Nein“, schüttele ich wie ein zermürbter Märtyrer den Kopf, „Klaus Kinski wäre dagegen ein zahnloser Phlegmatiker. Das war Frau Rieke.“

Fragende Blicke.

„So eine Art Staatsanwältin in Mietangelegenheiten.“

„Cool.“

Gerne würde ich näher auf Kathrins unbedarfte Äußerung eingehen und ihr erklären, was im Leben cool ist und was nicht, doch das würde zu weit führen und schließlich will ich sie aus- und nicht erziehen.

„Und was wollte die von dir?“, fragt Pia.

„Hab ich auch nicht ganz begriffen. Es geht um den Wasserschaden im Haus. Sie hat wohl Angst, dass jemand auf den Renovierungskosten sitzen bleiben könnte.“

„Was für ein Wasserschaden?“ Kathrin nimmt die Füße vom Tisch und spielt nebensächlich an einem Kugelschreiber herum.

„Der Hirni hat vor drei Tagen seine Bude unter Wasser gesetzt und wohnt im Moment bei einem Freund. Der, der mit ihm im Jekyll n' Hyde war“, erklärt Pia an meiner statt völlig korrekt, wobei ich auf die Erwähnung des Details mit dem In-Lokal nicht bestanden hätte. Kathrin grinst und ich weiß, dass Pia den letzten Satz tatsächlich hätte weglassen können.

„Für so was hat man doch 'ne Haftpflichtversicherung“, bemerkt Kathrin gelangweilt.

Pia schweigt diesmal und ich sage auch nichts. Was auch? Dass man natürlich eine Haftpflichtversicherung hat, ich aber seit gestern intensiv versuche herauszufinden, ob der Sammelbegriff ‚man‘ auch für mich gilt?

Plötzlich sehen mich zwei Augenpaare fragend mit dem Ausdruck böser Vorahnung an.

„Hast du doch, oder?", fragt Pia und sieht mich mit einer Strenge an, die irgendwie gar nicht zu ihr passen mag – eher zu Kathrin in ihren hohen Stiefeln.

„Ja sicher habe ich 'ne Haftpflichtversicherung! Denkt ihr, ich bin blöd?"

„Natürlich nicht", antwortet Pia versöhnlich und ich sehe ihr an, dass ihr tatsächlich ein Stein vom Herzen fällt. Kathrin dagegen wirkt fast ein wenig enttäuscht und ich erinnere mich an Bens Worte über ihre charakterlichen Qualitäten. Ich wische den Gedanken fort und überlege, wie ich hier am besten aus dem Raum komme, um unauffällig bei meiner Versicherungsagentur anzurufen, die laut AB-Ansage vor ziemlich genau zwei Minuten wieder ihre Pforten und hoffentlich auch Leitungen hat öffnen müssen.

Kathrin ist schließlich sogar diejenige, die mein Problem löst und das Thema beendet, indem sie Pia auf recht kühle Art bittet, sie jetzt wieder ihre Arbeit machen zu lassen.

„War sonst noch was?"

Pia zieht die Schultern hoch und geht. Ich nicke ihr unauffällig zu und meine Lippen formen ein kurzes ‚Danke'. Als Pias Schritte auf dem Gang leiser werden, wendet sich Kathrin ihrem schicken MacBook zu und gibt mir die letzten Instruktionen.

„Du weißt im Prinzip Bescheid. Geh doch einfach schon mal vor – die müssten gleich da sein."

„Wer?"

„Unsere Gäste vielleicht?"

„Ach so, das Brautpaar."

„Hast du nicht zugehört? Die Schnepfe ist nicht dabei. Heute kommen nur der Vater und sein zukünftiger Schwiegersohn."

„Ach so, ja nee, klar."

„Na dann, bereite schon mal alles vor."

„Was vorbereiten?"

„Boah, Hirni, jetzt echt! Was könnte man schon mal vorbereiten? Hm? Notebook hochfahren, Plasma einschalten, Gäste begrüßen, Kaffee anbieten? Sei mal kreativ – dir fällt bestimmt noch ganz viel ein.“

„Und wo soll ich hin?“

„Aufs Klo natürlich. Da, wo wir alle Gäste empfangen.“

Von einer Frau, die einen derart anturnt, verarscht zu werden, macht alles andere als schlagfertig. Also glotze ich Kathrin nur blöd an.

„Hirni! In den Besprechungsraum! Kannst unseren Gästen ja auch Lollis anbieten. Whitney hat bestimmt noch irgendwo welche versteckt.“

Ich grinse deplatziert dreckig – wenigstens glotze ich nicht mehr blöd. Dann ergreife ich die sich mir bietende Chance auf ein Telefonat mit der Allianz-Versicherung und eile davon.

Ich begebe mich nicht auf direktem Weg in den Besprechungsraum, sondern betrete eine mir bis dahin unbekannte Kammer, in der Unmengen Kopierpapier, Druckerpatronen und Tonerkartuschen, Kugelschreiber, Büroklammern und sonstiger Bürobedarf in unübersichtlichen Regalwänden gehortet werden. Aus dem Rufnummernspeicher suche ich die der Versicherung und warte auf das Freizeichen. Es geschieht nichts. Mein Display sagt ‚Netzstörung‘, was im Prinzip alles bedeuten kann. Tiefergreifende Informationen suche ich dort vergebens.

Frustriert hocke ich mich auf eine Europalette mit Kisten voller kleiner Wasser- und Apfelsaftfläschchen – Vaihinger und Granini. Klar, dass die leckeren LIDL-Marken aus meinem Kühlschrank in diesem Raum Hausverbot haben.

Plötzlich höre ich hinter einer der Regalecken das Geräusch eines zu Boden fallenden Aktenordners – zumindest glaube ich, dass zu Boden fallende Aktenordner so klingen könnten – und weiß mit einem Mal, dass ich nicht allein bin.

„Hallo?“, rufe ich vorsichtig, als bestünde die reelle Gefahr, hier Hannibal Lecter oder Freddy Krüger begegnen zu können – oder

Elvira Rieke. ‚Gott', stoße ich in Gedanken hervor, ‚lass es nur Hannibal Lecter sein!'

Ich höre ein Tuscheln, dann ein missmutiges Brummen.

Nein, das klingt nicht wie Hannibal Lecter. Zögerlich, aber von Neugier getrieben, gehe ich auf die Regalecke zu und blicke dahinter. Als mein Gehirn verarbeitet, was die Augen an Bildern liefern, wird mir bewusst, dass ich meine Neugier besser hätte unterdrücken sollen. Pinella Dahlke steht mit dem Rücken zu mir und zupft ihre Bluse zurecht, während Danny etwas in seiner Unterhose verstaut, was jeder Metzger als Rinderzunge in der Auslage anbietet. Danny wirkt schmierig, Pinella erhitzt – also im Prinzip wie immer. Der James-Bond-Klon grinst mich breit an.

„Kannst 'n Geheimnis bewahren?"

„Klar."

Pinella geht kommentar- und grußlos an mir vorbei und verlässt den Raum. Danny will ihr folgen und haut mir kumpelhaft auf die Schulter – ist halt eine echte Männerfreundschaft zwischen Danny und mir. Beim Sex in der Besenkammer erwischt zu werden, ist nichts anderes, als wenn Frauen gemeinsam Pipi machen. Dann hält er inne.

„Was hast du hier überhaupt gewollt?"

„Äh, nix. Verlaufen. Ist alles noch so neu hier."

„Ach so."

„Aber hör mal, hab da mal 'ne Frage."

„Und?"

„Ich hab hier eine Netzstörung. Ist das normal?"

„Zeig mal her."

Danny grapscht nach meinem Smartphone und wirft einen fachmännischen Blick auf das Einstellungsmenü.

„Hängt."

„Und was kann man da machen?"

„Komplett abschalten und neu starten." Ich kann nicht mal so schnell gucken, wie er mein Telefon lahmlegt. Dann drückt er es mir selbstgefällig in die Hand und geht. Alle Achtung, was der alles kann!

Ich verfolge das Geschehen auf meinem Display wie die Ziehung der Lottozahlen. Endlich geschieht mehr als das Rotieren einer Eieruhr und mein Handy bittet mich um den Code zum Freischalten der SIM-Karte.

Habe ich nicht!

Das Gerät verlangt nach vier Ziffern, die garantiert in den Unterlagen neben dem Benutzerhandbuch auf meinem Schreibtisch zu finden sind. Ich meine mich sogar grob an die Zahlenfolge zu erinnern – eine Vier, eine Acht, eine Sechs und eine Eins oder so ähnlich. Ich tippe die Zahlen ein, um sogleich zu wissen, dass diese Zahlenkombination nicht die richtige ist.

Ich bin mir aber sicher, dass es fast ausschließlich gerade Zahlen waren und igendwo eine Eins. Eins – zwei – sechs – acht. ‚Falscher Code', lässt mich das Display erneut wissen. Kein Problem. Ich weiß, dass ich ganz nah dran bin, also probiere ich weiter.

Zwei – acht – eins – vier. Der könnte es gewesen sein. Dass dem nicht so ist, wird mir unmissverständlich klar, als das Gerät mich freundlich darauf hinweist, dass alle drei möglichen Versuche falsch waren und ich mein Gerät erst mal generell freischalten lassen muss, um überhaupt wieder mitspielen zu dürfen.

„Verfluchte Scheiße“, murmele ich und stecke das Handy grimmig weg. Wo ich mir doch so sicher war, dass es diesmal klappen würde! ‚Okay‘, mahne ich mich zu Besonnenheit, ‚eins nach dem anderen. Erst dieses blöde Treffen mit Brautvater und Schwiegersohn, dann das Handy wieder freischalten lassen und schließlich Frau Spanke von der Allianz anrufen.‘ Ja, so muss es gehen, schrittweise emporkämpfen ans Tageslicht.

Als ich trotz der noch immer schwelenden Sorge um meinen Versicherungsschutz vergleichsweise optimistisch auf den mir bereits bekannten Besprechungsraum zusteuere, kommt mir Whitney bereits entgegen.

„Ey Hirni, wo warst du? Kathrin meinte, du wärst im Konfi.“

„Wo?“

„Konferenzraum! Die Gäste sind längst da und Kathrin hat noch eine Telko mit den Geschwistern Himmelreich.“

„Äh, Whitney“, versuche ich Ordnung in ihr aufgeregtes Geschnatter zu bringen, „was macht Kathrin mit irgendwelchen Geschwistern – wie hießen die gleich?“

„Himmelreich. Das sind DIE Magier in Deutschland! Die sollen doch am helllichten Tag die Braut verschwinden lassen!“

„Gott, Whitney! Und bei so was macht ihr mit?“

Sie sagt nichts und guckt mich an, als wäre ich bescheuert.

„Und jetzt sag mir noch, was eine Telko ist. Komm schon.“

„Das ist eine Telefonkonferenz“, sagt Whitney jovial, als müsse sie ihre Abkürzungen regelmäßig erklären.

„Ah prima, ich verstehe. Siehst du, jetzt weiß ich Bescheid und lasse dich weiterziehen. Hast du eigentlich eine Ahnung, wie schnell man sich eine Anzeige der GfdS einfängt, wenn man alles abkürzt?“

Sie schüttelt den Kopf. „Von wem?“

„Das ist die Gesellschaft für deutsche Sprache. Wenn die so was spitzkriegt, wird die ganz schnell pampig.“

„Ich gehe jetzt mal Kaffee kochen.“ Whitney wird das Gespräch offenbar zu theoretisch und auf diese Weise will sie eindeutig ihre praktischen Talente in die Waagschale werfen.

„Prima Idee. Für mich Espresso, ja?“

„Für unsere Gäste mache ich jetzt Kaffee, Hirni! Was du eigentlich machen solltest. Wo warst du überhaupt?“

„Hab mich mit Danny unterhalten – über Handys.“

Anerkennung flackert in Whitneys Augen auf, nur weiß ich nicht, ob wegen des Themas oder des Gesprächspartners. Jedenfalls weiß sie jetzt, dass ich mächtige Verbündete habe in diesem Unternehmen und mich nur in den einflussreichsten Kreisen bewege. Ich lasse sie weiterziehen und setze meinen Weg fort.

In welchen Kreisen ich mich tatsächlich einmal bewegte, wird mir bewusst, als ich den Besprechungsraum fast erreicht habe und die Stimme des vermeintlichen Brautvaters höre.

„Wenn ich was mache, dann richtig! Die sollen mal ordentlich was auf die Zwölf kriegen und hinterher die Fresse halten.“

In meinem Kopf herrscht schlagartig vollkommene Leere. Diese leicht schnodderige Stimme, der unverkennbare, neureiche Proletenton und vor allen Dingen diese ständige Sucht, der Platzhirsch zu sein ...

Mein Unterbewusstsein weiß, wer mich im Besprechungsraum erwartet, bevor mir das selbst wirklich bewusst wird. Ohne diese minimale, aber doch entscheidende Zeitverzögerung, hätte ich vielleicht noch reagieren können und gleich auf dem Absatz kehrt gemacht. So stehe ich jedoch bereits im Türrahmen, als mir klar wird, wer der Brautvater ist. Ich blicke für einen kurzen Moment erst auf einen Schmierlappen in Pastellfarben und dann daneben auf den unseriösesten Schnäuzer der Republik.

Imkes Vater! Der mit dem BMW-Autohaus! DER IMKER!!! – Mein Ex-beinahe-Schwiegervater!

Mit einer Bewegung, so geschmeidig, wie die einer schwulen Raubkatze, drehe ich mich um und husche aus dem Raum. Was für ein erbärmlicher Auftritt nach fast vier Jahren!

„Hey“, ruft jemand hinter mir her, der nur der zukünftige Schwiegersohn sein kann. Ich rette mich in den Nebenraum und schließe die Tür. Noch herrscht zwar ziemliches Chaos in meinem Kopf, doch die Gedanken ordnen sich zügiger, als ich es erwartet hätte. Wenn der Typ, Imkes Vater, der Brautvater ist, dann ist die Braut ohne jeden Zweifel ...

IMKE!

Dass der schmierige Typ daneben ihr zukünftiger Ehemann ist, liegt glasklar auf der Hand und irritiert mich nicht weiter – was mich jedoch wirklich schockiert, ist die Vorstellung, nun tatsächlich Imkes Weddingplanner zu sein.

Fünf elendig lange Minuten wandere ich in meinem spontan gewählten Asyl von einer Ecke in die nächste und zermartere mir mein Gehirn, wie ich hier und aus der gesamten Situation herauskommen kann, ohne auch den Rest an Würde einzubüßen. So schnell zeigt also auch eine zuvor noch quicklebendige Raubkatze eklatante Verhaltensstörungen und tigert plötzlich umher wie ein Ozelot im Zoo.

Ich sehe mich in dem Raum nach Möglichkeiten um, meine Erscheinung so zu verändern, dass Imkes Vater keine Chance hat, mich zu erkennen. Perücken und Schnurrbärte liegen hier jetzt prompt nicht herum und die einzige Tarnung, die sich anbietet, ist ein schwarzer Papierkorb, den ich mir unauffällig über den Kopf stülpen könnte. Eigentlich keine schlechte Idee, wäre doch damit garantiert, dass ich in jedem Fall unerkannt bliebe. Perfekt würde die Camouflage, wenn ich dazu einen schwarzen Umhang hätte und vielleicht noch eine Herz-Lungen-Maschine. Bei meinem derzeitigen Glück bräuchte ich aber garantiert einen PIN-Code für die Nutzung des Todessterns und müsste zwei Tage lang ausharren, bis mich die Telekom mit dem Imperator verbindet. Nee, nee, mir muss etwas anderes einfallen.

Während ich meine Hände tief in den Hosentaschen vergrabe, um nicht doch noch in Panik nach dem Papierkorb zu greifen, ertaste ich eine Packung Papiertaschentücher und spüre, wie sich eine brillante Idee entwickelt.

Das Geheimnis perfekter und subtiler Tarnung, habe ich einmal gelesen, besteht nicht darin, sich einen künstlichen Schnurri zu verpassen, sondern in erster Linie darin, die anatomischen Koordinaten zu verändern. Daher sind künstliche Zähne, die ich zugegebenermaßen gerade auch nicht zur Hand habe, oft eine bessere Wahl für Bankräuber als jede Perücke mit Rastalocken. Ich ziehe das erste Papiertaschentuch aus der Verpackung und stopfe es mir in den Mund, genauer gesagt, hinter die rechte Wange. Das zweite Tuch verschwindet locker auf der anderen Seite und ich merke bereits, wie mich die Maßnahme radikal verändert. Insbesondere meine Aussprache, aber das kann im Zweifelsfall nicht schaden, auch wenn ich nie viel mit meinem Fast-Schwiegervater gesprochen habe. Taschentuch Nummer drei presse ich mir unter die Oberlippe, was sich als schwieriger erweist als erwartet und erst mit einer gehörigen Portion Spucke gelingt. Beim vierten Taschentuch muss ich schließlich passen und mich auf die Hälfte des Stopfmaterials beschränken. Während meiner Gesichtsmodellage kommen mir einige gute Ideen, um als Kandidat bei ‚Wetten, dass ..?' oder ‚Mein Mann kann' mein Praktikantengehalt aufzubessern, verwerfe den Gedanken jedoch sogleich, da ich erstens keine Frau habe und zweitens die Sorge, dass bei der TED-Abstimmung zum Wettkönig keiner der Anrufer für mich durchkommen und stattdessen am Telefonnetz scheitern könnte.

Meine Metamorphose zum späten Marlon Brando ist so gut wie vollzogen, als es energisch an der Tür klopft.

„Hirni, bist du da drin?" Es ist Kathrin, die nicht gerade entspannt klingt. Bevor sie meinen Ort der Zuflucht stürmen kann, drehe ich den Schlüssel um und öffne die Tür. Ich hebe ergeben die Hände und rufe wie aus einem Reflex in fast kindlicher Hilflosigkeit was vom ‚Freihaus' und dass es ‚hier nicht gilt'.

Zwei bildschöne, aber nicht gerade versöhnlich dreinblickende Augen funkeln mich an.

„Hast du einen an der Waffel?!"

„Ich?" Mehr kann ich nicht sagen, da mir die Cellulose im Mund sämtlichen Speichel genommen hat und ich klinge, als würde ich auf einem Seeigel kauen.

Kathrin blickt mich jetzt an, wie sie vermutlich noch keinen Mann jemals zuvor angesehen hat. Leider finde ich in dem Blick weder Verliebtheit noch loderndes Verlangen, sondern eher eine Art schockiertes Mitleid.

„Was ist denn mit dir passiert?" Kathrin schließt vorsichtshalber die Tür hinter sich, damit unsere Gäste nicht Gefahr laufen, mit dem gleichen grässlichen Anblick konfrontiert zu werden wie sie.

Inzwischen habe ich so viel Spucke sammeln und meinen Facelift mit der Zunge so gut in Form drücken können, dass meine Sprache zwar noch immer verwaschen klingt, aber wenigstens nicht mehr ganz so unverständlich, als würde ich die Schafswollsocken von Frau Rieke verspeisen.

„Uss-nall-erjie."

„Was?!"

Ich versuche mich noch mehr auf die Aussprache zu konzentrieren und ziehe eine leere Tüte ültje-Studentenfutter aus meiner Sackotasche.

„Nuff-aller-jie."

„Du bist allergisch gegen Nüsse?"

Ich nicke heftig und fühle mich ausgesprochen glaubwürdig, wenngleich eine solche Allergie bisher nie bei mir aufgetreten ist.

„Müssen wir einen Krankenwagen holen?"

„Chwa-tsch! Halb so dschlimm", beruhige ich sie, denn jeder Arzt der Welt, selbst Dr. Akadschai, würde meinen Trick bei einem fachmännischen Blick in meinen Mund recht schnell durchschauen.

„Und jetzt?"

„Eschwas Ruhe, gjann geht dasch wieder weg."

„Okay", sagt sie erstaunlich knapp und dreht sich zum Gehen. Möglicherweise ist es ihr nicht ganz geheuer, so allein mit einem offensichtlich irren Nussallergiker in einem geschlossenen Raum.

Ehe ich begreife, dass es ein Fehler sein könnte, folge ich ihr auf dem Fuß und stehe neben ihr im Türrahmen vor unseren Gästen. Kathrin verfolgt mit offenem Mund und unfähig etwas gegen den Lauf der Dinge zu unternehmen, wie ich mich vor den Brautvater und seinen schmierigen Schwiegersohn stelle und höflich grinse. Die beiden sehen mich an, als hätte ich einen Penis im Gesicht. Kathrin gelingt es nur mit Mühe, die Contenance zu bewahren und versucht die Situation so souverän wie möglich zu meistern.

„Das ist mein Kollege, der Herr ...", erklärt sie, ehe ich mich vorstellen kann, und stockt mitten im Satz. Wenn sie jetzt meine Tarnung auffliegen lässt, indem sie meinen Namen nennt, ist alles dahin. Dann wird sich der Imker, obwohl wir uns eher selten über den Weg gelaufen sind, eventuell schwach an mich erinnern und kaputtlachen, weil der geschasste Volltrottel nun die Hochzeit seiner Luxustochter vorbereiten muss, der Schwiegersohn wird den Triumph über den Ex seiner zukünftigen Frau genießen und Kathrin wird erfahren, dass ich der Toy-Boy einer oberflächlichen Schicki-Micki-Schickse war und blöd genug bin, mir die Visage mit Kleenex zu tamponieren.

Ich blicke Kathrin an und sehe zwei Fragezeichen in ihren Augen – sie hat meinen Namen vergessen und als ‚Hirni' kann sie mich hier wohl kaum vorstellen, so sehr es gerade auch passen würde! Sie hat ihn glatt vergessen. Ich könnte in Tränen ausbrechen und gleichzeitig jubeln vor Freude, denn nun habe ich wieder die Fäden meines kleinen Kammerspiels in der Hand.

„Kampmann", vollende ich ihren Satz so deutlich ich kann und merke, dass mir das Sprechen immer leichter fällt. „Thorsten Kampmann."

Kathrin runzelt die Stirn, gibt sich mit meinem Namen jedoch zufrieden, denn offenbar ist für sie ein ‚Thorsten Kampmann' ebenso gut wie ein ‚Thomas Krallmann'.

Auch der Imker schluckt den Namen ohne größere Komplikationen und schöpft keinerlei Verdacht. Er blickt mich zwar mit etwas Skepsis an, was jedoch an meinem Auftritt liegen könnte, und scheint mich tatsächlich nicht zu erkennen. Eine Fensterscheibe reflektiert mein Konterfei und ich muss zugeben, dass die Deformation meiner unteren Gesichtshälfte mich tatsächlich ziemlich gut – entstellt.

Kathrin schlüpft erneut in die Rolle der Moderatorin und stellt mir die Gäste vor. „Herr Schmick ist der Vater der Braut und das ist ..."

„Schmick, wie die Autos?", frage ich ein wenig debil.

„BMW Schmick. Mein Autohaus!", bestätigt der Imker.

Ich nicke anerkennend und wende mich dem Schmierlappen zu, der einen beigefarbenen Anzug und dazu ein hellblaues Oberhemd mit weißem Button-down-Kragen trägt. So was habe ich zuletzt bei Siegmar Solbach auf dem Traumschiff gesehen. Seine Krawatte, eine dunkelblaue Geschmacklosigkeit mit BMW-Logo, wird tatsächlich von einer silbernen Krawattennadel gehalten – die erste, die mir seit der Wiedervereinigung Ende der Achtziger unter die Augen kommt.

„Immel", stellt er sich selbst vor, „Jeff Immel." Sein Händedruck ist weich und warm, wie sein Name.

Ich blicke ihn an und merke, wie mir fast Tränen in die Augen schießen. Am liebsten würde ich mir feste ins Handgelenk beißen, um vor Lachen nicht losbrüllen zu müssen. Dass aus ‚Imke Schmick' – ein Name, den man sich im Prinzip jeden Tag aufs Neue schönsaufen müsste – nun ‚Imke Immel' wird, ist zum Schreien.

Wir setzen uns an den ausladenden Konferenztisch und Kathrin geht geschlagene vierzig Minuten jedes Detail der großkotzigen Hochzeitsfeier durch, auf der nur Rolf Seelmann-Eggebert als Kommentator fehlt. Ich mache mir eifrig Notizen und würde auch so gerne an einem Cappuccino nippen, den Whitney unseren Gästen bereits zum zweiten Mal serviert. Ich traue mich aber nicht, denn die Flüssigkeit des Kaffees würde das Papier in meinem Mund mit Sicherheit in ein Fiasko verwandeln. Stattdessen ertrage ich stumm, wie mein Zahnfleisch immer trockener und wunder wird und versuche so wenig wie möglich zu reden, was auf unsere Gäste einen ziemlich kompetenten Eindruck machen muss. Der Chefplaner, müssen die glauben, sieht zu, wie sich die Elevin die Sporen verdient. Gut so! Ein paar Mal sieht mich Imkes Vater an, als wäre er sich nicht ganz sicher, mich von irgendwoher zu kennen, doch der Groschen fällt nicht, was nicht weiter verwundert, da er Kleingeld nur aus der Theorie kennt.

Jeff ist, wie sich herausstellt, Verkaufsleiter im Neuwagensegment bei BMW Schmick – also Autoverkäufer. Dass wir uns mit dem, was wir tun, also der Planung seiner Hochzeit, gefälligst Mühe zu geben haben, betont er mehrfach, um jedes Mal ein anderes Beispiel aus seinem anspruchsvollen Berufsalltag dafür zu liefern, welch ein toller Hecht er im Neuwagensegment ist. Der Imker quittiert ihm das Gehabe jedes Mal mit einem wohlwollenden Blick.

Die Notizen, die ich mir mache, sollen mir helfen, die einzelnen Dienstleister und Lieferanten, die am Projekt beteiligt sind, zu koordinieren – und das sind einige. Meine Kritzeleien lesen sich wie ein Organigramm des Größenwahns. Imkes und Jeffs neuer Garten wird in eine Landschaft aus weißen Pagodenzelten verwandelt, in denen die Caterer die Gäste verwöhnen dürfen.

Ein Teich soll zur Hälfte mit einer Bühne überbaut werden, auf der nicht nur ein DJ und eine Liveband agieren werden, sondern auch die mir inzwischen geläufigen ‚Geschwister Himmelreich‘ auftreten sollen, aus Sindelfingen wohlgemerkt. Der Imker hatte die schwäbische Version von Siegfried und Roy vor vier Monaten bei der Vorstellung des neuen 7er BMWs in München erlebt und sogleich beschlossen, dass die sich auch prima auf der Hochzeit seines Töchterchens machen würden – kurz vor einem fünfzehnminütigen, musiksynchronen Höhenfeuerwerk. Alles klar! Dagegen sind PastaFigaro-Eröffnungen definitiv Peanuts.

„Wenn ich eine große Show will“, lässt uns der Imker in leicht angeberischem Tonfall wissen, „bekomme ich auch eine große Show!“

„Werden Sie bekommen“, beruhigt ihn Kathrin und zwinkert dabei dem Schwiegersohn zu, sodass der vermutlich gerade überlegt, ob seine Zukünftige wirklich die erste Wahl ist. Wir sprechen schließlich von einem Mann, der nicht nur im besten Alter ist, sondern zudem auch noch im Neuwagensegment, der Königsklasse des Automobilverkaufs. Kathrins Zwinkern ist zwar denkbar unauffällig und minimal dosiert, aber derart sexy, dass der, dem es gewidmet ist, augenblicklich Gefahr läuft, einen Hirnschaden zu erleiden, weil oberhalb der Lenden, wo alles Blut gebraucht wird, so gut wie kein Organ mehr ausreichend mit Sauerstoff versorgt wird. Der Imker freilich hat davon nichts mitbekommen und fährt ungerührt fort: „Also – großes Kino will ich haben. Ich hab so 'ner Agentur doch keine Hunderttausend angezahlt, um mich hinterher auf meiner eigenen Party zu langweilen!“

Hunderttausend? Angezahlt?! Ich unterdrücke ein spontanes Husten, das von unappetitlichem, weiß-faserigem Auswurf begleitet würde und starre auf mein Blatt. ‚Weiteratmen Hirni‘, sage ich mir, ‚ruhig weiteratmen.‘

Kathrin nickt ihm beruhigend zu: „Sie können ganz entspannt bleiben, Herr Schmick. Die Hochzeit, die wir für Sie maßanfertigen, wird in dieser Stadt neue Maßstäbe setzen.“

„Und das ist für Sie nicht eine Nummer zu groß?“

Kathrin blickt wieder rüber zu Jeff, der eigentlich eine arme Sau sein muss und streng genommen in jeder Hinsicht mit dem Arsch am Fliegenfänger seines Schwiegervaters klebt.

„Mir ist eigentlich keine Nummer zu groß."

Jeff hustet. Ihm ist die Nummer offenbar bereits jetzt über den Kopf gewachsen.

„Haben Sie denn so eine Megahochzeit schon mal gemacht?", will der Imker wissen.

„Keine Sorge", lächelt Kathrin seine Bedenken weg, „Hamburg, Frankfurt, München, Kopenhagen – da haben wir Hochzeiten in Szene gesetzt, da hätte ihr Budget gerade für den Polterabend gereicht."

Der Imker lässt ein empörtes Brummen hören, dann richtet er sich auf und haut mit der Faust energisch auf den Tisch. ‚Tja, Kathrin', denke ich, ob das so diplomatisch war? Gleich steht er auf und geht. Dann kannst du dir den Auftrag dahin schieben, wo Whitney deinen Lutscher hatte.'

„Genau das will ich auch. Mir ist scheißegal, was die ganze Wichse kostet. Ich lade da die zweihundert besten Kunden ein. Die sollen die Mäuler vor Staunen nicht mehr zukriegen! Die sollen noch Weihnachten davon reden, wie geil das war. Die Kosten spielen jetzt erst mal gar keine Rolle. Voll auf die Zwölf! Verstanden?"

Alle Achtung, Kathrin, so funktioniert Verkaufen also in der Eventbranche!

„Verstanden. Wie gesagt, richtig geil kann ich", sagt Kathrin so aufreizend arrogant, dass sogar der Imker eine kalte Dusche bräuchte.

Dann richtet sie den Blick wieder auf den inzwischen leicht verschwitzten Schwiegersohn.

„Haben Sie spezielle Wünsche, Jeff?"

Dem Angesprochenen schießt das Blut in den Kopf, seine Haut wird rosig – ein Farbton, der prima zum Hellblau des Oberhemdes und zum Beige des Anzugs passt. Was sich Jeff gerade wünscht, sollte sein Schwiegervater vielleicht besser nicht spitzkriegen, sonst gibt's ‚voll auf die Zwölf'.

„Äh, wie, äh, ich?" Man spürt förmlich, wie sein Denkapparat auf minimale Leistung herunterfährt.

Kathrin sieht ihn seelenruhig an und schenkt ihm ein ermutigendes Lächeln, doch das macht es nicht besser. Sein Gehirn hat inzwischen die Leistungsfähigkeit eines Brotbackautomaten erreicht.

Sämtliche im Raum befindlichen Augenpaare sind auf ihn gerichtet, als er endlich seinen Wunsch in einfache Worte kleidet.

„Ein schönes Klo."

Keiner im Raum sagt etwas. Das peinliche Schweigen der Anwesenden hat etwas Erdrückendes. Sogar der Imker starrt betreten auf seine Hände und scheint sich zu fragen, wie seine Tochter ausgerechnet an diesen Vollpfosten geraten konnte.

„Ift am Ende def Gangef", gebe ich schließlich hilfsbereit Auskunft und deute mit der Hand zu Tür. Das lange Zuhören hat das Papier in meinem Mund klumpiger werden lassen, als ich dachte.

„Nee, nee", winkt er ab, „ich muss nicht zur Toilette." Langsam scheint er sich wieder zu fangen. „Imke und ich, wir möchten prinzipiell keine Gäste im Haus haben." Er macht eine kurze Pause, damit wir Zeit haben, das zu begreifen. „Na ja – und die Toilette im Garten, die wird zwar sehr schön, aber die ist bis dahin noch nicht angeschlossen." Er macht eine erneute Pause.

„Ja?", fragt Kathrin und scheint tatsächlich gespannt darauf zu sein, was er nun auf dem Herzen hat.

„So", fährt er fort, als wäre dies der einfache Teil seiner Ausführungen gewesen, „und ich finde diese Toilettenwagen, die man meistens sieht, ganz fürchterlich. Da hätten die Imke und ich gerne eine schönere Toilette."

Er und sein Schwiegervater blicken Kathrin an, als hielten sie diese Aufgabe für nahezu unlösbar.

„Einen Toilettenwagen", erklärt Kathrin in einem Tonfall, als spräche sie von etwas vollkommen Abartigem, „stellen wir da sowieso nicht hin. Wir errichten zwei komplette Toilettencontainer, die von der Zeltmembran kaschiert werden. Im Innern haben sie schwarzen Granit, gebürsteten Edelstahl, LED-Ambient-Beleuchtung, eingelassene Downlights und ein durchgängiges Design von Philippe Starck.“ Ihr maliziöses Lächeln unterstreicht die Selbstverständlichkeit ihrer Ausführungen. „Ich denke, das sollte ausreichen.“

Der Imker nickt und sein Schwiegersohn versucht, so fachmännisch wie möglich rüberzukommen.

„Ja ja, ich denke, das reicht.“

Die Tür schwingt auf, ohne, dass jemand ein Klopfen gehört hat. Danny Hahn steht im Türrahmen und zelebriert seinen Auftritt, als betrete er eine laufende Samstagabendshow.

„Jeff!“, bellt er durch den Raum und klatscht sich mit selbigem ab. Dann begrüßt er auch den Imker und kneift Kathrin ein Auge zu. Beim Anblick meiner deformierten Visage entgleiten auch seine eigenen Gesichtszüge.

„Was ist denn mit dir passiert?“, fragt er, als hielte er einen Vollkörperkontakt mit Wladimir Klitschko oder einem katalonischen Kampfstier für nicht ganz unwahrscheinlich.

„Gnuff-ai-er-i.“

„Was?“

„Thorsten hat eine Nussallergie“, erklärt ihm Kathrin in genervtem Tonfall.

„Wieso Thorsten?“ Danny, der mich nur als ‚Thomas‘ kennt, überlegt einen Moment, schüttelt dann aber verdrießlich den Kopf, da ihm eigentlich vollkommen egal ist, wie ich heiße. Er beweist sein Talent für pointierte Gags, indem er mir auf die Schulter haut und sich über seinen Riesenwitz „so lange du nicht allergisch gegen deine eigenen Nüsse bist“ halb kaputt lacht.

Nahezu übergangslos fragt er Jeff dann, ob der neue X6 schon im Laden steht und lässt Kathrin, von der er offenbar vermutet, dass sie auf Männer mit ordentlich PS unter der Haube steht, wissen, dass er seine Karren nur bei Jeff kauft und man nach dem Kartfahren mit keinem besser Party machen kann, als mit ihm. Jeff krümmt sich gekünstelt vor Lachen und sieht ein wenig aus wie Johann Lafer, wenn der sich über die Anzüglichkeiten von Horst Lichter beömmelt.

Das gelungene Intermezzo dauert keine fünf Minuten, aber Danny, dem offenbar nicht ansatzweise der Gedanke kommt, dass dies eine Vorbesprechung zu einer Hochzeitsplanung ist, schafft es tatsächlich, sogar seinem Kart-Kumpel das Lachen aus dem Gesicht zu zaubern. Spätestens als Danny vollkommen überzogen und unangebracht albern schildert, wie sie gemeinsam die Mädels aus der Kart-Bar klargemacht haben, wird Jeff immer stiller und schielt zu seinem Schwiegervater hinüber, der aber fast den Eindruck macht, als hätte er Gefallen an den peinlichen Erzählungen und als könne er sich sogar vorstellen, zukünftig gemeinsam mit den beiden über die Dörfer zu ziehen. Ebenso gut ist es jedoch möglich, dass Jeff noch am gleichen Tag dermaßen eins auf die Zwölf bekommen wird, dass sein Unterkiefer noch vor dem Traualtar aussehen wird wie meiner mit Nussallergie.

Dampfbad

Etwas angewidert blicke ich den weißen Papierklumpen hinterher, die ich mir gerade eben aus dem Mund gezogen und in die Kloschüssel gespuckt habe. Was mir der Spiegel über dem Waschbecken zeigt, sieht nicht viel besser aus. Mein Zahnfleisch fühlt sich an, als hätte ich Perlweiss mit Viss Scheuermilch verwechselt und brennt wie Sau.

Ich massiere meinen Unterkiefer, während ich durch den Gang zum Büro trotte und fühle mich erleichtert, dass Imkes Vater tatsächlich oberflächlich genug war, mich nicht als Ex-Freund seiner Tochter wiederzuerkennen.

„Hirni, was ist passiert?“, fragt eine aufgeregte Pia, als sie mir kurz vor dem Büro begegnet. „Hab's eben gehört, die meinten, du hättest total scheiße ausgesehen.“

„Alles wieder gut“, winke ich ab, „das geht meist nach einer Stunde wieder weg und tut kaum weh.“

Sie drückt mich kurz. „Das tat bestimmt weh. Tapfer biste.“

Ich lächle unbeholfen und verkneife es mir, sie zu fragen, wo ich Kathrin finde.

„Meine SMS gelesen?“

Ich schüttele den Kopf. „Das Handy zickt rum, will irgendeinen Code haben.“

„Hattest es ausgeschaltet?“

Ich nicke.

„Dafür hast du doch die PIN aus dem Brief mit den ganzen Zugangsdaten.“

„Hab ein paar Mal die falsche Nummer probiert.“

Pia sieht mich an, als würde ich ihr anvertrauen, nicht mit Messer und Gabel essen zu können.

„Kein Problem“, sagt sie und schüttelt den Kopf, „das kann man auch wieder freischalten lassen. Kann ich dir zeigen, ist ganz einfach. Aber willste denn gar nicht wissen, was in der SMS stand?“

„Pia, was stand in der SMS?“

„Die Idioten haben die PastaFigaro-Eröffnung in Berlin jetzt sogar nach vorne verlegt. Willste wissen, wann?"

„Wann, Pia?"

„In zwei Wochen schon."

„Oha. Und die ganzen Adressen?"

„Schaffen wir ja gar nicht mehr. Habe aber vorhin mit dem Döbel gesprochen und der will, dass wir die Adressen komplett einkaufen, von einer Agentur vor Ort."

Ich nicke zögerlich. „Ja, wenn das besser ist."

„Ist es natürlich nicht. Außerdem verdienen wir jetzt nichts mehr daran. Ist ein kompletter Non-Profit-Job geworden. Aber der Döbel will's halt so."

Auch wenn Pia versucht, fröhlich rüberzukommen, kann sie nicht ganz verbergen, dass ihr die Sache mit Berlin Sorgen bereitet.

„Und was ist mit den Bauarbeiten? Ich dachte, da gibt's Probleme mit dem Estrich."

Pia lacht und winkt ab. „Pfusch am Bau würde ich sagen. Ist aber Gott sei Dank nicht auch noch meine Baustelle. Die kippen da jetzt wohl einfach irgendein Granulat drüber."

Pia lächelt, aber ihre Augen sehen müde aus.

„Hirni, Lust auf einen Kaffee? Ich lad dich ein."

Eigentlich, denke ich, wollte ich ja zu Kathrin und die Wogen nach meiner Nuss-Nummer glätten, gebe mir aber einen Ruck und willige ein.

Im Büro guckt plötzlich Ben zur Tür herein und begrüßt mich mit herzlichem Handschlag.

„Alles klar bei dir? Ich habe den Eindruck, wir müssen dir mal 'ne Weile einen Schutzengel an die Seite stellen, was? Erst der Abgang beim Tanzen und jetzt auch noch die blöden Nüsse."

Ich winke ab und erkläre, dass ich eigentlich kein Crash-Kid mit Hang zur Selbstzerstörung bin.

„Mischst jetzt so halb in Kathrins Mannschaft mit, habe ich gehört?" Ben sieht mich an, als wolle er mich daran erinnern, gewarnt zu sein.

„Ich pass auf“, brumme ich und beobachte Pia, die in ihrer Kaffeetasse rührt und auf ihrer Unterlippe rumkaut.

„Dieser Döbel“, frage ich nachdenklich, „wie muss man den einschätzen?“

„Dem gehört der Saftladen hier eben“, erklärt Ben. „Keine Ahnung, wie er es so weit gebracht hat.“

„Kann ich euch sagen“, schaltet sich Pia ein, „der war früher mal irgend so ’n Marketingheini bei Opel und hat von denen eine Menge Starthilfe bekommen. Er hat eigentlich immer genug Leute gehabt, die für ihn arbeiten und hat auch heute noch die tollsten Kontakte. Überallhin.“

„Der hat’s geschafft, oder?“

„Wie man’s nimmt. Klar, der zieht jede Menge Kohle aus der Agentur – darum verdienen wir auch alle nur ’nen Scheiß.“

Ich nicke.

„Aber wehe, die ganze Blase hier platzt mal. Dann ist die Hose unten. Ich war mal auf ein Bier mit dem Olli aus der Buchhaltung, da hat der mal erzählt, was hier bilanzmäßig alles abgeht.“

„Der Olli ist doch total verschwiegen, der sagt doch nix“, wendet Ben ein.

„Ja klar. Und da hat er mal richtig Frust abgelassen. Wusstet ihr, dass wir an den meisten Jobs gar nichts verdienen? Oder besser gesagt, der Döbel?“

Ben und ich gucken Pia nur mit Fragezeichen in den Augen an.

„Die meisten Aufträge erledigen wir, damit sie die Konkurrenz nicht bekommt. Unterm Strich kommt da zum Teil nichts bei rum. Die PastaFigaro-Sache in Berlin zum Beispiel – da schieben wir jetzt fast nur Gelder weiter, ohne dass was hängen bleibt. Ist doch total bescheuert!“

Pia nimmt einen Schluck Kaffee.

„Olli hat erzählt, die meisten Projekte sind fast komplett durchlaufende Posten. Und was der Döbel konstant an Rechnungen offen hat, da würden wir nicht mehr ruhig schlafen. Das geht alles nur, solange die Umsätze stimmen. Sobald der sagen würde ‚ich hör auf‘, fliegt dem alles um die Ohren!“

„Apropos“, mische ich mich vorsichtig ein, „ich würde ganz gerne mal bei meiner Versicherung anrufen.“

Pia schiebt mir mein Smartphone rüber. „Hier, funktioniert wieder. Solltest dir die Nummern irgendwo notieren oder auswendig merken.“

Ich wähle die Nummer der Versicherungsagentur, rechne aber fest mit einer Ansage auf Band und bin völlig indisponiert, als Franca Spanke sich schon nach dreimaligem Klingeln meldet.

Ich bitte Pia und Ben mich zu entschuldigen und verziehe mich mit dem Telefon auf den Flur, um ungestörter sprechen zu können.

„Oh Gott, Herr Krallmann, ich weiß gar nicht, was ich sagen soll.“

„Wieso?“

„Na ja, Asche auf mein Haupt, aber ich habe Sie vollkommen vergessen.“

„Wie, vergessen?“

„Das ist mir jetzt ja so was von unangenehm. Ich habe total vergessen, mich wegen Ihres Versicherungsschutzes schlauzumachen. Habe hier einfach so viel um die Ohren, herrje.“

„Ja, äh, und wie?“

„Worum ging es da gleich noch mal? Ihr Auto, oder?“

„Frau Spanke?!“

„'tschuldigung, Hausrat, schon klar. Bin jetzt wieder im Thema.“

Jetzt nicht hysterisch werden, Hirni.

„Nein, Frau Spanke, auch nicht Hausrat, es sei denn, Sie meinen den von Herrn Kottge. Es geht um meine Haftpflichtversicherung!“

„Helfen Sie mir kurz.“

Ich werde dir gleich helfen.

„Sie ... wollten ... die ... Deckungssumme ... meiner ... Haftpflichtversicherung ... eruieren.“

„Moment, war denn da überhaupt eine Haftpflichtversicherung?“

Arrghh!!!

„Frau Spaaankeee!!! Das ist doch das, was Sie herausfinden wollten!“

„Bitte, das ist noch lange kein Grund zu schreien.“

„Ich habe doch gar nicht geschrien. Sie hören mich bloß flehen.“

„Wissen Sie, ich bin keine Maschine."
‚Nein', denke ich, ‚da wäre auch jede Maschine besser als du. Definitiv und ausnahmslos jede! Sogar eine Melkmaschine würde deinen Job besser machen.'
„Und wie geht es jetzt weiter?"
„Ich schaue ja schon, aber irgendwie finde ich Sie nicht."
„Bitte, Frau Spanke, das hatten wir doch alles schon. An dem Punkt waren wir bereits gestern."
„Sie wissen ja gar nicht, was hier alles los ist, Herr Krallmann. Außerdem bin hier ganz allein im Geschäft."
„Doch doch, das kann ich mir natürlich vorstellen", schleime ich, „aber das alles ist sehr, sehr wichtig für mich. Suchen Sie doch bitte genau."
„Na gut. Mache ich. Kann aber dauern, weil ich hier im Moment noch Kundschaft sitzen habe."
„Und?", fragt Pia, als ich ins Büro zurückschleiche.
Ich schüttele den Kopf. „Noch keine neue Info."
„Durfte ich Ben das mit deiner Badewanne erzählen?"
„Warum nicht", sage ich und zucke ratlos mit den Achseln.

Als ich an diesem Tag in mein Asyl bei Ella und Armin zurückkehre, erschlägt mich ein schwerer, abgestandener Duft, wie in einem überfüllten Harem, dessen Belegschaft das Rentenalter fast erreicht hat und nicht mehr weit vom Verfallsdatum entfernt ist.
„Hirni, habe was im Wok gezaubert. Isst du mit?", begrüßt mich Ella.
„Was gibt's denn?", frage ich vorsichtig.
„Gewürzhühnchen mit aromatisiertem Basmati-Reis."
„Riecht sehr interessant", sage ich und beherrsche mich, nicht sämtliche Fenster aufzureißen.
Ich folge dem immer aufdringlicher werdenden Geruch und betrete die Küche. Ella ist in schreiendes Orange gewandet und trägt um den Hals eine klimpernde Geschmacklosigkeit, die sie entweder auf dem Weihnachtsmarkt gekauft oder aus dem Kleiderschrank von Thea Gottschalk geklaut hat. Die türkisfarbene

Mütze auf dem Kopf ist mit kleinen Spiegeln bestickt und könnte von Friedensreich Hundertwasser entworfen sein – vorausgesetzt, dass der auch Umhäkelungen für Klorollen verbrochen hat.

Ich werfe einen mutigen Blick in den Wok und muss mich abwenden, um nicht zu erbrechen. Weil ich einen mordsmäßigen Hunger habe, würde ich Ella am liebsten schütteln. Das, was da im Wok brät, ist keine Mahlzeit, sondern eine Dschungelprüfung.

„Hmmm, das sieht ja super aus“, lüge ich. „Ich könnte mich ohrfeigen, dass ich mir ausgerechnet heute Mittag den Bauch so vollgeschlagen habe.“

„Ach, das ist ja schade. Vielleicht nur einen Happen?“

„Danke Ella. Würde ich gerne, aber ich bekomme nicht ein Reiskorn mehr rein.“

Stattdessen stehe ich zehn Minuten später in „Rolfs Imbiss“ und kaue gedankenverloren auf einer Portion Pommes mit auf den Punkt gebratener Currywurst herum. Wäre ich allein dort, würde ich genüsslich grunzen.

Pappsatt und von bestem Frittierfett gestärkt, entschließe ich mich zu einem beschwingten Spaziergang in der milden Abendluft. Es riecht nach den Vorboten des Sommers und ich stelle mir vor, hier mit Kathrin durch die Straßen zu schlendern. In Gedanken schlecken wir Eis, beobachten die Sterne und lauschen den romantischen Gesängen von Straßenmusikern. In der Realität stoße ich von Rolfs Currywurst auf, lutsche an meinem wunden Zahnfleisch und werde vom Lärm meines klingelnden Handys genervt.

„Na, wieder in Ordnung?“, fragt eine samtige Stimme und ich versuche, nicht erneut aufzustoßen.

„Kathrin?“

„Hm“, bestätigt die Stimme geheimnisvoll, sodass ich vorsichtshalber versuche, komplett auf das Atmen zu verzichten.

‚Hey, du kleines, versautes Zauberschneckchen! Wie kommt’s, dass du noch auf bist?‘, würde ich gerne im Tonfall eines formvollendeten Machos sagen und schaffe gerade mal ein: „Also, äh, du? Gibt’s ja nicht!“ Hätte ich in meiner Jugend nicht Fußball gespielt, sondern rhythmische Sportgymnastik betrieben, würde ich jetzt versuchen, mir in den Arsch zu beißen. Was bin ich doch für ein blöder Idiot!

„Ja, ich. Überrascht?"

„Ach wo. Wieso sollte ich?"

Keine Antwort. Hallo? Hat die etwa aufgelegt? Ich höre doch da Gemurmel.

„So, da bin ich wieder."

Wo ist die denn? Im Hintergrund höre ich ein Summen wie von tausend Bienen.

„Bist du beim Imker?", frage ich, „oder hast du zu Hause ein Fliegenproblem?"

„Ich bin in der Oper, Hirni. Was du da hörst, ist ein Orchester. Die spielen sich ein." Sie klingt, als würde sie mir ein Bilderbuch erklären.

„Stadttheater?"

„Ja, aber nicht Dortmund. Deutsche Oper am Rhein in Düsseldorf."

Ich bin sprachlos. In welch unterschiedlichen Welten wir doch leben. Kathrin ist in der Düsseldorfer Oper, trägt wahrscheinlich ein kleines Schwarzes und war vorhin sicher noch Sushi essen. Ich dagegen komme gerade aus dem Imbiss, habe Völlegefühl und kann mich in der Schaufensterscheibe eines Penny-Marktes beobachten. Ein Jammer, dieser Anblick.

„Was gibt's denn?", will ich wissen, da ich mir beim besten Willen nicht vorstellen kann, dass Kathrin gerade mal Lust hatte, mit mir einfach so zu quatschen. Aus Sehnsucht womöglich.

„Die Hochzeit des Figaro."

„Wieso Figaro? Der Typ ist doch Autoverkäufer. Bei BMW-Schmick."

„Bist du doof? Ich spreche von der Oper hier."

Das Summen im Hintergrund schwillt noch mal kurz an und wird dann leiser, bis Stille herrscht.

„Pass auf, es geht gleich los hier. Folgendes, weswegen ich anrufe. Ich habe dir eine Liste gemacht mit allen Dingen, die wir noch abklären müssen. Du fährst morgen zur Location und bringst das bitte alles in Erfahrung."

„Okay"

„Nimm Whitney mit. Ist bei uns so üblich, dass wir nur zu zweit zum Kunden fahren."

„Mhm."

„Ach und noch was. Lass dir dafür bitte einen Wagen aus dem Firmenpool geben. Ich fände es ziemlich scheiße, wenn du da mit deiner Nuckelpinne hinfährst."

Meine empörte Antwort geht im Applaus unter, da offensichtlich der Dirigent den Orchestergraben betritt. Weiterzusprechen würde ohnehin nichts bringen, da Kathrin die Verbindung bereits getrennt hat.

Ich stecke das Handy weg und fühle mich leer. Der Hauch romantischen Frühlingsgefühls, der meine Schritte bis eben noch federn ließ, ist wie weggeblasen. Eine ganze Weile stehe ich so da und betrachte mein Spiegelbild in der Schaufensterscheibe. Der Typ, den ich sehe, treibt mir die Tränen in die Augen und ich muss aufpassen, mich nicht in Selbstmitleid zu ertränken. Ich trage noch immer den einzigen Anzug, den ich besitze und stecke in meinen vertrauten Retro-Turnschuhen. Wie gerne säße ich jetzt im Theater, neben Kathrin – vorausgesetzt, sie nähme mich ernst und würde mich nicht behandeln wie jemanden, der in therapeutische Betreuung gehört. Ich gebe zu, der erste Arbeitstag in ihrem Team verlief nicht ganz optimal und ich habe es ihr mit den Papiertaschentüchern in meinen Wangen auch wirklich schwer gemacht, sich in mich zu verlieben. Aber was kann ich dazu, wenn mich meine Vergangenheit auf so perfide Art einholt? Letztlich habe ich die Nummer doch nur abgezogen, damit ihr Bild von mir nicht verfälscht wird. Hat sie heute Vormittag nicht selbst gesagt, dass nur ein ‚Versager' mit jemandem wie Imke zusammen sein kann oder so ähnlich? Jemand, der ‚tierisch einen an der Waffel' und ‚Komplexe' hat? Hätte ich ihr da eine Viertelstunde später denn sagen können, dass genau ich derjenige bin, auf den ihre Beschreibung passt? Nein, gewisse Umstände erfordern entschlossenes Handeln und ich habe gehandelt. So und nicht anders bin ich im Spiel geblieben.

Ich straffe mich und habe das Gefühl, dass mein Spiegelbild schon gleich ganz anders rüberkommt. Vielleicht nicht ganz reif für die große Oper, aber gewiss ausreichend, um im Volkstheater nicht negativ aufzufallen. Ich reiße mich von dem großartigen Anblick los und lasse meine Augen über die sanierungsbedürftige Altbaufassade wandern, als mir bewusst wird, dass es zu meiner Wohnung von hier aus allenfalls zehn Minuten Fußweg sein müssen. Von einer unerklärlichen Art Masochismus getrieben, setze ich mich zögerlich in Bewegung und gehe die Straße hinunter – nicht so beschwingt, wie noch kurze Zeit zuvor, aber immerhin, ich nähere mich konsequent meiner Wohnung, die ich nach meinem Einzug bei Armin und Ella nicht ein einziges Mal aufgesucht habe. Warum auch, wenn alles erst einmal durchtrocknen muss und man für seine Karriere durch die halbe Republik tourt? Außerdem wurde ich von Frau Rieke doch umfassend auf dem Laufenden gehalten.

Sowohl aus der Ferne als auch aus unmittelbarer Nähe sieht alles eigentlich ganz normal aus. Das Haus steht, wie es immer stand, und ich kann auch keine Anzeichen erkennen, dass es in Kürze weggespült werden könnte, wie bei einem Erdrutsch in Indien. Vorsichtig schließe ich auf und betrete den Flur zum Treppenhaus. Da ich mich möglichst unauffällig verhalten will, lasse ich das Licht aus. Obwohl die Dämmerung draußen schon fortgeschritten und der Hausflur ziemlich dunkel ist, kann ich erkennen, dass alles wie immer ist, mit der Ausnahme, dass mein Briefkasten zu platzen droht – von Werbung vornehmlich. Doch halt, ein kleines, liebenswertes Detail ist anders. Auf der Treppe steht ein halb voller Eimer und daneben ein Schrubber mit kunstvoll darüber drapiertem Lappen. Das verloren wirkende Arrangement sieht aus wie eine moderne Plastik von Joseph Beuys. Dass das Museum of Modern Art eine Dependance in unserem Hausflur eingerichtet hat, ist mir eindeutig entgangen, wenngleich ich zugeben muss, in den letzten Tagen auch nicht ein einziges

Mal Zeitung gelesen zu haben. Ich entschließe mich vorsichtshalber, alles so stehen zu lassen, um nicht auch noch mit der internationalen Kunstszene aneinanderzugeraten.

Auf leisen Sohlen gehe ich an der Wohnungstür der Kottges vorbei und lausche vorsichtig. Ich kann etwas hören, das wie ein Fernseher klingt. Immerhin, der ist also noch intakt. Kein herzzerreißendes Wimmern oder Schluchzen zu hören, verschafft mir etwas Beruhigung und gibt mir Grund zur Hoffnung, dass das alte Ehepaar über den Verlust der Tiffany-Lampe hinweg sein muss. Für einen kurzen Moment überlege ich, ob ich anschellen soll, um zu sagen, wie leid mir tut, was meine Nachlässigkeit angerichtet hat, entschließe mich jedoch, die abendliche Ruhe der Kottges nicht zu stören – sagen wir, aus Fürsorge, keine gerade erst verheilenden Wunden aufreißen zu wollen.

Sosehr ich mich auch bemühe, keine Geräusche zu machen – das verräterische Knarren der Treppenstufen kann ich nicht verhindern. Als ich meine Wohnungstür öffne, schlägt mir eine Wand aus feucht-heißer Luft wie im Tropenhaus des Duisburger Zoos entgegen. Die Heizgebläse der Handwerker leisten zwar offenbar beste Arbeit, richtig trocken ist hier aber noch nichts. Ganz im Gegenteil, meine Bude hat jetzt ein Raumklima wie in einem Dampfgarer. Die Fenster sind so beschlagen, dass es von der Straße aussehen muss, als wäre ich ein Freak mit Milchglasfenstern. Hätte ich keine Tapeten an den Wänden, sondern türkisfarbene Keramikfliesen, könnte ich hier einen türkischen Hamam eröffnen – mit Dr. Akadschai als Badearzt. Ich gehe ungläubig und benommen durch die erdrückende Schwüle und spüre, wie mir binnen kürzester Zeit die Klamotten am Leib kleben. Hinter jeder Ecke vermute ich einen halb nackten Herrn Kottge, der Latschenkieferaufgüsse vergießt und sein Handtuch in der Luft kreisen lässt. Beinahe wäre ich über eines der Elektrokabel gestolpert, die zu den Heizgebläsen führen. Wenn ich hier stürze und verletzt zu Boden gehe, könnte das meinen sicheren Tod bedeuten. Bis Frau Rieke die offene Wohnungstür entdecken und mich hier finden wird, bin ich mit Sicherheit längst dehydriert, gedünstet und durchgegart. Die Heizdrähte in den Gebläsen glühen rot und erbarmungslos. Sollte Franca Spanke in ihren Unterlagen tatsächlich noch so etwas wie einen Versicherungsschutz finden und mich mein vereiteltes Wannenbad nicht der Privatinsolvenz überantworten, werde ich garantiert an meiner nächsten Stromrechnung zerbrechen. Für das, was hier durch die Kabel geblasen wird, lohnt sich der Bau eines eigenen Atomreaktors – für die Grünen wäre ich mit dieser Dampfsauna automatisch Staatsfeind Nummer eins!

Es sind jedoch nicht allein die unerträgliche Hitze und Feuchtigkeit in der Luft, sondern fast noch unangenehmer ist der grässliche Geruch in meiner Nase. Es ist ein Gestank, wie von nassen Hunden – von toten nassen Hunden, die schon seit mindestens einer Woche vor sich hin rotten. Der Geruch kommt allem Anschein nach aus meinem Teppich, dem die Badewasserbehandlung nicht gut getan zu haben scheint. Eventuell, schießt es mir durch den Kopf, ist das auch der Grund dafür, dass man Teppiche für gewöhnlich saugt und nicht wischt.

Mein funktionales Mobiliar zumeist schwedischer Designer mit Vorliebe für Imbus-Schraubverbindungen steht zwar noch, ist in Bodennähe jedoch so sehr aufgequollen, dass man glauben könnte, die Bretter hätten im Fußboden Wurzeln geschlagen. Im nächsten IKEA-Katalog wird das Billyregalsystem erstmals auch unter dem griffigen Namen ‚Mangrov' geführt werden. Während meine Augen über Bücher und andere Gegenstände gleiten, die aussehen, als wären sie erst kürzlich aus der Titanic geborgen worden, bleibt mein Blick an einem schwarzen Leitz-Ordner hängen, auf dessen Rücken ich in meiner Handschrift ‚Versicherungen' lesen kann.

Ich brauche einen Moment, um die Bedeutung dieses Augenblicks zu begreifen. Ich war so sehr auf die Hilfe von dieser Frau Spanke fixiert, dass mir die Möglichkeit vollkommen aus dem Sinn geraten war, selbst nachzuschauen – hier, im Reich Poseidons, das einmal meine Wohnung war.

Ich blättere durch die einzelnen Versicherungsunterlagen und frage mich, ob eine Sortierung nach Art der Versicherung nicht doch eventuell sinnvoller gewesen wäre, als alles immer nur oben drauf zu heften. Neben meiner Kfz- und Hausratversicherung finde ich schließlich auch eine überschaubare Anzahl an Dokumenten zu meiner Haftpflichtversicherung und könnte laut losjubeln, wenn ich damit nicht befürchten müsste, Frau Riekes Aufmerksamkeit zu wecken. Ich habe doch gewusst, dass ich eine solche Versicherung vor Jahren abgeschlossen habe. Die letzten Dokumente zu meiner Police sind allerdings bereits einige Jahre alt und beinhalten den einseitigen Schriftwechsel des Kundencenters, das mich mehrfach auf nicht eingelöste Lastschriften aufmerksam macht und mich in einem abschließenden Brief wissen lässt, dass mein Versicherungsschutz nicht länger gegeben sei und man auch keinen Gebrauch vom Lastschriftverfahren mehr machen werde. Im sauerstoffarmen Klima meiner Tropenbiosphäre fällt mir die Konzentration zunehmend schwer und die Angst, von einer grünen Mamba gebissen zu werden, zehrt zusätzlich an den Nerven, sodass ich nur recht langsam verstehe, was ich lese. Ich überfliege die Zeilen immer und immer wieder und mit keinem Mal wird das, was dort steht, besser.

Schließlich stelle ich den Ordner weg und setze mich auf den noch immer feuchten Fußboden. Die Nässe zieht fast umgehend in den Stoff meiner Hose und fühlt sich an, als hätte ich eingenässt. Ein Gefühl, passend zu meiner Situation.

So niedergeschlagen ich auch bin, die Erkenntnis, vor einem Trümmerhaufen zu stehen, hat beinahe etwas Befreiendes. Ich werde in diesem Haus ebenso wenig das Treppenhaus wischen müssen, wie ich mit Frau Spanke über die Deckungssumme irgendeiner nicht vorhandenen Haftpflichtversicherung debattieren werde.

Übertrieben behutsam schließe ich die Wohnungstür hinter mir und gehe die Treppe hinunter, mache einen Bogen um die moderne Kunstinstallation und höre das Platschen eines Tropfens. Kleine Wellen breiten sich kreisförmig auf der Wasseroberfläche im Putzeimer aus. Mein Blick wandert nach oben an die Decke. Im düsteren Dämmerlicht kann ich kaum etwas erkennen, sodass ich nun doch den Lichtschalter betätige und mich bei dem, was ich sehen muss, beinahe umgehend wieder auf den Hosenboden setze. An der Decke prangt ein riesiger dunkler Fleck, durchzogen von klaffenden Rissen im Putz, die nichts Gutes ahnen lassen. Aus der Mitte sickert Wasser und tropft mit beunruhigender Monotonie in den Eimer. Ich betrachte die Risse, die sich auf der Wand zur Wohnung der Kottges fortsetzen und im rechten Winkel in den Boden laufen. Den Anblick dessen, was das Wasser dort unten im Keller angerichtet hat, erspare ich mir.

Als ich hinaus auf die Straße trete, schließe ich die Augen und wünsche mir, ich könnte erwachen und dass alles nur ein böser Traum war. Doch ich wache nicht auf. Nicht einmal, als mein nerviges Handy klingelt. Wahrscheinlich ist in Düsseldorf der erste Akt vorüber und Kathrin ist noch irgendeine Taktlosigkeit eingefallen, die sie mir um die Ohren hauen kann. Ich würde darauf wetten, dass es diesmal mein Anzug ist, den sie auf dem Kieker hat: „Und zieh nicht wieder diesen grässlichen schwarzen Konfirmationsanzug an. Zu unseren Premiumkunden pflegen wir in Boss-Anzügen zu fahren." Im Display sehe ich jedoch nicht, wie vorhin, irgendeine mir bis dahin unbekannte Mobilfunknummer, sondern eine einfache und klar verständliche Botschaft: ‚Pia ruft an'. Zwar ist das Letzte, wozu ich gerade Lust habe, irgendein pseudowichtiges Gelaber über den Job, aber wenn ich schon mit jemandem sprechen muss, dann lieber mit Pia als mit Kathrin, die ein großes Talent darin hat, mich kleiner fühlen zu lassen, als ich tatsächlich bin.

„Hi", melde ich mich und klinge matter, als ich es will.

„Hi", antwortet Pia in ähnlichem Tonfall, „ich wusste nicht, ob ich um die Zeit noch anrufen kann."

„Kein Problem. Bin noch wach. Bisschen unterwegs."

„Dann ist ja gut."

Pia macht eine Pause, deren rhetorischer Sinn sich mir noch nicht erschließt.

„Was gibt's denn?", frage ich und gehe langsam nach Hause, zumindest in das Zuhause von Ella und Armin.

„Och, nix."

„Wie, nix?"

„Ich dachte mir, ich melde mich einfach mal."

„Das ist ja nett", sage ich und begreife, dass ich es auch tatsächlich so meine.

„Was machst'n grad?", frage ich.

„Hab ein bisschen CSI geguckt."

„Und, spannend?"

„Keine Ahnung, war nur halb dabei. Kann mich auf nichts richtig konzentrieren. Ich denke ständig über alles Mögliche nach. War irgendwie ein Scheißtag."

‚Frag mich mal', denke ich und frage: „Echt?"

„Ja. Du, ich glaub der Döbel schmeißt mich raus."

„Wieso das denn?" Ich habe einen kleinen Platz mit einem winzigen, verwaisten Kinderspielplatz erreicht. Die Schaukel kann ich nur schemenhaft erkennen und setze mich auf eine Parkbank mit Blick auf den Sandkasten.

„Ich glaube, der kann mich nicht leiden. Vielleicht weiß ich auch, warum."

Ich antworte Pia erst mal nicht, falls sie von sich aus mehr erzählen will. Sie ist sich aber offenbar nicht ganz sicher, ob mich die Geschichte überhaupt interessiert und wartet.

„Und?", frage ich nach einigen Augenblicken.

„Das war vor einem halben Jahr oder so, da hab ich ihm Vorschläge zur Budgetplanung gemacht. Hab ich dir doch heute erzählt, wie beschissen bei uns kalkuliert wird."

„Hm."

„Das hat der damals völlig in den falschen Hals bekommen. Hat gemeint, wenn er dazu eine Meinung will, würde er sich eine Etatdirektorin holen und keine kleine Projektleiterin fragen."

„Frech."

„Na ja, und von da an wurde es immer schlimmer. Ich habe immer nur die Kunden bekommen, die so ein bisschen problematisch sind und wo eh nichts bei rauskommt. Whitney hat gehört, wie er zur Dahlke gesagt hat, ich stünde auf dünnem Eis."

„Und du meinst, der will dich wirklich rausschmeißen? Kann der das denn einfach so?"

„Klar. Du weißt doch, wie die Verträge gestrickt werden. Das macht der schon ganz geschickt."

Da hat sie recht. Ich habe es ja bereits am eigenen Leib erfahren.

„Und was hast du dann vor?"

„Keine Ahnung. Ist nicht so einfach. Noch mal den Knochenjob als Angestellte in irgendeiner Agentur – ich weiß nicht, ob ich das bringe." Pia klingt niedergeschlagen und müde. „Klar, ich könnte mich irgendwo bewerben, in Unternehmen oder so, aber eigentlich ist das, was ich mache, ja genau das, was mir liegt und Spaß macht. Und ich würde sogar behaupten, dass ich meinen Job besser mache als viele andere in unserem Laden."

„Ben meint, du wärst die Beste."

Pia lacht und ich sehe förmlich vor meinen Augen, wie sie abwinkt. „Ach, Ben ist lieb. Aber die Beste bin ich bestimmt nicht."

Ich beobachte ein Kaninchen, das über ein Stück Rasen hoppelt und dann im Gebüsch verschwindet. Im Moment würde ich sogar mit diesem Kaninchen tauschen.

„Weißt du was", vertraut mir Pia an, „am liebsten würde ich mich selbstständig machen."

„Selbstständig? Womit denn?"

„Na, mit einer eigenen Agentur."

„Das würdest du dich trauen?"

„Nee, alleine nicht. Hab Ben mal gefragt, ob der mitmachen würde, aber der meinte, ohne die richtigen Kontakte würde das bestimmt zu schwierig. Außerdem haben wir beide nicht so viel gespart. Ein bisschen Startkapital braucht man schon, um zu überleben, wenn das mit den Kunden nicht sofort richtig klappt."

„Meinst du, das ist so schwierig?"

„Ja, total! Der Döbel hat das doch auch nur mit Starthilfe von Opel geschafft. Ohne die wäre bei dem gar nichts gelaufen!"

Ich gebe ein ratloses „tja“ von mir und würde Pia gerne anbieten, ihr Vorhaben als Investor zu unterstützen. Nun bin ich aber dummerweise gerade in doppelter Hinsicht etwas ‚klamm‘ – mein zukünftiges Einkommen der nächsten sechzig Jahre werde ich in ein ambitioniertes Immobiliensanierungsprojekt stecken und nach dem Besuch meiner feucht-heißen Wohnung trage ich tatsächlich nicht ein wirklich trockenes Stück Stoff am Körper. Mein Gesicht glänzt nach der Dampfbehandlung wie ein Babypopo und ist so gut durchblutet wie mein Zahnfleisch.

„Ach Hirni, tut mir leid, dass ich dir hier den ganzen Kram erzähle, aber manchmal ist es gut, mit jemandem zu sprechen.“

„Und das war in dem Fall ich?“

„Hätte ich das nicht machen sollen?“

„Doch doch, klar.“

„Aber du-u? Tust du mir einen Gefallen? Erzählst du davon nichts der Kathrin?“

„Wieso sollte ich? Wir reden nicht so viel – Persönliches.“

„Kann ich mir denken.“

„Ist heute Abend in der Oper, in Düsseldorf.“

Pia kichert. „Kann mir nicht vorstellen, dass die das interessiert. Die findet das bloß schick, so was zu machen.“

„Ja?“

„Wie mit den Typen. Die hat ständig ’nen Neuen und immer welche mit Kohle. Na ja, nicht richtig viel Kohle, also keine, die richtig reich sind, sondern solche, die glauben, sie wären’s.“

„Und was ist mit dir?“, frage ich.

„Nee“, antwortet Pia vollkommen ernsthaft, „ich komm für die nicht in Frage. Nicht genug Kohle.“

Ich sage nichts. Was soll ich dazu auch sagen?

Dann lacht sie. „Hirni. Das war ein Witz. Tu doch wenigstens so, als wäre er gelungen.“

Ich schnaufe. „Ey, ich kenn euch doch kaum. Weiß ich, wie ihr drauf seid?“

„Pass mal auf, wenn die Kathrin und ich eine einzige Gemeinsamkeit haben, dann die, dass wir uns mehr für die Jungs interessieren."

„So 'n bisschen bi ...", überlege ich.

„Bestimmt nicht", lacht sie.

„Hast du denn keinen Freund?"

„Nee, ist schon etwas länger her. Hat nicht so richtig geklappt." Gleichgültig zu klingen, gelingt Pia nur bedingt, aber ich merke, dass sie darüber nicht gerne redet. „Und du?"

„Ja, ich hab einen Freund."

Pia braucht einen kurzen Moment, die Information zu verarbeiten. „Aber nicht der, bei dem du im Moment wohnst, oder? Der hat doch 'ne Freundin, diese Ulla."

„Ella. Nein, nicht der. Mein Freund ist Friseur in der Innenstadt."

„Ach so." Ich spüre förmlich, wie am anderen Ende der Leitung die Zeit stillsteht. Nach einem viel zu langen Moment des Schweigens überwindet sich Pia endlich, um zu fragen:

„Hirni? Sag, dass das nicht stimmt."

Ich lache. „Stimmt nicht."

„Okay. Unentschieden."

„Wieso interessiert dich das überhaupt?"

„Weiß nicht, nur so."

Wir schweigen mal wieder für einen Moment und ich habe erneut Gelegenheit, das Kaninchen zu beobachten, das kurz aus dem Gebüsch hervorgehoppelt kommt, um in einem anderen wieder zu verschwinden.

„Und was machst du gerade?", fragt Pia schließlich.

„Ich?" Ich überlege. „Och, ich sitze auf einer Parkbank und überlege, wann im Hauptbahnhof wohl der nächste Schnellzug kommt."

„Wieso? Willst du weg?"

„Nee. Mich davorstellen."

„Hirni! So was ist nicht witzig!"

„Ich weiß."

„Wie kommst du denn dann darauf? Ist was passiert?"

„Tja. Irgendwie schon."

„Erzähl doch! Oder nee, wart mal, wo sitzt du denn?"

„Steinwurf vom Jekyll n' Hyde entfernt."

„Okay", sie überlegt. „Kennst du das ‚Grooveyard'?"

„Die Kneipe?"

„Genau."

„Guck ich quasi drauf."

„Gib mir zehn Minuten. Kann nicht sein, dass du irgendwo auf 'ner Parkbank sitzt und Trübsal bläst. Außerdem hätte ich noch total Lust auf ein Bier. Und dann erzählste."

Eine knappe Viertelstunde später parkt ein quietschgelber VW Käfer in der letzten freien Parkbucht. Pia steigt aus und drückt mich mit der ihr eigenen Herzlichkeit. Sie trägt im Prinzip die gleichen Sachen, wie heute tagsüber in der Agentur, allerdings zu einer Jeans und Adidas-Laufschuhen. Wenngleich sie das absolute Gegenteil von Kathrin ist, die in Düsseldorf vermutlich mehr Augen auf sich ziehen dürfte als die Künstler, sieht Pia richtig hübsch aus. Wir suchen uns einen ruhigen Tisch im Grooveyard und bestellen zwei Bier.

„Jetzt erzähl mir mal ganz in Ruhe, was genau passiert ist", sagt Pia und sieht mich ernst an. Ich überlege einen Moment, aber Pia gibt mir tatsächlich das Gefühl, keine Fassade aufrecht halten zu müssen. Und dann erzähle ich. Ich erzähle ihr alles, jedes Detail, bis auf dieses Kapitel mit Imke, deren Hochzeit ich planen soll. Und mit jeder Minute, die ich erzähle, fühle ich mich schon etwas besser.

Um zwei Uhr verabschieden wir uns und Pia drückt mir einen Kuss auf die Wange.

„Hirni, das wird schon alles werden."

Ich nicke.

„Ich muss mir mal ein paar Gedanken machen", fährt sie fort, „aber nichts ist so schlimm, dass man aufgeben müsste."

Ihr Angebot, mich zu Ella und Armin zu fahren, lehne ich ab, da ich mich auf die zehn Minuten Fußweg in der klaren, lauen Nachtluft freue.

Als sie wegfährt, blicke ich ihr so lange nach, bis der gelbe Käfer nicht mehr zu sehen ist. Dann trete auch ich langsam den Heimweg an. Das Gefühl, mit Pia meine Sorgen geteilt zu haben, macht diese erträglicher und vielleicht wird ja auch tatsächlich alles viel weniger schlimm, als ich noch vor drei Stunden dachte.

Dennoch bleibt ein Problem, das ich nicht angesprochen habe und das ich definitiv werde allein lösen müssen. Morgen früh um zehn habe ich einen Termin in der Höhle des Löwen – oder besser: der Löwin. Die Höhle ist in diesem Fall nichts weniger als das Wohneigentum von Imke und Jeff Immel. Die Nummer mit den Papiertaschentüchern fällt gleich aus mehreren Gründen weg: Whitney, die ich morgen im Schlepptau habe, wird mir die Nussallergie kein zweites Mal abkaufen und mein Zahnarzt würde danach eine Zahnfleischtransplantation vornehmen wollen. Die größte Hürde aber wird Imke selbst, denn die würde mich garantiert noch erkennen, selbst wenn ich mir den Mund mit einer kompletten Rolle Zewa ausstopfen würde.

Pfefferspray

Whitney schlägt die Hände vors Gesicht, als sie mich am Morgen begrüßt und sieht mich an, als sei mein Schädel gespalten – mit noch steckender Axt.

„Oh Gott, Hirni! Was ist dir denn passiert?"

Es scheint bald zur Gewohnheit zu werden, dass ich meine Kollegen mit grauenvollen Anblicken schocken muss und ich habe das Gefühl, diese Frage nicht zum ersten Mal zu hören. Mal zerlegt es mich dermaßen auf der Tanzfläche, dass sogar eine Zeichentrickfigur bleibende Schäden davon trüge, mal beiße ich auf eine falsche Nuss. Diesmal ersann ich die Geschichte eines rebellischen Zahns, der eine umfangreiche nächtliche Dentalbehandlung notwendig machte. Meine Wange ziert ein blaues Kühlpack in der Größe einer Tafel Schokolade, das von einem schwarzen Schal fixiert wird, der auf meinem Kopf in einem großen Knoten endet, wie ein überdimensionales Lindt-Osterei. Dank meines Kopfputzes, der knapp an der Maßgabe zum Vermummungsverbot vorbeischrammt, sieht man von meinem Gesicht deutlich weniger als bei Cro. Kurzzeitig hatte ich tatsächlich darüber nachgedacht, mein Gesicht hinter einer Pandamaske zu verbergen, mich aber nach reiflicher Überlegung dagegen entschieden, weil ich erstens keine Idee hatte, woher ich in Dortmund nachts ein solches Accessoire herbekommen sollte und zweitens die Gefahr einfach zu groß ist, von Dr. Akadschai entdeckt und dorthin gebracht zu werden, wohin er mich schon nach dem Unfall auf der Tanzfläche sicherlich am liebsten hatte hinbringen wollen – nämlich in eine geschlossene Anstalt mit engmaschiger psychiatrischer Betreuung und großen Dosen Psychopharmaka.

„Nicht so schlimm, Whitney", erkläre ich ihr mit wattiger Stimme, „muss nur abheilen." Ich öffne den Mund ein wenig, sodass man ein Stück des Tampons sehen kann, den ich Ella aus dem Badezimmerschrank zwischen Wattestäbchen und Enthaarungscreme geklaut habe und der hier, sagen wir, ‚zweckentfremdet' wurde.

Was mir erst nach und nach bewusst wurde und sich zunehmend zu einem phonetischen Problem entwickelt, ist die unangenehme Eigenschaft des gemeinen Tampons, unter Einwirkung von Flüssigkeit an Größe zu gewinnen. Inzwischen fühlt sich der delikate Hygieneartikel in meinem Mund an wie eine Handvoll Mausespeck und ich frage mich erstmalig, ob eine Damenbinde nicht sogar die bessere Wahl gewesen wäre.

Whitney verzieht das Gesicht, als wolle sie sich kaum vorstellen, welche Schmerzen hinter mir liegen müssen. „Ja, und was hattest du?"

Äh? Über eine präzise medizinische Erklärung und nachvollziehbare Diagnose hatte ich mir bisher noch keine Gedanken gemacht, sodass ich regelrecht froh bin, dass es ausgerechnet Whitney ist, die mich ins kalte Wasser schubst, und mir kein mit Intelligenz gesegneter Kollege diese Frage stellt.

„Perianalfissur", antworte ich so deutlich ich kann, als sei es eine Selbstverständlichkeit, dass man die Diagnose kennt, wie etwa Blinddarm oder Karies. Weshalb mir gegenüber Whitney als einzige Diagnose ausgerechnet ein Riss im Arsch einfällt, der gerne mal durch den unsachgemäßen Gebrauch von Lollis entstehen kann, aber weit entfernt ist von jedem Krankheitsbild, das in logischem Kontext der Zähne steht, ist mir schleierhaft.

Whitney saugt pfeifend Luft ein, als sei die Schmerzhaftigkeit einer solchen Zahnerkrankung ja bekannt.

„Und? Tut sehr weh?"

Ich schüttele den Kopf. „Hab super Medikamente."

„Und wie kommt so was?"

„Der Doc meint, durch einen Nusssplitter von meinem Müsliriegel gestern."

Sie nickt, als halte auch sie das für denkbar und stütze die Meinung des behandelnden Kollegen.

„Du kennst dich aus, was?", frage ich.

„Bisschen. Meine Schwester ist Arzthelferin."

„Fachrichtung?" Bitte, flehe ich in Gedanken, sag jetzt nicht Zahnarzt!

„Wie, Fachrichtung?“

„Ja, bei was für einem Arzt arbeitet deine Schwester denn?“

„Ach so. Tierarzt.“

Ich beiße auf Ellas Tampon, atme tief durch und lächle den mich überkommenden Anflug von Wahnsinn weg. Dann halte ich einen Autoschlüssel hoch und frage: „Wollen wir?“

Whitney nickt eifrig und hängt sich ihr Handtäschchen um, das garantiert ausnahmslos mit unnützem Schnickschnack gefüllt ist. „Ich bin total aufgeregt“, vertraut sie mir an und als ich nach dem Grund dafür frage, wird mir bewusst, dass Whitney bisher zu keinem einzigen Außentermin der Kollegen mitgenommen wurde. Sie erlebt mit mir also eine absolute Premiere und freut sich darauf wie auf Weihnachten. Offenbar gilt Whitney als Begleitung bei Kundenterminen für die meisten Kollegen nicht als erste Wahl. Zunächst muss ich aber selbst eine Premiere überstehen, denn der Autoschlüssel, der am Empfang für mich bereitlag, gehört zu dem eindeutig modernsten Auto, das ich in meinem bisherigen Leben habe fahren müssen.

Der Einstieg in die riesige schwarze Audi-Limousine klappt noch tadellos, doch verbringe ich geschlagene zehn Minuten mit der Suche nach der Handbremse, ehe mir Whitney erklärt, dass der Wagen eine elektronische Handbremse besitzt, die sich automatisch löst, sobald man losfährt.

„Ich kenn mich halt mit Autos aus, Hirni.“

„Echt?“

Sie nickt. „Ist kein Ding.“

„Und woher?“, will ich wissen. „Jetzt sag nicht, von deiner Schwester. Oder fährt der Tierarzt so ’ne Karre?“

„Nee“, nölt sie, „mein Freund.“

„Dein Freund hat so ein ...?“ Ich schlucke und meine Hand deutet fahrig über das Multifunktionslenkrad und Armaturenbrett, eine Geste, die das gesamte Auto einschließen soll. Allein das lederne Lenkrad muss teurer sein als mein Polo.

„Quatsch. Der arbeitet bei Audi.“ Sie sieht gelangweilt aus dem Fenster.

„Ach so. Auch im Marketing?“

Sie sieht mich entsetzt an und verzieht das Gesicht, als wäre das ja wohl das Allerletzte.

„Werkstatt“, belehrt sie mich und fügt hinzu, „hat aber bei Mazda gelernt“, als sei das eine ganz besondere Auszeichnung.

„Verstehe.“

Die nächste Herausforderung besteht darin, meinen linken Fuß stillzuhalten, denn ich bin noch nie im Leben Automatik gefahren und komme mir vor wie im Autoscooter auf der Kirmes. Davon, einhändig zu fahren und meinen Arm um Whitney zu legen, hält mich allein die Tatsache ab, dass der Beifahrersitz etwa doppelt so weit entfernt ist wie in meinem Polo.

Whitney ist so aufgeregt, dass sie während der gesamten Fahrt plappert wie ein Wasserfall.

„Und wie heißen die Leute noch mal, die da wohnen?“

„Noch heißen die natürlich unterschiedlich, aber bald haben die den gleichen Namen.“ So etwa hätte ich es auch einer Vierjährigen erklärt.

„Und der wäre?“

„Immel.“

„Gott, hoffentlich kann ich mir das merken. Immel Immel Immel Immel ...“

„Bau dir einfach eine Eselsbrücke.“

„Was soll ich ... bauen?“

„Versuch's dir einfach irgendwie zu merken. Denk an Himmel oder ... Na ja, wie auch immer, nenn ihn dann nur bitte nicht aus Versehen ‚Pimmel‘.“

„Aber Hirni! Ich bin doch nicht blöd“, empört sich Whitney.

Ich erwidere nichts – jede ehrliche Antwort wäre gemein – und folge konzentriert den Anweisungen des Navigationssystems, das uns durch ein gepflegtes Wohngebiet dirigiert, in dem die Einkommen deutlich über dem Bundesdurchschnitt liegen müssen. Ziemlich am Ende der Straße finden wir schließlich die Einfahrt entlang einer ordentlich gestutzten Lorbeerhecke und parken vor einem automatischen Tor aus Edelstahl. Mir ist mulmig zumute, aber ich vertraue auf die Qualität meiner Tarnung und setze vorsichtshalber noch eine Sonnenbrille auf. In meinem Mund wird es langsam ziemlich eng und ich fühle mich wie ein Teppichluder beim Blowjob – mit einem Pferd.

„Scheint doch gar keine Sonne“, bemerkt Whitney irritiert, als der spärliche Rest meines Gesichts hinter dunklen Gläsern verschwindet.

„Muss ich machen. Das Betäubungsmittel macht die Netzhaut empfindlich.“

Whitney schluckt auch diesen medizinischen Nonsens und sieht mich mitleidig an.

„Ist nur für heute und mehr 'ne Vorsichtsmaßnahme“, beruhige ich sie.

Sie macht den Eindruck, als hätte sie heute schon mehr Informationen verarbeiten müssen, als in ihrer gesamten Schulzeit.

Wir schieben das Tor auf und betreten das Grundstück, in dessen Mitte ein Teich liegt, den man auch gerne als kleinen See bezeichnen kann. Neben dem eigentlichen Wohnhaus, weit genug entfernt, um nur am Rande wahrgenommen zu werden, aber groß genug, um sich klein und mittellos zu fühlen, gibt es eine Gartenhütte mit Terrasse, in der auch eine kleine Familie Platz fände, ohne dass Amnesty International einschreiten müsste.

Ich krame einen recht detailgetreuen Plan des Grundstücks hervor, in den mittels eines Grafikprogramms alle Aufbauten für die Hochzeit beeindruckend realistisch eingezeichnet wurden. Ich orientiere mich, um zu verstehen, wo die Zelte stehen werden und wie die Bühne über dem Teich ausgerichtet sein wird. Während Whitney mit ihrem Handy Fotos macht – von sich selbst, wie ich feststelle – und sich mit ihrem Freund eine SMS nach der anderen schreibt, versuche ich mit einem lasergenauen Entfernungsmessgerät alle Distanzen zu ermitteln, nach denen gelb angemarkerte Fragezeichen im Plan fragen.

Als ich mich gerade über verschiedene Wasseranschlüsse beuge, um deren Gewindegrößen zu notieren, überschlagen sich binnen kürzester Zeit die Ereignisse. Ich höre erst ein hektisches Wetzen auf dem Kiesboden, der zum Wohnhaus führt, dann einen spitzen Schrei, den ich eindeutig Whitney zuordne, und sehe schließlich einen schwarzbraunen Rottweiler im gestreckten Galopp auf uns zu rasen. Whitney und ich retten uns förmlich in letzter Sekunde hinter einen Bretterverschlag, der bunt sortierte Mülltonnen vor verwöhnten Augen verbergen soll, und starren einem wütenden Monster ins Hundegesicht, das die Zähne fletscht und Geräusche von sich gibt, die eher in einen der Alien-Filme passen würden. Der Bretterverschlag gibt uns zwar einige Sicherheit, aber von Hunden habe ich so wenig Ahnung, dass ich keine Prognose darüber abgeben möchte, ob der kraftstrotzende Köter nicht möglicherweise in der Lage ist, über den lächerlichen Zaun zu springen.

„Hirni", jammert Whitney, „mach was!"

„Was denn?"

„Scheißegal. Mach was."

Ich atme tief ein, um etwas Luft zu sammeln und spucke dem Hund mit aller Kraft und einem unangenehm schmatzenden Geräusch Ellas Tampon zwischen die Augen, wo die weiße Wurst kleben bleibt und den Hund noch wütender macht. Wie von Sinnen schlägt er mit dem Kopf um sich, bis der Tampon im hohen Bogen davonfliegt. Drei Augenpaare verfolgen die Flugbahn des Tampons, der geradewegs in dem großkotzigen Gartenteich landet, wo er zu meiner Überraschung nicht untergeht, sondern pittoresk auf der Wasseroberfläche treibt.

Danach gilt des Hundes ungeteilte Aufmerksamkeit wieder uns.

Ich überlege, ob ich den Rottweiler nicht mit meinem Distanzlaser blenden könnte, komme aber recht schnell zu dem Schluss, dass das eine eher hilflose Maßnahme wäre, gegen die der Tampon ein vergleichsweise schweres Kaliber war.

„Hast du nicht irgendwas Brauchbares in deiner Handtasche? Irgendwas, womit man zuhauen kann?", brülle ich Whitney an und genieße, wenngleich der Moment entspannter sein könnte, das Gefühl der Freiheit in meinem Mund und die Tatsache, ohne den Tampon wieder frei sprechen zu können.

In Whitneys Augen flackert indes die nackte Panik. Hektisch durchwühlt sie ihre Tasche, während der Köter immer mehr in Rage gerät und inzwischen sogar in die Bretter beißt.

„Nichts, Hirni", wimmert sie, „ich finde nichts, womit man hauen kann."

Ich konzentriere mich voll auf den Hund, den ich mit einem albernen Zweig wegzupiksen versuche und schreie Whitney an: „Irgendwas wird doch da sein, was man gebrauchen kann, und wenn's 'ne Flasche Parfum ist. Oder Deo!"

„Nee is' nich'!", kreischt sie mit blanken Nerven zurück und zählt auf, was in den Tiefen der Handtasche verborgen ist.

„Taschentücher!"

„Weiter! Oder hast du schon mal gehört, dass jemand mit Taschentüchern erschlagen wurde?"

„Kajal und Lippenstift?!" Ich verdrehe die Augen. Klar, wir könnten den Köter auf schwul schminken und hoffen, dass er dann sanft wird und sich die Eier leckt.

„Weiter!"

„Fisherman's Friends?"

„Die hat er dringend nötig, aber die helfen uns jetzt nicht!"

„Ich hab hier noch Pfefferspray!"

„Gib her!"

„Der ist aber schon abgelaufen."

„Ich will damit ja auch keine Suppe würzen!"

Ich reiße Whitney die kleine Sprühdose aus der Hand, ziehe hektisch den Plastikdeckel ab und spritze dem Hund den kompletten Inhalt ins Gesicht. Für einen Moment herrscht plötzlich Stille und das dämliche Vieh leckt sich mit der Zunge um das Maul. Dann beginnt er erbärmlich zu winseln und schubbelt mit seiner Visage orientierungslos durch das Gras. Binnen kürzester Zeit sieht der Rottweiler aus, als hätte er in einen Bienenkorb gebissen und rennt im Schweinsgalopp zurück zum Haus.

Vorsichtig verlassen Whitney und ich den Holzverschlag und zupfen unsere Klamotten zurecht.

Ich höre eine Stimme, die ich seit Jahren nicht mehr vernommen und erfolgreich verdrängt habe.

„Rambo! Was ist mit dir denn nur passiert? Ach du Scheiße! Jeff!“ Es ist Imke.

„Whitney“, sage ich leise, „pack mal besser das Pfefferspray wieder weg. Tief nach unten in die Tasche.“

Sie tut, wie geheißen und sieht mich fragend an.

Dann sehe ich Imke, die in den Garten späht, als bestünde die Möglichkeit, ihr Hund sei dort in eine NATO-Übung mit chemischen Kampfstoffen geraten. Sie starrt uns kurz an und ich hebe, etwas linkisch, zum Gruß die Hand. Hoffentlich hält die mich nicht für einen Taliban, was allerdings immer noch besser wäre, als erkannt zu werden. Mein Herz schlägt mir bis zum Hals – und zwar nicht allein, weil ich wenige Augenblicke zuvor beinahe noch von einem Raubtier zerfleischt worden wäre, zu dem der Name ‚Rambo‘ beängstigend gut passt.

„Haben Sie meinem Hund etwas getan?“, ruft Imke mit vorwurfsvollem Unterton zu uns herüber.

Ich schüttele meinen vermummten Kopf. „Nicht, dass wir wüssten. Der hing mit dem Kopf da drüben im Gebüsch und dann rannte er weg. Vielleicht ein Wespennest!“

Imke dreht sich weg und beugt sich zu etwas hinunter, das ich von meiner Position aus nicht erkennen kann. Wahrscheinlich ist es der Hund, der jetzt dringend mal eine Gurkenmaske bräuchte. Sie spricht mit jemandem, den ich noch nicht erkennen kann und deutet mit der Hand zu uns herüber. Dann baut sich Jeff neben ihr auf und späht in unsere Richtung, braucht aber einen Moment, um zu begreifen, wer sich da in seinem Garten zu schaffen macht. Zögerlich kommt er auf uns zu und mustert uns kritisch. Meine Vermummung funktioniert so gut, dass er erst im Bilde ist, als ich ihm „Thorsten Kampmann von LIVE COMMUNICATION“ zurufe. Er tippt sich mit dem Finger gegen die Stirn, als wolle er zeigen, dass er begriffen hat und signalisiert meiner Ex-Freundin Entwarnung: „Schatz, das ist bloß der Weddingplanner.“ Jeff trägt heute eine Jeans, die an ihm nicht wirklich vorteilhaft aussieht und seine Beine kürzer wirken lässt, als ich sie in Erinnerung hatte und präsentiert sich dazu in einem wild bedruckten Camp-David-Hemd, das ihm leider den letzten, ihm verbliebenen Hauch Seriosität nimmt.

Ich zucke bei dem Begriff ‚Weddingplanner' zusammen, lasse mir aber nichts anmerken und lächele tapfer. Jeff schüttelt mir die Hand und sieht mich an, als wäre ich der bescheuertste Vogel der Welt. Dennoch gibt er sich kumpelhaft und locker.

„Thorsten, grüß dich, immer noch Nussallergie?"

„Zahnarzt", antworte ich und belasse es dabei. Dann will ich ihm Whitney vorstellen, die er und sein Schwiegervater gestern nur am Rand als Servicekraft für koffeinhaltige Heißgetränke kennengelernt haben. Whitney wirkt angespannt und kaut auf ihrer Unterlippe, als sie Jeff entgegentritt. Ich habe keine Ahnung, was gerade mit ihr los ist, aber sie scheint krampfhaft über irgendetwas nachzudenken. Plötzlich wird mir bewusst, dass sie bei all der Aufregung mit dem Hund nun doch tatsächlich den Namen vergessen haben muss und will ihr helfen, doch dann sehe ich ihr an, wie die empfohlene Eselsbrücke greift und sie erleichtert durchatmet. Sie schüttelt Jeff Immels Hand und sagt beinahe formvollendet und mit feierlichem Unterton: „Guten Tag, Herr Enis."

Für den Wimpernschlag einer Ewigkeit herrscht vollkommene Stille, die nur vom Plätschern der Teichpumpe gestört wird. Jeff sieht mich unsicher an und lächelt seltsam debil. Ich mache eine ratlose Geste und bin mir nicht ganz sicher, ob ich Whitney als vollkommen schwachsinnig oder brillant einstufen soll. Jeff räuspert sich und stellt den Sachverhalt mit matter Stimme richtig, was ihm definitiv nicht leicht zu fallen scheint: „Immel."

Grenzenloses Unverständnis spiegelt sich in Whitneys Gesicht wider, das schlagartig einem panischen Flackern der Augen weicht. Ich rette die Situation für beide, indem ich ein neues Thema anschneide.

„Wir haben hier im Plan ein großes Stromaggregat stehen. Deshalb nehme ich an, sind hier auf dem Grundstück keine weiteren Anschlüsse vorhanden?"

„Doch, jede Menge, aber alles normale Schukos und ihr braucht doch die roten Dinger."

„Ja ja, genau. Richtig Saft brauchen wir." Ich werfe einen fachmännischen Blick in den Plan. „Dreiundsechzig Ampère. Und davon ja gleich zwei Stück."

Jeff zuckt mit den Achseln. „Sagt mir nichts."

„Muss es ja auch nicht", entgegne ich konziliant, „Hauptsache wir wissen, was wir tun."

Aus dem Augenwinkel mustert Jeff Whitney, die mit dem Fuß den Rasen glatt streicht – eine Art Übersprungshandlung, die mich an Hunde erinnert, die verlegen anfangen zu gähnen, wenn sie sich beobachtet fühlen – und fragt mich, ob denn meine andere Kollegin heute nicht dabei sei. Dem Klang seiner Frage ist eindeutig anzuhören, dass er sich insgeheim auf Kathrin gefreut hat. Fast im gleichen Moment blickt er sich schuldbewusst zu Imke um, die noch immer über den Hund gebeugt steht und beruhigend auf ihn einredet.

„Jetzt stell ich euch erst mal meine Puppe vor!"

Mir wird kotzübel. Bitte nicht!

„Ich meine natürlich meine zukünftige Frau", kokettiert Jeff und wackelt dabei albern mit dem Kopf.

Ich winke ab und gebe mich betont rücksichtsvoll und bescheiden.

„Ach lass mal, die hat mit eurem Hund doch gerade genug um die Ohren. Da kann die uns doch jetzt nicht gebrauchen." Um Jeff zu beschäftigen, komme ich auf den Lageplan zu sprechen und deute mit dem Zeigefinger auf ein kleines Zelt im vorderen Bereich des Gartens. „Ich müsste zwar gleich noch mal die genauen Maße für die Catering-Zelte nehmen, aber hier haben wir in jedem Fall die Überdachung für die Cocktailbar."

„Aha. Ja und?"

„Es ist noch nicht ganz klar, ob wir die Bar nicht näher Richtung Tanzfläche bauen sollten", zumindest ist das die offene Frage, die ich aus den Pfeilen und Fragezeichen auf dem Plan entnehme. Jeff sieht mich ratlos an und ich habe den Eindruck, dass er nicht den blassesten Schimmer von dem hat, was an festlichem Größenwahn da auf ihn zukommt.

„Gute Frage." Dann dreht er sich um und brüllt quer durch den Garten: „Immie, wo willste die Bar?"

„Was?!"

„Die Bar! Wo du die haben willst. Hier oder mehr woanders?"

„Das ist mir doch jetzt scheißegal! Ich kümmere mich hier um den Hund!"

„Die blöde Töle", sagt Jeff halblaut, „beißt in alles rein und wundert sich, wenn's schiefgeht."

„Ach Gott ja, der arme Rambo", heuchle ich Mitgefühl und Whitney stimmt, der Situation völlig unangemessen, in mein Wehklagen ein und macht einen tiefen Seufzer voller Anteilnahme. „Ja, der ist bestimmt von irgendwas gestochen worden."

Ich nicke zustimmend und könnte durchaus damit leben, wenn sie jetzt wieder die Klappe hielte – ein Gefallen, den sie mir nicht tut – ganz im Gegenteil, sie nutzt die Chance, den Verdacht weiter von uns abzulenken auf die ihr eigene, selten dämliche Art. „So ein Wespenstich in die Nase kann genauso schlimm sein wie Pfefferspray."

Ich halte die Luft an und bete, dass Whitney entweder sofort wieder in den Schweigemodus verfällt oder besser noch, ihre Zunge verschluckt – sicher ist sicher. Wenigstens habe ich jetzt Gewissheit darüber, dass sie definitiv nicht brillant ist, sondern schlichtweg nur schwachsinnig. Ich versuche, ihr mimisch anzudeuten, dass sie die Klappe halten soll, werde aber ein Opfer meiner eigenen Vermummungstaktik und kann nur tumb den Kopf schütteln.

Jeff hat glücklicherweise weder zugehört, noch irgendwas von alledem mitbekommen und setzt ein zweites Mal an, seiner zukünftigen Frau, der Puppe namens Imke, die Wünsche zur Positionierung der Bar von den Lippen abzulesen, denn an verständliches Rufen ist kaum zu denken, da sich just in dem Moment ein Fahrzeug die Einfahrt hinaufknirscht dessen Fahrer hupt, als wäre er im Kreisverkehr in Rom.

„Du sollst doch einfach nur sagen, wo du die Bar haben willst!“, brüllt Jeff in Imkes Richtung. „Was kann daran so schwer sein?“

Die Antwort geht komplett im Lärm unter. Ein Gehörloser hätte hier definitiv bessere Chancen, doch Jeff hält seinerseits dagegen.

„WIE?“

„MANN!“, brüllt Imke zurück, als das Hupkonzert beendet ist und man hört, wie eine Fahrertür zugeschlagen wird, „ich weiß das nicht! Ruf Papa an – der hat das doch mit der Frau von der Agentur geplant. Außerdem habe ich dafür jetzt keinen Kopp! Welcher Idiot hat da überhaupt so gehupt?“

„Braucht ihr die Entscheidung jetzt gleich?“, fragt Jeff unüberhörbar genervt.

„Hat Zeit“, winke ich ab, damit Jeff keinen erneuten Anlauf nimmt, Imke in unsere Richtung zu locken. Obwohl mein Kopf derart in den Schal verpackt ist und sich anfühlt, als stecke ich bis zu den Schultern in der hinteren Körperöffnung eines Bisons, will ich das nicht unerhebliche Restrisiko, von Imke enttarnt zu werden, ausschließen, zumal die Dame gerade weder bester Laune ist, noch uns aus dem Generalverdacht entlassen hat, ihren Hund mit Chiliöl vergiftet zu haben.

Im Tor erscheint ein Mann in grauer Kochhose, bequem, aber nicht schön aussehenden Romika-Schuhen und einer weißen Kochjacke, die den Eindruck macht, als hätte er heute schon die Fernseh-Küchenschlacht oder ein Pürierstab-Duell gegen Ralf Zacherl verloren.

„Ist hier Immel?“, fragt der Mann mit putzigem, schwäbischem Akzent und für einen Moment ist mir, als wolle Jogi Löw den ehemaligen Nationaltorhüter reaktivieren.

„Und wer sind Sie?“, fragt Imke, ohne sich um Verbindlichkeit zu bemühen.

„Der Herr Roland von ‚The great Cate‘.“

„Wer?“

Herr Roland will seinen Spruch gerade erneut aufsagen, doch dazu lässt es Imke gar nicht erst kommen.

„Und wieso machen Sie hier so ’n Radau?“

„Hab den Wagen vom Chef. Ich dachte, die Hupe wäre der Blinker."

„Was für ein Pfosten", sagt Jeff leise und schüttelt den Kopf. Bedienfehler im Auto wiegen bei ihm offenbar schwerer als Kunstfehler im OP.

„Das ist doch hier Immel, wo die Hochzeit stattfindet?", fragt Herr Roland und blickt in seine Unterlagen.

„Schon, aber ich hab noch immer nicht kapiert, wer Sie sind." Imke hat, wie ich feststellen muss, in den vergangenen vier Jahren noch mal gehörig an ihren Umgangsformen gefeilt – leider offenbar mit einem Straßenhobel.

„Ich bin von ‚The great Cate'."

„Geil", sage ich zu Whitney, „der Typ ist aus dem Buckingham Palast und will mit Prinz Harry die Hochzeitsparty wuppen."

„Was für 'ne Kate?", fragt Imke inzwischen sichtlich genervt und ‚definitely not amused' – wie es ‚The real Kate's Schwiegeroma' sagen würde.

„Das Cateringunternehmen!", stellt Herr Roland richtig, „Cate wie Catering. Wir sollen hier für zweihundert Personen kochen. Ist doch richtig? Die Agentur hat gemeint, von denen wäre heute einer hier."

„Von den zweihundert Personen?"

„Nee, von der Agentur."

Imke deutet mit der Hand in unsere Richtung.

„Wahrscheinlich meinen Sie den da. Den Taliban mit dem Turban."

Herr Roland sieht erneut in seine Unterlagen und ich weiß genau, dass er eine Notiz mit meinem Namen sucht und jeden Moment meine Tarnung gefährden wird, wenn ich nichts unternehme. Sollte er mich vor Imke ‚Krallmann' nennen, würde ich ihn nicht mal korrigieren können, da meine Chefdiplomatin Whitney garantiert keine Gelegenheit auslassen wird, mich systematisch immer tiefer in die Bredouille zu manövrieren. Entweder ich versenke sie jetzt gleich prophylaktisch im Teich oder ich verhindere das Unvermeidbare und lenke Herrn Roland ab. Ich entscheide mich spontan für das Letztere.

„Kommen Sie rüber, hier sind Sie richtig“, flöte ich ihm entgegen und tatsächlich lässt er von seinen Unterlagen ab, um federnden Schrittes zu uns zu kommen.

Passend zu seinem forschen Gang beginnt Freddy Mercury polyfon aus Jeffs Hosentasche zu singen.

„… and we mean to go on and on and on and on

We are the champions, my friends and we'll keep on fighting till the end …“

„… Immel!“

Jeff hat Freddy kaltblütig abgewürgt und hält sich sein Handy ans Ohr. „Paul, mein Junge! Na, wieder wach? … Hatten wir gestern Spaß?! … Ja, sicher … Nee, was warst du dicht!“ Nach einer Weile unterbricht er sein Telefonat für einen Moment, hält die Hand auf das Mikrofon und fragt: „Hört mal, braucht ihr mich überhaupt noch? Ich kann doch eh nicht helfen.“

Was will man auf so eine Frage antworten? Allein aus Interesse an der eigenen Hochzeitsfeier würden sich die meisten Menschen die Vorbesprechungen nicht entgehen lassen – nicht jedoch die Immels. Imke zieht es vor, ihrem Hund die Nase zu pudern und Jeff schwelgt mit Party-Paule in Erinnerungen an Wein, Weib und Gesang. Prioritäten im Leben sind nun mal wichtig. Ich entlasse ihn großzügig in seine wohlverdiente Freizeit, sodass er sich gemütlich, mit wenig athletischem Gangbild, in eine Ecke des Gartens trollt, wo diverses Loungemobiliar zum Verweilen lädt – eine Ecke, wohlgemerkt, die in diesem unfassbar weitläufigen Garten derart weit weg ist, dass ich ihn schließlich komplett aus den Augen verliere.

Herr Roland stellt sich als weitestgehend umgänglicher Typ heraus, der sich jedoch gerne selbst reden hört und dabei die Welt um sich herum vergisst. So entgeht ihm glatt, dass er nicht mehr, wie Whitney und ich, noch auf dem gepflegten Rasen steht, sondern mitten in einem hübschen Beet bunter Primeln rumtrampelt, die eine nach der anderen unter seinen Füßen das Leben lassen. Von ihm erfahre ich in einem ätzend langen Monolog, der durch das Geschwäbele nicht unbedingt spannender wird, nicht nur bis ins letzte Detail, was an gastronomischen und kulinarischen Raffinessen vorgesehen ist, sondern außerdem, welche Infrastruktur, Stromanschlüsse, Wasserab- und -zuleitungen gebraucht werden. Nach dieser Hochzeitsfeier, so wird mir immer klarer, wird dieser hübsche Garten, dem die Magazine ‚Mein Garten', ‚Living at home' und ‚The Plantsman' durchaus ihre Titelseite widmen könnten, entweder aussehen wie New York am Abend des 11. September 2001 oder wie ein Testgebiet für Mittelstreckenraketen, in dem kurzzeitig auch Leopard-Panzer Wendemanöver üben mussten.

Während seines selbstverliebten, fünfzehnminütigen Vortrags, den ich ab und an mit einem interessierten Kopfnicken kommentiere, schielt mich Herr Roland immer wieder schräg und verstohlen von der Seite an. Mein seltsames Erscheinungsbild behagt ihm offenbar ganz und gar nicht, was mir aber vollkommen egal ist, da ich aus bekannten Gründen auf seine emotionalen Befindlichkeiten hier ebenso wenig Rücksicht nehmen kann, wie er auf das einst liebliche Arrangement der Primeln, die inzwischen aussehen, als wäre Godzilla über sie hinweggetrampelt. Whitney – das sei der Vollständigkeit halber erwähnt – hat sich inzwischen komplett aus der Konversation verabschiedet, was nicht zwangsläufig ein Nachteil sein muss. Sie surft mit ihrem Smartphone auf Facebook und befindet sich eindeutig in einer anderen Welt. Aus dem Augenwinkel wage ich einen Blick auf das kleine bunte Display und muss meine Meinung über sie revidieren und anerkennen, dass die Dame unglaublich beliebt sein muss. Sie hat unfassbare fünfhundertvierundachtzig Freunde – ich kann, wenn es hochkommt, meine Freunde an zwei Händen abzählen und habe auch keinen I-like-Hirni-Button.

„Und Sie bauen auch die Raucherecke?", frage ich und blicke in zwei ratlose Augen.

„Wieso Raucherecke? Wir machen des Essen und die Getränke. Wir bauen garantiert keine Raucherecke!"

Triumphierend tippe ich mit meinem Finger auf den Lageplan. „Smoker! Da steht's. Soviel Englisch kann ich schon noch."

Herr Roland lacht verschnupft, als hielte er mich für einen erbärmlichen Dilettanten.

„Das ist aber keine Raucherecke. Wofür braucht man bei einer Gartenparty eine Raucherecke?"

„Und weshalb steht da Smoker?", frage ich in der festen Überzeugung, dass dieser Punkt an mich geht.

„Ein Smoker ist ein amerikanischer Barbequegrill. Haben Sie sicher schon mal gesehen. So dicke schwarze Dinger. Sehen aus wie kleine Dampfloks."

„Dampfloks."

Er holt tief Luft und bläst kurz die Backen auf, wie ein genervter Lehrer, der den Satz des Pythagoras ein zweites Mal erklären muss, und ich bin mir nicht ganz sicher, ob ich seine brutal langatmigen Ausführungen wirklich lückenlos verfolgt habe.

„Das wird eine komplette Barbeque-Ecke für die Gäste, die es gerne etwas rustikaler hätten." Er deutet mit der Hand auf die gegenüberliegende Seite des Teichs. „Da drüben kommt der feinere Bereich hin. Frontcooking mit frischem Fisch, Scampi und Kalbsfilet, dazu Wein, Champagner und Gezapftes." Er dreht sich galant und haut mir mit seinem ausgestreckten Arm fast meinen Turban vom Kopf. „Hier, wo wir jetzt stehen, gibt's das Barbeque mit dem Smoker. Der macht das Grillfleisch hauchzart und so ein bisschen wie geräuchert." Er hält inne. „Ekelhaft."

„Nun", gebe ich ihm etwas irritiert recht, „geräuchert ist nicht jedermanns Sache. Aber wieso machen Sie es dann?"

„Was?" Herr Roland hört mir gar nicht zu. Jetzt erst sehe ich, dass er wie paralysiert auf das Wasser des Teiches starrt.

„Sehen Sie das?", fragt er mit unüberhörbarem Schaudern in der Stimme.

Ich folge seinem Blick und sehe etwas Weißes, das malerische Kreise auf der Wasseroberfläche des gigantischen Teiches zeichnet und sich bei genauem Hinsehen als ein aufgequollener Tampon entpuppt, der langsam vorbeitreibt und Herrn Roland komplett aus dem Konzept bringt. Ich stoße einen leisen Pfiff aus und sage: „Uh, widerlich!"

Er schüttelt missbilligend den Kopf und ich nutze die Gelegenheit, ein wenig am Image meiner Ex zu feilen.

„Drüben auf der anderen Seite liegen benutzte Kondome – das ist richtig fies!"

„Ernsthaft?"

Ich nicke ergeben.

„Wer sind denn diese Leute?"

„Keine Ahnung. Man munkelt nur."

„Was denn?"

Ich zucke mit den Achseln, sehe mich kurz um und senke verschwörerisch die Stimme.

„Wilde Partys. Hier im Garten."

„Nein, wirklich?!" Herrn Roland springt das blanke Entsetzen aus dem Gesicht.

„Ich gebe nur wieder, was ich gehört habe", beteuere ich und halte abwehrend die Hände in die Höhe.

Aus der Ferne hören wir Jeff lachen und ich stelle mir bildlich vor, wie er in einer DEDON-Lounge-Muschel liegt und in Erinnerungen schwelgt. Die herübergewehten Wortfetzen reichen Herrn Roland, ein umfassenderes Bild der Gastgeber zu gewinnen. Wir hören etwas von ‚Tequila' und ‚komplett abgeschossen', von ‚hackendicht' und ‚notgeil'.

„Ich glaube", sagt Herr Roland zerknirscht, „wir werfen hier Perlen vor die Säue."

Wie aufs Stichwort hören wir Imke, die in herrischem Tonfall auffordert, ‚mit dem Lecken aufzuhören' – eine Anordnung, die auf Herrn Roland ohne das Wissen von einem gedemütigten Hund durchaus befremdlich wirken muss.

„Abartig!", ist sein wenig einfühlsamer Kommentar dazu.

„Du willst, dass ich den Maulkorb hole?!"

Herr Roland hält sich entsetzt die Hand vor den Mund. Ich spüre, dass es Zeit wird, sein Kopfkino abzuschalten und ihn auf andere Gedanken zu bringen.

„Zur Hochzeit sollen aber angeblich auch andere Gäste kommen. Ganz normale. Ihr Catering jedenfalls wird bestimmt ein Knaller."

Ein Strahlen huscht über sein Gesicht und mein Plan geht auf.

„Ja, das wird gut. Und für jeden Geschmack ist etwas dabei." Er hebt den Zeigefinger. „Aber alles auf höchstem Niveau!"

Als Whitney und ich keine zwanzig Minuten später zum Auto zurückkehren, müssen wir an Rambo vorbei, der zwar noch ziemlich verheult aussieht, den Giftgasanschlag aber offenbar überlebt hat und nun wahrscheinlich vollkommen immun ist gegenüber jeder Art von Pfefferspray und Senfgas. Er liegt friedlich hechelnd im Gras neben dem Edelstahltor und zuckt erschrocken zusammen, als er mich erkennt. Mit einem katzenhaften Fauchen gebe ich ihm den Rest, sodass er vollkommen paranoid aufspringt und davonstürmt, als hätte er einen bengalischen Tiger mit Appetit auf verzärtelte Rottweiler gesehen.

Wir sitzen kaum im Auto, da klingelt mein Handy. Da ich Probleme habe, es zwischen mein Ohr und den stramm sitzenden Schal zu stopfen, entledige ich mich meiner unbequemen Tarnung, die ja ohnehin nicht Whitney, sondern Imke galt und melde mich mit einem fröhlichen ‚Krallmann'. Wer dem Tod durch Zerfleischen so knapp von der Schüppe gesprungen ist wie wir, hat allen Grund zur Heiterkeit, zumal die erste Begegnung mit Imke seit über vier Jahren deutlich unproblematischer verlaufen ist, als ich befürchtet hatte. Meine Fröhlichkeit endet, noch bevor ich den Wagen gestartet habe.

„Koletzki. Die Allianz Versicherung!", schallt es mir entgegen und auf einen Schlag sind alle Sorgen wieder da.

„Äh, ja", bringe ich hervor. Zu mehr bin ich nicht imstande, zumal mein Gehirn die Informationen erst verarbeiten muss. Dem einfachen Ausruf der vier Wörter, der unter grammatikalischen Kriterien nicht mal ein wirklicher Satz ist, entnehme ich, dass die Chefin der kleinen Allianz-Filiale wieder im Hause ist, Frau Spanke mit ihrem Latein am Ende und emotional damit überfordert, mir die Hiobsbotschaft einer nicht mehr existenten Haftpflichtversicherung zu überbringen.

Frau Koletzki redet nicht lange um den heißen Brei und konfrontiert mich mit der niederschmetternden Wahrheit, die ich dank meines gestrigen Besuchs in meiner Wohnung ja bereits kenne. Sie gibt zwar zu, den Umstand zu bedauern, erinnert mich aber an eine ganze Reihe von Briefen, die ich allesamt ignoriert haben soll, sodass mein Versicherungsschutz bereits seit über drei Jahren erloschen sei. Eine schlechte Nachricht wird nicht weniger schlecht oder schmerzhaft, nur weil man sie bereits kennt, aber ich bin zumindest so gefasst, dass ich nicht in Wehklagen ausbreche, sondern mich stattdessen für ihren Anruf bedanke und das Telefonat den gegebenen Umständen entsprechend höflich beende.

„Ist dir schlecht?“, fragt Whitney und kaut dabei auf einem Kaugummi, den sie offenbar noch neben dem Pfefferspray in ihrer Handtasche gefunden hat.

„Wieso?“

„Bist schneeweiß im Gesicht.“

„Kann sein. Alles in Ordnung. Vielleicht noch von der Betäubung.“

Whitney kaut weiter und checkt die SMS auf ihrem Handy, dem ich entnehme, dass sie die Begründung schluckt. Ich tippe mit dem Fuß gegen das Gaspedal und lasse den Wagen über die Auffahrt Richtung Straße rollen. Im Augenwinkel sehe ich durch die Lorbeerhecke hindurch Rambos breite Visage und verwechsele prompt, nur um mich abzureagieren, mutwillig den Blinker mit der Hupe. Rambo tickt förmlich aus und das Letzte, was ich sehe, ist sein beherzter Sprung in den Teich. Ob er nur eine Abkühlung für sein erhitztes Gemüt gesucht hat oder nach diesem für ihn miesen Vormittag deprimiert und verzweifelt ins Wasser gegangen und nicht wieder zurückgekehrt ist, bleibt für heute ungeklärt.

Brockhaus

„Thomas“, höre ich eine Stimme rufen, als ich mit Whitney die Agentur betrete. Ich blicke hinauf zur Galerie und sehe Pia. Sie trägt weiße Jeans und eine hellblaue Bluse. Ich war mir nicht ganz sicher, wie unsere erste Begegnung nach dem netten Abend im Grooveyard werden würde, aber ich freue mich mehr sie zu sehen, als ich es mir bis zu diesem Moment habe eingestehen wollen und sehe in zwei ziemlich fröhliche Augen, die zu mir herunterstrahlen.

„So förmlich?“, frage ich.

„Klingt ‚Hirni‘ denn nicht irgendwie verletzend für dich? So auf Dauer.“

Ich schüttele den Kopf. „Ach wo. Das höre ich doch schon so lange. Außerdem passt es ja auch.“

Sie lacht und kommt die Treppe hinunter auf mich zu, während Whitney sich bereits an ihrem angestammten Platz hinter dem Empfangstresen einrichtet. Dann stutzt Pia.

„Hast du geschlafen? Du siehst so verknittert aus.“

Ich schüttele erneut den Kopf und winke ab. „Auch wieder so eine längere Geschichte.“

„Der Hirni hatte heute Nacht Probleme mit der Kauleiste und ist betäubt“, klärt Whitney sie mit einigem Stolz darauf, einmal mehr zu wissen als die anderen, auf.

Das Lächeln aus Pias Gesicht weicht Besorgnis. „Jetzt echt?“

„Hat 'ne Per ...“, Whitney überlegt kurz, „... jedenfalls eine Analfrisur. Der konnte heute Morgen kaum sprechen.“

Pia grinst mich an und legt den Kopf schief. „Was hast du?“

„Die muss irgendwas verwechseln“, sage ich leise durch die Zähne und hoffe inständig, dass Pia Whitneys Qualität als seriöse Informationsquelle durchaus realistisch einschätzen kann.

Pia nimmt mich am Unterarm und zieht mich hinter sich her. Bereitwillig trotte ich mit.

„Kaffee?“, fragt sie.

„Gern."
„Whitney? Kaffee! Für Hirni! In unser Büro! Bitte!"
„Krieg ich auch Milch dazu?"
„Schaum?"
„Wär geil."
„Whitney? Neue Order! Cappuccino! Zweimal."
Wir hören Whitney etwas vor sich hinbrummeln, doch zu leise, um Einzelheiten zu verstehen.
„Komm, erzähl mal", sagt Pia, als wir unser Büro erreichen und uns setzen, „die Kathrin ist eh nicht da."
„Wie kommt's?"
Deutliche Sorgenfalten bilden sich auf Pias sonst makelloser Stirn.
„Die war doch gestern in der Oper", holt sie behutsam aus.
„In Düsseldorf", sage ich und in meinem Kopf laufen gleich mehrere Szenarien ab, was passiert sein könnte. Migräneattacke? Bude unter Wasser? Autounfall? Krankenhaus? Entführung?
Pia sieht ernst auf ihre Finger. Beunruhigend ernst.
„Die hat man heute Morgen gefunden."
Ich habe ein Gefühl, als stünde plötzlich die Zeit still. Das kann nicht sein, schießt es mir durch den Kopf, Kathrin kann doch unmöglich ... Mein Gott!
„Man hat sie", beginnt Pia stockend und ich merke, dass sie um Beherrschung ringt und jeden Moment entweder laut losschluchzen oder -lachen wird, „also, man hat sie heute Morgen stockbesoffen aus dem Orchestergraben gezogen."
Ich starre Pia einen Augenblick lang entgeistert an, ehe mir bewusst wird, wie schamlos sie mich verarscht. Bei genauem Hinsehen kann ich sogar erkennen, wie sich der Ansatz eines Grinsens ihrer Lippen bemächtigt.
„Das ist ja schrecklich", sage ich. „Weiß man denn schon, wie's dem Orchestergraben jetzt geht?"
„Dem? Äh, soweit ich weiß, den Umständen entsprechend gut."
„Na immerhin!"
Wie Pia mir dann erzählt, geht es Kathrin prächtig und sie ist bereits heute Morgen nach Sindelfingen gefahren, um sich dort

mit den Geschwistern Himmelreich zu besprechen. Ich bin zwar ausgesprochen erleichtert, dass Kathrin nicht das Geringste passiert ist, aber irgendwie auch ganz froh, dass sie im Moment nicht hier ist. Noch lieber wäre es mir natürlich gewesen, sie hätte den Termin in Rambos Garten wahrgenommen und mich nach Sindelfingen geschickt.

„So! Und jetzt erzähl mir mal, was Whitney da eben meinte. Was hast du?"

„Pia, ich habe nichts", winke ich ab. „Ich bin kerngesund. Ich musste Whitney vorhin anflunkern und ihr sagen, ich sei heute Nacht am Zahn behandelt worden, sonst hätte sie mir meine Tarnung nicht abgenommen – mit Kühlpack und Schal um den Kopf und so."

„Tarnung?"

„Ja, so wie gestern, als ich Nussallergie gespielt habe."

„Wieso gespielt?"

„Damit mich der Imker nicht wiedererkennt." Ich spüre richtig deutlich, wie mich die ganze Sache aufwühlt und schaffe es partout nicht, meine Erklärungen zu ordnen. „Und heute seine Tochter, die Imke. Immel – ich meine Schmick."

„Wenn du mich auf den Arm nehmen willst, komme ich gerade nicht mit. Du zahlst mir die Geschichte mit Kathrin von gerade heim, oder?"

„Ach Quatsch. Ich will dir doch bloß erklären, warum ich mich getarnt habe. Das musste einfach sein."

„Hm."

„Einen Teil meiner Tarnung hatte ich ja schon früh verloren, als ich diesem Rambo Ellas Tampon ins Gesicht gespuckt habe."

„Hauch mich mal bitte an."

„Wieso?"

„Ich will sichergehen, dass du nur betrunken bist und nicht durchgeknallt."

„Weder das eine noch das andere."

Sie sieht mich abwartend an, so als rechne sie damit, dass noch eine genauere Erklärung folgt.

„Also gut.“ Ich schließe, nachdem Whitney uns den Kaffee gebracht hat, die Tür und beginne von vorne. Ich erzähle ihr von meiner gesamten unglückseligen Verquickung mit unseren Hochzeitskunden und dass die mir nicht ganz unbekannt sind. Pia hört sich alles an, ohne mich zu unterbrechen und muss sich ab und an daran erinnern, den Mund zu schließen.

Als ich fertig bin und sie über alles im Bilde ist, sagt sie zuerst nichts und sieht aus dem Fenster. Dann blickt sie mich an und sagt schlicht: „Geil!“

„Geil?“, frage ich irritiert.

„Ich kenne niemanden“, erklärt sie ernst, „der so sicher von einem Problem ins nächste rauscht.“

„So?“

Sie nickt.

„Dann verstehst du jetzt auch, warum meine Freunde mich schon immer ‚Hirni‘ genannt haben.“

„Vollkommen. Es gibt nichts Passenderes.“

„Was rätst du mir? Einpacken und gehen?“

„Wie jetzt?“

„Die Agentur verlassen. Hinschmeißen.“

„Hast du einen an der Ratsche? Wieso denn in den Sack hauen? Glaubst du eigentlich ernsthaft, das würde hier irgendwen interessieren, ob du mal mit dieser Tusse, dieser ...“

„Imke.“

„Danke. Mit der mal zusammen warst? Das interessiert kein Schwein.“

„Glaubst du echt?“

„Nee, glaub ich nicht nur. Weiß ich.“

Dann muss Pia lachen und wie so oft hat ihr Lachen etwas Befreiendes.

„Mensch Hirni, die Geschichte ist vollkommen abgefahren. Und bisher hat niemand was gemerkt?“

Ich schüttele mit treuherzigem Blick den Kopf.

„Sollte dein Leben jemals verfilmt werden, muss das Format dafür neu erfunden werden.“

„Ist das so?“

„Eine Mischung aus Katastrophenfilm, Slapstick-Sitcom und einer Handvoll Jackass.“

„Na super.“

Sie lächelt. „Kannst ja noch einen Romantik-Blockbuster draus machen.“ Ihre Stimme klingt plötzlich leise und zerbrechlich.

Ich sehe sie ernst an, da ich mir nicht sicher bin, ob ich gerade richtig verstanden habe oder das, was sie gesagt hat, auch richtig deute.

Sie nimmt einen Schluck längst erkalteten Kaffees aus der Tasse, die sie umständlich mit beiden Händen hält. Der Grund dafür wird mir klar, als ich sehe, wie sehr sie zittern.

„Hm“, sage ich halb aus Verlegenheit und ärgere mich, dass meine Stimme belegt klingt. Ich nehme ebenfalls einen Schluck aus meiner Tasse, setze sie aber schnell wieder ab, denn ich erkenne auch an meinen Händen, wie aufgewühlt ich bin.

„In einem Punkt hast du allerdings recht“, löst Pia die etwas unangenehme Situation auf.

„Ja?“

„Wenn Kathrin das wüsste, wäre das garantiert ein gefundenes Fressen.“

„Siehste?“

„Hättest du gleich gesagt, was los ist, wäre das vielleicht noch gegangen, aber jetzt? Ich fürchte, da haben wir ein Problem.“

Wie schön es sich anfühlt, dass sie ‚wir‘ sagt und nicht ‚du‘.

„Die ist nämlich wirklich richtig ätzend, Hirni. Wenn die jemandem schaden kann, dann tut die das auch.“

Ich nicke und glaube Pia zu dem Thema inzwischen jedes Wort.

„Scheiße“, sage ich, lehne mich zurück und sehe aus dem Fenster.

„Du musst wieder aus Kathrins Team raus, Hirni. Deine Perückensketche werden früher oder später in einer Katastrophe enden. Wenn diese Tarnungen auffliegen und Kathrin spitzkriegt, was für einen Hokuspokus du da abziehst, wird’s unappetitlich.“

Ich kaue ratlos auf der Innenseite meiner Wange herum.

„Pass auf, wir machen es folgendermaßen." Pia steht auf und stellt sich an das Fenster, scheinbar, um ihre Idee zu sortieren. „Ich gebe einfach an, dass bei uns Land unter ist und wir dich wieder mehr im Team brauchen. Dann wird sie dich zwar immer noch einspannen, aber es sinkt das Risiko, dass du so schnell wieder zu diesen Leuten musst. Zu deiner Ex."

„Bekommst du denn dann keinen Ärger?"

„Vielleicht", gibt sie zu, „ein bisschen. Aber in erster Linie bekomme ich – dich. Und zwar zurück in mein Team! Außerdem ist das auch glaubwürdig. Hier wird es diese Woche nämlich richtig eng."

„Echt?"

„Ich sag's dir! Ein Affenzirkus ist das in diesem Job manchmal. Jetzt haben die PastaFigaros nämlich überlegt, doch ganz kurzfristig zu eröffnen. In acht Tagen!"

„Geht das denn?"

„Alles geht. Wenn's so Irre gibt wie uns, die das möglich machen. Die Adressen wurden heute Vormittag schon ad hoc gekauft und die Karten sind im Druck. Heute Nacht wird konfektioniert, Studentenkräfte dafür sind schon bestellt und morgen früh geht alles zur Post."

„Sportlich."

„Olympisch würde ich sagen. Du siehst, wenn in dieser Agentur irgendwo der Baum brennt, dann in diesem Team."

Ich nicke.

„Und du bist aus der Schusslinie. Bei deiner ... Inke."

„Imke."

„Auch gut. Und bei Kathrin."

Es klopft an der Tür und Ben lugt herein.

„Geheime Mission? Seit wann machst du die Tür denn zu?"

Er sieht mich und lacht. „Hirni! Du alter Nussknacker! Allergie wieder weg?"

„Allergie weg", bestätige ich.

Ben kommt rein, schließt die Tür hinter sich, klatscht mit mir ab und setzt sich verkehrt herum auf einen freien Stuhl, den er hinter einem Flipchart hervorzieht.

„Hab gerade die Anmeldewebsite freigeschaltet – jetzt müssen nur noch die Einladungen raus, dann haben wir richtig Boden gutgemacht."

„Super! Danke Ben." Pia setzt sich wieder auf ihren Bürodrehstuhl und zaubert eine Packung Oreo-Kekse aus ihrer Schublade hervor. „Greift zu. Gut für die Nerven."

Ich nehme mir einen Keks und beiße genüsslich zu.

„Da könnten aber Nüsse drin sein", warnt mich Ben, ehe er selbst zugreift.

Ich winke ab mit den Worten: „Ich hab eigentlich gar keine Allergie" und sehe Pia an.

Ben blickt fragend in die Runde. „Nicht?"

„Ich erklär dir das nachher in Ruhe", vertröstet ihn Pia auf später, „das war gestern so eine Art Notlüge."

Ben nickt und akzeptiert, dass er hier und jetzt nicht viel mehr erfahren wird.

„Jedenfalls haben wir gerade darüber gesprochen, dass man aus Hirnis Leben prima Filme machen könnte."

„Was denn, so was wie Woody Allens ‚Stadtallergiker'?"

Bens Vorschlag gefällt mir so gut, dass ich lachen muss.

„Ich dachte eher an was Actionreiches mit Bruce Willis, wie ‚Kau langsam'", schlägt Pia grinsend vor.

„Dirty Dancing!"

Pia und ich sehen Ben fragend an. „Wieso ‚Dirty Dancing'?"

Ben steht auf und macht seltsame Tanzbewegungen, die auf verstörende Weise an das erinnern, was ich vor wenigen Tagen auf der Tanzfläche im Jekyll n' Hyde gezeigt habe, ehe mich der intensive Bodenkontakt zum Patienten von Dr. Akadschai gemacht hat.

„Slumdog Millionaire." Ben grinst breit in die Runde und ich weiß schlagartig, dass mich meine Vergangenheit hier und jetzt einholen wird. „Hab ein bisschen was über unseren Hirni herausgefunden."

„Wieso", fragt Pia, „hat er mal in Indien gelebt?"

Ben schüttelt den Kopf.

„Hat im Lotto gewonnen?" Pia hat eindeutig Spaß an dem Rätsel.

„Auch nicht", sagt Ben sachlich. „Geh mal auf YouTube."

Ich schließe die Augen und ergebe mich meinem Schicksal.

Pia hackt in ihre Tastatur und ruft die Plattform auf.

„Und nu?"

„Gemach. Tipp mal ‚Quiz Fail' ein."

Pias Hände fliegen erneut über die Tasten. „So?"

„Exakt."

Eine ganze Reihe von Videoclips taucht untereinander auf.

„Das sind hier alles Videos von Quizshows", stellt Pia etwas enttäuscht fest.

„Von Quizshows", konkretisiert Ben die Information, „in denen sich die Kandidaten mal so richtig verzockt haben."

„Du hast doch nicht?" Pia dreht sich zu mir um und sieht mich fragend an. Ich setze meinen treuesten Blick auf und zucke gleichgültig mit den Achseln.

„Nein! Hirni. Das ist ja der Hammer! Du hast bei so was mitgemacht?"

„Musst ein bisschen runterscrollen, dann kommt ein Clip ‚Absturz bei WWM'."

„Du warst bei ‚Wer wird Millionär?' – Aber weshalb Absturz?" Pia sucht den besagten Clip und klickt darauf. Der Rechner beginnt zu laden.

„Wirst schon sehen. Der Film geht über zwanzig Minuten – ist aber nur ein Zusammenschnitt", erklärt Ben und ich starre wie gebannt auf den Monitor. Unsicher, wie ich auf diese Blamage reagieren werde, atme ich tief durch. Der Job in dieser Agentur konfrontiert mich tatsächlich mit sämtlichen Abgründen meiner Vergangenheit – erst Ulf Pumpe in der Bahn, dann meine Ex und jetzt auch noch das Meisterstück bei Günther Jauch.

„Wie viel hast du denn gewonnen?"

„Beinahe eine halbe Million", antworte ich, um Ben das Ruder nicht komplett zu überlassen.

Pia schnappt nach Luft und sieht mich an, als sei ich vom Planeten Melmac gekommen.

„Was heißt beinahe?", will sie wissen, während der Clip lädt.

„Ich habe bei der 500.000-Euro-Frage gepatzt", erkläre ich und wundere mich selbst, wie distanziert sich die Ereignisse von damals inzwischen anfühlen.

„So weit bist du gekommen?", fragt Pia und dreht sich komplett zu mir um. Ich sage nichts und ziehe ratlos die Schultern hoch. Unsere Blicke bleiben so lange aneinander hängen, bis der Film beginnt und die typische Musik aus der Quizshow zu hören ist. Fast ruckartig wendet sie sich dem Geschehen bei Günther Jauch zu, der die Auswahlfrage vorliest.

„Hirni", resümiert Ben voller Anerkennung, vielleicht sogar mit ein wenig Stolz in der Stimme, aber in jedem Fall ziemlich feierlich, „war Kandidat bei ‚Wer wird Millionär?'. Ist das nicht ein Kracher?"

„Ja, und wie weit bist du dann abgerutscht?", will Pia wissen, während sie den Ton eine Spur lauter dreht.

„Abgerutscht?", überlege ich, „in erster Linie so Drogen, Beschaffungskriminalität und Stricher hinterm Bahnhof."

Pia tippt sich gegen die Stirn und zeigt mir einen Vogel, ohne den Blick vom Monitor zu nehmen. „Komm, jetzt sag!"

Ehe ich ihr von meinem tiefen Fall auf sechzehntausend Euro erzählen kann, klingelt mein Handy. Die Nummer im Display sagt mir nichts und so gehe ich diskret auf den Flur, um den Anruf entgegenzunehmen. Die gute Nachricht ist – es ist nicht Frau Rieke. Die Schlechte – aus dem Hörer meldet sich jemand, der ebenfalls einen Schaden hat. Einen Wasserschaden.

„Kott-ge!" Die Präzision, mit der mein Gesprächspartner beide Silben betont, lässt Ungutes erahnen.

Ich schlucke. „Herr Kottge."

„Herr Krall-mann, guten Tag." Herr Kottge, ein sympathischer, aber weitestgehend humorfreier Mensch, der bis vor zwei Jahren, dem Zeitpunkt seiner Pensionierung, beim Finanzamt gearbeitet und ein ausgesprochen unprätentiöses Leben geführt hat, dessen Gleichmaß ein abruptes Ende in Form meines misslungenen Wannenbads fand, betont nicht nur mit enervierender Hartnäckigkeit jedes einzelne Wort, sondern oftmals darin sogar die einzelnen Silben, als ginge es darum, Grundsätzliches ein für alle Mal zu klären. Zudem hat er die Angewohnheit, seinen Gesprächspartner in jedem zweiten Satz namentlich anzusprechen. Ich habe mich schon oft gefragt, ob man das in den Fünfzigerjahren beim Finanzamt so gelernt hat. Wer unter schwerer Amnesie leidet, weiß nach einem Telefonat mit Herrn Kottge zumindest wieder, wie er heißt. Ich sehe ihn förmlich vor mir – ein Pensionär in Grau und Beige, der in jeder Politsatire Erich Honecker spielen könnte und sogar beim Einkauf im Supermarkt so aufgeräumt wirkt, dass man meinen könnte, er betreibe Mimikry und versuche eins zu werden mit den Regalen rings umher. Ein Steuerprüfer bei der WestLB ist dagegen ein regelrechter Freak.

„Tag“, murmele ich etwas teilnahmsloser als gewünscht. Gerne wäre ich verbindlicher, denn obwohl Herrn Kottge und mich ganze Welten trennen, habe ich diesen farblosen, älteren Herrn mit seiner immer etwas verschüchtert wirkenden Frau eigentlich recht gern. Small Talk mit ihm ist zwar weder spannend noch unvorhersehbar, aber ich habe immer das Gefühl, mit jemandem zu sprechen, der sich über das, was er sagt, vorher Gedanken macht und nur dann redet, wenn er auch wirklich etwas zu sagen hat. Gerade deshalb rutscht mir mein Herz ungebremst in die Hose und ich habe Angst, dass es sich dort häuslich einrichtet.

„Herr Krallmann, ich rufe Sie an, da Sie sich Ihrerseits ja bisher nicht gemeldet haben.“

„Ich habe Frau Rieke doch gesagt, dass ich mich um die Sache kümmere.“

„Nun, gut. Heute Morgen haben die Handwerker damit begonnen, den von Ihnen verursachten Wasserschaden zu beheben. Wir haben uns, das sage ich Ihnen gleich, nicht für den günstigsten Anbieter entschieden, sondern für den, der uns am zuverlässigsten erschien.“

„Okay."

„In gleicher Weise sind wir auch verfahren im Hinblick auf die Sanierung des Kellers und des Mauerwerks, wenngleich nicht zu unserer Wohnung gehörend."

„Aha."

„Ja. Herr Krallmann, Sie sind Mieter im Haus und interessieren sich möglicherweise nicht für das eigentliche Gebäude, aber eventuell wissen Sie dennoch, dass ich mich in meiner Funktion als Vorsitzender der Eigentümergemeinschaft auch mit diesen Dingen befasse."

„Verstehe."

„Was ich nicht weiß, Herr Krallmann, ist, wie Ihr Vermieter im Detail vorgehen wird. So kann ich über die dort für Sie entstehenden Kosten verständlicherweise auch keine Aussage machen."

„Nee, klar."

„Den Kostenplan, den Sie bei Ihrer Versicherung einreichen können, habe ich heute in Ihren Briefkasten geworfen."

„Ja?"

„Ja."

„Und, äh, wie teuer wird das?"

„Herr Krallmann, wie gesagt, die entstehenden Kosten zur Sanierung Ihrer Wohnung kann ich nicht beziffern, aber jene zur Sanierung aller anderen Schäden, meine Wohnung inkludiert, belaufen sich auf achtundvierzigtausendsechshunderteinundfünfzig Euro und einundsiebzig Cent."

„Achtund ... okay."

„Rechnen Sie in Ihrer Wohnung mal mit einem ähnlichen Betrag, Herr Krallmann. Sie sollten den Kostenplan schnellstmöglich Ihrer Haftpflichtversicherung vorlegen. Begeistert wird man dort nicht sein. Aber für so etwas gibt es die ja."

„Ja genau, für so etwas ..." Ich spreche nicht weiter, da mein Mund noch trockener ist als nach über einer Stunde Dauerkauen auf Ellas Tampon. Wäre Rambo jetzt hier, ehrlich, ich würde mich ihm freiwillig zum Fraß vorwerfen.

„Herr Krallmann“, reißt mich Herr Kottge aus meinen morbiden Gedankenspielen, „Ihr Vermieter ist alles andere als glücklich über die Situation.“

„Kann ich verstehen, total ... verstehen“, beteuere ich nuschelnd.

„Herr Krallmann“, fährt er fort und langsam geht mir dieses ständige ‚Herr Krallmann‘ gehörig auf die Nerven, wenngleich mir bewusst ist, dass ich hier nicht in der Position bin, pampig werden zu dürfen, „was Ihren Vermieter erbost, ist nicht der Wasserschaden per se.“

„Nicht?“

„Herr Krallmann, es ist vielmehr die Tatsache, dass Sie Ihrer Informationspflicht bisher nicht nachgekommen sind und sich kein einziges Mal bei ihm gemeldet haben.“

„Oh“, sage ich und mir dämmert, dass ich nicht nur bei der Durchsicht meiner Versicherungspost gehörig was versäumt habe.

„Herr Krall ...“

„Herr Kottge!“, unterbreche ich ihn nun doch, „bitte, lassen Sie doch mal dieses ständige ‚Herr Krallmann‘, ich weiß, wie ich heiße! Sie waren doch früher beim Finanzamt beschäftigt und nicht im Callcenter!“

„Herr ...! Nun gut. Bedenken Sie, dass Sie einer wesentlichen Pflicht nicht nachgekommen sind. So etwas ist ein Grund zur Aufkündigung des Mietverhältnisses. Ich weiß nicht, wie Ihr Vermieter auf die Sachlage reagieren wird, aber Sie haben einer Kündigung Tür und Tor geöffnet. Ich möchte nur, dass Sie das wissen.“

„Danke“, sage ich und wenige Momente später beendet Herr Kottge höflich das Telefonat.

Wie in einer makabren Inszenierung höre ich just in dem Moment jene Musik, die erklingt, wenn man bei ‚Wer wird Millionär?‘ mit seiner Antwort daneben gelegen hat und die Frage, wer denn nun Millionär wird, mit einem entschiedenen ‚ich jedenfalls nicht‘ beantworten kann, um geschlagen von seinem Stuhl klettern zu müssen. Ich sehe mich hilflos in dem leeren Flur um und fahre mir mit der Hand ratlos durch die Haare. Niemand da, den ich aus Frust vermöbeln könnte, auch kein Rambo in Sichtweite, der mit gefletschten Zähnen auf mich zugerannt kommt, um mich zu erlösen, jetzt, da ich ohne Pfefferspray unbewaffnet und wehrlos bin – auch kein Dr. Akadschai zu sehen, der mir einen bunten Cocktail bewusstseinsverändernder Ingredienzen mischen und intravenös verabreichen könnte, erst recht keine Kathrin, die gleich hier in einem letzten Akt der Mitmenschlichkeit über mich herfallen und mich wie Sharon Stone im entscheidenden Moment zum Opfer eines Eispickels machen könnte – man soll ja aufhören, wenn's am schönsten ist. So sehr ich aber auch darauf hoffe, es ist niemand da, an den ich mich mit meinen latent suizidalen Bedürfnissen wenden könnte.

Also stecke ich mein Handy weg und gehe zurück ins Büro. Die Musik ist verklungen, der Clip zu Ende und die YouTube-Vorschläge für ähnliche Alternativvideos lauten ‚Depp fliegt auf die Fresse', ‚Funny Honk' und ‚Extreme Idiots Compilation'.

Pia rückt mit ihrem Stuhl ein Stück von ihrem Schreibtisch ab und sieht mich an.

„Das ist ja entsetzlich", sagt sie und wirkt ein bisschen blass um die Nase.

„Gibt Schlimmeres", antworte ich und weiß, wovon ich rede.

„Klar, hast ja immerhin sechzehntausend Euro gewonnen, das ist viel Geld, aber ... du warst so nah an der Million!"

„Ich weiß."

„Pia", platzt es aus Ben heraus, „weißt du eigentlich, was da gerade abgegangen ist?"

Pia sieht ihn nur an und scheint, im Gegensatz zu mir, nicht ganz zu begreifen, auf was Ben hinaus will. Der beugt sich voller Begeisterung nach vorn, um seiner Erklärung mehr Nachdruck zu verleihen: „Der Hirni hat in der gesamten Sendung nicht einen Joker gebraucht! Ist dir das klar?"

„Hab ihn nicht genommen", korrigiere ich ihn, „gebraucht hätte ich ihn schon, wie sich gezeigt hat."

„Ja, klar", winkt er die kleinliche Bemerkung ab, „aber bis dahin lief's doch wie Butter. Für den Jauch war die Sache doch auch schon durch. Dass da noch was schiefgeht, hat garantiert im ganzen Studio kein einziger gedacht."

„Wie bist du eigentlich darauf gekommen?" Pia blickt Ben interessiert an.

„Ich überlege seit Tagen, wo ich Hirni schon mal gesehen habe. Und heute Vormittag habe ich mit einem Kumpel bei dem Entertainunternehmen Endemol telefoniert – für die Pressekontakte in Berlin – und plötzlich wusste ich, woher ich Hirni kenne."

Pia nickt anerkennend.

„Sag mal", fragt sie und wendet sich mir zu, „dieser Anruf gerade, was war denn das?"

„Frag nicht." Ich betone es so, dass man schlichtweg weiterfragen muss.

„Ging es da um deine Wohnung?"

Ich nicke.

„Ist dir jetzt nicht so recht, drüber zu reden, Hirni?"

„Ist egal. Ben kann das ruhig wissen."

„Was wissen?", fragt der Besagte nach. „Was ist überhaupt los? Wie guckst du eigentlich aus der Wäsche?"

Ich will gerade antworten, da ergreift Pia das Wort und erzählt ihm mit wenigen Sätzen, aber beeindruckend präzise auf den Punkt gebracht, was passiert ist. Sie scheint mir gestern beim Bier im Grooveyard tatsächlich richtig gut zugehört zu haben. Als sie fertig ist, ergänze ich ihre Ausführungen durch das, was mir Herr Kottge zuvor erzählt hat und sehe zwei Unterkiefer, die fast zeitgleich nach unten klappen. Ben sagt nichts und ich bemerke, dass er angestrengt nachdenkt und nach einem Ausweg sucht. Pia steht auf, kommt auf mich zu und nimmt mich in den Arm. Als sie mich nach einer Weile, die sich anfühlt wie ein wunderschöner Augenblick, wieder loslässt, kann ich erkennen, dass ihre Augen gerötet sind.

„Das wird schon", sagt sie.

Ich nicke und flüstere: „Wenn ich nur wüsste, wie."

„Wir ziehen die Sache in Berlin durch. Und dann denken wir noch mal über das nach, was ich dir gestern schon erzählt habe."

Sie sieht die Fragezeichen in meinen Augen.

„Ich hab dir doch erzählt, dass ich hier kurz vorm Abschuss stehe. Und was ich am liebsten machen würde."

„Flucht nach vorn?"

„Genau. Nicht immer nur für kleine Kohle die Maloche machen und sehen müssen, wie sich der Döbel die Taschen voll macht."

Ben legt seine Stirn in Falten und scheint intensiv zu überlegen, wie es weitergehen könnte. Als er seine Hände in Gedanken vor seiner Brust faltet, wirkt er fast, als bete er.

„Wenn ihr die Biege macht", sagt er schließlich, „bleibe ich in der Irrenanstalt hier garantiert nicht allein zurück!"

Auch wenn es meine akute wirtschaftliche Situation gerade nicht verbessert, bin ich froh, in Pia und Ben zwei Menschen zu haben, die mehr sind als nur Kollegen – die mich nicht fallen sehen wollen, sondern bereit wären, mich mitzunehmen auf ihre Flucht nach vorn, auch wenn ich vermutlich zunächst eher ein Klotz am Bein, statt eine große Hilfe sein würde.

Es klopft an der Tür. Whitney tritt ein und sieht genauso ratlos aus wie wir.

„Stör ich?", fragt sie.

Pia schüttelt den Kopf und sieht sie fragend an.

„Ihr guckt so komisch", stellt Whitney fest und zieht ein Schüppchen, das sie nicht unbedingt cleverer erscheinen lässt.

„Wir gucken nicht komisch", korrigiert sie Ben, „wir sehen halt so aus."

„Ich hab 'ne Frage. Darf ich euch die stellen?"

„Whitney! Du bist doch schon dabei! Was hast du denn?"

„Ich weiß nicht, was ich machen soll."

Ben, Pia und ich sehen Whitney an, als hätte sie uns gerade offenbart, ihr großes Latinum nachholen zu wollen.

„Heißt das jetzt, du hast Langeweile?", fragt Pia und ich überlege, ob wir nicht irgendwo noch ein paar Wachsmalstifte und eine Mandalaschablone für Whitney haben.

„Quatsch! Ich habe keine Langeweile! Ich weiß nur nicht, was ich ... also, wie ich mich verhalten soll."

„Whitney, was ist los?“, fragt Ben im Tonfall eines Menschen, den scheinbar nichts mehr schockieren kann und der auf alles gefasst ist.

„Der Döbel“, erklärt sie, „hat mir so eine schwierige Aufgabe gestellt.“

Whitney blickt uns nacheinander an und ich spiele in Gedanken durch, welche Aufgabe für Whitney so schwierig sein könnte: Die Auffahrt zur Agentur neu pflastern? Jahresabschluss und Steuererklärung machen? Die Agenturbilanzen auf Ungereimtheiten prüfen? Es ist nichts von alledem. Selbst die Aufgabe, die Agentur in vierundzwanzig Stunden erfolgreich an die Börse zu bringen, wäre ein Klacks, gemessen an dem, was Whitney tatsächlich vor ihrer schmalen Brust hat.

„Ich soll dem Döbel das Internet ausdrucken.“

Pia ist die Erste, die nach einem langen Moment konsternierten Schweigens die Worte wiederfindet.

„Das ganze?“

„Habe ich ihn auch gefragt.“

„Ja und?“

Whitney nickt. „Das ganze.“

„Alle Achtung“, sagt Ben und nickt anerkennend, „das kann dauern. Respekt.“

Die Antwort entspricht eindeutig nicht dem, was Whitney hören wollte. „Wie jetzt?“

„Man kann das Internet nicht ausdrucken“, versucht ihr Pia, um Fassung bemüht, zu erklären. „Der muss doch gesagt haben, was er ausgedruckt haben will.“

Whitney schüttelt energisch den Kopf. „Hat nur gesagt, er käme mit den Computern nicht klar. Will in Zukunft alles nachschlagen können, wie früher.“

„Okay“, versuche ich den Irrsinn zu ordnen, „du hast zwei Möglichkeiten. Entweder du kaufst so schnell wie möglich die weltweiten Papiervorräte auf und fängst einfach mal bei den Internetseiten von Aachen und ABBA an oder du ersparst dir mehrere Tausend Jahre Arbeit und kaufst ihm einen Brockhaus.“

Whitney sagt nichts und Pia kann sich ein verstohlenes Grinsen nicht verkneifen.

„Das ist ein Nachschlagewerk in Papierform“, füge ich leise hinzu.

„Meint ihr, das soll ich ihm vorschlagen?“, fragt Whitney und starrt mich vollkommen ungläubig an.

„Jetzt mal ernsthaft“, erklärt ihr Ben, „entweder der sagt dir genau, was er ausgedruckt haben will, oder die Agentur bestellt wirklich so ein Ding. Computer und Internet sind nun mal tatsächlich nicht jedermanns Sache.“

Whitney nickt und macht sich eine Notiz. Dann schlüpft sie durch die Tür und wir hören, wie sich ihre Schritte entfernen.

Es dauert eine Weile, bis der Erste von uns etwas sagt – allerdings nicht zu Whitneys kleinem Problem mit der großen weiten Welt des Internets. Es gibt Dinge, die kann man nicht kommentieren, und so verlieren wir eben auch kein weiteres Wort über die wahrhaft herkulischen Aufgaben, die vor Whitney liegen, sofern sie es nicht schafft, Dietmar Döbel vom Kauf einer Brockhaus Enzyklopädie zu überzeugen, sondern sprechen über unsere eigenen Aufgaben im Hinblick auf die Eröffnung des PastaFigaro-Restaurants in Berlin. Auch mein sich androhendes finanzielles Desaster spricht keiner mehr von uns an. Aber ich weiß, dass Pia und Ben sich ernsthaft Gedanken dazu machen und erlebe, wie sich ein abgedroschenes Sprichwort, demzufolge geteiltes Leid halbes Leid ist, auf eindrucksvolle Weise bewahrheitet.

Wie dringend notwendig es ist, dieser Agentur eines Tages den Rücken zu kehren und eigene Wege zu gehen, wird Pia, Ben und mir deutlich, als wir kurz vor dem Feierabend Besuch von einem völlig aufgebrachten Dietmar Döbel bekommen.

„Haben Sie Frau Schulz diesen Blödsinn in den Kopf gesetzt?“, stellt er uns mit hochrotem Kopf zur Rede. Perplex sehen wir uns an und setzen, nicht mal gespielt, unsere ahnungslosesten Mienen auf.

„Wem?“, frage ich Pia.

„Whitney. Die heißt doch Schulz.“

„Um was geht es denn?“, will ich wissen.

„Ich hatte ja eigentlich Sie in Verdacht", fährt er Pia an, wendet sich dann aber mir zu. „Hätte ich mir doch fast denken können, dass der Unfug von Ihnen kommt!"

„Unfug", frage ich, „welcher Unfug?"

„War wohl ein Hinweis, dass ich mich aus dieser Agentur zurückziehen soll, ja? Reif für die Rente oder so was, wie? In ein Ferienhäuschen abschieben, hä?"

Er knallt mir einen Stapel Computerausdrucke auf den Tisch. Ich befürchte das Schlimmste und rechne fest mit Ausdrucken der Internetseiten www.aachen.de und www.abba.com. Was da jedoch tatsächlich vor mir liegt, ist auch für mich nur schwer zu begreifen. Es sind, mit Liebe ausgewählt und alphabetisch sortiert, ausgedruckte Onlinekataloge diverser Anbieter von Blockhäusern.

Die Kuh auf dem Eis

„Kerl, Kerl, Kerl, Hirni“, sagt Armin und setzt sich zu mir. Er legt einen Brief, der mir bereits vertraut ist, auf den Küchentisch. Sein ‚Kerl, Kerl, Kerl‘ kenne ich nur zu gut, um zu wissen, dass es nichts Gutes bedeutet. Er knetet sich mit den Händen das Gesicht und Ella bringt mir eine Tasse mit dampfendem Tee.

Ich blicke etwas ängstlich zu ihr auf.

„Keine Sorge, Hirni, ist nicht die Mischung vom letzten Mal. Ist nur Roibusch Vanille.“

Ich nippe am Tee, verbrenne mir die Lippe und stelle die Tasse wieder vorsichtig auf den Tisch.

„Also“, beginnt Armin und faltet die Hände auf dem Tisch. „Gegen die Kündigung gehen wir an. Die können dich nicht einfach aus der Wohnung schmeißen.“

„Echt nicht?“ Ein Fünkchen Hoffnung keimt in mir auf.

„Langsam. Wir können es versuchen“, mahnt Armin, „aber versprechen kann ich dir nichts.“

Ich nicke. „Klar.“

„Trotzdem ist das natürlich ein Spießrutenlauf, wenn du da wieder einziehen willst.“

„Was soll ich denn anderes machen?“

„Na ja, wohnen kannst du vorerst selbstverständlich bei uns. Soviel ist klar.“

„Ja, Hirni“, mischt sich Ella ein, „mach dir deswegen keine Gedanken. Du wohnst hier, so lange du magst.“

„Das ist lieb, Ella“, sage ich matt, „viel zu lieb. Ich weiß das echt zu schätzen. Aber ich will natürlich wieder auf die Beine kommen.“

„Das ist die andere Sache“, fährt Armin mit juristischer Sachlichkeit fort, „gegen die Forderungen können wir nichts machen. Das ist deren Recht. Normalerweise gestaltet sich so etwas weniger problematisch, weil man eine Haftpflichtversicherung hat. In deinem Fall ist das ja nun etwas anders.“

„Wie konnte das nur passieren“, sinniert Ella und setzt sich mit ihrem Tee auf die Couch. „Hast du die Post von der Versicherung denn nie richtig gelesen?“

„Glaube nicht.“

„Hat sie immer nur abgeheftet“, erklärt Armin. „In seinem Ordner fehlt kein einziges Schreiben. Dafür fehlen in den Kontoauszügen eben die dazugehörigen Buchungen“.

Zentraler Bestandteil, Dreh- und Angelpunkt eines solchen Gesprächs zu sein, fühlt sich denkbar unkomfortabel an.

„Ach Ella“, antworte ich daher. „Ich habe doch keine Ahnung. Wenn ich's nur wüsste. Wahrscheinlich, weil ich ein Idiot bin.“

„Ach Mensch, Hirni, komm schon“, versucht sie mir gut zuzureden. „Sag doch so was nicht. Sich zu zerfleischen bringt jetzt gar nichts.“

„Tatsache ist, dass dieser Herr Kottge und die Vermietungsgesellschaft von Hirni die komplette Kostenübernahme der Sanierung einfordern.“ Armin blättert durch die beigefügten Rechnungskopien und kaut auf seiner Unterlippe. „Das sind insgesamt zweiundsiebzigtausend Euro.“

„Das ist ja fast wie ein Kredit für ein kleines Haus oder zumindest eine kleine Wohnung.“

„Tja, du weißt ja selbst, wie lange wir jetzt schon den Kredit für die Wohnung hier zurückzahlen.“

„Aber er arbeitet doch jetzt in dieser Agentur. Vielleicht kann er mit einem monatlichen Betrag abzahlen.“

Ich sehe Ella an, als hätte sie mir vorgeschlagen, als Sponsor bei Bayern München einzusteigen oder als Investor bei Nestlé.

„Guck dir doch mal an, was die dem zahlen, Ella. Der Hirni ist doch fast ein Sozialfall!“

„Wieso, was bekommst du denn da?“

„Tausend“, sage ich ungerührt.

„Das ist mehr, als du bekommst, Armin.“

„Geht's noch, Ella?“, fragt Armin empört und schüttelt den Kopf. „Tausend im Monat, nicht in der Woche!“

„Echt?“ Um ein Haar wäre Ella ein Stück kandierter Ingwer aus dem Mund gefallen. „Wie geht das denn?“

„Genau das ist doch der springende Punkt!“

Eine Weile spricht keiner. Armin liest und kräuselt die Stirn, Ella kaut Ingwer und blättert in einem Prospekt für orientalische Küchenaccessoires und ich glotze auf meine Hände, als wären die mir gerade erst gewachsen.

„Hirni, die Kuh muss vom Eis“, bringt es Armin auf den Punkt. „Ich weiß nur noch nicht, wie.“

„Im Moment kann ich nur warten, bis sie einbricht. Dann ist sie immerhin weg.“

Armin blickt mich vollkommen verständnislos an, muss dann aber immerhin grinsen.

„Lasst die Kühe aus dem Spiel“, ermahnt uns Ella.

„Wieso“, frage ich, „bist du bei Greenpeace?“

„Die Kuh“, antwortet Ella mit einer Ernsthaftigkeit, dass ich erst an einen Witz glaube, „ist für mich ein heiliges Tier.“

„Kühe?“, frage ich und grinse in einer Weise, die für Ella vollkommen fehl am Platze sein muss. Sie sieht mich streng an und ihr Blick verklärt sich. Ich glaube sogar, in ihren Augen einen träumerischen Glanz zu erkennen.

„Kühe sind in ganz Indien heilige Tiere.“

‚Scheiße‘, denke ich, ‚die meint das ernst‘ und sage: „Okay! Verstehe. Nee, dann muss die auf jeden Fall irgendwie anders da runter.“

Ella nickt und widmet sich wieder ihrem Küchen-Glittertand.

„Gib mir noch zwei, drei Tage“, sagt Armin, als er das Schreiben auf dem Tisch endlich ein Stück von sich schiebt. „Ich würde mich ganz gerne erst noch mit einem Kollegen besprechen, aber ich fürchte, um die Übernahme dieser Kosten kommst du nicht herum. Dass du der Verursacher bist, ist unstrittig. Und auch bei fahrlässiger Sachbeschädigung ist man haftbar.“

„Ich will das ja eigentlich auch bezahlen. Diese Vermieterfuzzis sind mir ja noch ziemlich egal, aber das Letzte, was ich will, ist, dass Herr Kottge auf den Kosten sitzen bleibt.“

„Hirni“, bleibt Armin sachlich, „das ehrt dich ja auch, aber als dein Anwalt muss ich alle Optionen in Erwägung ziehen. Zur Not auch die Privatinsolvenz.“

Einen Moment sagt keiner von uns was. Dann nicke ich.

„Okay, Armin. Können wir mit der Entscheidung noch ein bisschen warten?“

„Ich kann die noch etwas hinhalten. Aber nicht allzu lange.“

„Danke. Prüf das bitte alles noch mal. Und vielleicht fällt mir ja auch noch was ein.“

„Da bin ich gespannt!“

Diesmal kaue ich einen Moment auf meiner Unterlippe.

„Ich auch.“ Dann stehe ich auf und gehe frustriert ins Bett.

Vitello tonnato

„Das kann hier aber nicht so stehen bleiben, Freunde!“

„Bitte?“

„Das muss hier weg. Wir bauen hier jetzt einen Kamin hin.“

Ich sehe den Handwerker, der ein Bruder von Bob, dem Baumeister sein könnte, ungläubig an und schüttele den Kopf.

„Hör mal, Meister“, erkläre ich, „hier findet in drei Stunden eine Restauranteröffnung mit achthundert Gästen statt. Unsere Techniker haben die Bühne hier für eine Band gebaut, die da gleich auftreten soll. Eure Baustelle sieht aus wie Sau und jetzt kommst du und willst hier mal eben noch einen Kamin hinbauen?“

„Exakt.“

Ich sehe nach oben. „Mal eben? Und wo ist der Schacht?“

Der untersetzte Handwerker setzt ein trotziges Gesicht auf und deutet mit einer schwieligen Hand, die wie gemacht ist für Hau-den-Lukas-Jahrmarktspiele, auf eine rote, in Folie eingeschweißte Metallkiste in der Größe einer Gefriertruhe.

„Bioethanol.“

„Bioethanol?“

„Wird nur im Boden festgedübelt.“

Ich brauche einen Moment, um die Niederlage in meiner lückenhaften Argumentation wegzustecken, straffe mich aber schließlich und biete dem Besserwisser erneut die Stirn.

„Weißte was? Wir brauchen den Platz aber jetzt für die Bühne. Im Gegensatz zu deinem blöden Biokamin steht die nämlich schon.“

Als ich mich wegdrehe, ein eigentlich unmissverständliches Zeichen dafür, dass die Diskussion beendet sein sollte, wird der Handwerker kribbelig.

„Ey“, plärrt er fast kleinlaut, „der muss hier aber jetzt hin! Baut eure Scheißbühne doch woanders hin.“

Ich lächele süffisant und wende mich dem nervigen Kerlchen erneut zu.

„Also, zum Mitschreiben. Woanders ist kein Platz für so eine Bühne. Und wenn euer Fake-Kamin so schnell im Boden verdübelt ist, könnt ihr das doch auch heute Nacht um eins machen, dann ist die Bühne nämlich wieder weg."

„Ach Scheiße", jammert der Typ, „um eins. Da will ich schlafen. Mann!"

„Da würde ich auch gerne schlafen", blaffe ich ihn nun deutlich genervt an, „geht aber nicht! Das ist an solchen Tagen nun mal so! Den idiotischen Kamin wird hier heute keiner vermissen – wir haben nämlich Sommer! Kümmer dich besser um die ganzen Lampen, die da oben noch fehlen."

Ich deute auf ein gutes Dutzend runder Löcher in der Decke, aus denen blanke Kabel heraushängen. „Und die Wand da drüben. Soll die so bleiben?"

Die Wand, die ich meine, führt durch das komplette Restaurant und besteht noch aus hellgrünen Rigipsplatten, die laut vernehmlich nach einem Erstanstrich schreien. „In zweieinhalb Stunden stehen hier die ersten geladenen Gäste vor der Tür und dieses Fiasko hier hat dringendere Baustellen als deinen Kamin!"

Ich gehe weg und Rudi Böhnke, unser Berliner Veranstaltungstechniker von Light-Concept, der auf einer Leiter steht und einen Scheinwerfer einrichtet, zeigt mir den gereckten Daumen. Pia steht neben ihm und grinst. Ihre Miene spiegelt Anerkennung wider.

Ich sehe mich im neuen Berliner PastaFigaro-Restaurant um und lasse die Eindrücke auf mich wirken. Dass solche Etablissements oft erst auf den letzten Drücker fertig werden und hinten noch gestrichen wird, wenn vorne bereits die ersten Gäste eintreffen, habe ich ja schon mehrfach gehört – dass aus diesem Bauinferno heute noch was Ansprechendes werden soll, kann ich mir jedoch selbst mit meiner sonst recht blühenden Fantasie nicht vorstellen. Was mich hier beruhigt, wenngleich ich glücklicherweise weder der Bauherr noch der Betreiber, geschweige denn Mitarbeiter des Bauunternehmens bin, ist die Tatsache, dass Pia und Ben und alle, die eine solche Eröffnungsfeier bereits einmal mitgemacht haben, vollkommen entspannt wirken. Aus den offenen Küchen zischt es und mir steigt der leckere Duft gebratenen Knoblauchs in die Nase, während über der gesamten Szenerie ein dünner, grauer Staubfilm liegt, den zu beseitigen eine komplette Kolonne emsig bemühter Reinigungskräfte bereits seit Stunden versucht. Es ist ein aussichtsloser Kampf gegen immer neuen Baustaub, denn irgendein Trockenbauer greift just dann zur Stichsäge und massakriert unbehandelte Bauplatten, wenn ein namenloser Meister Proper gerade einen halben Quadratmeter PastaFigaro-Boden gereinigt hat.

Von draußen ist ohrenbetäubender Lärm zu hören und ich habe das Gefühl, eine Vibration im Boden zu spüren. Mein Blick wandert zu Ben.

„Erdbeben?", frage ich und kann mir kaum vorstellen, dass diese als seismisch eher unauffällig geltende Geozone ausgerechnet heute von einer Naturkatastrophe heimgesucht wird.

„Rüttelplatte. Draußen vor dem Eingang. Die pflastern gerade den Weg von der Straße zum Restaurant."

„Ernsthaft?"

„Ernsthaft."

„Haben wir da nicht vorhin eine Prosecco-Bar aus Eisblöcken gebaut? Mit Gläsern und Flaschen drauf?"

„Sammelt Whitney gerade wieder ein." Er zuckt gleichgültig mit den Achseln, als könne ihn hier nichts mehr schockieren.

„Hirni, das ist bei diesem Kunden immer so. Dessen Zeitplan ist immer chaotisch. Jeder Tag, den der Laden hier länger geschlossen ist, kostet bares Geld. Und wir machen's mal wieder möglich."

Ich nicke. Ben verdreht die Augen, denn er sieht etwas, das ich noch nicht sehe.

„Oh scheiße, Hirni, ich guck mal bei Whitney. Die da", er deutet mit der Hand zum Terrasseneingang, „bespaßt du, ja?"

Er geht und ich wende meinen Kopf zur Tür. Dort stehen Sabrina Monk, die Marketing-Tante von PastaFigaro und ihr ätzender Kollege, dieser Wichtigtuer mit dem unappetitlichen Namen. Er sieht mich und kommt mit selbstherrlichem Ausdruck im Gesicht auf mich zu.

„Herr Lecknepper“, flöte ich gut gelaunt.

„Hallo Herr Krallmann“, antwortet er und schüttelt mir die Hand. „Wie schön ist das denn?“

„Äh, was denn?“

Er kullert mit den Augen und gibt mir offenbar eine zweite Chance, selbst drauf zu kommen. Das gelingt mir zwar nicht, aber ich sage trotzdem: „Ja, schön, nicht?“

„Aber so was von!“

Er sieht sich im Restaurant um und ist tief beeindruckt. Wovon genau, ist mir schleierhaft, aber da er gerade gute Laune hat, will ich nicht erneut nachfragen und lasse meinen Blick ähnlich beeindruckt durch das Restaurant wandern. Ich sehe noch immer das gleiche unaufgeräumte Baustellenchaos, dazwischen aufgeschreckte Grüppchen identisch gekleideter Köche, die vor maximal zwei Wochen erstmals überhaupt mit dem Thema ‚Kochen‘ konfrontiert wurden.

„Haben wir schon ein Mikro?“

„Mikros haben wir, ja. Aber was wollen Sie denn damit machen?“

„Die PastaFigi zusammenrufen.“ Er sieht sich erneut unternehmungslustig um.

„Wen?“, frage ich und glaube ‚PastaFigi‘ verstanden zu haben.

„Die PastaFigi! So heißen alle, die bei PastaFigaro arbeiten.“

„Alles klar.“ Ich drehe mich in Richtung Bühne und brülle gegen die wieder lauter werdende Rüttelplatte an: „Rudi, haben wir schon Ton? Für ’ne Durchsage?“

„Für dich immer, Horny.“ Er kneift mir ein Auge zu und klettert von seiner Leiter. Nach ein paar Handgriffen in der Ecke, in der Mischpulte und anderes technisches Gerät stehen, kommt er zu uns und reicht mir ein schwarzes Funkmikrofon.

„Is’ schon an. Sobald du sprechen wills’, zieh ick den Ton auf.“

„Ich nicht. Herr Lecknepper will was sagen“, stelle ich richtig und reiche das Mikro weiter.

Der Besagte ist offenbar eine echte Rampensau und legt gleich los. Er führt das Mikro zum Mund, als feiere er sein großes Bühnencomeback und ruft: „Hallo PastaFigi, könnt ihr mich hören?“

Niemand kann ihn hören – nur ich und Rudi. Der verdreht die Augen und sagt: „Langsam. Ick muss ers' den Ton aufmachen." Er macht mit dem Zeigefinger eine schiebende Bewegung, die deutlich machen soll, dass er dafür am Mischpult stehen muss. Wenige Augenblicke später zeigt er uns vom Regieplatz aus seinen hochgereckten Daumen – eine wahrscheinlich weltweit verständliche Geste dafür, dass es losgehen kann. Markus Lecknepper ist der weltweit Einzige, der die Geste nicht versteht und sieht mich blöd an. „Was denn nu?"

„Kann losgehen", sage ich und deute mit dem Zeigefinger auf ihn wie eine alte Moderatorenlegende der ZDF-Hitparade, „mit der Startnummer eins, der Markus, der Lecknepper."

Der Lecknepper jedoch spricht noch immer nicht. Dafür bläst er. Das Geräusch, das aus fetten Boxen im ganzen Restaurant kommt, wird von lautem Tröten begleitet und wäre jedem Tierpfleger im Elefantenhaus ein vertrautes Geräusch.

Rudi schüttelt den Kopf und regelt den Ton nach.

Der Lecknepper verzieht das Gesicht. „Oh, schlechter Sound, was habt ihr denn hier für Boxen? Kann nichts Gutes sein."

‚Klar', denke ich, ‚liegt bestimmt an den Boxen.'

Der Lecknepper nimmt einen zweiten Anlauf. Einfach sprechen tut er aber dennoch nicht. Er unterzieht das Mikrofon lieber einem fachmännischen Funktionscheck und haut ein paar Mal mit dem Finger auf die Kapsel des Mikros. Die Töne, die jetzt aus den Boxen kommen, sind kein bisschen schöner als die vorangegangenen, aber wenigstens klingen sie weniger animalisch.

„Eins zwei drei, Test, Test, hallo?"

Der Sound ist perfekt, nur die Stimme ist schräpig, aber das liegt nicht an der Technik. Der Lecknepper sieht mich an, als brauche er eine Bestätigung, ob er auch zu hören ist.

„Super", antworte ich und nicke freundlich. Alle Anwesenden im Restaurant haben sich inzwischen zu uns umgedreht und irgendwie ist es mir unangenehm, neben diesem peinlichen Lackaffen zu stehen. Mein Bauchgefühl sagt mir, dass dies der richtige Moment ist, mich zu entfernen – also lasse ich den selbst ernannten König der Bühne allein.

Eine komplette Oktave und schlappe dreißig Dezibel höher brüllt ein vollkommen aufgekratzter Lecknepper erneut ins Mikro: „Hallo PastaFigi, könnt ihr mich alle hören?“

Sie können es garantiert, ob sie es auch wollen, steht auf einem anderen Blatt.

Er startet einen zweiten Versuch. „PastaFigi, ich kann euch nicht hören! Seid ihr alle da?“

Einer der Anstreicher denkt offenbar das Gleiche wie ich und ruft halblaut: „Vorsicht! Hinter dir! Das Krokodil!“

Der Lecknepper ignoriert den Zwischenruf und fährt ungerührt fort.

„Ich höre nichts! PastaFigi, wo seid ihr?!“

Eine zweckentfremdete Nudelköchin, die gerade Barhocker von Noppenfolie befreit und aussieht, als hätte sie ihren Bildungsabschluss bereits frühzeitig erworben, ruft zögerlich: „Hier.“

Ein paar weitere Stimmen folgen und der Lecknepper gibt noch mal richtig Gas.

„Lauter!“

„Hier“, ruft ein weiterer Typ, der offenbar allen Mut zusammennehmen musste und nicht wirklich glücklich mit der Situation zu sein scheint.

„Hier“, ruft ein anderer, der aber eindeutig dazu gezwungen wurde.

Ein weiteres „Hier“ geht im erneuten Dröhnen der Rüttelplatte unter.

Keiner der Rufer wirkt so, als fände er gut, was er da gerade macht. Ganz im Gegensatz zu ihrem Animateur, der so langsam in Fahrt kommt. Sabrina Monk hat sich unweit von ihm positioniert und sieht ihn voller Bewunderung an. Ich erinnere mich an das Gespräch mit den beiden an meinem ersten Tag bei LIVE COMMUNICATION, was inzwischen fast drei Wochen her ist, und daran, dass ich schon damals nicht verstanden habe, was dieser Lecknepper bei PastaFigaro genau macht. Begriffe wie Castings und Trainings sind bruchstückhaft hängen geblieben und nun, da ich ihn live und in Action erleben darf, verschwimmt das bisher fragmentarische Berufsbild noch weiter zu etwas, das wohl am ehesten mit ‚Einheizer' oder ‚Partyclown' umrissen werden kann.

„PastaFigi alle einmal her zu mir!", krakeelt er ins Mikro und ein paar der uniformierten Pseudoköche schlurfen tatsächlich müde heran.

„PastaFigi", brüllt er noch einen entscheidenden Tick lauter, sodass jeden Moment die Pappe aus den Boxen platzen muss, „alle! Her! Zu! Mir!!!"

Er ruft und alle, alle kommen. Nicht auf einmal, nein, aber kleckerweise – aus den Küchennieschen, aus der Salatbar, aus den Vorbereitungsräumen, der Spülküche, den Umkleiden und, ja, sogar vom Klo kommen sie. Unglaublich, wo so viele von diesen Gestalten in identischen Klamotten mit roten Schürzen und Piraten-Kochmützen gesteckt haben. Alle tragen sie das Pasta-Figaro-Logo auf Brust, Schürze und Stirn – offenbar sogar mit Stolz. Wie sie so aus allen Ecken kommen und auf Markus Lecknepper zuschlendern, hat man fast das Gefühl, hier würde ‚der Rattenfänger von Hameln' verfilmt.

Da er seine Flöte offenbar vergessen hat, sieht sich der Lecknepper nach Rudi um und brüllt: „Musik?"

Rudi scheint den Schwachsinn bereits zu kennen und zieht wenige Sekunden später einen zweiten Regler hoch. Das riesige Restaurant ist plötzlich erfüllt von Musik – von den rhythmischen Trommeln aus ‚Played-A-Live' von Safri Duo, nicht mehr ganz neu, aber immer wieder schön, gerade, wenn man es so hören kann wie hier, mit klaren Höhen und satten Bässen und nicht wie sonst in meinem Polo, dessen Gesamtwert zugegebenermaßen nicht an eine einzige dieser Lautsprecherboxen heranreichen kann. Es handelt sich bei dieser Version des inzwischen in die Jahre gekommenen Chartbreakers jedoch allem Anschein nach um eine neuere Variante, in die ein weiterer, seltsam ataktischer Bass gemischt wurde. Ein Geräusch, wie ein wütender Elefant im strammen Marsch auf Eichenparkett ohne Trittschalldämmung.

Die Rüttelplatte kann es nicht sein, es sei denn, die war früher mal eine Stalinorgel. Sabrina Monk beginnt begeistert im gleichen Takt zu klatschen und hängt mit verklärtem Blick an Markus Lecknepper. Der, so wird mir jetzt bewusst, klatscht ebenfalls seit einer Weile und drischt, in Ermangelung einer zweiten freien Hand, energisch auf das Mikro ein – daher also dieser seltsame Lärm in der Musik. Rudi erträgt die quälende Darbietung mit stoischer Gelassenheit und so beschließe auch ich, fortan nur noch zu genießen. Drei Minuten später, die Musik ist verklungen, hat sich doch tatsächlich eine Menschentraube von gut sechzig Personen um Markus Lecknepper gebildet, der inzwischen auf einen Stuhl geklettert ist, um im Gedränge nicht unterzugehen. Er reckt die Hand in die Höhe, was ihm für einen Moment – zumindest, bis er den Mund aufmacht – die Aura eines politisch verfolgten Freiheitskämpfers verleiht.

„PastaFigi", brüllt er ins Mikro und ich ahne, dass sein Stimmbruch weniger lange zurückliegt, als er wahrhaben will, „seid ihr gut drauf?"

Er hält sein Mikro in die Menschenmenge und zieht den Kopf leicht nach hinten, da er offenbar mit einem Orkan der Begeisterung rechnet. Sein einheitlich gekleidetes Publikum spielt den Ball nicht ganz so zurück wie gewünscht und nickt nur vereinzelt mit den Köpfen.

Ein kleiner Typ mit grün-blauem Auge, von dem ich später erfahre, dass ihm sein Kollege beim Üben am Steinofen den Stiel der Pizzaschaufel ins Gesicht gerammt hat, bricht völlig euphorisch aus der Gruppe aus und sagt schlicht „ja", als sei er auf dem Standesamt.

Es läuft im Moment nicht so gut für den Animateur der Gruppe, der im Robinson Club mit der Leistung nicht mal die Kinderdisco moderieren dürfte.

„Passt mal auf, ich will jetzt von euch allen ein lautes und deutliches ‚Ja' hören. Nicht nur von dem einen Kollegen! Seid ihr gut drauf?"

„Ja", sagen die meisten – immerhin, aber ‚laut' ist etwas anderes.

„Ob ihr gut drauf seid?"

„Ja-a." Donnerwetter, das waren jetzt bestimmt schon zwei Drittel der Anwesenden.

„SEID IHR GUT DRAUF???"

„JAAA!!!"

„Lauter!!!"

„JAAAA!!!!"

„LAU-TER!!!!!!!!"

„JAAAA-AAAA-AAAA!!!"

„Hey! So will ich das hören!"

Ist das, was der Lecknepper da macht, schießt es mir durch den Kopf, eigentlich noch ‚fragen' oder bereits ‚zur Antwort nötigen'? Mit der gleichen Befragung würden sogar Häftlinge in Guantánamo irgendwann von sich behaupten, gut drauf zu sein.

„Ich find's geil, euch zu sehen!"

Keine Antwort – nur ausdruckslose Gesichter, wie eine Kuhherde in der Schlange vor der Melkmaschine.

„Ich will, dass ihr eins wisst! We are one family! One family! One family!"

Er sieht triumphierend in die Runde, Sabrina Monk ist hingerissen von so viel Charisma und Pia krümmt sich vor Lachen, als hätte sie Magenkrämpfe.

„Was sind wir?"

„One family!", rufen die zwangsbespaßten PastaFigi, die so langsam Gefallen an diesem recht einfachen Frage-Antwort-Spiel finden.

„Wow!", berauscht sich der Lecknepper an seinem Erfolg.

„Heute ist der Tag", setzt er bedeutungsvoll an, wie es sonst nur US-Präsidenten in amerikanischen Katastrophenfilmen tun, wenn sie die Weltgemeinschaft im Kampf gegen böse Aliens einschwören, „an dem sich euer aller Leben von Grund auf verändern wird."

Ein paar der Angesprochenen sehen sich irritiert, andere hilfesuchend an und fragen sich, ob sie im Arbeitsvertrag etwas überlesen haben.

„Von heute an seid ihr nie mehr allein! Denn", er macht eine rhetorisch beeindruckende Pause, „ihr habt jetzt eine Familie. WAS SIND WIR???"

„One family!"

Der Lecknepper genießt den Triumph seiner rhetorischen Macht über den uniformierten Mob und breitet die Arme aus, als wolle er Modell stehen für eine zweite Christusstatue in Rio de Janeiro.

„Jetzt seid ihr Teil von etwas Großem", fährt er mit zitternder Stimme fort und ich frage mich, wo ich so etwas Ähnliches schon mal gehört habe. „Jeden Tag werdet ihr euer Bestes geben, nach Perfektion streben und an diesem Kapitel in der Geschichte von PastaFigaro mitschreiben. Eine beispiellose Erfolgsgeschichte, die in Deutschland vor zehn Jahren begonnen hat, in einem einzelnen Restaurant, der Keimzelle unseres Erfolgs, und die nun in ganz Europa weitergeschrieben wird! Ja, irgendwann auch in der ganzen Welt!"

Ich hab's! Geschichtsunterricht neunte Klasse, ein Video mit der Wochenschau von 1938. Sehr schön.

„Also, ich frage euch noch mal: WAS SIND WIR?"

„ONE FAMILY!!!", brüllen die Familienmitglieder. Die Tatsache, dass etwa siebzig Prozent davon mit Migrationshintergrund aufgewachsen sind, macht das Bild noch etwas surrealer. Ein langer Schlacks, den ich den Tag über hinter einem Nudelwok gesehen habe und gegen den Roberto Blanko skandinavisch wirkt, reckt sogar begeistert seine Faust in die Höhe. Seine Faust, Gott sei Dank – nicht die flache Hand!

„Wer von euch weiß, worin das Geheimnis unseres Erfolgs liegt?" Er sieht sich unter den Anwesenden um, wie ein Lehrer, der auch den Schwachen mal eine Chance geben will. Eine hellblonde Tusse mit dunkelbraunen Augenbrauen meldet sich zu Wort und will was für ihre Sonstige-Mitarbeit-Note tun: „Weil wir one family sind."

„Falsch! Nein, schon irgendwie richtig, aber ich meine etwas anderes!"

Ein Inder, prädestiniert für die Programmierung von Computern oder das Backen einst italienischer Pizzen, hat einen Geistesblitz und ruft: „Weil wir die Besten sind!“

„Fast.“ Der Lehrer blickt verdrießlich drein. Offenbar dachte er, der Stoff säße bereits besser.

„Weil wir gut geübt haben!“, meint ein anderer.

Der Lecknepper hebt beschwichtigend die Hände und seine Darbietung wirkt erstmals wie eine Predigt.

„Nein! Ihr habt zwar alle recht, aber das Geheimnis unseres Erfolges liegt in der Frische!“

Das hören einige zum ersten Mal. Andere sehen sich an und schlagen sich mit der flachen Hand vor die Stirn, fassungslos, darauf nicht gekommen zu sein.

„Klar ... Frische ... sicher ... Frische ...“

„Also, was sind wir?“

„ONE FAMILY“, brüllt der Mob wie aufs Stichwort. Was sitzt, das sitzt.

„Und warum?“, vollendet der Lecknepper mit fast poetischem Singsang in der Stimme, „weil wir frisch sind.“

‚Du bist garantiert nicht ganz frisch‘, will ich rufen, kann mich jedoch gerade noch zurückhalten. Die meisten PastaFigi brauchen auch einen Moment, um diese neue Information zu verarbeiten, freunden sich aber anscheinend mit dem Gedanken ‚frisch zu sein‘, recht schnell an.

„Also, was sind wir?“, fragt der Lecknepper, schließt die Augen und breitet erneut die Arme aus, als erwarte er die Antwort in Form einer gewaltigen Woge, die über ihn hinwegbrechen wird.

Stille. Niemand antwortet, denn jetzt weiß keiner mehr, ob er ‚one family‘ oder ‚frisch‘ ist.

Der Lecknepper muss erkennen, dass er sich in eine rhetorische Sackgasse manövriert hat und stemmt die Hände in die Hüften. Wahrscheinlich ist er sich selbst nicht mehr ganz sicher, ob er auch wirklich frisch ist und den Quatsch mit der family glaubt ja selbst bei der Mafia keiner mehr. Er wäre aber nicht der Größte unter den Predigern, der Muhammad Ali der Systemgastronomie, wenn er nicht gleich einen fantastischen Plan B parat hätte. Also geht er in die Knie, streckt seinen Arm aus, flattert mit der freien Hand ohne Mikro und macht ein Geräusch wie eine startende Rakete: „Aaaaaaaaaaaaaa ...". Dann macht er sich, zumindest im Rahmen seiner begrenzten körperlichen Möglichkeiten, groß und reißt den Arm hoch. „PastaFigarooooo ...!" Er hat dabei ein seltsam gebieterisches Funkeln in den Augen.

Keine Frage, bei ihm ist 'ne Sicherung durch. ‚Jetzt', ermahne ich mich, ‚wie bei einem Berggorilla, nur nicht in die Augen sehen und unauffällig Dr. Akadschai rufen. In vier bis fünf Stunden könnte der hier sein, so lange müssen wir klarkommen. Mit seinem fliegenden Teppich ginge es natürlich deutlich schneller.'

Der Lecknepper wiederholt das schauerliche, irre Schauspiel und langsam wird mir bewusst, dass er seine Jünger zum Mitmachen animieren will, wie ein Fußballer, der vor der jubelnden Tribüne eine Welle in Gang setzen möchte.

„Aaaaaaaaaa ... PastaFiiiiiigarooooooooo ... aaaaaaaaaaa ... PastaFiiiiigaroooooooo ..."

So langsam begreifen die armen PastaFigaro-Menschen, was der seltsam befremdliche Mann von ihnen will und machen mit. Nach geschlagenen zehn Anläufen, jeder Fußballer in Deutschland würde nach so einer Nummer zur Strafe in die dritte holländische Liga transferiert, macht endlich die komplette Gruppe mit. Die ganze gleichgeschaltete Traube macht: „Aaaaaaaaa ... PastaFiiiiiigarooooo ... Aaaaaaaaaa PastaFIIIIIIIGAROOOOOOOO, AAAAAAAAAAAAAAA PASTAFIIIIIIIIGAAAAAAAAROOOOOOO ..." und vor ihnen steht der Lecknepper als Entfessler der Euphorie. So ähnlich muss es bei Kathrin in der Düsseldorfer Oper gewesen sein. Hier spürt man förmlich diese kribbelnde Aufbruchstimmung, dieses Aufkeimen der Lust am Leben, diesen Wunsch, Teil von etwas ganz Großem zu sein, zumindest bis zum Blick auf die erste Gehaltsabrechnung, die das hier zelebrierte Lebensgefühl nur unzureichend widerspiegeln wird. Gleich, da bin ich mir sicher, wird der Lecknepper seinem Volk Fackeln in die Hand drücken und mit ihnen gemeinsam durchs Brandenburger Tor marschieren – ist ja nicht so weit von hier und ein Familienausflug wird wohl nicht verboten sein.

„WAS SIND WIR?“, brüllt er vollkommen verausgabt ins Mikro.

„PASTAFIIIIIGAAAROOOOOOOO ...“

„JA!!! UND FRISCH ...!“ Zu mehr kommt er nicht, denn Rudi dreht das Mikro ab und die Musik auf und macht damit das einzig Richtige. Safri Duo hämmert wieder seine Bässe durch das Restaurant und Sabrina Monk beginnt unbeholfen auf der Stelle zu tanzen. Auch der Lecknepper tanzt und Augenblicke später tanzt die gesamte uniformierte Belegschaft. Nicht schön anzuschauen, aber sie tanzen – jeder für sich und jeder mit jedem. Und nach und nach löst sich diese zum Appell zwangsrekrutierte Gruppe auf – jeder begibt sich wieder an genau den Platz, wo er sich vor Lecknеppers grandioser Motivationsrede befand und macht das, was er auch vorher getan hat. Die Traube aus seltsam unter Zwang tanzenden Menschen löst sich auf wie ein Flashmob.

Fünf Minuten später geht alles wieder seinen normalen Gang.

„Hirni“, spricht mich jemand von hinten an, „hast du eigentlich heute schon was gegessen?“

„Pia! Nee, eigentlich nicht. Mir ist aber gerade auch irgendwie der Appetit vergangen.“

„Wirste dich dran gewöhnen. Das ist vor jeder Eröffnung so. Die machen sich total heiß.“

„Gruselig.“

„Geh, iss mal was“, rät sie mir fast mütterlich, „die Nacht wird noch lang genug. Die üben da drüben doch fleißig kochen. Musst mal das Vitello tonnato probieren. Machen die hier ziemlich gut.“

Ich schlendere an mehreren Nischen für Nudeln, Pizza oder Salate vorbei, folge Pias Rat und entscheide mich für einen Teller mit diesem Vitello tonnato, das gerade fertig ist und mir unter die Nase gehalten wird. Das leicht gräuliche Fleisch ist mit einer hellen Soße bedeckt und schmeckt anders, als ich es eigentlich kenne. Ich kann nicht wirklich sagen, dass es lecker ist, aber nach dem ersten Bissen merke ich, wie groß mein Hunger ist und dass ich bei der ganzen Aufregung um meinen ersten richtigen

Eventeinsatz glatt das Essen vergessen habe. Ich esse den Teller bis zum letzten Biss leer und tupfe die seltsam fruchtig schmeckende Soße, die auf der Zunge ungewohnt prickelt, bis zum letzten Klecks mit einem Stück Baguette auf.

Zwanzig Minuten später, der Blick auf meine Uhr verrät mir, dass es siebzehn Uhr ist und die Gäste in zwei Stunden kommen werden, spüre ich, während ich die sich gerade zum Soundcheck auf der Bühne einrichtende Band über den genauen Ablauf des Abends instruiere, erstmals ein seltsames Kribbeln im Bauch. Ich bitte den Keyboarder darum, mich einen Moment zu entschuldigen und verabschiede mich auf die Toilette, wo ich geschlagene zwanzig Minuten auf einer nagelneuen Keramikschüssel verbringe und unterschiedlichste Sitzpositionen ausprobiere, ohne, dass auch nur das Geringste geschieht. Nachdem ich ein paar Mal säuerlich aufgestoßen habe, ohne irgendetwas von mir gegeben zu haben, gehe ich auf wackeligen Knien zurück und lenke mich ab, indem ich ein halbes Dutzend langbeiniger Hostessen in ihre Aufgaben einweise.

„Ist alles in Ordnung mit dir?“, fragt mich Ben und ich werde das Gefühl nicht los, diese Frage in den letzten knapp drei Wochen öfter gehört zu haben als jemals zuvor in meinem Leben.

„Alles bestens, habe wohl ein bisschen viel gegessen“, bagatellisiere ich das Rumoren in meinem Bauch und versuche, so zuversichtlich wie möglich zu gucken.

„Siehst ziemlich kacke aus.“

„Echt? Ich glaub, ich schnapp mal ein bisschen frische Luft.“

Ich bin einigermaßen froh, dass gerade in dem Moment Bens Handy klingelt und nutze die Gelegenheit, mich erneut zur Toilette zu begeben. Dort treffe ich aber ausgerechnet auf Pia, die soeben die Damentoilette verlässt und aussieht, als hätte man sie einen halben Tag auf der Schiffsschaukel vergessen.

„Hey Hirni, wart mal kurz.“

„Was ist denn?“, frage ich und kann mich nicht daran erinnern, jemals mit einer solchen Vorfreude einem Toilettengang entgegengesehen zu haben.

„Hab grad gekotzt“, sagt Pia matt und ich sehe sie völlig entgeistert an. „Hab mir wohl den Magen verdorben.“

„Echt?“

Sie nickt. „Ich habe heute Mittag dieses Fleisch mit der hellen Soße gegessen, wovon ich dir erzählt habe.“

„Vitello tomato.“

„Tonnato. Genau.“

„Und jetzt?“

„Ich hab in der Küche schon Bescheid gesagt, dass die das heute Abend in keinem Fall anbieten dürfen. Dann können die gleich wieder schließen.“

„Und?“

„Sie haben es schon für heute von der Karte genommen, aber ...“

Pia zieht ein Gesicht, als müsse sie gleich losheulen.

„... bekommt ihr das heute Abend alleine hin? Ich würde gerne zurück ins Hotel und mich ein bisschen hinlegen. Habe Ben gerade schon angerufen. Vielleicht komme ich ja später noch mal, je nachdem, wie's geht.“

„Auf keinen Fall. Äh, also, du kommst auf keinen Fall wieder! Sieh zu, dass du Ruhe findest. Natürlich kriegen wir das alleine hin“, antworte ich. „Morgen biste wieder fit. Bestimmt.“

„Danke Hirni. Rufst du mich mal an und sagst, wie's läuft?“

„Klar.“

Mit grünem Schimmer um die Nase, einem matten Lächeln und etwas wackelig auf den Knien, zieht sie davon und ich kann endlich in einer der Kabinen verschwinden. Was die noch junge Keramik in den darauf folgenden fünf Minuten erlebt, wird reichen, um ein bleibendes Trauma davonzutragen und mir persönlich den Besuch übel zu nehmen. Danach fühle ich mich etwas besser und bin heilfroh, dass es mich nicht so erwischt hat wie Pia. Mich auch im Hotel ins Bett zu legen, ist nach ihrem Ausfall jedoch keine ernst zu nehmende Option mehr, denn Ben und Whitney mit diesen PastaFigaro-Freaks allein zu lassen, wäre unfair. Wenigstens – und der Gedanke macht alles erträglicher –

bin ich mir ziemlich sicher, mich in dieser engen Kabine nicht auch noch verbeugen zu müssen.

Die folgenden zwei Stunden verlebe ich zwar nicht komplett beschwerdefrei, aber zumindest bin ich in der Lage, wenn ich gerade nicht auf der Toilette sitze, alle Aufgaben so zu erledigen, wie Ben, Pia und ich es heute beim Frühstück noch besprochen hatten.

Eine Stunde vor dem Eintreffen der Gäste ist die Wand im Restaurant zwar noch immer nicht gestrichen, dafür sind jedoch sämtliche Loungehocker ausgepackt und Sabrina Monk dirigiert die unterbezahlte Belegschaft höchstpersönlich. Sie stellt ihre geballte Führungskompetenz unter Beweis, indem sie dreimal komplett umdekorieren lässt. Wenn man selbst nicht einen Finger krumm zu machen braucht, fällt das Delegieren nun mal leicht.

Eine Dreiviertelstunde später stehen tatsächlich alle Stühle, Hocker und Sessel an ihrem Platz und der Anstreicher hat bereits über die Hälfte der Wand geschafft. Die komplette Veranstaltungstechnik läuft seit fast drei Stunden perfekt, es leuchtet in allen Ecken und Winkeln und die Band putscht sich mit einer letzten Dosis Espresso auf. Die Hostessen stehen mit endlosen Gästelisten bereit, ein gutes Duzend Journalisten schmökert selig in bunten Pressemappen und Whitney hilft beim Öffnen unzähliger Prosecco-Flaschen, die den Angriff der Rüttelplatte tatsächlich überlebt haben.

Um Punkt neunzehn Uhr stolpern die ersten Gäste über den roten Teppich und alles sieht so aus, als solle es so sein – bis auf einen einzelnen Anstreicher, der seine Holzklappleiter schultert und das neu eröffnete Berliner PastaFigaro erhobenen Hauptes durch den festlich erleuchteten Fronteingang verlässt. Das geladene Publikum, das sich benimmt wie bei der Oscar-Verleihung – aufgebrezelte Frauen an der Seite cooler Männer – nimmt ihn entweder überhaupt nicht zur Kenntnis oder hält ihn für einen Teil der abgefahrenen Inszenierung, irgendein Walkingakt, der gleich auf der Leiter balancieren und mit Farbeimern jonglieren wird. Eine allem Anschein nach bereits leicht angeschickerte hellblonde Dame erntet wohlwollenden Applaus, als sie sich mit ihm auf dem roten Teppich fotografieren lässt. Der arme Kerl macht den Eindruck, als wisse er nicht genau, wohin er gucken soll, jedenfalls schaut er zu keinem Zeitpunkt in eine der Kameras und lässt sich von zwei beeindruckenden Argumenten überzeugen, die Prozedur dämlich grinsend über sich ergehen zu lassen.

Die aufgekratzte junge Frau scheint gerade unter den Männern recht bekannt zu sein und auch ich habe das Gefühl, sie schon mal irgendwo gesehen zu haben.

„Daniela", ruft ein kleiner, unförmiger Typ, auf dessen Hemd ‚Speedboat-Challenge 2011' steht, ein Event an dem er möglicherweise als Boje teilgenommen hat, „guck noch mal rüber."

Die Dame tut, wie geheißen und der Speedboat-Gnom schießt ein paar Bilder mit seinem Handy.

Plötzlich steht auch Whitney neben mir und fingert aufgeregt an ihrem iPhone rum.

„Hirni, knipste mich auch mal?"

„Was?"

„Ob du mich knipst?"

„Ja klar, gib her."

Sie drückt mir ihr Telefon in die Hand und ich will ihr gerade die ersten Regieanweisungen geben, als sie mich ansieht, als wäre ich bescheuert.

„Doch nicht so. Mit ihr!"

„Wem?"

Ehe ich mich versehen kann, steht Whitney neben der wasserstoffblonden Frau und posiert voller Stolz.

Mit einem Kopf, so rot wie der Teppich, kommt sie zurück und begutachtet die Fotos. „Geil, geil, geil!"

„Whitney?", frage ich und ziehe meine junge Praktikantenkollegin am Arm ein Stück zur Seite, „wer ist diese Person?"

„Sag mal, lebst du hinterm Mond?"

„Nein, bei Armin. Das ist in etwa das Gleiche. Also, wer ist das?"

„Na, die Katze." Ihre Stimme gluckst vor Begeisterung. Offenbar muss diese Katze unter Mädchen in ihrem Alter eine regelrechte Berühmtheit sein.

„Daniela, lass uns heiraten", ruft im gleichen Moment ein Typ aus der dritten Reihe ohne Begleitung, von dem ich eigentlich geglaubt hätte, dass er beim Finanzamt die Einkommensteuerbescheide sortiert.

„Was für eine Katze?"

„Boah Hirni, echt!"

Whitney ist richtig entsetzt.

„Das ist Daniela Katzenberger. Die ist die Allerbeste!"

„Worin?"

„In allem", sagt Whitney und ich merke, dass sie meine kleine Bildungslücke nicht nur nervt, sondern regelrecht kränkt.

„Okay", sage ich und habe mal wieder was dazu gelernt. Ich kenne jetzt die Beste in allem. Glückwunsch, Hirni.

Als ich mich an unseren Hostessen vorbei ins Innere des Restaurants drücke, ist es dort inzwischen brechend voll.

Ben lehnt mit Rudi Böhnke an der Bar und wirkt vollkommen entspannt. Er schaut sich aus sicherer Distanz das Treiben an, das jetzt ohnehin nicht mehr aufzuhalten ist.

„Auch 'n Bier?"

„Nee, lass mal."

„Wieso? Ist dir auch schlecht?"

„Nee, schlecht nicht", winke ich ab, „hab wohl nur zu viel gegessen." Dass auch ich dieses Vitello tonnato gegessen habe, sage ich nicht, um ihn nicht unnötig zu beunruhigen. Er sieht mich dennoch kritisch an und ich wechsle das Thema, als die Band das Tempo anzieht.

„Habe gerade Daniela Katernberger kennengelernt", brülle ich ihm gegen die lauter werdende Musik ins Ohr.

„Wen?"

„Tja", sage ich stolz, „kennste nicht, ich aber. Die ist die Beste in allem."

„Wer soll das sein?"

„Die Katze!“

„Die Ka …? Ach, du meinst die Katzenberger? Doch, die kenne ich. Ist auf unserer Gästeliste.“

„Ach, du kennst die?“

„Ja klar, die kennt doch jeder.“

„Ich kannte die nicht.“

„Nee, du nicht. Du guckst ja bestimmt auch ARTE.“ Ich zeige ihm einen Vogel und er knufft mir freundschaftlich in die Seite.

„Brauchst du mich hier im Moment?“, frage ich.

„Nee, entspann dich. Wir sind doch fertig. Jetzt kann man im Prinzip eh nichts mehr machen. Läuft doch alles. Pia hat perfekt geplant.“

„Dann geh ich mal eben rüber zur Apotheke und hol mir was für den Magen.“

„Meinst du denn, die Apotheken haben noch geöffnet?“

Daran hatte ich noch gar nicht gedacht.

„Irgendeine finde ich schon!“

Ehe ich das Restaurant, vor dem noch immer eine stattliche Schlange geladener Gäste steht, verlasse, statte ich der Toilette einen erneuten Besuch ab und unterziehe sie einem weiteren Belastungstest, der sogar einem kampferprobten Plumpsklo die Laune verderben würde.

Draußen weht mir angenehm laue Berliner Großstadtluft um die Nase, die mich regelrecht heiter stimmen würde, stünde ich nicht vor dem finanziellen Ruin und würde mich mein allzu hochfrequentierter Stuhlgang nicht der drohenden Dehydration anheimfallen lassen und stünden da vor allen Dingen nicht wie zwei übergroße Erdmännchen Sabrina Monk und der Lecknepper als stumme Beobachter auf dem roten Teppich.

„Herr Krallmann“, zitiert mich die PastaFigaro-Marketingfrau herbei, als wäre der Tag der Abrechnung gekommen, „wie viele sind's denn jetzt?“

Das Letzte, was ich jetzt will, ist ein Small Talk mit diesen beiden zwischenmenschlichen Totalausfällen. Dennoch komme ich nicht umhin, mich ihnen zu stellen und nehme in Kauf, die Apotheke ein paar Minuten warten zu lassen.

„Wie meinen?“

„Wie viele es bis jetzt sind“, wiederholt sie und ihr Tonfall sagt mir, dass mit ihr schlechter Kirschen essen ist als mit PastaFigaros Vitello tonnato.

„Gäste?“

„Gäste.“

„692.“

Einen Moment herrscht Stille.

„Genau?“, fragt der Lecknepper.

„Ganz genau.“

„692?“

Ich schüttele entschieden den Kopf. „694!“

„Aber Sie haben doch gerade ...“

„696!“ Ich deute mit dem Zeigefinger auf den Eingang. „Sind gerade wieder zwei Pärchen rein.“

„Und woher wissen Sie das so genau?“

Ich lächele wissend. „Berufsgeheimnis. Ich flitze aber mal kurz zum Hotel und hole mir Block und Stift. Dann zähle ich gleich noch mal zur Kontrolle.“

Ich registriere zufrieden zwei unvorstellbar dämliche Gesichtsausdrücke, tippe mir freundlich zum Gruß an die Stirn und lasse die beiden ohne weiteren Kommentar auf dem roten Teppich stehen. Wenn ich Glück habe, sind die nach meiner Rückkehr verschwunden und haben sich unter das PastaFigaro-Partyvolk gemischt. Wenn es richtig gut für mich läuft, wurde das Duo vorher sogar von den Berliner Entsorgungsbetrieben mitgenommen und feiert in einer sinnvolleren Funktion in ein bis zwei Wochen ihr erfolgreiches Comeback bei PastaFigaro – als Bioethanol im Kamin.

Ein Aushang der inzwischen erwartungsgemäß geschlossenen Bärenapotheke, die man vom Restaurant fußläufig in drei Minuten erreichen kann, verrät mir, welche Apotheken im Stadtgebiet heute Nacht Notdienste anbieten, und so führt mich meine

Diarrhö an einen Ort, der in mir dumpfe Erinnerungen an meine vollkommen sinnlose Adressrecherche vor drei Wochen weckt. Ich drücke auf eine moderne Klingeltaste, über der allen Ernstes ‚Nachtglocke' steht und warte, bis eine Frau zwischen Regalen auftaucht und ein kleines Fenster öffnet, um mit mir sprechen zu können. Die missmutig dreinblickende Frau erscheint mir noch fahler als beim letzten Mal und trägt noch immer das gleiche Namensschild mit der Information „Apothekerin Dr. Mechthild Strunk". Wird sie sich an mein Gesicht erinnern? Daran, dass ich den möglichen Abriss des Hauses wegen einer ungültigen Baugenehmigung angekündigt hatte? Eines Hauses, das auf einem Grundstück steht, das angeblich schon vor Jahren von Scientology gekauft wurde?

„Bitte?", fragt sie streng und mustert mich einen Moment länger, als sie es vermutlich bei anderen Kunden tut.

„Guten Abend", gebe ich mich seriös und versuche so tief wie möglich zu sprechen, ohne dabei unglaubwürdig zu wirken, „hätten Sie etwas gegen Durchfall?"

„Durchfall?"

Ich nicke.

„Haben Sie denn kein Rezept?"

„War nicht beim Arzt, komme direkt von der Arbeit."

Sie überlegt.

„Kenne ich Sie von irgendwoher?"

Ich schüttele den Kopf. „Nicht, dass ich wüsste."

„Sie kommen mir bekannt vor." Ihr ohnehin schon nicht gerade heiterer Gesichtsausdruck verfinstert sich noch ein wenig mehr. Unterbewusst ruft mein Gesicht eindeutig negative Erinnerungen hervor.

„So, Durchfall haben Sie, ja?"

„Ja."

„Ist die Ursache denn abgeklärt?"

„Wie gesagt, ich war nicht beim Arzt. Aber ich hab mir wahrscheinlich den Magen verdorben. An Vitello ... ach, ist ja auch egal. Jedenfalls wäre es super, wenn man da was machen könnte. Ich muss nämlich noch weiterarbeiten."

Sie überlegt. „Sie wissen aber schon, dass Sie mit einer solchen Erkrankung zum Arzt gehen sollten?"

„Klar. Mach ich morgen früh auch direkt."

„Hm. Und ich kenne Sie wirklich nicht?"

„Glaube nicht. Bin jedenfalls zum ersten Mal in Berlin. Oder sind Sie manchmal in Dortmund?"

Frau Dr. Strunk sieht mich an, als wäre ich beleidigend geworden. „Wohl kaum."

„Und?", versuche ich zum eigentlichen Grund meines Besuchs zurückzukehren, „gibt's da was?"

„Wo?"

„In Ihrer Apotheke. Gegen Durchfall."

Sie überlegt erneut, da Durchfallerkrankungen in Berlin offenbar so selten sind wie Ebola.

„Ich gebe Ihnen Kohle-Compretten. Die werden geschluckt." Sie deutet mit einer für ihre spröden Verhältnisse recht geschmeidigen Bewegung auf ihren Mund, um Missverständnisse auszuschließen, da Kohle-Compretten von schlecht eingewiesenen Patienten offenbar immer wieder gerne rektal eingenommen werden oder ab und an auch im Gehörgang landen.

„Okay", gebe ich mich gelehrig.

„Aber maximal zwei Stück!"

„Zwei, verstanden."

„Ist Ihnen denn auch schlecht?"

„Bisschen kodderig, aber nicht richtig schlecht."

„Bitte was ist Ihnen?"

„Ko ... na so ein bisschen übel, so ein kleines bisschen."

„Sie sollten in jedem Fall viel trinken, damit der Flüssigkeitshaushalt stabil bleibt."

„Trinken, okay."

„Und wenn Sie mögen, nehmen Sie noch 'ne Vomex."

„Die ist gegen?"

„Übelkeit."

„Prima. Auch zwei?“ Ich mache die gleiche Bewegung, wie sie zuvor und deute auf meinen Mund.

„Eine! Und die ist ein Zäpfchen!“

„Äh, ach so. Klar, aber ...“

„Ja?“

„Zäpfchen ist vielleicht nicht so gut. Ich hab doch, Sie wissen schon, Durch ...“

„Dann nehmen Sie einen Reisekaugummi. Hilft auch gegen Übelkeit.“

Ich bin mir zwar fast sicher, frage aber trotzdem nach.

„Und den aber ... kauen?“

„Logisch.“

Sie schließt das kleine Fenster und verschwindet zwischen Regalen. Als sie kurz darauf zurückkehrt, freue ich mich schon wieder auf meinen nächsten Besuch der Toilette und fiebere meinen Kohle-Compretten entgegen.

„Macht elf Euro achtundneunzig.“

Ich drücke ihr zwölf Euro in die Hand, sage „stimmt so“ und greife nach der Tüte, die sie mir hinhält.

„Danke, tschüss“, sage ich im Gehen und halte noch mal kurz inne, als sie mir nachruft: „Stop, junger Mann! Sie waren doch der, der ...“

Mehr höre ich nicht, denn ich bin in Gedanken bereits auf der Toilette und fingere zwei Kohle-Compretten heraus, die ich gleich auf der Straße schlucke. Der Reisekaugummi schmeckt mäßig, aber das ist in Ordnung, denn ich spüre seine Wirkung noch bevor ich den roten Teppich des PastaFigaros und die eindrucksvoll rot leuchtende Fassade sehe. Etwa fünf Minuten, nachdem ich begonnen habe, auf meinem Kaugummi rumzukauen, ist das quabbelige Gefühl in meinem Magen verschwunden. Die Kohle-Compretten hingegen zeigen ihre Wirkung nicht ganz so schnell. Auf der Toilette verbringe ich noch mal zwanzig demütigende Minuten, als mich prompt eine SMS von Pia aus dem Hotel erreicht.

„Und, wie läuft es?“

Ich überlege einen Moment, ehe ich ihr antworte und wahrheitsgemäß tippe: „Läuft alles – flüssig."

Anschließend werfe ich erneut zwei der Kohle-Compretten ein, in der Hoffnung, dass ihre Wirkung bald einsetzen möge. Wann genau sie in dieser Nacht ihre Wirkung entfaltet haben, werde ich nie genau sagen können, aber – soviel sei vorweggenommen – dieser Toilettenbesuch war nicht nur der letzte am heutigen Abend, sondern auch der letzte für lange Zeit.

Meine Reisekaugummis sind eine Wucht. Sie geben mir nicht nur das Gefühl, dass ich hundert Jahre alten Fisch essen könnte, ohne auch nur den Hauch von Magenbeschwerden zu bekommen, sondern machen mich auf herrlich sanfte Art gleichgültig. Der Beipackzettel rät von der Teilnahme am Straßenverkehr nach der Einnahme eines solchen Kaugummis zwar ebenso dringend ab, wie vom Bedienen technischer Geräte, da ich jedoch heute Nacht beides nicht mehr beabsichtige, sehe ich keinen Grund, auf den Genuss zu verzichten. Mit jedem Kaugummi werde ich entspannter und müder. Nach vier Kaugummis habe ich das Gefühl, dass mir im Stehen die Augen zufallen. Ehe mich der erste Sekundenschlaf ereilt, bestelle ich mir an der Bar einen Espresso. Der schmeckt so gut, dass ich gleich einen zweiten hinterherkippe. Dies wiederhole ich im Verlauf des Abends mehrfach, wann immer ich das Gefühl habe, einen Energieschub gebrauchen zu können. Gegen zweiundzwanzig Uhr texte ich Franco, den italienischen Barista hinter der Theke, in dessen Landessprache zu, ohne auch nur ein Wort Italienisch zu können. Der komplette Abend läuft an mir vorbei wie ein Film und sogar ein Bier mit Ben lasse ich mir schmecken. Ehe der ausgesprochen intensive Rausch meiner Kombination aus Flüssigkeitsmangel, hoch dosierten Antihistaminika, Koffein und Alkohol verfliegt, eine Mischung, die Frau Dr. Strunk sicher mit tadelndem Blick abmahnen würde, führe ich eine Reihe anregender Unterhaltungen mit Gästen, die mir nicht schnell genug ausweichen können – weder Guillaume, ein feingliedriger Friseur vom Kurfürstendamm, den ich mit neugierigen Fragen löchere, ob Christoph und Udo Walz tatsächlich miteinander verheiratet sind, noch ein gewisser Heiko Pilz, der sich mir als Vorstand der PastaFigaro-Kette vorstellt und mir im Verlauf des Gesprächs das ‚Du' anbietet. Zwei Stunden später kann ich schon nicht mehr sagen, worüber wir gesprochen haben, aber, als er kurz nach Mitternacht geht, verabschiedet er sich, als wären wir die dicksten Kumpel.

„Let's get it started", singt Sabrina Monk, während die Band den Hit der Black Eyed Peas raushaut und wird vom Lecknepper betanzt, dass man gerne wegschauen möchte. Ist jedoch schwer, da das Restaurant inzwischen fast leer ist und die beiden die einzigen auf der Freifläche vor der Bühne sind. Was sie da tun, sieht grässlich aus, zumal mein Rausch verflogen ist, meine Magenbeschwerden aber glücklicherweise nicht wieder zurückgekehrt sind. Ben ist es vollkommen gleich, wie die beiden tanzen, denn sie haben offensichtlich Spaß. Und wenn der Kunde Spaß hat, ist er meistens zufrieden. Also sollen die beiden tun, wonach ihnen ist. Wäre dies allerdings das Finale von ‚Let's dance', würde erstmalig ein Kandidatenpaar vor laufender Kamera von der zierlichen Sylvie Meis erschlagen. Warum die Band um halb zwei nachts aber noch mal dermaßen Gas gibt, kann ich nur erraten. Wahrscheinlich weiß auch die um die Bedeutung dieser beiden Bratzbirnen und würde zur Not noch vier Stunden spielen. Schließlich hat aber auch dieses Drama ein Ende und Sabrina Monk reckt ihre Spielzeugärmchen erschöpft, aber selig in die Höhe und der Lecknepper gibt noch mal alles mit ein paar virilen Bewegungen, die entfernt an den brasilianischen Capoeira mit kaputter Hüfte erinnern. Diese sonst sehr artistische Mischung aus Tanz und Kampfsport kann in diesem konkreten Fall aber sicher nur ein Überbleibsel aus seinem Verteidigungskurs für Kinder sein.

Sie verlassen die Bühne und halten zielstrebig auf den Ausgang zu, den sie erreichen, noch ehe der Schlagzeuger seine Drumsticks einstecken kann und verlassen das PastaFigaro ohne weiteren Abschiedsgruß.

Ben, Whitney und ich sehen uns fragend an, aber wirklich gebraucht hat einen abschließenden Small Talk mit den beiden keiner von uns.

Ehe auch wir uns zum Hotel begeben, organisiert Ben mit Rudi und dessen Kollegen den Abbau der Veranstaltungstechnik und Whitney macht sich nützlich, indem sie leere Prosecco-Flaschen und benutzte Gläser zusammenträgt. Immer wieder sieht sie glücklich auf ihr Handy und sagt leise „endgeil!".

„Schwer verliebt?", frage ich und deute auf ihr Handy.

„Wieso verliebt?"

„Börsenkurse sind's wohl nicht, die dich so aus dem Häuschen bringen."

„Hirni, ich guck mir Fotos an!"

„Fotos."

„Hab mich ewig lange mit Danni unterhalten. Hab sogar ihre Handynummer. Soll mich einfach melden, wenn ich mal auf Malle bin."

„Auf Mallorca?"

„Die hat da ein Café, Hirni. Mann ey, hast du überhaupt keine Ahnung?"

Ich setze ein schuldbewusstes Gesicht auf. Irgendwie tut mir Whitney wieder leid. Sie glaubt wahrscheinlich ernsthaft, sie hätte die Handynummer von dieser Daniela Katzenberger. Dann gewährt sie mir einen Blick in das Fotoalbum auf ihrem Handy und mir klappt der Unterkiefer herunter. Da sind locker achtzig bis hundert Fotos, die Gäste von ihr und unserem prominenten Gast gemacht haben, den offenbar jeder kennt, außer mir. Ich sehe die beiden im Gespräch, beim Lachen, beim Rumalbern, Abklatschen und beim gemeinsamen Verzehr einer Pizza.

„Danni meint, ich hätte alles, um im Business ganz nach oben zu kommen." Whitney glüht fast vor Glück und steckt dermaßen voller Aufbruchstimmung, dass ich fast neidisch werden könnte.

„Was für ein Business?"

„It-Girl."

„It-Girl?"

Sie nickt begeistert. „So wie Danni. Und Paris Hilton.“

Ich sehe sie mit offenem Mund an und – um ehrlich zu sein – ich glaube ihr sogar jedes Wort.

Top of the Flops

Das Frühstücksbuffet unseres Motel One ist zwar nicht so üppig, wie ich es vom Ritz-Carlton erwarten würde, bietet aber trotzdem alles, was man braucht.

Pia ist wieder auf den Beinen und nippt an einem Milchkaffee. Ben und ich haben ihr längst berichtet und man konnte förmlich hören, wie Pia ein Stein vom Herzen fiel.

„Ich bin echt froh, dass alles so gut gelaufen ist. Und was hat die Monk dazu gesagt?"

„Ja, nix." Ich sehe Pia verständnislos an.

„Wie, nix?"

„Die hatten Spaß, haben getanzt und sind dann gegangen. Ohne Kommentar."

„Nicht mal Wiedersehen gesagt?"

Ich schüttele den Kopf.

„Die sind doch echt verstrahlt."

„Was erwartest du?", fragt Ben.

„Na ja, man kann doch wenigstens ..."

„Ach, die doch nicht", poltert Ben, „die denken doch, sie wären ganz was Tolles. Deren Kinderstube war ganz sicher voll für'n Arsch."

Er nimmt einen Schluck aus seiner Kaffeetasse und beißt von einem Croissant ab.

„Apropos, was macht eigentlich dein Magen?"

„Alles wieder gut."

„Was war denn mit deinem Magen?", fragt Pia.

„Ach nichts", spiele ich die Sache runter, „mir war nicht so gut. Hatte auch von diesem Zeug probiert. War bei mir aber längst nicht so schlimm wie bei dir."

„Mensch Hirni, hättest du angerufen, wäre ich sofort wiedergekommen."

„Eben."

„Pia“, stellt Ben klar, „wir haben das alles super hinbekommen, dank deiner Vorbereitung. Du musst kein schlechtes Gewissen haben. Sogar Whitney hat sich richtig nützlich gemacht. Wo ist die überhaupt?“

„Hat mir 'ne SMS geschrieben. Kommt zehn Minuten später zum Frühstück.“

„Die Whitney“, erkläre ich amüsiert, „ist jetzt höchst prominent vernetzt.“

„Was ist die?“, fragt Pia.

Ich halte meine Hände hoch und forme jeweils mit Daumen und Zeigefinger zwei Kreise, die miteinander verbunden sind. „Die Whitney und die Daniela Katzenburger, die sind jetzt so miteinander. Ganz dicke!“

„Berger“, korrigiert mich Ben.

„Katzenberger dann halt.“ Ich verdrehe bei soviel Haarspalterei die Augen.

„Alles nichts im Vergleich zu dir.“

„Was?“

„Alles nichts im Vergleich zu dir!“

„Wieso?“

„Das würde ich jetzt aber auch gern wissen“, mischt sich Pia interessiert in das Gespräch ein.

„Willst du selbst erzählen, Hirni?“

Ich sehe Ben irritiert an. Dann wandert mein Blick zu Pia und schließlich wieder zurück.

„Was denn?“

„Verarschst du mich, Hirni? Du musst doch wissen, mit wem du gestern alles gequatscht hast.“

„Scheiße ... Ich habe nicht den blassesten Schimmer.“

„Gibt's nicht. Du musst doch ...“

„Es gibt da ein Zeitfenster von ungefähr zwei Stunden. Da kann ich mich an fast gar nichts mehr erinnern.“

Pia richtet sich beunruhigt auf und stellt ihre Kaffeetasse weg. „Was war denn los?“

Ich fahre mir mit der Hand durch das Gesicht, ehe ich versuche zu erklären, wie es dazu kam.

„Ich war doch kurz bei dieser Notdienstapotheke. Wegen meiner Übelkeit und dem ... na ja, auch egal. Jedenfalls haben die mir da unter anderem so Kaugummis gegen Übelkeit gegeben. Die machen angeblich ziemlich müde. Da darf man auch nicht so viele von nehmen. Schon gar nicht zusammen mit Bier. Das habe ich aber erst später gelesen."

„Wie viele?"

„Eine. So kurz hintereinander darf man maximal zwei."

„Und wie viele hast du?", fragt Pia unsicher.

„Eine."

„Na, dann ist doch alles gut. Konnte doch gar nichts passieren."

„Eine Packung", stelle ich richtig.

Pia hält erschrocken die Hand vor den Mund und sagt nichts.

Ben kann sich ein Grinsen kaum verkneifen.

„Und wie viele sind da drin?"

„Zwölf."

„Zwölf?! Ich denke, davon macht schon eine müde!"

„Mit Espresso ging's ganz gut."

„Und davon bestimmt auch nicht nur einer."

„Acht."

„Acht Tassen Espresso", sagt Pia, als müsse sie sich die Menge erst vergegenwärtigen.

„Doppio."

„Mein Gott, Hirni, du hättest bestimmt sterben können! Das ist wie sechzehn normale Tassen Espresso. Mit so was weckt man Tote auf."

„Quatsch. Mir ging's gut. Ich war nur wie auf Droge."

„Ihm ging's wirklich gut, Pia", unterstützt mich Ben, „hättest ihn erleben sollen. Ich habe zwar keine Ahnung, Hirni, was du da geredet hast, aber weißt du wirklich nicht mehr, mit wem?"

„Ben", fragt Pia und rutscht neugierig in ihrem Sessel herum, „mit wem hat er sich denn unterhalten?"

„Bitte, Ben", schließe ich mich Pia an, „sag's. Wer war's?"

„Also der Erste war Wowereit.“

Pia macht große Augen und mir fällt ein Brötchen mit Honig aus der Hand. Es landet auf dem Fußboden, stilecht mit der geschmierten Seite nach unten.

„Er hat sich mit dem Wowereit unterhalten?“

Ben nickt. Er zückt sein Handy. „Hier, habe ich geschossen. Dachte mir, so ein Motiv kommt so schnell nicht wieder.“

Pia und ich starren auf das Foto im Display. Dort sieht man eindeutig mich mit einem bestens gelaunten Klaus Wowereit. Was das Bild jedoch so bizarr macht, ist der Umstand, dass ich Berlins regierendem Bürgermeister die Krawatte binde – um die Stirn.

„Kommt noch besser.“

Ben scrollt für uns durch die Schnappschüsse auf seinem Handy. Auf dem zweiten Bild ziehe ich an einer dicken Zigarre. Versetzt hinter mir stehen zwei lachende Herren mit nicht weniger dicken Zigarren. Ich war mir bis gerade sicher, die beiden nur aus dem Fernsehen zu kennen und kann jetzt nicht mal mehr mit Gewissheit sagen, ob ich mit Ben Becker und Jürgen Vogel nicht eventuell per Du bin.

Das dritte Foto ist beruhigend harmlos und zeigt mich mit dem Berliner Sternekoch Kolja Kleeberg beim gemeinsamen Verspeisen von Pannacotta. Nach dem vierten Bild, das mich dabei zeigt, wie ich Birgit Schrowange heimlich mit Zeige- und Mittelfinger zwei Hasenohren hinter ihrem Kopf andeute, habe ich genug gesehen. Ich stehe auf und hole mir vom Buffet ein neues Brötchen. Als ich zu Pia und Ben zurückkehre, haben beide mächtig Spaß. Offenbar gibt es auf Bens Handy noch weitere sehenswerte Fotos von mir und den Gästen der vergangenen Nacht.

„Ich habe aber auch ein sehr interessantes Gespräch geführt“, erklärt Ben geheimnisvoll, nachdem er sein Telefon wieder weggesteckt hat. Er lehnt sich in seinem Sessel nach hinten und streckt die Beine aus.

„Nicht du auch noch“, sagt Pia und schluckt. „Kann ich euch nicht einen Abend allein lassen?“

Ben grinst. „Ich hatte für gestern einen Typen eingeladen und auf die Gästeliste gesetzt, den mir mein Kumpel bei Endemol genannt hatte. Ich habe euch doch von meinem Kumpel erzählt?"

„Komm schon, jetzt sag, wer das war", drängelt Pia.

„Kennst du nicht. Der hat bis vor Kurzem die Medienanalyse für RTL in Köln gemacht."

„Klingt ja tierisch spannend." Pia beißt gelangweilt von ihrem Croissant ab.

„Wart es ab! Der ist seit Anfang des Jahres hier in Berlin und ist einfach super vernetzt. Der kennt irgendwie jeden, auch viele aus den Produktionsfirmen bei RTL."

„Ja und?" Pia reißt die Geschichte noch nicht richtig aus den Latschen.

„Um die Sache kurz zu machen –", kommt Ben auf den Punkt, „die Produktionsfirma von ‚Wer wird Millionär?' plant so eine Art Special. Eine Sendung für die armen Teufel, die in der Sendung schon mal so richtig böse abgestürzt sind. So eine Art ‚Zweite Chance'."

Ich sehe Ben mit halb offenem Mund an und auch Pia kräuselt die Stirn.

„Wie jetzt, zweite Chance?"

„Normalerweise darf man da nur einmal mitmachen! Die Kandidatenliste ist elendig lang! Aber die haben sich überlegt, dass es doch mal spannend wäre, wenn so richtige ‚Wer wird Millionär?'-Verzocker noch mal auf den Stuhl dürften. Und hier kommt Hirni ins Spiel."

„Sehr charmant", bemerke ich trocken und wünsche mir, dieser Dialog fände überhaupt nicht statt.

„Abgefahren!" Pia grinst, bricht ein Stück vom Croissant ab und steckt es sich in den Mund.

„Der hat gestern Abend gleich noch bei seinem Kumpel von der Redaktion angerufen. Die haben nämlich so eine Art Top Ten. Deren Wunschkandidaten. Die Top of the Flops."

„Und das heißt ..."

Ben unterbricht Pia und scheint richtig begeistert zu sein von einer Idee, die mich schon beunruhigt, ohne, dass er sie ausgesprochen hat.

„Zu dem Kreis gehört auch Wowis neuer Kumpel hier."

„Sehr witzig."

„Hört mal, die versuchen Hirni seit über zwei Wochen zu erreichen. Aber die sagen, der Anschluss ist irgendwie immer besetzt."

„Der ist nicht besetzt, sondern benetzt."

„Na, was sagt ihr?" Bens Begeisterung ist beunruhigend.

„Du meinst", fragt Pia, „Hirni soll da noch mal antreten?"

„Richtig!"

„Moment mal", unterbreche ich, „ich soll mich da noch mal zum Affen machen? Im Leben nicht!"

„Spinnst du?", fragt Ben entrüstet. „Das ist doch die Gelegenheit!"

„Was für eine Gelegenheit?"

„Deine Sorgen loszuwerden! Was hast du denn zu verlieren? Im schlimmsten Fall stehst du so da wie jetzt!"

„Super. Und ganz Deutschland lacht."

„Ach Quatsch. Niemand lacht. Und wenn schon. Meinst du, dich spricht hinterher auf der Straße auch nur ein Einziger an?"

„Hirni, Ben hat recht. Wenn es gut läuft, bist du auf einen Schlag alle Sorgen los!"

Ich sehe Pia an, als würde sie mir vorschlagen, die Landeszentralbank von Nordrhein-Westfalen zu überfallen. Dann wandert mein Blick zu Ben. Er strahlt, als würde mich Günther Jauch bereits auf seinen Schultern aus dem Studio tragen.

„Und ihr meint ...?"

Ich sehe in zwei begeisterte Gesichter voller Aufbruchstimmung. Sie nicken mit einer Bestimmtheit, die mir eigentlich keine Chance lässt. Vor meinem geistigen Auge sehe ich zudem die armen Kottges und die Gesichter von Ella und Armin, die mir nun schon viel zu lange Obdach gewähren und alles täten, um mich wieder auf die Beine zu bringen. Habe ich da überhaupt eine andere Wahl? Schließlich hebe ich entwaffnet die Hände.

„Okay! Ich mach's."

Pia und Ben klatschen sich ab, als hätten sie das entscheidende Doppel im Davis Cup gewonnen.

„Ich habe ihm versprochen, dass wir deine Zusage gleich rüberfaxen."

„Du hast?"

„Ich wusste doch, dass du die Chance nicht auslässt. Habe gestern Nacht noch alles vorbereitet. Musst nur noch unterschreiben."

Ich schlucke. Ben macht tatsächlich Ernst und in meinem Kopf brechen sich plötzlich tiefsitzende Ängste Bahn. Was, wenn die Telekom auch diese Sache verpatzt und als Telefonjoker plötzlich Frau Rieke abhebt? Oder diese Katzenberger? Oder Whitney? Whitney?!

„Wie siehst du denn aus?!", brüllt Pia und ich schrecke aus meinen düsteren Gedanken hoch.

An unserem Tisch steht eine junge Frau, die eine entfernte Ähnlichkeit mit unserer Empfangspraktikantin hat und offenbar in Whitneys Hotelzimmer eingedrungen ist, um sich an deren Kleiderschrank zu bedienen. Nur im Gegensatz zur dunkelhaarigen Whitney ist diese Frau wasserstoffblond.

„Sieht geil aus, oder?"

Ich starre die Frau mit offenem Mund an. „Whit ...?"

Ben schiebt sich ein Stück Camembert in den Mund und sagt nichts.

„War schon um halb neun beim Friseur!"

Es ist tatsächlich Whitney, die da vor uns steht. Sie sieht aus wie ihr eigenes Negativ. Ihre Haare sind so hell wie die Kreidefelsen vor Rügen. Dagegen wirken ihre nach wie vor dunklen Augenbrauen wie zwei Fremdkörper im Gesicht und passen kein bisschen zum leuchtenden Rosa ihrer Lippen.

Pia ringt um Fassung und fragt schließlich: „Was hast du gemacht?"

„Meinen Karriereplan!"

„Ah so."

„Den Tipp hat mir die Danni gegeben."

„Ernsthaft?" Pia schluckt.

„Sie findet's auch total super!"
„War die etwa auch bei dem Friseur?"
„Nee", schüttelt Whitney empört den Kopf, „die hat doch so viele Termine. Habe ihr mit WhatsApp ein Foto geschickt."
Ich räuspere mich, sage aber nichts, da ich unschlüssig bin, welcher Karriereplan besser ist – ihrer oder der, den sich Ben und Pia für mich ausgedacht haben.
„Und was für eine Karriere soll das sein?", fragt Ben irritiert.
Whitney sieht ihn konsterniert an und zuckt nach einem Moment ergebnislosen Überlegens die Achseln. „Muss ich noch gucken."
„Musst du noch gucken." Ben nickt verständnisvoll.
„Whitney", erklärt Pia ernst und aufrichtig um Verständnis bemüht, „man hat in der Regel zuerst eine Vorstellung von dem, was man machen will. Und das versucht man dann so gut, wie man kann. Und wenn es einem dann gelingt, auch noch richtig viel Erfolg damit zu haben, dann spricht man von einer Karriere."
Whitney blickt sie ausdruckslos an.
„Weißt du, man kann nicht sagen ‚ich mache jetzt Karriere' und überlegt sich dann erst, womit."
„Weiß ich doch."
„Ach. Und?"
„Ich werde vielleicht Schmuckdesignerin."
Pia steht wortlos auf und holt sich einen Orangensaft.
„Gute Idee", sage ich fachmännisch, „Schmuck geht immer."
„Ich entwerfe eine eigene Kollektion."
Ich nicke und nehme mir fest vor, das demnächst bei Günther Jauch gewonnene Vermögen in Whitney zu investieren. Wenn ein Konzept Perspektive hat, dann das von ihr.
„Hast du so was schon mal gemacht?"
„Schmuck?"
Ich nicke.
„Oft!"
„Okay."
„Ist schon lange her. Da kommt man aber ruck zuck wieder rein."

„Moment mal, Whitney“, schaltet sich Ben in das zunehmend absurd werdende Gespräch ein, „du bist jetzt wie alt?“

„Achtzehn.“

„Wann soll das denn gewesen sein, wenn's schon lange her ist. In der Grundschule?“

Whitney schiebt pikiert den Unterkiefer vor.

„Du bist doch bloß neidisch.“

„Whitney, bitte.“

„Wenn ich einen Tipp brauche, frage ich Danni. Die hat's nämlich geschafft! Und die hatte garantiert auch kein Konzept!“

Den Rest des Tages, den wir zum Großteil in einem ICE mit Antriebsschaden genießen, verbringt Whitney mit dem Schreiben von Kurznachrichten und Chatten via Facebook. Weshalb sie das fast pausenlos tun kann, Ben, Pia und ich jedoch von einem Funkloch ins nächste fallen, wird wohl ihr Geheimnis bleiben. Je länger ich sie jedoch beobachte, umso geringer werden meine Zweifel daran, dass ihre Karriere als Schmuckdesignerin funktionieren könnte. Vielleicht hat sie genau die Naivität, die es braucht, sich nicht entmutigen zu lassen. Ja, vielleicht zeigt gerade sie uns, wo der Hase lang läuft – ohne jede ernsthafte Bildung, aber mit einem gesunden Maß an Bauernschläue, ob mit Konzept oder ohne.

„Hirni?“, fragt sie mich irgendwann ein gutes Stück hinter Hannover. „Ben und Pia finden ja doof, was ich vorhabe.“

„Ja und?“

„Na ja, ich weiß ja auch, dass das alles ein bisschen albern ist.“

Ich sehe Whitney ernst an.

„Du hast studiert, Hirni, und bist total cool und so.“

So, wie sie mich sieht, habe ich mich schon eine ganze Weile nicht mehr gesehen. Ich sage nichts und lasse sie einfach reden.

„Weiß du, mich halten alle immer für blöd. Ob in der Schule oder bei euch. Ich gehör nie ganz dazu. Und die Danni hat mich anders behandelt. Die hatte keine ...“ Sie sucht nach der passenden Formulierung.

„Vorbehalte?“

„Ja, genau. Siehst du?“

Ich glaube, ich verstehe, was sie meint.

„Die hat ganz normal mit mir gequatscht. Die hat mich nicht so behandelt, als wäre ich die hohle Whitney, so wie es alle anderen tun. Klar, es gibt Sachen, da hab ich keine Ahnung von. Mir ist auch ganz egal, welche Oper von Mozart ist und welche von Goethe. Ich weiß natürlich, dass die Merkel Bundeskanzlerin ist und von der CDU. Aber frag mich nicht nach den ganzen anderen Typen. Die habt ihr wahrscheinlich alle drauf. Aber die Danni schert so was auch nicht. Die weiß wahrscheinlich auch nicht viel, aber die glaubt an was. Nämlich an sich. Und das will ich auch tun. Kannst du das verstehen oder findest du das auch blöd? Seit gestern Abend fühlt sich alles so anders an. So richtig toll.“

Meine Antwort kommt nicht spontan. Stattdessen nehme ich mir ein paar Augenblicke, um nachzudenken. Whitney verdient eine ehrliche Antwort und es berührt mich, dass sie sich gerade mich aussucht, das loszuwerden.

„Ich finde das überhaupt nicht blöd. Was du meinst, das dir fehlt, ist die sogenannte ‚abendländische Bildung‘. Eine prima Sache. Aber glücklich macht die nicht. Und erfolgreich erst recht nicht. Und blöd findet die Pia dich überhaupt nicht. Die hält sogar einiges von dir. Vielleicht mehr, als du selbst.“

„Meinst du echt?“

Ich blicke schräg herüber zu Pia, die einige Meter entfernt sitzt und gedankenverloren aus dem Zugfenster blickt. Sie hört die Charts auf ihrem MP3-Player und lässt Niedersachsen an sich vorbeiziehen. Ich betrachte sie mit einem Gefühl im Bauch, das ich bisher nicht kannte – und damit meine ich nicht die Nachwirkungen meines Vitello tonnato oder der unzähligen Kohle-Compretten. Es ist genau jenes Gefühl, das es mir so schwer macht, sie zu fragen, was sie am Abend macht und ob sie Lust hat, mich zu sehen. Es ist das Gefühl, keinen Fehler machen zu wollen, da eine falsche Antwort Hoffnungen zerbrechen ließe. Erst einmal bin jedoch ich derjenige, der eine Antwort schuldig ist – nämlich Whitney.

„Ja, meine ich", sage ich schließlich. „Sie wäre die Letzte, die es blöd fände, wenn du eigene Ziele verfolgst und Karriere machst. Sie will nur nicht, dass du dich verkaufst."

„Aber das macht ihr doch auch."

„Ja, aber dass du dich unter Wert verkaufst."

„Das macht ihr aber doch auch! Mein Freund verdient als Kfz-Mechaniker bei Audi mehr wie du. Das Doppelte bestimmt. Und du hast sogar studiert."

Ich schlucke und sehe ebenfalls einen Moment aus dem Fenster. So unangenehm die Erkenntnis auch sein mag, aber Whitneys Sicht auf die Dinge ist nicht ganz falsch. Sie bringt es auf den Punkt, vor dem ich mich immer erfolgreich drücke.

Ich nicke. „Im Prinzip hast du recht. Und siehst du, genau das ist es. Du bist kein bisschen blöd. Und das solltest du dir auch von niemandem einreden lassen. Aber du musst dir nicht deine schönen Haare blond färben lassen, um so auszusehen wie die Katzenberger. Und du musst dir auch keine halbgare Idee mit dem Schmuckdesign aus dem Kreuz leiern. So was machen schon die anderen. Und sie machen's meist nicht gut. Du wirst schon noch finden, was genau zu dir passt. Wichtig ist nur, dass du nicht anfängst irgendwas oder irgendwen zu imitieren. Hast du nicht nötig."

Whitney lächelt und ergreift meine Hand. „Danke Hirni, ey wirklich, du bist echt ziemlich lieb."

Etwas unbeholfen knuffe ich ihr gegen die Schulter und lächele zurück. Dann wandert mein Blick wieder zu Pia, die noch immer vor sich hin träumt.

„Die Pia findeste gut, oder?"

Ich sehe Whitney vollkommen entrüstet an. „Wie äh, wer, ich?"

Whitney lacht. „Komm schon, Hirni. Das weiß ich doch schon lange. Und die Pia findet dich auch total gut."

„Meinst du echt?"

„Nee unecht, weißte? Vielleicht solltet ihr da mal drüber reden, statt immer nur über PastaFigaro und so."

„Könnte was dran sein an dem Tipp."

„Ich dachte erst nämlich, du fändest die Kathrin gut."
„Na, wer tut das nicht."
„Ich zum Beispiel."
„Whitney, das ist doch was anderes! Ich bin ein Junge und du bist ein Mädchen. Das sind zwei sehr unterschiedliche Perspektiven."
Whitney verdreht die Augen. „Komm schon, ich weiß natürlich, was du meinst. Die ist ziemlich geil, an der stimmt fast alles."
„Fast?"
„Die ist halt nicht nett. Die ist sogar ziemlich ... ätzend."
„Ich weiß. Aber siehst du, die Kathrin interessiert mich eigentlich überhaupt nicht. Am Anfang war ich auch total geflasht. Die ist halt mega ..."
„Sexy?"
„Ja, so könnte man's sagen."
„Aber die behandelt einen wie Dreck. Dich nämlich auch."
Ich nicke. „So ist es. Aber das muss man manchmal erst merken, um zu wissen, wie man einen Menschen wirklich findet."
„Pia ist ganz anders."
„Ja, das ist sie", antworte ich und klinge etwas abwesender, als ich es bin.
„Wann ist eigentlich die Hochzeit?"
Ich zucke zusammen. „Wir sollten uns vielleicht erst mal verabreden und dann kommt eins nach dem anderen."
Whitney sieht mich an, als hätte ich komplett einen an der Waffel.
„Ich meine doch diese Hochzeit von den Leuten mit dem bekloppten Hund."
Ich habe Imkes Hochzeit zwei Wochen lang ziemlich erfolgreich verdrängt und war froh, Kathrin in der Zeit meist aus dem Weg gehen zu können. Nichtsdestotrotz weiß ich, dass ich an Imkes und Jeffs großem Tag in den sauren Apfel beißen muss und Teil des Teams vor Ort bin.
„Was haben wir denn heute?"
„Donnerstag."
„Dann übermorgen."

„Kaffee?“ Ben steht im Gang und balanciert vier Pappbecher mit Kaffee, Zuckersticks und Milch. Whitney und ich nehmen jeder vorsichtig einen Becher aus der Papphalterung.

„Ich glaube“, sagt er, „wir haben richtig gute Arbeit gemacht.“

Er nimmt einen Schluck aus seinem Becher. „Das war gestern richtig gut. Ich glaube, so gut war bisher keine PastaFigaro-Eröffnung.“

„Wenn's der Kunde auch so sieht.“

„Davon gehe ich aus.“

Pia dreht sich zu uns um. Unsere Blicke treffen sich. Sie lächelt und wirkt etwas verlegen. Da ist es wieder, dieses Gefühl, das ich kaum beschreiben kann und das mir Mut macht, obwohl ich mit dem Rücken zur Wand stehe und auf einem schmalen Sims balanciere – unter mir ein gähnender Abgrund, der nur darauf wartet, dass ich abrutsche. Ich lächele zurück.

„Hirni“, setzt Ben noch mal an, „man kann gut arbeiten mit dir. Macht Spaß. Wird auch nie langweilig.“

„Das ist jetzt …?“

„Ist nett gemeint. Ich find's klasse, dass du bei uns angefangen hast. Wollte das nur mal sagen. Findet Pia aber übrigens auch.“

„Danke.“

Ben zieht die Schultern hoch, als wisse er nicht, wofür ich mich bedanke.

Whitney rührt still in ihrem Kaffee.

„Das gilt aber auch für dich, Whitney. Du siehst mit deinem neuen Look zwar aus wie die ‚Switch reloaded'-Version von Daniela Katzenberger, aber wir sind echt froh, dass wir dich dabei hatten.“

Whitney starrt ihn an wie vom Donner gerührt und sagt nichts. Trotzdem kann man ihr die Freude anmerken. Dann blickt sie mich an und ich ziehe ein Gesicht, das soviel ausdrückt wie ‚hab's dir doch gesagt'.

Ich nehme einen weiteren Schluck aus meinem Pappbecher und strecke, als sich Ben wieder zu seinem Sitzplatz begibt, ein wenig die Beine aus – zumindest soweit die Sitzreihen der Deutschen Bahn das zulassen. In meinem Bauch spüre ich neben den zarten

Schmetterlingen noch ein anderes, etwas weniger angenehmes Gefühl, das ich durch meine gestrecktere Sitzposition zu umgehen versuche und das am besten mit dem Begriff ‚Völle' zu beschreiben ist. Es ist jetzt fünf Uhr am Nachmittag – in drei Stunden ist meine letzte Sitzung auf der Designertoilette von PastaFigaro vierundzwanzig Stunden her. Ich lockere unauffällig meinen Gürtel und öffne den obersten Knopf meiner Jeans. Whitney merkt davon nichts und ist in eine brandneue SMS versunken. Ich versuche mich daran zu erinnern, wie viele dieser Kohle-Compretten ich gestern verspeist habe und ziehe eine leere Packung aus meiner Tasche. Sofern ich meine Kohle-Compretten nicht brüderlich mit Klaus Wowereit oder eher Birgit Schrowange geteilt habe, muss ich die alle zu mir genommen haben. Das dürfte reichen, um einen afrikanischen Elefanten mit Fischvergiftung für ein Vierteljahr zu verstopfen oder zumindest so lange, bis er zwangsläufig platzt. Noch während ich darüber sinniere, wie lange es wohl dauern könnte, bis mein Körper wieder normal arbeitet, wird es unruhig im Abteil. Die Fahrgäste kramen ihre Tickets hervor, da sich der Kontrolleur nähert, um die in Hannover Zugestiegenen zu überprüfen.

„Irgendjemand zugestiegen?", fragt eine Stimme und ich zucke zusammen.

Sogar Whitney blickt von ihrer SMS auf und sagt: „Jetzt guck dir mal den Idioten an."

Ich halte meine Klappe, starre wie gebannt aus dem Fenster und hoffe, dass der Typ mich nicht entdeckt. Meine Hoffnung zerplatzt, als er unsere Sitzreihe erreicht und stehen bleibt.

„Hirni", sagt er mit einer unangenehmen Mischung aus Verachtung, Hochmut und Verschlagenheit.

Whitney starrt mich entsetzt an und sogar Pia und Ben drehen sich mit offenen Mündern zu mir um.

„Ulf", sage ich mit gespielter Freude und hebe dabei kapitulierend die Hände, „so schnell sieht man sich wieder."

Mein alter Mitschüler Ulf Pumpe presst die Lippen aufeinander, überlegt einen Moment und sagt: „Tja. Und? Diesmal eine gültige Reservierung dabei?“

„Klar, Ulf“, antworte ich großzügig, „bin aber schon seit Berlin in diesem Zug. Hat dein Kollege schon kontrolliert.“

„Will ich aber trotzdem noch mal sehen.“

Ich verdrehe genervt die Augen, ziehe die Papiere aus meiner Tasche und reiche sie ihm. Er mustert die Unterlagen mit Argusaugen, macht dann ein verkniffenes Gesicht und reicht sie mir zurück.

„Glück gehabt, Hirni. Und Sie, junge ... Frau?“

„Auch Berlin“, antwortet Whitney.

„Zeigen.“

Whitney sieht mich fragend an und ich ahne, dass ich ihr, Pia und Ben anschließend eine kurze Erklärung schuldig bin. Ohne weiteren Kommentar reicht sie ihm jedoch ihr Ticket mit der Platzreservierung.

Auch ihre Unterlagen bieten keinen Grund zur Beanstandung.

Dann geht er ohne weiteren Kommentar weiter und widmet sich der Schikane anderer Fahrgäste.

„Wer war das?“, flüstert Whitney.

„Ach, kaum der Rede wert“, winke ich ab.

„Wer?“, will sie hartnäckig wissen.

„Das war Ulf Pumpe. Der war mit mir zusammen in der Grundschule und hat mich beim letzten Mal aus dem Zug geschmissen, weil ich keine gültige Platzreservierung hatte.“

Whitney reicht das als Erklärung. „Voll der Pfosten!“, stellt sie abschließend fest und widmet sich wieder ihrem Handy. Ich verstaue mein Ticket und schließe die Augen. Aus der Ferne höre ich Ulf, der einen Fahrgast im Tonfall eines DDR-Grenzpostens über die Gültigkeit seiner Sitzplatzreservierung aufklärt. Der daraus entstehende Disput geht im monotonen Rauschen des ICE unter und die am nächsten Bahnhof anrückenden Sicherheitsbeamten nehme ich schon nicht mehr wahr. Ich bin längst eingeschlafen und zolle den Reisekaugummiexzessen der vergangenen Nacht wohltuenden Tribut.

Niederkunft

„Geht's noch?", denke ich, als ich Imkes und Jeffs Garten betrete. Ich zähle allein fünfzehn hoch aufragende Spitzen weißer Pagodenzelte. Mehr gab es vermutlich nur beim letzten Pferderennen in Ascot und bei der Hochzeit der Beckhams. Dazwischen stehen unzählige weiße Sonnenschirme und immer wieder elegante Loungeecken, verschwenderische Blumenarrangements und champagnerfarbene Stehtische. Das Unglaublichste ist jedoch die Bühne, die tatsächlich halb über den Teich gebaut wurde und insgesamt sechs Meter hoch aufragt. Oben flattern weiße Stoffe, die das futuristische Ungetüm verhüllen werden, bevor die Geschwister Himmelreich gegen zweiundzwanzig Uhr ihren spektakulären Auftritt haben. Ich setzte mich kurz in einen der Loungesessel, um den beeindruckenden Anblick auf mich wirken zu lassen und genieße es, einfach mal nur der Hirni zu sein und mich weder verkleiden noch verstellen zu müssen. Gerade heute, am Tag der großen Hochzeitsparty, droht mir am wenigsten Gefahr, Imke über den Weg zu laufen. Da hier seit zwei Tagen kein Stein auf dem anderen gelassen wurde, hat man Imke und Jeff in der Honeymoonsuite eines Wellnesshotels untergebracht, wo sie derzeit von einem kleinen Stylistenteam auf Hochglanz gebürstet werden. Wenn die beiden um achtzehn Uhr mit ihrer Entourage frisch vermählt hier eintreffen, ist bereits alles dermaßen voll mit feierlaunigen Gästen, dass ich Imke konsequent aus dem Weg gehen kann und kaum auffallen dürfte. Je länger ich jedoch hier in dem Loungesessel sitze, umso mehr muss ich feststellen, dass das Sitzmöbel für mich nicht wirklich bequem ist. Gefühlt bin ich inzwischen im siebten Monat schwanger und spüre seit letzter Nacht die ersten Senkwehen. Mein letzter Stuhlgang war nämlich in Berlin am Abend der PastaFigaro-Eröffnung und ist jetzt locker zweiundsechzig Stunden her. Dazwischen liegen drei Big Jalapeños, meine Leibspeise, wenn bei McDonald's die Los Wochos eingeläutet werden, sowie ein unaussprechliches nepalesisches Gericht, das Ella ausprobiert und mit einer magenverachtend mächtigen Mais-Polenta kulinarisch fragwürdig neu interpretiert hat. Ein Baustoff von ähnlicher Konsistenz kommt wahrscheinlich bei der Sanierung meiner Wohnung zum Zuge oder beim Trockenlegen von Großbaustellen nach schweren Unwettern und Tsunamis.

„Kann ich Sie mal kurz stören, Herr Krallmann?"

Ich blicke auf und glotze auf den nach wie vor befremdlich wirkenden Schriftzug von ‚The great Cate'.

„Herr Roland", freue ich mich, stehe auf und stelle fest, dass im gleichen Outfit noch mindesten dreißig weitere Servicekräfte, Köchinnen und Köche herumlaufen. „Was gibt's?"

„Im Küchenzelt fällt alle Nase lang der Strom aus."

„Wieso das denn?"

„Das will ich ja von Ihnen wissen."

Ich tue so, als würde ich überlegen und in Gedanken ein paar Fehlerquellen durchgehen. Dabei überfliege ich einen der ausgedruckten Pläne, die an mehreren Stellen aufgehängt wurden und brumme vor mich hin. Obwohl mein Wissen über Strom eher rudimentär ist und schon beim Batteriewechsel in einer Taschenlampe an erste Grenzen stößt, kann ich erkennen, dass in besagtem Zelt von unseren Veranstaltungselektrikern sowohl ein Starkstromanschluss mit dreiundsechzig Ampere gelegt worden sein muss, als auch einer mit sechzehn.

„Muss ich mir angucken", grunze ich, wie es auch ein Handwerker täte und stapfe mit dem beeindruckten Herrn Roland im Schlepptau los.

Im Cateringzelt herrscht das blanke Chaos. Überall stehen Großküchengeräte aus Edelstahl, Paletten mit Speisen, Kartons mit Metro- und Großmarkt-Aufdrucken und turmhohe Stapel von Aufbewahrungskisten mit Gläsern, Tellern und Besteck. Ein übellauniger Mann im unverkennbaren Ornat des Küchenchefs brüllt eine ganze Herde von Mitarbeitern in einheitlichem ‚The great Cate'-Outfit zusammen und pfeffert in regelmäßigem Abstand diverse Lappen auf seine Arbeitsplatte. Gleich neben dem Eingang entdecke ich die beiden besagten Stromanschlüsse. Der große liegt jungfräulich herum und langweilt sich zu Tode, während der kleinere zu einer Verteilerdose führt, die ein schier unüberschaubares Gewirr aus Dreifachsteckdosen versorgt. Jeder einzelne Steckplatz ist belegt und Kabel führen zu Küchengeräten, Heizlampen und Induktionsplatten. Was mir schon mein Bauchgefühl sagt, bestätigt ein Griff nach dem Kabel, das bereits so heiß ist, dass ich es erschrocken fallen lasse. Ein genauerer Blick auf die Geräte, die allesamt mehr Strom benötigen, als der Anschluss bereitzustellen in der Lage ist, hat sich damit im Prinzip erübrigt, macht sich aber immer gut.

„Das Ding ist maßlos überfordert", erkläre ich. „Das muss alles mit auf den großen Anschluss verteilt werden. Ihr könnt da doch nicht einfach dranhängen, was ihr wollt!"

„Sind aber doch genug Steckplätze da", rechtfertigt sich Herr Roland und deutet auf einen Pappkarton mit weiteren Dreifachsteckdosen. „Und wir haben noch Reserve."

Ich seufze, trenne sämtliche Geräte vom Strom und verteile alles neu auf die beiden Hauptleitungen.

„So, aufgepasst", sage ich. „Hier sind jetzt noch diverse Steckplätze für eure großen Geräte frei. Und den Karton da", ich deute auf die eiserne Reserve an Dreifachsteckdosen, „den lasst ihr mal schön zu. Sonst bleibt eure Küche heute Abend nämlich kalt."

„Gottbewahre!" Herr Roland schüttelt heftig den Kopf und guckt, als wäre das Schlimmste bereits eingetreten. Ich lasse unseren emsig bemühten Schwaben in seiner Höllenküche zurück und laufe draußen Kathrin über den Weg, die mir, wie fast immer, spontan den Atem raubt. Halb zerschlissene, hellblaue Jeans – genauso hauteng wie ihr schwarzes Top – und dazu Flip-Flops. In dem heißen Outfit einen Kopfsprung in den Teich und es zischt. Erstmalig würde man sogar die Kois dabei beobachten können, wie sie sich verzweifelt einen von der Palme wedeln, ehe das Wasser im Teich kocht.

„Captain Chaos", begrüßt sie mich und lacht, als wäre ich eine misslungene Laune der Natur. Kathrin hat, wie ich in den vergangenen zwei Wochen habe feststellen müssen, ein Problem damit, Zurückweisungen zu akzeptieren. Dass jemand kommentarlos hinnimmt, aus ihrem Team wieder abgezogen und in ein anderes beordert zu werden, empfindet sie offenbar als persönliche Niederlage. Vielleicht verbirgt sich am Ende hinter der schönen, taffen Fassade doch mehr Unsicherheit, als sie selbst wahrhaben will.

„Hallo Kathrin", antworte ich und versuche höflich, aber gleichgültig zu klingen. So überwältigend der erste Eindruck auch jedes Mal ist, so bitter schmeckt jede weitere Konversation mit ihr.

„Diese Zauberheinis sind gerade angekommen. Ich habe für die beiden Nervensägen aber gerade keinen Kopp. Hab nur gehört, dass die hinter der Bühne gewaltig rumzicken. Kümmer du dich doch bitte darum, dass bei denen alles klappt. Und vor allen Dingen, dass die heute Abend auftreten."

„Muss ich irgendwas wissen?"

„Hier steht alles drin." Sie drückt mir eine Mappe mit der Aufschrift ‚Geschwister Himmelreich' mit Ablaufplan, Bühnenanweisungen und Künstlervertrag in die Hand und bläst sich genervt eine Strähne aus der Stirn. „Bekommst du das hin?"

„Wüsste nicht, was dagegen spricht."

Darauf lächelt sie mich vielsagend an und lässt mich wie ein Fragezeichen stehen, ehe sie einen der Dekorateure zu sich winkt. Eine ganze Weile blicke ich ihr nach, bis sie in einem der vielen Zelte verschwunden ist. Schließlich trotte auch ich nach einer erneuten kurzen Senkwehe davon. Ich fühle mich inzwischen wie eine Würgeschlange, die sich an einem kompletten thailändischen Hausschwein übernommen hat.

Hinter der Bühne, in einem überdachten Backstagebereich, finde ich zwischen unzähligen Kisten, Alu-Traversen und schwarzen Bühnenvorhängen tatsächlich zwei Personen, die nicht nur fast identisch aussehen, sondern auch auf den Namen ‚Himmelreich' oder vielleicht besser noch ‚Himmelblau' hören könnten, aber irgendwie nicht zu dem Bild passen, dass ich mir vorher ausgemalt hatte. Die beiden Typen haben blonde Strähnchen, tragen hellblaue Sommeranzüge und weiße Slipper ohne Socken.

Ihre Hände stecken in Handschuhen, die im Prinzip das einzige Unterscheidungsmerkmal sind. Der eine trägt weiße Baumwollhandschuhe, der andere gelbe Latexhandschuhe. Sie tun dies offenbar zum Schutz ihrer sensiblen Hände und sortieren gerade ihre Requisiten. Mit ihren Raffaello-Outfits könnten sie, von den seltsamen Handschuhen einmal abgesehen, der WDR-4-Schlagerparty oder dem ZDF-Fernsehgarten entsprungen sein.

„'tschuldigung“, frage ich, „sind Sie die Zauberer?“

Beide sehen mich angefressen und mit großen Augen an und ich ahne, dass die Zusammenarbeit kompliziert werden könnte.

„Magier!“, antwortet der eine, betont das aber ziemlich seltsam und macht aus dem ‚ie‘ einfach ein langes ‚i‘.

„Oder Illusionisten!“, fügt der andere etwas oberlehrerhaft hinzu.

„Alles klar, tut mir leid – ich lerne noch dazu“, lache ich und halte den beiden meine Hand hin. „Ich bin Thomas Krallmann von der Agentur.“

Meine Gegenüber stellen sich mir nicht vor, offenbar weiß man ja in der Branche, wer sie sind, reichen mir aber immerhin jeder eine Hand. Ich greife erst in weiße Baumwolle, dann in gelben Latex.

Erst jetzt wird mir bewusst, was mich an den beiden überhaupt irritiert. Unter ‚Geschwister Himmelreich‘ hatte ich mir irgendwie in den letzten Tagen immer einen Mann und eine Frau vorgestellt. Nun stehen aber die Gebrüder Himmelreich vor mir und Hirnis Hirn braucht einen Moment, diese vollkommen neue Information zu verarbeiten.

„Sie haben alles, was Sie brauchen?“, frage ich.

„Nein“, antwortet der Baumwoll-Bruder und schaut bedröppelt drein.

Ich warte einen Moment, da ich konkretere Informationen erhoffe, doch da kommt nichts.

„Nicht?“, frage ich, um den leider schon früh verebbten Dialog erneut zu beleben.

„Nein“, antwortet er nur knapp und wendet sich wieder seinen Requisiten zu.

„Und kann ich da was dran machen?“

Nun strafft sich der Latex-Bruder. „Wofür glauben Sie, gibt es Verträge, wenn sich keiner an sie hält?“

Jetzt bin ich derjenige, der bedröppelt dreinschaut.

„Wieso? Was ist denn?“

„Wir haben doch extra bei uns im Büro ein langes Gespräch mit ihrer Kollegin geführt und sind Punkt für Punkt alles durchgegangen.“

„Ja?“

„Den ganzen Vertrag sind wir durchgegangen.“

Ich blättere in der Dispo, die Kathrin mir in die Hand gedrückt hat und überfliege den Vertrag.

„Genau der“, fährt er fort. „Da steht alles drin – auch die Pflichten des Veranstalters.“

„Die Pflichten des ...“

„Veranstalters. Richtig. Das sind Sie. Und dazu gehören die Rampen für das Bühnenequipment, ein Ausleger mittig über der Bühne und ein ebenso mittiger Bühnenabgang mit direktem Durchgang zum Backstagecontainer.“

Nichts von dem, was er gesagt hat, habe ich wirklich verstanden, aber ich gebe mich so kompetent wie zuvor im Küchenzelt und runzele die Stirn.

„Das ist nicht geschehen?“, frage ich und recke meinen Hals, um den Bühnenbereich überblicken zu können.

„Ja sehen Sie's denn?“, fragt der Baumwoll-Bruder und klatscht wattig in die Hände. „Nichts. Gar nichts!“

„Und diese Sachen sind sehr wichtig für Ihre Show?“

Er fängt hysterisch an zu kichern, so dass sein Latex-Pendant erklärt, was Sache ist.

„Ohne das ist die Show überhaupt nicht durchführbar!“

„Geben Sie mir bitte einen kurzen Moment, um das zu regeln.“

„Wie soll das gehen?“, fragt der Latex-Bruder empört. „Unsere Leute müssten die Tricktechnik ja auch noch aufbauen! Und geprobt hätten wir irgendwann auch ganz gerne!“

„Wieso ‚müssten‘?“

„Weil es keine Show geben wird! Wenn der Vertrag nicht eingehalten wird, sind wir nicht zum Auftritt verpflichtet!“

Ich mache eine beschwichtigende Geste, verlasse den Backstagebereich, greife nach meinem Walkie-Talkie und funke einen unserer Veranstaltungstechniker herbei, dem ich die Unterlagen zeige und kurz erkläre, was davon nicht umgesetzt wurde, aber in kürzester Zeit nachgeholt werden muss.

„Die Seiten zwei und drei von der Bühnenanweisung sehe ich das erste Mal!“, rechtfertigt der sich. „Die Kathrin hat uns nur eine Seite gefaxt. Die erste. Und ich hab mich schon gewundert, weil so Zauberer doch sonst immer jede Menge Aufwand betreiben.“

„Erstens“, korrigiere ich ihn, „heißt es Magier oder Illusionisten und zweitens hat die gute Kathrin da einen gewaltigen Bock geschossen.“

„Würd ich auch sagen!“

„Also, wie auch immer. Ihr habt jetzt eine Stunde Zeit und dann ist die Bühne genau so, wie das da steht!“

Der Techniker schluckt und sagt: „Heilige Scheiße.“ Dann trommelt er seine Kollegen zusammen, telefoniert noch ins Büro und fordert Verstärkung an. Augenblicke später herrschen auf der Bühne Zustände wie in einem Ameisenhaufen. Na also!

Als ich die Himmelreich-Brüder jedoch um ein wenig Geduld bitte und erkläre, dass gleich alles sein wird, wie ursprünglich besprochen, winken diese ab und klappen den Deckel ihrer Requisitenkiste zu.

„Geben Sie sich keine Mühe“, erklären sie. „Die Sache mit der Bühne ist nicht der einzige Punkt, an dem geschlampt wurde. Werfen Sie doch mal einen Blick auf den Unterpunkt ‚Garderoben‘ und ‚Backstage‘.“

„Ja, und was wurde da nicht eingehalten?“, frage ich und rechne mit dem Schlimmsten.

„Als Künstler muss man in Stimmung sein“, holt der Latex-Bruder aus. „Wir sollen das Publikum ja schließlich verzaubern. Nichts weniger, als das. Und dazu gehört, dass wir uns wohlfühlen.“

Ich nicke eifrig und sage: „Da bin ich ganz bei Ihnen“, um mich gleich sofort für diesen blöden Satz zu schämen.

„Wir trinken zum Beispiel am Tag des Auftritts nur Cappuccino. Richtigen Cappuccino. Barista-Qualität. Zur Not, also dann, wenn der Teufel Fliegen frisst, auch mal aus einem Vollautomaten. Dann gerne Jura. Meinetwegen auch De'Longhi. Aber, was uns hier angetan wird, ist eine Frechheit!“

„Was?“, frage ich und mir fällt ein Stein vom Herzen. „Reden wir jetzt etwa nur über Kaffee?“

„Nur? Sie verstehen das offenbar nicht. Das ist ein weiteres Mosaiksteinchen, das zeigt, wie Ihre Agentur tickt. Hier geht es um Wertschätzung.“

„Okay“, sage ich, da ich merke, dass den beiden der Punkt unglaublich wichtig ist und sie die Sache offenbar sogar persönlich kränkt. „Reden wir also über Kaffee. Was hat man Ihnen gegeben?“

„Eine Thermoskanne mit fast kaltem Filterkaffee, einen Wasserkocher und Instant-Kaffeepulver mit Kokosaroma!“

„Das ist ja ungeheuerlich!“

Zum ersten Mal huscht ein Lächeln über das Gesicht des Latex-Bruders. Er merkt, dass ich aufrichtig schockiert bin. Dann wird er wieder ernst.

„Unter den aktuellen Umständen sind wir definitiv nicht verpflichtet, aufzutreten. Und das werden wir auch nicht.“

„Sie ... werden ... wie?“, frage ich und bin mir nicht ganz sicher, ob ich wirklich richtig gehört habe. „Die Bühne wird doch gerade ...“

„Wir packen“, sagt der Baumwoll-Bruder und klappt eine weitere Truhe mit Requisiten zu.

„Das ist jetzt der Grund, warum sie nicht auftreten wollen?“, frage ich völlig entgeistert.

„Es ist eine Frage des Prinzips. Die Agenturen versprechen immer viel. Und hinterher wird jedes Mal nur die Hälfte eingehalten. Das haben wir Ihrer Kollegin aber auch klipp und klar gesagt."

„Bitte", sage ich flehentlich, „bevor Sie übereilt abreisen, lassen Sie uns die Sache doch bitte noch mal bei einem perfekten Cappuccino besprechen."

„Wo, hier?"

„Wir haben eine komplette Kaffeebar errichtet. Ich wette, sie werden zufrieden sein. Vielleicht mögen Sie dann noch mal über alles nachdenken."

„Kein Filterkaffee?"

„Auch kein Instant", antworte ich.

„Vollautomat also?"

„Auch nicht! Siebträger. Zweigruppig. La Cimbali."

Vier glänzende Augen sehen mich an. Momente später stapfe ich mit meinen zwei hellblauen Koffeinfreaks quer durch den Garten in Richtung der Kaffeelounge.

Als die beiden erkennen, was unser Barista da für sie in den weißen Milchschaum zaubert, spüre ich, dass es noch Hoffnung gibt für das Showhighlight des Abends.

„Latte-Art!", jubelt der Baumwoll-Bruder, der aber auch gut der Latex-Bruder sein könnte, da beide ihre Unterscheidungshilfe im Bühnenbereich gelassen haben und nun für mich de facto kaum noch auseinanderzuhalten sind. Nach den ersten drei Schlucken entspannt sich die Situation zusehends, sodass ich einen ersten Anlauf wage, die beiden zum Bleiben zu überreden. Ich komme mir vor wie ein FBI-Spezialist für Geiselnahmeverhandlungen.

„Wenn ich Ihnen verspreche", ringe ich nach Worten, „dass das alles heute ein Versehen war, eine unentschuldbare Nachlässigkeit, aber – bitte glauben Sie mir – wirklich nur ein Versehen – von den drei Seiten der Bühnenanweisung ist nur eine bei der Technik angekommen – und wenn ich Ihnen verspreche, dass Sie an dieser Bar zu jeder Zeit mit Cappuccino, Espresso, Latte macchiato, was immer Sie wollen, verwöhnt werden ... können Sie sich dann vorstellen, zu bleiben?"

Ich sehe die beiden mit großen Augen an. Sie scheinen zu überlegen und rühren bedächtig in ihren Tassen.

„Wissen Sie", fahre ich fort, „Ihr Auftritt ist ein Herzenswunsch des Hochzeitspaares. Wenn Sie nicht auftreten, bricht es ihnen das Herz. Ich bitte Sie, geben Sie sich einen Ruck."

Sie rühren noch immer. Wenn ich mir vorstelle, dass die beiden Pastell-Birnen für ihren fünfundvierzigminütigen Auftritt zweiundzwanzigtausend Euro kassieren – zuzüglich der Transportkosten für zwei Laster mit jeweils vierzig Tonnen Gewicht und einer Bühnentechnik für schlappe dreißigtausend Euro, würde ich sie am liebsten vermöbeln, mit heißem Kaffee verbrühen und dann mit jeder Menge Beton im Teich versenken. Stattdessen sage ich: „Bitte, nehmen Sie meine aufrichtigste Entschuldigung für die Versäumnisse und das Geschehene an. Ich beknie Sie. Bitte treten Sie auf."

So, wenn das nicht reicht, gibt's das Alternativprogramm – mit Ausnahme des Betons sollte ich dafür alles parat haben.

Schließlich, nach einer ganzen Reihe weiterer Umdrehungen in den Tassen und mehreren Löffeln des Milchschaums, sagt der Latex-Bruder endlich: „Einverstanden. Wir treten auf."

Es folgt ein für seine Verhältnisse fester Händedruck und ich mache die glücklichsten Kulleraugen, die mein bescheidenes schauspielerisches Repertoire zu bieten hat. Bei jeweils zwei weiteren Tassen Cappuccino gehen sie mit mir den Ablauf des Auftritts durch und stellen klar, wann welche Person wo zugegen sein muss.

„Wir fangen erst mit den kleineren Sachen an und bringen die Leute auf Temperatur. Und wir werden das Paar immer wieder ansprechen und so weiter."

Ich nicke.

„Dann, so nach zwanzig Minuten, bevor wir die Braut entführen, bitten wir den Brautvater auf die Bühne. Und dann wird es richtig spektakulär. Den zersägen wir nämlich mit der großen Kreissäge – vor den Augen aller Gäste."

Er macht eine rhetorische Pause, um seine Worte wirken zu lassen.

„Um ihn Momente später wieder putzmunter auf der anderen Seite des Teiches an der Bar zu präsentieren."

„Toll", sage ich, „und so was geht?"

„Die Macht der Illusion", sagt der eine.

„Die Illusion der Macht", sagt der andere.

Ihre Worte unterstützen sie mit wohlwollenden, umschmeichelnden Gesten, wie vor einer imaginären Glaskugel. Dabei sehen sie mich mit rollenden Augen an. Ich versuche begeistert zu wirken und hocke vor den beiden wie der junge Luke Skywalker im Crashkurs für Jedi-Ritter.

Mein Handy klingelt und da die beiden im Moment noch genug Milchschaum haben, entschuldige ich mich und gehe ran – Pia.

„Hirni?" Ich höre ihre Stimme und merke, dass sie geweint hat.

„Pia", antworte ich und stelle mich etwas abseits, um ungestört sprechen zu können. „Was ist passiert?"

„Ich bin raus, Hirni."

„Wie, raus?"

„Die Pinella Dahlke rief mich vorhin an. Der Döbel hat mich rausgeschmissen. Hat's mir nicht mal selbst gesagt."

„Nein", sage ich und ärgere mich, dass mir nichts Besseres einfällt.

„Doch. Ich brauche morgen schon gar nicht mehr zu kommen."

Ich bin wie paralysiert. „Und, äh, wie. Warum?"

„Diese Arschlöcher von PastaFigaro haben den Vertrag komplett gekündigt."

„Aber, das war doch alles super!"

„Finde ich ja auch. Keine Ahnung, was da genau hinter steckt. Das Gute ist jedenfalls, dass diese Sabrina Monk und der Lecknepper auch vor die Tür gesetzt wurden."

Ich sage nichts, da mir die beiden scheißegal sind.

„Biste noch dran?", fragt sie.

„Ja klar. Mir fehlen nur die Worte."

„Ich will dich auch nicht länger stören, ihr habt ja Großkampftag."

„Du störst nicht. Du störst nie."

Pia sagt nichts. Ich glaube, sie kann in diesem Moment nichts sagen. Dann höre ich, wie sie sich mit einem Taschentuch die Nase abtupft.

„Und Ben?“, frage ich.

„Der ist bescheuert. Der hatte seine Kündigung schon fertig in der Schublade und sie gleich persönlich beim Döbel auf den Tisch gelegt.“

„Der Ben“, sage ich und lache. „Hut ab!“

„Kommst du morgen mal bei mir vorbei?“, fragt Pia.

Ich verspreche es ihr und als ich aufgelegt habe, spüre ich, wie sich Wut in mir ausbreitet und ich nichts lieber täte, als dem Döbel noch heute meine Kündigung auf die Plauze zu tätowieren. Doch dann habe ich eine bessere Idee.

Ich kehre zurück zu meinen Himmelblau-Magiern und setze mich. Milchschaum ist alle.

Als sie erneut auf den Ablauf ihrer Show zu sprechen kommen, bin ich noch etwas in Gedanken, finde mich aber schnell wieder ins Thema ein.

„Das sind Araber, nicht wahr?“, fragt der mutmaßliche Latex-Bruder und zieht dämonisch eine Augenbraue hoch.

„Bitte wer?“

„Die Brautleute.“

„Wieso Araber?“

„Ich hatte das irgendwie im Hinterkopf. Wir passen das Musical Staging nämlich dem jeweiligen kulturellen Background an. Das macht sonst kaum einer.“

„Ein Musical?“

„Oh, no no. Das Musical Staging ist die Art, wie wir uns zur Hintergrundmusik auf der Bühne bewegen.“

Er macht ein paar dieser seltsamen Bewegungen vor und es fällt mir schwer, angemessen ernst zu bleiben. Ich frage mich, ob das wirklich die Typen sind, die Imkes Vater mal live gesehen hat und ob der vielleicht latent schwul sein könnte.

Andererseits ist es mir nach dem Telefonat mit Pia ziemlich egal, was die beiden auf der Bühne anstellen und so sage ich, halb im

Scherz: „Nee nee, keine Araber. Ganz normale Türken sind das. Leben hier schon seit den frühen Sechzigern."

Betbruder Baumwolle hat den Spaß offenbar verstanden, kneift mir ein Auge zu und kratzt einen letzten Löffel von seinem Milchschaum aus der Tasse.

„Noch mehr?", frage ich, doch er winkt ab.

„Wir wollen mal schauen, wie es an der Bühne ausschaut", sagt er voller Aufbruchsstimmung und reckt seinen Hals, um sehen zu können, wie es vorangeht. Er sieht zwar nicht viel, aber der Lärm vom Hämmern auf Alu-Traversen gibt ihm Grund zur Hoffnung.

„Eine Sache noch, fällt mir gerade ein", sagt der andere, „wir bräuchten noch mal die Namen von den beiden. Unser Zettel ist verloren gegangen."

Ich kritzele ihnen die Namen, die sie eigentlich kennen müssten, nachlässig auf ein kleines Blatt Papier –

I Schmick und J Immel.

„Und wer ist davon wer?"

„Der Kerl ist der zweite", sage ich und frage mich, ob die beiden ihre Hausaufgaben ebenso gut gemacht haben, wie sie es von uns erwarten. Sie blicken auf den Zettel, als läsen sie die Namen zum ersten Mal und sehen sich irritiert an.

„Zwei Männer?"

„Genau", sage ich lachend, kneife ein Auge zu und nicke, „zwei Männer."

Dann grinsen sie wissend und ich glaube, dass ich soeben auf die Schippe genommen wurde.

Als sie davonschlendern, bin ich einerseits zwar heilfroh, dass die Sache glimpflich ausgegangen ist, andererseits wäre es wahrscheinlich eine Genugtuung gewesen, wenn die Show ins Wasser gefallen wäre und Kathrin den Arsch vom Döbel persönlich versohlt bekommen hätte und der wiederum von seinem Kunden. Langsam verstehe ich, was Ben anfangs gemeint hat, als er sagte, der Kathrin würde immer irgendwer den Hintern retten. Von Pias Gewissenhaftigkeit ist sie jedenfalls ein weites Stück entfernt.

Der Nachmittag vergeht wie im Flug. Der Garten verwandelt sich zusehends in eine First-Class-Eventlocation, aus den Cateringzelten und Grilllounges beginnt es köstlich zu duften, der Show-Barkeeper reißt deplatzierte Witze und an allen Ecken und Enden brennen Fackeln aus gebürstetem Edelstahl. Whitney, noch immer mit hellblondem Haar, das in der Sonne seltsam lachsfarben schimmert, ist in Hochform und versorgt jeden, der sie darum bittet, mit Kaffee. Inzwischen, das muss ich zugeben, habe ich sie richtig gern.

Dreißig Minuten bevor die ersten Gäste eintreffen, ist alles fertig, die Band auf ihrer kleineren, aber nicht weniger eleganten Nebenbühne, hat den Soundcheck hinter sich und Herr Roland weist jedem der Servicekräfte seinen Platz zu. Nur für eine Probe der Himmelreich-Magier hat die Zeit nicht mehr gereicht.

Eine gute halbe Stunde nach den Gästen, unter denen ich sogar meine ätzenden Kollegen Pinella Dahlke und Danny Hahn erkenne, treffen drei weiße BMW-Limousinen mit den Gastgebern ein. Kathrin, die inzwischen ein dunkelblaues Cocktailkleid und Headset trägt, gibt wichtigtuerische Anweisungen, die zumindest ich geflissentlich ignoriere, um die schützende Anonymität unter den vielen Gästen nicht aufgeben zu müssen. Als Imke aus dem Wagen steigt und sich erstmals allen Gästen in ihrem cremeweißen Hochzeitskleid zeigt, machen alle „ah" und „oh", sodass mein Blick instinktiv zum blauen Himmel wandert, wo ich ein Feuerwerk vermute. Ich frage mich, ob den Leuten die Braut wirklich so gut gefällt, denn ich persönlich finde, dass Imke mit den unterschiedlichen Schichten cremefarbenen Tülls aussieht wie eine Kreuzung aus halb geschorenem Schaf und Ziege.

Dramatisch wird es für einen kurzen Moment, als sich Imkes endloser Schleier, der ein Geschenk des britischen Königshauses sein könnte, beim Durchschreiten des Gartens in einer profanen Buchsbaumhecke verfängt und ihren Kopf etwas unvorteilhaft nach hinten zieht. Ein kleines Mädchen im frühen Grundschulalter – eines von insgesamt vieren, die für die Navigation des Schleiers zuständig sind – hat hier nicht ausreichend aufgepasst und fängt sich glatt einen Anschiss der Braut ein. Das Kind weint, Imke schüttelt wütend den Kopf und richtet ihren dazugehörigen Putz, und zweihundertfünfzig Gäste blicken betreten zu Boden. Ich nehme mir fest vor, das Mädchen später zu trösten und ihr zu erklären, dass Schafe und Ziegen manchmal eben meckern.

Danach läuft drei Stunden lang alles glatt, den Gästen schmeckt das Essen und Imke ist für ihre Verhältnisse bestens gelaunt. Jeff hingegen hat es schon um einundzwanzig Uhr fast hinter sich und ist dank einer zu großen Anzahl an Cocktails bereits dicht genug, um eine der Kellnerinnen anzugraben. Den Bräutigam diplomatisch aus dem Cateringzelt zu lotsen, ist vielleicht eine der größten Herausforderungen am heutigen Abend, insbesondere, wenn die Braut von den Anwandlungen ihres frisch Angetrauten nichts mitbekommen soll. Kathrin erklärt den Job zur Chefsache und kümmert sich, wie auch immer, selbst darum. Dann setzen bei mir die ersten richtigen Wehen ein und ich merke, dass ich in Kürze gebären werde. In einer verstörenden Mischung aus Angst und Vorfreude, die jede Mutter so kurz vor der Geburt kennt, laufe ich zum Toilettenzelt, stelle aber voller Entsetzen fest, dass sich dort eine Schlange gebildet hat und ich Zeit brauchen werde, die mir die Natur gerade nicht zu geben bereit ist. Also suche ich trotz aufkommender Nervosität weiter nach einem Ort, an den ich mich zurückziehen kann. Ganz gleich, was ich finden werde – ich nehme es, ob nun die Garage von Imke und Jeff, Rambos Hundehütte, der mir das nie verzeihen würde, oder einen einsamen Stall. Plötzlich stehe ich vor dem flatschneuen Gartenhaus, in dem es doch angeblich auch eine Toilette geben soll. Stiller Jubel brandet in mir auf, insbesondere, als ich feststelle, dass die nicht mal abgeschlossen ist. Ich vergewissere mich, dass niemand in der Nähe ist, husche hinein, schließe hinter mir ab und setze mich.

Erst geschieht nichts, doch dann setzen die ersten Presswehen ein und meine Augen füllen sich mit Tränen. Es ist nicht allein dieser Schmerz, den entweder nur Frauen kennen oder Idioten, die sich den Hunger mit Kohle-Compretten vertrieben haben, es ist in erster Linie das Gefühl der Einsamkeit – ganz allein ohne Hebamme, Arzt und Periduralanästhesie.

Was dann geschieht, wird eines Tages einem Verdrängungsmechanismus weichen und aus meiner emotionalen Erinnerung getilgt sein.

Es bedarf keiner weiteren Schilderung, außer, dass ich es überlebt habe. Noch eine Viertelstunde später, als es draußen schon langsam dunkel wird, sitze ich vollkommen ausgepumpt auf der Schüssel und bin stolz auf das, was ich geschafft habe, und weiß, dass ich an dieser Grenzerfahrung wachsen werde.

Ich betätige schließlich die Spülung – und nichts geschieht. Wie Schuppen fällt es mir von den Augen und ich erinnere mich daran, dass beim Meeting mit Jeff und Imkes Vater lang und breit erklärt wurde, dass die Toilette noch nicht fertig sei und Jeff sich daher eine angemessene Alternative wünschte. Im derzeitigen Zustand kann ich das weiße Sitzmöbel jedoch auch nicht lassen, denn mich auf diese Weise an Imke zu rächen, wäre sogar unter ihrem Niveau, also spähe ich nach draußen und suche eine Lösung. Nur wenige Meter neben dem Häuschen gibt es einen kleinen Springbrunnen, der in Betrieb ist und mir genau jenes Wasser reichen könnte, das mir die Klospülung versagt. Die Herausforderung wird sein, dieses Wasser an seinen neuen Bestimmungsort zu bekommen. Weit und breit erkenne ich nichts, das wie ein Eimer aussieht oder wenigstens eine Schüssel sein könnte, und im Cateringzelt will ich nicht nachfragen, zumal das genau am anderen Ende des Grundstücks liegt.

Mein Blick fällt auf das hübsche Waschbecken, das in seinem Leben noch keinen Tropfen Wasser gesehen hat. Ich ruckele einmal zaghaft daran, in der Hoffnung, es vorsichtig ablösen zu können, dann versuche ich es etwas fester. Draußen endet gerade die Musik der Band und ein Blick auf die Uhr zeigt mir, dass der Auftritt der Himmelreich-Clowns kurz bevorsteht. So langsam sollte ich schauen, dass ich wieder an meinen Platz komme! Ich stütze mich verzweifelt auf das Waschbecken, erhöhe den Druck und schaffe es schon im zweiten Anlauf, die Halterung komplett zu lösen. Die gesamte Verankerung bricht jedoch ab und hinterlässt einen bösen Krater in der Wand. Die Wasserzuleitungen und der Ablauf sehen aus, als hätte Godzilla sie als Zahnseide benutzt. Trotzdem verliere ich keine Zeit und eile mit dem Becken unterm Arm zum Springbrunnen, fülle es hastig, laufe zurück und schütte das Wasser in die Toilette. Ich wiederhole den Vorgang zweimal und betrachte schockiert und angewidert, was ich angerichtet habe. Der umfangreiche Inhalt der Toilette hat nicht den Weg in die Kanalisation gesucht, sondern eine Alternative gefunden und breitet sich unaufhaltsam im Raum aus. Wie es dazu kommen konnte, wird mir bewusst, als ich den designierten Abfluss der Toilette in der anderen Ecke des Raumes entdecke und erkennen muss, dass die Schüssel einfach nur abgestellt war und auf den Fortgang der Montagearbeiten wartete. Ich blicke mich im Raum um und stelle fest, dass es mir gelungen ist, das Gartenhaus in einer Weise zu ruinieren, für die Mietnomaden Monate brauchen. Ich verlasse das Häuschen, schließe achtsam die Tür und begebe mich wieder zur Hochzeitsparty ohne einen weiteren Blick zurückzuwerfen.

Simarik

Als ich die Bühne erreiche, beginnt gerade die Show der Geschwister Himmelreich. Der imposante Bühnenturm mit all den bunten, sich bewegenden Scheinwerfern hebt sich eindrucksvoll vor einem violett-schwarzen Himmel ab und die wuchtige Tontechnik hüllt den gesamten, festlich beleuchteten Garten in Musik. In einer perfekten Choreografie wird der alles umhüllende, weiße Vorhang abgesprengt, sodass dieser flatternd herabfällt und den Blick auf die Bühnenfläche freigibt. Würde dazu nicht der vollkommen deplatzierte und leicht in die Jahre gekommene Superhit ‚Simarik' von dem türkischen Popstar ‚Tarkan' gespielt, hätte ich sogar fast so etwas wie Gänsehaut.

Die beiden Magier tragen weiße Smokings und geben sich bestens gelaunt und hochprofessionell. Die ersten Minuten bestreiten sie mit kleinen Tricks und auswendig gelernten Gags, über die sie selbst am meisten lachen. Als sie zwischen den ersten vier Programmpunkten jeweils türkische Musik spielen und dazu ihre seltsamen Bewegungen machen – das, was sie Musical Staging nennen – werde ich stutzig, mache mir aber noch keine weiteren Gedanken.

Im Augenwinkel sehe ich zwei Personen, die sich in der Dunkelheit davonstehlen und in eine stillere Ecke hinter der Bühne verkriechen – ein Mann im dunklen Festtagsanzug und eine elegante Frau in einem aufregenden Kleid. Die Diskretion verbietet es mir, den Vorgang weiter zu verfolgen, zumal die Gäste ja prinzipiell machen können, was sie wollen. Aus den Lautsprechern erklingt erneut orientalische Musik. Latex und Baumwolle tanzen dazu wiederum wie zwei schlechte Shakira-Imitatoren und bitten anschließend mit aufgesetzter Begeisterung den Bräutigam, die Hand zu heben und sich zu zeigen. Niemand im Publikum hebt die Hand.

„Jimmel, wo bist du?", ruft der eine.

Jimmel? Ich halte es, wie die Gäste, für einen Versprecher oder einen Fehler in der Tontechnik. Vielleicht habe ich mich auch nur verhört. Erst, als sie erneut nach Jimmel rufen, der sich noch immer nicht rührt, habe ich eine seltsame Vorahnung.

„Jimmel, ich kann verstehen, dass du eine Höllenangst hast, dich zu zeigen“, ruft der Baumwoll-Magier in die Menge, „aber weißt du, wer sich gleich noch viel mehr fürchtet?“

Er macht eine Pause, mit der er sich erhofft, die Spannung steigern zu können.

„Dein Schwiegervater!“

Mein beinahe Ex-Schwiegervater, noch bester Laune, ruft: „Hier!“, und alle lachen.

Die Magier bitten ihn zu sich und der Inhaber des Autohauses Schmick betritt vor seinen zweihundertfünfzig Gästen zu türkischer Musik die Bühne, wo er mit einem herzlichen „Salam alaikum“ begrüßt wird.

Imkes Vater, der, wie ich erkennen muss, mit seinem Schnurrbart tatsächlich auch ein erfolgreicher Geschäftsmann aus Istanbul sein könnte, sieht seine herrlich blöden Lieblingszauberer irritiert an, glaubt aber offenbar noch immer daran, dass der orientalische Touch seine Richtigkeit hat und Teil der Inszenierung ist. Also spielt er das Spiel mit, indem er seinerseits ebenfalls ein gut gelauntes „Salam alaikum“ in das ihm hingehaltene Mikrofon ruft.

Wenige Minuten später liegt er gefesselt auf einer martialischen Metallpritsche, während über ihm eine riesige Kreissäge wie aus einem Holzsägewerk rotiert.

„Und nun“, brüllt der Latex-Typ, „entführen wir deinen Sohn!“

Momente bevor sich die Säge laut kreischend herabsenkt, schüttelt Imkes Vater völlig irritiert den Kopf. Ein Stoff verhüllt blitzschnell die Szene rund um die Kreissäge und Lichtblitze zucken durch die Luft. Dann wird es plötzlich still und der Stoff wird weggerissen. Die Pritsche ist leer. Das Publikum applaudiert und ist begeistert und vereinzelt werden Köpfe zusammengesteckt. Einige diskutieren den großartigen Zaubertrick, andere die undurchsichtigen Familienverhältnisse der Schmicks, da niemand wusste, dass Imke offenbar noch einen Bruder hat.

Imke selbst war das auch nicht bekannt und reagiert deshalb nicht, als sie auf die Bühne gerufen wird.

„Ischmick", brüllt der Latex-Magier, „komm zu uns auf die Bühne!"

Nichts geschieht.

„Das gibt's doch nicht", ruft der Baumwoll-Mann, „erst ist Jimmel weg und jetzt auch noch Ischmick!"

Ich spüre einen Anflug von Schwindel und halte mir kurz die Hände vor den Mund, als mir langsam bewusst wird, dass die beiden Himmelreich-Magier vor unserem Gespräch so gut wie nichts über diese Feier wussten und von Kathrin so unglaublich schlecht informiert worden sind, dass es tatsächlich an mir hängen geblieben ist, sie detailliert zu instruieren! Und ich glaubte, die beiden machten Scherze und ließ sie ohne allzu böse Absicht in dem Glauben, I. Schmick und J. Immel seien zwei türkische Männer namens Ischmick und Jimmel.

Ich nehme mir einen Stuhl, denn eingreifen kann ich in den Ablauf eh nicht mehr, sodass es von nun an gilt, die Show zu genießen, was auch immer passieren wird. ‚Außerdem', denke ich, ‚ist Rache zuckersüß. Kathrin wird es guttun, dass ihr mal jemand nicht den schönen Hintern rettet und für Döbel wird es eine Lehre sein, auf das falsche Pferd gesetzt zu haben. Alles, was jetzt geschieht, geschieht für dich, Pia!'

Ich sehe, wie einer der Techniker mit Headset Imke anstupst und darauf hinweist, dass sie auf die Bühne muss. Die zeigt ihm zwar einen Vogel, geht aber schließlich doch widerwillig zu Tarkans ‚Simarik' und dem Rim-Tschika-dim-Rim-Tschika-dim-Refrain um den Teich herum auf die Bühne.

Den Geschwistern Himmelreich fallen fast die Strähnchen aus der Tolle, als sie feststellen, dass der schwule Ischmick eine Frau im Brautkleid ist. Nach einem kurzen Moment sprachloser Irritation, der ähnlich zu beobachten ist, wenn einer reinrassigen Vollblutstute bewusst wird, dass sie jetzt gleich mit einem Esel gekreuzt wird, retten sich die Himmelblau-Magier wie in einer hilflosen Übersprunghandlung in ihr bescheuertes Musical Staging und tanzen einige Momente völlig irritiert vor Imke herum, die in ihrem tuffigen Brautkleid so deplatziert auf der Bühne steht wie ein Schaf im Safaripark.

Erst als die Spots die Bar auf der anderen Seite des Teichs erhellen und dort Imkes zersägter Vater mit einem Bier in der Hand quicklebendig „hier bin ich", ruft, finden die beiden Magier wieder in ihren eigentlichen Rhythmus zurück. Die Menge klatscht und Imkes Vater lässt sich feiern.

Dann muss Imke, die von den Magiern vorsichtshalber nicht mehr namentlich angesprochen wird, in eine große hölzerne Kiste klettern, die scheinbar über dem Boden schwebt und sich fortan unaufhörlich langsam wie auf einem Luftkissen dreht.

„Aus dieser Kiste", ruft der Baumwoll-Illusionist, „gibt es kein Entkommen!"

Die Menge macht „oh" und ich gähne ungeniert, da mich ja keiner sieht und diese beiden Zauberer beim nächsten Engagement vielleicht besser beraten wären, wieder mit Kartentricks von Tisch zu Tisch zu gehen.

Augenblicke später steigt unmittelbar vor mir ein Bühnentechniker mit Imke aus dem Bühnenboden und weist sie darauf hin, nicht über die vor ihr liegenden Kabel zu stolpern.

Imke, deren Laune eindeutig nicht die beste ist, sieht mich kurz und flüchtig an und will dem Techniker hinterher eilen. Dann bleibt sie jedoch wie angewurzelt stehen und starrt mich ungläubig an.

„Hirni?"

Ich erhebe mich von meinem Stuhl und räuspere mich.

„Hallo Imke."

Sie sagt nichts und sieht immer noch aus wie ein Schaf. Diesmal wie ein Schaf vor einem Intelligenztest.

Ich hebe beide Daumen und sage: „Glückwunsch zur Hochzeit. Tolles Kleid!"

„Was machst du hier?"

Tja, das ist genau die Frage, die ich mir schon seit einer ganzen Weile stelle. Dass ausgerechnet Imke mich das fragt und meine eigenen Überlegungen auf den Punkt bringt, ist fast Ironie des Schicksals, war aber auch irgendwie zu erwarten.

„Ich", sage ich und ringe mir die Worte wohlüberlegt ab, „bin so was wie dein Hochzeitsplaner."

Imke schluckt, sagt aber nichts, da sie der Techniker bereits zu einem kleinen Treppenaufgang schubst.

„Vorsicht, dunkel hier", sagt er gedämpft, „jetzt hier hoch und in den Käfig da."

Imke, der anscheinend tausend Gedanken durch den Kopf gehen, tut, was ihr gesagt wird und verschwindet von hinten in einem schwarz verhüllten Käfig auf der Bühne.

Die Geschwister Himmelreich strecken die Zeit mit einer Reihe belangloser Tricks und Gags, bis sie schließlich zum ultimativen Höhepunkt ihrer sündhaft teuren Show kommen und einen Trick zeigen, den die Welt bis dahin noch nicht gesehen hat. Sie wollen vor aller Augen die entführte und eindeutig noch immer in der Kiste befindliche Braut herbeizaubern. Wahnsinn!

Zu einem Trommelwirbel – inzwischen hat sogar der Tontechniker gemerkt, dass der Bosporus-Dance-Track eventuell ein Missverständnis war – reißen sie in einer formvollendeten, geschmeidigen Bewegung den schwarzen Stoff vom Käfig, den schlagartig ein gutes Dutzend beweglicher Scheinwerfer in gleißendes Licht hüllt. Die beiden Magier nehmen in Erwartung überschwänglichen Applauses die Haltung gefeierter Triumphatoren ein und Imke hält sich, geblendet vom hellen Licht, eine Hand vor die Augen, während sie sich mit der anderen am Käfiggitter festhält. Eine Braut hinter Gittern? Die in dem Bild steckende Symbolik hat etwas Bedrückendes, denn wer weiß nicht, dass die Ehe manchmal ein Gefängnis sein kann.

Der Sturm des Applauses bleibt jedoch aus. Die Situation ist surreal, denn nur eine Handvoll Gäste klatscht. Fast die gesamte Hochzeitsgesellschaft starrt auf die Bühne und hält die Luft an. Schließlich verebbt auch das Klatschen der wenigen, die die Situation noch nicht erkannt haben. Die plötzliche Stille ist gespenstisch. Imke nimmt langsam die Hand vom Gesicht und blickt in ihren Garten und in die entsetzten Gesichter ihrer Gäste. Die Magier starren sich vollkommen irritiert an, folgen schließlich dem Blick der Gäste und drehen sich um. Imke ist die Letzte, die sich umdreht und dann, als sie erkennt, was sich in ihrem Rücken abspielt und alle Gäste so schockiert, einen spitzen Schrei ausstößt.

Ein Stück hinter der Bühne, in einer Ecke des Backstagebereichs, wo fatalerweise eine Lücke im Vorhang entstanden ist, sitzt auf einer Transportkiste für Bühnenequipment eine Frau – beleuchtet von den Spots, die eigentlich nur für den Käfig gedacht sind. Dicht vor ihr steht ein Mann. Das Kleid der Frau ist hochgeschoben und die Hose des Mannes hängt ihm unter den Knien. Was sie dort gerade noch taten, ist jedem klar. Der Blick der beiden spiegelt eine Mischung aus Panik, Entsetzen und Scham wider. Es sind Kathrin und Jeff.

„Was für eine abgefahrene Show", sage ich zu Whitney, die plötzlich mit so weit offenem Mund neben mir steht, dass ich mich sorge, sie könne sich den Magen verkühlen. So blöd und langweilig ich das Rumgezaubere dieser Himmelreich-Spackos bisher auch fand – vor dieser Nummer ziehe ich nun meinen Hut. Die Braut nicht nur zu entführen, sondern anschließend in einem Käfig auch noch mit seelischer Grausamkeit zu foltern, ist unkonventionell und kreativ. Chapeau!

Es ist wahrscheinlich unnötig zu erwähnen, dass die Geschwister Himmelreich nicht um eine Zugabe gebeten werden und Herr Roland von ‚The great Cate' seine als Mitternachtssnack vorgesehenen Currywürste der Dortmunder Tafel spenden kann.

Imke erleidet noch im Käfig einen Nervenzusammenbruch und Jeff bezieht vor versammeltem Publikum eine so derbe Tracht Prügel von seinem Schwiegervater, dass der arme Schmierlapp einem fast schon wieder leidtun kann. Imkes Ehe hat damit sechs Stunden gehalten. Das wäre sogar für Hollywood-Verhältnisse rekordverdächtig kurz. Zwanzig Minuten nachdem Kathrin eine der teuersten Hochzeitsfeiern in der Geschichte von LIVE COM-

MUNICATION gecrasht hat, sind fast alle Gäste verschwunden. Ich finde sie in einer Ecke hinter der Bühne – kreidebleich und leicht derangiert.

„Mensch Kathrin“, sage ich, „alle Achtung! Das war spitze!“

„Halt's Maul“, fährt sie mich an.

„Kein Problem.“ Den Gefallen tue ich ihr gerne, zumal ohnehin mein Handy fiept und mich an eine Voicemail erinnert, die ich schon vor vier Stunden bekommen habe – von Ben. Während ich durch die unwirkliche Szenerie des spektakulär hergerichteten Gartens gehe, höre ich mein Handy ab und lausche Ben.

„Hi Hirni, hast es ja schon von Pia gehört. Wir sind raus. Das ist aber nicht alles. Der Döbel hat dich auch geschmissen. Wahrscheinlich weil PastaFigaro den Vertrag aufgekündigt hat. Warum, das werden wir wahrscheinlich nie erfahren. Die Dahlke und der Hahn haben da aber wohl auch ganz ordentlich mitgemischt. Sorry Hirni, tut mir echt leid. Hab deine Kündigung mitgenommen, die lag auf deinem Schreibtisch. Lass uns doch morgen zusammensetzen. Irgendwie muss es ja weitergehen. Also, wenn du das hier abhörst, kannst du den Stift im Prinzip fallen lassen. Ach und noch was, das Wichtigste. Mein Kumpel hat sich gemeldet. Der aus Berlin. Die Sache beim Jauch geht klar, du bist dabei. Mittwoch ist Aufzeichnung in Köln. Also, Dienstag keine Reisekaugummis mit Alkohol fressen!“ Er lacht. „Bis morgen dann!“

Ich lächle, stecke mein Handy weg und schlendere auf eine am Vormittag errichtete Cigar-Club-Lounge zu, in der teure dominikanische Zigarren und kubanische Havannas in Humidoren und Klimaschränken lagern. Ich setze mich in einen der verlassenen Loungesessel und zünde mir eine Zigarre an, auf die sogar Rudi Assauer ein paar Tage hätte sparen müssen. Obwohl ich soeben arbeitslos geworden bin, fühle ich mich erstaunlich gut. Die sommerliche Nachtluft ist herrlich und vermischt sich mit dem würzigen Duft meiner Zigarre. Ich betrachte eine Weile das Treiben der Servicekräfte, die in den Cateringzelten klar Schiff machen und schließe dann mit einem Seufzen die Augen, um den Moment noch besser genießen zu können.

„Für's Rumsitzen werden sie hier nicht bezahlt!" Ich erkenne die monotone Stimme von Pinella Dahlke sofort und öffne langsam die Augen.

„Frau Dahlke, noch da?", sage ich höflich und überrascht.

„Seht zu, dass ihr das geradebügelt. Irgendwie!", poltert Danny James Bond Hahn, der mit einem Glas Cola neben ihr steht. „Wenn uns der Kunde in Regress nimmt, geh'n die Lichter aus."

Aufreizend langsam und lässig erhebe ich mich aus meinem Sessel.

„Danny", sage ich, „ich kümmere mich hier um gar nichts mehr."

„Herr Krallmann, das ist eine unglaubliche Frechheit! Sie werden ..."

„Pinella", unterbreche ich sie, „setz dich auf deinen Daumen, genieße und halt den Mund!"

Sie schnappt nach Luft und Danny baut sich auf, als wolle er die Beleidigung seiner Freundin unter Männern sühnen.

„Danny", sage ich gelangweilt, „erstens habe nicht ich auf der Kiste gesessen und rumgevögelt, zweitens ist es Jeff, dein Kumpel, der Scheiße gebaut hat und drittens geht mich der ganze Quatsch hier auch gar nichts mehr an."

Dann lösche ich meine Zigarre in seiner Cola, gehe ohne weiteren Kommentar davon und lasse die beiden einfach stehen. Auf dem Weg zu meinem Auto treffe ich noch mal Kathrin, die an einer der eigens errichteten Bars steht und versucht, sich mit Hochprozentigem abzuschießen. In ihrem Blick finde ich eine seltsame Mischung aus Argwohn und Scham. Ich spare mir jeden weiteren Kommentar, da ich beinahe Mitleid für sie empfinde und tippe mir zum Gruß an die Stirn, als ich an ihr vorbei gehe. Ich habe keine Lust, ihr zu erzählen, dass mir gekündigt wurde und merke, dass sie mir eine Weile fragend hinterhersieht. Weshalb ich hier nichts mehr verloren habe, wird sie schon noch früh genug erfahren.

Als ich in meinem alten Polo sitze und den Motor gerade starten will, entdecke ich eine weitere Nachricht auf meinem Handy.

Diesmal ist es eine E-Mail, deren Absender schwache Erinnerungen wachruft.

Von: heiko.pilz@pastafigaro.com
An: t.krallmann@live-communication-agency.de
Betreff: Was wir besprochen haben

Hallo Thomas,

entschuldige, dass ich mich erst jetzt melde, aber ich war zwei Tage in den USA wegen des Ausbaus unserer internationalen Restaurants. Baltimore und Philadelphia sind da die nächsten Filialen.
Das war ein super Abend in Berlin und die Party war geil! Mein Kompliment für Dich und Deine Kollegen. Ist bestimmt nicht leicht für die Agentur, dass Ihr aussteigt, aber gute Leute zu halten, ist immer schwer. Den Vertrag mit LIVE COMMUNICATION habe ich, wie besprochen, gekündigt. Bis wann seid Ihr mit Eurer Agentur so weit? Ich würde Euch gerne die Veranstaltungsplanung sämtlicher PastaFigaro-Eröffnungen in Deutschland überlassen. Dann ist alles in einer Hand und aus einem Guss und ich muss mir dann um solche Dinge schon mal keine Gedanken mehr machen. Deine Ideen haben mich wirklich überzeugt. Außerdem freue ich mich schon jetzt auf die Events und unser gemeinsames Bier.
Klaus Wowereit fragte mich, ob er Dich und Dein Team wohl beauftragen könne, das Public-Event zur Eröffnung vom neuen Flughafen zu machen, wenn der mal fertig ist. Er kennt eine Möglichkeit, bei solchen Aufträgen das öffentliche Ausschreibungsverfahren abzukürzen. Ich drücke Dir dafür die Daumen.
An Deinen Rat habe ich mich übrigens gehalten und Frau Monk und Herrn Lecknepper entlassen. Manchmal braucht man eben einen Schubs von außen, um die Dinge zu erkennen.

Melde Dich doch in Kürze, damit wir alles Weitere besprechen können. Freue mich.

Beste Grüße
Heiko

Heiko Pilz
Vorstand
PastaFigaro AG, Köln

Ich lese die E-Mail ein zweites und dann noch ein drittes Mal. Ich verstehe zwar jedes Wort, begreife aber erst nach und nach, was da steht und was es bedeutet. Danach sitze ich in meinem Polo und starre hinaus auf den nächtlichen Parkplatz, um mich zu sammeln und meine Gedanken zu ordnen. Was habe ich diesem Heiko Pilz, an den ich mich durch einen wattigen Schleier sedierender Reisekaugummis allenfalls schemenhaft erinnere, in Berlin nur alles erzählt? Was auch immer dort geschehen sein mag, ich habe wohl die Weichen für den wirklichen Start in die Zukunft gestellt.

Ich blicke auf die Uhr. Es ist zwar erst eins, doch ich habe das Gefühl, bereits seit einer Ewigkeit auf den Beinen zu sein. Trotzdem bin ich so aufgeregt, dass meine Finger zittern, als ich das Handy wegstecke. Am liebsten würde ich Pia und Ben gleich anrufen, aber vielleicht sollte ich mir den Trumpf für morgen aufheben und noch ein wenig die Vorfreude auf ihre Gesichter genießen. Je mehr ich darüber nachdenke, umso mehr bedauere ich es, mich nicht gleich mit den beiden getroffen zu haben, nachdem mir Pia von ihrem Rausschmiss erzählt hat. Erst als ich den Parkplatz verlassen habe und ohne konkretes Ziel durch die Straßen fahre, werde ich ruhiger. Mir ist irgendwie vollkommen klar, dass ich, wenn ich mich in mein Asyl bei Ella und Armin begebe, nicht werde einschlafen können. Also kurve ich weiter durch die Nacht, bis es fast zwei ist. Ich kann nicht sagen, ob es Absicht ist oder unbewusst geschieht, dass ich Pias Adresse ansteuere, aber als ich sehe, dass sie noch wach zu sein scheint, stelle ich meinen Wagen ab. In ihrem Wohnzimmer im dritten Stock flackert bläuliches Licht und ich vermute, dass der Fernseher noch läuft. Einen Moment lang zögere ich, doch dann drücke ich auf die Klingel.

Ich schlafe in dieser Nacht nicht bei Ella und Armin. Überhaupt schlafe ich in dieser Nacht nicht viel. Trotzdem fühle ich mich am nächsten Tag besser als jemals zuvor.

Mission Impossible

„Toi, toi, toi, Hirni", flüstert mir Pia ins Ohr, als sie mich vor dem ‚Wer wird Millionär?'-Studio in Köln-Hürth absetzt. Dann gibt sie mir einen Kuss und legt kurz ihre Hand an meine Wange. Mir wird, wie so oft in den letzten Tagen, ein wenig schwindelig. Überhaupt erscheinen mir die letzten Tage nach Kathrins Hochzeitsdesaster noch immer unwirklich. Imke soll, wie ich gehört habe, gleich am nächsten Morgen die Scheidung eingereicht und Jeff mehr als nur einen Schneidezahn eingebüßt haben. Er hat sich inzwischen, wie man munkelt, um eine leitende Position in einem Kart-Center in Kerpen beworben. Darüber, ob Kathrin dort ebenfalls als Eventmanagerin für Firmenveranstaltungen anheuern wird, kann derzeit nur gemutmaßt werden.

„Hirni, alles klar?", fragt Pia mich und sieht mich besorgt an.

„Ja ja klar, alles in Ordnung", beruhige ich sie, „war gerade nur in Gedanken."

Pia nennt mich, obwohl unser Verhältnis zueinander nun auf wunderbare Weise geklärt ist, noch immer Hirni. Angeblich mag sie den Spitznamen und findet, dass der einfach zu mir passt. Anfangs war ich mir unsicher, was ich davon halten soll, aber inzwischen kann ich mir nichts Schöneres vorstellen, als von ihr so genannt zu werden.

„Bleib einfach immer cool und denk daran: Wenn du erst auf dem Stuhl sitzt, hast du vier Joker. So wie wir es besprochen haben. Also, alles gut. Und jetzt geh da rein und zieh die Sache durch." Ben boxt mir aufmunternd gegen die Schulter und ich rechne fest damit, dass er mir jeden Moment einen Zahnschutz in den Mund schiebt und mir die Visage mit Vaseline zuschmiert.

Ich nicke ihm zu, sage „ja, Coach" und denke ‚von wegen, alles gut'!

„Kommt jetzt, macht den Hirni nicht kirre", schaltet sich mein alter Kumpel Armin ein. „Wir haben doch alles oft genug durchgesprochen."

Armin hatte sich, nachdem er Pia und Ben vor drei Tagen kennengelernt und sich von den beiden deren bescheuerten Plan zu meiner finanziellen Rettung hatte erklären lassen, zum Leiter einer regelrechten Taskforce erklärt, vier Tage Urlaub bei seinem Arbeitgeber eingereicht und meine Teilnahme an der Quizshow generalstabsmäßig vorbereitet. Einen Tag lang hatte er die WLAN-Qualität und das Vodafone-Mobilfunknetz in diversen studionahen Hotelzimmern getestet. Während ich im Idealfall gleich Günther Jauch gegenübersitze, werden die drei vor ihren Laptops hocken und darauf warten, dass ich anrufe und die Option des Telefonjokers nutze. Sogar Whitney wird dabei sein und hat vorgeschlagen, alle mit Kaffee auf Touren zu halten. Die Atmosphäre im Mission Control Center im texanischen Houston war während der ersten Mondlandung wahrscheinlich nicht angespannter und konzentrierter, als sie es in diesem besagten Kölner Hotelzimmer sein wird.

„Hirni?", fragt Pia, „du hast das mit meinem Handy auf dem Schirm, ja? Ich habe mit Whitney getauscht. Hab's vorhin noch mal probiert – mein Empfang geht im Moment gar nicht." Sie verdreht genervt die Augen und ich nicke ihr zu, da sie mir den Quatsch mit ihrem Handy schon dreimal erzählt hat.

Dann klatschen wir alle noch mal ein bisschen lächerlich miteinander ab, denn Armin meint, das wäre gut für die Moral. Schließlich drehe ich mich um und verschwinde hinter einer Milchglasscheibe des unauffälligen Studioeingangs.

Meine Ankunft im Studio ist weit weniger spektakulär und emotional, als ich es mir in den Tagen davor ausgemalt hatte. Keiner, der mich wie einen verlorenen Sohn begrüßt, keiner, der um ein Autogramm auf einem Gipsarm bittet oder wenigstens, wie Armin, mit mir abklatschen will. Die meisten Gesichter sind neu, ich kenne niemanden und mich kennt erst recht keiner.

Erst als mich, während ich hinter einer gut gelaunten Redaktionsleiterin durch die Flure des Studios hertrotte, eine Dame mit den Worten „Herr Hirni, nü kück ma einer an, des is ja schee" begrüßt, kommt so etwas wie Wiedersehensfreude auf.

Ich drehe mich um und blicke in ein strahlendes Gesicht mit Headset vor dem Mund.

„Peggy, verpibscht, das gibt's ja gar nicht!". Die Begrüßung mit der sächsischen Aufnahmeleiterin fällt so herzlich aus, als sei sie der Grund meiner Anwesenheit.

„Heute aber weniger Whiskey-Cola", ermahnt sie mich und hat meinen Totalausfall von damals scheinbar besser in Erinnerung als ich.

„Ich kann mich an nichts erinnern, Peggy – erst an den nächsten Morgen im Hotel."

Sie lacht wissend und ehrlich. Offenbar war ich damals, Gott sei Dank, lustig und nicht nur peinlich.

Ehe die Aufzeichnung beginnt, muss ich eine Reihe routiniert vorgetragener Briefingansprachen, die ich allesamt schon kenne, über mich ergehen lassen und trage die Mobilnummern meiner Telefonjoker Pia, Ben und Armin in ein Formular ein, dass ein Redaktionsmitarbeiter später der Regie übergeben will. Dann lerne ich schließlich die anderen Kandidaten der Show kennen. Alle erscheinen mir irgendwie psychologisch auffällig und ich frage mich, ob denn wohl wenigstens ich einigermaßen normal bin. Romina aus Schrobenhausen drückt ständig ihre Zunge von innen gegen die Wange, als wolle dort gleich das Alien durchbrechen, und Jochen aus Lübeck gibt sich dermaßen spontan und humorvoll, als wolle er keine Million gewinnen, sondern als Moderator für ‚Wetten, dass ..?' entdeckt werden. Der Typ ist tierisch anstrengend und raubt mir mit seiner aufgeräumten Artikulation und seinen überzogenen Grimassen den letzten Rest Konzentration. Ich frage mich fast unaufhörlich, an wen mich dieses Eldorado der Verhaltensforschung erinnert. Es muss irgendetwas ziemlich Lächerliches sein, das ich schon ewig lange nicht mehr gesehen habe. Irgendein Prominenter vielleicht, eine augenzwinkernde Laune der Natur oder jemand aus einem Film? So sehr ich es auch versuche – ich komme nicht darauf. Vielleicht ja später. Ruhe wird mir die Frage bis dahin aber gewiss nicht mehr lassen.

Nachdem man mich ordentlich gepudert und die Maskenbildnerin – zumindest in meinem Gesicht – Hand angelegt hat, komme ich mir endgültig vor, wie in einem Film. Mein Gesicht fühlt sich an, als ließe die großzügig aufgetragene Schicht Make-up weniger Mimik zu als die Botoxbehandlung bei Costa Cordalis. Wenn ich fast unmerklich lächele, könnte ein Ahnungsloser mich mit Leonardo da Vincis Mona Lisa verwechseln und es besteht die reelle Gefahr, dass mir ein Verrückter Schwefelsäure ins Gesicht kippen oder mich wenigstens aus dem Studio rauben und auf dem schwarzen Kunstmarkt verticken könnte.

Nach einem gemeinsamen Imbiss mit den anderen Kandidaten möchte ich eine Weile für mich sein und schlendere durch die Gänge, vorbei an gerahmten Fotos ehemaliger und aktueller RTL-Größen. Mit einem stummen Nicken grüße ich Lou van Burg und Harry Wijnvoord, Hans Meiser und Peter Kloeppel, Sonja Zietlow und Dirk Bach.

Vor einem schrankgroßen Kaffeeautomaten bleibe ich stehen, informiere mich über das Angebot von verschiedenen Kaffeevariationen über warme Vanillemilch bis hin zu Gemüsebrühe und entscheide mich schließlich für einen Café au Lait mit extra Zucker. Begierig verschlingt die Maschine mein Geld, immerhin einen Euro achtzig, liefert jedoch nicht den gewünschten Kaffee, sondern gibt ein paar Geräusche von sich, ähnlich meinem ersten Videorekorder bei dessen letztem Einsatz, bevor er meine geliebte Kassette mit den ‚Supernasen' fraß und ohne Magnetband wieder ausspuckte.

Ich schlage, weil ich das so aus dem Fernsehen kenne, einmal mit der flachen Hand von der Seite gegen das Gerät, und wiederhole, nachdem sich nichts regt, die Maßnahme ein zweites Mal. Dann fällt gleich ein ganzes Dutzend Pappbecher aus dem Magazin, jedoch keiner an genau die Stelle, an der er gebraucht wird. Die meisten kullern über den Boden, wo sie gleich auf meinen Kaffee treffen werden, der nun fröhlich aus der dafür vorgesehenen Öffnung spritzt. Hastig ergreife ich einen der Becher, halte ihn unter die Düse, in der offenbar ähnliche Komponenten verbaut wurden wie in einem Hochdruckreiniger von Kärcher, und fange noch exakt einen Fingerhut voll Kaffee auf, ehe die Maschine ihre misslungene Arbeit einstellt und mich mittels ihres Displays freundlich darüber informiert, dass sie nun fertig ist und mir guten Appetit wünscht. Ich trete einen Schritt zur Seite, damit sich der kleine See milchschaumig braunen Getränks auf dem Teppich seinen Weg in den Gang und nicht in meine Schuhe suchen kann und stelle bestürzt fest, dass nicht nur meine Hose, sondern auch mein Hemd aussehen, als hätte Ulf Pumpe mit seinem Durchfall von 1986 vor mir in einen Ventilator flatuliert.

„Oh je. So ähnlich ist mir das auch schon passiert. Seitdem mach ich einen Bogen um die Kiste", höre ich jemanden hinter mir.

Ich drehe mich um, verkneife mir meine Verwünschungen für das Gerät und sehe in das Gesicht eines Mannes, der, bis auf den Anzug, auch gerade aus einer Abi-Klausur kommen könnte.

„Gibt's ja nicht", sage ich und glotze Günther Jauch an, als wäre er das Letzte, was ich auf den Fluren seines Fernsehstudios erwartet hätte.

Er schüttelt mir freundlich die Hand und wirft einen Euro achtzig in den Automaten, der ihm wie aufs Wort gehorcht und feinsten Milchkaffee in einen Pappbecher schäumt.

Dann drückt er mir den Becher in die Hand und sieht sich auf dem Fußboden um.

„Sollte doch sicher Milchkaffee sein, oder?"

Ich nicke und bedanke mich.

„Kennen wir uns nicht?", fragt Günther Jauch und ich überlege, ob ich ‚Günther' oder ‚Herr Jauch' sagen soll.

„Eigentlich sind wir sogar per Du", antworte ich und nippe an meinem Kaffee.

Günther Jauch sieht mich fragend an und scheint sein Gehirn nach mir zu durchforsten.

„Ich habe vor ein paar Jahren mal 'ne Viertelmillion verzockt."

„Thomas", fragt Günther spontan, „richtig?"

Ich nicke wie ein Japaner, der gefragt wird, ob er mal das Schloss von Heidelberg sehen will.

„Da war irgendwas mit Mangoldt, oder? Vorletzte Frage und noch alle Joker."

Günther erinnert sich tatsächlich an mehr, als ich gedacht hätte.

„Dann bist du einer von den Kandidaten heute?"

„Genau."

Günther sieht an mir herab und zieht die Stirn kraus.

„So kannst du aber kaum bleiben."

Ich nehme das braungefleckte Desaster auf meinem Hemd in Augenschein und reibe unbeholfen darauf herum. „Die waren heute Morgen aber noch nicht da", beteure ich und Günther lacht.

„Ich weiß, wenn die Kiste da zickt, muss man sich flach auf den Boden legen und abwarten. Oder besser noch – weglaufen. Komm mal mit."

Günther nimmt mich mit in seine Garderobe und sucht mir aus einer Vielzahl teuer aussehender Anzüge ein Oberhemd, das zu mir passen könnte.

„Vielleicht ein bisschen konservativ, aber die Größe müsste passen", schätzt Günther ab und hält mir das Hemd fachmännisch vor die Brust.

Eine Stunde später sitze ich, gewandet in ein weiß-hellblau kariertes Eterna-Hemd, genau da, wo ich schon vor ein paar Jahren gesessen habe, im hochmodernen Studio 7 in Köln-Hürth, und verfolge das Treiben um mich herum distanziert und belustigt zugleich. Der Zeitraum, bis die Aufzeichnung der Show endlich beginnt, erscheint mir viel länger als beim ersten Mal. Doch irgendwann sind die Gäste von Einheizer Thorsten auf Temperatur gebracht und Günther Jauch erscheint, um alle vorab zu begrüßen. Er sieht mich in meinem Hemd, zeigt mir den gereckten Daumen und verlässt kurz darauf die runde Bühne auch schon wieder. Es wird ernst. Während das Arbeitslicht langsam dunkler wird, schließlich ganz erlischt und anschließend in den Showmodus wechselt, fühle ich mich plötzlich so unglaublich ruhig und entspannt, dass ich für einen Moment Sorge habe, auf der

Hinfahrt von Whitney nicht mit Wrigleys, sondern mit Reisekaugummis versorgt worden zu sein.

Als die bekannte Musik einsetzt, laufen vor meinem inneren Auge die Ereignisse der letzten dreieinhalb Wochen wie im Zeitraffer ab und ich stelle mir vor, wie meine Telefonjoker Pia, Ben und Armin jetzt gerade in ihrem Hotelzimmer sitzen und vor ihren Laptops mit High-Speed-Internetverbindung darauf warten, dass eines der Handys klingelt.

Die Kandidaten rechts und links von mir können allesamt auf ähnliche ‚Wer wird Millionär?'-Schicksale verweisen wie ich und wirken entweder immer noch seltsam aufgekratzt oder der Welt entrückt. Guido aus Ludwigsburg beispielsweise kauert in seinem Sitz wie ein Hundert-Meter-Sprinter in seinem Startblock. Elke aus Soltau hingegen scheint zu meditieren. Die zerknitterte Mittfünfzigerin Roswitha aus Celle kneift unablässig die Augen zu und sieht aus, als täte sie dies bereits seit ihrer Kindheit. Der fünfundzwanzigjährige Holger aus Koblenz wiederum gibt sich unwiderstehlich cool und ist mir intuitiv unsympathisch. Er sitzt in dem Sessel direkt neben mir und ist, wie er mir erzählte, wegen eines schweren Rückenleidens bereits seit zwei Jahren Frührentner, betreibt aber intensiv Bodybuilding. Dadurch, dass Schulter und Nacken bei ihm eine undefinierbare Masse ergeben, wirkt sein Hals extrem kurz, sodass man meinen kann, er sei mit einer Bratpfanne auf hundertfünfundsechzig Zentimeter Körpergröße zurechtgedroschen worden – eine Vermutung, die sich im Gespräch mit ihm bereits nach wenigen Worten auch im Hinblick auf seinen Intellekt bestätigt. Als Roswitha ihn beim gemeinsamen Kennenlernen am Nachmittag fragte, wie er bei seiner kaputten Wirbelsäule denn so viel Sport treiben könne, lachte er nur hohl und fragte vielsagend: „Welche kaputte Wirbelsäule?" Entweder ist sein Gehirn anabolen Steroiden gewichen oder aber er ist viel cleverer als jeder andere im Saal. Trotz der grundlegend unterschiedlichen Physiognomie könnte er ein Bruder von Ulf Pumpe sein und ich werde bei der Auswahlfrage höllisch aufpassen, dass er nicht bei mir abschreibt. An wen mich Jochen aus Lübeck erinnert, ist mir noch immer nicht eingefallen. Wenn ich jetzt jedoch wieder anfange, darüber nachzudenken, kann ich mich gleich aus dieser Show verabschieden. Soweit kommt es jedoch nicht, denn ich werde durch den Auftritt des schlaksigen Moderators aus meinen Gedanken gerissen.

Günther Jauch begrüßt das Publikum im Studio und vor den Fernsehern mit der ihm eigenen, verbindlichen Art zum ‚Wer wird Millionär?'-Special ‚Die zweite Chance' und stellt uns Kandidaten nacheinander vor. Die Kamera fährt von einem Sessel zum nächsten und der Moderator lässt es sich nicht nehmen, mit einem Satz das jeweilige Quizshow-Schicksal zu umreißen. Als die Kamera vor mir angekommen ist, sagt er: „Thomas Krallmann aus Dortmund. Abgerutscht von zweihundertfünfzigtausend auf sechzehntausend Euro – mit noch sämtlichen verfügbaren Jokern."

Ein Raunen geht durch das Studio, ich lächele souverän und nicke in die Kamera, doch die ist bereits auf dem Weg zu Roswitha.

Irgendwie fühle ich mich in diesem Studio der Welt seltsam entrückt und frage mich ein weiteres Mal, auf was ich mich überhaupt eingelassen habe. Pia und Ben haben es natürlich gut gemeint, als sie mich überredeten, hier mitzumachen. Aber was ist, wenn ich mich bis auf die Knochen blamiere oder bereits an der Auswahlfrage scheitere? Dann bin ich ein bescheuerter, überschuldeter, arbeitsloser Existenzgründer mit seinem ersten Top-Kunden PastaFigaro in der Pipeline, aber leider vollkommen unfähig, auch nur einen einzigen Schritt in Richtung Zukunft zu unternehmen. Dann werden sie alle vor ihren Fernsehern sitzen und sich über mich schlapplachen – Frau Rieke und Herr Kottge, die Herren von der Vermietergesellschaft, Pinella Dahlke, Kathrin und Danny Hahn, der krächzende Döbel und Mechthild Strunk aus der Apotheke. Ja sogar Frau Koletzki von der Allianz-Versicherung und ihre Azubine Franca Spanke werden sich biegen vor Lachen – von Daniela Katzenberger und Klaus Wowereit einmal ganz abgesehen!

Ich verbeiße mich derart fest in meine Überlegungen über Sinn und Unsinn dessen, was ich hier tue, dass ich beinahe tatsächlich die Auswahlfrage verpasse. Das hätte ich dann sogar meinen Freunden im Hotelzimmer nur schwer erklären können – alle Kandidaten schaffen es mehr oder weniger schnell, das Wort ‚Auto' oder ‚Haus' in der richtigen Reihenfolge zu buchstabieren, nur Hirni Krallmann loggt gar nichts ein, da er auf dem falschen Fuß erwischt wurde und an Klaus Wowereit gedacht hat. Für Pia wäre das bestimmt echt hart.

Die Musik im Studio baut künstlich Spannung auf und erinnert mich irgendwie an eine ablaufende Uhr, als Günther Jauch wissen will, in welcher Reihenfolge eine Pizza entsteht. Ich könnte jubeln! Da Pizza nämlich eine ganze Zeit lang mein Grundnahrungsmittel war, kenne ich den Ablauf genau und rechne fest mit den Wahlmöglichkeiten

A: Ofen vorheizen	**B: Pizza auspacken**
C: Pizza reinschieben	**D: Pizza rausholen**

Stattdessen bietet uns Günther vier Zutaten, die korrekt zu ordnen sind.

A: Käse	**B: Oregano**
C: Teig	**D: Tomate**

Ich habe selbst zwar noch keine einzige Pizza gemacht, aber unzählige Male dabei zugesehen und möchte ja auch zukünftig als Eventagentur immerhin die angesagteste Pizza- und Nudel-Restaurantkette unserer Zeit betreuen, sodass ich mir ziemlich sicher bin, wie es gehen könnte. Meine Finger fliegen über die Knöpfe und gefühlte drei Sekunden später bin ich fertig.

„Eine Pizza macht der gemeine Italiener so", holt Günther schließlich aus und löst die kniffelige Frage auf: „C – Teig ausrollen, D – Tomatensoße verstreichen, A – Käse verteilen, B – Oregano drüberstreuen."

Die Grafik wird eingeblendet und veranschaulicht, dass von uns zehn Kandidaten doch glatt vier komplett verrissen haben. Wahrscheinlich haben die sich mit der Reihenfolge bei Tomate und Käse vertan – eine Sache, die sogar viele indische Pizzabäcker regelmäßig nachschlagen oder in kostspieligen Schulungen auffrischen müssen.

Die restlichen Kandidaten wissen eindeutig in groben Zügen, wie man Pizza macht und haben zwischen fünf und neun Sekunden gebraucht. Mit einer Ausnahme. Der Kandidat aus dem östlichen Ruhrgebiet war schon nach drei Sekunden fertig und strahlt von einem Ohr zum anderen darüber, die erste Hürde auf dem Weg zur wirtschaftlichen Unabhängigkeit gepackt zu haben. Also stolpere ich etwas benommen von meinem Sessel zum Moderator und winke dabei so blöde in die Kamera, dass sogar der Kameramann beschämt die Augen schließt.

Ich finde, dass man Günther Jauch recht schnell ansehen kann, ob er über einen Kandidaten glücklich ist oder sich doch eher einen anderen gewünscht hat. Als er mich begrüßt, habe ich das Gefühl, dass er zufrieden ist mit der Wahl des Schicksals. Er stellt mir, als ich auf meinen Stuhl krabbele, ein paar Fragen zu meinem heutigen Leben und kann es sich nicht verkneifen, mir ein Kompliment zu meinem schicken Hemd zu machen. Er sagt, er sei gespannt, wie weit ich diesmal ohne Joker komme und fragt, ob ich noch wisse, was ich mit dem Geld von damals gemacht habe. Ich erkläre allen Ernstes, dass ich davon mein Badezimmer renoviert habe.

„Die erste Frage", holt er schließlich zum Schlag aus und legt los. „Wer mies gelaunt ist, der ist schlecht ... A: dran, B: drauf, C: drin oder D: drüber?"

Bei den meisten Kandidaten ist es üblich, dass die erste Antwort für immerhin fünfzig Euro wie aus der Pistole geschossen kommt. Nicht so bei mir. Ich starre erst auf die Fragen im Monitor, dann in das Gesicht von Günther Jauch, der den Ahnungslosen spielt, und schließlich weiß ich gar nichts mehr. Es rauscht nur in meinem Kopf. So etwas nennt man wohl Blackout.

„Wer schlecht dran ist, kann doch auch miese Laune kriegen, oder?“, frage ich schließlich leise – halb mich, halb Günther. Das Publikum brummt. Günther sagt nichts, sondern beschränkt sich darauf, kommentarlos zu gucken. Die Art, wie er das tut, sagt jedoch viel. Wenn ich jetzt verreiße, wird er nach der Sendung seiner Redaktion vorschlagen, mich ein drittes Mal einzuladen – in ein Special für Minderbegabte unter dem Titel ‚Mission Impossible‘.

„Und wer mies gelaunt ist, der ist schlecht dran, denn mit besserer Laune ist alles schöner und man ist besser dran.“

Meine Erklärung scheint mir perfekt zu sein und trotzdem zieht Günther Jauch ein seltsam schockiertes Gesicht. Ich überlege, ob mir das was sagen soll oder er heute eventuell auch einfach nur schlecht drauf sein kann.

In meinem Kopf beginnt es zu rattern und plötzlich schäme ich mich in Grund und Boden.

„B“, sage ich hastig, „schlecht drauf.“

Günther loggt die Antwort schneller ein, als er es wohl jemals zuvor getan hat und Sekunden später gehören die fünfzig Euro mir.

„Jetzt haben Sie mir aber für einen Moment richtig Angst eingejagt“, sagt er und nimmt einen Schluck Wasser.

„Ich mir auch“, antworte ich. „Da wäre ich hinterher ziemlich schlecht drauf gewesen.“

Günther lacht. „Und dran auch.“

„Sehen Sie! Meine Worte.“

Ich habe mich vor dem Fernseher schon oft gefragt, warum sich so viele Menschen, die einander im normalen Leben garantiert in der zweiten Person Singular ansprechen, vor laufender Kamera konsequent siezen. Nun wird mir bewusst, dass sie es tun, weil man das im Fernsehen halt so macht. Die Frage wird sich mir also nie wieder stellen und ich kann Talk- und Quizshows fortan viel entspannter genießen.

Die nächsten sechs Fragen meistere ich ohne Probleme, doch dann, bei der Frage um viertausend Euro, gerate ich ins Schwimmen.

Wie viele olympische Medaillen konnte der US-amerikanische Leichtathlet Carl Lewis gewinnen?

Nacheinander bauen sich die vier möglichen Antworten auf meinem Bildschirm auf.

A: 8	**B: 9**
C: 10	**D: 11**

Ich bin ratlos. Ganz im Gegensatz zu Günther, der sich genüsslich nach hinten lehnt und die Antwort zu kennen scheint. Kein Wunder, der Mann hat ‚Das aktuelle Sportstudio' moderiert und die Champions League auf RTL. Wahrscheinlich hat der Carl Lewis schon persönlich interviewt. Ich weiß nicht mal, wie viele Medaillen Klaus Wowereit gewonnen hat.

„Irgendeine Vermutung?", fragt mich der Moderator. Ich wiege meinen Kopf hin und her.

„Neun sagt mir was, als hätte ich das schon mal gehört."

„Hm."

„Bin mir sogar irgendwie ziemlich sicher."

„Hm."

„Ich könnte wetten, das kam schon mal in der ‚Chart Show' bei Oliver Geissen vor."

„Hm."

„Oder war das etwa Mark Spitz?", frage ich halb mich selbst und halb Günther Jauch.

„Der hat mal die Chart Show moderiert?"

„Nein, aber Goldmedaillen gewonnen. Fragt sich nur, wie viele."

„Hm."

„Bin mir aber nicht so richtig sicher."

„Merke ich."

Ich sehe ihn fragend an. „Und was machen wir da?"

Günther Jauch zieht ein paar Grimassen, als hielte er es nicht länger aus.

Jochen aus Lübeck lacht sich schlapp – und zwar so, dass jeder davon Kenntnis nehmen muss. Er gehört zu jenen, die die Pizzafrage komplett in den Sand gesetzt haben und seine Chancen auf den Gewinn einer Million Euro damit bereits vor über einer Viertelstunde schlagartig gesenkt hat. Offenbar rechnet er sich aber immer noch reelle Chancen auf die Nachfolge von Markus Lanz beim ZDF aus und versucht, so aufgeschlossen wie möglich, jeden noch so kleinen Scherz von Günther, den das inzwischen offenkundig nervt, mit einem Lachen zu kommentieren. Irgendwann habe ich die Nase voll und drehe mich zu Jochen um.

„Boah!", sage ich gedehnt und verdrehe die Augen.

Darüber lachen neben Günther sowohl das Publikum als auch die restlichen Kandidaten – nicht jedoch Jochen. Der ist versteinert und sieht mich an, als hätte ihm Miss Piggy die Autogrammkarte von Kermit auf den Hintern getackert. Er sackt unmerklich in sich zusammen – kein Wunder, geht seine komplette Fernsehkarriere doch gerade vor die Hunde, wie die von Wolfgang Lippert nach der neunten Folge ‚Wetten dass ..?'. Ich rechne fest damit, dass er jeden Moment damit beginnt, auch noch am Daumen zu lutschen. Was bei kleinen Kindern hilft, sich vom Kummer dieser Welt abzulenken, bringt's bei Jochen garantiert auch. Plötzlich überkommt mich das befreiende Gefühl einer Erleuchtung und mir fällt die Lösung wie Schuppen von den Augen – zwar nicht die Antwort auf Günthers Frage nach Carl Lewis' Goldmedaillen, sondern die Antwort auf die Frage, an wen mich der Typ mit seinem dünnen Hals, dem struppigen Bart und dieser grotesken Mimik erinnert: Prinz John aus dem Robin-Hood-Film von Walt Disney. Der sieht aus wie ein memmenhafter Zeichentricklöwe aus den siebziger Jahren. Was für ein beschissenes Schicksal! Ich lache laut los und Günther grinst mich fragend an. Ehe er mich um eine Erklärung bitten kann, winke ich glucksend ab und zwinge mich zur Contenance. Jochen aus Lübeck indes hat wenig Verständnis für meine Heiterkeit und sieht reichlich verschnupft aus. Sein Kopf gleicht einer roten Kirsche. Erst später, wenn die Aufzeichnung der Sendung längst abgeschlossen ist, wird mich Günther auf die Situation ansprechen und mir anschließend sagen, dass er die gleiche Assoziation hatte. Im Moment jedoch sieht er mich nur mit großen Augen an und hätte gerne eine Information, wie es weitergehen soll mit Carl Lewis' Goldmedaillen.

„Ob ich vielleicht einen Joker nutzen könnte?", frage ich und Günther strahlt.

„Endlich! Eine perfekte Frage für einen Joker. Welcher darf's denn sein?"

„Ich glaube, ich nehme den Fifty-fifty-Joker."

„Meinen Sie denn, der bringt was?"

„Na ja, wenn die Neun stehen bleibt, schon."

„Und wenn die Neun nicht stehen bleibt?"

„Sie sind ganz schön pessimistisch, Herr Jauch."

Ein paar im Publikum lachen.

„Ich wollte es nur zu bedenken geben."

„Soll ich das Publikum fragen? Das ist doch inzwischen erst recht verunsichert."

„Telefonjoker?"

Ich überlege. „Noch nicht."

Günther Jauch hebt ergeben die Hände.

„Sie entscheiden."

„Also", wiederhole ich, „ich hätte gerne den Fifty-fifty-Joker."

Ich starre auf den Monitor vor mir und sehe, wie schlagartig zwei Zahlen verschwinden – die Elf und die von mir so favorisierte Neun. Scheiße.

„Watt nu?", fragt der Moderator und grinst.

Ich sehe ihn konsterniert an und blicke dann wieder ungläubig auf den Bildschirm. Schließlich schüttele ich den Kopf.

„Ich hätte wetten können, es waren neun."

„Neun was?", fragt Günther.

„Ja, Goldmedaillen", antworte ich leicht verärgert. „Sie passen nicht richtig auf."

Günther lacht. „Achtung! Wie genau lautet die Frage?"

Ich sehe ihn verständnislos an und tue ihm den Gefallen, die Frage vorzulesen, als säße ich in der dritten Klasse neben Ulf Pumpe: „Wie viele olympische Medaillen konnte …“ Ich halte inne.

„Ach, das können auch …“

Günther nickt.

Ich war von Goldmedaillen ausgegangen. Ob der Typ auch mal Zweiter oder Dritter geworden ist? Keine Ahnung.

„Haben Sie schon mal gehört, dass Carl Lewis Zweiter geworden ist?“, frage ich und Günther zieht die Schultern hoch.

„Okay“, sage ich, „aber höchstens ein Mal. Also, ich sage C, zehn.“

Ob ich richtig liege und noch im Rennen bin oder daneben gegriffen habe und mit fünfhundert Euro nach Hause fahren kann, erfahre ich erst nach einer kurzen Unterbrechung. An der Art, wie Günther Jauch jedoch die Werbeunterbrechung ankündigt, erkenne ich, dass meine Chancen gut stehen.

Als die Aufzeichnung der Sendung wieder startet, Antwort C grün unterlegt wird und die entscheidende Musik einsetzt, weiß ich, dass ich noch dabei bin. Ich schnaufe, genauso wie der Moderator, einmal durch.

„Was soll mit dem Geld denn diesmal geschehen?“, fragt Günther. „Wieder ein Badezimmer renovieren?“

Wenn er nur wüsste, wie recht er hat, wobei ‚sanieren‘ der bessere Ausdruck wäre. Ich beschließe jedoch, ihm nicht von meinem Malheur mit dem Wasserschaden zu erzählen, denn zu hoffen, dass irgendjemand im gesamten Sendegebiet Verständnis für meine Blödheit haben könnte und nachvollziehen kann, wie man den Schutz seiner Haftpflichtversicherung einbüßt, wäre eindeutig naiv. Trotzdem will ich ihm nicht irgendeinen Schwachsinn erzählen, in der Art wie ‚ich wollte schon immer in den Oman reisen und auf einem echten Kamel durch die Wüste reiten‘ oder ‚ich spare auf ein Wohnmobil, weil die Kfz-Steuer immer noch günstiger ist als Miete‘. Also versuche ich schon irgendwie bei der Wahrheit zu bleiben, formuliere sie aber so, dass ich nicht gleich aus dem Studio gebuht werde und mache gewissermaßen aus der Not eine Tugend.

„Ich habe sehr nette Nachbarn – ein älteres Ehepaar – und die brauchen dringend Geld, um ihre Wohnung zu renovieren. Denen will ich unter die Arme greifen." Ich unterstreiche meine Aussage mit einem Gesichtsausdruck, den sonst nur Witta Pohl bei ‚Diese Drombuschs' drauf hatte und lande damit einen echten Volltreffer. Das Publikum applaudiert begeistert, Günther nickt anerkennend und ich fühle mich, na ja, ein wenig schäbig. Nun, eigentlich habe ich ja nichts Falsches gesagt – ich habe nur ein paar Informationen weggelassen, beispielsweise, dass ich das ältere Ehepaar erst in diese Situation gebracht habe.

Danach läuft es ziemlich gut für mich. Günther, die Kandidaten und das Publikum sind mir, bis auf Jochen, gut gesonnen und die Atmosphäre im Studio ist fantastisch.

Was dann kommt, klingt so unglaublich dämlich, dass ich mich für einen Moment verarscht fühle. Diese sonst so witzige Quizfragen-Redaktion möchte bei der Frage um zweiunddreißigtausend Euro wissen, wie die Maßeinheit für Körpergeruch heißt. Einmal davon abgesehen, dass ich nicht mal wusste, dass es so etwas gibt, klingen die vier Begriffe dermaßen unpassend, dass sogar Günther auf den Bildschirm starrt, als könne er einen blöden Streich seiner Mitarbeiter nicht mit endgültiger Gewissheit ausschließen.

Sein Mund formuliert die vier vorgeschlagenen Multiple-Choice-Antworten wie ungläubige Fragen: „Alf, Elf, Olf oder Ulf?"

„Nee, ne?", frage ich angefressen und schüttele den Kopf, ehe ich Günther Jauch anstarre. Wie kann es sein, dass mich Ulf Pumpe jetzt sogar in Köln-Hürth heimsucht? Ist der etwa hier? Ich sehe mich kurz im Studio um, wie ein gehetztes Tier.

„Wenn Sie mich fragen – das klingt alles ziemlich schwachsinnig", sagt Günther und setzt sein ratloses Gesicht auf.

„Könnte es sich eventuell um ein Missverständnis handeln?", frage ich kleinlaut.

„Welcher Art?"

„Jemand hat mit den Antworten die falsche Frage kombiniert."

„Kann ich mir nicht vorstellen.“ Überzeugt wirkt der Moderator von dem, was er sagt, jedoch nicht.

„Welcher Kollege von E.T. wohnt bei den Tanners?“, frage ich, um ihm zu verdeutlichen, welche Fragen passen würden.

„Was wohnt im Wald und darf in keinem Fantasy-Roman fehlen?“, fahre ich fort. „Welcher Idiot schikaniert die Kunden der Deutschen Bahn?“

Günther Jauch kann mir bei Frage Nummer drei eindeutig nicht mehr folgen und sieht mich fragend an.

„Sie fahren sicher nur selten mit der Bahn, sonst wäre Ihnen ein rotzblöder Schaffner namens Ulf sicher schon begegnet.“

„Hm.“

„Wobei“, korrigiere ich mich, „dem begegnet man nicht einfach, von dem wird man heimgesucht.“

Günther lacht und ich schließe mich ihm an.

„Aber wissen Sie was“, frage ich schließlich gut gelaunt, „die Antwort lautet weder ‚Alf‘, noch ‚Elf‘, noch ‚Ulf‘. Sondern schlicht ‚Olf‘. Ich logge ein: C – Olf!“

„Jetzt ernsthaft?“

Ich nicke stolz. Die Erkenntnis war mir erst wenige Sekunden zuvor gekommen und eigentlich hätte es mir gleich einfallen müssen.

„Und wieso gerade ‚Olf‘?“, fragt mich ein Moderator, dem ich zunehmend ein Rätsel zu werden scheine.

„Alles den Geruchssinn Betreffende“, führe ich aus und bemühe mich, nicht in die nasale Monotonie eines Lehrers zu verfallen, „bezeichnet man als olfaktorisch.“

Günther nickt folgsam.

„Unsere Augen“, vertiefe ich den Einstieg in die anspruchsvolle Materie, „sind Heimat des visuellen Sinns, die Ohren des auditiven Sinns.“

Ich suche kurz Blickkontakt mit Günther, um mich zu überzeugen, dass er den Anschluss nicht verliert.

„Unsere Hände“, fahre ich, während ich selbige hochhalte, mit solch didaktischem Geschick fort, dass ich nicht ausschließen kann, dass man mich noch heute Abend dem deutschen Fernsehpublikum als zukünftiger Moderator für ‚Quarks & Co', ‚Wissen macht Ah!' oder ‚Die große Show der Naturwunder' vorstellen wird. „Unsere Hände", nehme ich einen zweiten Anlauf, „liefern uns haptische Reize, die Haut generell taktile." Damit es auch der Letzte im Land begreift, klatsche ich mir mit der Hand auf den Unterarm.

„Und unsere Nase", komme ich dramaturgisch geschickt zum Höhepunkt und merke, wie die Spannung unter den Studiogästen ins Unerträgliche steigt, „beheimatet den olfaktorischen Sinn. Somit kann die Antwort nur C – Olf sein."

Aus berechtigter Sorge, überheblich wirken zu können, lasse ich Understatement walten und verzichte darauf, mir pathetisch huldigen zu lassen.

Günther nickt, da ihm meine Erklärung plausibel erscheint, und das Publikum schweigt entweder beeindruckt oder aus purer Langeweile – genau lässt sich das nicht sagen. Nachdem ich jedoch offiziell eine Gewinnstufe höher geklettert bin, spendet man mir wohlwollenden Applaus. Sogar Prinz John klatscht fröhlich mit und taut nach und nach wieder auf.

Auf einem vollkommen anderen Fuß erwischt mich hingegen eine Frage nach der Anzahl der Anrainerstaaten Weißrusslands – ein Land, das ich eigentlich nur vom ‚Eurovision Song Contest' her kenne. Hier werde ich gleich zwei wertvolle Joker verballern, doch immerhin geht es da bereits um hundertfünfundzwanzigtausend Euro. Ich habe einfach keine Ahnung von der geografischen Konstellation Weißrusslands und auch von der Lage des Landes nur eine vage Vorstellung. Grenzt Weißrussland an Polen? An Russland? Was ist mit Lettland und Litauen und diesen Staaten? Ist Rumänien eigentlich zu weit weg? Und gibt es so etwas wie Schwarzrussland?

Nicht mal der Publikumsjoker hilft mir wirklich weiter, denn das Publikum teilt sich recht präzise in zwei Lager, die uneins über die Antwort sind und mir somit keine neuen Erkenntnisse liefern. Erst als ich mich dazu entscheide, einen einzelnen Zuschauer zu befragen, also meinen vorletzten Joker in die Waagschale werfe, kommt Bewegung ins Spiel.

Unter den freiwilligen Kandidaten im Publikum jemanden zu finden, der möglichst weißrussisch aussieht, ist schwierig, vor allem, wenn man nur eine schwammige Vorstellung von dem Land hat und nicht mal genau weiß, wo es liegt. Also entscheide ich mich nach reiflicher Überlegung für einen sachlich wirkenden Herrn in kariertem Oberhemd, der entfernte Ähnlichkeit mit Wladimir Putin hat, und durchaus Fachmann für alle Fragen rund um Russland sein könnte – welcher konkreten Farbe auch immer.

Wladimir heißt in Wirklichkeit allerdings Gerd Salzmann, ist Lehrer und kommt aus Braunschweig. Damit ist er zwar kein echter Russe, aber zumindest geografisch näher dran als ich. Er behauptet steif und fest, genau zu wissen, dass es exakt fünf Staaten sind, die sich eine Grenze mit Weißrussland teilen. Da er die prompt auswendig aufzählen kann und ich keinen Grund habe, ihm nicht zu glauben, zumal sich seine Ansicht ja ohnehin mit der von immerhin beinahe der Hälfte des Publikums deckt und er als Lehrer allein von Berufswegen her recht behalten wird, bitte ich Günther Jauch, die entsprechende Antwort für mich einzuloggen. Eine gefühlte Ewigkeit später ist auch mein geografisches Allgemeinwissen um eine Lücke ärmer und Gerd Salzmann freut sich über die diesmonatige steuerfreie Aufstockung seines Beamtengehaltes um fünfhundert Euro wie ein kleiner Junge an Ostern. Hoffentlich hat er die Spielregeln nicht missverstanden und denkt, er hätte jetzt meine hundertfünfundzwanzigtausend Euro gewonnen, die mich auf meinem Monitor in leuchtenden Ziffern anstrahlen. Vielleicht, gestehe ich mir bei genauerer Betrachtung dieses leicht unbeholfenen Herrn im Freudentaumel ein, hat er doch nicht so viel Ähnlichkeit mit Putin. Ich schließe mich Gerd Salzmann aber an und treffe spontan die Entscheidung, mich vor Freude mit Mineralwasser zu betrinken, das mir von den freundlichen Mitarbeiterinnen der Produktionsfirma freigiebig nachgeschenkt wird. Der Service hier bei ‚Wer wir Millionär?', soviel sei gesagt, ist – mit Ausnahme des Kaffeeschrankes draußen auf dem Gang – perfekt.

„So", ruft Günther Jauch den Zuschauern die Situation ins Gedächtnis und mich in die Show zurück, „es geht jetzt um zweihundertfünfzigtausend Euro und Thomas Krallmann aus Dortmund hat noch genau einen Joker!"

Ich erwarte die nächste Frage, Günther jedoch steht der Sinn eher nach einer gemütlichen Plauderei. Also plaudern wir.

„Was soll die Renovierung denn kosten?", will er wissen.

„Die Renovierung?", frage ich begriffsstutzig.

„Von der Nachbarwohnung", hilft mir Günther Jauch auf die Sprünge.

„Zweiundsiebzigtausend", sage ich und lächele etwas hilflos.

„Zweiund ..." Dem Moderator fehlen die Worte. „Was muss denn da alles gemacht werden? Zimmerdecken aus Blattgold?"

Ich schüttle den Kopf.

„Oder leben die auf achthundert Quadratmetern?"

„Auch nicht", sage ich lachend. „Kapitaler Wasserschaden. Grundsanierung."

Günther sagt einen Moment nichts und da mir gerade auch nichts Gescheites einfällt, schweigen wir halt beide eine Weile.

„Ja dann", stellt er schließlich folgerichtig fest, „bleibt soooo viel ja gar nicht übrig."

„Nö", sage ich und bestätige seine beeindruckende Rechenleistung.

„Aber wenn's mit der nächsten Frage klappen sollte, dann sieht's schon anders aus. Dann tut die Renovierung auch gar nicht mehr so weh, oder?"

„Genau", überlege ich, „aber es bleibt ja auch so ein bisschen übrig."

„Und? Schon eine Idee, was damit geschehen soll?"

Ich frage mich einen Moment, worauf die Frage abzielt und ob sich Günther Jauch eventuell was als Anlageberater dazuverdienen will. Er wird mir doch jetzt kein Steuermodell mit Immobilien in den neuen Bundesländern vorschlagen?

„Vielleicht sparen“, überlege ich zögerlich.
Günther guckt nicht so überzeugt.
„Bei dem Zinsniveau?“
„Ne bessere Idee?“, frage ich.
Er bläst die Backen auf und überlegt. Dann weiß ich plötzlich, wie es weitergehen soll.
„Eigentlich will ich mich mit zwei Freunden selbstständig machen.“
Zu den aufgeblasenen Backen gesellen sich zwei interessierte, hochgezogene Augenbrauen.
„Welche Branche?“
„Veranstaltungsplanung.“
Alle Luft entweicht den Backen schlagartig.
„Ui, ausgerechnet? Da gibt's aber schon viele, oder?“
„Aber auch viele schlechte.“
Günther lacht. Wie damals schon stimmt die Chemie zwischen uns.
„Schwerpunkt?“
Günther will es anscheinend ganz genau wissen. Woher aber soll ich das denn bitte wissen? Pia könnte ihm jetzt bestimmt genau erklären, wie es laufen soll und wie die Agentur ausgerichtet sein muss. Ich jedoch sitze da wie ein Konfirmand beim Friseur und rolle bemitleidenswert ratlos mit den Augen.
„Wie jetzt?“, frage ich ziemlich begriffsstutzig.
„Eher Galas oder Konzerte?“
„Nee nee, Galas schon eher. Also Firmenjubiläen zum Beispiel oder andere Events.“
„Hm“, macht Günther Jauch und sieht dabei nicht besonders überzeugt aus. Dann habe ich Gott sei Dank den rettenden Einfall und sage: „Vorwiegend Industrie und Mittelstand. Natürlich auch viel Messegeschäft“, wenngleich ich selbst nicht genau weiß, was ich damit im Detail meine.
Für mich klingt es aber gnadenlos kompetent und überzeugend. Spontan aufkommende Zweifel, ob ich nach drei Wochen

als Agenturpraktikant wirklich schon reif bin für eine eigene Firma, überspiele ich mit einem lässigen Schluck aus meinem Wasserglas.

Günther sieht mich an und nickt, während er überlegt.

„Und die Freunde sind auch aus der Branche?“

„Ja klar, Kollegen sozusagen.“ Mein unsicheres Gestammel geht mir inzwischen selbst auf die Nerven. „Also eigentlich sind das ein Freund und eine Freundin.“ Blöder, denke ich mir, kann man nicht formulieren.

„Hochzeiten?“, will Günther wissen.

„Nee, sind beide unverheiratet.“

Günther schüttelt energisch den Kopf.

„Ob Sie auch Hochzeiten anbieten! So weddingplanningmäßig.“

„Was? Ach so. Ja nee, machen wir auch.“ Jetzt bin ich endgültig von der Rolle und habe die unvermeidlichen Bilder von Imkes Hochzeitscrash vor meinem inneren Auge. „Machen wir ganz toll“, stammele ich weiter, „auch mit Essen und so und ganz schönen Toilettenwagen.“

Günther sieht mich an, als hätte ich vollends einen an der Waffel und macht mal wieder sein unvermeidliches „Hm!“

Schließlich sieht er ein, dass ich offenkundig gerade nicht mehr ich selbst bin oder aber auch eventuell gerade mein wahres Ich offenbare und lässt endlich von mir ab.

„Na dann, viel Erfolg!“

Ich habe diesen gut gemeinten Wunsch nie zuvor mit weniger Überzeugung gehört.

„Wollen wir mal was tun für das noch junge Unternehmen“, schafft Günther den versöhnlichen Absprung zur Show, „hier kommt die Zweihundertfünfzigtausend-Euro-Frage!“

Angesichts dieser für mich so gigantischen Zahl schrumpfe ich auf meinem Stuhl zur Größe eines Danny DeVito im Schneidersitz und spüre zum ersten Mal nach über dreißig Jahren das Bedürfnis, entweder an meinem Daumen zu lutschen oder wenigstens an meinen Fingernägeln zu kauen. Alles, was mich davon abhält, sind mein Wunsch, nicht auch mit Prinz John verwechselt zu werden und das Wissen, eine eigene Quiz-Lösungs-Redaktion in Telefonnetzreichweite zu haben, die nahezu autistisch darauf fokussiert ist, im Falle meines Anrufs eine Antwort auf meine Frage in einem beängstigend knapp bemessenen Zeitfenster von weniger als dreißig Sekunden zu eruieren – vorausgesetzt, der Hausmeister führt nicht just in dem Moment Wartungsarbeiten an der hoteleigenen WLAN-Anlage durch. Diese infrastrukturelle Achillesferse mussten wir nach reiflicher Überlegung und kontroverser Diskussion in Ermangelung sinnvoller Alternativen einfach zähneknirschend in Kauf nehmen.

Es wird dunkler im Studio und das Showlicht konzentriert sich wieder auf Günther und mich.

„Der Amerikaner Frank B. Kellogg", trägt Günther die Frage vor, „A – war Außenminister unter Theodore Roosevelt, B – erfand die Erdnussbutter, C – gewann den Friedensnobelpreis oder D – entwickelte das erste Gerät zur Blutdruckmessung?"

Dann sieht er mich mit seinem typischen Jetzt-bin-ich-aber-gespannt-Gesichtsausdruck an und ich mache das Intelligenteste, was mir in dem Moment einfällt. Nämlich nichts. Ich glotze Günther an, als müsse da doch noch was kommen. Da Glotzen bei Günther Jauch ähnlich verpönt ist wie in der Familienumkleide vom Hallenbad, straffe ich mich und tue das Zweitintelligenteste, was mir gerade in den Sinn kommt. Ich frage: „Kommt da noch was?"

„Nee, warum? Sollte es denn?"

„E", antworte ich, „verkauft Cornflakes. Das wäre eine Antwortmöglichkeit, die mich nach vorne bringen würde."

„Ich fürchte, das wäre dann aber eher so die Tausend-Euro-Kategorie."

„Ja, zugegeben."

„Keine Ahnung?"

„Ich hab über den Kellogg mal einen Film gesehen. Ich glaub mit Bridget Fonda."

„Wem?"

„Tochter von Jane Fonda. Dieser Aerobic-Tante."

„Und? War gut?"

„Glaub schon. Kenn mich mit Aerobic jetzt aber auch nicht so aus“, sage ich entschuldigend und versuche kein falsches Bild von mir aufkommen zu lassen.

„Nein, der Film!“

„Ach so. Ja, riesig. Wobei, so genau weiß ich das nicht mehr. Kann mich eigentlich an nichts erinnern.“

„Ja, das zeichnet große Filme aus“, seufzt Günther und lässt sich nach hinten in seinen Stuhl fallen.

„Ich glaube aber“, hole ich mit großer Geste aus, „der Typ war Arzt in einem Sanatorium oder so. Mit seltsamen Patienten und ziemlich merkwürdigen Behandlungen. Das spräche ja“, überlege ich laut, „für Antwort D. Vielleicht hat der ja wirklich ein Gerät zum Messen von Blutdruck erfunden. Würde jedenfalls in so ein Sanatorium passen.“

„Prinzipiell schon.“

„Also sollte ich das wohl nehmen, nicht wahr?“

Günther reißt furchtsam die Augen auf.

„Ich sage nichts! Bei einer Viertelmillion hört der Spaß auf. Da halte ich schön die Klappe.“

Eine Viertelmillion. Bis zu diesem Moment war die Zahl denkbar abstrakt. Doch jetzt, aus Günthers Mund, klingt sie nach ziemlich viel Kohle – nein, nach unglaublich viel Kohle. Nach einem Vermögen, das ich glatt aufs Spiel setzen würde, nur weil ich seltsame Freaks in einem zweitklassigen Film gesehen habe, an den ich mich nicht mal richtig erinnern kann.

„Ich möchte gerne telefonieren“, sage ich spontan, klinge dabei ein wenig wie E.T. und kann die Erleichterung in Günthers Augen sehen.

„Wen rufen wir an?“, will er wissen und rappelt sich etwas umständlich aus seiner hingeflätzten Position auf.

„Der Name“, erkläre ich feierlich, „ist Pia Siebert.“ Ich zögere einen kurzen Augenblick und füge dann zwei Worte hinzu, die stolzer klingen, als ich es in dem Moment offenbaren möchte: „Meine Freundin.“

„Und die könnte sich damit auskennen?“

Ich überlege. „Wer sollte sich mit so einer Frage denn bitte wirklich auskennen?"

Jetzt überlegt Günther: „Tja." Eine richtige Antwort weiß auch er nicht.

„Sie isst jedenfalls gerne Cornflakes", rechtfertige ich meine Wahl. Woher soll hier auch irgendjemand wissen, dass bei mir ein Joker so gut ist, wie der andere, da alle nebeneinander sitzen und komplett vernetzt sind.

Während wir hören, wie sich die Telefonanlage einwählt, grinst mich Günther zuversichtlich an. Ich grinse zurück und sehe Bruchstücke der letzten Wochen wie im Zeitraffer an mir vorbeifliegen. Ich höre das Freizeichen und mir wird bewusst, wie viel sich für mich in unglaublich kurzer Zeit verändert hat. Mein Finanzdebakel spielt dabei noch fast die kleinere Rolle. Ich erinnere mich an den ersten monotonen Anruf von Pinella Dahlke, meine erste Begeisterung über den Job und die schnelle Enttäuschung, nur Praktikant zu sein. Und ich spüre eine unglaubliche Vorfreude darauf, jeden Moment Pias Stimme zu hören. Was ich jedoch nach einer eigentlich viel zu langen Zeit des Klingelns höre, klingt definitiv nicht nach Pia. „... ulz?"

Entweder nennt sich Pia jetzt neuerdings ‚Ulz' oder die Person am anderen Ende der Leitung hat schon zu sprechen begonnen, ehe die Verbindung stand. Welcher dieser beiden Fälle hier auch vorliegt, er entspricht definitiv nicht dem, was ich erwartet habe.

Ich starre Günther Jauch schockiert an. Für einen kurzen Moment glaube ich sogar, ‚Ulf' vernommen zu haben – ein Verdacht, den ich jedoch schnell wieder ausschließen kann. Dennoch bleiben eine gehörige Portion Irritation und Unverständnis. Pia ist zwar mit Humor weit über dem Bundesdurchschnitt gesegnet, sich in dieser Situation mit einem fürchterlich albernen ‚Ulz' zu melden, traue ich jedoch nicht mal ihr zu.

„Wer?", fragt Günther Jauch, den Herr oder Frau Ulz gerade ebenfalls auf falschem Fuß erwischt.

„Schulz ist hier", quäkt es leicht genervt in der Leitung und ich habe das Gefühl, dass mein Stuhl gerade Richtung Erdkern sinkt.

„Schulz?“, hakt Günther nach und sieht mich mit fragendem Blick an.
„Ja-a, hier ist die Whitney Schulz. Und wer ist da?“
„Guten Tag Frau Schulz. Hier ist Günther Jauch.“
„Klar.“
Es entsteht eine Pause von verstörender Intensität.
„Hallo? Frau Schulz?“
„Nee, Frauke Ludowig ist hier.“
Prima, Whitney hat einen Clown verschluckt. Ich ahne, falls ich jetzt nicht eingreife, könnte das Telefonat für Günther ein traumatisches Erlebnis werden.
„Hallo Whitney“, rufe ich dazwischen, „ich bin's, der Hirni. Das ist am Apparat gerade wirklich Günther Jauch.“
Erneut herrscht einen Moment Stille.
„Mensch Hirni, Scheiße, echt?“
„Ja, echt.“
„Und was willste von mir?“
„Ich fürchte, du bist mein Telefonjoker.“
Ich spüre, wie das Publikum tuschelt und sich über die Situation zu amüsieren beginnt. Günther sieht mich mit offenem Mund an, da dies das beschissenste Gespräch mit einem Telefonjoker seit Beginn seiner Fernsehkarriere sein muss.
„Hirni“, fleht Whitney, „jetzt red keinen Scheiß. Du weißt doch, dass ich von nix Ahnung hab. Kannste nicht woanders anrufen? Beim Wetterdienst oder so?“
„Whitney, bitte! Ich wollte dich auch gar nicht anrufen. Der Herr Jauch hat nämlich die Nummer von Pia gewählt.“
„Nee, schon klar, die kriegt er so auch nicht. Die hat doch mein Handy.“
Ich greife mir spontan an den Kopf und überlege, wie ich mir in den Hintern beißen kann, ohne im Rollstuhl zu enden. Pia hat mir das mit dem Handyempfang heute gleich mehrmals eingetrichtert und trotzdem schaffe ich es, einen solchen Bock zu schießen.
„Hallo Frau Schulz“, mischt sich Günther schließlich amüsiert ein, „hier ist noch mal Günther Jauch. Wie auch immer Sie jetzt

in diese Leitung gekommen sind – der Herr Krallmann steht bei zweihundertfünfzigtausend Euro und hätte da mal eine Frage. Kennen Sie sich mit Politik, Medizin und Erdnussbutter aus?"

„Ja, voll."

„Prima", lacht er, „dann kommt hier die Frage, die dreißig Sekunden laufen ab jetzt!"

„Whitney", versuche ich so kontrolliert wie möglich zu fragen, „ist die Pia denn in der Nähe?"

„Nee, bin kurz runter zum Auto. Soll sie zurückrufen?"

„Prima Idee, Whitney. Andere Frage: Sagt dir vielleicht der Name Kellogg was?"

„Kellogg? Ja klar. Ist das jetzt ein Witz?"

„Kein Witz. Hast du eine Idee, was der gemacht hat?"

„Cornflakes nehme ich an."

„Hat der noch was anderes gemacht? Erdnussbutter vielleicht?"

„Erdnussbutter? Keine Ahnung."

„Oder war der mal Außenminister?"

Whitney sagt nichts und die Stoppuhr läuft beständig rückwärts. Ich sehe, dass ich noch zehn Sekunden habe.

„Hallo! Bist du noch da-a???"

„Ja. Bin ich. Aber du fragst so durcheinander. Welchen Kellogg meinst du denn?"

„Wieso? Kennst du zwei?"

„Ja klar, der eine hat ..."

Tut-tut-tut-tut-tut ...

Ich starre auf den Monitor und auf eine formvollendete Null. Dann sehe ich Günther an, dessen Gesichtsausdruck meinem frappierend ähnelt.

„Wer war denn das jetzt?", fragt er und sieht aus, als rechne er mit einer Antwort, die er nicht verstehen wird.

„Das", sage ich langsam mit wohlüberlegten Worten, „war Whitney Schulz am Handy meines Telefonjokers. Auch eine Freundin. Aber für Fachgespräche über Frank B. Kellogg nicht unbedingt erste Wahl."

Günther nickt. Sein Eindruck deckt sich offenbar mit meiner Einschätzung. Dass ich, hätte man mir die Wahl gelassen zwischen Whitney und einem Seehund, mich für den Seehund als Telefonjoker entschieden hätte, erwähne ich aus Taktgefühl gegenüber Whitney nicht.

„Vielleicht wäre es besser gewesen, die Frage und die Antworten einfach vorzulesen."

„Könnte sein", stimme ich zähneknirschend zu.

„Und jetzt?", fragt Günther und wirkt ein wenig ratlos.

Tja, was jetzt? Ich lasse meinen Blick noch mal über die Antwortmöglichkeiten wandern, der schließlich bei der möglichen Gewinnsumme hängen bleibt. Soll ich zocken und D tippen? Alles auf den Erfinder des ersten Blutdruckmessers setzen und die Chance nutzen, eine Viertelmillion zu gewinnen? Notfalls aber erneut abzustürzen und mit fünfhundert Euro nach Hause zu fahren?

Ich schließe die Augen und atme tief durch. Dann sage ich: „Ich steige aus."

Als ich meine Augen wieder öffne, wird es bereits hell im Studio, die Musik wird eingespielt und Günther streckt mir mit herzlichem Lachen seine Hand entgegen.

„Thomas Krallmann gewinnt hundertfünfundzwanzigtausend Euro!", ruft er und schlägt mir noch mal fest auf die Schulter. Erst jetzt wird mir bewusst, was wirklich passiert ist. Ich habe an diesem Tag zwar keine Million erspielt – gewonnen habe ich aber dennoch. Ich verlasse das Studio unter dem Applaus der Zuschauer auf weichen, zittrigen Knien und nehme draußen auf dem Gang Peggy in den Arm. Dass mir Tränen die Wangen hinabkullern, spüre ich nur am Rande. Als ich endlich von ihr ablasse, gehe ich vor die Tür, um frische Luft zu schnappen. Ich setze mich auf die Stufen und lehne meinen Kopf gegen die angenehm kühle Wand.

„Ich habe keine Schulden mehr", murmele ich erschöpft und dankbar. Dass ich die Aktion mit dem perfekt geplanten Telefonjoker komplett in den Sand gesetzt habe, nehme ich nur als Randnotiz war.

Erst als ich meinen Namen höre, blicke ich auf.

„Hirni!“ Es ist Pia. Sie steht an der anderen Straßenseite und rennt los, als sie mich sieht. Sie muss vom Hotel hierher gerannt sein. Als sie vollkommen außer Atem vor mir steht, sieht sie mich mit ängstlichen Augen an.

„Whitney kam direkt hoch ins Hotelzimmer und hat kreidebleich erzählt, dass das mit den Nummern schiefgegangen ist.“

Ich nicke. „War meine Schuld.“

„Und?“

Ich nehme Pia in den Arm und flüstere ihr die magische Zahl ins Ohr. Ich höre ein leises Quieken voller Glück. Ihr Atem beruhigt sich, doch ihre Schultern beben weiter. Während sie mich immer fester drückt, fällt alle Anspannung von ihr ab.

Als sie mich loslässt und ihre Augen mit den Ärmeln trocken tupft, stehen Ben, Armin und Whitney hinter ihr. Nachdem mich jeder gedrückt hat, räuspert sich Whitney und fragt: „Äh Hirni, was war jetzt mit dem Kellogg?“

Ich lächele sie an. „Entschuldige Whitney, dass ich dir das vorhin angetan habe. Aber ich hatte einfach die falsche Nummer angegeben.“

Sie zieht gleichgültig die Schultern hoch, was soviel wie ‚Schwamm drüber‘ heißen soll.

„Die wollten wissen, was Frank B. Kellogg gemacht hat“, erkläre ich.

„Na, wohl Cornflakes“, mutmaßt Ben.

„Die Antwort gab’s aber nicht.“

„Echt nicht?“

Ich schüttele den Kopf. „Ist doch jetzt egal, oder?“

Alle stimmen mir zu. Außer Whitney.

„Äh, Hirni?“, fragt sie. Pia, Ben und ich sehen Whitney an – unsicher, was sie noch auf dem Herzen hat. „Dieser Frank Kellogg war Nobelpreisträger. Friedensnobelpreis. Hast du nach der Lösung gesucht?“

Ich starre Whitney an, als hätte sie uns gerade offenbart, Professorin in Harvard zu sein.

Nach einem Moment der totalen Starre frage ich vollkommen konsterniert: „Du hättest das gewusst?!“

Whitney nickt gleichgültig. „Klar.“

„Und warum hast du das vorhin nicht gesagt?“

„Du hast total beknackt gefragt, was irgendein Kellogg gemacht hat. Ich wusste ja nicht mal, welchen du meinst. Ich dachte, du meinst den anderen. Den mit den Frosties.“

Pia hält sich erschrocken die Hand vor den Mund.

„Und woher weißt du so was?“

„Aus der Schule. Reli.“

Ich starre Whitney noch immer vollkommen ungläubig an.

„Reli?“

„Ja, wer in Mathe, Deutsch und Englisch nix kann, der muss wenigstens in den Laberfächern punkten. Reli und Politik und so.“

„Reli“, wiederhole ich fassungslos.

„Und da haben wir mal über den Friedensnobelpreis gesprochen. Weil da einer Kellogg hieß, wie der von den Cornflakes, hab ich mich total schlappgelacht und ’nen tierischen Anschiss gekriegt. Den Kellogg vergesse ich wohl nie mehr.“

Ich auch nicht!

„Reli“, sage ich zum letzen Mal und merke, wie meine Beine nachgeben. Ich hocke mich wieder auf meine vertraute Treppe und betrachte meine Freunde aus der Froschperspektive. Von hier aus sehen sie riesig aus. Dass dies auch für Whitney gilt, liegt jedoch diesmal nicht allein an der Perspektive.

Hohlraumdübel

„Und du meinst, mit den Dübeln bekommt man das fest?“ Pia mustert die kleine Packung Nylondübel und fängt sich von Ben einen strafenden Blick.

„Ist ja schon gut“, beschwichtigt sie ihn, „aber da steht ‚Hohlraumdübel‘ drauf.“

„Scheißegal. Die halten.“

„Wie hoch wollt ihr’s denn hängen?“, fragt Whitney und legt ihren Kopf in den Nacken, um an einer alten, schönen Backsteinfassade hinaufschauen zu können.

„Drei Meter“, entscheide ich und stelle eine Leiter an die Wand. „Komm Pia, pack’s mal aus.“

Pia beginnt nun nicht, ihre Bluse aufzuknöpfen, sondern zupft an verschiedenen Klebestreifen eines flachen Paketes, faltet gut zwei Quadratmeter Luftpolsterfolie auseinander und legt unser erstes Firmenschild frei.

Whitney stößt einen Pfiff voller Anerkennung aus und Ben murmelt: „Geil!“

Pia macht einen spitzen Mund und überlegt. „Oder hätten wir den Namen doch ein bisschen kleiner machen sollen?“

„Nix da, Pia“, fahre ich dazwischen, „das ist perfekt so. Unser Firmenname muss groß sein. Den soll doch jeder sehen. Da gibt’s voll auf die Zwölf.“

Zwei Wochen ist mein Auftritt bei Günther Jauch jetzt her. Zwei Wochen, in denen wir unsere Hausaufgaben gemacht und die Koordinaten für die Zukunft bestimmt haben.

Pia hat das Konzept geschrieben und den Businessplan aufgestellt, Ben das Logo, unser Briefpapier und die Website gestaltet, Armin hat unseren Gesellschaftervertrag aufgesetzt und sich um alles Notarielle gekümmert und Whitney, die zwar keine Anteile an Pias, Bens und meiner Firma besitzt, aber als unser Mädchen für alles unsere einzige Festangestellte sein wird, hat mit ihrem schreiend bunten Smartphone dafür gesorgt, dass wir bereits über tausend Likes auf Facebook und ebenso viele Follower auf Twitter haben. Die meisten davon träumen zwar entweder von einer eigenen Kollektion Modeschmuck, einem Job im Fingernagelstudio oder dem lang ersehnten Schulabschluss mit neunzehn in der zehnten Klasse – ein Unterfangen, das zugegebenermaßen allenfalls mit gesteigertem Engagement in Religion, Politik und Sozialkunde zu schaffen sein wird. Immerhin fühlen wir uns aber mit so vielen Facebook-Fans absolut hip. Eines der Likes haben wir tatsächlich von Daniela Katzenberger, die Whitney sogar einen Job in ihrem Café auf Mallorca angeboten hat. Dass Whitney bei uns bleibt, rechne ich ihr hoch an. Ein Weiterer auf der Liste unserer Facebook-Freunde ist Heiko Pilz von der PastaFigaro AG. Ihn habe ich zwei Tage nach ‚Wer wird Millionär?' besucht und er hat uns tatsächlich den Auftrag für sämtliche PastaFigaro-Eröffnungen in ganz Deutschland gegeben. Der Champagner aus dem Hause Veuve Cliquot, den Pia am Abend feierlich für uns köpfte, hatte zwar keinerlei Kohlensäure und schmeckte so fürchterlich nach Kork, dass man glauben konnte, an einer Pinnwand zu lutschen, aber trotzdem war die Symbolik des Augenblicks ergreifend.

Sogar ein erstes Büro haben wir gefunden – in einem alten Backsteingebäude, das früher einmal eine Scheune war und für vergleichsweise kleines Geld angemietet werden konnte.

„Hoch damit!", ordnet Pia an. „Wir haben gleich schon zehn und noch einiges zu besprechen. Unser erstes Montagsmeeting immerhin!"

„Ungefähr hier?", frage ich, während ich das Schild auf der Leiter an die Wand halte und die Bohrlöcher mit Wasserwaage und Bleistift markiere, nachdem die exakte Positionierung hinreichend diskutiert wurde.

Ein Passant bleibt stehen und liest, was auf dem Schild steht. Typen wie ihn ziehe ich magisch an. Dass dieser mal wieder zur leider nicht so seltenen Spezies der Vollpfosten gehört, habe ich aus meiner erhöhten Position auf der Leiter schon von Weitem gesehen.

„Aha“, sagt er, um unsere Aufmerksamkeit auf sich zu lenken. Da nur Whitney reagiert und ihn so ausdruckslos ansieht wie ein Schaf beim Schlafen, startet er einen zweiten Anlauf. „Soso!“

„Können wir helfen?“, fragt Ben mit der Verbindlichkeit eines Polizisten bei der Alkoholkontrolle.

„Events machen Sie, soso!“ Der Pfosten wippt auf seinen Füßen und mustert argwöhnisch unser Firmenschild, als wollten wir es ihm verkaufen.

„Und BRAINWORK nennen Sie sich. Hm. Soso.“

Keiner von uns reagiert. Der Firmenname war Pias Einfall. Sie wollte damit zum Ausdruck bringen, dass bei uns die Arbeit mit einer Menge Kopfarbeit beginnt. Insgeheim glaube ich, dass sie aber auch irgendwie meinem Spitznamen gerecht werden wollte. Die beiden letzten Menschen, denen ich unsere Firmenphilosophie jedoch erklären möchte, sind Ulf Pumpe und dieser sprechende Vollpfosten dort unten auf dem Bürgersteig.

„Ben, ich bräuchte jetzt mal den Bohrer“, sage ich genervt, um von dem Wichtigtuer abzulenken. Ben sieht zu mir hinauf, tippt dann Pia an und bittet sie, vorsichtshalber die Leiter abzustützen, um mit einer akkubetriebenen Bohrmaschine den Aufstieg zu wagen.

„Dürfen Sie das denn?“

Pia sieht den Pfosten mit großen Augen an.

„Was? Events machen?“

„Pia“, ermahne ich meine Freundin, „jetzt lass dich doch nicht auf so einen Quatsch ein!“

Ben reicht mir die Bohrmaschine und ich beginne unverzüglich damit, an markierter Stelle den Bohrer ins Mauerwerk zu treiben.

„Ich meine das da.“

Der Pfosten deutet mit der Hand auf etwas an der Wand – ein kleines Schild, von der Sonne ausgeblichen und von Wind und Wetter angenagt.

Ich halte inne und setze die Bohrmaschine ab. Irgendeine innere Stimme sagt mir, dass der Hinweis dieser Nervensäge ein Problem werden könnte.

„Kannst du lesen, was da steht?", fragt Whitney.

„Irgendwas mit NRW", erklärt Pia und macht sich so groß wie möglich.

Der Pfosten hat erreicht, was er wollte und wendet sich zum Gehen. „Wollt's nur gesagt haben", murmelt er und schlendert davon.

Ich verfolge seinen Abgang aus dem Augenwinkel und setze die Bohrmaschine erneut an, um das zweite Befestigungsloch für unser Firmenschild in die Wand zu bohren.

„Du Hirni, wart doch mal, da steht wirklich was."

Ich ignoriere ihren Hinweis und lasse den Bohrer aufheulen. Er arbeitet sich durch das Mauerwerk wie durch Butter, ehe er auf einen Widerstand stößt. Ich erhöhe den Druck und der Lärm des Bohrers wird lauter. Ich setze erneut kurz ab, um die Umdrehungszahl etwas höher zu stellen und höre, ehe ich die Maschine in meiner Hand wieder in das Loch drücke, wie Pia das Schild entziffert.

„Historisches Baudenkmal NRW."

In dem Moment überwindet die Bohrmaschine den hartnäckigen Widerstand und stößt ruckartig ins Mauerwerk. Fast gleichzeitig spüre ich, wie mir ein dünner Strahl kalten Wassers ins Gesicht spritzt.

Ben und ich wissen sofort, was passiert ist. Sekundenbruchteile, nachdem ich den Bohrer aus dem Bohrloch ziehe, folgt ein schon deutlich stärkerer Strahl anfangs rostbraunen Wassers, das schnell klarer wird und beständig kleine Bröckchen Mauerwerk mit sich reißt.

„Scheiße", mault Ben und Pia schreit erschrocken auf.

Whitney quiekt angewidert, als ihr die braune Mocke über die Daniela-Katzenberger-Gedächtnisfrisur suppt und springt unbeholfen zurück auf die Straße, wo ihr ein vorbeifahrendes Auto hupend ausweicht.

„Was ist das?", fragt Pia und reckt sich zu Ben und mir hinauf.

„Ich glaube, Hirni hat 'ne Wasserleitung getroffen", mutmaßt Ben und ich muss ihm, so sehr ich mich auch dagegen sträube, zustimmen. Damit ich nicht das Gleichgewicht verliere, stützt mich Ben mit beiden Händen und seiner Stirn von unten am Gesäß ab, während ich, ohne jede Wirkung, meine flache Hand gegen die kleine Öffnung in der Wand drücke.

„Und jetzt?"

„Keine Ahnung", brülle ich hinunter, „Whitney soll einen Klempner rufen und unseren Vermieter."

Pia verdreht die Augen und Whitney tut bereits, wie ihr geheißen. Dann habe ich den rettenden Einfall und stecke meinen kleinen Finger in das spritzende Loch in der Wand. Ben und ich sind zwar inzwischen patschnass und geben ein groteskes Bild stummer Umklammerung im Kampf gegen das Wasser ab, jedoch herrscht augenblicklich, nachdem mein kleiner Finger in der Wand verschwunden ist, wohltuende Stille.

„Alles okay", beruhige ich, „habe alles im Griff."

„Was machen wir hier?", fragt Pia. „Das Gebäude steht unter Denkmalschutz und keiner von uns hat's gewusst. Immerhin ruinieren wir hier gerade die Fassade! So was kommt nicht gut!"

„Beruhig dich erst mal", ermahnt sie Ben und klettert von der Leiter hinab. „Ist doch nichts passiert, bloß ein kleiner Wasserschaden."

Ich sehe Ben strafend an, da ich den Begriff ‚Wasserschaden' eigentlich aus meinem aktiven Wortschatz getilgt hatte.

„Wie sieht's aus, Whitney", ruft Pia zu ihr rüber, „erreichst du was?"

Unsere Angestellte telefoniert konzentriert und sieht dabei nicht unbedingt glücklich aus. Schließlich kommt sie, ein wenig blass um die Nase, zu uns rüber und erklärt, dass unser Vermieter bereits auf dem Weg ist.

„Und?", fragt Ben vorsichtig, als wolle er eigentlich gar nicht wissen, was Whitney wirklich zu berichten hat.

„Ich dachte, der stirbt."

„Wieso?"

„Weißt du, wie der sich aufgeregt hat, als ich ihm gesteckt habe, was passiert ist? Hat gemeint, das wäre 'ne historische Fassade von Siebzehnhundertirgendwas."

„Siebzehnhundert?", frage ich und sehe an der reichhaltig mit Backsteinornamenten verzierten Fassade hinauf. Dann sehe ich auf meinen kleinen Finger, der noch immer in dem Loch steckt und langsam ziemlich kühl wird. Sollte dieser lächerliche Finger tatsächlich den kompletten Wasserdruck aufhalten können? Ein Geräusch gut zwei Meter neben mir reißt mich aus meinen Gedanken. Dann höre ich ein ganz ähnliches Geräusch auf der anderen Seite neben mir. Obwohl ich noch keine genaue Vorstellung habe von dem, was jeden Moment passieren wird, überkommt mich eine schwache Vorahnung. Seltsamerweise kommen mir hier auf der Leiter – mit dem Finger in der Wand – ausgerechnet die Worte von Frau Rieke in den Sinn.

„Das Wasser findet immer einen Weg!", hatte sie mir damals gesagt und ich ahne, dass wir eine herbe Niederlage im Kampf gegen die Physik einstecken werden. Fast ist mir, als stünde Frau Rieke neben mir auf der Leiter, so deutlich glaube ich ihre Stimme zu hören.

„Hirni", ruft Pia zu mir hinauf, „komm lieber runter! Ich glaube, die Wand bewegt sich."

„Wie das?", frage ich und sehe an der Wand hinab in die Tiefe. Die bewegt sich tatsächlich – nein, der Putz wölbt sich. Dann höre ich erneut dieses merkwürdige Geräusch und muss tatenlos mit ansehen, wie auf einer Fläche von beinahe zehn Quadratmetern der inzwischen komplett unterspülte Putz mit Backsteinen aufplatzt, sich löst, abrutscht, in die Tiefe rauscht und den halben Bürgersteig unter sich begräbt. Ein Bild wie bei einem Erdrutsch in Indien – Ella wäre begeistert. Von meinem sicheren Tribünenplatz auf der Leiter aus kann ich miterleben, wie sich Pia, Whitney und Ben mit einem kühnen Sprung in Sicherheit bringen und nun ungläubig ansehen.

„Ich komme jetzt mal runter", sage ich schließlich. „Ich glaube, das Loch macht uns keinen Kummer mehr."

Wo bis vor Sekunden noch das kleine Bohrloch war, klafft nun ein Krater von der Größe eines Fußballs. Mit meinem Finger bekomme ich das Loch im Zweifelsfall ebenso schlecht verschlossen, wie mit jedem anderen Körperteil, es sei denn, ich stecke meinen Kopf hinein. Hier oben, so viel ist klar, gibt es für mich nichts mehr zu tun.

„Für einen Moment", versucht uns Whitney aufzumuntern, „war mir, als hätte ich das Schild dort oben hängen sehen. Es sah super aus!"

„Danke, Whitney", sagt Ben mit belegter Stimme.

Pia sagt nichts. Sie starrt nur ungläubig auf die sprudelnde Öffnung in der Wand und das freigelegte Mauerwerk, wo einst eine historische, denkmalgeschützte Fassade aus dem achtzehnten Jahrhundert war.

Ich schnipse ein paar Krümel Mauerwerk von meinem vollkommen durchnässten und verdreckten T-Shirt und sehe geschäftig auf die Uhr.

„Wir können es immer noch schaffen und um zehn unser Meeting abhalten."

„Das ist nicht witzig, Hirni." Pia sieht mich blass an.

Auch Ben ist der Spaß an unserem ersten richtigen Agenturmontag vergangen. Mit seltsam befremdeter Distanz frage ich mich selbst, warum mich die Situation kaum schockt. Vermutlich liegt es daran, dass ich inzwischen schockresistent bin. Vielleicht läuft der Hase inzwischen ja sogar anders herum und jede Katastrophe gerät selbst in Panik, sobald sie mich nur sieht.

„Whitney", sage ich vollkommen ruhig, „geh doch bitte mal rein und fahr den Rechner hoch."

Pia sieht mich irritiert an.

„Geht's noch?", fragt sie ohne jedes Verständnis, „hier draußen stürzt die halbe Hütte ein, gleicht kommt unser Vermieter, um uns zu schreddern und du willst jetzt gemütlich Meeting machen?"

Ich schüttele den Kopf.

„Wir haben doch im Prinzip alles getan, was zu erledigen war, richtig?"

Pia nickt.

„Konzept“, fahre ich fort, „Businessplan, Gesellschaftervertrag, Steuernummer, Internetseite, Telefonanschluss, Geschäftskonto – und so weiter.“

Ich sehe in sechs fragende Augen.

„Haben wir eigentlich auch schon die Unterlagen von Frau Koletzki fertig gemacht?“

Ben und Pia sehen mich fragend an.

„Wer ist das denn?“, fragt mich meine Freundin und ich höre ein beunruhigtes Vibrieren in ihrer Stimme.

„Das ist die Dame von der Allianz-Versicherung.“

Ich sehe in vier Augen, die sich langsam weiten.

„Ach du Scheiße“, murmelt Ben. „Die lagen Freitag noch rum.“

Pia ist kreidebleich geworden und setzt sich auf die Bordsteinkante.

Einzig Whitney ist offenbar nicht ansatzweise klar, in welcher Situation wir uns befinden. Sie sieht die Welt durch die Augen von Forrest Gump und bietet uns Kaugummi an, als wären es Pralinen. Keinem von uns ist gerade nach Kaugummi mit klinisch nachgewiesenem Whitening-Effekt. Also gönnt nur sie sich eine Extraportion Pfefferminz und steckt die Packung wieder weg.

Ich sehe Whitney mit dem Ausdruck eines Börsenmaklers an, der gerade zum dritten Mal in die Pleite gerutscht ist.

„Du googelst bitte mal“, weise ich sie seelenruhig, ja fast monoton an, „die Teilnahmebedingungen für das Quiz von dem Pilawa.“

„Pilawa?“

„Ja“, überlege ich laut, „ich meine, das heißt ‚Rette die Million‘“.

„Wieso? Du hast doch gar keine Million.“

„Whitney, mach's doch einfach. Die Show heißt so.“

„Du willst doch nicht schon wieder in so 'ne bekloppte Show.“

„Hast du einen besseren Vorschlag?“

„Versicherung anrufen und Schaden melden?“

Ich starre sie an wie ein Bekloppter und beginne leise zu kichern. Die nächste Nacht, so wird mir jetzt klar, werde ich nicht mit Pia, sondern einem breitschultrigen Pfleger in der Geschlossenen verbringen – vollgepumpt mit Phenobarbital und Benzodiazepam, gewandet in Windeln und ein weißes Hemd, das man von hinten öffnet.

„Du meinst diese Haftpflicht von der Allianz?“, fragt Whitney kauend.

„Äh, ja.“

„Deckungssumme eins Komma fünf Millionen?“

Ich nicke und Pia blickt auf.

„Hab ich dir Freitag zur Unterschrift vorgelegt.“

„Du hast?“, frage ich und traue mich nicht weiter in die Tiefe zu gehen.

Whitney nickt. „Direkt nachdem wir die Sachen für die IHK und die GEZ fertig gemacht haben.“

„Ja und?“

Whitney grinst breit und findet offenbar zunehmend Gefallen daran, künstlich Spannung aufzubauen.

„Haste unterschrieben.“

„Und?“, frage ich. Whitney jede Information einzeln aus der Nase ziehen zu müssen, zehrt gewaltig an den Nerven. Ich spüre, dass ich von Satz zu Satz um Jahre altere. Ben und Pia folgen unserer Konversation wie zwei Todestrakt-Kandidaten ihrer eigenen Gerichtsverhandlung.

„Mensch, Hirni“, erlöst sie uns, „hab ich doch gleich rübergefaxt. Diese Franca Spanke hat sogar noch angerufen und sich bedankt.“

Ich spüre, wie mir schwummerig wird.

„Whitney, du bist ...“

Ja, was ist Whitney? Wahrscheinlich habe ich mich nie zuvor in einem Menschen mehr geirrt, als in unserer Whitney. Sie weiß nicht nur, dass Frank Kellogg Nobelpreisträger war, sondern auch, dass eine Versicherung erst nach Abschluss ein Segen ist. Alles, was ich ihr jetzt sagen würde, wäre profan. Also sage ich nichts und nicke.

Whitney zieht gleichgültig die Schultern hoch – so, wie nur sie es kann. Auch wenn sie es nicht zeigt und sich gerade cooler gibt, als sie ist, weiß ich, wie glücklich es sie macht, unsere Anerkennung zu genießen.

„Frau Spanke hat sich bedankt?“, frage ich leise.

Whitney nickt.

Dann sinke ich langsam nach hinten und lege mich, dreckig, wie ich bin, lang auf den Bürgersteig. „Sie hat sich bedankt“, murmele ich selig und schließe die Augen.

Dies sind meine letzten Worte bis zum Eintreffen eines Mannes, der allerdings nicht unser Vermieter ist. Wie sich später herausstellen wird, hat ein besorgter Anwohner einen Notruf abgesetzt, nachdem ich auf den Bürgersteig gesunken war.

Das Bild, das sich nun dem Notarzt bietet, könnte verstörender nicht sein und einem Avantgardefilm entstammen. Zwei Männer und zwei Frauen liegen inmitten der Überreste einer historischen Backsteinfassade, die aussieht, als habe man sie mit Mittelstreckenraketen beschossen, selig lächelnd nebeneinander auf dem Bürgersteig und blicken hinauf in den blauen Himmel. Wasser spritzt aus einer Wand und regnet auf sie herab. Wer genau hinschaut, erkennt sogar einen zarten Regenbogen.

Ich höre, wie der Notarzt seine Tasche absetzt und tief durchatmet. Ein Hauch Orient weht durch das östliche Ruhrgebiet. Die Stimme, die zu mir spricht, würde ich aus Tausenden heraushören.

„Nich Si schonne widda! Si sinne doch der Bekloppte mit die grässliche Tee!“

Kai Preißler, Jahrgang 1971, studierte Kommunikationswissenschaft, Germanistik und Psychologie und ist Gründer und Inhaber einer Agentur für Veranstaltungsplanung und Marketing. Montagsmeeting ist sein erster Roman, in dem er seine eigene Branche aufs Korn nimmt.
Kai Preißler ist verheiratet und lebt mit seiner Familie auf einem alten Bauernhof in Dortmund.

Der **OCM Verlag** ist ein junger, unabhängiger Verlag im Dortmunder Süden. Seit 2010 machen wir gute und schöne Bücher, jenseits des Mainstreams, mit Autoren aus der Region (andere dürfen aber auch). Dabei sind wir auf kein Genre festgelegt, wir veröffentlichen nur das, was uns gefällt. Neben ungewöhnlichen Romanen und aufreibenden Thrillern finden sich in unserem Programm auch mörderische Kurzgeschichten, heitere Stadt- und Fußballerzählungen, lyrische Wortakrobatik und moderne Kunst in Kombination mit Gedichten.
So vielfältig unsere Bücher auch sind, haben sie alle etwas gemeinsam: Sie wurden mit Herzblut gemacht.

OCM Der Verlag
Sölder Straße 152 | 44289 Dortmund

Lesungstermine, Leseproben und
Podcasts finden Sie auf unserer Homepage

www.ocm-verlag.de
www.facebook.com/ocm.verlag